»Ein Roman, der genauso detailverliebt und schillernd ist wie die Zeichnungen der Künstlerin.«
Freundin

»Ein einfühlsamer Roman über eine Forscherin, die eine neue Welt entdeckte. (…) Atemberaubend und faszininierend.«
Für Sie

»Ruth Kornbergers Debütroman über eine abenteuerlustige und nach Unabhängigkeit strebende weibliche Forscherseele verwebt geschickt Dichtung und Wahrheit.«
Gartenträume

»Atmosphärisch dicht und faktenreich zeichnet Ruth Kornberger in ihrem neuen Buch *Frau Merian und die Wunder der Welt* das Porträt einer wagemutigen Frau.«
Westdeutsche Zeitung

RUTH
KORNBERGER

Frau Merian und die Wunder der Welt

ROMAN

PENGUIN VERLAG

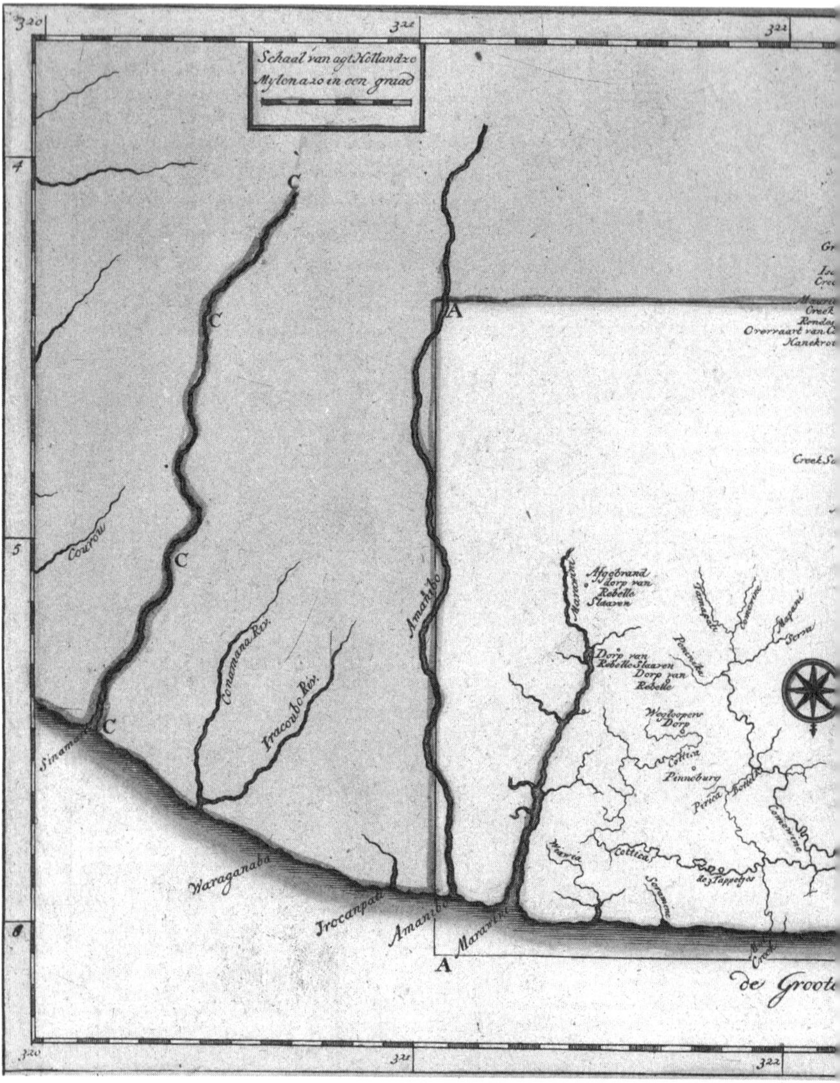
Schaal van agt Hollandze
Mylen a 20 in een graad
Courou
Conamana Riv.
Iracoubo Riv.
Amanibo
Waraganaba
Irocanpati
Afgebrand dorp van Rebelle Slaaven
Dorp van Rebelle Slaaven
Dorp van Rebelle
Weglopers Dorp
Cottica
Pinneburg
Tamapati
Comewine
Mapani
Sersa
Pomeroeka
Pirica
Bottel
Commewine
Wiawia
Cottica
de 3 Tappetjes
Seramica
Creek
A
A
C
C
C
C
320
321
322
4
5
6

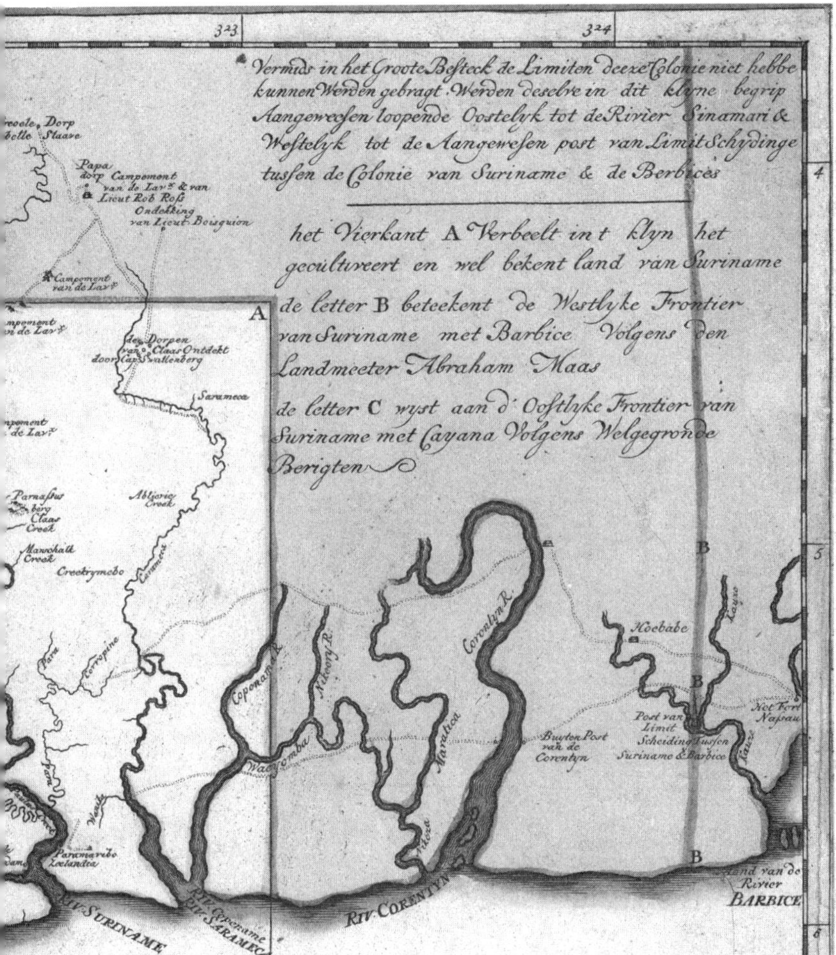

323
324
Vermids in het Groote Besteck de Limiten deeze Colonie niet hebbe kunnen Werden gebragt Werden deselve in dit klyne begrip Aangewesen loopende Oostelyk tot de Rivier Sinamari & Westelyk tot de Aangewesen post van Limit Schydinge tussen de Colonie van Suriname & de Berbices
het Vierkant A Verbeelt in t klyn het gecultiveert en wel bekent land van Suriname
de letter B beteekent de Westlyke Frontier van Suriname met Barbice Volgens den Landmeeter Abraham Maas
de letter C wyst aan d' Oostlyke Frontier van Suriname met Cayana Volgens Welgegronde Berigten
Papa dorp
Campement van de Lavr. & van Lieut Rob Ross
Ondekking van Lieut Boisguion
Campement van de Lavr.
de Dorpen van Claas Ontdekt door Cap Swallenberg
Saramec
Parnassus berg
Claas Creek
Abtjorie Creek
Creekrymebo
Coppename R.
Nikeory R.
Corentyn R.
Maratica
Wacyomba
Hoebabe
Post van Limit Scheiding Tussen Suriname & Barbice
Het Fort Nassau
Buyten Post van de Corentyn
Paramaribo
Zeelandia
RIV. SURINAME
RIV. Copename
RIV. SARAMECA
RIV. CORENTYN
Land van de Rivier BARBICE
A
B
4
5
6

Prolog

Plantage La Providentia (Surinam), Mai 1700

Es war dunkel im Zimmer, und durch die dünnen Holzwände drang das Rufen fremder Tiere. Die Bewohner des Urwalds sangen, kreischten und zirpten noch immer, lockten, warnten und drohten einander. Sobald die Affen und Vögel endlich ihre Schlafplätze aufgesucht hatten, würde es ein wenig stiller werden.

Oder lärmten sie nicht immer noch, sondern schon wieder? Maria war, als hätte sie im Bett nur kurz die Augen geschlossen, aber dieses Gefühl täuschte sie häufig. In den tropischen Nächten fand sie oft nur leichten Schlaf und erhob sich kaum erholter, als sie sich niedergelegt hatte. Jetzt wurden die Sklaven zur Arbeit gerufen. Zuerst erscholl die Stimme von fern, aber nach zwei Wiederholungen war sie direkt am Fenster. Der Morgen war angebrochen.

Maria stand auf und scheuchte den Papagei fort.

»Von mir bekommst du nichts!«, rief sie.

Jemand hatte den Fehler begangen, das Tier zu füttern, und nun wurde man es nicht mehr los. Es äffte den Aufseher der Plantage nach und begleitete die religiösen Lieder der Labadisten mit schrillen Tönen.

Ein schmaler Streifen Helligkeit zeigte sich am Horizont. Kaum hatte Maria ihre Röcke angezogen und die Bluse geschnürt, war der Raum in Licht getaucht. In Surinam begann der Tag nicht mit der Gemächlichkeit eines niederländischen Sonnenaufgangs. Aus Richtung der Sklavenquartiere erklang Gesang. Die Arbeiter zogen auf die Felder. Hühner gackerten aufgeregt.

Maria trat an Dorotheas Bett. Sanft legte sie ihrer Tochter eine Hand auf die Stirn und lächelte. So weckte sie ihr Kind seit zweiundzwanzig Jahren.

»Was ist?« Dorothea blinzelte unwirsch und gähnte.

»Du schwitzt.«

»Natürlich. Du etwa nicht?«

»Doch. Aber geht es dir sonst gut? Keine Kopfschmerzen?«

Damit hatte die Krankheit bei der Labadistenschwester Liese angefangen, und innerhalb von vier Tagen war ihr Bett für Dorothea frei geworden.

»Du redest es noch herbei, Mutter.«

»Nun denn, gehen wir zur Morgenandacht.«

Dorothea verzog das Gesicht. »Ich glaube, mir ist doch ein wenig unwohl.«

Maria schmunzelte. »Ich entschuldige dich, ausnahmsweise.«

Die Gemeinschaft betete in der Kapelle. Auch Marias Mund sprach die vertrauten Worte, doch ihr Geist widmete sich schon dem Werk des Tages. In der Kühle dieser ersten Stunden gelang das Denken am besten. Später wurde das Blut in den Adern dick und der Kopf schwer, man garte in der Hitze wie Gemüse in einer Brühe, und bei Anbruch der Nacht konnte man nur noch ermattet auf das Lager sinken.

Zum Morgenmahl, das aus wässrigem Getreidebrei und dünnem Tee bestand, kam Dorothea als Letzte. Sie murmelte eine Entschuldigung und bot an, den Spüldienst zu übernehmen.

Die Brüder und Schwestern zerstreuten sich. An diesem Vormittag wollten sie ein neues Gemüsebeet anlegen und den Bootssteg erneuern.

Während Dorothea Schalen und Löffel wusch, füllte Maria Wasser in einen ledernen Trinkschlauch. Heute ging es endlich einmal wieder in den Urwald. Sie schärfte ihr Messer und untersuchte die Klinge auf Rostspuren. In den Regenmonaten durchfeuchtete alles, und auch während des übrigen Jahres schritt die Verwitterung viel schneller voran als zu Hause. Schmetterlinge zu spannen war ein zweckloses Unterfangen, die Falter verschimmelten statt zu trocknen, oder fielen Käfern und Schaben zum Opfer. Durch Ritzen und Nähte drangen die Räuberchen, und scheiterten sie doch einmal an einem Behältnis, überließen sie den Schmaus den Kumpanen, die kleiner waren oder über schärfere Beißwerkzeuge verfügten.

Maria spürte einen Blick auf sich. Bruder Paul beobachtete sie vom Flur aus. Während die anderen Gläubigen Maria als sonderbaren Gast abzutun schienen, dessen Marotten einem immer unverständlich bleiben würden, wollte Paul, der erst seit Kurzem bei der Gemeinschaft lebte, Marias Rätsel ergründen. Täglich löcherte er sie mit Fragen:

- Über Aderi, Marias einheimische Begleiterin. (»Uralt. Warum nimmst du keine jüngere Indianerin mit?«)
- Über Marias Bluse (»Aus Seide. Wem hast du die gestohlen?«)

Heute trieb ihn Verwunderung über das Messer um: »Das ist viel zu klein. Welches Tier willst du damit erlegen?«

Maria lächelte. »Ich töte kein Tier damit.«

Paul schien nachzudenken. Kurz sah er hinaus zum Urwald, der sich weiter erstreckte, als jemals ein Weißer vorgedrungen war. Die wilde Landschaft barg Jaguare, Skorpione und ganze

Völker, die niemand hier kannte. Es kursierten nur Gerüchte über sie. Im Inneren des Landes sollte es eine Hochebene geben, bewohnt von Stämmen, deren Mitglieder im Gegensatz zu Marias Führerin kriegerisch waren.

Warum bloß, mochte Paul sich denken, soll man weiter in dieses Land eindringen, dessen Küsten allein sich bereits durch Hitze, Krankheit, Piratenüberfälle und Sklavenaufstände für viele Siedler als tödlich erweisen? Paul schien die sicheren Grenzen des Gemüsegartens vorzuziehen.

»Ich gebe dir ein größeres Messer«, sagte Paul.

Ersatz konnte Maria gebrauchen. Paul reichte ihr ein Messer mit graviertem Griff, sein eigenes. Sie lächelte. Freundlich von ihm. Aber eine andere Sache benötigte sie noch dringender.

»Hast du Schnaps?«, fragte sie.

Empört schüttelte Paul den Kopf. Er schien kurz davor, ihr sein Messer wieder wegzunehmen.

»Für die Insekten«, ergänzte sie. »Könntest du ein paar Liter besorgen, wenn ihr demnächst nach Paramaribo rudert? Manche Plantagenbesitzer brennen selbst welchen aus Zuckerrohr. Ich brauche das reine, hochprozentige Destillat, nicht den Punsch, den sie damit mischen.«

»Du weißt, wir sollen uns von geistigen Getränken fernhalten. Das ist eine der wichtigsten Regeln«, sagte Paul. »Wäre Schnaps da, könnte jemand in Versuchung geraten.«

Maria seufzte. »Dann muss ich mit dem auskommen, was ich noch habe.« Sie nickte Paul zum Abschied zu.

»Aderi wartet auf uns.« Die Indianerin betrat das gerodete Gebiet der Plantage nicht, sondern blieb stets zwischen den letzten Bäumen stehen. Ihr Enkel wurde von den Labadisten unterrichtet. Von ihm hatte Aderi Niederländisch gelernt. Einerseits schien sie neugierig zu sein, andererseits legte sie große Vorsicht an den Tag. Maria glaubte verstanden zu haben, dass ihr Misstrauen von der Bibel herrührte. Die Labadisten lasen jeden Tag viele Stunden darin und wollten auch alle anderen dazu bringen, es zu tun. Den Grund dafür begriff Aderi nicht. Ob es ein magisches Ritual sei, hatte sie von Maria wissen wollen. Aber es passierte doch nichts. Also würde der Zauber noch kommen?

Über Marias Wünsche hingegen schien sie sich überhaupt nicht zu wundern. Wollte Maria einen blauen Vogel aus nächster Nähe sehen, zeigte Aderi ihr einen Strauch, von dessen Früchten er naschte. Deutete Maria auf einen Schmetterling, brachte Aderi Tage später die passende Raupe. Nur einmal hatte Aderi nicht weitergewusst. Ein Falter, so groß wie zwei Hände? Solch einen hatte sie noch nie gesehen. Aber es gab diese Art, Maria besaß den Beweis.

Geleitet von der Indianerin, machten Maria und Dorothea sich auf den Weg. Die Eingeborene kannte Pfade durch den Urwald, aber schnell kam man auch auf denen nicht voran. Man stolperte über Wurzeln und verfing sich in Ranken. Die surinamische Natur lehrte Demut, und befolgte man ihre Lektion, beschenkte sie einen reich. Man brauchte ja nur stehen zu bleiben und den Kopf zu heben, um eine vielstöckige Wunderkammer zu erblicken. Sträucher wurden von kleinen Bäumen überragt, und die wiederum bildeten das Unterholz für die alten Riesen, deren Laub den Wald bekrönte. Schlingpflanzen umwickelten Stämme, Vögel bauten ihre Nester in Astgabelungen, Affen jagten sich in schwindelerregender Höhe. Maria bestaunte den scheinbar mühelosen Flug eines Schmetterlings. Auf einem Blatt rastete das Tier. Maria hätte es mit ihrem Netz erreichen können, aber sie ließ ihm die Freiheit. Diese Falterart besaß sie schon. Heute hoffte sie, eine andere zu fangen.

Jäh wurde sie von der Indianerin beiseitegezogen.

»Ori!«

Mit der freien Hand deutete Aderi auf den Boden. Zu Marias Linken ruhte eine rot-weiß-schwarz geringelte Schlange auf einem abgebrochenen Ast. Sie war zusammengerollt, aber Maria hatte schon gesehen, wie die Tiere blitzschnell vorschossen. Auch Dorothea wich dem Tier mit gehörigem Abstand aus.

»Augen immer unten«, sagte Aderi.

Mit klopfendem Herzen nickte Maria. Diese Ermahnung hatte sie schon oft bekommen. Sie heftete ihren Blick auf Aderis nackte Füße vor sich, die bei jedem Schritt geschmeidig abrollten. Die Indianerin trat nur auf Erde, niemals auf Blätter. Marias Fersen schmerzten. Ihre Strümpfe waren dünn gescheuert und schützten die Haut kaum noch vor dem Leder der Stiefel. Sie müsste sich mal wieder abends zum Stopfen hinsetzen, aber dafür fand sie nie Zeit, es gab immer noch so viele Beobachtungen niederzuschreiben. Einmal hatte sie versucht, barfuß zu gehen wie die Indianerin, aber das war noch schlimmer gewesen. Sie verfügte über zu wenig Hornhaut und bekam Kratzer und Schnitte. Wenn die sich entzündeten, würde sie tagelang gar nicht mehr laufen können.

Aderi blieb stehen und wies auf einen umgestürzten Baum.

»Wir müssen noch keine Pause machen«, sagte Maria.

Aber die alte Frau deutete auf eine Stelle hinter dem Baum. Sie waren am Ziel. Dort wuchsen Ananas, und was für prächtige! Zu ihrer Freude entdeckte Maria inmitten von Schösslingen etliche reife Früchte.

»An denen wäre ich glatt vorbeigelaufen! Machen wir uns an die Arbeit.«

Sie setzte sich, klappte ihr Notizbuch auf und begann, eine Frucht zu zeichnen. Neben ihr nahm Dorothea Platz.

»Sieh doch, Mutter, eine Raupe, dort unten auf dem Stiel.«

»Wunderbar! Halte kurz.« Maria reichte Dorothea Buch und Stift und entnahm ihrem Leinenbeutel ein Glas. »Die habe ich gleich.«

Derweil führte Dorothea die Zeichnung der Frucht fort. Keine Faser würde sie vergessen, kein Blatt des stacheligen Schopfes. Das Handwerk hatte sie von Maria gelernt, und sie ergänzte und vollendete oft die Zeichnungen ihrer Mutter.

Maria setzte sich wieder, verschloss das Glas und stellte es neben sich auf den umgestürzten Baum. Die Raupe kroch an der Wand ihres durchsichtigen Gefängnisses entlang. Wortlos riss Dorothea eine leere Seite aus dem Buch und reichte sie Maria, zusammen mit einer Unterlage aus dünnem Holz und einem weiteren Silberstift. Die Arbeitsaufteilung musste nicht besprochen werden. Maria würde sich um die Hauptsache kümmern, Dorothea um das Beiwerk.

Schweiß stand den Frauen auf der Stirn. Maria schob die Ärmel ihrer Bluse bis zu den Ellbogen hoch. Krempeln musste sie den Stoff nicht, er blieb von selbst an ihrer Haut kleben.

»Diese Ananas duftet viel süßer als die von Frau Block«, sagte Maria.

In der Orangerie der niederländischen Züchterin hatte sie die königliche Frucht zum ersten Mal *in natura* gesehen.

Aber kann man sagen: in natura? Die Ananaspflanze wuchs in einem Tempel aus Fenstern.

Maria hatte den Auftrag bekommen, das wertvolle Gewächs zu zeichnen.

»Wir glaubten, eine Vorstellung von der westindischen Natur zu haben«, sagte Maria zu Dorothea. »Aber in den Orangerien zieht man exotische Pflanzen in sorgsam gerechten Beeten. Das Entscheidende fehlt: die Üppigkeit drumherum.«

Unvermittelt schlug sie sich auf ihr linkes Handgelenk. Zu spät erwischte sie den Moskito. Das Tier hatte schon gestochen. Es hinterließ einen Blutfleck.

»Auf die Plagegeister könnte ich verzichten«, seufzte Dorothea.

»Ach, die gehören nun einmal dazu.«

Maria nahm ihr Zeichnen wieder auf. Schweigend arbeiteten sie eine Weile Seite an Seite. Aderi wartete etwas abseits, in der breiten Hocke, die für Menschen, die Stühle gewohnt waren, schrecklich unbequem wirkte. Als Maria sich zu ihr umdrehte, lächelte die Indianerin, sammelte etwas von einem Stamm, steckte es sich in den Mund und kaute.

Aus Stolz über ihre züchterische Meisterleistung hatte Frau Block eine Silbermedaille schlagen lassen. Die Inschrift verkündete: »Können und Arbeit bringen hervor, was die Natur nicht vermag.«

Daran schien Dorothea zu denken, denn sie sagte: »Außerdem werden die Pflanzen hier viel größer als in jedem Gewächshaus in den Niederlanden, und sei es auch noch so gut beheizt.«

»Richtig, aber um das zu sehen, muss man erst einmal hierhergelangen.«

Es hatte Maria viel Mühe gekostet, diese Reise in die Wege zu leiten. Als sie endlich eine Möglichkeit gefunden hatte, ihre Forschungsreise anzutreten, war ihre ältere Tochter, Johanna, bereits in Amsterdam verheiratet gewesen, und Dorothea, die jüngere, hatte ihren Traum, diesen fremden Kontinent einmal mit eigenen Augen zu sehen, schon lange aufgegeben.

Die Raupe war grob skizziert. Eine Abbildung mit allen Details würde noch Stunden erfordern, doch solche Feinarbeit konnte man hier nicht ausführen.

Maria verstaute ihre Zeichensachen sorgsam im Beutel und holte den verkorkten Schnaps und das Messer hervor.

Von der Seite blickte sie Dorothea an. Wenn sie ihr noch eines mitgeben wollte, dann die Bedeutung von Beharrlichkeit. Ihre Tochter spürte ihren Blick und hob nur die Schultern. Ihr Haar war bereits schweißdurchtränkt.

Maria stand auf. »Du bist fertig, ja?«, sagte sie laut. »Dann köpfe ich jetzt.«

Sie schnitt eine der Früchte im obersten Drittel auf. Nun mussten sie nur noch warten. Das Einzige, was einem in dieser Hitze leichtfiel. Sie teilten das Wasser mit Aderi und tranken schweigend. Ein Schmetterling torkelte heran. Auf der Oberseite schmückte seine Flügel ein Muster aus dunklen Linien, gefüllt mit einem hellen Grün, ähnlich dem des Schopfes der Ananasfrucht. Von unten waren sie gelb wie das Fruchtfleisch. Das wurde sichtbar, als das Tier sich niederließ, sie hochklappte und vom süßen Saft der Ananas naschte. Maria hätte den Bewegungen des zarten Wesens stundenlang zusehen können. Wenn es jetzt aber davonflog, konnte Maria ihm unmöglich folgen. Mit einem kurzstieligen Netz fing sie den Schmetterling ein und betäubte ihn, indem sie seinen Körper zwischen zwei Finger nahm und kurz zudrückte. Das Flattern hörte auf. Dorothea hatte das Raupenglas bereits geöffnet. Maria setzte den Schmetterling vorsichtig hinein. Einen Augenblick lang betrachtete sie das nun wieder einsetzende panische Schlagen der Flügel gegen die Innenseite des Glases. Dann goss sie vier Fingerbreit Rum hinein. Schade war es zwar schon, den Schmetterling töten zu müssen, aber nur indem Maria ihn konservierte oder präparierte, konnte sie ihren Kunden seine Schönheit nahebringen. Außerdem gab es in den Wäldern und auf den Wiesen so viele der Tierchen, dass wohl niemals Mangel an ihnen herrschen würde. Mit dem nächsten Schiff würde der Schmetterling nach Amsterdam reisen und dort hoffentlich einen guten Preis erzielen. Die letzten Objekte waren verdorben, weil der Rum in den Gläsern angeblich während der dreimonatigen Fahrt verdunstet war. Maria hatte daraus gelernt. Von nun an würde sie ihren Kisten eine Extraration Schnaps für die Mannschaft beilegen.

Maria stand auf, packte zusammen, wickelte die aufgeschnittene Ananas in ein Tuch, um sie später zu verzehren, und nickte der Indianerin zu. Auf dem Weg zurück kamen sie langsamer voran als am Morgen. Bleigewichte schienen an Händen und Füßen zu hängen, und selbst das Atmen war in der regenschwangeren Luft mühsam. Maria strauchelte und suchte Halt an einer Staude, die sich unter ihr bog. In den pfannengroßen Blättern hatte sich Wasser vom letzten Niederschlag gesammelt. Es ergoss sich auf Marias Kopf, durchnässte ihr aufgestecktes Haar und den gesamten Rücken. Was für eine Erfrischung!

Auch ihr rechter Unterarm war nass geworden, und Maria ließ die Tropfen herunterrinnen, über die Hand, zwischen die Finger, wo sie einen angenehmen Schauder verursachten, wie damals die erste Berührung von Jan. Sie schloss die Augen, und einen Moment lang war es, als könnte sie zwischen dem Kreischen und Rufen, Rauschen und Summen des dichten Urwaldes seine Stimme heraushören, die ihren Namen flüsterte.

ERSTER TEIL

Schmetterlinge

Schloss Waltha in Wieuwerd (Niederlande), April 1691

Bis kurz vor Ostern hatte Schnee gelegen. Den Malern von Winterlandschaften mochte das zuträglich gewesen sein, aber Maria hatte die Schmelze kaum abwarten können. Sie beugte sich über einen Schmetterling, den ersten, der ihr in diesem Jahr unterkam. Sein kurzes Leben war bereits vorüber, aber seine hellgrünen Flügel hatten noch immer die Farbe junger Blätter. Um die Tarnung zu vervollständigen, waren die Ränder braun gesprenkelt. Am Vortag hatte Maria das Tier im Kräutergarten aufgelesen, äußerlich vollkommen, aber steif. Nach einer Nacht in einem mit feuchtem Sand gefüllten Tontopf hatte sich die Totenstarre gelöst. Nun fixierte Maria den Körper des Schmetterlings mit Nadeln auf einer Holzplatte und machte sich daran, die nach oben geklappten Flügel zu spreizen, eine Arbeit, die vollste Konzentration erforderte.

»Entschuldigen Sie«, sagte eine männliche Stimme aus Richtung der offenen Tür. »Ich möchte zu den van Sommelsdijks.«

»Die sind in der Andacht«, murmelte Maria ohne aufzusehen. »So wie alle anderen.«

Die Zeiten, wenn die Labadisten zusammenkamen, um zu beten oder in der Bibel zu lesen, waren ihr die liebsten. Dann ruhte die Arbeit auf den Äckern, den Ställen und in der Küche, und Maria durfte sich ihrer Leidenschaft widmen.

Sie spannte einen Bindfaden zwischen den Fingern und versuchte, damit den rechten Flügel des Schmetterlings Richtung Platte zu drücken.

»Und warum sind Sie nicht in der Andacht?«, fragte der Mann.

»Tagsüber bin ich davon befreit. Nur am Morgengebet nehme ich teil.«

Damit ich forschen kann.

Der Flügel bog sich unter dem Faden durch und richtete sich wieder auf. Verärgert biss Maria auf ihre Unterlippe. Beim Präparieren sollte man schweigen, nur dann behielt man eine ruhige Hand.

»Warten Sie doch im Garten«, sagte Maria. »Der Hahnenfuß blüht gerade sehr hübsch.«

»Aber es regnet.«

Absätze klangen auf dem Steinboden. Der Mann schien den Inhalt der Regale zu betrachten.

»In der Laube haben Sie es trocken.« Maria unternahm einen neuen Versuch, den störrischen Flügel zu bändigen.

»Was ist in den Schachteln?«, fragte der Mann. Er wartete die Antwort nicht ab. Kurz darauf entfuhr ihm ein entsetzter Laut. »Sie halten sich Ungeziefer? In Ihrem Schlafzimmer?« Er wagte einen zweiten Blick. »Lebende Würmer?«

Ganz recht, Sie Dummkopf! Tote Raupen verpuppen sich schließlich nicht mehr.

Mit dieser Entgegnung auf der Zunge sah Maria hoch und vergaß, was sie hatte sagen wollen. Dunkle Locken fielen dem Herrn bis auf die breiten Schultern. Seine Haut war gebräunt.

Er arbeitet draußen. Also gehört er nicht zur Oberschicht.

Andererseits verrieten der Hut, den er in der Hand hielt, und seine Kleidung Wohlstand. Zu einer wadenlangen Hose und Stulpenstiefeln trug der Mann ein Hemd und eine Weste aus Brokat in leuchtendem Rot, Blau und Gelb.

Farben, die einen Schmetterling zieren könnten.

Einem Herrn wie diesem tuschelten die Frauen hinterher. Maria, die seit Jahren fast nur Labadisten in grauen, unförmigen Gewändern zu Gesicht bekam, genoss die Abwechslung. Der Besucher schien den Umschwung der Stimmung zu bemerken und wandte sich ihr zu. Seine Augen hatten die Farbe von Walnussholz. Er verbeugte sich.

»Mein Name ist Jan de Jong.«

Jan der Jüngere. Ein Bauernname, der nicht zum Äußeren seines Trägers passen wollte. Jeder dritte Niederländer hieß hier so. Zur Unterscheidung würde er jetzt gleich noch den Geburtsort anfügen.

Jan de Jong aus Amersfoort? Jan de Jong aus Maastricht?

Maria wartete, aber der Besucher sprach nicht weiter. Darum ergriff sie das Wort.

»Sehr erfreut. Ich bin Maria Sibylla Merian. Aus Nürnberg.«

Kein Zeichen des Erkennens bei ihrem Gegenüber. Er hatte wohl noch nie von ihren Werken gehört.

»Mein Vater war Matthäus Merian der Ältere«, sagte Maria. »Er zeichnete Stadtansichten.«

»Aber Sie haben sich auf Kleines spezialisiert.« Herr de Jong wies auf den Schmetterling. »Ich will gar nicht stören. Wenn ich Sie nur still beobachten darf, bis der Regen nachlässt …«

»Bitte. Nehmen Sie sich den Schemel dort.«

»Jawohl.«

Jan de Jong setzte sich ihr gegenüber. Etwas an ihm, vielleicht die Stiefel, roch nach Bienenwachs. Maria nahm ihre Arbeit wieder auf, fasste den Faden, atmete aus und hielt die Luft an wie eine Bogenschützin beim Zielen. Die Stille im Zimmer war vollkommen. Auch Herr de Jong hatte das Atmen eingestellt. Maria glaubte, seinen Blick zu spüren. Ihre Fingerspitzen kribbelten. Aus den Augenwinkeln erkannte Maria, dass Jan de Jong sich vorbeugte und seine Unterarme auf den Tisch legte. Seine Hände befühlten etwas. Maria hörte ein Rascheln und im nächsten Moment: »Oh, das wollte ich nicht.«

Herr de Jong hatte eine getrocknete Blüte auf dem Gewissen. »Die ist einfach zerbröselt.«

Maria seufzte. »Sie sind fragil, darum rahmt man sie hinter Glas. Was ich mit dieser nun nicht mehr tun werde.«

»Ich ersetze Ihnen den Schaden.«

»Sprechen wir darüber, wenn ich mit dem Schmetterling fertig bin.«

»Verstanden, ich schweige.«

Er legte die Hände auf die Beine, und Maria verlangsamte ihren Atem erneut. Unter dem sanften Druck des Fadens fügte sich der Schmetterlingsflügel allmählich. Als er flach an der Platte anlag, wollte Maria die Fadenenden befestigen, doch da bewegte sich erneut etwas am Rande ihres Blickfelds. Ein Stapel Skizzen kam ins Rutschen und begrub Platte und Schmetterling unter sich.

»Also wirklich!«, rief Maria.

»Verzeihung, ich wollte nur … Solch feine Zeichnungen habe ich noch nie gesehen, und ich komme viel herum. Ihre Striche sind zart wie Spinnweben. Sie zaubern mit dem Stift.«

Er versuchte, das Durcheinander zu ordnen und den Schmetterling frei zu graben. Das Tierchen war unbeschädigt.

»Überlassen Sie mir das«, sagte Maria.

Sie wollte seine Hand zurückschieben, aber er wich nicht. Ihre Finger glitten ineinander. In Maria entflammte etwas. Gleichzeitig spürte sie Gänsehaut auf ihren Armen.

»Sie frösteln ja.« Herr de Jong fasste ihre Hand fester. »Sind Ihnen die Holzscheite ausgegangen? Soll ich welche hacken?«

»Im Frühjahr zu heizen gilt bei uns als dekadent.«

»Eine Dame darf nicht frieren. Würde ich hier wohnen, hätten Sie Teppiche, Felle und immer heißen Tee.«

»Dann würden Sie aber nicht lange hier wohnen. Bei den Labadisten …«

Bestimmt unterbrach er sie. »Aber Sie sind Künstlerin.«

Er hatte mit Inbrunst gesprochen, so, als wäre alles andere absurd und hieße, die Sonne als Mond zu bezeichnen.

Für Maria, die in einer Gemeinschaft lebte, die sich einerseits mit dem Namen Merian schmückte, ihr andererseits aber verbot, die hauseigene Druckerpresse für ihre Werke zu benutzen, waren diese Worte wie eine Umarmung.

»Danke«, sagte sie.

Herr de Jong räusperte sich. Er schien sein Herz geöffnet zu haben und nun verlegen zu sein. Abrupt ließ er Maria los. Der Moment war vorbei.

»Und entschuldigen Sie nochmals«, sagte Herr de Jong. »Taue aufrollen kann ich, aber für feine Arbeiten habe ich kein Talent.«

»Alles eine Frage der Übung. Auch Sie könnten einen Schmetterling präparieren.«

»Vorher würde ich hundert zerstören.«

Maria lächelte verschmitzt. »Ich würde Sie nicht gleich an Tieren üben lassen. Meinen ungestümen Mädchen hat ein Spiel geholfen.«

Herr de Jong stützte die Arme auf den Tisch und blickte Maria erwartungsvoll an.

»Zeigen Sie es mir.«

Das ließ sich Maria nicht zweimal sagen. Sie schnitt eine Elle Faden ab und legte sie auf den Tisch. »Spannen Sie den Faden zwischen ihren Händen. Er soll straff sein, aber darf nicht reißen.« Sie nahm eine Ausgabe ihres ersten

Raupenbuchs aus dem Regal und legte es aufgeschlagen in Herrn de Jongs Schoß, darauf bedacht, ihn nicht zu berühren. Jede Bewegung schien mit Bedeutung aufgeladen zu sein und eine Lawine von Ereignissen auslösen zu können.

»Versuchen Sie, mit dem Faden umzublättern«, sagte Maria. »Aber immer nur eine Seite auf einmal.«

Herr de Jong mühte sich redlich. Nach mehreren Anläufen brachte er den Faden unter die nächste Seite und konnte umschlagen.

»Gut«, sagte Maria. »Und nun weiter bis zum Ende und zurück, während ich den Schmetterling versorge.«

Für eine Weile erklang nur das Wispern von Papier. Maria fixierte die Flügel des Schmetterlings und betrachtete ihr Werk zufrieden. Die Zeit würde den Rest erledigen. Wenn der Schmetterling erst wieder vollständig getrocknet war, behielt er seine Form auch ohne die Fäden.

Doch was war mit Jan de Jong geschehen? Reglos saß er über der Abbildung einer Gartenpappelrose, unter der braune Raupen lagen. Seine Miene drückte Verwunderung aus.

»Den Schmetterling, zu dem die hier werden, habe ich *in natura* da«, sagte Maria. »Möchten Sie ihn sehen?« Eilfertig fügte sie hinzu: »Das meiste in diesem Raum steht zum Verkauf.«

»Eigentlich mache ich mir nichts aus Bildern«, sagte Herr de Jong. »Aber Ihre sehen schön aus, obwohl sie Ungeziefer zeigen.«

»Die Raupen erfüllen eine Aufgabe«, sagte Maria. »Sie leben von den Pflanzen, aber ich bin überzeugt, die Pflanzen brauchen sie auch. Die Zusammenhänge müssten noch genauer erforscht werden, von studierten Herren. Ich beobachte ja nur.«

Herr de Jong nickte und schien einem Gedanken nachzuhängen. Maria erwartete einen Widerspruch. Doch der Besucher sah sie an und sagte: »Malen Sie mich!«

Maria glaubte, sich verhört zu haben.

»Was soll ich malen?«, fragte sie.

»Mich«, beharrte Herr de Jong.

Er setzte sich in Positur und spähte in eine unbestimmte Ferne.

Wie gern Maria ihn gezeichnet hätte! Gar nicht sattsehen konnte sie sich an ihm. Inzwischen hatte sie Gegensätzliches entdeckt. Die extravagante Weste offenbarte Sinn für Mode, aber ein Schönling war Herr de Jong nicht. Der Schatten eines Bartes verlieh ihm etwas Verwegenes, und eine Perücke zu tragen wäre ihm wohl auch nicht eingefallen. Er wirkte windzerzaust, reiste wahrscheinlich nicht per Kutsche, sondern galoppierte mit einem schnellen Pferd über die Felder. Ob er Tänze beherrschte? Für ihn würde Maria die Figuren des Menuetts lernen. Auf dem Parkett hatte man einen Vorwand, einander nahe zu kommen, und …

Du schwärmst ja wie ein junges Mädchen! Bist wohl über den bußgebeugten Brüdern mannstoll geworden.

Aber nein, schuld ist mein Blick, geschult, nach Schönheit zu suchen. Malte ich Herrn de Jong, könnte ich ihn ungeniert betrachten.

Doch du kannst ihn nicht malen. Sag ihm das!

»Zu gern würde ich den Auftrag annehmen.« Maria rieb sich nervös die Hände. »Nur sind Menschen nicht mein Gebiet. Mein Stiefvater bildete mich aus, Jacob Marrel, und der war Blumenmaler.«

»Aber finden Sie Personen nicht interessanter?«

Maria zuckte mit den Schultern. Sie war in Nürnberg geboren worden, Frauen durften dort keiner Gilde beitreten und konnten schon deshalb keine lukrativen Porträtaufträge ergattern. Außerdem gab es noch ein anderes Problem.

»Die Darstellung von Körpern übt man am Akt«, sagte Maria.

»Oh. Aber ich beabsichtigte doch nicht … Meine Kleider behielte ich natürlich an.«

Maria schmunzelte. »Davon gehe ich aus. Ich wollte nur sagen, dass man Mädchen keine nackten Modelle zur Übung vorsetzt, jedenfalls nicht in meiner Heimat.«

»Und wenn Sie mich nur vom Hals aufwärts malten? An Gesichtern werden Sie sich doch sicher schon versucht haben.« Fragend legte er den Kopf schief. Im Braun seiner Augen entdeckte Maria moosgrüne Sprenkel. »Oder sind Ihnen als Nonne auch Porträts verboten?«

»Ich bin doch keine Nonne!«

»Aber das hier ist ein Kloster.«

»Die Labadisten sind eine Glaubensgemeinschaft. Wir leben hier wie die ersten Christen. Darum dürfen wir natürlich – «

» – Porträts malen«, sagte Herr de Jong.

Er machte eine übertrieben ernste Miene und brachte Maria damit zum Lachen.

»Ganz recht«, antwortete Maria.

Herr de Jong nickte, setzte aber nichts hinzu. Stattdessen schien er auf einen Vorstoß Marias zu warten. Sie sagte aber nichts, sondern blickte Herrn de Jong nur an, immer noch fassungslos darüber, für eine Nonne gehalten worden zu sein. Herr de Jong sah weg und dann wieder zu ihr hin, diesmal tief in ihre Augen, fünf schnelle Herzschläge lang. Dann zwinkerte er.

Ich mache nur Spaß, schien er damit zu sagen. *Oder doch nicht? Entscheiden Sie selbst.*

Jedenfalls weiß er zu schäkern! Wie ich das vermisst habe.

»Was Ihren Wunsch betrifft …« Maria sortierte ihr Arbeitsmaterial um den Schmetterling herum. Die Längsseiten seiner Flügel befanden sich im rechten Winkel zu den Kanten des Bretts. Äußere Ordnung half beim Denken. »Ihr Wunsch nach einem Bild ist leicht zu erfüllen.« Sorgsam vermied Maria das Wort *Porträt.* »In Leyden, Den Haag oder Amsterdam finden Sie bestimmt einen Maler. Es muss ja nicht gleich Godefridus Schalcken sein. Eine ordentliche Arbeit von einem aufstrebenden Künstler bekommen Sie an jeder Ecke zu einem erschwinglichen Preis.«

»Über Zahlkraft verfüge ich.« Herr de Jong war wieder ganz ernst. Die Angelegenheit musste ihm wichtig sein. »Aber ich will kein Ölbild, wie jeder Kaufmann es hat, geschönt und austauschbar. Sie, Frau Merian, zeichnen Insekten, als wären sie Kleinode, und ich möchte wissen, wie Sie mich sehen. Wie kann ich Sie überzeugen?«

Er hob die Augenbrauen. Maria versuchte, den Ausdruck im Geiste in Linien zu übersetzen, doch es gelang ihr nicht recht. Ein Porträt wäre eine Herausforderung. Zudem würde es eine hübsche Summe einbringen. Gelegentlich verkaufte Maria präparierte Schmetterlinge an Durchreisende, die gehört hatten, man könne bei den Wieuwerder Labadisten Sammelobjekte erwerben. Der Erlös sollte der Gemeinschaft zukommen, doch Maria zweigte stets ein wenig für sich ab. Irgendwann würde das heimlich Gesparte reichen, um fortzugehen. Schloss Waltha hatte von Anfang an nur eine Zwischenstation sein sollen, ein Zufluchtsort für sie, die Mädchen und ihre Mutter, der sich anbot, weil ihr Halbbruder Caspar schon dort lebte. Aber Caspar war nun seit fünf Jahren tot, die Mutter seit einigen Monaten, und Maria drängte es weiter, in eine der großen Städte, von denen die Labadisten bloß im Zusammenhang mit Laster und Gottlosigkeit sprachen. Doch gab es dort auch reiche Kaufleute, und deren Wohlstand düngte den Boden, auf dem Wissenschaft und Kunst wuchsen. Marias Talente würden endlich wieder gesehen werden.

Die Veröffentlichung meines letzten Buches ist acht Jahre her. Ich klebe meine Zeichnungen in ein Studienbuch, in dem nur meine Töchter blättern. Und was für eine Zukunft erwartet Dorothea und Johanna? Unsere Kunst wird hier bloß geduldet, nicht geschätzt.

»Über den Preis kämen wir gewiss überein«, sagte Herr de Jong.

Maria lehnte sich zurück und senkte die Lider.

Ob mir das Schäkern auch noch gelingt?

»Dieser Nachmittag wird uns nicht genügen«, sagte sie. »Sie müssten wiederkommen.«

Herr de Jong lächelte komplizenhaft. »Selbstverständlich.«

»Außerdem brauche ich Leinwand, Öl und Pigmente.«

»So viel Sie wollen.«

Maria fand Gefallen an diesem Spiel.

»Und meine Finger wären geschmeidiger, besäße ich Pulswärmer aus Kaninchenfell.«

»Lassen Sie mich Ihre Größe messen.«

Er öffnete auffordernd die Hand, und Maria streckte ihren Arm aus. Herr de Jong schob den Blusenärmel hoch, drehte ihren Unterarm mit der Innenseite nach oben und formte mit Daumen und Mittelfinger einen Reif um ihr Handgelenk. Beinahe konnte er die Finger schließen, doch er übte keinen Druck aus. Maria entspannte die vom Zeichnen strapazierten Muskeln und erlaubte ihrem Arm, schwer zu werden. Ihre Finger krümmten sich in eine lockere Haltung zurück. Sanft ließ Herr de Jong ihre Hand auf die Tischplatte gleiten und strich mit dem Daumen über ihre Handfläche. Ein Prickeln lief Marias Arm hinauf bis in die Schulter, breitete sich von dort über die Schlüsselbeine aus und rieselte tiefer.

Lärm erklang aus dem Flur. Maria zog ihren Arm zurück.

»Vergessen Sie die Pulswärmer«, sagte sie schnell. »Mit denen käme ich mir albern vor. Aber Pigmente sind unerlässlich.«

Die Andacht war vorüber, und die Gläubigen kehrten wieder, allen voran Dorothea. Maria hörte ihre jüngere Tochter kichern. Vor zwei Monaten war sie dreizehn Jahre alt geworden und gebärdete sich manchmal schon wie eine Erwachsene, nur um im nächsten Moment mit ihrer Freundin Tess zu flüstern und herumzualbern.

»Mama, wer ist das?«

Dorothea blieb im Türrahmen stehen und starrte Marias Besucher mit unverhohlener Neugierde an. Herr de Jong erwiderte den Blick. Sicher fragte er sich, ob es noch weitere Kinder gab und wo deren Vater war.

»Das ist Jan de Jong, er möchte mit Anna, Maria und Lucia sprechen.«

Als Maria dieses Ansuchen wiedergab, merkte sie, wie seltsam es war. Den drei adligen Van-Sommelsdijk-Schwestern gehörte Schloss Waltha. Lucia, die jüngste, war mit Jean de Labadie, dem Gründer der Labadisten verheiratet gewesen. Die Gemeinschaft hatte an verschiedenen Orten gelebt. Als Jean gestorben war, hatte sein langjähriger Freund Pierre Yvon dessen Nachfolge angetreten, und Lucia hatte den Frauen und Männern vorgeschlagen, sich auf das Familiengut zurückzuziehen. Während Pierre predigte, kümmerten sich Lucia und ihre Schwestern um die praktischen Angelegenheiten und packten auch selbst mit an. Durch Fleiß wollten sie Gott gefallen.

Was konnte ein weltlicher Mann wie Herr de Jong, der offenbar kaum etwas von dieser Gemeinschaft wusste, von ihren Leiterinnen wollen?

»Bist du auch eine Künstlerin?«, fragte Herr de Jong Dorothea.

»O ja. Mutter meint sogar, ich sei besser als Johanna, und die ist schon erwachsen!«

»Johanna ist meine ältere Tochter«, sagte Maria. »Wir leben zu dritt hier.«

Als Erklärung sollte das genügen. Die Abwesenheit eines Gatten ließ üblicherweise zwei Schlüsse zu. Entweder waren die Kinder unehelich, oder der Vater war gestorben.

Hätte sie es endlich in die Stadt geschafft, wollte Maria sich als Witwe ausgeben. Als solche würde sie mit Respekt behandelt und dürfte ihr Geld selbst verwalten. Sie könnte ganz offen die Rolle des Ernährers übernehmen und würde damit einige Privilegien zugestanden bekommen, die ansonsten nur Männern vorbehalten waren.

»Darf ich den Herrn zu den Schwestern führen?«, fragte Dorothea.

»Das wäre lieb«, sagte Maria.

Dorothea strahlte, stolz, sich nützlich machen zu können.

Herr de Jong stand auf. »Sprechen wir später noch einmal, Frau Merian.«

»Wegen des Auftrags, ja.« Maria versuchte, förmlich zu klingen, tauchte eine Schreibfeder in Tinte und kritzelte eine Reihe sinnloser Kürzel auf ein Stück Papier.

Ihr Herz sang wie ein Vogel im Frühling.

Maria harrte in ihrer Kammer aus, bis Herr de Jong von den Van-Sommelsdijk-Schwestern zurückgekehrt war. Lange musste sie nicht warten. Sie legte einen Silberstift und Papier für die Vorskizze zu dem Porträt zurecht, und schon war der Besucher wieder da. Er wirkte unzufrieden und blieb auf der Schwelle zu der Kammer stehen. Sein Blick hatte etwas Rastloses.

»Wie verlief Ihre Unterredung?«, fragte Maria.

»Ich hatte mir mehr versprochen. Es scheint, als wäre ich umsonst hergekommen. Hier werde ich keine Geschäfte machen.«

Maria verspürte einen Stich.

Umsonst hergekommen?

Das klang nach einem weiten Weg. Herr de Jong hatte Taue erwähnt. Woher kam er? Wohin wollte er? Immerhin war da noch der Porträtauftrag. Dafür würde Maria mehrere Stunden mit Herrn de Jong verbringen. Der Lohn, den sie für ihre Arbeit erwarten konnte, würde den Abschied versüßen und ihr einen Neuanfang ermöglichen.

Maria zückte den Stift. »Setzen Sie sich vor das Fenster, dort ist das Licht gut.«

»Leider muss ich gehen.« Er blickte über die Schulter, wie um sich zu vergewissern, ob ihm jemand gefolgt war. »Ich soll das Schloss unverzüglich verlassen.«

»Aber … Ihr Bild!«

Er straffte die Schultern. »Glauben Sie mir, auch mir tut es leid.«

Schwere Schritte erklangen auf dem Flur. Sie konnten nur Jost Brönkel gehören, einem Bären von einem Kerl, der in der Kapelle zwei Plätze belegte.

»Dann ein andermal?«, fragte Maria.

»Man verbot mir wiederzukommen.« Herr de Jong machte zwei rasche Schritte in die Kammer hinein. Maria lief ihm entgegen. Voreinander blieben sie stehen, unschlüssig, wie sie sich verabschieden sollten, zwei Fremde immer noch.

Jost stampfte herbei und nahm im Flur Aufstellung, die Arme vor der mächtigen Brust verschränkt.

»Ich bin im Wirtshaus in Winsum abgestiegen«, flüsterte Herr de Jong. »Kommen Sie morgen dorthin.«

Mit einem kaum merklichen Nicken gab Maria ihr Einverständnis, obwohl sie keineswegs sicher war, wie sie diesen Besuch wagen sollte. Zwar unternahm sie oft ausgedehnte Wanderungen, um Raupen zu suchen, und konnte sich unter diesem Vorwand davonstehlen, aber in Winsum würde sie gesehen werden. Die Leute tratschten. Zwar lebten die Labadisten abgeschieden, aber gelegentlich kam doch jemand vorbei, der Hufschmied etwa und das Mütterchen, das Annas Rheumasalbe brachte. Die van Sommelsdijks würden erfahren, wessen Gesellschaft Maria gesucht hatte. Warum sie wohl so zornig auf Herrn de Jong waren? Was konnte er falsch gemacht haben? Wie Maria sie kannte, würde das nicht zur Sprache kommen.

Jost schnalzte. »He«, rief er. »Raus jetzt!«

»Bis bald.« Entschlossen, als müsste er sich losreißen, wandte Jan de Jong sich um und folgte Jost hinaus.

Am Fenster stehend, sah Maria ihn den Schlosshof überqueren. Er blickte nicht zurück, doch auf halbem Wege bückte er sich, sammelte etwas Kleines auf und legte es auf die Bank. Jost überholte Herrn de Jong und trieb ihn mit energischen Armbewegungen zur Eile.

Maria nahm ihr Schultertuch vom Haken und ging nach draußen. Auf der Bank fand sie einen Marienkäfer. Reglos lag er auf dem Rücken. Wahrscheinlich war er zu früh geschlüpft und dem Nachtfrost zum Opfer gefallen. Maria hauchte ihn an. Sieh da, ein Zittern durchlief die Flügel! Das Tierchen bewegte die Beine, krabbelte Marias Ringfinger hinauf und flog von dort in den weiten Himmel.

Aufbruch nach Amsterdam

Friesland in den Niederlanden, zehn Tage später

»Mutter, warum halten wir schon wieder an?« Dorothea lugte aus dem Kutschenfenster. »Ich will endlich die Grachten sehen!«

Sie wippte mit den Beinen und stieß an Marias Knie. Ihr schlaksiger Körper schien sich über Nacht erneut gestreckt zu haben. Gerade erst hatte Maria für sie die Säume ihrer Kleidung ausgelassen, und nun war der Rock schon wieder zu kurz. Mit der Ungeduld einer Zweitgeborenen, die einen Vorsprung aufzuholen versucht, schien Dorothea alles Kindliche loswerden zu wollen. Täglich wurden Dinge zu klein, zu eng und zu langweilig.

Ihre Schwester stützte den Kopf in die Hände.

»Mir ist übel«, stöhnte Johanna. »Lange ertrage ich dieses Schaukeln nicht mehr. Der Weg besteht wohl nur aus Schlaglöchern.«

Maria sah zwischen ihren Töchtern hin und her. Johanna würde im Mai ihren dreiundzwanzigsten Geburtstag feiern. Zehn Jahre Altersunterschied lagen zwischen ihr und Dorothea. Die beiden waren nie Spielkameradinnen gewesen und hatten oft gegensätzliche Bedürfnisse. Aus der Schachtel, die auf ihren Knien stand, nahm Maria ein gezacktes Blatt und reichte es Johanna.

»Kaue noch etwas Minze, die hilft.«

»Ich soll das Raupenfutter essen?«

»Die haben reichlich.« Maria durchfurchte mit den Fingern das Grün in der Schachtel. Darunter lagen zwei reglose Raupen. Eine dritte kletterte an der Pappwand empor, dem Licht entgegen. Behutsam stupste Maria sie zurück. »Die armen Tierchen sollten sich dieser Tage einspinnen. Aber dafür brauchten sie Ruhe. Ich hoffe, die Reise bringt sie nicht durcheinander.«

Johanna stöhnte. »Um die Raupen sorgst du dich mehr als um uns.«

»Bald sind wir ja da, Liebes.« Maria strich Johanna über die blassen Wangen.

Ihre Große besaß einen empfindlichen Magen, und das üppige Frühstück schien ihr nicht gut bekommen zu sein. Am Morgen hatte Maria die Mädchen aufgefordert, sich ordentlich satt zu essen. Die Fahrt nach Amsterdam würde drei Tage dauern und beschwerlich werden. Wie bestellt, war die Kutsche bei Sonnenaufgang vor das Tor von Schloss Waltha gerollt. Die anderen Labadisten sprachen gerade das erste Gebet, als Maria und ihre Töchter den Ort verließen, der ihnen sechs Jahre lang Zuflucht geboten hatte. Die Schwestern und Brüder hatten kaum Überraschung gezeigt, als Maria ihre Entscheidung verkündet hatte. So ganz hatte sie nie zu ihnen gehört. Wo sie denn hinwolle?

»Nach Amsterdam zu Jacob«, sagte Maria. »Johannas Liebster wird uns helfen, eine Wohnung zu finden.«

Daraufhin hatten sie keine Fragen mehr gestellt. Bei Jacob handelte es sich um ein weiteres verlorenes Schäfchen, einen jungen Mann deutscher Herkunft, der die Labadisten verlassen hatte, um Kaufmann zu werden. Johanna vermisste ihn schmerzlich und hatte gefordert: »Wenn wir gehen, dann in seine Stadt!«

Die ersten Meilen hatten sie rasch hinter sich gebracht. Doch gegen Nachmittag hatte der Kutscher sich an den Vorderrädern zu schaffen gemacht und Verwünschungen gemurmelt. Seit diesem Halt rollten sie in gedrosseltem Tempo durch die friesische Landschaft.

Dorothea rutschte auf ihrem Sitz herum. Ihre Wangen waren gerötet. Sie hatte etwas von der Rastlosigkeit einer Ameise an sich. Was Johanna auf der Reise an Kraft fehlte, hätte sie ihr doppelt abgeben können.

»Du bist nur liebeskrank, Schwesterherz.« Dorothea grinste. »Wäre dein Jacob hier, würdest du dich tapfer geben. Erst letzte Woche hast du per Brief beteuert, ihm in jedes Abenteuer zu folgen.« In einer Nachahmung von Verzückung verdrehte sie die Augen und sprach mit schwärmerischer Stimme: »Natürlich begleite ich dich nach Westindien! Seeungeheuern, Piraten und Stürmen wollen wir gemeinsam trotzen.«

»Du dummes Kind.« Johanna hob die Faust. Sie wollte Dorothea auf den Arm schlagen, brachte aber nur ein schwaches Knuffen zustande.

»Seetauglich bist du wirklich nicht, meine Große«, sagte Maria. »Wenn dich schon eine Kutschfahrt derart mitnimmt …«

»Kein Schiff kann schlimmer schwanken als dieses Höllengefährt«, murmelte Johanna.

»Jetzt stehen wir ja erst einmal wieder.« Maria erhob sich. »Ich erkundige mich, wann es weitergeht.«

Sie raffte ihre Röcke, kletterte aus der Kutsche und krempelte die Ärmel ihrer Bluse hoch.

»Kann ich helfen?«, fragte sie.

Der Kutscher kauerte neben dem Vorderrad. Seine Hände waren schwarz von der Schmiere. Am Wegesrand grasten die abgespannten Pferde.

»Aber nein, werte Dame, machen Sie sich nicht schmutzig.«

Als hätte sie seine Worte überhört, hockte Maria sich neben ihn und spähte hinter das Rad.

»Die Achse ist verbogen«, sagte sie.

»Ja, aber das haben wir gleich.«

»Wie wollen Sie die reparieren? Dafür brauchen wir einen Schmied.«

»Ich justiere die Aufhängung.«

Mit einer Zange hantierte der Kutscher hinter den Speichen des Rades. Maria prüfte den Unterbau des Gefährts von der Vorderseite.

»Sie machen alles nur schlimmer«, sagte sie. »Gibt die Achse in der Mitte nach, ist das Eisen ermüdet. Sie müssen sie schleunigst austauschen. Bricht sie während der Fahrt, kippen wir in den Graben. Mit einer Weiterfahrt riskieren Sie unser aller Leben.«

»Sachte, ich würde niemals …«

Maria richtete sich auf und stemmte die Hände in die Hüften. »Um den Zustand Ihrer Kutsche wissen Sie doch schon lange Bescheid. Wahrscheinlich bekommen Sie keine anderen Fahrten mehr. Aber Sie dachten wohl, für Labadisten ist dieser Haufen rollenden Schrotts noch gut genug. Fromme Leute sind leichte Opfer, die bitten den Himmel um Beistand, wenn es Schwierigkeiten gibt.«

Nun endlich sah der Kutscher zu ihr hoch.

»Verehrteste, ich versichere Ihnen, dass …«

Doch Maria nahm Fahrt auf. »Da sind Sie bei mir an die Falsche geraten. Man erwartet mich in Amsterdam. Nun werde ich mich verspäten. Wer vergilt mir die verlorene Zeit? Sie?«

Auf die Stirn des Mannes traten Schweißperlen. »Die unebenen Wege ruinieren das Fahrwerk. In diesem Teil des

Landes tut man wenig für Reisende. Aber das ist nicht mein Versäumnis.«

»Ausflüchte und Gejammer!« Maria warf die Hände in die Luft. »Keinen einzigen Gulden werde ich für den Transport bezahlen. Sie haben uns arglistig getäuscht. Meine Mädchen und ich gehen zu Fuß weiter. Aus dem nächsten Dorf lasse ich Ihnen Hilfe schicken. Dafür liefern Sie aber unser Gepäck nach. Darauf kann ich doch vertrauen?«

Der Kutscher bedachte sie mit einem feindseligen Blick. »Als ob ich Bündel mit Weibertand stehlen würde.«

»Nun denn.« Maria ging zurück zur offenen Tür der Kutsche. »Johanna, Dorothea, wir laufen. Nehmt nur mit, was ihr für die Nacht braucht.«

Erhobenen Hauptes schritt sie ihren Töchtern auf dem Weg voran. Im Rücken spürte sie den Blick des Kutschers. Ihr Herz pochte. Sie hatte sich forsch gegeben, um den Mann zu überrumpeln. Wüsste er, wie leicht ihre Börse war, hätte er ihre Beschwerde verlacht.

Maria hatte einen Teil ihres wenigen Geldes für die erste Zeit in der Stadt vorgesehen und darum die günstigste Reisemöglichkeit gewählt. Bliebe die heutige Fahrt aber kostenlos, konnten die Merians den Rest des Weges sogar in einem anständigen Postwagen zurücklegen.

»Warte, Mutter«, rief Dorothea, die ein Bündel Kleidung schleppte. »Warum hast du nichts mitgenommen?«

Erschrocken blieb Maria stehen und vergewisserte sich mit einem Blick nach unten der Raupenschachtel in ihren Händen. »Habe ich doch«, sagte sie.

»Du brauchst dein wollenes Schultertuch. Wirst du nicht frieren, wenn die Sonne untergeht?«

Vor ihnen flammten bereits violette Streifen den Horizont. Das reizvolle Naturschauspiel erinnerte Maria an die Farben der Semper Augustus, einer Tulpensorte, die nur in den Beeten der reichsten Kaufleute wuchs. Als Kind hatte Maria einmal Blütenkelche im Garten des Nachbarn abgeschnitten, um Modelle für eine Zeichnung zu haben. Das hatte ihr Schelte eingebracht. Zur Wiedergutmachung musste sie das fertige Kunstwerk an den Geschädigten abtreten. Sein Lob angesichts der sorgsam aquarellierten Pflanze war ihr noch immer im Ohr. Seitdem wusste sie: Ein Bild schenkt der Künstlerin zweimal Freude, erst beim Erschaffen und später durch die Bewunderung der Betrachter.

»Mir ist warm genug«, sagte Maria.

»Beeilen wir uns.« Johanna überholte sie. »Wenn es dunkel wird, sollten wir nicht mehr draußen sein. Ich wäre lieber in der Kutsche geblieben.«

»Wieso?«, fragte Dorothea. »Laufen beruhigt deinen Magen.«

»Aber die Aussicht, Räuber zu treffen, beunruhigt ihn noch mehr.«

»Johanna Helena! Unterstehe dich, deiner Schwester Furcht einzujagen«, sagte Maria. »Dort vorne sehe ich schon Kaminrauch. Überlegt mal, Mädchen. Könnte nicht auch der Kutscher Böses im Schilde geführt haben? Vielleicht hat er einen Pakt mit Wegelagerern und trödelt, damit uns seine Kompagnons bei einbrechender Dunkelheit um Hab und Gut erleichtern können.«

»So etwas hatte er gewiss nicht vor«, sagte Johanna. Ihren Schritt beschleunigte sie trotzdem weiter.

»Vor unredlichen Kutschern muss man sich hüten«, sagte Maria. »Möchte der Mann auch weiterhin Fahrgäste haben, soll er lieber schleunigst unser Gepäck nachliefern und uns den vollen Fahrpreis erlassen. Andernfalls könnten wir andere Reisende vor ihm warnen. Wäre das nicht sogar unsere Pflicht?«

»Ich verstehe«, sagte Johanna. »Du bist gerissen, Mutter.«

»Was denn nun?«, fragte Dorothea. »Soll ich mich fürchten oder nicht?«

»Freu dich auf ein königliches Nachtmahl«, sagte Maria.

Eine halbe Stunde Fußmarsch später erreichten sie das Dorf. Vor der Herberge *Zum Ochsen* mischte sich der Duft gebratener Würste mit Pferdegeruch aus dem angrenzenden Stall zu einem deftigen Bouquet. Maria rückte die schwarze Haube über ihren Haaren zurecht.

»Wirtsleute sind neugieriges Volk«, sagte sie zu den Mädchen. »Sprechen wir mit ihnen nur das Nötigste. Werden wir gefragt, sind wir in Trauer und unterwegs zu unserer Familie nach Amsterdam.«

»Aber dort haben wir niemanden«, sagte Dorothea. »Jacob gehört ja noch nicht – «

»Schweig du lieber«, sagte Johanna.

»Aber warum?«

Johanna legte den Kopf in den Nacken und atmete genervt aus.

»Du weißt auch gar nichts. Weil ehrbare Frauen in männlicher Begleitung reisen müssen. Nur wenn etwas Unvorhergesehenes eintritt, wie ein Todesfall …«

»Großmutter fehlt mir«, sagte Dorothea.

Maria strich ihr über das Haar. »Mir auch. Aber erwähnen wir sie nicht. Reden wir nur allgemein von Trauer.«

»Weshalb?«

»Ach …« Maria warf einen Hilfe suchenden Blick zu ihrer älteren Tochter. Wenigstens Johanna schien zu begreifen, dass Maria als Witwe durchgehen wollte. Von Dorothea konnte man nicht verlangen, die Existenz ihres Vaters zu verleugnen, lebte Johann doch gesund und vermutlich auch recht munter in Nürnberg. Wahrscheinlich versuchte er, eine

Scheidung zu erwirken, und wäre die vollzogen, würde er sich neu vermählen.

Kriegt der arme Johann endlich eine gute Frau, würden die Gratulanten raunen. *Wo Maria ihm doch so zugesetzt hat. Obwohl er ihre Malerei immer unterstützt hat, packt sie eines nachts die Koffer und flieht mit den Kindern in die Niederlande. Bei einer Gemeinschaft versteckt sie sich, Labadisten oder so ähnlich. Johann hat sie sogar noch aufgesucht und gebeten zurückzukommen. Aber die Brüder und Schwestern da haben seine Ehe für nichtig erklärt, weil Johann ihren Glauben nicht teilt. Die haben ihn einfach wieder weggeschickt. Welch durchtriebenes Weibsstück!*

»Aus der Küche riecht es herrlich«, rief Maria. »Ich habe Hunger, und ihr? Treten wir ein, bevor sie die Pfannen spülen.«

Sie verlagerte die Raupenschachtel auf ihren linken Arm und hielt ihren Töchtern die schwere Tür zur Gaststube auf. Bevor sie selbst eintrat, blickte sie noch einmal zurück. Kaum war sie fort aus Schloss Waltha, konnte sie kaum noch sagen, wo die letzten sechs Jahre geblieben waren. Durch die immer gleiche Abfolge von Beten, Arbeiten, Essen und Schlafen waren die Tage gleichförmig verlaufen und schienen ihr jetzt zu einem einzigen zu verschmelzen. Nur wenige Ereignisse stachen hervor, darunter Trauriges, wie die Beerdigungen der Mutter und Caspars, und kleine Glücksmomente, wie die Gelehrigkeit der Mädchen beim Zeichnen oder der sonnentrunkene Flug der ersten Schmetterlinge im Frühling. Und zuletzt die Begegnung mit Jan de Jong. Seine Zeichnung lag zusammengerollt zwischen Schmetterlingsskizzen in einem Schutzumschlag aus Wachstuch. Maria hatte sie so oft betrachtet, dass ihr jede Linie im Gedächtnis war.

Die Wirtin des *Ochsen* begrüßte Maria und ihre Töchter mit einem Ausmaß an Widerwillen, das sie wohl nur noch hätte steigern können, wären drei streunende Hunde in ihrer Gaststube aufgetaucht. Offenbar war sie aber auf Gäste angewiesen, denn sie zog ihr Buch heran und zückte die Schreibfeder.

»Namen?«, fragte sie.

Beim Sprechen bewegte sie die Lippen kaum. Maria, der in den Jahren auf Schloss Waltha die unterschiedlichsten niederländischen Dialekte begegnet waren, verstand sie trotzdem.

»Maria Sibylla Merian.«

»Maria kenn ich, aber Si… bitte?«

»Das ist deutsch. S, I, B …«

Die Wirtin schob das Gästebuch über den Tresen. »Tragen Sie es selbst ein.«

Maria tauchte die angebotene Feder in die Tinte und malte die Buchstaben in ihrer schönsten Schrift auf das Papier. Sollte sie *Witwe* hinzufügen?

Ich müsste allmählich zu alt sein, um für eine herumziehende Dirne gehalten zu werden!

Sie erwähnte die liegen gebliebene Kutsche und bat die Wirtin, jemanden zu schicken, der beim Tragen des Gepäcks helfen konnte.

Derweil bestaunte Dorothea ein Ölgemälde, das eine Ansicht von Delft zeigte.

»Welch schönes Stück«, sagte sie. »Für das Blau des Himmels wurde Ultramarin genommen, kein Azurit, oder?«

»Möglich«, sagte die Wirtin. »Das Bild war ein Geschenk meines Onkels zur Hochzeit. Der ließ sich nicht lumpen. Aber woher weißt du so etwas?«

»Ich bin selbst Malerin.«

Dorothea bat Maria um die Feder, beugte sich über das Gästebuch und bannte einen Schmetterling auf das Papier, der wirkte, als würde er sich gleich in die Luft erheben. Das gezeichnete Tier schien so vollkommen wie der Einfall des lieben Gottes, nach dem die Kreatur geformt worden war.

Dagegen ist die Wirklichkeit voller Fehler, dachte Maria. *Flügel reißen, Beinchen knicken, und das Leben zehrt an den Schmetterlingen wie an jedem von uns.*

»Ihr Mädchen hat eine Gabe«, sagte die Wirtin.

Die senkrechte Falte auf ihrer Stirn glättete sich, und ihr Mund stand in einem Ausdruck des Staunens halb offen.

Maria wollte erwidern, neben ein klein wenig Begabung brauche es vor allem viele Hundert Stunden fleißigen Übens, unermüdlicher Wiederholung und Hartnäckigkeit, um derlei Fertigkeit zu erlangen. Doch sie besann sich und zog es vor zu schweigen. Die Menschen liebten Wunder, und es konnte nur von Vorteil sein, wenn die Wirtin dachte, Dorothea sei vom Himmel beschenkt worden.

»Könnten wir noch Speis und Trank bekommen?«, fragte Maria stattdessen.

»So viel ihr wollt.« Die Wirtin zog das Buch wieder zu sich herüber, sorgsam darauf bedacht, die feuchte Tinte nicht mit ihrem Ärmel zu verwischen. »Ich lasse einen Fisch für euch braten.«

Als sie beim Essen saßen, brachten der Kutscher und ein Bursche das Gepäck. Von der Wirtin, der Johanna noch einmal ausführlicher erzählt hatte, was geschehen war, wurde er böse beschimpft. Er verzichtete auf seine Bezahlung und entfernte sich unter Entschuldigungen.

Die Nacht verbrachten die Merians auf frisch gefüllten, noch flohfreien Strohsäcken. Am nächsten Morgen erwachten sie ausgeruht und setzten ihre Reise mit dem Postwagen fort. Ihre nächste Station war Nijkerk, und von dort ging es am dritten Tag weiter in die große Stadt. Zwar wurde Johanna bis zur letzten Meile von Übelkeit geplagt und musste Minzblätter kauen, um das Schlimmste zu verhindern, aber kaum war sie vor Jacobs Haus ausgestiegen, besserte sich ihr Zustand deutlich. Das Wiedersehen mit ihrem Liebsten zauberte eine zarte Röte auf ihre Wangen.

»Sieh mal, Mutter!«

Dorothea deutete zum Kanal, der parallel zur Straße verlief. Zahlreiche Boote befuhren ihn. Gerade hielt eines an einem Haus, unterhalb eines Eingangs, in dem schon eine Magd wartete. Der Ruderer griff einen eisernen Ring, der in die Mauer eingelassen war, ein Bursche lud zwei Kisten aus, hob grüßend die Hand, und dann setzten die beiden ihren Weg fort. Auf dem Wasser herrschte mehr Verkehr als zu Lande.

»Ja, die berühmten Grachten.« Maria drückte ihre Töchter an sich. »Wir sind im Venedig des Nordens.«

Der erste Schritt war geschafft.

Die Kupplerin

Amsterdam, Juni 1691

Die Wohnung, die Jacob den Merians vermittelt hatte, war klein, aber gut gelegen, im ersten Stock eines Hauses in der Vijzelstraat. Nur wenige Steinwürfe von ihnen floss die Amstel. Da Maria und ihre Töchter keine Möbel mitgebracht hatten, mussten sie sich vorerst mit dem wenigen begnügen, das die Vormieter zurückgelassen hatten. Maria saß an einem wackligen Tisch am Fenster zur Straße, Pergament und Silberstift neben sich, und starrte auf ein hellgrünes Etwas, das sich in einer Schachtel befand.

Von den drei Raupen, die mit ihnen nach Amsterdam gekommen waren, hatte nur eine überlebt und sich verpuppt. Wann würde endlich der Falter schlüpfen? Nach ereignislosen Tagen konnte innerhalb von Minuten ein schillernder Schmetterling aus der starren Hülle hervorbrechen. Manchmal wartete Maria vergebens, und wickelte sie schließlich das Päckchen aus, fand sie darin nur die vertrockneten Überreste des einstigen Bewohners. Die Tierchen lehrten ihre Beobachterin Geduld und Demut, und davon brauchte Maria gerade reichlich. Bei ihrer Ankunft in Amsterdam waren sie durch Gassen gefahren, an denen die Verkaufsstände für Bilder dicht an dicht standen. Landschaftsaquarelle und Hafenansichten waren besonders beliebt, und die kleinformatigen Stücke wurden feilgeboten wie Fisch und Gemüse.

Die Stadt an der Amstel beherbergte Hunderte Maler. Jedem Meister gingen mehrere Schüler zur Hand, und in den großen Ateliers wurde auf diese Weise beinahe täglich ein Bild fertiggestellt, wie Maria staunend erfuhr. Für die bummelnden Passanten mochte die Zurschaustellung der feinen Kunst prächtig sein, doch einer Malerin konnte das Überangebot den Mut nehmen. Aber Maria wollte nicht verzagen. Ihr Ziel waren Läden für feine Stoffe, Porzellan und Silberwaren, Orte, an denen wohlhabende Bürgerinnen verkehrten. Den Ladeninhabern überließ sie ein kleines Aquarell, wenn sie dafür einen Aushang anbringen durfte, der verkündete, sie gebe Mädchen und Frauen Zeichenunterricht und verschönere Gemälde.

Manchmal ertappte sie sich selbst dabei, wie sie eine Gracht entlanglief und sich darin übte, Kundinnen in ein Gespräch zu verwickeln: »Da haben Sie aber einen geschmackvollen Kerzenleuchter ausgewählt, Gnädigste! Der wird sich herrlich auf der Tafel machen. Verraten Sie mir, welche Kunst man in Ihrem Speisezimmer bewundern kann? Ein Blumenarrangement, in Öl gemalt? Pflanzen erfreuen doch jedes Gemüt! Nur schade, dass ein solches Motiv nichts Besonderes mehr ist. Ich kann mir denken, Ihre Gäste haben schon lange kein Wort der Bewunderung mehr darüber verloren, weil sie inzwischen selbst solche Bilder besitzen. Wie ärgerlich, nicht? Sie möchten doch etwas Einzigartiges besitzen. Dabei kann ich Ihnen helfen. Die Verschönerungen, die ich anbiete, beherrscht keine Zweite in der Stadt. Ich füge Ihrem Stillleben Bienen oder Schmetterlinge hinzu. Wie viel aufregender wirkt ein derart ergänztes Bild! Man glaubt, das Summen zu hören, die Blüten zu riechen und die Sonne auf der Haut zu fühlen.

Ah, ich merke, Sie können sich das vorstellen. Mein Name ist Maria Merian, Sie finden mich in der Vijzelstraat.«

Ein erster Auftrag hätte Maria nachts ruhiger schlafen lassen, aber auch Malschülerinnen hätten schon geholfen. Erfahrungsgemäß genügte eine einzige höhere Tochter, die zufrieden von dem sprach, was sie in wenigen Stunden unter Marias Anleitung aufs Blatt gezaubert hatte, um weitere Interessentinnen anzulocken.

Schritte auf der Treppe! Das Haus war tagsüber unverschlossen. Maria stand auf, öffnete auch die Wohnungstür und kontrollierte noch rasch die Sauberkeit ihrer Fingernägel. Auf Schloss Waltha war sie oft bis zum Sonnenuntergang durch die Felder gelaufen und hatte es danach unnötig gefunden, die Hände gründlich zu schrubben. Sie wurden ohnehin wieder schmutzig, wenn sie am nächsten Tag Ameisengänge freilegte oder lose Rinde abzupfte, um zu sehen, welche Käfer sich dahinter verbargen. Aber das ging hier nicht mehr.

Auf den Stufen kam Johanna in Sicht.

»Ach, du bist es nur.« Maria setzte sich wieder zurück an ihren Tisch. »Ich hatte auf Kundschaft gehofft.«

Ihre Tochter stellte einen mit Gemüse gefüllten Korb auf die Dielen und zog einen Schemel unter dem Tisch hervor. Auf ihrem Haar perlten feine Regentropfen. Sprühregen, ergänzte Maria im Geiste. Im Norden unterschieden die Menschen den Niederschlag genauer. Hier nieselte es, pladderte, schüttete oder es regnete sich fest.

»Ich bin mit Dorothea an den Bilderständen vorbeigeschlendert«, sagte Johanna. »Wenn man all die Leinwand aneinandernähte, reichte sie, um eine ganz Flotte mit Segeln zu bestücken. Wusstest du, dass sich manche Künstler inzwischen auf aberwitzig kleine Nischen spezialisiert haben?

Willem Kalf soll nur noch die Überreste von Frühstücken malen. Wie viele Variationen geschälter Apfelsinen kann man sich ausdenken?«

»Er wird mit dem Licht und den Texturen spielen.«

»Mag sein, aber die lebendige Natur ist doch viel interessanter. Jacob wollte mir gestern die Radierung einer Katze kaufen, aber dann meinte er, ich könne viel besser zeichnen, und er wolle das Geld lieber für unseren gemeinsamen Hausstand sparen.«

»Zu diesem Thema ist das letzte Wort noch nicht gesprochen.«

»Ich weiß, Mutter.«

Johanna senkte den Kopf zu einem halben Nicken und schlug die Augen nieder. Was den Eindruck von Fügsamkeit vermittelte, war lediglich ein vorübergehender Rückzug. Maria kannte die Strategie ihrer Ältesten. Traf Johanna auf Widerstand, blies sie den Angriff ab und sammelte ihre Kräfte, um bei ruhiger See von einem anderen Winkel aus erneut anzugreifen. Wo Dorothea protestiert und getrotzt hätte, setzte Marias Erstgeborene auf vermeintliche Kooperation und versuchte, den Willen ihrer Mutter zu zermürben, indem sie Bitten immer und immer wieder vorbrachte.

Maria räumte die Kartoffeln aus Johannas Korb in eine Schale und begann, die Erde abzuwaschen.

Zwei Jahre lang liebte Johanna Jacob schon, und in all der Zeit hatte Maria an dem jungen Mann noch nichts auszusetzen gefunden. Bei den Labadisten hatte sie den Deutschen als brav und tüchtig kennengelernt. Er hatte an den Andachten teilgenommen, aber seinen Tagesablauf darüber hinaus nach eigenem Gutdünken gestaltet. Statt am Morgen zuerst zu beten, stand er stets vor allen anderen auf und hackte Holz, wobei er jeden Schlag auf Niederländisch mitzählte, um sich in der fremden Sprache zu üben. Danach machte er Feuer im Herd. Jacob schien einen gesunden Sinn für das Praktische zu besitzen und Marias Abneigung gegen religiösen Eifer zu teilen. Auch sah Maria ihn nie die Hand gegen ein Kind erheben, obwohl dies bei den Labadisten gang und gäbe war. Dorothea wurde einmal gezüchtigt, weil sie Kuchen aus der Vorratskammer stibitzt hatte. Maria hatte die Begebenheit vor Augen, als wäre es gestern erst passiert. Sie konnte die Strafe nicht verhindern, und ihr blieb nur, die von Stockschlägen brennenden Handflächen zu kühlen und ihrer Tochter Trost zu spenden.

»Gleich wird es besser. Nächstes Mal zügelst du deine Gier. Konntest du nicht bis zum Nachtmahl warten?«

»Doch. Aber Hanne verteilt den Kuchen ungerecht. Sie selbst isst zwei Stücke, und für den Kindertisch bleiben nur Krumen.«

»Nicht einmal die wirst du wegen deiner Dummheit nun bekommen.«

»Das ist gemein!«

Maria hatte das zwar auch so gesehen. Doch ihr war es nicht möglich gewesen, die Regeln der Labadisten zu ändern. Nicht jedem gefiel, welche Sonderstellung sie einnahm. Begehrte sie auf, würde sie vermutlich nichts erreichen und zudem ihre kleinen Freiheiten verlieren. Aber wie machte man das einem Kind begreiflich?

»Wenn man ein kleines Tier im Wald ist, nimmt man sich vor den Großen in Acht«, sagte Maria. »Bleibt man unauffällig, bemerken sie einen nicht, und man kann tun, was einem beliebt.«

»Tarnung«, murmelte Johanna, die an der Skizze eines Reihers saß, neben sich Jacob, der mit beglücktem Gesichtsausdruck beobachtete, was ihre Hand zu Papier brachte.

»Zukünftig wartest du einfach, bis Hanne ihren Mittagsschlaf hält, Dorothea«, sagte Jacob. »Dann musst du nicht einmal leise sein. Ihr Schnarchen übertönt alle anderen Geräusche.«

Er hatte schauerlich gegrunzt und Dorothea zum Lachen gebracht.

Gewiss, er war ein feiner Kerl, dieser Jacob Hendrik Herolt, aber das allein garantierte Johanna kein Eheglück. Viele merkten erst, nachdem sie sich fürs Leben gebunden hatten, wie unvereinbar die Bedürfnisse waren. Da offenbarte der eine das Wesen eines Zugvogels und der andere das einer Sumpfschildkröte. Zudem konnte Jacob noch keine Familie ernähren. Johanna hingegen würde mit ihrem Zeichnen hoffentlich bald eigenes Geld verdienen. Warum sie also jung versprechen? Im schlimmsten Fall verbot Jacob ihr nach der Heirat, ihr Handwerk auszuüben. So schätzte Maria ihn zwar nicht ein, aber man wusste ja nie. Auch ihre eigene Ehe hatte gut begonnen. Johann, der selbst malte, hatte Marias Fleiß in den höchsten Tönen gelobt. Sie hatte ihn nicht nur bei seinem Farbhandel unterstützt, nein, sie hatte überdies für die ersten Familien der Stadt gestickt und gemalt. Etliche reiche Töchter kamen über die Jahre zum Unterricht, und als Maria Johann von ihrer Idee für ein Blumenbuch erzählt hatte, damit ihre Schülerinnen auch im Winter Motive zur Vorlage hätten, hatte Johann ein offenes Ohr dafür gehabt. Genauso half er ihr zunächst, als sie sich den Insekten zuwandte, die sie schon von Kindheit an liebte. Das erste Raupenbuch brachte er mit ihr gemeinsam heraus, das zweite auch noch, aber da moserte er schon. Warum Raupen, warum Schmetterlinge? Und wen interessierte, welche Pflanzen die fraßen und wie sie sich entwickelten? Könnten es nicht wenigstens Vögel sein? Zum Drucken hatte er ihr nur zweitklassiges Papier gewährt, weil die Bücher ohnehin ein Verlustgeschäft gewesen seien. Zwar hatte Maria die kleinen Auflagen vollständig verkauft und die Materialkosten wieder hereingeholt, aber die Tausende Stunden Arbeit, die sie in die Erforschung der Tierchen und das Zeichnen, Kupferstechen und Kolorieren gesteckt hatte, waren Johann ein Dorn im Auge. Die Zeit sah er als verschwendet an, denn der Unterricht und das Herstellen dekorativer Kunst brachte weitaus mehr Geld ein. Johann wollte ein Weib, das fügsam war und vor allem weder ehrgeiziger noch erfolgreicher als er selbst. Seine Tändelei mit anderen Frauen hatte Maria jahrelang erduldet, aber dass er sie klein hielt, ihre Vorhaben verlachte und ihre Forschung behinderte, war am Ende zu viel gewesen.

Johanna räumte die restlichen Einkäufe aus und füllte einen irdenen Topf mit Rüben.

»Jacob will Überseekaufmann werden«, sagte sie. »Stellt er sich geschickt an, können wir uns in ein paar Jahren ein Haus an der Prinsengracht bauen lassen.«

»Hier ist es doch auch schön.« Maria legte ihren Kopf in den Nacken und sah an die vom Kaminruß geschwärzte Zimmerdecke. »Verglichen mit unseren Kammern auf Schloss Waltha haben wir verschwenderisch viel Platz.«

»Nur kommt niemand vorbei. Ich sprach gestern mit einem alten Mann, der ein paar Botendienste erledigte. Wusstest du, dass das Haus, in dem Rembrandt van Rijn wohnte, drei Stockwerke hat? Man betrat es durch eine prächtige Eingangshalle. Die Wände hingen bis zur doppelten Körperlänge mit Bildern voll, und den Kunden wurde gekühlter Wein serviert, um ihre Stimmung zu heben, während man über Aufträge verhandelte. Unter dem Dach saßen vier Schüler, arbeiteten von Tagesanbruch bis zum Abend für den Meister und bezahlten dies auch noch.«

»Neid ist ein fruchtloses Pflänzchen«, sagte Maria.

Trotzdem stellte auch sie sich gerne vor, in solchem Luxus zu arbeiten. Sie konnte förmlich sehen, wie an ihrer Seite Dorothea und Johanna an einem langen Zeichentisch unter hohen Fenstern saßen, die nach Norden hinausgingen, damit das Licht über den Tag gleich blieb. Hinter ihnen wärmte ein mit Delfter Fliesen verzierter Kamin die Luft auf angenehme Temperatur und hielt die Muskeln der Hände warm. Es roch nach Leinöl und dem Spiritus, der die Tierpräparate in den Gläsern konservierte. Auf einem Tischchen lagen Pigmente bereit, die Maria in Tiegeln zerstieß, um aus dem Pulver Farben herzustellen. Schneckenpurpur war teurer als Gold, doch sie hätten es selbst mit Rücklagen aus ihren letzten Aufträgen bezahlt. Solche Träume waren süß, die Wirklichkeit dagegen umso bitterer.

Maria wischte den Korb mit einem nassen Lappen ab. Im Flechtwerk klafften etliche Lücken. Jan de Jong war der Letzte gewesen, der Maria einen Auftrag erteilt hatte. Den Vorschuss für sein Porträt hatte Maria fast aufgebraucht. Eigentlich war das Geld für Leinwand und Farben bestimmt gewesen. Nun musste sie erst wieder etwas verdienen, bevor sie Material kaufen konnte, um Herrn de Jongs Konterfei in Öl zu malen. Sie hätte mehr Geld von ihm verlangen sollen, aber bei ihrem zweiten Treffen war es ihr schon schwergefallen, sich auf das Zeichnen zu konzentrieren. Jan de Jong brachte Maria auf eine Weise durcheinander, wie es zuvor noch niemandem gelungen war. Zwar schätzte Maria es sonst, einen klaren Kopf zu haben, aber dies war eine süße Art der Verwirrung. Hoffentlich würde sie Herrn de Jong bald wiedersehen. Er hatte versprochen, nach Amsterdam zu kommen, aber kein Datum genannt. Johanna schärfte das Kartoffelmesser.

»Rembrandt hat Szenen aus der Bibel gemalt«, sagte sie. »Die haben sich seinerzeit immer gut verkauft. Wir könnten uns ein Beispiel an ihm nehmen und Miniaturen anbieten. Im Alten Testament gibt es viele Geschichten mit Tieren.«

»Jonas und der Wal?« Maria winkte ab. »In all den Jahren auf Schloss Waltha habe ich kein religiöses Motiv gemalt, da werde ich jetzt wohl kaum damit beginnen. Außerdem taugt Rembrandt nicht als kaufmännisches Vorbild. Nach dem Tod seiner Frau verarmte er und musste seinen Hausrat versteigern lassen. Reich mir die Kartoffeln, ich helfe dir schälen.«

In diesem Moment klopfte es. Wer auch immer draußen stand, musste sich angeschlichen und gelauscht haben, doch Marias Freude über den Besuch überlagerte jeglichen Argwohn.

»Unsere erste Malschülerin«, flüsterte sie. Mit einem Lächeln, so warm wie die Sonne an einem Julitag, öffnete sie die Tür. »Treten Sie ein.«

Greitje hieß die Fremde. Auf ihrem Kopf saß eine Perücke, die einst einem Mann gehört haben mochte. Das Teil wirkte schon recht mitgenommen und hatte etliche Locken gelassen. Um das wettzumachen, hatte seine Trägerin die verbliebenen Strähnen zu einem Knoten am Hinterkopf festgesteckt, der mit Tuch ausgepolstert war. Greitje drückte sich schüchtern an der Wand entlang und tat verhuscht, was Maria ihr jedoch nicht abnahm, denn dafür wirkte die Besucherin zu neugierig. Jedes Detail im Zimmer schien Greitje im Geist zu notieren, den bröckelnden Putz, die spärliche Möblierung und die Kerzenstumpen auf dem Tisch. Besonders lang verweilte ihr Blick bei den Haken neben der Tür, an denen Schultertücher hingen. Vermisste sie Hüte, die die Anwesenheit von Männern verraten hätten? Greitjes Rocksaum hing in Fetzen um ihre Knöchel, und der Kragen ihrer Bluse starrte vor Schmutz. Darüber trug sie einen Umhang, was Maria seltsam fand, denn der Tag war für Überkleidung zu warm. Als Greitje sich mit dem Ärmel Rotz von der Nase wischte, bekam Maria etwas vom Umhangfutter zu sehen. Eine Tasche war hineingenäht, und zwar nachträglich, aus anderem Stoff. Warum sollte man so etwas tun? Wohl, um schnell etwas verschwinden lassen zu können. Sollte Greitje zum Stehlen gekommen sein, hatte sie sich den falschen Haushalt ausgesucht.

»Maria Merian«, sagte Greitje. »Ich hörte, Sie sind Künstlerin.«

Maria wollte zu einem Verkaufsgespräch ansetzen, doch Greitje kam ihr zuvor.

»Finden Sie sich zurecht in Amsterdam?«, fragte sie. »Wo haben Sie gewohnt?«

»Auf dem Land.«

»Da machen Sie die vielen Menschen in den Gassen schwindelig, könnt ich mir denken. Aber wir sind ein nettes Völkchen. Haben Sie schon den Schmied kennengelernt, der gegenüber wohnt? Er hat zwei halbwüchsige Söhne. Im Winter starb seine Frau im Kindbett. Er trauert noch, wäre der Gesellschaft einer freundlichen Seele aber nicht abgeneigt. Zu zweit ist es einfacher, nicht?«

»Wir sind sogar zu dritt.«

»Fabelhaft. Und Ihre Tochter ist eine Schönheit. Hast du einen Verehrer, Mädchen?«

Johanna kräuselte ihre Nase. »Sie sind wohl eine Heiratsvermittlerin?«

»Nicht nur.«

Greitje öffnete die Hände nach oben wie der Pastor beim Gottesdienst und begann, ihre Dienste anzupreisen. Täglich kämen Dutzende Fremde in die Stadt. Sie alle suchten ihr Glück, und Greitje helfe ihnen, es zu finden. Auswanderern vermittele sie ein Dach über dem Kopf, und fremdländischen Händlern empfehle sie Dolmetscher. Dienstmädchen beschaffe sie Empfehlungsschreiben, wenn ihre auf der Anreise – ähem –

verloren gegangen seien, und wünsche jemand Vergnügen, organisiere sie Feiern, die eines Sultans würdig seien.

Maria nickte höflich und ließ den Redeschwall an sich vorbeirauschen. Doch dann fragte Greitje nach dem dritten Familienmitglied.

»Das ist meine Schwester Dorothea«, sagte Johanna. An Maria gewandt, fügte sie hinzu: »Sag bloß, sie hält schon wieder Mittagsschlaf! Nachts findet sie keine Ruhe und fordert endlos Geschichten von mir, und tagsüber fallen ihr die Augen zu.«

»Nein, Dorothea ist nicht hier.« Ein Schreck durchfuhr Maria. »Ihr wart doch zusammen. Ich nahm an, sie sei noch auf dem Markt geblieben, wie gestern. Wo hast du sie gelassen?«

»Wir haben uns schon lange vor dem Markt getrennt.«

»Johanna!«

»Ich habe ihr gesagt, sie solle auf direktem Weg nach Hause gehen.«

»Was sie nicht getan hat. Ihr wird doch nichts zugestoßen sein?«

Maria fühlte ihr Herz flattern.

»Sicherlich hat sie sich nur verlaufen«, sagte Greitje. »Die Straßen und Grachten sind ein Irrgarten. Wie gut, dass ich mich auskenne. Wir spüren Ihre Dorothea schon wieder auf.«

»Aber bezahlen kann ich Sie nicht«, sagte Maria.

»Vergelten Sie mir die Hilfe mit einer Malstunde.«

Maria zögerte. »Damit sind Sie zufrieden?«

»Selbstredend.«

Noch Minuten zuvor hatte Maria Greitje loswerden wollen. Die Vermittlerin war aufdringlich wie eine Obstfliege, doch manchmal erwies sich auch lästiges Getier als nützlich.

»Einverstanden«, sagte Maria. »Suchen wir Dorothea.«

Hortus Botanicus

Maria stürzte aus dem Haus.

»Sehen wir zuerst am Hafen nach«, rief sie über die Schulter.

Johanna schrie auf. Beinahe wäre Maria unter die Räder einer vorbeiratternden Kutsche geraten, aber im letzten Moment riss Greitje sie am Arm zurück.

»Warum dort?«, fragte Greitje.

»Vielleicht wurde Dorothea geraubt und auf einen Segler verkauft.«

Maria verfluchte inbrünstig Amsterdams Küstenlage. Wäre sie doch im beschaulichen Wieuwerd geblieben, wo man Felder und Wiesen meilenweit überblickte. Ehe ein Kind dort verschwinden konnte, musste es lange laufen. Sie sah ihre Kleine an einer Reling stehen, den Lappen umklammernd, mit dem sie das Deck schrubben sollte. Unaufhaltsam entfernte sie sich vom Festland. Dunkle Wolken zogen auf, Sturm peitschte die See, das Schiff erklomm eine Welle, neigte sich und entkam nur knapp den Fangarmen eines monströsen Kraken.

Ich schnappe über, dachte Maria. Damit ist Dorothea nicht geholfen.

»Niemand raubt ein schwaches Mädchen«, sagte Greitje. »Für die harte Arbeit an Bord wäre Ihre Tochter nicht geeignet. Auf ein Schiff gelangt nur, wer zahlt oder schuftet.«

»Aber wo könnte sie sein?«, fragte Johanna. »Sie kennt sich doch noch kaum aus.«

»Sie wird sich dort herumtreiben, wo alle sind, die etwas erleben wollen, einheimisch oder gerade erst zugezogen – auf dem Dam, unserem zentralen Platz. Da stehen die neue Kirche und das Rathaus. Sollten Sie übrigens einmal Hilfe bei Verwaltungsangelegenheiten benötigen – «

»– komme ich zu Ihnen.« Maria fasste Greitjes Ellbogen. »Zeigen Sie mir, welche Abkürzungen Sie kennen. Bringen Sie uns auf kürzestem Weg zum Dam.«

Sie liefen am Rokinkanal entlang weiter nach Norden. Doch auf dem Platz fanden sie Dorothea nicht, und die Kirche war verschlossen. Das Rathaus wollte Maria gar nicht erst betreten.

»Niemals ist sie dort. So etwas langweilt sie. Trennen wir uns und suchen jede in einer anderen Richtung.«

Greitje schüttelte den Kopf. »Ohne Ziel könnten wir das Mädchen wochenlang suchen, außerdem weiß ich ja gar nicht, wie es aussieht. Was mag Ihre Tochter?«

»Tiere, Märchen, Abenteuer. Sie hat Fantasie. Aber ich fürchte, sie ist auch entsetzlich arglos.«

Bei dem Gedanken ballte Maria die Fäuste und grub die Fingernägel in die Handflächen. Der Schmerz half ihr, das Zittern zu unterdrücken.

»Dann gefallen ihr Bücher«, sagte Greitje. »Vielleicht sind wir schon fast am Ziel.«

Sie winkte Maria und Johanna, ihr zu folgen, und steuerte ein Gebäude in einer Häuserzeile an, die von einer Stoffbahn überspannt wurde.

»Das *Haus unter dem Segel*«, sagte Greitje. »Heimat von Geschichten und Geschichtenerzählern. Hier bindet man die weite Welt in Leder.«

Sie hielt die Tür auf, und Maria trat in einen Raum, dessen Duft sie einschloss wie eine väterliche Umarmung. Trocknender Leim und das ledrige Aroma von Pergament trösteten sofort ein kleines bisschen. Hinzu kamen die weniger edlen Dünste von Papier, das man aus Lumpen herstellte und vor dem Bedrucken befeuchtete, damit es nicht brach. In einer Ecke stand eine Buchbinderpresse, und in den Regalen lagerten Folianten. Vor den Fenstern waren Globen aufgereiht. Mir ihren einzelnen Füßen ähnelten sie schlafenden Vögeln.

»Aletta!« Greitje eilte auf eine Frau zu, die gerade einen Holzschnitt ins Licht hielt. »Ich bringe dir Maria Merian.«

Die folgende gegenseitige Vorstellung ließ Maria widerwillig über sich ergehen. Von dem, was Greitje über Aletta erzählte, behielt sie nur einen Bruchteil. Das Geschäft war eine Institution und seit einem halben Jahrhundert die erste Wahl in der Stadt, wenn es um Bücher ging.

Vater Jacob Lescaille hatte den Laden seinen drei Töchtern übergeben: Aletta, der jüngsten, Katharina, der Poetin, und Barbara, die einen deutschen Buchbinder geheiratet hatte, aber leider schon verstorben war.

Abwesend nickte Maria, während ihr Blick unstet umherstrich. Sie hätte wohl schon viel früher herkommen sollen. Aber jetzt gerade hatte sie gar keinen Sinn fürs Geschäftliche.

»Ihr Name ist mir vertraut, Frau Merian«, drang Alettas Stimme wie von Weitem zu ihr vor. »Mein Mann hat Ihr zweites Raupenbuch gelesen. Sie sollten es auf Niederländisch herausbringen. Und haben Sie schon die Bekanntschaft von Frederik Ruysch gemacht? Er ist Anatom und konserviert Organe und Missgeburten, aber Tiere hat er auch in seiner Sammlung. Ich könnte mir vorstellen – « Maria lächelte zerstreut und hob um Verzeihung bittend die Hand.

»Das klingt alles sehr interessant, aber verzeihen Sie, ich habe dafür gerade keinen Kopf. Meine Jüngste ist verschwunden.« Aletta erstarrte.

»Was sagen Sie da?«

»Dorothea, dreizehn Jahre alt. Wir hatten gehofft, sie sei bei Ihnen gelandet. Wir haben nicht die geringste Ahnung, wo sie steckt!«

»Wie furchtbar.«

In einer Geste spontanen Mitgefühls fasste Aletta Marias Hände. Ihr Griff war fest, gestärkt vom Bedienen der Presse, aber trotzdem nicht grob. Ihre Finger würden die Qualität eines Kupferstichs noch ertasten können, wenn ihre Augen nichts mehr taugten.

»Bei mir ist sie leider nicht aufgetaucht. Haben Sie schon im Botanischen Garten nachgesehen?«, fragte Aletta. Maria schüttelte den Kopf.

»Tun Sie es. Ein verträumtes Mädchen vom Lande ist vermutlich dort.«

Maria wechselte einen verblüfften Blick mit Johanna. Zwar hatte Dorothea sich auf den Umzug in die große Stadt gefreut, trotzdem mochte sie Heimweh nach dem Land plagen. In Wieuwerd hatte Dorothea herumstreifen dürfen, wie es ihr beliebte, doch in Amsterdam ließ Maria sie nur in Johannas Begleitung hinaus. Diese Bevormundung war Dorothea sicher zuwider. *Wohin entfloh eine Merian, wenn sie sich zurückziehen wollte?*

»Bringen Sie uns zu diesem Garten, Greitje«, sagte Maria.

»Wenn Sie das wünschen.« Greitje nickte Aletta zu. »Wir kehren wieder, wenn wir mehr Zeit haben.«

Sie eilten auf den Platz und zurück in die Richtung, aus der sie gekommen waren.

»Gleich passieren wir den Sitz der Ostindien-Kompanie.« Greitje hustete rasselnd.

»Mir ist nicht nach einer Besichtigung«, sagte Maria. Sie wünschte, die Frau würde ihre Atemluft verwenden, um schneller voranzukommen.

»Das erwähne ich doch nur, weil der Garten von Kompaniepräsident Joan Huydecoper mit gegründet wurde. Den kennen Sie nicht? Aber von Jan Commelin haben Sie sicher schon gehört. Dem Botaniker?«

»Ist das der, der hierzulande Zitrusfrüchte kultiviert?«

»Und Heilpflanzen.« Greitje blieb stehen, um aus den Falten ihres Rocks ein Taschentuch zu nesteln. »Diesem Zweck dient der Garten.«

»Bestimmt weiß Herr Commelin ein Mittel gegen Ihre Erkältung.« Maria musste sich beherrschen, um Greitje nicht vor sich her zu schieben.

»Und hoffentlich finden wir zwischen Salbei und Kamille unsere Dorothea«, sagte Johanna. Sie war vom Laufen nicht einmal kurzatmig.

»Wir gehen vor«, beschloss Maria. »Diese Richtung beibehalten?«

»Die Damstraat entlang bis zum jüdischen Viertel. Hinter der Synagoge überqueren Sie die neue Herengracht, und dann sehen Sie den Garten schon«, sagte Greitje. »Aber fallen Sie in keine Grube. Ringsherum wird gebaut.«

Die Strecke war etwa ebenso lang wie der Weg von ihrem Zuhause zum Dam, aber ohne Greitje erreichten sie den grünen Flecken zwischen den Häusern wesentlich schneller. Maria sah exotische Pflanzen, die sie bisher nur aus Büchern gekannt hatte, doch ausnahmsweise verharrte sie nicht, um ein pelziges Blatt zu befühlen oder an einer Blüte zu riechen. Einzig nach Dorotheas gelber Bluse hielt sie Ausschau. Nach kurzem Suchen fand sie ihre Tochter tatsächlich unter einer Trauerweide sitzend, einen glatten Stein von einer Hand in die andere werfend.

Maria seufzte erleichtert auf. »Kind, was machst du denn? Wir haben uns gesorgt!« Sie schloss Dorothea in die Arme. Zuerst machte das Mädchen sich steif, doch dann bröckelte sein Trotz, und es begann, an der Schulter seiner Mutter zu weinen.

»Ich will zurück! Amsterdam ist die Hölle. Und dann bin ich auch noch einsam.«

»Vermisst du Tess? Bald wirst du eine neue Freundin finden.«

Zwischen Schluchzern stammelte Dorothea: »Aber … nur eine … die auch … verdammt ist.«

»Wovon sprichst du?«

Beruhigend strich Maria über den Rücken ihrer Tochter. Schließlich ebbte deren Verzweiflung etwas ab, und Dorothea konnte wieder sprechen.

»Als Labadisten waren wir auserwählt«, sagte sie. »Jetzt sind wir es nicht mehr. Wenn der Tag des Jüngsten Gerichts kommt, holt uns der Teufel.«

»Wer hat dir das erzählt?«

»Pierre Yvon, in jeder Messe. Viermal am Tag haben wir gebetet, um gerettet zu werden. Doch nun sind wir hier, und alles war umsonst.«

»Ach, mein Täubchen.«

Maria schüttelte den Kopf. Dorothea war erst sieben Jahre alt gewesen, als sie zu den Labadisten gekommen waren. Maria hatte gehofft, Caspar könnte Dorothea wenigstens teilweise den Vater ersetzen. Doch ersetzt worden war auch Dorotheas Weltbild, und dann waren zuerst der Onkel und vier Jahre später die Großmutter gestorben.

Ein zitronengelber Falter flog vorbei.

»Sieh die Schmetterlinge an«, sagte Maria. »Beten sie etwa? Dennoch liebt Gott sie. So wie alle Lebewesen.«

Dorothea zog die Nase hoch. »Trotzdem war es umsonst, wegzugehen. Du hattest vor unserer Abreise oft schlechte Laune, und die hast du immer noch. Das hat sich nicht geändert.«

Maria drückte ihre Tochter noch fester. »Als Mutter grämt man sich oft. Doch wir wollen wieder mehr Zeit für kleine Freuden finden.«

Natürlich hatte die sensible Dorothea Marias Stimmung bemerkt, ihre Ängste und Geldsorgen. Maria versuchte stets, ihre Anspannung vor den Kindern zu verstecken, doch sich zu verstellen war ihr schon immer schwergefallen.

»Gib mich wieder frei, Mama«, sagte Dorothea.

»Entschuldige.«

Maria löste die Umarmung. Ihr Magen knurrte und erinnerte sie an die bevorstehende Zubereitung des Abendessens. Es war höchste Zeit, in die Vijzelstraat zurückzukehren.

Maria stand auf, um Johanna zu rufen. Doch ihre große Tochter war nirgends zu sehen. Schon wieder schnellte Marias Puls in die Höhe. Kaum war das eine Kind gefunden, verschwand das andere. Maria nahm Dorothea fest bei der Hand und streifte durch den Garten. Weit konnte Johanna nicht gekommen sein, und tatsächlich entdeckte Maria sie bei einem Hochbeet. Ihre Ältere redete mit einem grauhaarigen Herrn. Sicher handelte es sich um Huydecoper, den Leiter des Gartens. Die beiden drehten Maria den Rücken zu. Maria ging langsam näher. Eigentlich drängte es sie nach Hause, aber das Gespräch zu unterbrechen wäre unhöflich gewesen.

»Schon gut«, sagte Johanna. »Sie trifft keine Schuld. Eigentlich ist Dorothea längst zu groß, um wegzurennen. Wie ich hilft sie Mutter seit Jahren. Wir zeichnen, mischen Farben und arbeiten Details der Bilder aus. Übrigens, was mich betrifft – ich könnte sogar schon allein arbeiten.«

»Und das würden Sie gern tun?«

»Wenn sich eine Gelegenheit ergäbe … « Johanna zog an den herunterhängenden Blättern eines Baumfarns und ließ den Zweig zurückschnellen. »Es wäre schön, mit meinem eigenen Namen zu signieren.«

Weiter sprach sie nicht, doch ihr Ton hatte deutlich verraten, was sie meinte: *Das hätte ich bei Gott verdient!*

»Sollten Sie eine Zeichnerin suchen …«, sagte sie.

» … werde ich Sie in Betracht ziehen.« Herr Huydecoper raunte: »Damit eine Pflanze groß werden kann, braucht sie einen geräumigen Topf, nicht wahr?«

Maria räusperte sich vernehmlich und trat heran.

»Wie erfreulich, dass Sie darüber nachdenken, Johanna zu engagieren«, sagte sie. »Mein Name ist Maria Sibylla Merian, und das ist Dorothea, meine Jüngere.« Sie zog Dorothea zu sich heran, legte einen Arm um ihre Schultern und einen um Johannas und setzte ein Lächeln auf, das zu breit war, um echt zu wirken. An Johanna gewandt, sagte sie mit übertriebener Süße in der Stimme: »Du wolltest deinen Vorstoß ja bestimmt noch mit mir absprechen, nicht? Du weißt, nur gemeinsam können wir all die Aufträge bewältigen, die jetzt schon auf unserem Tisch liegen.«

Johanna öffnete den Mund, wahrscheinlich um zu fragen: »Welche Aufträge?«

Mit einem warnenden Kniff in den Oberarm brachte Maria sie zum Schweigen.

»Ich wollte Sie nicht übergehen, Frau Merian.« Mit betroffener Miene wandte Herr Huydecoper sich Maria zu. »Sollte der Eindruck entstanden sein –«

»Ach, was!« Maria winkte ab. »Wir könnten uns nicht glücklicher schätzen, für Sie arbeiten zu dürfen. Für Kaufleute zu malen ist zwar einträglich, aber uns hat der Forscherdrang nach Amsterdam geführt. Dieser Garten mit seinen exotischen Pflanzenarten scheint ein ganz besonderes Kleinod unter den vielen Juwelen dieser Stadt zu sein. Stimmt es eigentlich, dass Agnes Block eine Ananaspflanze in ihrem Gewächshaus hütet? Die Stadt ist ein wahrer Magnet für Forscher und Sammler, nicht?«

Herr Huydecoper nickte lächelnd. »Das kann man so sagen.«

»Ich wünschte wirklich, jemand würde mich diesen illustren Menschen vorstellen. Frederik Ruysch etwa mit seinen ganzen Präparaten. Oder dem größten Sammler der Stadt …«

»Sie meinen Jan Six.« Herr Huydecoper nickte erneut. »Er nennt wirklich eine beeindruckende Sammlung sein Eigen.« Die Aufforderung schien er nicht zu verstehen.

»Wir zeichnen Schmetterlinge«, setzte Maria nach. »Die Wunderkammern der wohlhabenden Amsterdamer sollen voll von Exemplaren sein, die aus allen Winkeln der Welt stammen. Ich brenne darauf, sie zu sehen, und bestimmt wären die Sammler froh, wenn ich Ihre Präparate malte, um sie für die Nachwelt zu erhalten. Die Farben der zarten Flügel verblassen schließlich mit der Zeit.«

Herr Huydecoper wiegte den Kopf.

»Vielleicht kann ich helfen«, sagte er.

»Tatsächlich?«

Doch noch immer schien Herr Huydecoper nicht tätig werden zu wollen. Maria verharrte still. Ihr Schweigen hatte schließlich den gewünschten Effekt.

»Jetzt sofort?«, fragte Herr Huydecoper.

»Warum denn nicht? Ist der Junge, der da kommt, Ihr Bote?«

Ein blondes Kind mit einer Holzkiste steuerte das Hochbeet an. Auf der gemauerten Umrandung lagen geschnittene und gebündelte Kräuter.

»Er trägt frische Ware an die Apotheker aus«, sagte Herr Huydecoper.

»Bestimmt könnte er auf dem Weg ein paar Briefchen überbringen«, sagte Johanna.

»Aber sicher.«

Huydecoper rief das Kind zu sich und bat es zu warten. Gefolgt von den drei Merians, ging er zu einer Hütte, in der Samen lagerten, räumte irdene Töpfe von einem Pflanztisch und machte sich daran, ein halbes Dutzend Nachrichten zu verfassen.

Die Wunderkammer der Hermans

Seit Sonnenaufgang saß Maria am Tisch und zeichnete. Lediglich gegen Mittag hatte sie eine kurze Pause gemacht, um einen Happen Brot zu essen. Wie beflügelnd es war zu wissen, ihre Bilder könnten eines schönen Tages wieder zwischen zwei Buchdeckeln erscheinen! Bei den Labadisten war die Druckerpresse dafür reserviert gewesen, religiöse Schriften zu vervielfältigen. Nur wenn der Mechanismus Schwierigkeiten gemacht hatte, hatte man Maria hinzugerufen. Als Tochter eines Verlegers kannte sie sich mit den verschiedenen Modellen von Pressen aus. Sie wusste, wo man ölen, justieren oder reinigen musste, und fertigte Probedrucke, bis das Ergebnis wieder zufriedenstellte. Lückenlos bestrich sie die Platte mit Farbe, weichte das Papier ein, damit es unter der Belastung nicht riss, und stemmte sich gegen das Antriebsrad, das die Walze bewegte. Vor Anstrengung war ihr das Blut in den Kopf gestiegen, aber sie hatte stets jede Unterstützung abgelehnt. Verdruss pflegte Maria in Kraft umzusetzen. In den Verschnaufpausen hatte sie die Lippen bewegt. Die anderen Labadisten mochten geglaubt haben, sie bete, doch stattdessen hatte sie ihnen lautlose Vorwürfe gemacht.

Mit einer Lawine aus Buchstaben wollt ihr Menschen bekehren? Ihr verschenkt die Schriften bei euren Missionierungsausflügen, doch wen überzeugt ihr damit? Wer liest die Traktate bis zum Ende? Nicht einmal jeder Tausendste, möchte ich meinen. Die Marktfrauen in Haarlem, Utrecht und Leiden wickeln Fisch damit ein. Aber wir sparen uns die Druckkosten vom Munde ab, während meine Zeichnungen verstauben. Schmetterlingsbilder sollten wir machen, dafür zahlen die Leute! Und welch größeren Beweis gibt es für die Existenz Gottes als die Metamorphose eines Wurms zu einem Wesen mit Flügeln, so zart wie ein Morgenhauch?

Wenn sie auch nur daran zurückdachte, verkrampften sich ihre Schultern.

Ob Schmetterlingsraupen wohl ahnten, was aus ihnen werden würde? Vielleicht verspürten sie nur Hunger und den Drang, Kraft zu gewinnen, bis sie bereit für ihre Verwandlung waren.

So ging es mir. Als ich nach Wieuwerd kam, suchte ich einen Unterschlupf. Versteckt vor der Welt, habe ich mich gestärkt, und nun bin ich frei und kann tun, was mir am meisten Freude bereitet.

Am Vortag hatte sie einen Bogen Pergament mit einer Mischung aus Gips, Eigelb und Leimwasser bestrichen, um einen Untergrund zu erhalten, der die Farbe des Silberstifts annahm. Für die Zeichnungen des heutigen Tages hatte sie kleinere quadratische und rechteckige Formate aus dem Bogen geschnitten. Jetzt war nur noch ein Stück von der Fläche einer Hand übrig.

Maria zückte ihren Stift und machte sich an ein neues Werk. Nach der Vorlage einer abgebrochenen Skizze zeichnete sie einen Wurm auf das Blatt eines Weidenasts. Dünn wie ein Blattstiel war er und kurz wie das Glied eines kleinen Fingers. Eigentlich versuchte Maria, alle Tiere noch am Tag, an dem sie sie fand, vollständig auf Papier zu bannen. Bei diesem Wurm hatte sie ihre Studie abgebrochen. Nachdem sie ihn aufgelesen hatte, war wohl irgendetwas vorgefallen, was sie vom Zeichnen abgehalten hatte. War Johann in Wieuwerd erschienen, um seine Töchter zurückzufordern? Oder hatte

Maria das Totenkleid ihrer Mutter nähen müssen? Erinnerungen vermischten sich und verblassten, wenn man sie nicht festhielt, und Maria notierte nur, was mit Insekten zusammenhing. In ihrem Studienbuch stand:

Im Mai wuchs der Wurm. Auf dem Rücken wurde er braun, und schließlich veränderte er sich in einen …

»Guten Abend, Mutter!« Johanna kam mit Jacob herein.

Maria schrak zusammen. Wie so oft hatte sie beim Zeichnen alles um sich herum vergessen.

»Wir haben dir Brot mitgebracht«, sagte Jacob. »Woran arbeitest du?«

Er beugte sich zu dem Blatt herunter. Hegte er echtes Interesse, oder schwätzte er nur höflich dahin?

»An etwas, das schon lange hätte fertig sein sollen«, sagte Maria.

»Ist das Tier dort drin?« Jacob streckte die Hand nach einer Schachtel aus, die mit geschlossenem Deckel am oberen Rand des Blattes lag.

Maria hielt ihn mit einem Fingerzeig zurück. »Nicht öffnen!«

»Springt es sonst heraus?«

»Nein, es ist tot. Und die Schachtel enthält auch nicht das junge Tierchen, sondern das, wozu es geworden ist. Es wäre so viel einfacher, wenn ich das Wesen in jedem Stadium besitzen würde.«

Sie machte eine Pause, um zu prüfen, ob Jacob zuhörte.

»Was steht dem im Weg?«, fragte er.

»Von dem Wurm habe ich nur zwei Exemplare gefunden. Ich wagte nicht, einen zu töten, weil ich fürchtete, der andere könne sich nicht entwickeln. Wenn ich die Tiere mit nach Hause nehme, schneide ich reichlich von der Pflanze ab, auf der sie gesessen haben, aber manchmal fressen sie nicht davon.«

Der Verehrer ihrer Tochter schien noch immer zu lauschen.

»Was glaubst du, woran das liegen könnte?«, fragte Maria ihn.

»Jacob ist kein Schuljunge mehr«, sagte Johanna. »Du musst ihn nicht abfragen.«

»Lass doch«, widersprach Jacob. »Ich mag Rätsel. Und ich glaube, ich weiß die Lösung. Die Tierchen saßen nicht auf ihrer Futterpflanze. Sie wurden vielleicht vom Regen heruntergespült und mussten ihren Weg über einen anderen Strauch zurück suchen.«

»Das ist auch meine Vermutung.«

»Darf ich nun in die Schachtel sehen?«

Maria überlegte. »Später. Erst möchte ich den Wurm vollenden. Beim Zeichnen halte ich die Reihenfolge ein, die die Natur vorgibt. Wenn ich den Deckel hebe, um mir das entwickelte Tier vorzunehmen, ist es, als verwandelte es sich ein zweites Mal.«

»Also warte ich«, sagte Jacob. »Komm, Johanna. Lassen wir deiner Mutter ihre Ruhe.«

Johanna flüsterte ihm etwas ins Ohr.

»Aber sie ist beschäftigt«, sagte Jacob leise.

»Wie gewöhnlich«, sagte Johanna.

»Ich will sie jetzt nicht fragen. Der Zeitpunkt ist schlecht.«

Maria tat, als hörte sie nichts. Worum es ging, konnte sie sich denken.

»Es gibt keinen guten Zeitpunkt«, zischte Johanna.

»Aber wenn ich ihre Geduld strapaziere … «, flüsterte Jacob.

»Feigling! Wir werden alt und grau sein, bevor du dich traust.« In ihren Holzschuhen polterte Johanna aus der Küche.

Jacob folgte ihr. Bevor er die Tür hinter sich schließen konnte, sagte Maria: »Du würdest es nicht glauben.«

Er blieb stehen. »Wie bitte?«

»Was aus dem Wurm geworden ist.«

Sie legte einen Finger auf die Zeichnung, um erneut an dem Tier Maß zu nehmen. Größenverhältnisse behielt sie schlecht.

»In vieler Hinsicht erinnert das Geschöpf an Johanna«, sagte Maria.

»Nun muss ich wissen, was es ist«, sagte Jacob.

Bevor Maria ihn hindern konnte, war Jacob beim Tisch, riss die Schachtel an sich und öffnete sie. Der angehende Kaufmann konnte schnell wie ein Taschendieb sein. Maria schmunzelte.

»Siehst du die Ähnlichkeiten?«, fragte sie. »Ein schlanker Körperbau …«

Auf ein Schmierblatt warf sie mit schnellen Strichen die Umrisse des Wesens.

»Wagt sich furchtlos in unbekanntes Terrain vor.«

Sie zeichnete die Fühler gekrümmt, als tastete das Tier.

»Kann sich wehren.«

Die Kneifzangen stellte sie geöffnet dar.

»Und wenn es dir zu nahe kommt, treibt es dich in den Wahnsinn.«

»Ein Ohrwurm«, sagte Jacob.

»Richtig.«

Sie wartete seine Reaktion ab. Oft verstanden Leute nicht, warum Maria neben den anmutigen Schmetterlingen auch Getier malte, das gemeinhin als hässlich galt. Zwar mussten sie zugeben, dass es in ihrer Darstellung ansehnlich wirkte, aber lief ihnen ein echtes Exemplar über den Weg, schienen sie weiterhin Schwierigkeiten zu haben, diese Geschöpfe als die kleinen Wunder zu betrachten, die sie waren, mit ihren Panzern, Fühlern und vielen Beinchen. Als Kaufmann könnte Jacob einwenden, niemand werde das Bild eines Ohrwurms an die Wand hängen wollen. Oder verstand er, dass man sich nicht immer von Geld leiten lassen konnte?

Jacob stellte die Schachtel zurück. Über das Verbot, sie zu öffnen, hatte er sich jedenfalls hinweggesetzt. Gut so. Ein Kerl, der stets gehorchte, würde es zu nichts bringen. Außerdem musste Johannas Dickkopf etwas entgegenstehen.

Jacob Hendrik Herolt war einunddreißig Jahre alt, kein Wurm mehr, aber auch noch nicht am Ende seiner Entwicklung. Würden ihm ein Panzer wachsen und Flügel? Jacob sollte Johanna beschützen, ohne sie zu unterdrücken, mit ihr streiten und sich versöhnen und einen Weg finden, der beide an ihr Ziel brachte.

Maria schob die Schachtel wieder an ihre ursprüngliche Position. Sie wollte die Vermählung ihrer Tochter noch ein wenig hinauszögern. Nein, sie zählte nicht zu den Frauen, die mit dem Alter haderten und die Abnabelung der Kinder als Meilenstein des eigenen Verfalls deuteten. Vielmehr beflügelte es sie, zwei Turteltäubchen unter dem Dach zu haben. Liebende, die am anderen selbst das Gewöhnlichste zauberhaft fanden, litten unter einer leichten Form des Wahnsinns, und Wahnsinn verlieh Mut, und Mut war ansteckend. Auch Maria wollte etwas wagen, doch dafür brauchte sie einen Gefallen von ihrem angehenden Schwiegersohn.

»Johanna hat berichtet, du arbeitest nun für die Kompanie«, sagte sie.

»Ganz recht. Im Moment kontrolliere ich die ankommende Fracht für andere.« Jacob klopfte Staub von seinem Ärmel. »Aber mein Ziel ist, selbst zu handeln. Schließlich sehe ich täglich, welche Kostbarkeiten aus den Kolonien kommen.«

Maria nickte. »O ja, etwa aus Surinam. Weißt du noch, Cornelis van Sommelsdijk war dort Gouverneur und hat seinen Schwestern manchmal Schmetterlinge nach Wieuwerd geschickt. Da war ein schwarz-weißer, den wir Zebrafalter tauften, und ein brauner, bei dem ich mich gefragt habe, ob es ein Nachtfalter war oder ob seine Art bei Tage fliegt und sich an Baumstämmen tarnt. Solltest du jemals gen Westindien segeln, musst du für mich die Auge offen halten.«

»Das werde ich. Ein paar Schmetterlinge fallen ja nicht ins Gewicht. Hauptsächlich würde ich Zucker laden.«

»Natürlich.«

»Dummerweise braucht es für solch lukrative Geschäfte Beziehungen. Die Handelskompanie nimmt nur ausgewählte Personen auf.«

»Kannst du nicht einfach mit einem eigenen Schiff lossegeln und in Übersee einkaufen?«

»Nein.«

Jacob sprach nicht weiter. Hatte Maria zu einfältig gefragt? Vielleicht rief ihr plötzliches Interesse Misstrauen hervor. Maria wandte sich Jacob zu, beugte sich vor und konzentrierte sich auf ihn wie sonst nur auf viel kleinere Lebewesen.

»Ich weiß, dass es ein Monopol der Handelskompanie gibt«, sagte Maria knapp. »Aber mit Details bin ich nicht vertraut. Was hat es mit dieser Kompanie auf sich?«

»Genau genommen gibt es zwei niederländische Kompanien«, sagte Jacob. »Die Ostindische Handelskompanie für die Gewürzroute nach Batavia und den Molukken und die Westindische für unsere Geschäfte in Surinam, Guyana und Westafrika. Alle Geschäfte werden über die Kompanien abgewickelt. Andernfalls würden Häfen und einzelne Kaufleute miteinander konkurrieren, und es gäbe Chaos und Uneinigkeit. Davon profitierten dann bloß die Engländer, und die sind uns bereits zu oft in die Quere gekommen.«

Schon ging es um Kriegsflotten und Seeschlachten, ein Thema, in dem Maria sich nicht verlieren wollte. Heute musste schließlich noch der Ohrwurm gezeichnet werden. Sie nahm ihren Faden wieder auf.

»Beziehungen also«, sagte sie. »Kennst du schon jeden Kaufmann bei Gesicht und Namen?«

»Die meisten, die in der Stadt weilen.«

»Ist dir vielleicht ein Jan de Jong begegnet?«

Kaum hatte sie die drei Silben ausgesprochen, verspürte sie die Unruhe warmer Frühlingstage, wenn die Sonne alle Tierchen hervorlockte und man nur vor die Tür zu treten brauchte, um fündig zu werden.

»Bis jetzt noch nicht«, sagte Jacob. Sein Ausdruck bekam etwas Lauerndes. »Warum?«

»Ich suche ihn.«

»Wenn du möchtest, erkundige ich mich.«

»Das wäre schön.«

Jacob nickte und wirkte zufrieden mit dem Auftrag.

Nächstes Mal bitte ich ihn ohne Umschweife, dachte Maria. Wunsch und Preis, Nachfrage und Angebot sind seine Welt, und da meine Tochter ihm das Teuerste ist, wird er sich ins Zeug legen. Aber weiß er, in was für eine Familie er einheiratet?

»Da wäre noch etwas, das du verstehen solltest«, sagte Maria. »Bei den Vorlagen für die Stiche zu meinem neuen Buch brauche ich Johannas Mithilfe. Sie muss mir bei den Zeichnungen helfen. Drucken ist kostspielig, und da ich erst für die fertigen Ausgaben Geld bekomme, muss ich in Vorleistung gehen. Die Auslagen und unseren Unterhalt bestreite ich mit Zeichenunterricht, was wiederum Zeit braucht, die mir für die eigenen Arbeiten fehlt. Auch wenn ich alle Bilder signiere, habe ich nicht jeden Strich selbst getan. Aber es ist mein Name, der verkauft, ähnlich wie bei den großen Meistern der Stadt.«

»Genau wie bei den großen Meistern«, sagte Jacob. »Du bist eine von ihnen, der Rembrandt der Fliegen und Falter.«

Wie kann er uns vergleichen?

»Nicht nur unsere Technik unterscheidet sich deutlich«, sagte Maria. »Auch unsere Motive sind gegensätzlich. Rembrandt malte wichtige Bürger, ich zeichne Insekten, die von den meisten Menschen übersehen werden.«

»Verzeihung, ich meinte …«

»Ich erkenne das Kompliment, danke. Was *ich* meinte: Unsere Familie ist ein Unternehmen.«

»Und ich werde alles für seinen Erfolg tun.« Jacob blickte sie ernst und aufrichtig an.

»Dann wirst du bald dazugehören.«

»Darauf Brief und Siegel?«

Maria schmunzelte. »Mein Wort soll genügen. Du bist ein guter Kerl, Jacob.«

Bei diesen Worten kehrte Johanna zurück.

»Schön, dass du das nun doch einsiehst, Mutter«, sagte sie.

Ihr Haar hatte sie auf Stoffstreifen gedreht. Am nächsten Tag würde sie Ringellocken haben, wie sie derzeit in Mode waren. Zu ihrem Sonntagskleid mit dem hohen Kragen sah das ausgesprochen elegant aus. Sonntagskleid? Dann war heute Samstag, und Maria hatte noch etwas vor.

Sie sprang auf. »Ich muss mich auch frisieren! Heute Abend bin ich eingeladen. Wie spät ist es?«

»Die Glocken der Zuiderkerk haben eben fünf geschlagen«, sagte Johanna. »Wohin gehst du?«

»Zu den Hermans.«

»Seit wann verkehrst du mit Freunden des Bürgermeisters?«, fragte Jacob.

»Herrn Huydecopers Nachrichten haben etwas bewirkt. Claes Hermans besitzt eine Wunderkammer, und die möchte er mir zeigen.«

Die Einladung war am vorigen Morgen von einem Boten gebracht worden, und Maria hatte sofort zugesagt. Auf die Sammlung war sie gespannt. Sicher gehörten Schmetterlinge dazu. In die gehobenen Kreise Amsterdams vorzudringen konnte außerdem bedeuten, durch einen Auftrag für Wochen genug zu essen zu haben und vielleicht sogar etwas sparen zu können. Zwar war noch Spätsommer, aber früh genug käme der Winter, und das Leben würde teurer. Dann wollte der Ofen beheizt werden, das Gemüseangebot auf dem Markt wäre karg, und es gäbe wenig Eier. Dorothea wuchs noch, sie sollte dann wenigstens an manchen Tagen Fleisch oder Wurst bekommen.

Maria eilte in ihre Schlafkammer und prüfte ihr Aussehen in einem Handspiegel. Die strenge Witwenhaube hatte sie seit der Reise nicht mehr getragen, und ihre am Morgen noch sauber hochgesteckten Haare standen ihr nun zerzaust vom Kopf ab. Sie zu waschen blieb keine Zeit mehr. Auch besaß sie weder ein Gesteck noch Kämme. Schmuck war auf Schloss Waltha verpönt gewesen. Sei es drum, sie würde gehen, wie sie war. Madame de Montespan, die Mätresse des französischen Königs, erschien zu Bällen angeblich ganz ohne Kopfputz, und Rembrandt, nach seinen Selbstporträts zu urteilen, hatte den Barbier nur vor hohen Feiertagen besucht. Künstler scherte nicht, was die Nachbarn über sie redeten, sie schufen ihr Werk, und das überdauerte jeden Tratsch.

Drei Stunden später stand Maria vor dem ehemaligen Besitz eines unbekannten Indianerhäuptlings. In einem Schaukasten waren drei faustgroße Köpfe auf Samtkissen ausgestellt.

»Feinde«, sagte Herr Hermans. »Die Indianer enthaupten sie, entnehmen die Knochen und schrumpfen die Köpfe mit heißem Wasser und Sand. Ein Jahr lang vollführen sie mit ihnen religiöse Riten. Danach verlieren die Köpfe ihre Zauberkraft, und die Kinder spielen mit ihnen Ball.« Er fasste Maria am Arm. »Ist Ihnen nicht gut?«

»Doch.«

»Sie schwanken.«

Er bot Maria einen Schemel an, auf dem sie dankend Platz nahm. Wahrscheinlich glaubte Herr Hermans nun, er habe mit der Präsentation seiner grausigen Schätze Marias Gemüt überfordert. Dabei rührte ihr Zustand vom Weingenuss. Um in die Wunderkammer der Hermans zu gelangen, hatte Maria zuerst mit der Dame des Hauses bei Käsehäppchen und einem Getränk Konversation betreiben müssen. Es wurde ein einseitiges Gespräch. Frau Hermans konnte die Stammbäume aller wichtigen Amsterdamer Familien aus dem Gedächtnis herunterbeten und schien ihr Wissen über strategische Vermählungen und Erbfolgen lückenlos weitergeben zu wollen.

Maria erwiderte lediglich »Ach?« und »So?« und gebrauchte ihren Mund ansonsten zum Trinken. Sie hatte gehofft, wenn der Wein in der Karaffe zur Neige ginge, würde Frau Hermans neuen holen, und die Unterhaltung hätte ihr natürliches Ende gefunden. An das fleißige Hausmädchen hatte Maria dabei nicht gedacht. Das hatte das Gefäß schneller wieder aufgefüllt, als Frau Hermans »reich geworden mit Gewürzen« hatte sagen können. Erlöst worden war Maria erst von der Schneiderin, die der Dame des Hauses ein Kleid zur Anprobe brachte.

Maria stützte ihr Kinn auf eine Hand, um den Schwindel zu bekämpfen. Die Schrumpfköpfe schienen sie von oben herab vorwurfsvoll anzustarren.

»Lider und Lippen wurden zusammengenäht«, murmelte sie, mehr zu sich selbst sprechend als zu ihrem Gastgeber. »Wohl, damit das Füllmaterial drinnen bleibt.«

»Das ist anzunehmen«, sagte Herr Hermans. »Eine aufwendige Präparation. Bei Ihren Schmetterlingen haben Sie es leichter. Die beschwert man mit einem Gewicht und wartet, bis sie geplättet sind.«

Maria winkte ab.

»Damit würden Sie die zarten Flügel brechen.«

»Tatsächlich?« Herr Hermans beugte sich zu ihr herunter, bis sein Gesicht nah vor ihrem war. Der Widerspruch schien ihn zu verärgern. In seiner Miene meinte Maria etwas Verschlagenes zu entdecken. Aber nein, er reichte ihr nur die Hand, wollte ihr aufhelfen, damit sie den Rest der Sammlung ansehen konnte. Maria erhob sich, doch Herr Hermans ließ ihre Finger nicht los. Mit einem Ruck befreite sie sich aus seinem festen Griff. Herr Hermans trat neben sie. Mit den Augen tastete er ihre Silhouette ab. Maria starrte wieder die Schrumpfköpfe an. Bloß nicht den Fixpunkt verlieren!

»Ich dachte«, sagte Herr Hermans gedehnt, »man legt ein Blatt über den Schmetterling …«

Er führte seine linke Hand dicht vor Marias Brust nach unten, über ihren Bauch und Schoß. Maria roch sauren Schweiß.

»Ein weiteres Blatt unter den Schmetterling.«

Seine rechte Hand tat etwas hinter Marias Rücken.

»Und dann presst man die Blätter zusammen.«

Maria entwich, bevor er dies auch noch demonstrieren konnte. Die jähe Bewegung brachte ihren Gleichgewichtssinn durcheinander, und sie suchte an einem Bücherregal Halt. Schwankend erwog sie ihre Möglichkeiten.

Den Schemel oder lieber fliehen? Doch dann würde sie niemals die Sammlung sehen, Zeichenaufträge erhielte sie gewiss nicht, und die öde Stunde mit Frau Hermans wäre vergeudete Zeit gewesen. Hätte Maria nur weniger getrunken! Hatte

Herr Hermans das Mädchen womöglich angewiesen, sie erst zu ihm zu lassen, wenn sie voll wie ein Kesselflicker war?

Alkohol verlangsamte die Prozesse im Körper, und war er hoch genug konzentriert, konservierte er. Plötzlich sah Maria den Zusammenhang zwischen sich und den Objekten der Wunderkammer. Kleine Tiere warf man in Gläser mit Spiritus, um sie zu erhalten. Frauen reichte man geistige Getränke, um ihren Willen zu betäuben, beides mit dem Ziel, seiner Kollektion ein weiteres Stück hinzuzufügen.

Aber nicht mit Maria. Sie war selbst eine Sammlerin.

»Bevor ich die Schmetterlinge präparieren kann, muss ich sie fangen.« Maria breitete die Arme aus, als wollte sie ein Tier in die Enge treiben. »Je größer sie sind, desto leichter gelingt das.« Sie musterte Herrn Hermans' feiste Gestalt, den Schmerbauch, über dem der teure Hemdstoff gefährlich spannte, den Hals, der über den Kragen quoll. »Sitzt ein Tierchen im Netz, schlägt es manchmal die Flügel oben zusammen. Dann greife ich seinen Körper und drücke zu.«

Sie unterdrückte den aufkommenden Ekel und schloss Daumen und Zeigefinger um Herrn Hermans' Adamsapfel. Glücklicherweise fand sie unter dem Fett gleich die richtige Stelle. Ihrem Gegenüber wich die Farbe aus dem Gesicht.

»Dem Tier schwinden die Sinne, und es wird wehrlos«, sagte Maria. »Eine schnelle Methode, die keine Spuren hinterlässt.«

Sie machte zwei Atemzüge und genoss das Wissen, die Einzige im Raum zu sein, die das unbeschwert tun konnte. Dann ließ sie wieder los. Die Dellen, die ihre Fingerkuppen in Herrn Hermans' Hals hinterlassen hatten, glätteten sich.

»Verstehen Sie?«, fragte Maria.

Herr Hermans wich zurück.

»Oder soll ich es noch einmal demonstrieren?« Sie lächelte honigsüß.

»Mir scheint, hier liegt ein Missverständnis vor«, sagte Herr Hermans. »Ich dachte, Ihr Interesse an meiner Wunderkammer sei nur ein charmanter Vorwand, um …«

»Man kennt mich als Forscherin, dachte ich.«

Allmählich fühlte sie sich wieder nüchtern.

»Dann sollte ich mich wohl entschuldigen.«

»Worte nützen mir nicht. Ich habe einen besseren Vorschlag.«

An der Haustür wurde der Klopfer betätigt. Maria hörte Stimmen. Jemand kam die Treppe in den ersten Stock hinauf.

»Meine Liebe, Sie sind schon da.« Es war Huydecoper, windzerzaust und offensichtlich in Eile. »Hat Herr Hermans Sie bereits herumgeführt?«

Sein Blick wanderte unsicher zwischen den beiden hin und her.

»Nur ein wenig«, sagte Maria. »Ihr Freund wollte mich mit den Schrumpfköpfen schockieren.«

Nun kam auch Frau Hermans hinzu. »Die unansehnlichen Dinger«, sagte sie. »Zeig ihr doch etwas Schönes, Claes. Die Wolle des skythischen Lamms zum Beispiel.«

Sie wandte sich Maria zu. »Die bewahren wir unten in der Stube auf. Sie ist mein Lieblingsstück. Kommen Sie!«

Alle vier begaben sich wieder nach unten. Maria und Herr Hermans folgten als Letzte. Am Fuß der Treppe angekommen, hielt Maria den Gastgeber zurück.

»Die Köpfe fand ich wirklich grässlich«, sagte sie. »Aber ich habe nicht geschrien, oder?«

»Nein.« Herr Hermans hielt nun Abstand zu ihr wie zu einem bissigen Hund.

Währenddessen war Frau Hermans zu einer Käseglocke gegangen, die auf dem Fensterbrett stand. Herr Huydecoper stand schon neben ihr und betrachtete das Exponat.

»Wenn ich im Sommer durch den Wald spaziere, hängt alles voll praller Beeren«, sagte Maria leichthin zu Herrn Hermans. »Manche sind süß, andere giftig.«

»Man muss sie probieren«, sagte Herr Hermans.

»Aber dann leidet man möglicherweise«, sagte Maria. »Besser ist, man weiß, von welchen Beeren man nicht naschen darf.«

Herr Hermans sah sie entgeistert an. Er schien die Drohung verstanden zu haben. Maria unterbrach sich. Sie musste ihre Wut zügeln und sich etwas zurücknehmen. Jeder, der ihr Werk kannte, wusste auch, dass sie Würmer hielt, um deren Verwandlung zu beobachten. Dafür konnte man in ihrer Heimat des Viehzaubers bezichtigt und nach der Folter als Hexe verbrannt werden. Um dem vorzubeugen, spickte Maria ihre Bücher zwar mit frommen Sprüchen, aber wenn sie einer wegen unliebsamen Verhaltens loswerden wollte, würde ihr das unter Umständen auch nicht mehr helfen. Doch eine Sache musste sie noch versuchen, sollte der Abend für sie nicht als Reinfall enden.

»Von der falschen Frucht isst man nur einmal. Aber das ist kein Grund, nicht mehr in den Wald zu gehen«, sagte Maria. »Jeder Mensch braucht Bäume.«

Herr Hermans wirkte, als könnte er nicht folgen. Maria musste deutlicher werden.

»Der Vorschlag, den ich Ihnen unterbreiten möchte, ist folgender«, sagte sie. »Besorgen Sie mir Malschülerinnen.«

»Häusliche Kunst ist Weiberkram. Reden Sie mit meiner Gattin.«

»Aber ich frage Sie. Wo Sie doch um Verzeihung baten, wegen der Sache mit … den Beeren.«

Sie mussten das Gespräch unterbrechen, weil Frau Hermans nun den Stolz ihrer Sammlung zeigen wollte. Mit der

Feierlichkeit eines Priesters lüpfte sie den Deckel der Käseglocke und entnahm etwas Schmutzig-Weißes, das an das Haar einer verlotterten Alten erinnerte.

»Haben Sie jemals von dem mythischen Tier vernommen, dem das gehörte?«, flüsterte sie.

»Nein«, raunte Maria zurück. »Weihen Sie mich ein!«

»Im Land der Skythen wächst ein Bäumchen mit einem hohen, biegsamen Stamm. Von dem sprießt ein Lamm. Um Nahrung aufzunehmen, pendelt das Lamm am Stamm hin und her und rupft Gras vom Boden ab. Doch ist die Umgebung kahl gefressen – o weh – verhungert das Tier.«

»Was ist mit Wölfen?«, fragte Maria trocken.

Frau Hermans nickte beflissen.

»Auch die sind eine Gefahr. Darüber hinaus der Mensch. Das Blut des Lammes verleiht nämlich magische Kräfte.«

»Was auch sonst«, sagte Maria. »Aber welche? Wachsen einem Flügel? Erlangt man Allwissenheit?«

Zu ihrer Rechten räusperte sich Huydecoper. Maria verstand das als Ermahnung, es nicht zu toll zu treiben.

»Keine Ahnung«, sagte Frau Hermans. »Leider besitze ich nur von der Wolle des Lamms. Möchten Sie sie berühren?«

»Wie hat sie sich angefühlt?«, fragte Dorothea.

Sie saß neben dem Bett, in dem ihre Mutter auf Kissen gestützt lag. Maria hatte einen Kanten Brot mit Essiggurken verspeist, um ihre Kräfte zurückzugewinnen.

Nie wieder werde ich in solchem Maße dem Wein zusprechen!

»Dem Ding fehlte das Fett von Schafswolle«, sagte Maria. »Es glich eher Rohseide.«

Dorothea schien zu überlegen. »Könnte es Baumwolle gewesen sein?« Sie schlug sich gegen die Stirn. »Natürlich. Baum-Wolle! Ha, das ist ja zu komisch.«

»Nicht wahr? Ich konnte kaum an mich halten.«

»Frau Hermans hat bestimmt viel Geld dafür ausgegeben. Für ein angebliches Schaf am Stängel. Wie einfältig von ihr.«

Sie lachte glucksend, und Maria stimmte ein, doch nach einer Weile vertröpfelte ihre Heiterkeit wie das letzte Wasser einer Pumpe.

»Die Arme ist zu bedauern«, sagte sie. »Verheiratet mit einem Schürzenjäger, für ihr Leben gebunden an einen Widerling.« Sie legte die Hände zusammen. »Wir sind Forscherinnen. Zwei Dinge dürfen wir nie vergessen. Erstens: Nicht alle Menschen sind neugierig. Unter denen, die es nicht sind, gibt es solche, die Wissen bedrohlich finden. Ihr Bild von der Welt soll sich nicht verändern. Die eigene Vorstellung von den Dingen geht ihnen über alles. Ein Lamm an einem Baum ist schließlich auch ein hübscher Gedanke.«

»Aber das skythische Lamm ist bloß ein Fabeltier«, sagte Dorothea.

»Weißt du es? Damit kommen wir zu zweitens: Wir kennen Baumwolle. Ihre Existenz ist bewiesen. Aber kannst du beweisen, dass es das skythische Lamm *nicht* gibt?«

»Wie? Ich müsste jeden Winkel der Erde absuchen. Erst dann könnte ich mir sicher sein.«

»Genau.«

»Ich soll jeden Winkel – ?«

»Nein. Aber zweifeln. Immer. Nur dann stellst du Fragen und kannst Antworten bekommen.« Maria unterdrückte ein Gähnen. »Wie dem auch sei, sicher nicht mehr heute. Geh schlafen. Auch ich brauche dringend Ruhe.«

»Gute Nacht, Mutter.« Dorothea deckte sie fürsorglich zu und huschte hinaus.

Ferne Häfen

Maria wusch Pinsel aus und machte eine Bestandsaufnahme der Pigmente. Es waren welche im Haus, weil Johanna mittlerweile für Huydecoper Pflanzen des Botanischen Gartens zeichnete.

Soll ich eine kleine Menge für mich abzweigen?

Nach mehreren Anläufen war es Maria gelungen, Jan de Jong recht ordentlich zu skizzieren, aber vollständig zufrieden war sie noch immer nicht. Ähnlichkeit bestand, aber ein Porträtmaler hätte es besser gemacht.

Es wäre Materialverschwendung, jetzt schon in Öl zu malen. Lieber zeichne ich noch einmal neu.

Sie setzte sich an den Tisch und beugte sich über ihren jüngsten Versuch. An der Augenpartie sollte sie arbeiten, die war es, die dem Abbild Leben verlieh.

Ach, Menschen sind eben doch nicht mein Metier!

Sie nahm den Silberstift zur Hand und schmückte die Weste aus. Das Muster des Brokatstoffs war ihr im Gedächtnis geblieben, das Zeichnen von Insekten schulte den Blick für Details. Auch an die Verteilung der Farben erinnerte sie sich genau, lediglich beim Ton der Borten war sie unsicher. Andere Künstler hätten beim Kolorieren einfach eine Farbe gewählt, von der gerade noch viel vorhanden war, aber Maria wollte später so exakt arbeiten wie bei den Flügeln eines Schmetterlings. Gelb statt Blau machte aus einer Art eine andere.

Maria hielt die Skizze auf Armlänge von sich weg. Könnte doch der echte Jan de Jong aus dem Papier heraustreten! Je mehr Zeit verging, desto nebulöser wurde das Bild von ihm in Marias Kopf. Viel hatte er auch bei ihrem zweiten Treffen nicht von sich preisgegeben.

Als Maria sich damals auf den Weg zu dem Wirtshaus in Winsum gemacht hatte, war ihre Schultertasche mit Zeichensachen und einer Auswahl fertiger Aquarelle gefüllt gewesen. Den Wirtsleuten würde sie sagen, Herr der Jong habe Kunstwerke bei ihr geordert. Ihrem Auftraggeber wiederum wollte sie vorschlagen, ihr draußen Model zu sitzen, weil dort das Licht besser sei. Auf sein Zimmer zu gehen, stand außer Frage. Am besten erstellte Maria seine Skizze wie nebenbei, während eines Spaziergangs. Das wirkte am harmlosesten, käme es den Labadisten zu Ohren. Eine Rüge wäre Maria trotzdem sicher. Sie konnte Lucia förmlich hören: Warum sie sich nicht von einer Schwester habe begleiten lassen. Ihr Freiheiten zu gewähren, sei wohl ein Fehler gewesen. Maria seufzte. Noch war sie auf die Gemeinschaft angewiesen und musste Ärger vermeiden.

Sie näherte sich dem Dorf mit eiligem Schritt. Herr de Jong hatte nicht gesagt, wie lange er bleiben würde, und Maria wollte ihn nicht verpassen.

Mich scheint das Flüchtige anzuziehen: Blühende Pflanzen, Schmetterlinge, durchreisende Herren …

Das Wirtshaus fand sie gleich, es lag an der Durchgangsstraße. Herr de Jong saß auf der Bank neben dem Eingang und schien auf Maria zu warten. Er trug die Kleidung vom Vortag und über der bunten Weste einen offenen Justaucorps.

Als Maria näher kam, zog er seinen Hut und wünschte einen guten Morgen. Maria erwiderte den Gruß und wollte mit einem Blick zum wolkenlosen Himmel ihre Bitte einleiten, das Zeichnen ins Freie zu verlegen.

»Sieht aus, als sollte es trocken bleiben, sagte Herr de Jong. »Die Wirtin hat im Garten für uns gedeckt.«

Maria stutzte verblüfft. »Waren wir zum Essen verabredet?«

Bilder von fröhlichen Wirtshausszenen zogen vor Maria auf. Dorfbewohner prosteten sich mit Bier zu, ein Fiedler spielte zum Tanz auf. Davon zu hören würde den van Sommelsdijks gar nicht gefallen.

»Ich habe nur eine kleine Stärkung bestellt«, sagte Herr de Jong.

Er führte Maria um das Haus herum. Zwischen Haselnusssträuchern standen Stühle um einen Tisch, darauf ein Brett mit Schmalzbroten, zwei Becher und ein Krug. Maria warf einen Blick hinein. Der Krug enthielt Wasser mit Apfelscheiben und einem Sträußchen Melisse.

»Wird es hier gehen?«, fragte Herr de Jong. »Und sehen Sie …«, er deutete auf die Rabatten mit Stiefmütterchen und Anemonen, die ein Gemüsebeet säumten, »es gibt auch …«

»Bunte Blumen«, sagte Maria.

Er lachte. »Ertappt. Ich kenne mich nicht aus. Aber ich habe auf den Blüten Schmetterlinge entdeckt und dachte, der Garten müsste Ihnen gefallen.«

Auf dem Dach stimmte eine Amsel ein Lied an. In der angrenzenden Wiese landete ein Storch neben weidenden Schafen. Vom Schäfer war nichts zu sehen. Auch sonst ließ sich kein Dorfbewohner blicken. Die Frauen mochten schon das Mittagsmahl bereiten, die Männer noch in den Ställen und Werkstätten arbeiten.

»Es ist ein lauschiger Platz«, sagte Maria.

»Zu lauschig?« Herr de Jong zog einen Stuhl vom Tisch weg und zögerte. »Mir ist erst heute Morgen eingefallen, wie unpassend es gewesen sein könnte, Sie herzubitten. In Ihrer Gemeinschaft gibt es sicher strenge Regeln.«

»O ja. Darum werde ich nicht mehr lange dort sein.«

Sie setzte sich mit dem Rücken zur Sonne. Herr de Jong nahm ihr gegenüber Platz.

»Tatsache?«, fragte er. »Sie können einfach gehen?«

Maria nahm Skizzenblock und Silberstift aus ihrer Tasche.

»Selbstverständlich. Wie ich gestern schon sagte, habe ich kein Gelübde abgelegt. Somit bin ich eine freie Frau.« Schnell fügte sie an: »Trotzdem wäre es besser, wenn sich nicht herumspräche, was ich hier gemacht habe.«

Mit dünnen Strichen deutete sie auf dem Papier Jan de Jongs Kopfform an, setzte Markierungen für die höchsten Punkte der Augenbrauen, für die Nasenwurzel und die Mundwinkel. Herr de Jong lächelte.

Was Sie hier gemacht haben?

Maria glaubte, die Frage zu hören, als spräche er sie aus. Was er aber nicht tat. Er unterließ Zweideutigkeiten und schien überhaupt alles zu unternehmen, damit Maria sich wohlfühlte. War das seine Art, sie zu locken? Oder war er doch nicht interessiert und hatte die Schäkerei vom Vortag nur zur eigenen Belustigung betrieben?

Bleib bei der Sache! Es geht hier auch um Arbeit und Geld.

»Eigentlich müsste ich sämtliche Einnahmen an die Gemeinschaft abführen«, sagte Maria. »Ich würde diesen Auftrag gern geheim halten, um für meinen Umzug zu sparen.«

»Wohin werden Sie ziehen?«

Herr de Jong wandte den Kopf und blickte den Weg entlang, der aus dem Dorf hinausführte. Auf seiner linken Wange war eine lange dünne Narbe. Sie verlief parallel zum Knochen, eine helle Erhebung auf gebräunter Haut. Für aufgemalt hätte man sie halten können. Sie schmückte statt zu entstellen.

Selbst eine Narbe trägt Herr de Jong mit Eleganz.

Die glatten Ränder zeugten von guter Wundheilung. War die Verletzung fachkundig versorgt worden? Maria hätte einen Saft aus Wegerichblättern bereitet und die Wunde damit betupft, ganz vorsichtig, die linke Hand an Herrn de Jongs Kinn gelegt, sollte er zurückzucken. Danach hätte er ihr dankbar in die Augen gesehen und …

Maria senkte den Kopf tiefer, um ihre Gefühle zu verbergen. Wo war das Gespräch stehen geblieben?

»Nach Amsterdam will ich.« Zu diesem Entschluss war Maria in der Nacht gekommen. »Der junge Mann, den meine Tochter Johanna liebt, ist vor Kurzem dorthin gegangen. Vielleicht kann er uns eine Bleibe beschaffen.«

»Die Stadt wird Ihnen gefallen. Ich habe dort auch oft zu tun.«

»Mit was für Waren handeln Sie?«

Herr de Jong sagte nichts. Hatte er die Frage nicht gehört? Jetzt winkte er jemandem zu. An einem der unteren Fenster war das Gesicht der Wirtin erschienen.

»Alles bestens!«, rief Jan.

Das Gesicht verschwand wieder.

Auf dem Papier versuchte Maria sich an Herrn de Jongs linkem Ohr. Die Form misslang ihr, und es rutschte zu weit nach oben. Mit Silberstift ausgeführte Linien ließen sich nicht mehr vom Blatt tilgen. Höchstens hätte Maria abbrechen und neue, deckende Grundierung auftragen können. Um die Fehler zu korrigieren, zeichnete sie Haar darüber. Aber das war Schummelei. So sah Herr de Jong nicht aus. Er hatte seine Locken nach hinten gestrichen.

Ärgerlich kaute Maria auf ihrer Unterlippe.

»Sie wird nicht plaudern«, sagte Herr de Jong.

»Wie bitte?«

»Die Wirtin. Den Labadisten erzählt sie nichts und auch sonst niemandem. Das hat sie mir versprochen.«

»Natürlich hat sie das. Aber sobald Sie fort sind, wird gelästert.« Mit einer unwirschen Bewegung fegte Maria Blütenstaub vom Papier. »Neuigkeiten verbreiten sich schneller als Unkraut im Frühling.«

Herr de Jong schwieg. Langsam führte er einen Finger an seiner Kehle entlang. Maria rutschte beinahe der Zeichenblock von den Knien.

»Sie haben die Wirtin bedroht?«, fragte sie.

Für einen Moment bewahrte Herr de Jong eine ausdruckslose Miene. Dann lachte er. »Trauen Sie mir das zu? Geld habe ich ihr gegeben.« Er pflückte das Schirmchen einer Pusteblume von seiner Weste und betrachtete es mit dem Interesse eines Kindes. »Bestochen habe ich sie.«

Maria atmete aus und entspannte ihre Arme wieder. Mit Druck auf dem Stift zeichnete sie Herrn de Jongs Kinnlinie. Der Hals gelang ihr auf Anhieb, die Schultern deutete sie vorerst nur an.

Leise, so als sollte Maria sich aussuchen, ob sie es hören wolle, fügte Herr de Jong hinzu: »Und danach habe ich ihr gedroht.«

Maria legte den Stift hin.

Traue ich ihm das zu? Durchaus. Aber wenn er es tat, dann um mich zu schützen …

»Ich brauche eine Pause«, sagte sie

»Sehr gerne, ich habe auch Hunger.«

Herr de Jong schenkte Maria Wasser ein und biss in ein Schmalzbrot. Er kaute, schluckte, lehnte sich zurück und sagte in dem Ton, in dem man Komplimente machte: »Sie sind bewaffnet.«

Maria wurde heiß.

Woher weiß er das? Kann er etwas durch meine Kleidung sehen?

Herr de Jong lehnte sich zur Seite, bis der Tisch nicht mehr zwischen ihnen war, und deutete auf Marias rechtes Bein.

»Ist mir vorhin aufgefallen«, sagte er.

Unterhalb des Knies hatte sich der Stoff ihres Rocks verfangen. Zwischen Marias Bein und dem Griff des Messers, das sie um den Schenkel geschnallt trug, war eine zusätzliche Falte entstanden.

Maria richtete ihre Kleidung wieder und dankte mit einem koketten Augenaufschlag. Was war wohl schöner? Die Tatsache, dass dieser Herr sie offenbar genau betrachtete, oder die Anerkennung, mit der er gesprochen hatte?

»Ich streife durch die Wälder«, sagte Maria. »Da weiß man nie, wen man trifft.«

»Das müssen Sie mir nicht erzählen.«

»Reisen Sie viel?«

Er nickte.

»Was war das fernste Land, das Sie gesehen haben?«, fragte Maria.

»Ich war an vielen Orten in Westindien, auf dem Festland, auf den Inseln …«

»Auch in Surinam?«

»Ja, mehrmals.«

»Erzählen Sie mir von dort!«

Herr de Jong streckte die Beine aus und faltete die Hände hinter dem Kopf.

»Was wollen Sie wissen? Es ist ein Tollhaus, dieses Land. Die Niederländer verwandeln die Küste in eine Zuckerrohrwüste und brandmarken ihre Sklaven wie Milchvieh. Derweil schießen die Engländer von ihren Veranden aus auf Papageien. Die Engländer waren ja zuerst da, und diese Snobs führen sich auf, als würde ihnen das Land immer noch gehören. Aber eigentlich benimmt sich jeder dort, als würde ihm alles gehören. Hier ein Bettler, dort ein König, verstehen Sie? Und es gibt viele Soldaten.«

»Haben Sie Schmetterlinge gesehen?«

»Bestimmt.« Er schenkte Maria ein warmes Lächeln. »Hätte ich Sie damals schon gekannt, hätte ich mehr achtgegeben.«

»Ich habe schon so manches aus den Kolonien gehört«, sagte Maria. »Einige Labadisten gingen nach Übersee, um zu missionieren. Aber die klagen in ihren Briefen vor allem über das harte Leben. Was ich über Flora und Fauna erfahre, stammt meist aus zweiter oder dritter Hand und klingt allzu fantastisch. Es soll fleischfressende Pflanzen geben, die Vögel verschlingen, und Ameisen, die eine Maus auf dem Rücken tragen können. Was davon wohl stimmt?«

»Es ist wirklich alles größer dort. Manche Spinne hat Beine so lang wie Kochlöffelstiele.«

»Um die aufzuspüren, muss man wohl tief in den Urwald wandern.«

»Ach was, das Biest saß morgens auf meinem Stiefel.«

»Sie kommen also ins Haus.«

»Oder fressen es Ihnen unter den Füßen weg. Einmal sah ich einen hohen, vor Grün nur so strotzenden Baum, und am nächsten Tag war er ohne Blätter. Machen Sie etwa Notizen?«

»Nur ein paar.« Nachdenklich klopfte Maria mit dem Stift gegen ihre Wange und murmelte: »Könnten Raupen das Laub verputzt haben?«

»Möglich.« Herr de Jong leerte seinen Becher, zog eine Taschenflasche aus seinem Justaucorps und schenkte sich einen Schluck klare Flüssigkeit ein. Als er Marias Blick bemerkte, sagte er: »Verzeihung. Alte Gewohnheit. Anscheinend habe ich vergessen, wie man sich in Damengesellschaft benimmt.«

Er schob den Becher von sich weg, aber Maria schob ihn wieder zurück.

»Nur zu.« Sie zwinkerte. »Schnaps ist gut für Geschichten. Erzählen Sie mir mehr von Surinam. Aber nicht von Politik und Soldaten, sondern von der Tierwelt.«

Sie prostete Herrn de Jong mit Wasser zu und ließ ihn trinken. Leider machte ihn der Alkohol nicht redseliger. Stattdessen schien Herr de Jong düsteren Erinnerungen nachzuhängen.

»Wenn man abends im Garten sitzt und eine Fackel entzündet …«, begann Maria.

»Das würde niemandem einfallen«, sagte Herr de Jong. »Im Dunkeln kommen die Klapperschlangen heraus. Muss man auf Reisen im Freien übernachten, macht man ein Feuer und wechselt sich mit dem Wachdienst ab. Im Urwald gibt es auch Jaguare und Pumas und in der Nähe von Flüssen Krokodile.«

»Ein Lagerfeuer ist gut. Das sollte doch Nachtfalter anlocken?«

»Ja, da schwirren dann Motten herum.«

Maria richtete den Zeichenstift auf Herrn de Jong wie einen Degen. »Wie sehen die aus?«

»Bräunlich. Grau. Schwer zu sagen, es war ja dunkel.«

»Wie groß?«

»Verschiedentlich.«

Ungeduldig rutschte Maria nach vorn.

»Herr van Sommelsdijk schickte in seiner letzten Sendung einen Falter, der zerstört ankam, zerquetscht zwischen anderer Ladung«, sagte sie. »Die Flügel waren in viele Teile gebrochen, und der Körper war zerbröselt. Im Brief stand nichts zu dem Tier, und ich weiß deshalb nicht einmal, ob es nur eines war oder mehrere. Sollten das die Überreste eines einzigen gewesen sein, könnte seine Spannweite mehr als eine Handfläche betragen haben.«

»Möglich. Manche sind so groß.« Herr de Jong führte die Zeigefinger auseinander. »Oder, nein, vielleicht sogar so …« Er verbreiterte den Abstand zwischen den Fingern.

»Sicher? Halten Sie still.« Maria stand auf und maß von dem einen seiner Finger am Ellbogen bis zu seinem anderen Finger, der beinahe ihr Handgelenk berührte. »Fast eine Elle!«

Sie wollte sich wieder setzen, um das zu notieren, da hielt Herr de Jong ihre Hand fest.

»Begleiten Sie mich ein Stück.«

Marias Herz sprang gegen ihre Rippen. »Nach Surinam?« Kaum hatte sie die Frage ausgesprochen, wurde ihr gewahr, wie einfältig sie klingen musste.

Herr de Jong lachte.

»Ich dachte an Harlingen. Da habe ich zu tun. Sie könnten mich malen, ohne dass die Leute reden.« Er sah zu ihr auf. »Sie wollen doch weg, Frau Merian.«

»Ja«, sagte Maria. »Aber das ist nicht so leicht. Ich habe zwei Töchter, und die werde ich nicht bei den Labadisten zurücklassen, nicht einmal für ein paar Tage.«

Herr de Jong gab ihre Hand wieder frei.

»Aber in Amsterdam können wir uns wiedersehen.« Maria strich über seine Weste. Glatt fühlte der aus Seide gewebte Stoff sich an. Die Farben glänzten im Sonnenlicht. Maria hatte nicht gewusst, dass die Augen Hunger verspüren konnten.

Aus dem Wirtshaus erklang Lärm. Eine Magd wurde ausgeschimpft.

Wir sind nicht allein. Wir werden beobachtet.

Maria setzte sich wieder auf ihre Seite des Tisches und nahm Block und Stift zur Hand.

»Die Skizze werde ich später ins Reine zeichnen. Wahrscheinlich braucht es noch zwei oder drei Entwürfe, bis ich zufrieden bin. Dann erst male ich in Öl. Soll ich das Bild rahmen lassen?«

»Nein.«

»Sie möchten nur die Leinwand? Nun gut. Nennen Sie mir eine Adresse, unter der ich Sie in Amsterdam erreichen kann.«

»Ich habe dort keine feste Bleibe.«

»Aber ein Haus, in dem Sie regelmäßig absteigen?«

Herr de Jong schüttelte den Kopf. »Ich werde Sie finden, wenn ich dort bin.«

Offensichtlich war das eine ausweichende Antwort. Doch was sollte Maria tun? Sie hatte sich einverstanden erklärt und einen Vorschuss für ihre Arbeit erhalten.

Herr de Jong mochte Geheimnisse hüten, aber das tat Maria selbst ja auch. Über ihre Vergangenheit sprach sie nicht, wohl aber versuchte sie, sich in Amsterdam einen Namen zu machen. Ihre Aquarelle hingen schon in einigen Häusern der Stadt. Ob Herr de Jong in diesem Moment eines von ihnen betrachtete und ein Wiedertreffen herbeisehnte, genau wie sie es tat? Oder war er von Harlingen aus in See gestochen und weilte in der Ferne?

Hier werde ich keine Geschäfte machen …

Doch auf welche Art Handel hatte er bei den Labadisten gehofft?

Einmal hatte Maria beobachtet, wie eine Raupe sich von Ameisen in einen Bau tragen ließ. Sie hatte das Tier für tot gehalten. Auf der Thymianpflanze, auf der es gesessen hatte, gab es noch zwei weitere Raupen. Maria hatte sie mit nach Hause genommen und sie mit dem Kraut gefüttert. Ein wenig fraßen die Raupen noch, starben aber noch vor der Verpuppung. Offenbar hätten sie andere Nahrung benötigt. Tarnung und Täuschung waren im Tierreich verbreitet. Was, wenn die Raupen den Ameisen vorgaukelten, Futter zu sein, um in das Innere ihres Baus zu gelangen, wo sie sich an den Eiern und Larven des Stammes gütlich taten?

Herr de Jong ist vielleicht gar kein Kaufmann. Das habe ich angenommen, weil er reich wirkt. Doch meine Frage, mit welchen Waren er handele, hat er nicht beantwortet. Was hätte er den Van-Sommelsdijk-Schwestern verkaufen können? Meines Wissens hatte er nichts mit sich geführt. Ging es um Luxusgüter, die er erst auf Bestellung beschafft hätte? Damit konnte er bei den Schwestern natürlich keinen Erfolg haben. Die betonten ja ständig ihre Bescheidenheit. Vermögend waren sie und erhielten noch zusätzlich Geld von ihrem Bruder, ihre Kleidung flickten sie aber trotzdem, bis sie auseinanderfiel. Die Zurschaustellung von Wohlstand galt ihnen als Sünde.

Allerdings protzten auch Kaufleute nicht, jedenfalls nicht die niederländischen. Anders als Herr de Jong trugen sie statt auffälliger Kleidung hauptsächlich Schwarz, unterbrochen nur vom Weiß ihrer Hemden.

Hier ist das so. Aber in anderen Ländern wissen sie vielleicht zu leben.

Maria überkam Fernweh. Mit ihrem Umzug nach Amsterdam war dieses Gefühl noch stärker geworden. Nun war sie unter Leuten, die mehr von der Welt gesehen hatten als Kirchen und Gemüseäcker. Täglich begegnete sie auf dem Markt Menschen aus fremden Ländern. Sie wollte ebenfalls reisen, und dann würde sie Insekten studieren, von denen hierzulande noch niemand gehört hatte.

Doch täte ich das, führte es mich von Herrn de Jong weg. Er käme vielleicht endlich in die Stadt und suchte mich, aber ich wäre nicht mehr da.

Jemand klopfte gegen die Tür, zweimal statt dreimal, mit der Gewohnheit eines häufigen Besuchers. Maria rief ein »Ja«, und Jacob trat ein. Offenbar war es schon Zeit für seinen mittäglichen Besuch bei Johanna. Rasch bedeckte Maria die

Zeichnung von Jan de Jong mit einem Blatt, auf dem sie Schraffierungen geübt hatte.

»Deine Liebste stickt«, sagte sie zu Jacob. »Hinten, in ihrer Kammer.«

Doch Jacob ging nicht weiter. »An was sitzt du gerade?«, fragte er.

»Nur an Vorbereitungen für dies und das.«

Maria hoffte, Jacob möge nicht zu genau in Augenschein nehmen, was auf dem Tisch lag. Ihr war, als starrte Jan de Jong sie durch das Papier hindurch an. Seine Züge schienen aus der Zeichnung hervorzutreten. Maria sah ihn lächeln. Wegen der Wangennarbe wirkte sein Gesicht ein wenig asymmetrisch.

»Ich komme in der Westindien-Kompanie voran«, sagte Jacob. »Zwar bin ich noch weit davon entfernt, Teilhaber zu werden, doch man lässt mich helfen und lernen. Heute habe ich eine Ladung Zucker kontrolliert und durfte die Schiffsbücher einsehen. Man vertraut mir allmählich.«

»Wie erfreulich.« Maria trommelte mit den Fingerkuppen auf den Tisch.

Wollte dieser junge Mann in die Familie aufgenommen werden, sollte er lernen, Frauen in Ruhe arbeiten zu lassen. Doch Jacob lehnte sich an den Herd und schien sich unterhalten zu wollen.

»Bedeutet das, du wirst bald deine erste Überseereise antreten?«, fragte Maria.

»Das würde ich gern«, sagte Jacob. »Aber wegen Johanna möchte ich nicht allzu lange weg sein.«

»Die zwei oder drei Monate Trennung übersteht ihr gewiss.«

»Ich wäre über ein Jahr unterwegs.«

»Was?«

»Man fährt eine Dreiecksroute. In Amsterdam laden wir Waffen, Tuch und Werkzeuge ein, die wir an unsere Forts in

Westafrika verkaufen. Dort kommen Sklaven für die Plantagen an Bord, und erst dann geht es nach Surinam. Von dort nehmen wir Zucker für den Heimathafen mit.«

»Verstehe.« Maria warf die Umrisse des nördlichen und südlichen Kontinents auf das Papier. Statt der Küstenlinie von Surinam, die ihr unbekannt war, zeichnete sie einen stilisierten Schmetterling auf die andere Seite des Atlantischen Ozeans. Von dem Tierchen ausgehend, strichelte sie eine Verbindung nach Amsterdam. »Und eine solche Unternehmung nimmt zwölf Monate in Anspruch?«

»Manchmal sogar doppelt so lange, je nachdem, ob es unterwegs Stürme oder Flauten gibt, ob die Besatzung siecht oder meutert oder in einem der Häfen verlustig geht.«

»Aber machen alle Schiffe den Umweg über Afrika? Zucker wird von den Wohlhabenden verschwenderisch benutzt. Davon setzt ihr sicher mehr um als von Waffen und Sklaven.«

Jacob strich über sein ordentlich rasiertes Kinn. Er schien Maria nicht folgen zu können.

»Kaum habt ihr den Zucker in Amsterdam verkauft, fahrt ihr wieder los«, sagte Maria.

»Richtig. Nach Afrika.«

»Wo sie schon wieder neue Waffen wollen?«

»Es gibt Kriege zwischen den afrikanischen Stämmen. Was natürlich zu unserem Vorteil ist, denn die Unterlegenen kaufen wir als Sklaven auf.«

»Aber warum brauchen die Besitzer der Zuckerrohrplantagen so häufig neue Arbeiter?«

»Ein Teil stirbt auf der Überfahrt. Manche widersetzen sich durch Selbsttötung. Den Rest verschleißt die Arbeit in den Zuckerfeldern. Jedenfalls können wir den Plantagenbesitzern gar nicht genug Sklaven bringen. Waffen, Arbeiter und

Zucker bilden einen Kreislauf der Nachfrage, und die Kompanie verdient an jeder Station.«

Maria nickte. Kreisläufe kannte sie aus der Natur. Sie stellte sich vor, wie Waffen zu Sklaven wurden und Sklaven zu Zucker. Aufseher mit Peitschen trieben Frauen und Männer in eine Mühle. Heraus rieselte der Zucker. Das weiße Gold. Maria schüttelte sich, um das Bild loszuwerden.

»Ich habe einen Denkfehler gemacht, indem ich mir vorgestellt habe, ihr tauscht Waffen, Sklaven und Zucker zu gleichen Teilen«, sagte sie. »Doch Menschen brauchen mehr Platz als Waren.«

»Kaum«, sagte Jacob. »Wir bringen die Sklaven im Laderaum unter. Auf diese Weise können die Schiffe sechshundert von ihnen transportieren. Man muss nur regelmäßig die Kranken aussortieren, damit sie die anderen nicht anstecken.«

Maria nahm einen Schluck aus ihrer Teetasse. Das Getränk kam ihr plötzlich bitter vor, und sie stellte es schnell wieder zurück auf den Tisch. Die Sklaven fuhren im lichtlosen Laderaum, als wären sie Vieh? Und wie kühl Jacob über sie sprach! Als handelte es sich um irgendein Gut, das nur halbwegs unbeschädigt ankommen musste, damit es noch einen Preis erzielte. Weiße zwangen Sklaven zu harter Arbeit auf den Plantagen. Dann kamen ebenso weiße Missionare, um die Afrikaner zu ihrem Glauben zu bekehren. Wollten sie taufen, damit ihre Seelen nach dem Tod in den Himmel kämen. Man könnte diese Menschen doch schon auf Erden wie Menschen behandeln. Aber so weit ging die Wohltätigkeit der Christen wohl nicht.

»Übrigens habe ich mich nach deinem Herrn de Jong erkundigt«, sagte Jacob unvermittelt.

Tausendfüßler schienen über Marias Rücken zu krabbeln. »Was hast du herausgefunden?«

»Niemand weiß von ihm«, sagte Jacob.

»Warum verschwendest du dann Worte?« Sie konnte ihre Ungehaltenheit nur schwer verbergen.

»Um dir zu helfen.«

»Ich bin so schlau wie zuvor. Wir wollten uns in Amsterdam treffen, aber anscheinend haben wir uns verpasst. Herr de Jong ist sicher schon abgereist.«

Verdrossen widmete sie sich dem Nachschneiden ihrer Schreibfeder. Die Klinge des kleinen Messers, das sie dafür benutzte, war stumpf und rutschte ab. Wahrscheinlich hatte Dorothea wieder damit geschnitzt. Maria musste sich anstrengen und stellte sich vor, sie schneide Zuckerrohr in Surinam. Dort sollten Temperaturen wie in der Hölle herrschen. Jeder Handgriff dort musste schweißtreibend sein. Aber der Zucker gedieh in der Hitze gut, und war er erntereif, musste er eingeholt werden.

Klammerte Jacob das Schicksal der Sklaven in seinen Überlegungen aus, weil er es für unabdingbar hielt? Doch spätestens wenn er die erste Fahrt machte, würde sich die Zahl *sechshundert* in einzelne Menschen verwandeln, deren Schreie an sein Ohr drangen. Schiffswände waren dünn.

Im Moment schien Jacob nur eine Bilanz mit einem positiven Ergebnis zu sehen. Vielleicht rechnete er auch Maria und Johanna gegeneinander auf. Eine unfreundliche Schwiegermutter und ein bezauberndes Mädchen ergaben in der Summe ein Geschäft, auf das er sich einließ. Wenn er für die Heirat mit einer Schönen die eine oder andere Erkundung einziehen musste, sollte es ihm recht sein.

Maria knallte das Messer auf den Tisch. Ihr war etwas eingefallen.

»Kannst du die Passagierlisten durchsehen?«, fragte sie Jacob.

»Habe ich schon. Er steht auf keiner.«

»Wie kann das sein? Er ist nicht hier, er ist nicht fort …«

»Vielleicht segelt er auf eigene Faust«, sagte Jacob. »In dem Fall kann ich dir nicht weiterhelfen.«

Ein eiserner Riemen schien Marias Brust zusammenzudrücken.

Wollte das Schicksal ihr Jan de Jong wieder nehmen, kaum dass er in ihr Leben getreten war? Würde sie ihn wiedersehen, oder klammerte sie sich an eine leere Hoffnung? Er war ein Reisender, das zog sie an, weil auch sie solch ein Leben führen wollte. Allerdings war es gefährlich. Möglicherweise lebte er gar nicht mehr. Dies wollte Maria sich gar nicht erst vorstellen. Ihr Blick fiel auf einen Plan der Amsterdamer Grachten, den sie in ihr Notizbuch gezeichnet hatte. Zum Zeitvertreib versuchte sie sich gelegentlich in der Kunst ihres Vaters.

»Wenn Herr de Jong auf eigene Faust segelt, braucht er doch Karten«, rief Maria.

»Gewiss«, sagte Jacob. »Und?«

Wo Karten zu bekommen waren, wusste Maria: im *Haus unter dem Segel*.

Sie stand auf und klopfte Jacob auf die Schulter. »Bravo. Es ist eine Freude, mit dir Konversation zu betreiben. Danach ist man um einiges schlauer.«

Sie rollte die Zeichnung von Jan de Jong ein, rief Johanna zu, sie müsse kurz etwas besorgen, und verließ die Wohnung. Vor dem Haus traf sie auf ein rothaariges Mädchen in Begleitung einer Magd.

»Frau Merian?« Die Magd hielt das Mädchen am Arm fest, als könnte es sonst ausbüxen. »Wir wollten gerade klopfen.«

»Ich nicht.« Das Mädchen trat einen Schritt zurück.

»Sei nicht bockig!« An Maria gewandt sagte die Magd: »Debora möchte *sehr gern* aquarellieren lernen.«

»Wirklich?«, fragte Maria. »Oder ist das der Wunsch deiner Mutter, Debora?«

»Ich soll entweder sticken oder malen. Aber sticken finde ich grässlich. Wegen der Fummelei beim Einfädeln.«

Maria schmunzelte. »Die mag ich auch nicht.«

»Sie hatte schon Unterricht«, sagte die Magd. »Die letzte Lehrerin …«

»Hat mir mit dem Pinsel auf die Finger geschlagen«, rief Debora. »Zu der gehe ich nicht mehr.«

»Deboras Onkel meint, Sie wüssten, wie man jemandem etwas beibringt«, sagte die Magd zu Maria.

»Wer ist der Onkel?«

»Claes Hermans.«

Maria lachte auf. Dieser Kaufmann hatte seine Lektion offenbar gelernt, und nun bezahlte er seine Schulden.

»Ich will es noch heute mit dir versuchen, Debora«, sagte Maria.

Aber zurück in die Wohnung zieht es mich wirklich nicht, nun, da ich vielleicht eine erste Idee habe, wie ich die Spur zu Jan de Jongs Verbleib aufnehmen kann.

Maria betrachtete Deboras leere Hände. »Nur hast du keine Materialien mitgebracht.«

»Hab alle meine Sachen unterwegs in die Prinsengracht geschmissen.«

»Wir beschaffen dir neue.«

»Wenn Sie Debora als Schülerin aufnehmen, kann ich ja wohl gehen«, sagte die Magd. »Schreiben Sie Herrn Hermans eine Rechnung, Frau Merian. Er wird sie sofort begleichen.«

»Das lobe ich mir. Gehen wir einkaufen, Debora. Sieh, eben brechen die Wolken auf. Wir können unterwegs das Schattenspiel der Wäsche studieren, die zwischen den Häusern gespannt ist. Licht ist nämlich die wichtigste Zutat in jedem Bild. Wie klingt das?«

Debora hakte sich unter. »Durch die Stadt zu gehen ist in jedem Fall lustiger als am Tisch zu sitzen.«

»Täusch dich nicht. Zeichnen werden wir auch noch genug.«

Maria bezog ihren Malbedarf vom alten Bram, einem Händler mit imposantem Rauschebart, der seinen Laden in einem Hinterhof nahe der Zuiderkerk hatte. Er bot günstige Preise und ein Sortiment, das keinen Wunsch offenließ. Außerdem befanden sich seine Räume in der Nähe des Dams, und das hatte den Vorteil, dass Maria mit Debora auf dem Rückweg rasch beim *Haus unter dem Segel* vorbeisehen konnte.

»Sind wir hier richtig?«, fragte Debora. »Dieses Geschäft führt Bücher.«

»Und Karten, Drucke, Pergament und Papier.« Maria öffnete die Tür zum *Haus unter dem Segel.* »Letzteres fehlt uns noch. Zwar ist es teurer als bei Bram, aber dafür bekommt man es in erlesener Qualität. Schauen wir, was die Besitzerin so dahat.«

Im Inneren diskutierte Aletta lautstark mit einem Herrn, der ihr einen Stapel handgeschriebener Notizen aufdrängen wollte.

»Wie soll ich das drucken?«, rief sie. »Ich vermag nur jedes dritte Wort zu entziffern. Erwarten Sie, dass ich die Buchstaben auf gut Glück setze?«

»Meine Schrift ist sonst leserlicher, aber ich habe die Geschichte auf der Überfahrt von Dover niedergeschrieben.« Der Herr sprach mit englischem Akzent. »Die See war stürmisch, und ich musste mit der linken Hand das Tintenfass festhalten, damit es mir nicht vom Tisch rutschte.«

»Bringen Sie die Seiten ins Reine«, sagte Aletta. »In der Gaststätte nebenan gibt es breite Tische, und der Boden schwankt nicht.«

»Was wäre ich ein glücklicher Mann, könnte ich meine Tage und Nächte dem Fabulieren widmen! Doch ich muss Geld nach Hause bringen. Meine Kinder wollen essen, und meine Frau ist schon wieder in freudiger Erwartung.«

Die schmale lederne Tasche, die er unter den Arm geklemmt hatte, entglitt ihm und fiel zu Boden. Noch mehr Papier kam zum Vorschein. Der Herr sammelte es ein mit einem Ausdruck der Verwirrung auf dem Gesicht, als hätte er das Gepäckstück zwischenzeitlich vergessen.

»Möchten Sie nicht doch eine Seetransportversicherung kaufen?«, fragte er und klang dabei so hoffnungslos wie jemand, der auf diese Frage schon oft ein Nein erhalten hatte.

»Wirklich nicht«, sagte Aletta.

Der Herr seufzte. »Klug von Ihnen.«

»Verzeihen Sie, Mister …«

»Foe«, sagte der Mann. »Daniel Foe.«

»Mister Foe, die zwei Kundinnen dort bedürfen meiner Beratung. Ich bin gleich wieder bei Ihnen.«

Aletta eilte auf Maria und Debora zu.

»Euer Besuch könnte nicht gelegener kommen. Mit was kann ich dienen?«

»Mit Papier zum Aquarellieren«, sagte Maria. »Fünf Bogen fürs Erste. Meine Schülerin ist Anfängerin, also …«

»Ich weiß schon«, sagte Aletta. »Sie braucht mattes Papier, das die Farbe langsam aufsaugt. Komm, Mädchen, ich zeige dir, was ich im Lagerraum habe. Sobald du geübter bist, kannst du dich an satinierte Bögen wagen, die werden zwischen heißen Walzen gepresst und glänzen. Allerdings verlangt solcher Untergrund eine schnelle Künstlerhand, sonst bestraft er dich mit Rändern statt Farbverläufen.«

Sie wollte Debora vorangehen.

»Da wäre noch etwas«, sagte Maria.

»Und zwar?«

»Ich suche diesen Mann.« Maria rollte die Zeichnung von Jan de Jong aus.

Aletta beugte sich über das Papier. »Er kommt mir bekannt vor. Ist er aus Amsterdam?«

»Sein Name ist Jan de Jong.«

»Zwei Kunden heißen so, aber auf keinen von beiden passt das Bild.«

»Er wird wahrscheinlich nach Seekarten gefragt haben.«

»Wann soll das gewesen sein?«

»Innerhalb der letzten Wochen.«

»Nein, Karten habe ich in diesem Jahr bis jetzt nur an die Kompanien verkauft.«

War das eine gute oder schlechte Nachricht? Wenn Herr de Jong keine Karten gekauft hatte, weilte er vielleicht doch noch in Amsterdam. Oder er besaß bereits alle notwendigen Karten. Oder er war gar nicht in die Stadt gekommen.

Mutlos ließ Maria die Zeichnung sinken.

Gib auf, sagte ihre innere Stimme. Wahrscheinlich hat er dich vergessen. Er ist nach Den Haag gegangen, um sein Porträt in Auftrag zu geben, wie du ihm geraten hast, und sticht von dort wieder in See.

»Hängen Sie die Zeichnung doch ins Fenster, sie gefällt mir und vielleicht auch meinen Kunden«, sagte Aletta. »Sollte Herr de Jong über den Dam laufen, wird er mich fragen, was es damit auf sich hat, und ich verweise ihn an Sie.«

Damit schien die Angelegenheit für sie erledigt zu sein. Mit Debora verschwand sie in den Tiefen des Ladens.

Zögerlich ging Maria zum Fenster. Zwischen zwei Miniaturgloben aus Messing und einer ledergebundenen Bibel mit Goldschrift war noch Platz. Maria rollte die Zeichnung andersherum auf, um den Papierbogen zu glätten. Als sie die

Hand ausstrecken wollte, um ihn auf das Brett des Schaufensters zu legen, blieb draußen eine Alte mit zwei halbwüchsigen Jungen stehen. Alle drei starrten Maria an. Offenbar wollten sie erfahren, was es gleich Neues in der Auslage geben sollte. Maria zuckte zurück.

Ich werde Sie finden, wenn ich dort bin.

Aber wusste Herr de Jong, wie er das anstellen sollte? Würde er das *Haus unter dem Segel* ansteuern, um nach Maria zu fragen? Aletta, da zumindest war sich Maria sicher, würde mit Freuden Auskunft geben:

»Frau Merian? Ja, mein Herr, wir drucken für diese Künstlerin. Die beiden Bände ihres Raupenbuchs kosten je fünfzehn Gulden. Auf Wunsch koloriert sie auch per Hand, dafür werden allerdings fünfundvierzig Gulden fällig. Ein stolzer Preis, ich weiß, ein Handwerker muss dafür einen Monat lang arbeiten, aber wie Frau Merian mir verriet, hat sie bereits einige dieser Luxusausgaben für Höfe und Bibliotheken gefertigt.«

»Könnte ich mit Frau Merian persönlich sprechen?«

»Aber ja. Ich erkläre Ihnen den kürzesten Weg zu ihrem Haus.«

Doch solch ein Gespräch hatte noch nicht stattgefunden. Zwar war das *Haus unter dem Segel* eine Anlaufstelle für die Künstler Amsterdams, die hier drucken ließen, doch Herr de Jong verkehrte in anderen Kreisen. Brauchte er nicht gerade Karten, würde er keine Buchhandlung aufsuchen.

Eine weitere Möglichkeit bestand. Herr de Jong könnte nur ein Spiel mit Maria getrieben haben und sie gar nicht wiederfinden wollen. Am Ende würde er sich beim Anblick der Zeichnung im Fenster amüsieren und sich dazu beglückwünschen, ein weiteres Weibsbild mit seinen schönen Worten eingewickelt zu haben.

»Soll ich das für Sie platzieren?«, fragte eine Stimme.

Der englische Schreiber war wieder da. Er schien zu glauben, Maria reiche nicht an das Fensterbrett heran.

»Danke, nein, das schaffe ich schon.«

»Dürfte ich dann Ihre geschätzte Meinung zu einer Sache einholen?«, fragte der Engländer.

»Jederzeit.«

»Ich möchte ein Buch über einen Seemann schreiben, der Schiffbruch erleidet, auf einer einsamen Insel strandet und dort ein neues Leben beginnt. Derlei Berichte hört man immer wieder. Wer hat noch nie davon geträumt, alles hinter sich zu lassen, die Schulden, die Pflichten, die Plackerei … Würden Sie so etwas lesen wollen?«

»Es sollte nicht zu fantastisch sein. Ich schätze wahre Worte. Welche essbaren Pflanzen gibt es auf der Insel und welche Tiere?«

»Welche Schmetterlinge etwa? Frau Lescaille verriet mir, was Sie malen. Ich finde übrigens, Ihr Name kling nobel, Frau Merian. Denken Sie, ich sollte mich Daniel *de* Foe nennen? Klingt das literarischer?«

Maria musterte den Mann. »Die Bedeutung von Namen wird überschätzt«, sagte sie schließlich.

De. Zwei Buchstaben, die auch Jan in seinem Namen führte. Was wäre er ohne sie? Jan Jong. Das mutete chinesisch an und verortete ihn an die andere Seite der Welt. Weilte er dort, wäre das äußerst schade.

Maria musste wissen, woran sie war, auch wenn sie damit Gefahr lief, sich lächerlich zu machen. Sie beugte sich vor. Beiläufig, als würfe sie ein schmückendes Blütenblatt auf einen Teetisch, ließ sie die Zeichnung neben den Globus fallen.

Doch als sie mit Debora in die Vijzelstraat zurückgekehrt war, dem Mädchen eine Löwenzahnpflanze vorsetzte und ihm beibrachte, wie man die Krümmung der Blätter durch dunklere Färbung deutlich machte, quälten sie Zweifel. Die Ahnung, einen Fehler begangen zu haben, ließ sich nicht verjagen.

Später, in ihrer Wohnung, als die Nacht angebrochen war und Johanna und Dorothea in ihren Betten lagen, saß Maria an der Zeichnung einer Fenchelpflanze. Um Kerzen zu sparen, hatte sie nur einen einzigen Docht entzündet. Fenchel war ein Gewächs mit gleichförmigen Dolden, und die Pflanze, die Maria als Vorlage diente, hatte siebzehn Blüten. Die alle abzubilden war eine Geduldsaufgabe, die sich auch bei schummrigem Licht und mit müdem Geist bewältigen ließ.

Eine Motte umschwirrte die Flamme. Maria legte den Silberstift hin und fing das Tier in der hohlen Hand ein.

»Du suchst den Mond«, sagte sie. »Aber hier wirst du ihn nicht finden.«

Sie öffnete ein Fenster, um die Motte in die Freiheit zu entlassen, doch das Tier blieb auf ihrer Handfläche sitzen, die Fühler erhoben. Unten auf der Gasse ging eine Gestalt vorbei. Sie trug einen Umhang mit Kapuze. Da die Temperatur noch immer hoch war, sollte das Kleidungsstück vermutlich nicht wärmen, sondern verhüllen. Wohlhabende Bürger fuhren Kutsche oder ließen sich von Dienern mit Laternen begleiten – außer natürlich, sie wünschten keine Zeugen. Oder steckte gar eine Frau unter dem groben Tuch? Die schmalen Schultern deuteten darauf hin.

Maria hatte sich noch nie des Nachts auf Amsterdams Straßen gewagt. Auf dem Markt erzählte man Schauergeschichten von Ausgeraubten, die mit durchgeschnittener Kehle unter einer Brücke verblutet waren. Dabei brauchte es keine fremde Hand, um zu sterben. Bei Nebel kamen immer wieder Fußgänger oder ganze Pferdegespanne vom Weg ab und stürzten in eine Gracht.

Aber es gab auch solche wie die Passantin mit dem Umhang, die im Schutz der Dunkelheit verbotenen Geschäften nachgingen oder jemanden trafen, mit dem sie bei Tage nicht gesehen werden durften. Die Handelnden der Nacht waren wie Würmer, die das Erdreich umgruben, und in den Gängen, die sie schufen, den Kellern und Hinterzimmern der gedeihenden Stadt, war Raum für verbotene Liebschaften.

Mit der Geschäftswelt verhielt es sich wie mit der Natur. Zu jeder blühenden Pflanze gehörte verborgenes Wurzelwerk, und auf jede Kiste, die ordnungsgemäß verzeichnet wurde, kam vermutlich dasselbe Gewicht an Schmuggelware. Wenn Herr de Jong auf einem eigenen Schiff segelte, dann wahrscheinlich, um heimlich zu handeln und das Monopol zu brechen. Doch weshalb pflegte er dann einen schmucken Kleidungsstil? Als Schmuggler wäre ihm doch daran gelegen, nicht aufzufallen.

Maria schloss die Hand wieder über der Motte. An ihrer Haut spürte sie den Schlag der Flügel. Sie war in ihrem Leben niemandem mehr Rechenschaft schuldig, keinem Ehemann, keinem Halbbruder, keiner Mutter und keiner Religionsgemeinschaft. Wie sie am Fenster stand, die Ärmel der Bluse hochgekrempelt und die nackten Unterarme auf den kühlen Stein des Simses gelegt, war ihr, als hätte sie schon immer zu diesem Ort gestrebt und jede Entscheidung nur getroffen, um einmal in Amsterdam anzugelangen.

Hier gehörte sie hin, gerade weil sie nicht bleiben musste. Die Stadt hielt niemanden fest. Sie war das Tor zur Welt.

Maria nahm einen tiefen Atemzug. Aus den Grachten stieg fauliger Gestank auf, aber aus Richtung des Hafens mischte sich ein betörender Duft hinzu, von Zimt und etwas, das Maria nicht bestimmen konnte. Doch sie würde seine Quelle erforschen, gleich morgen. Die Zeit des Wartens war vorbei. Am nächsten Nachmittag käme ihre Malschülerin wieder, und jede Stunde mit ihr brächte Maria einen Gulden. Das Überleben war gesichert.

Es war an der Zeit, sich zu loben. Sie hatte Dinge gewagt, die kaum eine andere Frau getan hatte, hatte ihren Mann verlassen, war in ein fremdes Land gezogen und ernährte ihre Töchter und sich selbst. Aus ihrem Traum vom Reisen konnte nun ein echter Plan werden. Brächte sie es in Amsterdam zu Wohlstand, könnte sie eines Tages ein Schiff besteigen und davonsegeln, nach Surinam, wo die Falter dreimal so groß waren wie hierzulande.

Vor ihren Augen zogen fantastische Bilder herauf, von dichten Wäldern, die exotische Tiere verbargen, Exemplare wie die in Spiritus konservierten Wesen der Amsterdamer Wunderkammern, aber dort wären die Exponate lebendig. Maria könnte ihre Bewegungen studieren, ihre Nahrungsgewohnheiten, ihr Tarnen, Jagen und Fortpflanzen.

Maria begann zu lächeln – ja, das wäre doch etwas, eine Frau, die es den Männern nicht nur gleichtat, sondern ihnen voranging in das Innere eines Landes, das noch kaum beschrieben war. Plantagen und Handelsstützpunkte befanden sich in Küstennähe, aber in das Herz der fremden Welt waren bisher nur Missionare vorgedrungen, und die steckten mit ihren Nasen in der Bibel. Maria aber würde den Blick heben, nichts entginge ihr, und in den Niederlanden nähme man mit Erstaunen zur Kenntnis, was ihr Stift berichtete.

Eine Malerin, die für ihre Motive die Weltmeere bezwang – was für eine unerhörte Sache das doch wäre!

Dreimaster

»Stärkt euch, wir machen einen Ausflug.«

Maria nahm den Topf mit Getreidebrei vom Herd und schöpfte große Portionen in die Schalen ihrer Töchter.

»Schmetterlinge fangen?«, fragte Dorothea. »Ich habe gehört, auf Volewijck, wo sie die Verbrecher hängen, gibt es besonders viele.«

»Warum sollte das so sein?«, fragte Maria. »Schmetterlinge haben mit Gevatter Tod nichts zu schaffen, das ist dummes Bauerngeschwätz. Bei Fliegen verhält sich das anders, die legen ihre Eier in verwesendes Fleisch, damit die Maden, wenn sie schlüpfen … Aber davon nicht beim Essen. Nein, heute besuchen wir Jacob.«

Johanna fiel vor Überraschung der Löffel aus der Hand.

»Wir alle? Warum? Und haben wir nicht zu arbeiten?«

»Ich habe heute Nacht keinen Schlaf gefunden und war emsig. Die Fenchelpflanze ist fertig. Außerdem verbringen wir zu viel Zeit in diesen vier Wänden.«

»Aber Jacobs Arbeit ist langweilig«, sagte Dorothea. »Er schreibt nur Bücher mit Zahlen voll und das nicht einmal in schöner Schrift.«

»Halt deinen Schnabel, Hühnchen«, schimpfte Johanna. »Jacob bewegt Geldsummen, die du dir gar nicht vorstellen kannst.«

»Die Kontore interessieren mich auch nicht«, sagte Maria. »Ich möchte zum Hafen.«

»Aber du hast uns verboten, dorthin zu gehen«, sagte Dorothea.

»Weil es für Damen gefährlich ist«, ergänzte Johanna.

»Richtig«, sagte Maria. »Doch sind wir zu dritt. Am helllichten Tage werden wir schon nicht verschleppt, und was unseren guten Ruf betrifft, müssen wir uns auch nicht sorgen. Du, Johanna, hast bereits einen Verehrer, und du, Dorothea, bist noch lange nicht im Alter, um versprochen zu werden. Ohnehin brächtest du nicht genug Vermögen mit, um in eine der Familien an der Keizersgracht einzuheiraten.«

»Was machen wir am Hafen?«, fragte Johanna.

»Ein Schiff besichtigen, den Kapitän sprechen und uns vorstellen, wir segelten in die Neue Welt.«

»Haben wir das denn vor?«

Maria lächelte geheimnisvoll. Ihre Pläne vom Vorabend erschienen ihr bei Tageslicht betrachtet nun doch zu fantastisch, um sie den Mädchen jetzt schon zu unterbreiten. Surinam war ein fernes Ziel, aber vielleicht konnten sie es in mehreren kleinen Etappen erreichen. Eine Fahrt nach Spanien wäre erschwinglicher. Sie könnten die dortigen Schmetterlinge studieren, und eine nächste Expedition führte sie vielleicht nach Portugal. Das Ergebnis ihrer Forschung würde Maria in einem Band über europäische Insekten präsentieren und mit dem Erlös daraus ihre große Reise über den Ozean bezahlen.

»Die Tierchen, die wir untersuchen wollen, müssen wir selbst sammeln«, sagte Maria. »Anfangs hoffte ich, Jacob könnte uns Insekten aus Übersee beschaffen, aber noch hat er seinen Seesack nicht gepackt, und selbst wenn er es tut, glaube ich, er wäre keine Hilfe beim Jagen von Getier. Verzeih, Johanna, aber als er neulich in ein Spinnennetz lief, stieß er einen Schrei aus, als würde er von einem Löwen attackiert. Wenn ich mir vorstelle, er solle eine Tarantel fangen, die größer als seine Hand ist …«

»Rede nicht schlecht über ihn. Um dir den Hafen zu zeigen, ist dir Jacob doch wohl willkommen.«

Maria lächelte zufrieden. »Dafür werde ich ihm auch meinen wärmsten Dank aussprechen.«

»Wir dürfen wirklich nicht an Bord«, sagte Jacob. »Die *Leeuwen* wird schon wieder für die nächste Fahrt vorbereitet.«

Maria, Dorothea, Johanna und er standen am Kai, eine Taulänge von dem Schiff entfernt. Männer luden Kisten von einem Fuhrwerk ab und hievten sie an Bord. Einer fluchte in einer fremden Sprache.

»Und wenn wir helfen?« Maria beäugte ein Fuhrwerk, entdeckte eine Taurolle und griff beherzt zu. »Packt mit an, Mädchen. Allein schaffe ich das nicht.«

»Mutter!«, zischte Johanna. »Du machst dich unmöglich.«

Auch Dorothea schien nicht schleppen zu wollen. Sie lief den Kai hinauf, wo zwei Möwen um einen Fisch kämpften, der in einem Netz vergessen worden war.

»Wollen Sie meine Ware stehlen, werte Dame?«, fragte eine tiefe Stimme.

Hinter Maria stand ein Mann mit gewaltiger Körperfülle. Sein schwarzes Haar hing auf die Schultern hinab, und unter der Nase prangte ein Schnurrbart, der bis über die Mundwinkel reichte. Zusammen mit dem Wohlstandsbauch und den im Verhältnis kurz scheinenden Armen verlieh die Gesichtsbehaarung dem Herrn etwas von einer Robbe.

Der ist nie zur See gefahren, dachte Maria. Keine Hängematte würde ihn aushalten.

»Im Gegenteil«, sagte sie. »Ich wollte mich nützlich machen. Unentgeltlich.«

»Das ist ein Wort. Ah, und Sie gehören zu diesem tüchtigen jungen Mann?« Er hieb Jacob, der inzwischen hinzugekommen war, auf den Rücken. »Vorstellen kannst du uns trotzdem, mein Freund. Ich kenne meine Leute gern beim Namen.«

»Harmanus de Boer, Reeder«, sagte Jacob. »Und das ist Maria Sibylla Merian, Malerin und Schmetterlingsbeobachterin aus Nürnberg.«

»Außerdem Jacobs zukünftige Schwiegermutter«, sagte Maria.

Amüsiert beobachtete sie, wie Johannas Liebster bei dieser Bemerkung ein Stückchen zu wachsen schien.

»Angenehm«, sagte Herr de Boer. »In Nürnberg soll es gute Handwerker geben. Man hört, ein erfinderisches Völkchen lebe dort.«

»So ist es«, sagte Maria. »Aber mit der Stadt geht es bergab. Der deutsche Krieg und die Pest haben sie gebeutelt. Außerdem sind die Nürnberger starrsinnig und hängen dem Gestern an. Frauen haben es dort schwer. In Amsterdam ist das anders. Darf ich fragen, ob Sie einer Kompanie angehören?«

»Der Ostindischen.«

»Gleicht die der Westindischen?«

»Sie war ihr Vorbild.«

»Und reisen Sie manchmal auf Ihren Schiffen mit?«

»Wenn es die Geschäfte erfordern. Aber eigentlich bin ich eine Landratte.«

Vertraulich neigte Maria sich ihm zu. »Verraten Sie mir: Wie kann ich Mitglied einer Kompanie werden?«

Neben ihr schüttelte Jacob den Kopf und seufzte. Die Frage war auch ihm schon gestellt worden.

»Ganz leicht«, sagte Herr de Boer. »Sie müssen investieren.«

»Mir geht es nur darum, ein kleines Stückchen mitzufahren. Nach Übersee will ich noch gar nicht, ich steige an der

Biskaya schon wieder aus. Gibt es eine Möglichkeit der nichtmonetären Mitgliedschaft?«

Herrn de Boers Schultern durchlief ein Beben. Maria glaubte zunächst, er müsse niesen, doch offensichtlich lachte er in sich hinein.

»Wir wären keine Kaufleute, wenn man nicht über alles mit uns feilschen könnte«, sagte er. »Was bieten Sie denn an?«

»Meine Arbeitskraft als Malerin.«

»Für Verschönerungen an Bord gebe ich kein Geld aus. Nach fünfzehn Jahren sind die meisten Holzteile verrottet, wenn sie nicht vorher schon die Schiffsbohrmuschel durchlöchert.«

»Die plagt Sie wohl?«

»Und wie. Der spanischen Armada hat sie schlimmer zugesetzt als die Engländer. Den vermaledeiten Schädlingen haben wir jedes Jahr enorme Reparaturkosten zu verdanken. Finden Sie ein Mittel gegen sie, und Sie kriegen von mir, was Sie wollen.«

Damit konnte Maria nicht dienen, aber sie sah nun eine Möglichkeit, Herrn de Boers Geschäftssinn für ihre Zwecke zu nutzen.

»Mein Gebiet sind Schmetterlinge«, sagte Maria. »In den wärmeren Gefilden sollen sie noch viel größer sein als hierzulande. Sie erzielen beachtliche Preise. Aber oft werden sie beim Transport zwischen anderer Ladung zerquetscht. Wäre ich Mitglied der Kompanie, könnte ich ein Schiff aussenden, um allein diese zarten Tiere herbringen zu lassen. Ihr Wert wäre unter Sammlern sehr hoch.«

Herr de Boer wirkte belustigt. Er schien Maria für ein träumerisches Weibsbild zu halten, dem jeder Realitätssinn fehlte. Genau das hatte sie mit ihren Worten im Sinn gehabt.

»Sie wären erstaunt, wie geräumig ein Dreimaster ist«, sagte Herr de Boer. »Selbst unser kleinstes Schiff kann einhundertfünfzig Tonnen laden. Wie viele Schmetterlinge wären das?« Der Mann lachte und legte eine Hand auf seinen bebenden Bauch. Auch Maria schmunzelte. Aus Herrn de Boer Informationen herauszubekommen, war einfacher, als sie es sich erträumt hätte.

»Sie haben sicher recht, als Frau kenne ich mich mit solcherlei Dingen nicht aus, und meine Idee war wohl dumm. Ich sollte einfach auf eine Fahrkarte sparen und selbst mit ein paar leeren Kisten losfahren. Aber bei der Vorstellung, Tage und Wochen in einer Nussschale zubringen zu müssen, wird mir bang, nun, da ich von der Schiffsbohrmuschel weiß.«

»So gefährlich ist die auch wieder nicht. Meist bemerken wir die Schäden rechtzeitig.«

»Meist?«

»Wir kontrollieren nach jeder großen Fahrt.«

»Dürfte ich einmal eins Ihrer Schiffe besichtigen? Das würde mir vielleicht meine Sorgen nehmen.«

Herr de Boer zwirbelte seinen Schnurrbart. Offenbar genoss er Marias Interesse.

»Kürzlich habe ich einen nagelneuen Dreimaster erworben, er liegt dort hinten vor Anker.«

Nun mischte sich Johanna in das Gespräch. »Die *Edam*, nicht wahr? Jacob hat geholfen, die Beteiligungen aufzutreiben.«

Herr de Boer nickte. »Das hat er gut gemacht.« Zu Maria sagte er leise: »Die beiden sind so ein schönes Paar. Warum haben Sie sie nicht längst heiraten lassen?«

»Tja«, sagte Maria. »In Ihrer Profession werden Sie wissen, wie wichtig Qualitätskontrolle ist.«

»Sie gefallen mir.« Herr de Boer lachte. Er machte eine ausholende Armbewegung in Richtung von Marias Töchtern. »Alle an Bord«, sagte er. »Seid meine Gäste.«

Die *Edam* war kleiner als die *Leeuwen*, mochte aber auch noch an die hundert Fuß in der Länge messen. Zudem war sie hübscher, wie Maria fand. Die mit Schnitzereien verzierten Aufbauten hatte man gelb, rot und grün gestrichen, und die weißen Sprossenfenster hätten auch einem vornehmen Haus am Grachtengürtel gut zu Gesicht gestanden. Irgendetwas an der Fassade schien jedoch unstimmig zu sein. Maria kam nicht darauf, was es war, denn Herr de Boer nahm nun die Rolle des Fremdenführers ein und dozierte mit sichtlichem Stolz über sein neues Schiff.

Die Jungfernfahrt solle gen Batavia gehen. Man werde Backsteine laden, die dort zum Ausbau der Befestigungsmauern benötigt würden (»Immer Ärger mit plündernden Banden!«). Außerdem wolle man Passagiere mitnehmen. Auf dem Hinweg vermutlich zweihundert, auf der Heimfahrt nach Amsterdam die Hälfte.

»Warum kommen weniger zurück?«, fragte Dorothea.

»Wir bringen Soldaten und ledige Fräulein nach Batavia«, sagte Herr de Boer. »Erstere bleiben eine Weile und Letztere für immer, denn sie suchen dort Ehemänner.«

»Aber wenn sie keine finden?«

»Müssen sie sich als Mägde verdingen. Die wenigsten haben Geld für eine Rückfahrt.«

Sie standen vor der Strickleiter, mit der man auf das Schiff gelangte. Während Maria sich noch fragte, ob die Seile Herrn de Boers Gewicht aushielten, hatte der Reeder bereits einen Fuß auf die unterste Sprosse gesetzt.

»Die Passerelle ist noch in Arbeit, darum müssen wir klettern«, sagte er. »Anders als an Land bildet der Kavalier hier die Vorhut. So kann ich Ihnen nicht unter die Röcke sehen.«

Erstaunlich behände erklomm er das Zwischendeck. Maria, Johanna und Dorothea folgten ihm. Jacob war von einem

Kapitän in ein Gespräch verwickelt worden und blieb an Land.

»Vorsicht mit der Frisur«, rief Herr de Boer aus dem Halbdunkel.

Maria schwang ein Bein in das Schiff, zog das andere nach und merkte sofort, was es mit der Warnung auf sich hatte.

Die Höhe des Raums, in dem sie stand, schien für achtjährige Kinder bemessen zu sein. Erwachsene mussten gebückt stehen.

Das also war Maria von außen an der Fassade seltsam vorgekommen – die Proportionen stimmten nicht. Über den Fenstern kam gleich die Decke.

»Den Rücken strecken kann man nur im Laderaum«, sagte Herr de Boer.

Er führte die Frauen zu den Passagierkabinen, die klein wie Kutschen waren. Zwei- und dreistöckige Etagenbetten standen darin. Herr de Boer nannte sie *Kojen*. Komfortabler könne man nicht reisen. Auf älteren Schiffen müsse man sich mit Hängematten begnügen.

Dorothea wollte Probe liegen. Während sie in die oberste Koje kletterte, setzte Maria den Rundgang mit Herrn de Boer fort.

Was musste das für ein Gefühl sein, vom Hafen abzulegen, den Lieben zum Abschied zu winken, als Gepäck nur einen Sack mit dem Nötigstem bei sich zu haben und für Monate den engen Raum mit Fremden zu teilen? Packte einen die Platzangst mit kalter Faust im Nacken, konnte man höchstens an Deck gehen und zwanzig Schritte laufen. Weiter käme man nicht. Um einen wären Hunderte Seemeilen Wasser, und über einem wäre der unermessliche Himmel. Wie klein und unvermögend der Mensch doch war, und wie erfinderisch und mutig zugleich, sich in einer Nussschale wie dieser den Naturgewalten auszusetzen. Über eine steile Treppe gelangte Maria wieder ins Freie. Sie befand sich jetzt auf dem vorderen Teil des Schiffes. Wahrscheinlich hatte der in der Sprache der Seeleute auch einen Namen. Auf halber Höhe der Masten waren kleine Plattformen angebracht. Wie gelangte man dort hinauf? Maria inspizierte alle drei Masten, entdeckte aber keine Aufstiegsmöglichkeit. Sie fragte Herrn de Boer. Er sagte etwas vom Aufentern in die Takelage, wozu Webleinen in Wanten geknotet würden. Maria übersetzte für sich, es sei derzeit noch nicht möglich, die Plattformen zu erreichen, da entscheidende Teile fehlten.

»Jammerschade!«, sagte sie.

»Aber was möchten Sie denn auch im Ausguck anstellen?«

Das Meer wollte sie überblicken, dem Horizont entgegenschauen. Oder Jan de Jong sichten, seinen Hut als dunklen Fleck auf einem davonsegelnden Schiff. Sie hatte einen Mann getroffen, den sie möglicherweise nicht wiedersehen würde, und sehnte sich nach ihm, aber auch nach der weiten Welt, nach der Ferne, in der er sich herumtreiben mochte.

Ohne diesen Aufruhr im Herzen ginge es Maria besser. Oder doch nicht? War man überhaupt lebendig, wenn man nie Schmerzen litt?

Und Herr de Boer wartete noch immer auf eine Antwort.

»Warum mich der Ausguck lockt?«, fragte Maria. »Mein Vater malte Stadtansichten, und die Vogelperspektive ist mir lieb. Haben Sie Dank für die freundliche Führung.«

Ihre Hoffnung, beim Gang durch das Schiff doch noch eine Möglichkeit zu entdecken, für kleines Geld mitzufahren, war enttäuscht worden. Alle an Bord auszuführenden Tätigkeiten schienen grobe Männerhände zu erfordern. Selbst der Kessel, der in der Kochnische über einer Feuerstelle hing, wirkte eher wie ein Utensil zum Schmelzen von Eisen denn wie Kochgeschirr. Was den Platz betraf, war jeder Fingerbreit ausgenutzt. Wo konnten sich auf diesem Schiff blinde Passagiere verbergen? Der Blick aus dem Ausguck würde vermutlich kein Versteck offenbaren. Doch Maria wollte noch nicht aufgeben. Wenn Sie noch ein wenig mit Herrn de Boer plauderte, eröffnete sich möglicherweise doch noch ein Weg.

»Johanna erwähnte vorhin Beteiligungen, die Jacob für die Kompanie eingeholt hat«, sagte Maria. »Was hat es damit auf sich?«

»Ohne fremdes Kapital würde kaum eine Fahrt zustande kommen«, sagte Herr de Boer. »Ich habe Auslagen für den Proviant und die Heuer. Zudem muss ich Waren bezahlen, die ich erst Monate später verkaufen kann.«

»Sie gehen in Vorleistung«, sagte Maria. »Wie beim Buchdrucken.«

»Haben Sie dabei auch Investoren?«

Seine Frage traf Maria wie ein Blitzschlag. Warum nicht von den Händlern und ihrer Finanztüchtigkeit lernen? Sie begann zu lächeln. »Nein, aber das kann ja noch werden.«

Und sie wusste auch schon, wen sie um Rat fragen würde. Sofort begannen in ihrem Kopf Ideen wie Rädchen zu kreisen.

Dorothea, die inzwischen wieder aus der Koje herausgeklettert war, zupfte sie am Ärmel. »Vergiss nicht, dass für heute eine neue Malschülerin angekündigt ist, Mutter.«

»Eile du voraus«, sagte Maria. »Ich besorge nur rasch noch einen frischen Pinsel.«

Den Einkauf bei Bram nutzte Maria einmal mehr als Gelegenheit, um anschließend im *Haus unter dem Segel* vorbeizusehen. Mit Aletta wollte sie besprechen, wer dabei helfen könnte, das europäische Insektenbuch zu machen, vielleicht sogar zu finanzieren, als Investition. Außerdem würde sie die

Zeichnung von Jan de Jong aus dem Schaufenster entfernen. Ihre Suche kam ihr nun albern und unpassend vor. Nach einem Mann konnte man nicht fahnden wie nach einem entlaufenen Haustier.

Während sie zum Dam lief, brach die Sonne durch die Wolken. Im hellen Mittagslicht wirkten die rotbraunen Backsteinfassaden der eng stehenden Häuser freundlicher. Maria bewunderte ein Portal, über dem ein Relief einen Löwen und einen Elefanten zeigte. Sah man genau hin, entdeckte man überall in der Stadt Hinweise darauf, womit ihre Bewohner zu Reichtum gekommen waren. Hier gab es das Wandbild eines Seglers, da das einer dampfenden Tasse Kaffees, dort eine Schnitzerei eines Sklavenjungen, der ein Tablett mit Pfeffer hielt. Viel Betrieb herrschte auf den Grachten und in den Gassen gerade nicht, man saß bei Tisch oder bediente die bei Tisch sitzenden Gäste. Lediglich zwei Männer bearbeiteten die Sprossenfenster eines Goldschmieds. Einer schmirgelte mit einem Lappen und Sand alte Farbe ab, der andere brachte neue auf. Sie stritten auf Deutsch.

»Lass mich jetzt mal wieder streichen.«

»Du warst gestern dran.«

»Aber meine Hände sind schrundig.«

»Glaubst du, mir geht's besser? Sei froh, dass wir Arbeit haben.«

»Wir hätten in Köln bleiben sollen. Schiffe wollte ich malen. Diesen Laden hätte ich nur als Kunde betreten, um Blattgold für die Bilderrahmen zu kaufen.«

»Es könnte schlimmer sein. Stell dir vor, du müsstest Schiffe *streichen*. Hans hat gesagt, sie bringen heißen Teer auf die Rümpfe auf. Dagegen ist das hier eine Beschäftigung für Prinzessinnen.«

»Auf Hans höre ich mein Lebtag lang nie wieder. Er hat behauptet, in Amsterdam …«

Doch den Inhalt von Hans' Versprechen vernahm Maria nicht mehr. Schnellen Schritts strebte sie dem Dam zu.

Das Geschäft der Familie Lescaille lag unter dem Segel im Halbdunkel, und als Maria es erreichte, blieb sie kurz neben der Tür stehen, damit sich ihre Augen an die geänderten Lichtverhältnisse anpassen konnten. Als sie die Hand nach der Klinke ausstreckte, fiel ihr etwas im Schaufenster auf. In der Ecke, in die sie ihre Zeichnung von Jan de Jong gelegt hatte, reflektierte kein Glas. Die Scheibe war eingeschlagen.

Durch das Loch konnte man bequem in das Schaufenster greifen, und das hatte jemand getan. Ein Miniaturglobus fehlte. Das Porträt von Jan de Jong fehlte.

Freudige Unruhe ergriff Maria.

Wer würde eine unsignierte Skizze stehlen, die auf billigem Papier erstellt wurde und nicht einmal gerahmt ist? Das kann doch nur Jan gewesen sein.

Maria wollte am liebsten auf dem Absatz kehrtmachen und alle Straßen ablaufen, um Jan zu suchen, auch wenn sie wusste, dass es keine Möglichkeit gab, ihn so zu finden.

Doch Moment! Warum ist Jan nicht einfach hineingegangen und hat nach der Skizze gefragt?

Die Tür ging auf, und Aletta trat heraus. Maria schrak zusammen wie ein Kind, das mit dem Finger im Honigtopf erwischt wurde. Um das zu überspielen, begrüßte sie die Ladeninhaberin besonders freundlich.

»Aletta, wie schön, Sie zu sehen. Ich war viel zu lange nicht mehr hier.«

Doch Aletta sah an ihr vorbei und suchte mit den Augen den Dam ab. Maria wollte sich schon umdrehen und sich ebenfalls umschauen, als die Verlegerin sich ihrer Unhöflichkeit gewahr zu werden schien.

»Verzeihung«, sagte Aletta. »Ich bin noch ganz außer mir wegen des Einbruchs. Mein schöner Globus! Und Ihre Zeichnung haben die auch mitgenommen.«

»Ach.« Maria winkte ab. »Das war nur eine einfache Skizze.«

»Und zu allem Überfluss kommt dieser Glaser nicht! Ich habe den Jungen schon zweimal nach ihm geschickt. Handwerker lassen sich immer bitten. Sie hoffen wohl, man ist dann froh, wenn sie endlich erscheinen, und zahlt ihre unverschämten Preise ohne Murren.«

»Einen Goldesel müsste man besitzen.«

»Da sagen Sie etwas Wahres.«

»Apropos … ich wollte Sie um etwas bitten. Sie verkehren doch mit vielen wohlhabenden Amsterdamern.«

»Als Händlerin werde ich von anderen Kaufleuten zum Essen eingeladen. Aber stellen Sie sich das nicht zu interessant vor. Die Speisen sind exquisit, aber die Gespräche drehen sich fast ausschließlich um Geschäfte. Fad ist das. Lieber verbrächte ich die Zeit mit einem neuen Buch.«

Aletta kniete sich vor die Scheibe und zog einen Bindfaden aus der Tasche.

»Wunderbar«, sagte Maria. »Ob ich wohl einmal mitkommen dürfte?«

Mit dem Bindfaden maß Aletta die Breite des Lochs ab.

»Ich muss ein Brett besorgen«, murmelte sie. »Derzeit gibt es Frühnebel, und wenn das Pergament feucht wird, schimmelt es. Dem Glaser werde ich etwas erzählen! Mich im Stich zu lassen … Was sagten Sie?«

»Wegen der Einladungen. Bei den Kaufleuten.«

»Ach so. Morgen, zum Beispiel, soll ich Erick Carels und seine Gemahlin Sophie beehren. Wäre das etwas für Sie?«

»Absolut. Danke!«

Bei den Carels handelte es sich um stadtbekannte Sammler.

Diese Möglichkeit ließ Marias Herz unerwartet höher schlagen. Vielleicht war ihr Plan, reiche Gönner für ihre Reise und Forschung zu finden, gar nicht so abwegig.

»Wissen Sie, was?«, fragte Aletta. »Dann gehen Sie doch als Ersatz für mich. Wenn der Glaser auftaucht, was erst morgen der Fall sein wird, wie ich fürchte, werde ich neben ihm stehen bleiben, bis die Reparatur fertig ist.«

»Wenn die Carels nichts dagegen haben …«

»Ich lasse natürlich vorher fragen, aber ich denke, sie werden erfreut sein.«

Aletta senkte ihre Stimme zu einem vertraulichen Raunen. »Die Herrschaften sind überaus kunstsinnig und erweitern ihre Bibliothek stetig. Zwar erkennen selbst Gossenjungen den Wert schöner Raritäten.« Sie deutete auf das Loch in der Scheibe, »aber im Gegensatz zu den Langfingern bezahlen die Carels auch.«

»Haben Sie Dank«, sagte Maria. »Auf bald!«

Garderobe wollte vorbereitet und ein Gastgeschenk gezeichnet werden. Doch Maria hatte den Dam noch nicht halb überquert, als alle Gedanken an das bevorstehende Essen schon wieder den Grübeleien über die Bedeutung des verschwundenen Porträts gewichen waren.

Jan de Jong ist der Einzige, für den es einen Wert hat.

Maria raffte ihren Rock über die Knöchel, eilte schneller voran und versuchte im Geiste, sich in den mysteriösen Mann hineinzuversetzen.

Den Hut in die Stirn gezogen, kommt er des nachts am Haus unter dem Segel *vorbei. Er sieht die Zeichnung. Er will sie haben. Er schlägt das Schaufenster ein. Um einen gewöhnlichen Diebstahl vorzutäuschen, entfernt er auch den Globus. Jan de Jong will vielleicht gefunden werden. Aber nur von mir.*

Als Maria zu Hause ankam, saß Dorothea mit der neuen

Malschülerin am Tisch und ließ das Mädchen Linien, Schwünge und Bögen üben.

»Endlich bist du da, Mutter. Ich will in den Botanischen Garten, Johanna ist schon dort.«

»Geh nur.«

Maria übernahm ihren Platz und führte den Unterricht fort, routiniert, aber wortkarger als sonst. Nachdem das Kind gegangen war, nahm sie ein frisches Blatt Papier und zeichnete Herrn de Jong, vom Scheitel bis knapp unter das Brustbein, ohne den Stift auch nur einmal fortzulegen. Kein Fehler unterlief ihr, und keine Korrektur war nötig. Es war, als würde ihre Hand geführt. Jan de Jong betrachtete sie mit angedeutetem Lächeln und unergründlichem Blick. Alles stimmte. Maria lehnte sich zurück. Endlich hatte sie sein Wesen erfasst.

Unter Kaufleuten

Als Maria am nächsten Abend zum Haus der Familie Carels unterwegs war, schien mit ihr ganz Amsterdam auf der Straße zu sein. Einander entgegenkommende Pferdefuhrwerke blockierten sich gegenseitig, Markthändler wuchteten Körbe mit Waren nach Hause, Dienstpersonal stand in Trauben an Kreuzungen zusammen, und ein Mann mit mandelförmigen Augen führte ein fellloses Hündchen aus. Es war die Stunde vor der Dämmerung, die meisten Läden hatten bereits geschlossen, Besorgungen waren gemacht oder mussten bis morgen warten. Wer gearbeitet hatte, genoss nun die freie Zeit, schlenderte an den Grachten entlang, auf der Suche nach bekannten Gesichtern, oder frönte allein dem Müßiggang, solange es draußen noch hell und sicher war. Amsterdams Gassen waren eng, aber für die Armen, die sich mit Kindern, Eltern und Großeltern ein Quartier teilten, bildeten sie die erweiterte Wohnstube unter freiem Himmel.

Maria trug ein eingerolltes Rosenaquarell bei sich, welches sie ihren Gastgebern schenken wollte. Das Kunstwerk hätte einen Rahmen verdient, doch das Geld dafür konnte Maria im Moment nicht aufbringen. Zwar versprach Debora als Malschülerin eine Goldgrube zu werden, doch müsste das Mädchen noch mehr Freundinnen mit ihrem neu entfachten Eifer anstecken und zu ihr schicken, bevor Marias Einkünfte für etwas anderes als die Miete und Essen reichen würden.

Maria befeuchtete einen Finger mit der Zunge und hielt ihn in die Höhe, wie sie es bei Seeleuten beobachtet hatte. Der Wind wehte aus Nordwest. Das zu wissen war zwar für das bevorstehende Essen bei den Carels unerheblich, aber es gab Maria das Gefühl von Freiheit und Abenteuer. Gewiss schadete es nicht, beizeiten die Angewohnheiten von Reisenden zu übernehmen. Legte man dann eines Tages in die Ferne ab, war man gerüstet.

Den Ausdruck *gerüstet* hatte auch Johanna gebraucht, als sie Maria beim Frisieren geholfen hatte. Ihre älteste Tochter beneidete sie um die Einladung und hatte eine geschlagene Stunde an Marias Haar onduliert, gezwirbelt und gesteckt.

»Wir müssen von deinem schlichten Kleid ablenken, Mutter«, sagte sie dazu. »Du solltest gut für diese Abendgesellschaft gerüstet sein.«

Spangen und ein schmückender Kamm, den Jacob Johanna geschenkt hatte, waren zum Einsatz gekommen. Nun ging Maria aufrechter als sonst, weil sie das Gefühl hatte, ein Vogelnest auf dem Kopf zu transportieren, das jederzeit abrutschen konnte. Sie kam sich verkleidet vor und glaubte, jeder müsse ihr Unbehagen erkennen. Starrte die Magd, die auf den Stufen eines Hauses Erbsen pulte, ihr hinterher? Kicherten die Mädchen mit den Lumpenpuppen wegen ihr?

Du eitles Ding. In dieser Stadt gibt es schillerndere Geschöpfe als dich.

Trotzdem wollte das Gefühl des Beobachtetwerdens nicht verschwinden. Maria wich in den schmalen Durchgang zwischen zwei Häusern zurück. Ein Junge hob vor ihren Füßen eine Holzkugel auf, und ein Matrose küsste ein Mädchen in einem nahen Hauseingang. Eine Wolke aus Duftpuder und Tabakrauch umgab beide. Das Leben ging seinen Gang, und

Maria studierte es dabei. So war sie es gewohnt, und das beruhigte sie.

Doch jetzt gehe ich besser meinen Weg weiter, ehe wegen mir die Suppe kalt wird.

Das Haus der Carels war erst im vorigen Jahr fertiggestellt worden, wie eine Inschrift über der Tür verriet. Maria, die geglaubt hatte, die Hermans wohnten schon großzügig, wurde hier eines Besseren belehrt. Zwar war die Stirnseite des Hauses nur drei Fenster breit, doch die Grundrisse der vornehmen Häuser erstreckten sich weit nach hinten.

»Die Herrschaften sind im Saal«, erklärte die Magd, die die Tür öffnete.

Maria betrat einen mit Marmor gefliesten Flur, von dessen linker Seite zwei Türen abgingen. Als die Magd an der ersten vorüberging, vermutete Maria, es werde im zweiten Zimmer diniert, aber stattdessen gelangten sie durch eine Tür, die sich fast unsichtbar in die aufwendig geschnitzte Wandverkleidung fügte, in eine Garderobe und von dort in einen Raum mit gedeckter Tafel, dessen großzügige Sprossenfenster auf den Garten hinausgingen. Hinter diesem ragte ein zweites Haus auf, vier Stockwerke hoch!

Maria legte ihren Umhang ab. Die anderen Gäste waren bereits anwesend und nippten an ihrem Wein.

Der Garten war angelegt wie ein Park im Miniaturformat. Von allem gab es etwas: gestutzte Bäumchen, Blumenbeete, ein Rosenspalier, Kieswege, einen Teich und eine mannshohe Windmühle.

»Sind die Carels Blumenliebhaber?«, fragte Maria die Magd leise.

»Eigentlich gar nicht«, erhielt sie zur Antwort. »Sprechen Sie die Dame besser nicht darauf an. Sie wollte ein zusätzliches

Zimmer im Vorderhaus, aber das ging nicht. Die Größe der Gärten ist vorgeschrieben.«

»Ich hoffe, dann mag sie wenigstens gemalte Blumen«, murmelte Maria.

»Ja, Bilder hat sie überall«, flüsterte die Magd. »Jeden Donnerstag staube ich die Rahmen ab, und das dauert zwei Stunden. Kunst gibt es hier sogar über Kopf.« Sie wies an die Decke des Saals, die die Darstellung fünf anmutiger Frauengestalten zierte. »Die in der Mitte soll Amsterdam sein, und die anderen sind die vier Erdteile: Europa, Asien, Afrika und Amerika.«

»Interessant.« Maria kannte das Stilmittel der Allegorie, doch als Tochter eines Malers von Stadtansichten begriff sie nicht, warum man Kontinenten menschliche Gestalt verlieh. Man musste doch sehen können, wie die Küste verlief, wie die Flüsse, auf denen man reisen konnte, und wo sich Gebirgszüge erhoben. Oder war das für Kaufleute unwichtig? Schätzten sie nur, was die fernen Gebiete an Waren hergaben?

Maria hätte gern noch länger mit der Magd geplaudert. Redseliges Personal verriet die eine oder andere Vertraulichkeit, und Maria könnte viel Zeit sparen, wüsste sie, welche Kaufleute großzügige Auftraggeber wären und welche jeden Preis auf kleinlichste Weise drücken würden. Doch Frau Carels stand auf, um Maria zu begrüßen, und aus Richtung des Hinterhauses näherte sich auch schon das Serviermädchen mit einer Terrine.

Die Bouillon dampfte, als sie auf die Teller kam, doch die weiblichen Mitglieder der Abendgesellschaft hätten keine weitere Erwärmung benötigt, sie hatten sich schon beim Begrüßungswein die blassen Wangen hitzig geredet. Man konnte meinen, sie wären auf Jahre voneinander getrennt gewesen und müssten sich noch vor dem Fischgang gegenseitig auf den neuesten Stand bringen. Es ging um Stoffpreise, Rezepte für Anisplätzchen und Skandale. Eine aus Surinam zurückgekehrte Familie hatte eine schwarze Magd mitgebracht, obwohl Sklaverei in Amsterdam verboten war. Sollte man den Verstoß melden? Die Familie würde behaupten, die Magd zu entlohnen, das Gegenteil zu beweisen vermöge niemand, denn das arme Ding verstehe kein Niederländisch und könne darum nicht befragt werden. Aber spreche gerade das nicht für die Schuld ihrer Eigentümer? Die Magd habe ja schwerlich zustimmen können, ihre Heimat zu verlassen, wenn sie nicht wusste, wohin man sie brächte.

»Vielleicht ergeht es dieser Magd hier besser als auf einer der Plantagen«, sagte Maria. »Man hört, die Arbeit dort sei tödlich.«

»Aber sie muss nun einmal getan werden«, mischte sich einer der Herren ein. »Die Briten versuchten damals, Indianer zu beschäftigen, ohne Erfolg. Geld bedeutet den Wilden nichts, sie verstehen nur die Sprache von Schlägen.«

»Sie sind eben anders als wir«, sagte eine der Damen, Frau de Groot. »Sie laufen nackt herum, und wenn die Frauen ihre Kinder stillen, ziehen sie sich dafür nicht zurück. Kannst du dir das vorstellen, Trude?«

Die Angesprochene, eine Amme, war gerade mit einem Baby auf dem Arm in das Zimmer getreten.

»Nein, gnädige Frau. Möchten Sie Cathelijne eine gute Nacht wünschen, Frau Carels? Ich lege sie nun schlafen.«

Das eingewickelte Bündel wurde weitergereicht. Augenblicklich erklang aus den Tiefen der Tücher ein anklagender Schrei. Frau Carels schürzte die Lippen.

»Ei, was fehlt dir denn? Bist du immer noch hungrig?«

»Ausgeschlossen. Das Kind hat eine geschlagene Stunde

getrunken.« Die Amme zog die dünne Jacke fester um sich. »Es wird wohl die Müdigkeit sein.«

Wieder wechselte das Baby die Halterin und protestierte mit wütendem Gebrüll.

»Darf ich sie in den Schlaf schaukeln?«, fragte Maria. »Mit meinen Töchtern ist das leider schon lange nicht mehr möglich.«

Man gewährte ihr den Gefallen. Maria stand auf und ging mit Cathelijne im Arm umher, wobei sie beruhigend summte.

An der Wand gegenüber dem Fenster hingen Familienporträts. Im Gegensatz zu ihren dominierenden Rollen bei Tisch hatten die Damen darauf demütige Posen eingenommen. Während der Mann stets den Mittelpunkt bildete und den Betrachter ansah, war der Blick der Frau auf die Kinder gerichtet, und diese wiederum glichen niedlichem Zierrat, am Rande platziert, um das Auge zu erfreuen.

Cathelijnes Schreien wich gleichmäßigem Grummeln.

»Du herzallerliebstes Würmchen«, flüsterte Maria. »Vielleicht möchten mich deine Eltern mit dem Malen eines Schmetterlingsbildes beauftragen, um den Platz über deiner Wiege zu schmücken?«

Cathelijne unterbrach ihr Grummeln und antwortete mit einem Gähnen. Kaum war sie verstummt, wandten sich ihr alle Köpfe zu. Maria nutzte die Gelegenheit, um das Thema des Tischgesprächs zu wechseln.

»Beeindruckende Farbgebung«, sagte sie mit einem Nicken in Richtung der Porträts. »Ist das ganz links ein Rembrandt?«

»Gott bewahre«, sagte Herr Carels. »Meine Eltern hatten ihn schon beinahe beauftragt, als sie hörten, welch katastrophale Arbeit er dem Rathaus lieferte. Kennen Sie die Geschichte? Er sollte ein antikes Motiv malen, aber hat auf empörende Weise geschludert. Man verweigerte ihm daraufhin die Zahlung.«

»Wie kann ich mir das vorstellen?«, fragte Maria.

»Sie entlohnten ihn mit keinem Gulden.«

»Nein, ich meine, wie sah das Werk aus?«

»Die Gesichter sind mit wenigen Strichen dahingewischt, und einen Teil des Hintergrunds hat er einfach dunkel gelassen.«

»Damit beabsichtigte er vielleicht, einen plastischen Eindruck zu erwecken«, sagte Maria. »Indem man nur die Hauptsache betont …«

Doch ihre Erklärung ging in einem Disput darüber unter, welche der anwesenden Familien mehr für ihr Abbild in Öl gezahlt hatte.

Maria gab auf und strich Cathelijne eine winzige goldblonde Locke aus der Stirn. Der Kopf des Babys war heiß. Hatte es sich eine Krankheit zugezogen? Maria lauschte dem kindlichen Atem. Statt schnell zu gehen wie bei Fieber, war er langsam und flach. Maria legte eine Hand auf Cathelijnes Brust und spürte nur eine stark gedämpfte Regung. Sie befreite Cathelijne von der obersten Decke, fand darunter eine Schicht festen Leintuchs, eine gestrickte Decke und schließlich einen samtenen Sack.

»Was machen Sie?«, fragte die Amme.

»Dem Kind ist warm, es ist viel zu dick eingepackt.«

Sofort war die Frau bei ihr. »Aber die Polsterung ist nötig, um die zarten Knochen zu schützen. Cathelijne würde sich sonst platt liegen. Und sehen Sie, sie schwitzt nicht einmal.«

»Weil sie das in dem Alter noch nicht können. Darum ist es ihnen unmöglich, sich selbst zu kühlen.«

»Vertrauen Sie Trude, sie hat schon viele Kinder gepflegt«, sagte Frau Carels. »Auf dem Lande, von wo Sie kommen, mag es robust zugehen, aber in der Stadt geben wir unseren Söhnen und Töchtern nur das Beste. Das Schlafsäckchen besteht aus italienischem Samt. Den kann sich nicht jeder leisten, aber wenn man es vermag, so tut man es, genau wie man für seine Kinder die besten Frauen einstellt.«

Die Amme unterstrich das Gesagte wortlos, indem sie die Arme ausstreckte. Wohl oder übel musste Maria ihr Cathelijne zurückgeben. Missbilligend schnalzend verschwand Trude mit dem Kind. Vermutlich wurde es nun wieder in einen Kokon gewickelt, der Cathelijne noch während einer Expedition ins Eismeer warm gehalten hätte.

Mit zwei Fingern massierte Maria ihre Schläfe.

»Ich gehe kurz an die frische Luft.«

»Aber der Fisch wird gleich serviert«, sagte Frau Carels.

»Nur einen Moment.«

Maria lief aus dem Haus auf die Straße. Sie fühlte mit dem bevormundeten Kind, dessen Protest nicht verstanden wurde und das denen, die es krank pflegten, noch dankbar sein sollte.

Seltsam war das, dachte Maria. Geld konnte Forschung ermöglichen und Wissen vergrößern, doch so manchem, der reich an Geld war, fehlte es an geistiger Beweglichkeit. Ob man da nun ein Säugling wie Cathelijne Carels oder ein Künstler wie Rembrandt war – warst du von ihrem Reichtum abhängig, war deine Freiheit nur mehr eine eng abgesteckte.

Anscheinend war nicht einmal der große Meister Rembrandt frei gewesen.

Aber Sie sind Künstlerin.

Mit Teppichen, Fellen und heißem Tee hatte Jan de Jong Maria versorgen wollen. Doch welche Taten waren diesen schönen Worten gefolgt? Keine. Oder doch, eine vielleicht: Um an Marias Zeichnung zu gelangen, hatte Herr der Jong vermutlich ein Fenster zerbrochen.

Welche Beweggründe er auch immer haben mochte, betrachtete man die Angelegenheit nüchtern, war er ein Dieb.

Maria trat aus dem Licht, das aus den Fenstern des Carels-Hauses schien. Auf dem benachbarten Grundstück lagen Schutthaufen und ein Stapel Balken. Offenbar wollte man neu bauen und altes Material wiederverwenden. Maria raffte ihren Rock, stieg über das Geröll und strich über die Maserung des Holzes. Es erinnerte sie an das mittelalterliche Fachwerk ihrer Geburtsstadt Frankfurt. Als Kind hatte sie die Balken geliebt, in denen sich vortrefflich nach Fressgängen von Holzwürmern hatte fahnden lassen.

»Hier bin ich.«

Ungläubig zwinkerte Maria und suchte die Quelle der Stimme im Halbdunkel. Das konnte doch nicht sein, ausgerechnet jetzt, wo sie an ihn dachte!

»Frau Merian?« Aus dem Schatten eines Schutthaufens löste sich eine Gestalt. Jan de Jong trug den Hut, den er auch bei ihrer ersten Begegnung aufgehabt hatte. Maria erinnerte sich noch gut an die breite Krempe, die damals wie heute sein Gesicht beinahe verdeckte, sobald er den Kopf ein wenig senkte. Eilig ging Maria Herrn de Jong entgegen, stolperte aber auf dem letzten Stück über etwas am Boden und riss die Hände nach vorn, um den Sturz abzumildern. Herr de Jong machte einen Schritt nach vorn, um sie aufzufangen. Unsanft stießen ihre Körper zusammen. Nach einem Schreckmoment drückte Maria Herrn de Jong an sich. Bei Tage und in der Öffentlichkeit wäre solch Überschwang unangemessen gewesen, aber hier gab es keine Zuschauer.

Herr de Jong stand still, erwiderte die Umarmung jedoch nicht. Maria trat zurück und musterte ihn. Seine Wangen wirkten glatt, die Bartstoppeln waren verschwunden. Vor seinem Besuch bei den Labadisten hatte er es nicht für nötig befunden, sich zu rasieren, aber heute schon? Er mochte zur selben Zeit mit einem Barbiermesser vor einer Schüssel Wasser gesessen haben, zu der Johanna Marias Haar aufgesteckt hatte. Wie viel froher sie dem Abend entgegengesehen hätte, wenn sie gewusst hätte, wer sie erwartete! Aber warum umarmte er sie nicht?

Im Mondlicht wirkten seine Augen dunkel. Auf dem Bildermarkt hatte Maria studiert, wie andere Maler das Spiel des Lichts in den Augen darstellten. War der Künstler talentiert, verriet einem ein Porträt viel über den abgebildeten Menschen. Ein solches konnte man ausgiebig und ungestört betrachten. Doch ein lebendes Modell erwiderte den Blick und las selbst im Gesicht des Gegenübers.

Maria senkte den Blick. Sie wusste ja gar nicht, was Herr de Jong von ihr wollte.

Seine rechte Hand hielt etwas umklammert.

»Für Sie«, sagte er.

Eine Blume? Nein, es war ein Pinsel.

»Ich habe mich gefragt, was Sie am dringendsten benötigen«, sagte Herr de Jong. »Die Pinsel, die der alte Bram herstellt, sollen die besten der Stadt sein.«

»Sie waren in seinem Laden?«

»Um Sie zu suchen. Wo sonst findet man eine Malerin?«

»Aber warum gingen Sie nicht in das *Haus unter dem Segel*? Das ist doch viel bekannter, und Aletta hätte Ihnen sagen können, wo ich wohne.«

»Das weiß ich mittlerweile auch so. Mir wurde weiters zugetragen, dass Sie Malschülerinnen suchen. Also nahm ich an, Sie seien mit Unterrichten beschäftigt.«

Er reichte ihr den Pinsel. Maria prüfte die Spitze an der Kuppe ihres kleinen Fingers und wurde von seiner Feinheit überrascht.

»Ist das Dachshaar?« Sie hatte gehört, Vermeer habe damit bevorzugt gemalt.

»Nein, Wiesel, eine spezielle Art, die nur im Norden von Russland vorkommt. Man verwendet den Winterschweif der Männchen.«

Das klang nach einem kostspieligen Werkzeug.

»Sehr aufmerksam«, sagte Maria. »Ich weiß diese Preziose zu schätzen.«

Er lächelte sie an. »Holz durfte ich ja keines für Sie hacken.«

»Mittlerweile wäre ich froh darum. Wenn Sie mir einen Klafter bringen, zahle ich mit einem Aquarell.«

»Ich möchte Ihren Unterricht nicht stören. Und ein kleines Bild aus Ihrer Hand besitze ich ja auch bereits.«

»Das eingeschlagene Fenster – das geht auf Sie?«

»Leider kam ich außerhalb der Öffnungszeiten vorbei.«

Maria schwieg verblüfft. Zwar hatte sie Herrn de Jong schon verdächtigt, aber ein unumwundenes Geständnis hatte sie nicht erwartet. Zudem entdeckte sie in seiner Miene nicht einen Anflug von Schuldbewusstsein.

»Was macht mein Bild?«, fragte er.

»Die Skizze ist fertig. Ich könnte nun in Öl malen. Dafür wäre es gut, wenn Sie noch einmal für mich Modell sitzen könnten, damit ich die Farben richtig treffe.«

»Ich habe meine Meinung geändert«, sagte er. »Ich möchte ein großes Bild.«

»Sicher. Leinwand habe ich noch keine besorgt. Nennen Sie mir einfach die Maße.«

»Nein, ich meine, es soll mehr von mir zu sehen sein.«

»Ein Hüftbild oder ein Kniestück?«

»Die Füße sollen auch mit drauf.«

»Eine Ganzfigur. Dafür müsste ich Sie neu skizzieren.«

»Dagegen habe ich nichts einzuwenden. Wir haben uns lange nicht gesehen.«

»Kommen Sie morgen früh zu mir nach Hause«, hörte sich Maria sagen, noch etwas verblüfft über die Richtung, die das Gespräch genommen hatte.

»In Ihrer Küche wollen Sie mich zeichnen? Aber brauchen Künstler nicht einen geeigneten Platz, ein … wie heißt es … Atelier?«

»Es muss ohne gehen.«

»Ich könnte eines mieten.«

Maria verschränkte die Arme. Einen geeigneten Raum zu finden würde dauern. Warum sollten sie Zeit verlieren?

Ist es mein Ruf, um den er sich sorgt? Aber doch nicht wegen einer Zeichensitzung am helllichten Tage! An diesem Treffen hier könnte mehr Anstoß genommen werden.

»Meine Wohnung tut es vollkommen«, sagte Maria.

Herr der Jong neigte den Kopf und erwog wohl, was er antworten sollte. Die Worte konnte er sich sparen. Maria sah ihm bereits an, dass er ablehnen wollte.

»Überhaupt«, sagte Maria, »woher wussten Sie von meiner Einladung bei den Carels?«

»Ertappt. Ich beschäftige denselben Boten wie Frau Lescaille. Die Leute schenken Jungen wie ihm keine Beachtung, aber der Kleine kann lesen. Wenn er Bücher ausliefert, unterbricht er seinen Weg, um zu schmökern. Aber er liest auch anderes, Briefe fremder Leute zum Beispiel. So erfuhr ich, dass Frau Lescaille anfragen ließ, ob Sie sie beim Abendessen vertreten dürften.«

»Sie spionieren!«

»Ich versprach, Sie zu finden, und ich halte mein Wort. Mir war klar, dass das Essen erst zu später Stunde enden wird, und ich möchte, dass Sie heil nach Hause gelangen.«

Marias Widerstand schmolz.

»Die Kutsche der Carels bringt mich«, sagte Maria. »Aber das Essen ist noch nicht vorüber. Ich muss wieder hinein.«

»Schade.«

Mit seinem Blick schien er sie festzuhalten. Er trat näher zu ihr. Seine Hutkrempe streifte ihr Haar. Herr de Jong überragte Maria um einen halben Kopf, und ihr war, als schrumpfte die Welt auf sie beide zusammen.

»Wann sehen wir uns denn nun wieder?«, fragte sie und versuchte, ihr wild klopfendes Herz zu ignorieren.

»So bald wie möglich.« Herr de Jong legte eine Hand an Marias Taille, leicht, als fragte er um Erlaubnis. »Ich kümmere mich um ein Atelier und sende Ihnen die Adresse.«

»Einverstanden.«

Warum auch nicht? Wieso auf seinem Besuch bestehen? Herr de Jong war eben, anders als Maria, ein vorsichtiger Mensch.

Seine Berührung schien sie zu wärmen.

»Maria«, sagte Herr de Jong, und mehr brauchte es nicht, die Ansprache mit ihrem Vornamen war, als hätte er eine Schleife gelöst.

Maria stellte sich auf die Zehenspitzen, schloss die Augen und ließ ihre Lippen die seinen finden. Hungrig erwiderte er den Kuss. Seine Hand strich Marias Rücken hinauf.

Irgendwo bellte ein Hund. Jan fuhr zurück.

»Er wird bloß eine Katze jagen«, sagte Maria.

Doch Jan schien es plötzlich eilig zu haben. »Den kenne ich bereits, und er jagt keine Katzen. Maria, ich gehe jetzt besser.«

Ehe Maria etwas erwidern konnte, war er fort, hinter den Schuttbergen Richtung Wasser verschwunden. Maria hörte, wie ein Boot abgestoßen wurde und Ruder eintauchten. Mit dem Pinsel blieb sie zurück, zwei Finger auf die Lippen gelegt, als ließe sich der Kuss festhalten. Sie spürte wieder die Bodenkälte an ihren Beinen hochkriechen und die Schnürbrust gegen ihre Rippen drücken.

Schritte näherten sich. Zwischen den Häusern erschien ein Nachtwächter, einen Schäferhund an der Leine.

Der Mann hob seine Laterne und leuchtete Maria ins Gesicht. »Was machen Sie hier?«

»Ich versuche, meinen Kater ins Haus zu locken. Er ist noch klein und sehr schreckhaft.« Die Lüge kam ihr glatt über die Lippen.

Der Nachtwächter schien ihr das nicht abzukaufen. Misstrauisch sah er an ihr herauf und herunter, betrachtete Marias gutes Kleid und ihr sorgsam frisiertes Haar.

»Aber es ist trotzdem beruhigend, dass Männer wie Sie für Sicherheit sorgen.« Maria stapfte zurück auf die Straße und achtete dabei auf genügend Abstand zu dem Hund. »Ich wünsche Ihnen noch eine friedliche Nacht.«

In der offenen Tür des Carels-Hauses wartete schon das Serviermädchen.

»Die Herrschaften lassen fragen, ob Sie ihnen nun für den Fischgang Gesellschaft leisten«, sagte es.

Maria folgte ihm hinein und setzte sich wieder an den Tisch. Wie die anderen ließ sie sich von den reich gefüllten Platten geben und lobte die Zartheit des Heilbutts. Das Gespräch kreiste um Gerüchte, Skandälchen und angebliche Liebeleien und gab Maria Gelegenheit, ihren eigenen Gedanken nachzuhängen. Jan wollte sein Bild nicht öffentlich ausgestellt sehen, scheute einen Besuch in ihrer Wohnung und floh vor dem Nachtwächter. Gleichzeitig schien er Geld im Überfluss zu besitzen. Ein reicher Mann, der sich versteckte, mochte auf verschiedene Arten zu seinem Wohlstand gekommen sein, und die meisten davon waren fragwürdig. Aber Maria wollte nicht spekulieren. Ihre Arbeit hatte sie gelehrt, nur kleine Ausschnitte der Natur zu betrachten, eine Blume, ein Insekt oder einen Grashalm. Versuchte man, die ganze Wiese zu sehen, wurde der Blick für das Nahe unscharf.

Maria erinnerte sich des Kusses, und ihr wurde warm.

Jan hat kein Spiel mit mir getrieben. Er hegt auch Gefühle für mich.

Ein Lächeln wollte sich auf Marias Gesicht ausbreiten, und sie konnte es nur niederkämpfen, indem sie ihr Weinglas zum Mund hob und einen großen Schluck daraus nahm. Im Schaft ihrer Schnürstiefel steckte der Pinsel.

Jan machte wohlausgesuchte Geschenke und wollte noch immer von ihr gemalt werden. Offenbar verkehrte er nicht mit den Mächtigen der Stadt, aber das konnte Maria nur allzu gut nachvollziehen. Jemand, der nicht nach den Regeln spielte, war ihrem Wesen verwandter als die Carels und Hermans, deren wichtigste Sorge die Meinung der anderen über sie zu sein schien. Hätte Maria sich immer nur darum gekümmert, was andere von ihr erwarteten, wäre sie in ihrer Kunst nie über das Herstellen von Blumenbildern als Stickvorlagen hinausgekommen. Wie in Zeiten dunkelsten Aberglaubens galten Schmetterlinge vielen noch immer als Gefährten des Teufels und machten angeblich die Butter schlecht. Selbst in Frankfurt hatte man diese Mär erzählt, dabei war in der Stadt Seide hergestellt worden. Seidenspinner waren die ersten Schmetterlinge gewesen, deren Verwandlung Maria beobachtet hatte. Mit den Blättern von Maulbeerbäumen fraßen die Raupen sich dick und spannen sich mit Seidenfaden zu Puppen ein. Die meisten dieser Puppen wurden in kochendem Wasser getötet und ihr Faden abgewickelt. Aber einige ließ man liegen, damit Schmetterlinge schlüpften und neue Eier legten. Maria war nicht müde geworden, dieses Wunder zu betrachten, und sie hatte es gezeichnet, damit jeder es sehen sollte. Trotzdem hatte sie schon erlebt, wie jemand ihre Bilder bewunderte und kurz darauf einen Käfer zertrat.

Eine Käseplatte wurde aufgetragen, und die Dame des Hauses wandte sich Maria zu. Endlich kam die Rede auf ihre Arbeit. Darauf hatte Maria nur gewartet. Zwar hatte niemand das Raupenbuch gelesen, aber man wollte wissen, womit sich Frau Merian derzeit beschäftigte. Immer noch mit diesen Fliegen und Faltern?

»O ja«, sagte Maria. »Aber ich entdecke kaum noch neue. Ich möchte darum nach Spanien. Mein nächstes Buch soll auch andere europäische Insekten behandeln. Bei aller Bescheidenheit, für meine beiden Raupenbücher wurde mir viel Lob zuteil. Forscherkollegen schrieben …« Sie blickte in höfliche Mienen. Die Aufmerksamkeit ihrer Zuhörer schien zu versickern wie Wasser in sandigem Boden. Maria kürzte ihre geplante Rede und beeilte sich, zum Wesentlichen zu kommen. »Darum möchte ich die Auflage bei diesem Buch verdoppeln. Je mehr ich drucken lasse, desto höher ist der Profit pro Exemplar. Die Kosten für die Kupferstiche fallen schließlich nur einmal an.«

Der Gedanke müsste ihnen doch gefallen!

Frau Carels jedoch gähnte.

»Ich bin auf der Suche nach Geldgebern«, sagte Maria geradeheraus.

Nun stand die Aufforderung in der Luft.

»Was ist an spanischen Insekten denn so besonders?«, fragte Herr Carels.

»Nun, sie …«

Die Frage erwischte Maria kalt. Wie sollte sie jetzt schon wissen, was diese Lebewesen auszeichnete? Das wollte sie doch gerade herausfinden.

»Wenn Sie an nützliche Tierchen wie die Seidenraupe denken«, sagte Maria, »so besteht die Hoffnung, dass in wärmerem Klima … in dem alles besser gedeiht … eine größere Vielfalt …«

Sie kam ins Stottern. So begeistert war sie von ihren Plänen, dass sie sich nicht hatte vorstellen können, auf völliges Desinteresse zu treffen. Waren diese Menschen denn nie durch Flure und Wälder gestreift, hatten sich an der wilden Schönheit von Feldblumen erfreut, die zwischen dem Korn sprossen, und den torkelnden Tanz von Faltern über den Blüten bewundert? War ihnen der Drang, die Geheimnisse dieser Tierchen zu enthüllen, vollkommen fremd? Marias Blick glitt über die voll behängten Wände um sie herum. Aber zumindest die Sammelleidenschaft hatten viele dieser Kaufleute doch mit den Forschern gemein?

»Raupen zur Seidenproduktion haben wir schon«, sagte Herr Carels. »Und welcher Stoff könnte feiner und zugleich robuster sein?«

»Herr Hermans hat kürzlich einen Krokodilschädel erworben«, sagte Frau Carels. »Mitsamt Gebiss. Auf die Zähne kann man Trauben spießen.«

Maria verstand. Sie musste Spektakuläres bieten. Zurückhaltung war hier fehl am Platz. Mit Forschung in Spanien konnte man keinen möglichen Geldgeber hinter dem Ofen vorlocken.

»Krokodile würde ich gern einmal lebendig sehen, um sie zu zeichnen«, sagte sie. »In Surinam etwa.«

»Glauben Sie mir, da möchten Sie nicht hin«, sagte Frau Carels.

»Sicher wäre es eine beschwerliche Reise, aber sie würde sich lohnen wegen all der hübschen Dinge, die ich entdeckte. Es soll dort farbenprächtige Vögel geben, denen man das Sprechen beibringen kann.«

Ideale Haustiere für euresgleichen, oder? Ihr schwatzt doch den ganzen Tag.

Maria holte tief Luft. Jetzt war der Zeitpunkt, ihnen ein Angebot entgegenzuschleudern.

»Wer mir die Überfahrt finanzierte, dem würde ich als Gegenleistung etwas für die Wunderkammer mitbringen, das noch niemand in der Stadt besitzt.«

Frau Carels hob eine Augenbraue.

»Dafür müssten Sie zurückkommen.«

»Keine Angst, ich werde mich kein zweites Mal vermählen.«

»Daran dachte ich nicht.« Frau Carels tippte ein Pfefferkorn mit der Fingerspitze auf und steckt es in den Mund. »Viele Neuankömmlinge überleben dort kürzer als das Getier, das Sie zeichnen, meine Liebe. Und Krankheiten sind nur das eine. Als Dame allein ist schon die Überfahrt undenkbar. Wer soll Sie beschützen? Halten Sie sich lieber ans Malen hiesiger Motive.« Gönnerhaft fügte sie hinzu: »Ich werde bei der Neugestaltung des Besucherzimmers an Sie denken.«

Damit schien die Aufmerksamkeit, die sie ihrem Gast schenken wollte, endgültig aufgebraucht zu sein. Ihr Gatte schien gar nicht mehr zugehört zu haben. Er winkte schon wieder dem Serviermädchen.

Nach dem letzten Gang, der aus Trauben und kandierten Früchten bestanden hatte, brachte die Kutsche der Carels Maria nach Hause. Die Einladung war ein geschäftlicher Misserfolg gewesen, doch Maria wollte sich nicht den Abend verderben lassen. Kaum ignorierte sie die Erlebnisse bei Tisch, wanderte ihr Geist zu Jan zurück. Den ganzen Weg über hielt Maria nach ihm Ausschau, dabei glaubte sie selbst nicht, dass er am Straßenrand stand. Er mochte sich in der Nähe aufhalten, nur eine oder zwei Grachten weiter, und war doch unerreichbar für sie. Ähnlich musste sich Johanna fühlen, die seit Jahren auf eine Heirat mit Jacob hoffte. Im Vergleich zu den anderen Kaufleuten, die Maria bis jetzt in Amsterdam kennengelernt hatte, schien Johannas Verehrer die richtige Wahl zu sein. Jacob war bodenständig und, vor allem, geradezu vernarrt in Johanna. Von einer strategischen Vermählung konnte bei den beiden nicht die Rede sein. Außerdem zeigte er sich tüchtig. Maria wusste inzwischen, wie schnell viele Amsterdamer zu Wohlstand gelangt waren, und wenn Jacob erfolgreich wäre, würde er möglicherweise auch anderen Frauen auffallen. Verdrossen über die lange Wartezeit, könnte er sich von Johanna abwenden, und daran trüge dann allein Maria die Schuld. Sie betrachtete Geld als Mittel zum Zweck, brauchte es, um Material und Essen zu kaufen, aber es war viel mehr als das. Es unterteilte die Menschen in Reiche und Arme, in solche, die das Bild der Stadt mit ihren vornehmen Häusern bestimmten, und andere, die zur Miete wohnten. Künstlerinnen durften Kaufleuten beim Abendessen Gesellschaft leisten, aber die Speisenfolge legten sie nicht fest. Wie es wohl in Surinam war? Dorthin schienen nur die Mutigen zu gelangen, und Mut zumindest besaß Maria im Überfluss.

»War es lohnend?«, fragte Johanna, als Maria die Küche betrat.

»Köstliches Essen, seichte Gespräche«, sagte Maria. »Immerhin hatte ich Zeit zum Nachdenken. Ich finde, du solltest Jacob bald heiraten. Wie wäre es nächsten Monat?«

»Mutter! Ich habe schon nicht mehr daran geglaubt!«

»Den Weg versperren kann ich euch sowieso nicht. Ich habe nur gezögert, weil ich mir ganz sicher sein wollte, dir alles beigebracht zu haben, was ich weiß.«

»Das hast du.«

»Eine letzte Kleinigkeit noch. Mir selbst ist sie erst heute Abend gewahr geworden.«

»Ja?«

»Mehr als alles andere müssen wir an unserem Stil festhalten. Rembrandt ist hierzulande ein großer Name und ein

Vorbild für alle Künstler, doch wir könnten niemals malen wie er.«

Johanna drehte zwei Haarsträhnen um die Finger und zwirbelte sie am Hinterkopf zusammen. »Wo kommt denn diese Überlegung her, Mutter? Ich denke, es ginge gewiss. Wenn wir studieren, wie er die Farbschichten aufgetragen hat, und uns in seiner Technik üben …«

»Er hat den Schwerpunkt auf die Gesichter gelegt und ließ die Umgebung verschwimmen. Manche finden das schludrig.«

»Zu Unrecht. Mit diesem Kniff …«

»Ich weiß. Ich bewundere ihn für diese Kühnheit.«

Johanna legte ein Küchentuch über ihren Scheitel und besah sich in der Spiegelung einer Pfanne. Anscheinend überlegte sie schon, wie sie den Schleier tragen wollte. »Weshalb könnten wir dann nicht malen wie Rembrandt?«, fragte sie.

»Weil wir Frauen sind. Wir sollen nicht kühn sein. Vermögen wir zu wenig, sind wir dumm und liederlich, aber vermögen wir zu viel, verschreit man uns als Hexen.«

»In Amsterdam doch nicht.«

»Haben wir keine Kinder, ist unser Lebenssinn verfehlt, haben wir zu viele, laugen sie uns aus. Jede Schwangerschaft kann uns das Leben kosten.«

»Du redest dich in Rage.« Johanna warf das Küchentuch über die Lehne eines Stuhls. »Soll ich dir einen Tee bereiten?«

»Ich habe wohl ein bisschen Wein getrunken. Aber Tee möchte ich jetzt nicht.«

Maria stand auf und küsste ihre Tochter auf die Stirn.

»Eins noch, Mutter.« Johanna verschränkte die Arme, wobei sie den Oberkörper eindrehte, sodass der linke Ellbogen nach vorn wies und eine Art Rammbock bildete. Im Alter von zwei Jahren hatte sie das zum ersten Mal gemacht, und ihre

Großmutter hatte sie bockig gescholten. Doch Maria fand das Armeverschränken noch immer drollig.

»Jacobs Unterstützung ist mir sicher«, sagte Johanna. »Sollte ich einmal weniger malen, so wird das ganz allein meine Entscheidung sein. Nicht jede will auf den höchsten Baum klettern. Was sollte ich auch dort? Auf dem sitzt du ja schon.«

Mädchenschnattern

Eine Woche später

»Wollen wir malen, tun wir das trotz aller Widrigkeiten«, sagte Maria. »Ganz gleich, ob wir Enttäuschung, Angst oder Wut fühlen, müssen wir uns unverdrossen der Kunst widmen. Verschweigt euren Fingern, was euer Herz beschäftigt. Mit geballter Faust kann man nicht zeichnen. Sperrt die Welt aus, wenn ihr euch an den Tisch setzt.«

Aber das schien für ihre Schülerinnen eine kaum zu bewältigende Aufgabe darzustellen. Zu Debora hatten sich mittlerweile drei weitere Mädchen gesellt, vermittelt von den Carels. Das Abendessen war im Nachhinein also doch von Nutzen für Maria gewesen. Allerdings hatte sich mit Lysbeth, Cornelia und Anna die Zahl von Mädchengeheimnissen, die angedeutet, umschrieben und schließlich flüsternd geteilt werden wollten, vervierfacht.

Heute war es besonders schlimm. Sobald Maria sich über das Blatt einer Schülerin beugte, um eine missglückte Kontur zu verbessern, Größenverhältnisse zu korrigieren oder eine Schraffur hinzuzufügen, fegte das Wispern über ihren Scheitel hinweg wie ein Herbststurm.

»Meine Damen, auf diese Weise erzielen wir keinen Fortschritt«, sagte Maria. »Arbeiten wir für eine Weile schweigend. Habe ich euch von meiner Zeit bei den Labadisten erzählt?

Das war ein spartanisches Leben, doch eines gab es im Überfluss: Ruhe und Einkehr.«

Brav schlossen sich die Münder, aber die jungen Frauen verfügten noch über andere Möglichkeiten der Verständigung. Sie kannten einander seit Kinderjahren und tauschten Nachrichten in einer lautlosen Signalsprache aus. Da wurden Augenbrauen hochgezogen, Nasen gekräuselt und Haarsträhnen in wechselnden Mustern um Finger geflochten. Durch die ständige Ablenkung fühlte Maria sich zunehmend gereizt.

Sie presste das stumpfe Ende ihres Silberstifts in die Stelle ihrer Hand, an der sich die Knochen von Zeigefinger und Daumen trafen. Bis zum Ellbogen fühlte sie das Ziehen der überanstrengten Muskeln. In der vergangenen Woche hatte sie zwei Tafeln für das dritte Raupenbuch fertiggestellt, und trotz der Schmerzen hätte sie nichts lieber getan, als sofort wieder in der Arbeit aufzugehen und alles andere zu vergessen. Jenseits des Zeichentisches mochte ihr derzeit nichts gelingen. Endlich hatte Jan ihr eine Nachricht zukommen lassen, doch statt ihr die Adresse eines Ateliers zu nennen, schrieb er, Maria solle sich an Ruysch wenden.

Ausgerechnet an den!

Wahrscheinlich glaubte Jan, Künstler und Wissenschaftler verkehrten in denselben Kreisen und sähen sich regelmäßig. Tatsächlich hatte Maria auch schon viele Bekanntschaften gemacht. Man begegnete einander beim alten Bram und fachsimpelte bei der Gelegenheit ein wenig. Doch Frederik Ruysch war Maria dort noch nie über den Weg gelaufen, und alle Versuche, ihn zu Hause anzutreffen, waren bisher erfolglos gewesen. Zwar hatte der Anatom Maria über Huydecoper und Johanna bestellen lassen, man müsse sich unbedingt einmal austauschen, doch wenn Maria an seine Tür klopfte, beschied man ihr, er weile für das Wochenende auf dem Land, habe gerade Besuch oder sei bei Patienten. Über seine Köchin ließ Maria ihm ausrichten, sie verstehe, über wie wenig Zeit er verfüge. Ob es darum möglich sei, ihn einfach bei seiner Arbeit zu begleiten? Angeblich sezierte er die Leichen von Gehenkten, wobei Maria nicht zugegen sein konnte, doch er betätigte sich auch als Geburtshelfer, und zwei zusätzliche Hände, die Tücher auskochten und die Zange reichten, wurden doch sicher gebraucht? Aber eine Antwort darauf war Ruysch ihr bisher schuldig geblieben.

»Schau, Lysbeth«, sagte Maria. »Die Tulpe auf dieser Vorlage hat große, einander überlappende Blätter. Was du strichelst, ähnelt dagegen einer Lilie.«

»Weil ich Lilien im Kopf habe, Frau Merian. Sie lagen auf dem Sarg.«

Lysbeth biss sich auf die Unterlippe und sah von ihrer Zeichnung auf.

»Heute wollen wir uns an Tulpen versuchen«, sagte Maria. »Auch wenn Lilien auf einem Sarg ein einprägendes Bild sein mögen. Vielleicht übst du dich heute Abend zu Hause daran?«

»Ich weiß noch alles ganz genau.« Lysbeths Augen füllten sich mit Tränen. »Die Lilien waren mit langen Stielen geschnitten und an den Enden gekreuzt. Sie bedeckten den Sarg in seiner ganzen Länge.«

»Das war aber ein kleiner Sarg.«

»Es lag ja auch ein Kind darin.«

Maria ließ den Silberstift los. Er klebte noch kurz in der Vertiefung, die er in ihre Hand gedrückt hatte, und fiel dann zu Boden.

Die Schülerin deutete Marias Regung als Wunsch, mehr zu erfahren.

»Kein Jahr war die Kleine alt«, sagte Lysbeth. »Sie ist einfach nicht mehr aufgewacht.«

»Warum – ?«, begann Maria.

Warum habe ich nicht vehementer widersprochen, als die Amme Cathelijne zurücknahm? Man hat dem Kind ein künstliches Fieber bereitet, so dick, wie es eingepackt war.

»Warum das geschehen musste, weiß nur der liebe Gott«, sagte Lysbeth. »Genau wie das, was sich in der nächsten Nacht zugetragen hat.«

»Und zwar?«

»Die bedauernswerte Mutter ist in der Amstel ertrunken.«

»Ist im Dunkeln hineingelaufen«, sagte Cornelia.

»Ein schreckliches Missgeschick«, ergänzte Lysbeth.

»Wie wir glauben sollen«, sagte Anna mit bedeutsamem Unterton.

»Du meinst, sie hat es absichtlich getan?«, fragte Maria.

»Selbsttötung ist schändlich«, sagte Anna. »Aber zumindest ruht sie jetzt für immer neben ihrer Tochter.«

»Ich werde für beide eine Kerze anzünden«, sagte Maria. »Mögen sich die Engel der kleinen Cathelijne annehmen.«

»Aber wieso denn Cathelijne?«, fragte Lysbeth. »Der jüngste Spross der Carels ist wohlauf.«

»Wen Lysbeth meinte«, sagte Cornelia, »ist Behnte, die Tochter ihrer Nachbarin.«

»Tatsächlich?«

»Aber ja!«

»Was bin ich erleichtert.«

Maria bückte sich nach dem Stift. Dass Maria gleich angenommen hatte, die Mädchen sprächen von dem Töchterchen der Carels! Wie leicht redete man aneinander vorbei.

»Vergesst meine Worte von vorhin«, sagte Maria. »Manche Dinge dulden keinen Aufschub, und wenn man den Kopf nicht frei hat, fällt das Zeichnen schwer. Mir geht es ja genauso. Seit Tagen versuche ich, Ruysch zu treffen, bisher leider erfolglos.«

»Warum gelingt das nicht?«, fragte Lysbeth.

»Zu viele Verpflichtungen. Und seine öffentlichen Termine, die Vorlesungen, in denen er Leichen seziert, sind nur für Männer zugänglich.«

»Sie wollen zusehen, wie Tote aufgeschnitten werden?« Cornelia schlug eine Hand vor den Mund. »Ich würde umfallen.«

»Gegen den Gestank hilft Duftöl«, sagte Maria. »Und Frösche habe ich schon selbst zerlegt. Ich war über Umwege an ein anatomisches Lehrwerk gekommen und fragte mich, in welchem Maß ihre Organe den unseren ähneln.«

»Sie haben recht unweibliche Interessen«, sagte Lysbeth. »Ich hätte vermutet, Sie wollten Ruyschs Tochter treffen.«

»Wen?«

»Rachel Ruysch. Die malt doch auch.«

»Und wie«, sagte Cornelia. »Sie macht gar nichts anderes und verlässt kaum noch das Haus. Unterrichtet wurde sie von Willem van Aelst, aber sie soll schon ihren eigenen Stil haben. Nur bekommt man ihre Werke nicht zu sehen, weil sie nie zufrieden ist.«

»Als Jungfer wird sie sterben«, sagte Lysbeth. »Dreißig Jahre alt ist sie schon und noch immer ohne Mann.«

»Das glaube ich ja nicht!« Maria schlug auf den Tisch. »Warum habt ihr mir nicht früher von dieser Rachel erzählt?«

Als Tochter des berühmten Anatomen musste sie doch bekannt sein. Davon war offenbar auch Jan ausgegangen.

»Wann hätten wir denn von ihr erzählen sollen?«, fragte Lysbeth. Frech fügte sie hinzu: »Sperrt die Welt aus, wenn ihr euch an den Tisch setzt …«

»Ich bin Malerin, wie du bereits bemerkt haben solltest«, sagte Maria. »Und da lebe ich nun schon seit Wochen in Amsterdam, doch wenn man überhaupt über Kunst mit mir spricht, erwähnt man stets nur Rembrandt van Ich-kann-seinen-Namen-nicht-mehr-hören. Dabei lebt eine aufstrebende Künstlerin in der Nachbarschaft!«

»An der Bloemgracht, bei ihren Eltern«, sagte Lysbeth eilfertig. »Ich notiere es für Sie.«

»Danke, ich kenne das Haus«, sagte Maria. »Allerdings bereitet mir die Nichtbeachtung weiblicher Werke argen Verdruss. Männerkunst scheint stets hundertfach wichtiger zu sein.«

»Genau Rachels Rede, wie ich mir vorstellen kann«, sagte Lysbeth. »Sie beide werden sich gut verstehen.«

Ihre Freundinnen belohnten ihre Vorwitzigkeit mit beifälligem Kichern und widmeten sich wieder ihren Arbeiten. Doch Maria beschäftigte das Missverständnis noch immer.

Dass ich nicht von Rachel gehört habe! Dabei wurde der Name ihres Vaters oft erwähnt, von Huydecoper zum Beispiel. Männer empfehlen Männer. Sie kommen herum, reisen und beschreiben die Welt aus ihrer Sicht. Was sie verschweigen, bleibt uns verborgen. Auch Frauen übernehmen damit die männliche Perspektive.

Van Sommelsdijk hat Schmetterlinge geschickt, ich aber würde die Tierchen auf den Pflanzen zeigen, auf denen sie leben, ihre Nahrung abbilden, ihre Feinde dazu. Es gibt noch so viel zu lernen über die Zusammenhänge der Natur. Fällt man Bäume, bleiben Vögel fern, und gefräßige Insekten nehmen überhand und vernichten eine Ernte. Dies zumindest müsste doch Plantagenbesitzer interessieren. Warum sieht niemand, wie eines das andere beeinflusst? Ich will das ändern!

»Die Glocken kündigen den Mittag an«, sagte Debora, die die ganze Zeit geschwiegen hatte. »Ich muss nach Hause zum Essen.«

»Du bist entlassen«, sagte Maria. »Und ihr anderen auch.«

Die Schülerinnen packten die Stifte zusammen und verließen die Wohnung. Offenbar wussten sie nicht, wie hellhörig

Marias Haus war, denn sie unterhielten sich auf der Treppe, ohne die Stimmen zu senken.

»Sie kann erstaunlich leidenschaftlich sein«, sagte Lysbeth.

»Das kommt von den Pigmenten«, sagte Anna. »Wenn man Opal einatmet, träumt man seltsam.«

»Du verwechselst das mit Opium«, sagte Cornelia. »Und von dem Sohn eures Kutschers fantasierst du doch auch ohne geistige Substanzen.«

Maria musste lächeln.

Meine Gänse. Aber ich schulde euch etwas. Euer Schnattern hat mich zu Rachel geführt.

Eine Künstlerin am Rand der Erschöpfung

»Bedaure«, sagte die Köchin der Ruyschs. »Der werte Herr ist am Morgen zu einer Geburt aufgebrochen und ist noch nicht zurück.«

»Heute möchte ich zu seiner Tochter Rachel«, sagte Maria. »Ist sie zu Hause?«

»Die ist immer zu Hause.« Die Köchin zögerte. »Aber ich muss erst fragen, ob ich Sie vorlassen darf.«

»Tun Sie das bitte, ich warte.«

Maria verlagerte ihr Gewicht von einem auf den anderen Fuß. Über der Schulter trug sie einen Beutel und auf dem Arm eine Schachtel, in der sich eine hellbraune Schmetterlingspuppe befand. Aus der konnte jederzeit ein Falter schlüpfen. Normalerweise hätte Maria das Tierchen in der Obhut ihrer Töchter gelassen, aber Johanna hatte nur Hochzeitsvorbereitungen im Kopf, und Dorothea war von der Aufregung angesteckt worden. Für die Feier durfte auch sie sich ein neues Kleid schneidern lassen und kombinierte seit dem Vortag Stoffmuster miteinander, bloß um jede Auswahl wenig später wieder zu verwerfen. Auch Marias Kleine wurde wohl allmählich erwachsen.

Die Köchin kehrte zurück. »Sie werden erwartet. Könnten Sie Essen mit hinaufnehmen? Seien Sie so gut, und erinnern

Sie Rachel daran, es auch zu verspeisen, sollte sie es vergessen.« Sie drückte Maria ein Tablett mit Käsebroten in die freie Hand. »Seit drei Tagen hat sie ihre Kammer nicht mehr verlassen. Ich mache mir Sorgen.«

»Die Treppe hinauf?«, fragte Maria.

»Bis ganz nach oben«, sagte die Köchin. »Vorbei an den Maulwürfen zu den Blumen.«

Maria stieg die Stufen empor. Ab der ersten Etage säumten Spirituspräparate den Weg. Bei dem Inhalt der Gläser schien es sich um ungeborene Tiere verschiedener Art zu handeln, nicht nur um Maulwürfe, wie die Köchin gesagt hatte. Maria sah nackte, fahlgraue Haut, Schwänze, unausgebildete Krallen und Zungen, die aus zahnlosen Mäulern hingen. Ruysch schien hier die Exemplare zu lagern, für deren Präparation er noch keine Zeit gefunden hatte.

Maria atmete auf, als die Föten in trüber Flüssigkeit Vasen voller farbenfroher Blumen und Gräsern wichen. Die Tür zu Rachels Atelier stand offen.

»Guten Tag«, sagte Maria. »Ich bringe eine Stärkung.«

Rachel Ruysch arbeitete an einer Staffelei in der Mitte des Raumes. »Herein. Essen auf den Tisch, setzen können Sie sich irgendwohin. Aber erwarten Sie nicht, dass ich meine Arbeit unterbreche.«

Die Malerin hatte strähniges braunes Haar und dunkle Ringe um die Augen. Ihr Kleid war zerknittert, und ihre Füße waren nackt. Zu ihrer Linken stand ein Holzteller mit Schottersteinen auf dem Boden. Vor dem Fenster lockte ein Lehnstuhl mit Schaffell, doch um der Künstlerin kein Licht zu stehlen, nahm Maria auf einer Holztruhe hinten im Raum Platz.

»Erzählen Sie mir eine lustige Geschichte«, sagte Rachel. »Eben bin ich schon wieder im Stehen eingenickt.«

»Die Köchin meint, Sie sollten zuerst einen Happen essen.«

»Macht mich nur noch müder. Ich brauche geistige Nahrung.«

»Nun gut …« Maria räusperte sich, um Zeit zu gewinnen. Die einzigen Geschichten, die sie kannte, waren die Märchen, die sie Johanna und Dorothea erzählt hatte, als sie klein waren. »Wie wäre ein Seefahrerabenteuer?«

»Meinetwegen.«

»Es war einmal ein Schiff. Das kam in einen Sturm und sank. Alle starben, aber ein Mann nicht. Der rettete sich auf einem Balken an einen Strand. Der Strand gehörte zu einem fernen Land. Der Mann erkundete das Land. Es war schön. Viel schöner als seine Heimat. Überhaupt war alles besser. Der Mann war jetzt frei.«

Rachel gähnte. »Erzählen Sie zum ersten Mal eine Geschichte? Das sollten Sie vielleicht noch etwas üben. Wissen Sie, was mich mehr reizt? Die Geschichte, wie Sie Ihren Galan trafen.«

Maria räusperte sich noch einmal.

»Meinen Sie Herrn de Jong?«

»Haben Sie etwa mehrere Galane?«

»Er begegnete mir auf dem Land. Es war Zufall.«

»Natürlich! Solche Männer wachsen nicht in Amsterdam, das habe ich mir gleich gedacht. Hier braucht man gar nicht hinauszugehen, da begegnen einem nur hochnäsige Ausländer und blutlose Kontorgespenster. Aber hin und wieder brauche ich leider neues Arbeitsmaterial, und stellen Sie sich vor, da spaziere ich nichts ahnend beim alten Bram herein, und der sagt mir, ich solle einen Moment warten, er schicke nach einem Herrn, der mich unbedingt sprechen wolle.«

Maria beugte sich gespannt vor. »Und dann?«

»Dann hab ich gesagt: Du bist der einzige Herr, der mir lieb ist, Bram, denn alle anderen wollen mich nur in einen goldenen Käfig sperren und mir den Pinsel wegnehmen.«

Rachel fügte ihrer Palette Weiß hinzu.

»Sie wollen nicht heiraten?«, fragte Maria.

»Nein. Meine Mutter versucht mir seit zwölf Jahren einen Ehemann aufzuschwatzen, aber ich bleibe stur.«

»Aber gewartet haben Sie bei Bram dann doch?«

»Weil er mich mit einem Bogen *carta non nata* bestochen hat. Den hat wohl Ihr Herr de Jong bezahlt. Sie wissen, was eine *carta non nata* ist?«

»Pergament aus der Haut ungeborener Kälber.«

»So dünn, dass Licht hindurchscheint.« Rachel rührte das Weiß in einen Flecken Rot und schüttelte den Kopf. »Nein, das ist es immer noch nicht. Ich bekomme die Farbe einfach nicht hin. Diese Palette muss verhext sein.«

Sie probierte ein neues Mischverhältnis. Maria fürchtete, sie würde erst weitersprechen, wenn sie den gewünschten Ton getroffen hatte.

»Lassen Sie sehen.« Maria trat an das Bild heran. »Ein Blumenstillleben?«

»Ja, und ich will es noch im Herbst fertigstellen. Maria van Oosterwijk hat derlei Motive gemalt, aber nun ist sie alt und hat sich zur Ruhe gesetzt. Das ist die Gelegenheit, mich auf dem Markt durchzusetzen. Aber die Farben wollen mir einfach nicht gelingen.«

»Ihre Augen brauchen Ruhe«, sagte Maria.

»Den Pinsel lege ich erst weg, wenn ich die Nuance dieser Rose getroffen habe. Dafür muss ich wach bleiben.«

Mit dem linken Fuß trat Rachel in den Schotter.

»Vorsicht«, rief Maria.

»Das war Absicht.« Rachel verzog den Mund, hob den Fuß

wieder und streifte hängen gebliebene Steine ab. »Manchmal kneife ich mich auch, aber diese Schmerzen wirken länger.«

Ihre Bewegungen waren von schlafwandlerischer Langsamkeit. Unmöglich konnte Maria warten, bis Rachel in diesem Tempo ihr Werk beendet hätte.

»Haben Sie eine Botschaft von Herrn de Jong für mich?«, fragte Maria.

»Erst die Rose! Meine Kunst geht vor. Plaudern wir doch noch ein wenig.«

Hinter dem Rücken der Malerin rollte Maria mit den Augen und setzte sich zurück auf die Truhe. Ihre Hände klemmte sie unter die Oberschenkel, um nicht voll Ungeduld an das Holz zu trommeln.

»Herr de Jong traf Sie also in Brams Laden«, nahm Maria den Faden wieder auf.

»Genau, und er bat mich um Hilfe. Zunächst wollte er wissen, welche Pigmente man für ein Porträt benötigt, aber das hätte ihm auch Bram sagen können. Was er eigentlich suchte, war ein Ort, an dem man nicht gestört wird.«

Maria fühlte ihre Ohren heiß werden. Wie konnte Jan sich mit einem solchen Wunsch an eine Fremde wenden?

»Sie meinen, er wollte ein Atelier mieten«, sagte sie.

»Malen kann man dort natürlich auch«, sagte Rachel. »Meine Familie hat Besitz in der Umgebung, und ich sicherte Herrn de Jong meine Unterstützung zu. Wissen Sie, warum? Weil ich neugierig auf die Frau war, die ihn betört hat. Als er gegangen war, fragte ich Bram über Sie aus.«

»Über mich?!«

»Sie haben zwei Töchter und malen. Außerdem leisten Sie sich einen Liebhaber, bei dessen Anblick –«

»Er ist nicht mein Liebhaber!«

»Dann wird es aber höchste Zeit. Sie sind mir ein glühendes Vorbild, Frau Merian.«

Rachel stützte sich an der Lehne eines Stuhls ab. Schwindel schien sie zu überkommen.

»Essen Sie bitte etwas«, sagte Maria.

»Keine Zeit. Verraten Sie mir, wie man die richtigen Männer findet. Erst einen zum Heiraten, der die Malerei seiner Frau unterstützt …«

»Mein späterer Gatte und ich verkehrten beide in Künstlerkreisen, meine Profession war ihm also nicht fremd. Aber Sie haben recht, man muss wohl sorgsam wählen. Mit Johann hatte ich Glück.«

Dafür verfügte er über andere Fehler.

»Leider schied er dann ja aus dem Leben …«, murmelte Maria, deren Ohren gerade noch ein wenig heißer geworden waren.

Zumindest aus meinem.

Rachel kaute versonnen auf dem Stiel des Pinsels herum. »Und dann auch noch diesen Herrn de Jong. Zufällig auf dem Land sind Sie dem begegnet, ja? Und darf ich fragen –«

Maria räusperte sich.

»Ich habe eine Schmetterlingspuppe dabei, die bald schlüpfen sollte«, sagte sie. »Wollen Sie mal sehen?«

Um einer ablehnenden Antwort zuvorzukommen, öffnete sie die Schachtel. Kaum hatte sie den Deckel angehoben, flatterte ein Falter heraus.

»Schließen Sie das Fenster!«, rief Maria sofort.

Doch Rachel folgte dem taumelnden Flug des Tieres nur staunend mit dem Blick. Um es aufzuhalten, stürzte Maria selbst zum Fenster und schnitt den Fluchtweg ab. Der Falter prallte gegen die Scheibe, fing sich wieder und drehte in das

Innere des Raumes ab, auf Rachel zu. In die kam nun auch Bewegung. Sie streckte die Arme aus.

»Gleich habe ich ihn«, rief sie.

»Nicht berühren, die Flügel müssen unbeschädigt bleiben! Warten wir, bis er sich setzt, und stülpen ein Gefäß über ihn.«

»Eine Tasse?«

Rachel leerte den Tee, der neben der Tür auf einem Schemel stand.

»Besser die Schachtel.« Maria zückte das Behältnis. »Wedeln Sie den Falter mit Ihrem Farblappen Richtung Wand. Dort fange ich ihn ein.«

Gemeinsam jagten sie das Tier durch den Raum. Wieder und wieder entkam es ihnen in unvorhersehbaren Flugbahnen. Nach einer Weile schien es erschöpft. Einen Wimpernschlag lang saß es an der Decke. Rachel breitete den Lappen aus, und Maria schlich sich an. Doch im letzten Moment zeigte der Falter sein finales Kunststück, fiel wie ein Stein herunter und landete auf der Palette, mit einem Flügel im Dunkelrot. Maria schlug die Hände über dem Kopf zusammen.

»O nein, ausgerechnet in die Ölfarbe musste er stürzen, nun ist er ruiniert!«

»Sie können ihn ja reinigen. Wir haben Weingeist, so viel Sie brauchen.«

»Besser, wir spannen ihn.«

Maria öffnete ihren Beutel und nahm eine Platte aus weichem Holz heraus. Wenig später war der Falter mit Nadeln darauf fixiert. Rachel hatte den Vorgang gebannt beobachtet.

»Man muss das machen, solange sie warm sind«, sagte Maria. »Mit dem Abkühlen versteifen sie. So bleibt er nun auf ewig in Form.«

»Und kann nicht mehr entfleuchen«, sagte Rachel. »Das hätte ich mal mit Herrn de Jong machen sollen.«

Maria blickte auf, ihr Herz begann plötzlich schnell zu schlagen.

»Trauen Sie mir das zu?«, fragte Rachel. »Ich weiß, dass man mich für seltsam hält. Ihr Herr de Jong hat eine schweigsame Helferin gesucht, die über seine Affäre nicht mit ihren Freundinnen tratscht, und da kam Bram wohl auf mich. Freundinnen habe ich nämlich keine. Man hält uns Ruyschs für sonderlich, weil wir mit all den Präparaten unter einem Dach leben.«

»Die Präparate leben ja nicht mehr«, sagte Maria.

»Aber sie vergehen auch nicht. Mein Vater bannt sie auf ewig in den Zustand ihres Sterbens.« Rachel kehrte zur Staffelei zurück und nahm ihre Arbeit wieder auf. »Entdecken Sie eine Seltsamkeit auf meiner Leinwand?«

Maria studierte die halb fertigen Blüten des Bildes und verglich sie mit der Skizze, die an das Holz darunter gepinnt war.

»Chrysanthemen und Tulpen in einer Vase«, sagte sie. »Die blühen aber nicht zur selben Zeit.«

»Bei uns zu Hause schon«, sagte Rachel. »Vater kennt einen Weg, Blüten zu konservieren, ohne sie zu trocknen. Die Farben bleiben erhalten, als wäre die Pflanze frisch gepflückt.«

»Wie macht er das?«

Rachel zuckte lächelnd mit den Schultern und biss von einem Käsebrot ab. »Gleich habe ich das Rot, das spüre ich. Frau Merian, Sie sind gut. Die Schmetterlingsjagd hat mich erfrischt. Machen Sie weiter. Jetzt eine Geschichte. Eine richtige.«

»Ich weiß leider wirklich keine. Als Forscherin beschäftige ich mich nicht mit Erdachtem.«

»Wie schade.«

»Hat Herr de Jong Ihnen seine Geschichte erzählt?«

»Leider nein. Ich wollte zurück zu meiner Staffelei, und er wollte mich nicht begleiten. Aber er versprach, mir eine

Vorleserin mit einem neuen Buch zu schicken, und hielt Wort. Kennen Sie Dom Juan, den Eroberer der Frauen?«

»Ist mir unbekannt.«

»Ein französisches Stück, von Molière. Es geht um einen Adligen ohne Moral. Er verführt Frauen und missachtet alle Konventionen.«

»Glauben Sie, Herr de Jong findet sich in dieser Figur wieder?«

»Ach, er glaubte wohl nur, damit meinen Geschmack zu treffen. Wenn Sie mich fragen, ist Herr de Jong ein scheuer Geselle.«

»Inwiefern?«

»Eigenbrötlerisch. Vielleicht ist er lange zur See gefahren. Solche Männer verlernen das Landleben.«

»Wir kennen einander erst kurz, aber ich habe einen anderen Eindruck von ihm.«

»Und zwar?« Rachel gab frisches Rot und einen winzigen Klacks Weiß auf die Palette und verrührte die Farben.

»Mir kam er vor wie jemand, der verhandeln kann, betören, wenn er will«, sagte Maria und schaute auf ihre Hände herab. Ja, betören konnte er.

»Ein Kaufmann?«

»Kaufleute verschwenden keine Zeit mit Geheimnistuerei. Die rechnen alles in bare Münze um, selbst die einzelnen Stunden des Tages.«

»Es sei denn, das Versteckspiel ist Teil der Verhandlungstaktik.«

Rachel legte das Rührstäbchen weg und trug den neuen Rotton mit einem feinen Pinsel auf die Leinwand auf. »Halleluja, das ist die Farbe. Nun kann ich die Blüte beenden und bis übermorgen schlafen.«

»Aber vorher …«

»Die Botschaft, wie versprochen. Sie liegt in dem Kästchen dort.«

Rachel deutete auf eine Schnitzarbeit aus dunklem Holz, die einen losen Stapel Skizzen auf dem Boden beschwerte.

Maria öffnete den Deckel und fand einen Schlüssel und eine Wegskizze.

»Voilà«, sagte Rachel. »Viel Vergnügen.«

»Und wann soll ich …«

»Steht auf der Rückseite geschrieben.« Rachel verschwand schlurfend im Nebenzimmer. »Danke für Ihren Besuch, Frau Merian. Verzeihen Sie, aber ich bin todmüde.«

Keine Zeit für Skizzen

»Lassen Sie mich an dieser Stelle hinaus«, sagte Maria.

»Wie Sie wünschen.«

Der Kutscher hielt neben einer vom Blitz gespaltenen Eiche. An Feldern vorbeifahrend, hatten sie Amsterdam hinter sich gelassen. Einen Steinwurf vor ihnen begann ein Waldstück.

»Also bis heute Abend?«, fragte der Mann.

»Ja, wieder hier. Eine Stunde vor Sonnenuntergang.«

Maria verließ das Gefährt mit zwei Körben. Einer enthielt Proviant und der andere leere Schachteln. Ihr Vorwand für den Ausflug war das Sammeln von Insekten, und sie würde welche mitbringen müssen, wollte sie Fragen ihrer Töchter vermeiden. Maria hatte mittlerweile verstanden, dass es einen Grund geben musste, warum Jan sein Konterfei nicht öffentlich in einem Schaufenster ausgestellt sehen wollte. Zum alten Bram hatte er sich vorgewagt, aber dort verkehrten auch nur Künstler. Bei einer Malerin hingegen, die Bilder zum Verkauf anbot, konnte man jeden treffen.

Jan mietete lieber ein ganzes Atelier, um unerkannt zu bleiben. Wer wäre Maria, dies nicht zu respektieren? Die Insekten mochten vielleicht nur ein Vorwand sein, verwenden würde sie sie für ihre spätere Arbeit aber ohnehin, sodass sie nicht umsonst sterben mussten.

Den Blick in das Grün der Bäume und Sträucher gerichtet, folgte sie dem Weg. Auf einem Stumpf entdeckte sie eine handtellergroße Raupe und steckte sie ein. Ob das eine Art war, die am Boden lebte? Um noch mehr dieser Tiere zu finden, lief Maria mit gesenktem Kopf weiter, mit dem Blick den Weg absuchend. Als sich der Wald zu einer Lichtung öffnete, blieb sie überrascht stehen.

»Maria!«, rief jemand.

Sie hob den Kopf und blinzelte in das Sonnenlicht, das durch die Baumkronen fiel. In der Mitte der Lichtung hatte man eine Jagdhütte errichtet. Auf einer Bank neben der Tür saß Jan. Er trug ein schlichtes Hemd aus ungefärbtem Leinen und dazu Hosen mit zerrissenen Beinsäumen.

»Du bist schon da«, sagte Maria.

Es war sonst nicht ihre Art, das Offensichtliche auszusprechen, doch eine scharfsinnigere Bemerkung fiel ihr gerade nicht ein. Bis zu diesem Zeitpunkt waren ihre Gedanken um mögliche Ereignisse gekreist, die das Treffen doch noch verhindern konnten. Am Morgen hatte sie gefürchtet, im letzten Moment unerwarteten Besuch von Kunden zu bekommen oder von Dorothea gerufen zu werden, weil diese etwa plötzlich Fieber bekommen hätte. Als sie das Haus schon verlassen hatte, bangte Maria, die Kutsche könne eine Panne haben, die Pferde durchgehen oder der Kutscher fordern, in einer Schenke zu rasten. Doch nichts von alledem war eingetreten, und hier ging sie Jan entgegen, an einem freundlichen Sommermorgen, durch hohes Gras, in dem Hummeln summten. Kein Nachtwächter würde sie heute stören. Sie waren ganz allein.

Zweifel keimten in Maria auf. War sie zu gutgläubig? Wer wusste, wo sie sich jetzt befand? Nur Rachel Ruysch, und die hatte über ihren Blumenbildern wahrscheinlich schon wieder alles andere vergessen. Ging es ihm darum, eine Frau möglichst schnell zwischen die Laken zu zerren, um sich der nächsten widmen zu können? Oder war er doch ein scheuer Geselle, wie Rachel vermutet hatte?

Das ist Kaffeesatzleserei. Was sehen deine Augen, Maria? Einen Kerl, der mir etwas geben will.

»Betrachte mich als deinen persönlichen Lieferanten«, sagte Jan.

Er knotete ein Taschentuch auseinander und winkte Maria zu sich heran. Auf dem bestickten Stoff krabbelten zwei Raupen.

»Die Ausbeute eines Morgens«, sagte Jan. Er deutete auf die größere der beiden Raupen, eine schwarze mit gelben Haaren. »Diese isst gerne Hahnenfuß, in der Not aber auch Sauerampfer, Nessel oder Stichelbeere. Du siehst, ich habe deine Bücher in der Zwischenzeit studiert. Die zweite Raupe fand ich allerdings nicht darin. Umso besser, oder?«

»O ja. Das Unbekannte finde ich am reizvollsten«, sagte Maria.

Die Doppeldeutigkeit war ihr unbedacht herausgerutscht. In ihren Wangen spürte sie Hitze. Errötete sie? Falls ja, schien Jan es galant zu übersehen.

»Aber was du zum Malen brauchst, ist natürlich auch da«, sagte er. »Fräulein Ruysch versprach mir, alles herbringen zu lassen. Bloß einen Schlüssel gab sie mir nicht. Den wollte sie nur dir überlassen.«

Maria zog den Schlüssel aus ihrer Tasche. »Fräulein Ruysch führt ein zurückgezogenes Leben. Ihr verlangte es wohl nach einem Gespräch.«

»Unter Frauen? Das konnte ich ihr natürlich nicht bieten.«

Jan nahm den Schlüssel. Nun sollte es also hineingehen. Erinnerungen an ihre Hochzeitsnacht blitzten in Maria auf. Wie unpassend. Johann sollte sofort aus ihrem Kopf verschwinden!

In der Hütte hatte Rachel bereits anrichten lassen. Auf einem Tisch standen gemahlene Pigmente in beschrifteten Schälchen, dazu Leinöl, Pinsel und Paletten, flankiert von einer Staffelei, einem bespannten Keilrahmen und einer Rolle zusätzlicher Leinwand. Es gab auch drei Silberstifte und Pergament feinster Qualität, viel zu schade, um es für Vorskizzen zu verwenden.

Jan musste Rachel eine beträchtliche Summe für den Einkauf gegeben haben. Es gab sogar Berliner Blau – und was für eine Menge! Damit könnten ein Meister und ein halbes Dutzend Schüler ein Jahr lang Seebilder schaffen.

Maria drehte sich langsam zu Jan um.

»Du möchtest tatsächlich von mir gemalt werden«, sagte sie.

»Natürlich. Davon spreche ich doch seit unserem ersten Treffen.«

Und ich habe es auch gehört. Doch man verwendet viele schöne Worte, hat man gewisse Absichten. Ich glaubte, du wolltest mir schmeicheln und meiner Kunst Respekt zollen, und da ich Malerin bin, schenktest du mir eben einen Pinsel statt Blumen. Das ist charmant, aber ich hielt es trotzdem für dein Mittel zum Zweck. Denn seien wir ehrlich, es gibt viele Maler, darunter routinierte Porträtkünstler. Wozu auf mir bestehen?

»Fehlt etwas?«, fragte Jan. »Rachel versicherte mir, sie würde ausreichend Material beschaffen.«

»Und ob. Es ist reichlich. Aber sag, wolltest du mich nicht treffen, um …«

Sprich es nicht aus, blamiere dich nicht vollständig. Offenbar bist du einem törichten Irrtum erlegen, deine Vernarrtheit hat dich blind gemacht. Geh jetzt einfach, solange du dich noch beherrschen kannst.

Maria wandte sich zur Tür. Doch nun meldetet sich die Stimme der Vernunft. Als habe die Enttäuschung über Jans rein geschäftliches Interesse sie nicht schon niedergeschmettert, musste der Verstand nachtreten. Kühl, aber bestimmt wies er Maria darauf hin, dass sie dabei war, vor einem Auftrag wegzulaufen, den sie dringend benötigte.

»Bleib hier, ich bitte dich.« Jan stellte sich Maria in den Weg. »Du bist eine schöne Frau. Und nicht nur das, du bist auch eine besondere.« Er legte eine Hand an Marias Wange. Seine Finger rochen nach Harz und Erde. »Und wenn du mich küsst, werde ich es nicht mehr fertigbringen, dir Modell zu stehen. Darum sollten wir erst das Bild machen.«

Maria schwieg.

»Einverstanden?«, fragte er.

»Ich verstehe es nur einfach nicht«, sagte Maria. »Warum soll ich dich porträtieren? Wenn du Schmetterlinge möchtest oder ein Blumenaquarell, wäre das etwas anderes.«

Jan zuckte die Achseln. »Nach unserer Begegnung in Wieuwerd habe ich mir deine Bücher kommen lassen und die Tafeln darin jeden Tag betrachtet. Falter und Würmer zu malen, das muss man sich erst einmal trauen! Du hast einen ganz besonderen Blick auf die Welt, Maria. Du solltest noch viel mehr von ihr sehen. Da draußen gibt es Seepferdchen, Affen und Fische, die fliegen.«

»Im Moment sehe ich dich.«

»Und darüber bin ich froh.«

Er öffnete den Mund, wie um noch etwas zu sagen, schloss ihn dann aber wieder und drückte stattdessen Marias Hand.

Nein, Jan war kein Dom Juan. So einer wäre um Worte nicht verlegen.

Maria gewann ihre Selbstsicherheit zurück. Sie machte sich von Jan los und griff zu Pergament und Silberstift. Porträts mochten neu für sie sein, aber das Handwerk beherrschte sie. Was zu tun war, wusste sie genau.

»Ich beginne mit einer Vorskizze auf Papier«, sagte sie. »Möchtest du frontal oder im Profil dargestellt werden?«

»Was meinst du?«, fragte Jan.

Maria trat an seine Seite und betrachtete ihn prüfend. Jan folgte ihrer Bewegung mit einer Drehung seines Kopfes.

»Sieh nach vorn«, sagte Maria.

Sie legte zwei Finger an seinen Kiefer und dirigierte seinen Kopf mit leichtem Druck in eine Neigung. Jans Pulsschlag pochte an ihrer Hand. Letztes Mal, als Maria den Hals eines Mannes gefühlt hatte, hatte sie sich Claes Hermans' erwehren müssen. Für jedes Gift gab es ein Gegengift, auf diese Weise wahrte die Natur ihr Gleichgewicht.

»Machst du wieder erst eine Skizze und zeichnest dann auf die Leinwand?«, fragte Jan.

»So ist es. Die Farben bringe ich bei unserer zweiten oder dritten Sitzung auf.«

»Leider musst du heute fertig werden.«

»An einem einzigen Tag? Das ist unmöglich. Doch ich kann dich hier zeichnen und später zu Hause in Öl arbeiten. Dafür musst du nicht für mich sitzen.«

»Aber ich möchte das Bild heute mitnehmen«, sagte Jan de Jong. »Bald trete ich eine Reise an, und das Bild soll mich begleiten.«

Ich habe nur wenige Stunden? Das wird schwer.

»Dann wähle ich ein kleines, handliches Format. Hast du schon einen Rahmen, auf dessen Größe ich es anpassen soll?«

»Ich möchte es nicht rahmen lassen.«

»Aber um es aufzuhängen –«

»Das will ich nicht.«

»Weil an Bord wenig Platz ist? Doch du wirst es schließlich herzeigen wollen.«

Jan antwortete nicht.

»Um eine anständige Arbeit abzuliefern, muss ich wissen, welchen Zweck das Bild erfüllen soll«, sagte Maria. »Wer wird es betrachten?«

»Ich.«

Er kratzte sich unter dem Kragen des Hemdes. Sein Unbehagen über die Fragen war deutlich, und Maria ließ von weiteren ab. Schweigend zeichnete sie weiter. Erst als sie die Skizze beendet hatte und den Silberstift hinter ihr Ohr klemmte, sprach Jan wieder.

»Deinen Blick auf mich möchte ich sehen. Ginge ich zu einem gewöhnlichen Maler, würde der in meinem Porträt Anspielungen auf meinen Besitz und meinen gesellschaftlichen Status einarbeiten. Aber du bildest ab, ohne einzuordnen.«

Er zitierte aus dem ersten Raupenbuch:

»... die lichtgrüne Raupe, mit kleinen Tüpfelein gepunktet, hat einen gelblich-grünen Streif und vorn am Kopf zwei schwarze Hörnlein ... Du beschreibst genau, aber vergibst keine Namen.«

Nach einer kurzen Pause sagte er: »Du siehst aus, als wärst du mit deiner Zeichnung unzufrieden.«

»Ein wenig«, sagte Maria. »Menschen gehen mir schwerer von der Hand.«

Sie sah zu den Pigmenten hinüber. Nur einen Bruchteil davon würde sie brauchen, vor allem Ocker und etwas Veronesergrün zur Darstellung der Haut. Vom kostbaren Karmin, Malachit und Berliner Blau bliebe bedauerlich viel ungenutzt zurück. Es sei denn ...

»Darf ich etwas probieren?«, fragte Maria.

»Du bist die Künstlerin.«

Maria ging mit dem Schälchen gemahlenen Karmins zu Jan, tauchte die Spitze ihres kleinen Fingers hinein und zog eine Linie auf seine rechte Wange, das Gegenstück zu der

Narbe auf der linken Gesichtshälfte. Der Strich geriet gröber als mit einem Pinsel, dafür deckte der Farbstaub hervorragend.

»Einzigartiges Material«, sagte Maria.

»Danke, ich gebe mir Mühe.«

»Ich sprach von den Pigmenten.«

»Ach so.«

Maria tippte Jan mit dem sauberen Zeigefinger ans Kinn. »Du scherzt.«

»Um dich bei Laune zu halten. Wir haben ja wenig Zeit, das Werk muss beim ersten Versuch gelingen.«

Er wollte sich die Stirn mit dem Ärmel abtupfen, doch Maria hielt ihn zurück.

»Schweiß ist mir nützlich. Beim Aquarellieren muss der Untergrund feucht sein.«

Sie holte Berliner Blau und Malachit und tupfte einen Farbverlauf über Jans Brauen. Die Wangen kolorierte sie mit Ocker und Rußschwarz. Warm streifte Jans Atem ihren Handrücken.

»Eine Reise also«, sagte Maria leichthin. »Wie lange wirst du unterwegs sein?«

»Das weiß ich noch nicht.«

Er schloss den Mund, weil sie bei seinem Kinn angekommen war. Leuchtend gelb sollte es werden. Als Maria einen Mundwinkel berührte, zuckte Jan.

»Kitzelt das?«, fragte sie.

»Deine Finger sind sehr zart.«

»Weil ich nur noch zeichne. Die Kupferplatten für die Drucke stechen inzwischen andere für mich. Sag, wirst du vor dem Winter zurückkommen?«

»Unwahrscheinlich.«

»Im April oder Mai?«

»Frühestens im nächsten Sommer. Wenn überhaupt.«

»Du willst auswandern?«

Frag mich noch einmal, ob ich dich begleite! Jetzt kann ich nicht zusagen, aber in ein paar Jahren, wenn auch Dorothea unter der Haube ist, bin ich frei.

Doch wieder antwortete Jan nicht.

Inzwischen waren nur noch Marias Daumen sauber. Sie verwendete sie, um Jans Hals mit dunklem Blau zu färben. Ihre Kuppen strichen über seine Bartstoppeln. An Jans Nacken bemerkte sie Gänsehaut. Maria trat zurück, um ihr Werk zu betrachten.

»Malst du mich nun?«, fragte Jan.

»Nicht nötig. Ich mache einfach einen Abdruck von dir auf die Leinwand.«

»Ist das eine neue Technik?«

»Eine der ältesten.«

»Verstehe.« Sein Blick verharrte auf ihren mit Farbe bedeckten Händen. »Wir haben ja reichlich Leinwand.«

Maria ahnte, worauf er hinauswollte, und genoss die süße Komplizenschaft. Sie wollte es Jan überlassen, sich vorzuwagen, aber als er keine Anstalten dazu machte, fasste sie sich ein Herz und fragte: »Soll ich auch deinen Oberkörper kolorieren?«

»Tu das.«

»Aber dein Hemd stört.«

»Zieh es aus.«

Maria streckte ihm ihre bunten Hände entgegen. »Damit würde ich es ruinieren.«

Unter den Farben konnte sie Jans Miene nicht deuten. Er schnürte den Hemdkragen auf und zögerte. Dann entledigte er sich des Kleidungsstücks, als gälte es, mit Anlauf in kaltes Wasser zu springen.

Sein Oberkörper war mit Narben übersäht, ein Muster aus sich kreuzenden Schnitten und zwei tiefen Einkerbungen, deren Ränder offenbar grob zusammengenäht worden waren. Maria schluckte.

»Nicht mehr ganz makellos«, sagte Jan.

»Genau richtig für mich.« Maria griff wieder zum Malachit. »Auf den haarlosen Stellen haften die Pigmente besonders gut.«

Großflächig bestrich sie seine Brust. Ihre Bewegungen wurden unstet, und das sollte Jan nicht merken.

»Du bist kein Kaufmann«, sagte sie.

»Nein. Auch kein Auswanderer. Wenn ich nicht wiederkehre, dann warte nicht auf mich. Es wird eine gefahrvolle Reise.«

»So bleib hier«, sagte Maria leise.

Jan schwieg. Hatte er sie nicht gehört? Maria fuhr fort, seine Brust einzufärben. Im Bereich der Narben arbeitete sie behutsamer und nur mit einzelnen Fingern. Sie hatte zu zittern begonnen. Ihre Berührungen mussten sich anfühlen wie die einer tattrigen Greisin. Jan reagierte nicht. Wahrscheinlich waren die Stellen um das zusammengezogene Gewebe gefühllos. Maria arbeitete sich zu seinem Bauch vor. Beim Nabel angekommen, griff sie zu dem kleinsten Pigmentschälchen. Es enthielt Ultramarin, einen raren Stoff, den Händler mit Gold aufwogen. Der Lapislazulistein, aus dem es gewonnen wurde, kam nur an wenigen Stellen im fernen Orient vor. Üblicherweise verwendete man Ultramarin bloß für ausgewählte Stellen eines Bildes, und selbst die untermalte man mit billigerem Blau und sparte das kostbare Pigment für die oberste Schicht auf. Doch Maria wollte weder schichtweise gestalten noch etwas zurückhalten.

Sie bedeckte ihre Daumenkuppe mit einer Portion Blau, für deren Gegenwert man Essen für Monate hätte kaufen können, und füllte die Vertiefung des Nabels. Jan spannte die Muskeln an, wodurch sich der Maluntergrund verhärtete. Das Ultramarin ging zur Neige, und Maria nahm eines der anderen Schälchen zur Hand, ohne darauf zu achten, welche Farbe sie wählte. Es war Rot. Maria trug einen breiten Streifen auf. An Jans Gürtel beendete sie ihr Werk und sah hoch.

»Hierzubleiben wäre noch gefährlicher«, sagte Jan.

In seinen Blick trat etwas Dunkles. Maria richtete sich auf. Sie wollte Jan umarmen und nicht mehr loslassen. Allerdings würde sie damit ihr Werk zerstören. Sie entrollte die Leinwand.

»Halte die über deinen Kopf.«

Er tat es, und sie presste den Stoff auf sein Gesicht. Behutsam nahm sie auch den Abdruck seines Halses. Als sie bei den Linien seiner Schlüsselbeine angekommen war, fiel der obere Teil der Leinwand auf sie herunter. Jan hatte losgelassen. Sie spürte seine Hände auf ihrem Rücken. Er zog sie an sich, bis nur noch der Stoff zwischen ihnen war.

»Mache ich das richtig?«, fragte er.

»Meisterlich.«

Er löste sich von ihr, um mit einer Hand die Leinwand zwischen ihnen herauszuziehen, hielt Maria aber mit dem anderen Arm umschlungen. Das Bild legte er der Länge nach auf den Boden. Maria sah ein Gesicht aus Farbflecken auf hellem Untergrund. Auf der anderen Leinwandseite waren die Spuren ihrer Hände verewigt.

»Anders, als was du dir vorgestellt hast, oder?«, fragte sie.

»Das ist so außergewöhnlich, wie du es bist, Maria.« Nah an ihrem Ohr flüsterte er: »Und uns bleibt sogar noch etwas gemeinsame Zeit.«

Grand Tour

Amsterdam, August 1697

Marias nackte Füße rutschten in den Holzschuhen, und ihre Unterarme hafteten am Papier. Obwohl sie sich nur vom Tisch wegbewegte, um Wasser zum Trinken aus dem Bottich neben dem Ofen zu schöpfen, war ihr Körper in Schweiß gebadet. Seit Johanna ihren eigenen Hausstand hatte und Dorothea neuerdings viel Zeit mit diesem Wouter verbrachte, versank Maria oft und gerne so tief in ihrer Arbeit, dass ihr gar nicht auffiel, wie die Zeit verging.

Maria hatte bei Sonnenaufgang zu zeichnen begonnen, um die Morgenkühle zu nutzen. Nun ging es gegen Mittag zu, doch ihr war noch nichts gelungen. Sie kämpfte mit der Abbildung einer roten Raupe. Auf einer Nessel wollte sie das Tier darstellen, aber die Komposition glückte einfach nicht. Drei Entwürfe hatte sie schon gemacht, auf denen die Raupe am Fuß der Pflanze, auf dem Stiel und am Ansatz eines der oberen Blätter zu sehen war. Doch wann immer Maria zu kolorieren begann, erschlug das intensive Rot des Insekts alle übrigen Details des Bildes, und die Harmonie war dahin.

Soll ich zwei Tierchen auf die Nessel setzen?

Aber diese Wiederholung brächte keinen wissenschaftlichen Nutzen. Maria gähnte und zwickte sich ins Ohrläppchen, um wach zu bleiben. Nickte sie am Zeichentisch ein, träumte sie oft von der Ferne. Während der sechs Jahre, die sie bereits in Amsterdam lebte, hatte sie dank Aletta einiges über fremde Länder und diejenigen, die von ihnen berichteten, erfahren. Aphra Behn war beispielsweise eine britische Lady, die angeblich Surinam bereist und einen Roman geschrieben hatte, der dort spielte. Dessen Held war Oroonoko, ein afrikanischer König, der versklavt wurde und einen Aufstand anführte. Maria schmökerte bei Aletta in dem Buch und las mehrmals die Stelle über freundliche Indianer. Insgesamt war sie aber enttäuscht davon, kaum Tier- und Pflanzenbeschreibungen zu finden, sondern eine tragische Liebesgeschichte.

»Über Herzschmerz zu lesen, finde ich müßig«, hatte Maria zu Aletta gesagt. »Und wer weiß, ob das über die Indianer stimmt. Vielleicht war die Autorin gar nie in Übersee.«

»Und ob sie das war«, widersprach Aletta. »Sie spionierte für den englischen König.«

»Wirklich?«

»Ihr Deckname lautete Agent 160. Später nannte sie sich Astrea und hat Bühnenstücke verfasst. Unter Theaterleuten fühlte sie sich wohl. Sie verkehrte auch mit dem König und seinen Mätressen, aber man munkelte, dass sie ursprünglich aus einfachem Hause stammte. Zwar hat sie viel geschrieben, doch über sich selbst hat sie wenig preisgegeben.«

Manchmal, wenn Maria an Aphra Behn dachte, spürte sie so etwas wie eine Verbindung zwischen sich und dieser anderen, ihr fremden Frau. Ging es bei der Spionage doch auch darum, Neues zu erfahren, Zusammenhänge aufzudecken und Geheimnisse zu lüften. Allerdings handelte eine Spionin im Verborgenen. Da war es dann vielleicht auch nicht hinderlich, eine Frau zu sein und kein Geld zu haben.

Das *Haus unter dem Segel* druckte außerdem die Berichte von Reisenden wie Zacharias Wagner, der für die Westindien-

Kompanie in Niederländisch-Brasilien gewesen war. Seine Zeichnungen fand Maria respektabel, er hatte sogar einige Käfer, Bienen und Fliegen abgebildet, allerdings auf einem weißen Blatt, angeordnet wie Steinchen auf einem Spielbrett. Die Wirtspflanzen hatte er nicht genannt.

Wie soll man die Tiere denn ohne diese Angaben finden?

Nützlicher, weil ausführlicher, war die *Historia Naturalis Brasiliae*, ein bebildertes Werk, in dem Maria hatte schmökern dürfen, bis Aletta einen Käufer dafür gefunden hatte. Maria erinnerte sich noch gut an die Seiten, die Insekten gewidmet waren. Zwischen lateinischem Text bewunderte sie verschiedene *Stierkäfer*, wehrhafte Sechsbeiner mit gekrümmten, gezackten und gegabelten Hörnern. Danach folgten die Zeichnungen einer monströsen haarigen Spinne und zwei filigranerer Exemplare und endlich, in *Panapanamucu. Panama. Atque aliae Papilionum Species*, einer Motte mit einem Rüssel, dessen Spitze eingerollt war. Leider ging es dann schon weiter mit Würmern und Fliegen, denen wurde mehr Platz eingeräumt. Vielleicht hatten die Autoren bevorzugt beschrieben, was sich leicht fangen ließ?

Vorne im Buch hatten viele der größeren Tiere menschliche Züge. Eine Schlange blickte den Betrachter wissend an, eine Ratte wirkte verschreckt, und ein Schwein schien sich zu amüsieren. Immer wieder blätterte Maria zu der Abbildung eines dachsähnlichen Wesens. Der Kopf war viel zu klein dargestellt, ein Fehler, der dem Zeichner sofort hätte auffallen müssen. Doch statt ihn zu korrigieren, hatte er dem Tier ein stilisiertes Narrengesicht verliehen, mit einem V-förmigen Mund, einer Menschennase, geschlossenen Lidern und zusammengewachsenen Augenbrauen. Was sollte das? Hatten Jäger dem Zeichner ein kopfloses Exemplar gebracht? Oder war das ein Witz, den nur Eingeweihte verstanden, wie etwa der Auftraggeber des Werkes? Johan Maurits war vor einem halben

Jahrhundert Generalgouverneur von Niederländisch-Brasilien gewesen. Um das Land beschreiben zu lassen, hatte er den Forscher Marggraf und den Arzt Piso mit nach Übersee genommen. In Gesellschaft des Gouverneurs hatten die beiden in dieser Zeit sicherlich keinen Mangel gelitten.

Welch ein Glück. Das sollte mir mal geschehen! Aber so etwas gibt es heute nicht mehr. Wo ist die Neugier geblieben? Die Kaufleute trachten nur nach immer größeren Gewinnen. Ich wurde zu spät geboren.

Maria legte den Kopf auf die Arme.

Bloß ganz kurz die Augen schließen …

Gläser klirren. Neben mir scherzen zwei Damen und übertönen kurz das Gespräch der Männer. Eine Frau will von mir wissen, wie man Tulpen skizziert. Während ich für sie eine einfache Zeichnung aufs Papier werfe, lausche ich wieder den Herren und suche nach Hinweisen auf Verrat. Sie mögen denken, ich sei eine harmlose Blumenliebhaberin, aber Agentin 161 ist immer und überall wachsam. Draußen vor dem Fenster erscheint ein berückend schöner Falter. In allen Farben des Regenbogens leuchtet er. Ich verlasse die Gesellschaft und trete hinaus in die Nacht von Surinam. Bereitwillig lässt sich das Tierchen von mir fangen.

Ich setze es in eine ausgehöhlte Kokosnuss, die mir von einem braunhäutigen Mädchen gereicht wird. Das Mädchen trägt Federn im Haar und fordert mich auf, ihm zu folgen. Wir gehen in den Wald hinein. Ich bin barfuß, und unter meinen Sohlen ist die Erde warm und weich. Über mir singt ein Vogel, und als ich zu ihm hinaufblicke, bricht er mit seinem Schnabel einen Ast ab, an dem ein gelber, weicher Apfel hängt. Ich beiße hinein. Der Saft schmeckt wie reiner Zucker und tropft auf mein Kleid, aber das macht nichts. Ich ziehe es aus und gehe im Untergewand weiter. Warmer Wind streichelt meine Arme. Ein Affe lugt zwischen Blättern hervor. Sein Gesichtchen ist drollig, wie ein vorwitziges Kind sieht er aus. Mit einem Satz springt er mir vor die Füße, überholt das Mädchen und rennt voran. Er scheint unseren Weg zu kennen. Der Bewuchs wird lichter, und wir erreichen einen See, der von einem Wasserfall gespeist wird. Mit einem Jauchzer steigt das Mädchen ins Nass und erfrischt sich. Ich halte die Luft an und springe hinterher. Der See ist ganz klar, und ich schwimme unter Wasser zu den Blasen, die das herabfallende Wasser aufwirft. Erst dort tauche ich auf. Das Wasser prasselt auf meinen Kopf und spült alle Sorgen fort. Ich bin keine Spionin mehr. Ich bin einfach nur da. Ich wische mir über die Augen und halte Ausschau nach dem Mädchen. Es sitzt am Ufer und lässt sich von der Sonne trocknen. Auf seinem Schoß hockt der Affe. Die Wasserlinie säumt ein Band aus Blüten, und darauf entdecke ich Schmetterlinge in allen Größen und Farben. Zählen kann ich sie nicht, dafür sind es zu viele. Jede Art ist durch ein Männchen und ein Weibchen vertreten. Ich muss das notieren, aber ich habe meinen Silberstift bei der Frau mit der Tulpenzeichnung gelassen. Eine Kutsche rattert zwischen den riesigen Bäumen hindurch. Der Himmel verdunkelt sich, als sich ein Papageienschwarm aus den gewaltigen Blattkronen um uns herum erhebt. Das Mädchen ruft etwas.

Maria schrak auf. Aus der Küche ertönte das Klappern von Geschirr.

»Mutter?« Dorothea kam herein. In der Hand hielt sie zwei Zinnteller. »Von diesen besitzen wir fünf. Darum könnte ich doch gewiss welche haben.«

Maria rieb sich die Augen. »Jederzeit kannst du das Geschirr benutzen, das weißt du doch.«

»Ich möchte die Teller für meine Aussteuer«, sagte Dorothea.

Hinter Marias Schläfen klumpten dunkle Wolken zusammen, Vorboten eines Kopfschmerzgewitters, wie es sie sonst nur überfiel, wenn sie bei schwindendem Licht bis in die Nacht hinein zeichnete. Ihre Tochter hatte sich in den Kopf gesetzt, einen fahrenden Händler namens Wouter zu heiraten.

»Lass dir noch Zeit«, sagte Maria sanft. »Zur Eile besteht kein Grund.«

»Wouters Vater ist alt und hat ein schlimmes Bein. Er will sich zur Ruhe setzen. Allein kann Wouter das Geschäft nicht führen.«

Maria stand auf, um die Pigmente im Regal zu ordnen. Wenn Dorothea eines des Gläschen herausnahm, stellte sie es anschließend zu ähnlichen Farben zurück. Maria jedoch sortierte nach Kostbarkeit. Liebevoll strich sie über die kleinen Behältnisse mit den leuchtenden Pulvern. Der Verkauf ihrer selbst gemischten Farben hatte sich als eine einträgliche Geldquelle erwiesen, die so manche Durststrecke überbrückte, wenn hin und wieder die Aufträge ausblieben.

Seit wir in die Stadt gekommen sind, ist zwar einiges geschehen, aber insgesamt zu wenig.

Johanna war nach ihrer Heirat zu Jacob gezogen, und Dorothea und Maria bewohnten ein ganzes Haus in der Kerkstraat. Maria besaß ihre eigene kleine Wunderkammer, eine Sammlung aus Schmetterlingen, Käfern und Spinnen. Aber für das geplante Buch über europäische Insekten waren erst zwei Tafeln fertig. Wie sollte die Arbeit daran auch voranschreiten, wenn Zeit und Geld zum Reisen fehlten? Die Ungeduld, die Dorothea plagen musste, war Maria durchaus vertraut.

»Liebst du Wouter überhaupt?«, fragte Maria.

»Ich denke schon.«

»Du denkst?«

»Er kennt komische Geschichten und bringt mich zum Lachen.«

»Um seine Ware zu verkaufen, muss er gut Wetter machen können. Aber sehnst du dich nach ihm? Fühlst du dich, als nähme er einen Teil von dir mit sich, wenn er fährt? Wünscht du des Nachts –«

»Mutter!« Dorothea strich eine Hand am Rock ab, als hätte sie auf dem Markt in faules Obst gegriffen. Mit Maria über Liebesdinge zu sprechen war ihr sichtlich unangenehm.

»Mit Wouter bliebest du weit unter deinen Möglichkeiten«, sagte Maria. »Vielleicht wirst du nie eine Bürgermeistergattin werden, aber für die Heirat mit einem niedergelassenen Handwerker reicht es allemal, wenn wir nicht gar einen Studenten für dich fänden. Aletta kennt Antoni van Leeuwenhoek, den, der die Mikroskope herstellt. Leider hat er selbst keine Söhne, aber vielleicht gibt es in der weiteren Verwandtschaft einen netten jungen Herrn.«

»Du willst dir nur kostenlos Vergrößerungsgeräte ausleihen.«

»So würde unsere ganze Familie profitieren.«

Dorothea schnaubte »Du nimmst mich nicht ernst. Aber das solltest du besser.«

Ihre Augen funkelten. Hinter Marias Stirn vollführte der Kopfschmerz einen ersten dumpfen Schlag.

»Wenn du Wouter in zwei Jahren immer noch willst, stimme ich zu«, sagte sie.

So lange wartete Maria bereits auf Jan. Von seiner gefahrvollen Reise war er unbeschadet zurückgekehrt, hatte immer wieder Monate an Land verbracht und einen ganzen wunderbaren Sommer über sogar einen verlassenen Hof nahe der Stadt bewohnt. Dort besuchte Maria ihn, wenn sie Ausflüge zum Insektensammeln unternahm. Alltag hätte sich einstellen können, wären ihre Treffen nicht immer noch heimlich gewesen. Maria verschwieg ihren Liebhaber. Natürlich vermisste sie ihn, doch dass er nicht Teil ihres Alltags war, hatte auch Vorteile. Schließlich konnte sie nicht von ihren Töchtern verlangen, bei der Wahl des Mannes Vernunft walten zu lassen, wenn sie selbst Umgang mit einem Herrn pflegte, dessen Geschäfte undurchsichtig waren.

Womit Jan Geld verdiente, kam zwischen ihm und Maria nicht zur Sprache. Eines Tages hatte Maria beim Glattziehen des Bettlakens unter seiner Matratze ein Notizbuch und einen Stapel Korrespondenz entdeckt. Beides hatte sie unangetastet liegen gelassen. Ihre beiden Leben waren für sich genommen schon kompliziert genug. Man musste nicht noch die Schwierigkeiten des anderen kennen. Jan bohrte seinerseits auch nicht nach. Bestimmt hatte er die Möglichkeiten durchgespielt, wie eine alleinstehende Frau zu ihren Kindern gekommen war. Maria hätte ihm sagen können, was sie allen erzählte, dass sie Witwe sei. Doch sie wollte Jan nicht anlügen. Außerdem warf die Witwenerklärung nur weitere Fragen auf. Hatte Maria den Tod ihres Gatten beweint oder das Ereignis mit Wein begossen? War sie eine den Kranken pflegende Unschuld gewesen oder ein Racheengel? Offiziell konnte eine Ehe nur mit dem Leben eines Partners enden, und nicht nur an Königshöfen wurden Suppen mit Rattengift gewürzt. Doch auch ein Mord erzählte noch nichts über die Vorgeschichte. War Gier das Motiv gewesen, der Wunsch, über das gemeinsame Vermögen allein zu verfügen, oder hatte eine gepeinigte Frau keinen anderen Weg gesehen, ihrem häuslichen Tyrannen zu entkommen?

Ruhen sollte die Vergangenheit. Diese schweigende Übereinkunft mit Jan schätzte Maria. Von dem Messer unter ihrem Strumpfband wusste er und verlor kein Wort darüber. Wenn sie sich jedoch zum Abschied küssten, drückte er ein Bein an ihres und schien damit den Sitz der Waffe zu kontrollieren.

Die Welt war gefährlich, aber wenn Maria mit Jan zusammen war, fühlte sie sich unverwundbar. Er versicherte ihr seine Liebe, und sie glaubte ihm, denn er sprach sonst nicht viel, und alles, was er sagte, wenn er ihre Hand hielt, schien Maria wahrhaftig zu sein. Auf Dauer bleiben konnte Jan nicht. Dafür mochte er seine Gründe haben, doch er kam wieder, und das zählte. Seine monatelangen Abwesenheiten hatte Maria zu ertragen gelernt. Irgendwann würde schon wieder ein Junge klopfen und einen Brief mit einer besonderen Farbbestellung bringen. Um solche kümmerte sich im Hause Merian nur Maria. Wenn in der Liste der gewünschten Pigmente *Eichenraupenbraun* auftauchte, wusste sie, unter der angegebenen Lieferadresse wäre Jan zu finden.

Doch nun wartete Maria bereits ungewöhnlich lange auf ein Lebenszeichen.

»Johanna und Jacob hast du ewig hingehalten«, sagte Dorothea. »Mit mir machst du das nicht. Ich möchte etwas von der Welt sehen.«

»Willst du Wouter aus Fernweh heiraten?«

»Mag sein.«

Ach, meine Kleine! Ich kann dich so gut verstehen!

Jedem, der es hören oder nicht hören wollte, hatte Maria von ihren Plänen erzählt, eine Forschungsreise nach Surinam zu unternehmen. Doch niemand wollte sie unterstützen. Die reichen Niederländer waren Geschäftsleute. Eine Investition sollte Gewinn abwerfen, umso größeren, je höher das Risiko war, und die gefahrvolle Reise einer Frau stellte in den Augen möglicher Geldgeber ein großes Wagnis dar.

Dazu lief das Geschäft mit Präparaten immer schlechter. Mittlerweile hatte Maria jedem namhaften Naturliebhaber mehrere Falter und Käfer verkauft und fand kaum noch Tierchen, die sich ausreichend von denen unterschieden, die ihre Kunden bereits besaßen. Nachgefragt wurde nur noch Exotisches wie große Muscheln, Tigerpfoten oder Stoßzähne aus fernen Winkeln der Erde.

Dorothea schlug die Zinnteller in ein Tuch ein. Ihre Fingernägel glänzten. Sie bearbeitete sie allabendlich mit einer öligen Politur, die eine französische Marktfrau verkaufte. Das Mädchen, das mit zerrissenen Strümpfen umherlief, weil es gerne auf Bäume kletterte, wurde erwachsen. Wenn Maria nichts unternahm, beging ihre Tochter möglicherweise einen Fehler.

Am Nachmittag zog Maria ihr gutes Kleid an, tauschte Holzschuhe gegen Stiefel und machte sich auf zur Prinsengracht, der Straße der Reichen und Mächtigen. Bei den Carels wurde sie von der Magd eingelassen, musste aber im Flur warten, da die Dame des Hauses gerade ihren Kaffee einnehme. Maria nutzte die Zeit, um sich Worte zurechtzulegen. Erst könnte sie ein Kompliment anbringen, um den Boden für ihr Angebot zu bereiten. Vielleicht über die Einrichtung? Der Flur war kein repräsentativer Raum, aber auch ihm merkte man an, dass er auf stilvolle Weise Reichtum repräsentieren sollte. Seit Marias erstem Besuch bei den Carels hatte sich die Dekoration des Hauses vervielfacht. Auf dem Marmorboden stand ein mit Samt bezogener Stuhl, und an den Wänden hingen fremdländische Holzmasken. Natürlich gab es auch Bilder. Maria entdeckte ihr Rosenaquarell, das dünn gerahmt zwischen Türrahmen und Wand hineingequetscht worden war. Bilder bedeckten die Wände bis zum Boden, was Maria schmerzte. Wessen Augen sollten die tief hängenden Werke genießen? Das Schoßhündchen von Frau Carels, ein flachgesichtiges Wesen von der Größe einer Flussratte, würde sich kaum daran erfreuen. Zudem hing die Kunst dort unten gefährlich. Über einen vergoldeten Rahmen verlief ein schwarzer Kratzer bis in die Leinwand hinein. Maria kniete sich auf den kühlen Boden, um den Schaden zu begutachten. Wahrscheinlich hatte das Personal das Kaminbesteck zum Reinigen hinausgebracht und war dabei an dem Bild hängen geblieben, einem Blumenstillleben von de Heem. Der Maler lebte nicht mehr. Seine Schüler könnten die Stelle ausbessern, sie wussten möglicherweise, aus welchen Farbschichten die lebensecht wirkenden Tulpenblüten bestanden. Andererseits würde man hier, im schlechten Licht auch eine Flickschusterei kaum bemerken. Sollte Maria anbieten, die Reparatur vorzunehmen?

Sie suchte so dringend nach Aufträgen. Was war das denn, dort über dem frischen Mäusekot? Maria hatte richtig gesehen. Es war ihr Libellenaquarell.

Das wollte Frau Carels unbedingt für ihr Gartenzimmer haben!

Den zarten rechten Flügel des Insekts sprenkelten dunkle Flecken. Rotwein? Auch der Teppich darunter war an einer Stelle verfärbt, allerdings blasser. Ihn hatte man zu reinigen versucht.

Was für eine Schande. Gerade die Libelle war mir so lieb.

Bestürzt über die Verschmutzung ihres Bildes und die Degradierung ihrer Kunst zur Durchgangstapete, musste Maria die Schritte überhört haben.

»Frau Merian, waren wir verabredet?«

Sophie Carels trug ein einfaches Hauskleid. Ihr Haar war mit Kämmen zurückgesteckt. Große Mühe hatte sie am Morgen nicht auf ihr Erscheinungsbild verwendet.

Sie hat doch nichts anderes zu tun, als Geld auszugeben und die Bildung ihrer Kinder zu beaufsichtigen.

»Ich wollte mich nur erkundigen, wie es Amalie geht.« Maria stand auf. »Wie ich hörte, macht Ihre Älteste demnächst eine *Grand Tour* nach Italien. Es fällt einem schwer, sein Kind ziehen zu lassen, nicht wahr?«

»Sie hat die besten Begleiter. Einen Tutor, einen Arzt, zwei Mägde und ihren Hauslehrer. Schließlich soll Amalie auf der Reise etwas lernen. Ach, und eine Schneiderin kommt auch mit.«

»Wie wunderbar für eine junge Dame, die Welt sehen zu dürfen.« Maria hoffte, dass der Neid, der in ihren Worten mitschwang, nur ihre eigenen Ohren erreichte.

Grands Tours waren eine Erfindung des Adels, aber erfreuten sich seit einigen Jahren auch unter reichen Bürgern wachsender Beliebtheit. Wer es sich leisten konnte, schickte seine

Sprösslinge durch Europa, manchmal sogar ins Heilige Land, damit sie sich an Kunst und Kultur labten und ihre Weltläufigkeit übten. Junge Herren nahmen unterwegs Lektionen bei Fechtmeistern und genossen amouröse Abenteuer, wie man munkelte, aber diese Stationen würde Amalie wohl auslassen. Sie wäre immer unter Aufsicht. Sicherer könnte Amalie nicht reisen.

»Von Erlebnissen einer *Tour* zehrt man ein Leben lang«, sagte Maria. »Schön, wenn man dann Andenken hat.«

Im Stockwerk über ihnen polterte es.

»Du kannst die Koffer gleich wieder fortbringen«, rief jemand.

Eine beschwichtigende Stimme antwortete, aber Maria konnte nicht verstehen, was sie sagte.

Die Entgegnung war wieder deutlich: »Ist mir egal, was Mutter sagt!«

Frau Carels zuckte zusammen und seufzte tonlos. Der Zeitpunkt, ihr einen Vorschlag zu unterbreiten, schien schlecht gewählt, aber Maria würde vielleicht keine andere Gelegenheit mehr bekommen.

»Andenken«, wiederholte sie. »Zu Hause kann man sie herumzeigen, während man von der Fremde berichtet.«

»Amalie wird ausgiebig einkaufen«, sagte Frau Carels. »Wenn Sie mich nun bitte entschuldigen würden.«

»Aber Bilder sind bessere Erinnerungen als Tand.« Maria ließ nicht locker. »Zeichnungen, die Ihre Tochter zeigen, wie sie auf den Stufen des Kolosseums sitzt, die Wände der Sixtinischen Kapelle bewundert, unter einem Olivenbaum rastet …«

»Und die Bildchen wollen Sie anfertigen?«

Ganz Kaufmannsfrau, erkannte Frau Carels sofort, wann ein Gespräch von einer Konversation zur Verhandlung wurde.

»Ich dachte an Dorothea«, sagte Maria. »Sie ist im selben Alter wie Amalie und könnte ihr angenehme Gesellschaft sein. Mädchen brauchen ihresgleichen.«

Was für Dorothea allerdings nicht gilt. Seit sie ihre Freundin Tess auf Schloss Waltha zurückgelassen hat, ist sie eigenbrötlerisch wie eine Eremitin.

»Möglich wäre es«, sagte Frau Carels. »Der Tutor soll grob überschlagen, was Sie das kosten würde.«

»*Ich* soll zahlen? Aber Dorothea wäre doch künstlerisch tätig. Mit Verlaub, dafür würde ich Entlohnung erwarten.«

»Das bisschen Malerei wiegt bei Weitem nicht die Kosten auf. Wir müssen Ortskundige bezahlen, die Geld tauschen, Karten bereithalten und Einreiseformalitäten erledigen. Außerdem benötigen die Mädchen Schutz. Über die Alpen, durch das Gebiet von Bären und Wölfen, gelangt man nur mit erfahrenen Führern, und in Süditalien lauern Gesetzlose. Da braucht es bewaffnete Aufpasser.«

Jemand stampfte die Treppe hinunter. Es war Amalie, die Wangen zornesrot.

»Mutter, du kannst mich nicht zwingen! Ich habe den Brief auch gelesen, und ich denke gar nicht daran, fortzugehen, während ihr den Besuch des Jahrtausends empfangt.«

»Kind, das genügt.«

Frau Carels packte Amalie am Handgelenk und zog sie zurück in das zweite Stockwerk. Eine Tür schlug zu, wütendes Schluchzen erklang. Maria hätte am liebsten mitgeweint. Ihr schöner Plan war gescheitert. Auf die Kostenrechnung des Tutors konnte sie verzichten, das Geld würde sie niemals aufbringen können.

Aber gehen wollte sie auch noch nicht. Wenn sie wenigstens den Auftrag zur Restaurierung der beschädigten Bilder ergattern könnte, ergäbe sich noch etwas Gutes aus ihrem Besuch. Wehmütig betrachtete sie das Libellenbild.

In den dunklen Flur haben sie es gehängt. In meinem Haus hätte es den besten Platz bekommen.

Technisch gesehen, war es eines ihrer anspruchsvollsten Werke. Die filigranen, durchscheinenden Flügel des Insekts hatte sie mit ihrem dünnsten Pinsel gemalt. Nur einen Tropfen Farbe konnte man damit aufnehmen, und beim Auftragen musste man wie durch Luft malen, damit die Striche ineinanderflossen und die Ansätze nicht zu erkennen waren.

Aber die Arbeit war ihr leicht von der Hand gegangen. Alles gelang mühelos, wenn Jan in ihrer Nähe weilte.

An einem Julitag hatte sie die Libelle gefunden. Maria saß am Ufer eines kleinen Sees, den Kopf an Jans Schulter gelehnt, die Augen zum Schutz vor der Sonne halb geschlossen. Soeben hatte sie die Füße im kühlen Wasser gebadet und spürte nun, wie die Sonne ihre Haut langsam wieder aufwärmte.

Die Libelle landete eine Armeslänge von Jans Knie entfernt.

»Beweg dich nicht«, flüsterte Maria. »Ich gebe dir mein Netz.«

Langsam streckte sie die Hand nach dem Fangwerkzeug aus.

»Lass sie doch«, sagte Jan. »Ich sehe ihnen gern beim Fliegen zu.«

»Aber eine blaue habe ich noch nicht.« Mit dem Netz beugte sich Maria über Jan. Doch ganz gelangte sie nicht an das Insekt heran.

»Sie können sogar tauchen«, sagte sie. »Das vermögen weder Bienen noch Schmetterlinge.«

»Ich weiß.«

»Tust du das?«

»Seit wir uns kennen, achte ich auf kleine Geschöpfe, um dir Geschenke bringen zu können. Ich Glücklicher. Keine andere Dame freut sich mehr über ein Schneckenhaus als über eine edelsteinverzierte Brosche.«

»Wann hast du mir je Schmuck geschenkt?«

»Er würde dich nur bei der Arbeit stören.«

»Im Gegenteil. In der Schatulle könnte ich Raupen aufbewahren.«

Jan lachte. »Das würdest du wirklich tun.«

»Bitte fange mir die Libelle, mein Schneckenkavalier.«

»Lass ihr noch einen Moment der Freiheit. Küss mich lieber.«

Maria wandte sich ab. »Erst die Libelle.«

»Na schön.«

Aber Jan hatte schon zu lange gezögert. Das Tier stieg senkrecht in die Luft, verharrte kurz, wie zum Spott, in sicherem Abstand über ihren Köpfen, flog auf den See hinaus und landete auf einem Seerosenblatt.

»Nun ist sie fort«, rief Maria enttäuscht.

»Ich hole sie für dich.«

Jan streifte seine Kleider ab und watete mit dem Kescher ins Wasser. Das Seeufer fiel steil ab. Schon nach wenigen Schritten reichte Jan das Wasser bis zur Brust.

»Komm zurück«, rief Maria. »Bei den Seerosen kann man nicht mehr stehen.«

Jan reagierte nicht. Er ließ sich fallen und wurde vom See verschluckt. Maria schrie erschrocken. Doch Jans Kopf tauchte wieder auf. Maria traute ihren Augen kaum. Kraftvoll durchpflügten Jans Arme das Wasser. Mit dem Kescherstiel zwischen den Zähnen erreichte er die Seerosen, fing die Libelle, die sich dort offenbar in Sicherheit gewähnt hatte, und drehte mit dem Insekt um. Da er nun das Netz über dem Tierchen mit einer Hand zuhalten musste, kam er langsamer voran, doch schließlich erreichte er das Ufer.

Maria jubelte.

»Du kannst ja schwimmen!«

»Natürlich.«

»Aber ich glaubte, Seeleute lernen das mit voller Absicht nicht.« Sie dachte an die langen Wochen, in denen sie allein gewesen war. Die schlimmsten Szenen hatten sich vor ihre Augen geschoben, von einem kenternden Boot und Männern, die in die Wellen fielen und wie Steine untergingen. »Man sagt, auf See sei ein schneller Tod besser.«

»Sagt man das?« Jan steckte eine Hand in das Netz, fasste den Körper der Libelle und bugsierte das Tier in eine der Schachteln, die Maria immer mit sich trug. Wasser rann aus seinem Haar und über seine Brust. Er setzte sich neben Maria und lächelte sie an, als sei nichts passiert. Nur seine Kleidung ließ er liegen, wo er sie fallen gelassen hatte. Ein Rätsel war er, dieser Mann.

»Erzähl mir, wo du schwimmen gelernt hast«, sagte Maria. »Und warum.«

»Ich hänge einfach am Leben.«

Weil ich es mit dir verbringen will, Maria.

Aber das sagte er nicht. Unausgesprochen blieben die Worte, die Maria in seiner Abwesenheit wieder hätte hervorholen können. Gefühlvolle Beteuerungen lagen Jan nicht.

So ist er eben. Ich will nicht versuchen, blumige Beteuerungen aus ihm hervorzulocken.

Scherzen und necken konnte er, aber wenn es ernst wurde, blieb sein Mund verschlossen. Stattdessen streckte er ein Bein aus und kitzelte Marias Fußsohle mit einem Zeh.

»Du solltest auch schwimmen können. Ich bringe es dir bei.«

»Ach, ich weiß nicht ...«

»Es ist leichter, als eine Schleife zu binden.«

Das stellte sich als Untertreibung heraus. Maria schluckte eine beträchtliche Menge des Seeinhalts, bis es ihr gelang, sich oben zu halten. Zuerst klammerte sie sich im schultertiefen Wasser an Jan fest und übte den Beinschlag. Am nächsten Tag lernte sie, Armbewegungen in den Ablauf einzufügen, während Jan sie am Bauch stützte. Schließlich ließ er los, und Maria schwamm.

»Nun musst du nie mehr am Ufer sitzen bleiben, wenn du auf Seerosen Libellen siehst«, sagte Jan.

Leider war aber er selbst auch nicht am Ufer sitzen geblieben, sondern bald darauf wieder in See gestochen. Manchmal wünschte Maria, einen Müller zu lieben. Der konnte zusehen, wie der Wind die Flügel seiner Mühle drehte und Vögel auf ihrem Weg nach Süden vorbeizogen, aber er selbst blieb an Ort und Stelle.

Frau Carels kehrte zurück.

»Sie sind noch hier, Frau Merian?«

»Verabschiedet haben Sie mich ja nicht.«

»Stimmt, Verzeihung. Hier geht im Moment alles drunter und drüber. Aber ich will Sie nicht aufhalten.«

»Die Bilder dort unten haben Kratzer«, sagte Maria.

»Ja? Wie ärgerlich.«

An ihre Kunstsammlung schien Frau Carels gerade keinen Gedanken verschwenden zu wollen.

»Man sollte die Beschädigungen beseitigen, um den Wert der Bilder zu erhalten«, sagte Maria. »Wenn ich sie in besserem Licht begutachten dürfte, würde ich grob überschlagen, was Sie die Reparatur kosten würde.«

Ihr letztes Wort wurde von einem neuerlichen Ausbruch Amalies übertönt.

»Pack die Handschuhe sofort wieder aus, Mina!«, brüllte sie.

»Tragen Sie die Bilder in den Salon«, sagte Frau Carels. »Der hat jetzt Morgensonne. Ich bin gleich wieder bei Ihnen.«

Sie atmete tief durch und stieg die Treppe hoch.

Maria nahm das Tulpen- und das Libellenbild von der Wand. Obwohl sie täglich mit Formaten aller Größen hantierte, überraschte sie oft, wie leicht ein Stück Leinwand war. Weder die Mühe der Malerin noch die Geschichte des Motivs schlugen sich im Gewicht nieder. Das Libellenbild steckte in einem zierlichen Holzrahmen und mochte kaum mehr auf die Waage bringen als eine Amsel.

Im Salon gab es einen Beistelltisch in der Nähe des Fensters. Darauf beschwerte eine Tasse einen auseinandergefalteten Bogen Papier. Maria wollte beides beiseite räumen, um Platz für das Bild zu schaffen, doch während sie eine Abstellmöglichkeit für das Porzellan suchte, fiel ihr Blick auf einen Briefbogen.

Liebe Sophie,
Du wirst nicht glauben, was Euch erwartet.

War dies die Korrespondenz, von der Amalie gesprochen hatte? Zwar gehörte es sich nicht, fremde Zeilen zu lesen, aber die abweisende Verschlossenheit und der Geiz Sophie Carels' reizten Maria, ihr Geheimnisse zu entlocken. Freiwillig rückten Kaufleute schließlich nichts heraus.

Außerdem wollte sie Zeit schinden. Je länger sie für die Begutachtung der Bilder zu brauchen schien, desto komplizierter musste Frau Carels die Reparatur vorkommen, und desto höher konnte Maria den Preis ansetzen. Also las sie weiter.

Gestern waren Karl und ich zu einem Abend bei der Kurfürstin von Hannover geladen, und dort gab es einen unerwarteten Gast: Peter den Großen. Ja, ich scherze nicht, Deine Cousine hat mit dem Zaren von

Russland getanzt. Alles, was Du über ihn gehört haben magst, trifft zu. Groß wie ein Bär ist er, trinkt wie ein Bierbrauer, und wenn er aus voller Brust lacht, erzittern die Fensterscheiben. Alle anderen Herren schrumpfen neben ihm zu kleinen Jungen. Er will Ärzte, Wissenschaftler und die besten Handwerksmeister nach Russland holen, und das nicht nur für seinen Hof, sondern zum Wohle des ganzen Volkes. Seine Leute sollen Bildung genießen. Wie schade, dass Leibniz den Zaren verpasst. Er wird ihm hinterherreisen müssen. Peter ist rastlos. Im März verließ er Moskau, besuchte Riga, Mitau, Königsberg, Berlin und will noch lange nicht zurückkehren. Amsterdam, müssen Sie sehen, sagte ich, das ist das Paris des Nordens, und Priester haben dort nichts zu sagen.

Rate, was er antwortete! Gleich morgen breche er auf. Viel Vergnügen, Cousine. Wenn Du ihn bei Laune hältst, kannst Du ihm alles verkaufen. Er sammelt mit Begeisterung. Ich hoffe, dieser Brief erreicht Dich vor ihm, damit Ihr Eure Weinvorräte aufstocken könnt. Allein kommt Peter nämlich nicht. Sein Tross zählt an die dreihundert Männer. Berichte mir unbedingt!

Maria ließ den Brief sinken. Das waren in der Tat unglaubliche Neuigkeiten. Verständlich, dass Amalie die Stadt nicht verlassen wollte. Auch Dorothea würde bleiben. Der Herrscher eines Reichs, dessen Hauptstadt achtzig Kutschentage entfernt lag, käme wahrscheinlich nur einmal im Leben zu Besuch.

Prüfend tupfte Maria mit dem Finger auf das Libellenbild. Der Wein war tief in den Untergrund gezogen. Da blieb nur, neu zu malen. Sie würde den Carels ihren Preis nennen müssen, ihn mühselig aufschlüsseln in Arbeitszeit und Materialkosten, womöglich wochenlang auf eine Bestätigung des Auftrags warten und dann noch rechtfertigen müssen, warum sie nicht die günstigsten Pigmente verwendete. Maria beschloss, die Bilder einfach wieder an ihren Platz zurückzuhängen. Sie lächelte. Vorbei waren die Zeiten, in denen Maria mit knausrigen Kaufleuten feilschen musste. Zar Peter unterhielt eine Privatsammlung? Dort sollten Merians hängen. Er war ein Freund der Wissenschaften? Bestimmt würde er eine Forschungsreise unterstützen. Und dem Wein sprach er zu? Nichts leichter als das. Das Trinken beherrschte Maria seit den langweiligen Amsterdamer Abendessen ganz gut.

Das Spinnhaus

Als Maria von ihrem Besuch bei den Carels heimgekehrt war, war Dorothea nicht zu Hause. Sofort suchte Marias Blick die Zinnteller im Regal. Doch da standen sie ordentlich aufgestellt, und auch der Honiglöffel, gefertigt aus einem Stück Haselnussholz, lag an seinem Platz. Mehrere Tage hatte Dorothea an dem Blumenmuster des Stiels geschnitzt. Dieses schöne Stück hätte sie nicht zurückgelassen. *Noch ist sie nicht mit Wouter über alle Berge.*

Maria nutzte die Stille, um darüber nachzudenken, mit was für einer Art Bild sie den Zaren beeindrucken konnte. Einen Blickfang brauchte sie, etwas, vor dem er stehen bleiben würde, und wenn es nicht wegen des Motivs war, dann wegen der Technik. Sie hatte auch schon eine Idee. Glattes Papier bräuchte sie dafür, solches wie das, aus dem Jans Karten gewesen waren.

In dem Sommer mit ihm, an den warmen Tagen, die kein Ende zu nehmen schienen, hatte Maria manchmal in seiner Gegenwart gezeichnet. Ihr Geliebter sah ihr gern dabei zu, und hin und wieder stellte er auch Fragen. Er wollte wissen, wie man einem Bild die Illusion von Tiefe verlieh.

»Die Raupe scheint mir entgegenzukrabbeln, dabei ist das Papier doch flach!«

Maria erklärte ihm, wie man auf einer Fläche die Illusion von Räumlichkeit erschuf und was es mit dem Fluchtpunkt auf sich hatte. Sie ermutigte Jan auch, eigene Übungen zu machen, aber das wollte er nicht. Objekte aus der Wirklichkeit auf Papier zu bannen, betrachtete er anscheinend als geradezu magischen Vorgang, und Maria ertappte ihn dabei, wie er vor ihrem ersten Strich, wenn sie den Stift durch die Luft führte, um die Maße eines Objektes zu planen, gespannt die Luft anhielt. Misslang ihr eine Kontur und schnalzte sie ärgerlich mit der Zunge, weil sie neu beginnen musste, zog Jan sich zurück.

»Ich verunsichere dich«, sagte er.

»Aber nein, oft braucht man eben mehrere Anläufe.«

Doch er war schon fort und suchte sich eine eigene Beschäftigung, immer etwas, das wenig Lärm machte. Manchmal holte er seine Karten hervor und entrollte sie auf dem schmalen Tisch. Dann war es Maria, die Jan heimlich beobachtete. Über ihr Papier gebeugt, sah sie, wie er mit einem Lineal Entfernungen ausmaß und sie murmelnd berechnete. Über das Meer, so viel wusste Maria, konnte man nicht in Luftlinie segeln, es galt, Strömungen und Winde zu berücksichtigen. Bei langen Reisen musste man zudem Zwischenhalte vorsehen, um Proviant und frisches Wasser zu besorgen. Jan übertrug Aufzeichnungen aus seinem Notizbuch in die Karten und markierte Stellen mit kryptischen Zeichen. Die Tinte zog auf den Karten nur langsam ein. Um das Papier gegen die feuchte Seeluft zu schützen, war es stark geleimt. Einmal wartete Jan nicht, bis die Tinte getrocknet war. Offenbar plante er eine komplizierte Route. Er brütete über einer Karte, schüttelte immer wieder den Kopf und begann schließlich, fieberhaft Linien zu ziehen. Seine Hand mit dem Federkiel näherte sich dem Rand der Karte. Ohne aufzusehen, griff Jan in den

Korb neben dem Tisch und entrollte eine zweite Karte über der ersten.

»Vorsicht«, rief Maria. »Du verwischt ja alles.«

Jan schrak hoch, wie jemand, der bei etwas Verbotenem ertappt worden war, und Maria errötete. Sie hatte nicht spionieren wollen. Den peinlichen Moment versuchte sie mit einem Scherz zu überspielen.

»Oder wolltest du die Karte für mich kopieren?«, fragte sie. Sie ging zu Jan und hob die obere Papierrolle mit zwei Fingern an. Auf der Rückseite prangte die Tintenschrift der unteren Karte.

»Ist spiegelverkehrt«, sagte Jan.

»Nicht mehr, wenn du noch einen Abdruck machst.«

Maria legte einen leeren Bogen auf den Tisch und presste die Rückseite der zweiten Karte darauf. Das so entstandene Bild hatte nur noch zarte Linien, und einige Buchstaben waren nicht mehr erkennbar. Es erinnerte an die Vorzeichnung zu einem Aquarell.

»Ein Abdruck vom Abdruck. Das könnte auch für meine Motive interessant sein«, überlegte Maria laut.

Sie wollte die zweite Karte an sich nehmen, aber Jan hielt sie mit seinen Unterarmen fest. »Diese Rolle Papier ist wertvoller als meine Haut. Ohne Karten bin ich im *Mare Liberum* verloren.«

»Verzeih.« Maria zog ihre Hand zurück und deutete auf den letzten Abdruck. »Sieh dir diesen Strich an! Er ist dünn wie ein Spinnwebfaden, den wir nur bewundern können, weil der Morgentau auf ihm das Licht einfängt. Mein Kupferstecher beschwert sich, wenn ich versuche, Flüchtigkeit darzustellen. Ist das eine Linie oder ist das keine?, fragt er mich.«

»Er will exakt arbeiten, nehme ich an.«

»Ja, und er ist der Beste der Stadt. Auch kann er kleinere Details umsetzen als die Holzschnitzer auf ihren Platten. Aber die Konturen der Drucke sind trotzdem nur Hilfsmittel. In der Natur gibt es keine schwarzen Ränder. Wenn ich aber in meinem nächsten Buch mit Abdrücken von Abdrücken arbeite, kann ich in den handkolorierten Exemplaren noch viel schönere Tafeln schaffen. Der Druck wird hinter den Farben verschwinden, und die Schmetterlingsflügel werden durchscheinend wirken. Man wird kaum wagen umzublättern.« Sie hielt inne. »Kannst du dir das vorstellen?«

»Es genügt, wenn du es kannst.« Jan schob sich zwischen den Tisch und Maria. »Falls du hierfür neue Pigmentmischungen ausprobieren möchtest, darfst du jederzeit wieder auf meinem Körper malen.«

Maria erinnerte sich an die Liebesnacht, auf die er anspielte, und lächelte.

Allein in ihrem Haus, seufzte Maria leise auf. Wo Jan jetzt wohl war? Wenn sie ihrerseits zu einer Reise aufbräche, würden sie sich dann verpassen?

Vielleicht kommt er wieder, kaum bin ich fort. Bei Rachel Ruysch könnte ich eine Nachricht für ihn hinterlassen, aber dann wäre ich für Monate auf See und wüsste nicht, ob Jan sie liest. Rachel könnte mir schreiben, aber dieser Brief wäre auch wieder lange unterwegs. Ich hasse diese Ungewissheit! Bevor ich die Stadt verlasse, muss ich herausfinden, wo Jan steckt.

Als die Glocken zur Abendmesse riefen, kehrte Dorothea zurück. Grußlos betrat sie die Küche.

»Ich habe Sensationelles erfahren«, sagte Maria ohne Umschweife. »Zar Peter besucht Amsterdam.«

»Natürlich.« Dorothea ließ den Kopf in den Nacken fallen. »Und Ludwig von Frankreich begleitet ihn, und Wilhelm von Oranien zieht seine Kutsche.«

»Du glaubst mir nicht?«

»Das ist ein Märchen, mit dem du versuchst, mich hierzubehalten.«

Maria hieb mit der Faust auf den Tisch.

»Wann bist du so frech geworden?«, rief sie.

Der Augenblick schien gekommen, an dem bloß noch Angst Dorotheas Heirat verhindern konnte. Zu Greitje wollte Maria ohnehin.

»Lass uns einen Abendspaziergang machen«, sagte Maria. »Wir besuchen einen Ort, den du schon lange hattest sehen wollen.«

Misstrauisch hob Dorothea eine Augenbraue. Doch ihre Neugier gewann die Oberhand.

»Soll ich mein gutes Kleid anziehen?«, fragte sie.

»Lieber nicht.«

Die Straßen waren noch belebter als am Mittag. Obwohl die Hitze kaum nachgelassen hatte, schien es alle Amsterdamer hinausgetrieben zu haben. Die steinernen Mauern der Häuser speicherten die Wärme wie Backöfen, und Jung und Alt wollten Luft schnappen, bevor sie sich in den stickigen Zimmern zur Nacht betteten.

Mit Dorothea im Schlepptau tat Maria zweitausendzweiundfünfzig Schritte. Sie hatte sich angewöhnt, Entfernungen zu messen, indem sie zählte, wie oft sie ihren rechten Fuß vorsetzte. Das verlieh jedem Gang etwas Wissenschaftliches und verschaffte ihrem rastlosen Geist zeitweise Frieden. Vor einem Haus luden zwei Männer Fässer aus einem Pferdefuhrwerk und versperrten den Weg für eine nachfolgende Kutsche. Einer der Passagiere schimpfte aufgebracht, doch als seine Beschwerden nicht die gewünschte Wirkung zeigten, stieg er aus und half seiner Begleiterin auf die Straße. Die beiden setzten ihren

Weg zu Fuß fort. An der Weise, wie der Seidenrock der Dame ihre Beine umspielte, war zu erkennen, dass sie keine Unterröcke trug.

Vor dem Portal eines Hauses nahe dem Achterburgwal blieb Maria stehen. Sie zeigte auf ein Relief über der Tür, auf dem eine Frau gezüchtigt wurde. Dorothea las: »Fürchte dich nicht. Ich räche nicht Böses, sondern zwinge zum Guten. Hart ist meine Hand, aber liebreich mein Gemüt.«

Maria nickte grimmig und betätigte den Türklopfer.

Dorothea wollte ihre Hand festhalten, griff aber ins Leere.

»Mutter, du kannst doch nicht einfach …«

»Als Kirmes war, wolltest du es unbedingt von innen sehen.«

»Weil das alle gemacht haben. Aber heute sind wir allein.«

»Und nach wie vor finde ich es widerwärtig, die Gefangenen zu begaffen. Doch wenn du immer nur unsere begüterten Kunden triffst, bekommst du ein falsches Bild vom Leben. Wir kennen die Dame, die hier arbeitet. Da ist sie ja schon.«

»Frau Merian.« Greitje öffnete die Tür und zeigte ihr lückenhaftes Lächeln. »Erwartet habe ich Sie nicht, aber erfreut bin ich umso mehr.«

»Wir würden uns gern ein wenig umsehen. Ich weiß, wir haben uns nicht angekündigt …«

Greitje lachte heiser. »Das tut hier niemand. Folgen Sie mir.«

Sie bekamen das ganze Elend zu sehen. Im Hauptraum im ersten Geschoss saßen drei Dutzend Frauen in einem hölzernen Käfig, spannen Wolle und nähten. Ihre Kleider waren schäbig, ihre Füße nackt, und nicht wenige Gesichter von Geschwüren der französischen Krankheit entstellt. Der Gestank nach altem Schweiß drehte Maria fast den Magen um.

»Oft kommen Reisende her, die gehört haben, es gebe bei uns Dirnen«, sagte Greitje. »Stimmt auch, aber hübsch sind die schon lange nicht mehr. Darum stecke ich tagsüber ein paar frische dazu. Zahlt ja sonst niemand Eintritt. Hab die Mädchen aber gerade für den Tag entlassen.«

»Ja, es ist spät.« Dorothea strebte dem Ausgang zu.

»Warte«, sagte Maria. »Wir haben noch nicht die Schlafräume gesehen.«

Dorothea wischte sich über die verschwitzte Stirn. »Was für eine Lektion möchtest du mir erteilen?«

»Jede Frau kann hier landen. Durch Krankheit, Geldnot, weil sie von den Verwandten verstoßen wird …«

»Oder den falschen Mann wählt. Ach, Mutter! Ich hätte wissen müssen, dass du nicht bloß einen Spaziergang im Sinn hattest. Lauf allein durch die Schlafräume.«

Dorothea drehte um. Ihre Absätze hämmerten die Steintreppe hinunter.

»In diesem Alter können Mädchen widerspenstig sein«, sagte Greitje. »Ich wüsste einen Böttcher, der sich neu verheiraten möchte.«

»Danke, ich suche wirklich keinen Mann für meine Tochter.«

»Schade. Dann bekomme ich zehn Stüber für die Besichtigung.«

Greitje hielt die Hand auf. Maria ignorierte die Geste.

»Wir können anderweitig ins Geschäft kommen. Ich habe eine äußerst wertvolle Neuigkeit.«

»Ja?« Greitje hob die Hand zum Ohr.

»Zar Peter von Russland kommt in die Stadt«, flüsterte Maria. »Er möchte unerkannt reisen. Bestimmt ist er froh, wenn ihm jemand hilft, eine Unterkunft zu finden, eine Weide für seine Pferde …«

»Und Schnaps für die Männer.« Greitjes Miene erhellte sich. »Und gesellige Frauen!«

»Ich sehe Sie schon das Geld zählen.«

Greitje verengte die Augen. »Was wollen Sie wirklich von mir? Eine kleine Besichtigung wiegt dieses Geheimnis ja wohl kaum auf.«

Die Bitte wollte Maria nur schwer über die Lippen kommen. Mit Greitje über Gefallen zu verhandeln bedeutete, in zwielichtiges Milieu einzutauchen. Wer die Dienste der Vermittlerin in Anspruch nahm, umging entweder Gesetze oder war verzweifelt, und auf viele ihrer Kunden traf wohl auch beides zu.

»Kennen Sie einen Jan de Jong?« Maria zog eine Porträtskizze hervor und zeigte sie Greitje. »So sieht er aus.«

Greitje sann nach. »Irgendwo habe ich den schon mal gesehen.«

»Er fährt zur See«, sagte Maria. »Aber nicht für eine der Indienkompanien, sondern eigenständig.«

»Aha. Verkauft er Handelswaren zu niedrigeren Preisen? Hier klopfen oft Schmuggler und bieten mir was an, aber immer dieselben, und Ihrer hier gehört nicht dazu. Diese Leute sind vorsichtig. In ihrer Zunft hat man den Kopf schnell in der Schlinge.«

Maria steckte die Skizze wieder ein. »Dann war ich wohl auf einer falschen Fährte.«

»Nicht verzagen.« Greitje kratzte sich am Kopf und zerdrückte eine Laus zwischen ihren Fingernägeln. »Ich habe nicht gesagt, dass ich alle kenne. Zu mir kommen Männer mit Rum und Tabak. Manchmal nehme ich auch ein bisschen Opium ab. Aber es gibt auch Schmuggler für edlere Kundschaft. Ich höre mich für Sie um, Frau Merian. Darf ich das Bildchen haben?«

»Das gebe ich nicht aus der Hand. Danke für Ihre Mühe. Einen guten Abend!«

Auf der Straße angelangt, nahm Maria einen tiefen Atemzug von der vergleichsweise frischen Luft. Zwar stank es hier nach Gossenabfällen, aber vom Meer her wehte eine reinigende Brise. An der Hausmauer lehnte Dorothea. Sie war noch immer blass um die Nase. Mitleid überkam Maria. Ihre Tochter wirkte verloren.

»Denkst du eigentlich noch oft an Tess?«, fragte Maria. »Ihr habt euch als Kinder so gut verstanden.«

»Aber jetzt wohnen wir so weit voneinander weg.«

Dorotheas Augen glänzten verdächtig.

»Laden wir sie ein«, sagte Maria. »Die Labadisten reisen herum, um ihre Traktate zu verteilen, und vielleicht darf sie einmal mit hierher. Das wäre doch schön, oder?«

»Wunderschön!«

Dorothea vollführte einen Hüpfer wie ein kleines Mädchen. Sie überquerten die Keizersgracht. Wind kräuselte das Wasser und fegte die Wärme, die sich zwischen den Häusern gestaut hatte, fort. In der Ferne grollte Donner. Maria legte den Kopf in den Nacken und schloss die Augen. Selten war ihr Abkühlung willkommener gewesen.

Der Zar

Im Morgengrauen, kaum, dass Maria sich angekleidet hatte, klopfte es an ihre Tür. Vor der Schwelle stand Greitje, gekleidet wie für einen hohen Feiertag. Ihren grasgrünen Rock hatte sie in der Taille mit einem Strick festgezurrt, weil er zu weit war, die Bluse dagegen spannte über der Brust, und die spitzenbesetzten Handschuhe entstammten unterschiedlichen Paaren. Offenbar hatte Greitje den Aufzug von mehreren Frauen zusammengeborgt. Den Kleidungsstücken entströmte ein Potpourri aus Zitronen- und Rosenduft.

»Der Zar ist draußen vor der Stadt, in Zaandam«, sagte die Kupplerin. »Ich liefere seinen Leuten Schnaps. In der Kutsche ist noch etwas Platz. Für zwei Stüber können Sie mitfahren und den Zaren als eine der Ersten treffen. Wollen Sie?«

Maria fuhr sich durch das Haar. »Aber ja, lassen Sie mich nur schnell –«

»Frisieren können wir Sie unterwegs.« Greitje klatschte in die Hände, als scheuchte sie Hühner.

In der Kutsche waren die vordere Bank und der gesamte Boden mit Kisten belegt, in denen Glas aneinanderschlug. Maria stellte die Füße darauf. Beim Anfahren kamen die oberen Kisten ins Rutschen, und sie musste sie wieder zurückschieben. Der Verdacht beschlich sie, Greitje habe sie vor allem mitgenommen, damit sie half, die Ladung zu sichern.

Zwei Stunden später rollten sie auf ein Lager aus einfachen Zelten zu. Empfangen wurden sie von zwei Hünen, die den Rist der Gäule um einen halben Kopf überragten.

Greitje stieg aus und verhandelte mit Händen und Füßen. Nach einer Weile schien sie die Geduld zu verlieren und verlangte lauthals nach einem Alexej. Die beiden Männer holten einen dritten. Sie mussten ihn an den Seiten unterhaken, damit er nicht umfiel. Münzen klimperten, und der Schnaps wurde ausgeladen. Maria schenkten die Russen keine Beachtung.

Greitje befahl die Weiterfahrt, doch schon bald musste wieder gehalten werden. Eine Frau mit Krückstock stand am Wegesrand, einen Beutel neben sich.

»Weerta«, rief Greitje. »Was tust du hier?«

»Ich brauche eine neue Bleibe. Mein Vermieter hat mich rausgeworfen. Der Zar will das Häuschen lieber für sich allein.«

»Aber du solltest doch für ihn kochen und putzen. Wie willst du nun spionieren?«

»Der Zar hat seine eigenen Köche mitgebracht.« Ächzend erklomm Weerta die Stufen der Kutsche und ließ sich auf die Vorderbank fallen. »Dazu einen Stallmeister und vier Kämmerer. Ich habe die ganze Truppe gezählt, wie du mir aufgetragen hast. Es gibt zwei Goldschmiede, sechs Trompeter, zwei Ärzte und drei Priester. Dazu vierzig Vertraute, Adlige, glaub ich, sie tragen feine Stiefel. Etwa ebenso viele Leibgardisten, drei Übersetzer … vier Zwerge … Ah, und einen Affen, ein garstiges Tier mit schlimmen Manieren.«

Die Kutsche fuhr wieder an und überholte Männer, die Baumstämme schleppten.

»Wahrscheinlich ist der Zar in Zaandam abgestiegen, um Schiffbau zu lernen«, sagte Maria. »Ich habe gehört, er will sein Land modernisieren.«

»Kriegsführung studiert er«, sagte Weerta. »Das wird kein gutes Ende nehmen. Hoffentlich erleb ich das nicht mehr.«

»Angstmacherei«, widersprach Greitje. »Peter mag die Wissenschaft. Auf die Sammlung von Herrn Ruysch ist er bestimmt schon gespannt, aber mit meiner Hilfe wird er vorher Ihr Haus besuchen, Frau Merian.« Sie rieb sich die Hände.

Die Kutsche hielt. Auf der Straße türmten sich weitere Stämme und versperrten die Durchfahrt. Ein Mann mit einem Beil über der Schulter leerte einen Krug. »Zuerst bauen sie Schwitzhütten«, sagte Weerta. »Sie waren erstaunt, dass es hier keine gibt. Aber ja, Bootsbau will der Zar auch lernen. Dazu braucht er aber die Erlaubnis der Ostindien-Kompanie. Vorhin ist er deswegen nach Amsterdam geritten.«

Maria sprang auf. »Der Zar ist gar nicht hier?«

Sie stieg aus und machte ihrer Enttäuschung Luft, indem sie gegen einen der Baumstämme trat. Mit schmerzenden Zehen setzte sie sich auf das Holz. Eine strapaziöse Kutschfahrt lag hinter ihr, und der Weg zurück würde nicht angenehmer werden.

Doch als sie gerade murmeln wollte »Und das alles für nichts und wieder nichts!«, entdeckte sie ein bezauberndes Tierchen.

Ein schmucker gelber Falter flog an ihr vorbei, schien nach einem Platz zum Rasten zu suchen und fand diesen auf einem Tuch aus blassgrüner Spitze, das auf einer Bank vor einem Haus lag. Seine Besitzerin saß mit an die Hausmauer gelehntem Kopf daneben. Sie schien zu schlafen. Die Flügel ausbreitend präsentierte sich der Falter in seiner ganzen Pracht. Er hatte dünne, dunkle Ränder auf den Vorderflügeln. Im Kopf stellte Maria schon die Pigmente zusammen, mit denen sie seine Zeichnung kolorieren würde. Na also! Eine gute Sache würde sie dem Tag doch noch abringen.

Maria stand auf und näherte sich dem Tierchen langsam. Aber womit sollte sie es einfangen? Ihr Netz befand sich zu Hause.

Nur noch zwei Armeslängen trennten sie von dem Falter. Mit dem vorderen Beinpaar putzte er über seine Augen. Dann richtete er die Fühler auf, als hätte er Maria bemerkt. Trippelnd drehte er sich. Um wieder hinter ihn zu kommen, änderte Maria ebenfalls die Richtung und ging von der anderen Seite auf die Bank zu.

Die Spitze war exquisit gearbeitet, doch Maria sah nur den praktischen Nutzen. Hier war ihr Netz! Sie packte das Tuch an zwei Zipfeln und zog es über den Schmetterling. Dabei stieß sie gegen die Bank, und die Dame schrak zusammen.

»Verzeihung!«, sagte Maria.

Das Tierchen zappelte in seinem Gefängnis. Es drohte die Flügel zwischen dem straff gespannten Stoff und der Bank zu knicken und damit wertlos zu werden. Maria fasste auch die anderen Zipfel des Tuchs, formte einen Beutel und hob ihn hoch. Etwas ratschte. Die Spitze war an einem Holzspan hängen geblieben. Ein fingerlanger Riss klaffte im Tuch. Mit der freien Hand hielt Maria ihn zu. Der Falter legte die Flügel an und schien sich in seine Gefangenschaft zu ergeben.

»Das wäre gelungen«, sagte Maria zufrieden.

Doch die Dame teilte ihre Begeisterung nicht.

»Was fällt Ihnen ein?«, schimpfte sie auf Deutsch.

»Sie sprechen ja meine Sprache«, sagte Maria. »Wie schön, den vertrauten Klang zu hören. Woher kommen Sie, wenn ich fragen darf?«

»Berlin. Aber das Tuch habe ich in Italien erstanden, und Sie haben es ruiniert.«

»Selbstverständlich werde ich es reparieren.«

»Können Sie Spitze flicken?« Die Dame blickte verächtlich an Marias einfacher Kleidung hinunter. »Die Fäden sind hauchzart.«

»Vertrauen Sie mir, ich präpariere Schmetterlinge und verfüge über das nötige Feingefühl.«

Die Dame schien nachzudenken. »Demnach konkurrieren wir nicht.«

»Inwiefern?«

»Sie sind nicht wegen Peter angereist.«

»Doch.«

»Um ihm Ungeziefer zu verkaufen?«

»Wenn man so will.«

Die Dame lachte schallend. »Mal etwas anderes!«

»Warum sind Sie denn hier?«, fragte Maria.

»Aus demselben Grund, warum ihn die meisten Frauen in Abwesenheit seiner Ehefrau umschwärmen.«

»Verstehe.«

»Aber bis jetzt konnte ich alle verscheuchen. Ich reise schon seit Schweden mit. Da war der Zar noch inkognito, und der Gouverneur empfing ihn ohne Parade. In Preußen war es dann vorbei mit der Diskretion.«

»Nachrichten von seiner Reise eilen dem Zaren voraus.« Maria deutete auf den Platz neben der Dame. »Darf ich mich zu Ihnen setzen?«

Wenn Sie Peter schon nicht persönlich antraf, wollte sie sich wenigstens mit jemandem aus seinem Gefolge gutstellen. Wie man hörte, genossen die Geliebten von Herrschern oft erstaunlichen Einfluss. Sie bestimmten mit darüber, wem Gunst gewährt wurde. Vielleicht konnte die Dame für Maria um eine Audienz bitten.

»Wie lange dauert die Reise schon?«, fragte Maria.

»Seit März.«

»Und weshalb begleitet die Zarin ihren Gatten nicht?«

»Sie schätzt die Bequemlichkeit des Palastes. Rückständig und ungebildet soll sie sein. Außerdem hat sie Peter noch keine Kinder geschenkt. Er ist ihrer überdrüssig und will sie ins Kloster schicken. Die Gelegenheit, offizielle Mätresse zu werden, war nie günstiger. Leider ist das Reisen mühselig, und Peters Tage sind voll. Er sorgt sich, Osmanen könnten während seiner Abwesenheit Russland attackieren. Erst wenn er abends dem Wein zuspricht, hat er Zeit für mich. Die Kunst besteht darin, ihm auch am Morgen noch im Gedächtnis zu sein. Nun ja, edler Putz war dabei bisher nicht hilfreich. Das Tuch zu reparieren wäre verschwendete Zeit. Behalten Sie es.«

Maria, deren sämtliche Wäsche in eine Truhe passte, konnte nicht fassen, wie man etwas an eine Fremde verschenken konnte, für das man einst viel Geld ausgegeben hatte. Die Dame musste sich ja sehr sicher sein, bald in kaiserlichem Reichtum zu leben. Sie schien Marias Blick zu bemerken.

»Was ist?«

»Ich könnte das Tuch gar nicht tragen. Für meine tägliche Arbeit wäre es viel zu schade.« Maria dachte nach. »Aber dem Tierchen täte es gute Dienste. In seinem Netz erreicht der Falter Amsterdam unbeschadet.«

»Wenn Sie meinen.«

Die Dame nickte gleichgültig. Wer mit Trompetern und einem Affen reiste, wunderte sich offenbar nicht über seltsame Liebhabereien. Maria sann über eine Möglichkeit nach, ihre neue Bekannte zu unterhalten.

»Erlauben Sie mir, mich zu revanchieren«, sagte sie. »Sie meinen, der Zar schätzt belesene Damen? Kommen Sie mit mir nach Amsterdam, und ich zeige Ihnen eine Buchhandlung, die ihresgleichen sucht. Aber ich habe mich noch gar nicht vorgestellt. Maria Merian.«

»Emma«, sagte die Dame. »So heiße ich zumindest noch, bis der Zar mir einen russischen Namen gibt.«

Mit Greitje fuhren sie zurück in die Stadt. Auf dem Dam angekommen, bestaunte Emma das Rathaus.

»Das ist ja eines Kaisers würdig!«

»Wir leben ganz gut mit unseren Stadtregenten«, sagte Maria. »Wenngleich auch die immer denselben Familien entstammen. Aber Machthaber kommen und gehen, Bücher bleiben. Hier sind wir, beim *Haus unter dem Segel*.«

Sie ließ Emma aussteigen. An Greitje hatte sie noch eine Frage: »Konnten Sie sich schon nach Herrn de Jong erkundigen?«

»Ja. Niemand kennt ihn.«

Ob das stimmt? Wie viel Mühe mag Greitje sich gegeben haben, nun, da sie mit den Leuten des Zaren Geschäfte zu machen hofft?

»Sie haben bloß noch niemanden gefunden, der ihn kennt«, sagte Maria.

»Ja, und warum nicht?« Greitje hustete und spuckte aus dem Kutschenfenster. »Sein Beruf ist gefährlich, und wenn man da länger nicht gesehen wird …«

Sie schien auf eine Ergänzung zu warten, aber Maria tat ihr den Gefallen nicht.

»… ist man tot«, sagte Greitje.

Heftig schüttelte Maria den Kopf. Nein, diesen Gedanken ließ sie nicht zu. Greitje wollte es sich doch bloß einfach machen.

Maria ließ sie sitzen und eilte Emma hinterher, die vor dem Geschäft wartete. Gemeinsam traten sie ein. Aus dem Hinterraum klang das Mahlen von ineinandergreifenden Zahnrädern. Aletta druckte gerade. Wenn sie fertig wäre, wollte Maria sie fragen, ob sie die Presse für ihr Experiment des Abdrucks vom Abdruck leihen dürfte.

»Spazieren Sie ruhig herum«, sagte Maria zu Emma. »Mit der Besitzerin bin ich gut bekannt.«

Ehrfürchtig blieb Emma vor dem ersten Regal stehen. »In meiner Heimat gibt es eine Bibliothek im Mönchskloster, aber Frauen ist der Zutritt verboten. Sagen Sie, dürfte ich in die Bücher hineinsehen?«

»Aber ja.«

Emma zog *Die Amerikanischen Seeräuber* von Alexandre Olivier Exquemelin aus dem Regal. Derweil ging Maria zu den Atlanten. Es gab den *Atlas minor*, dessen Titelblatt versprach: *Das ist: Ein kurtze jedoch gründliche Beschreibung der gantzen Welt in zwei Theile abgetheilet.* Allerdings war dieser Atlas schon beinahe hundert Jahre alt, und das südliche Amerika bestand nur aus einem Umriss, der am unteren Ende in den Süden, die *Terra Australis,* überging. Einige Bergketten waren vermerkt und wenige, vereinzelte Orte. Immerhin gab es schon Guyana. Ein Teil davon an der nördlichen Küste musste nun Surinam sein. Ins Meer hatte der Zeichner Fische gesetzt, die lebendig wirkten, eine gute Arbeit, doch ausnahmsweise stand Maria nicht der Sinn nach Tierzeichnungen. Wenn sie mit dem Zaren über ihre Reisepläne spräche, sollte sie mit geografischem Detailwissen glänzen können. Sie schlug den Atlas wieder zu und rollte eine Karte von Frederik de Wit aus: *Nova totius Americæ descriptio.* Aha! Hier wurden die Küsten schon von wesentlich mehr Orten gesäumt. Auch die Inseln hatten Namen. Eine davon hieß *Tabago.* Die hatte Jacob einmal erwähnt, Surinam musste also in der Nähe liegen. Ja, dort gab es einen Küstenabschnitt *Surimana.* Aber die Stadt Paramaribo, die die Schiffe der Westindischen Kompanie ansteuerten, fand sich nicht. Stattdessen las Maria spanische Namen. Sie waren in gleichmäßigem Abstand untereinander geschrieben, ohne Markierung der genauen Lage der Orte. Wits Karte stammte aus einer Zeit, als die Niederlande in Übersee noch nicht Fuß gefasst hatten. Jetzt mochten die Orte anders heißen. Warum waren die Flüsse und Seen nicht vermerkt? Wo gab es dichten Wald und wo Sümpfe? Wo Hochebenen und Wüsten?

Das würde mich mehr interessieren als die Namen von Forts, von denen die meisten während feindlicher Überfälle wahrscheinlich längst niedergebrannt wurden.

Enttäuscht sah Maria nach Emma. Die Deutsche bewunderte gerade eine Illustration des Piraten Morgan, der seine Leute rekrutierte. »Den nenne ich einen Kerl!«

»Männer sind mir ein Rätsel«, sagte Maria. »Was mag es bedeuten, wenn einer ohne jede Nachricht auf sich warten lässt?«

»Wie lange?«

»Zwei Jahre.« Marias Herz zog sich zusammen, als sie die Zeitspanne nannte.

»Nicht einmal ein kurzes Briefchen?«, fragte Emma.

»Nein. Aber sagen Sie nicht: Dann ist er tot.«

»Oh, wenn alle verstorben wären, die spurlos verschwinden …« Emma schüttelte den Kopf. »Ich würde denken, er hat das Interesse verloren.«

»Nein.«

»Seine Leidenschaft ist erloschen.«

»Ganz bestimmt nicht!«

»Er hat eine andere.«

»Aber wir lieben uns.«

»Trotzdem kann er eine andere haben, und zwar eine, die schon vorher da war. Das hässliche Wort dafür lautet E-H-E-F-R-A-U.«

Mitleid weichte Emmas Blick auf.

»Ich bin nicht einfältig«, sagte Maria. »Diese Möglichkeit habe ich sehr wohl in Betracht gezogen.«

»Und?«

»Bei unserem letzten Treffen habe ich ihn geradeheraus darauf angesprochen.«

Am Ende des wunderbaren Sommers war Jan verschwunden. Als Maria eines Tages nichts ahnend zu seiner damaligen Bleibe, dem abgelegenen Hof, fuhr, traf sie dort auf Zimmerleute, die den Dachstuhl ausbesserten. Das Gebäude solle instand gesetzt werden, weil ein Verwandter der verstorbenen Besitzer einziehen wollte. Maria fragte nicht weiter nach. Es stand zu vermuten, dass weder die Handwerker noch ihr Auftraggeber von Jan gewusst hatten.

Maria glaubte Jan schon weit weg, auf einem Schiff, das Kurs auf einen anderen Kontinent nahm. Doch dann erreichte sie eine Botschaft, verschlüsselt in einer Farbenbestellung. *Eichenraupenbraun* werde gewünscht, zu liefern in den *Anker* in der Valkenburgerstraat. Maria wusch ihre Pinsel aus, ließ eine halb kolorierte Zeichnung liegen und brach auf. Es war Mitte Oktober, und der Herbst hatte sich mit einer Woche nebliger Morgen angeschlichen, einer kälter als der andere. Als Maria zu der angegebenen Adresse lief, fror sie trotz Schultertuch und Handschuhen. Der *Anker* wirkte von außen wie eine Herberge, und als Maria durch die unverschlossene Tür trat, fand sie sich in einem langen Flur wieder, von dem viele Türen abgingen. Am Ende, vor einem kleinen Fenster, hockten drei alte Männer auf Kisten und würfelten. Ein vierter stand auf einen Stock gestützt dabei und sah zu. Seine faltigen Hände waren bis zu den Fingerspitzen tätowiert. Die Muster griffen ineinander und überzogen die Haut wie Handschuhe aus grobem Strick. Ein Wirt war nicht zu sehen. Offenbar diente der *Anker* als Alterssitz für Seeleute.

»Verzeihung.« Maria trat ein paar Schritte in den Flur hinein. »Ich suche Herrn de Jong.«

»Was?« Der Mann mit dem Stock hielt sich eine Hand ans Ohr.

»Jan de Jong!«, rief Maria.

Kein Zeichen des Erkennens bei dem Alten. Dafür hörte sie hinter sich eine vertraute Stimme.

»Du hast dich beeilt.«

Gleich rechts vom Eingang gab es eine Kammer, die Maria übersehen hatte. Statt mit einer Tür wurde sie mit einer Pferdedecke abgetrennt, die jemand an die Wand genagelt hatte. Jan schob die Decke beiseite, und Maria schlüpfte durch den behelfsmäßigen Vorhang in einen Raum, der nur mit dem Nötigsten eingerichtet war: Ofen, Bett, Tisch und Stuhl. Doch Jan hatte versucht, das Beste aus seiner kärglichen Behausung herauszuholen. Der Boden war sauber gefegt, und über den Tisch war ein kariertes Stück Stoff gebreitet. Im Ofen knisterte ein Feuer, und auf dem Herd dampfte es aus einem Topf.

»Magst du Fischsuppe?«, fragte Jan. »Ich dachte, etwas Warmes ist dir willkommen.«

Er stellte zwei Teller auf den Tisch und rückte den Stuhl für Maria zurecht. Selbst nahm er auf einer Kiste Platz und schöpfte zwei Portionen aus.

»Wohl bekomm's.«

Die Suppe schmeckte köstlich und wärmte von innen. Maria ließ sich Nachschlag geben.

»Zum Kochen verwende ich Meerwasser«, erklärte Jan. »Wie die Franzosen.«

»Ich habe mich schon gefragt, was das Geheimnis der Würze ist.«

Was für ein absurder Wortwechsel! Seine Küchengeheimnisse interessieren mich doch überhaupt nicht! Er sollte mir lieber verraten, wie lange er hier zu wohnen gedenkt. Es sieht nicht aus, als hätte er sich häuslich niedergelassen.

Unter dem Bett lagerten Scheite und Zunder. Maria entdeckte die Front einer Schublade und einen gedrechselten Griff. Jan schien seinen Brennholzvorrat mit Mobiliar aufgestockt zu haben. Dabei war Heizmaterial dieser Tage, zu Beginn des Herbstes, noch günstig. Man sollte sich jetzt bevorraten. Oder beabsichtigte Jan, vor dem ersten Frost abzureisen? Maria begann wieder zu frieren.

Wie viel weniger würde sie sich sorgen, wenn Jan ein gewöhnlicher Ehebrecher wäre und seine Existenz als Schmuggler nur eine Mär, die er erfunden hatte, damit Maria nicht eifersüchtig war.

»Hier versteckst du dich also«, sagte Maria, »vor deiner Frau.«

»Ich habe keine.«

Jan legte den Löffel hin und sah Maria in die Augen.

Er spricht die Wahrheit. Aber gleichzeitig verschweigt er etwas.

»Mein Haus ist offen für jedermann«, sagte Maria. »Du könntest mich täglich besuchen, unter dem Vorwand, Schmetterlingsbilder kaufen zu wollen oder dich malen zu lassen. Du brauchst mich nicht mit Farbenbestellungen an wechselnde Orte locken.«

»Ich würde sehr gerne zu dir kommen. Leider muss ich in dieser Stadt vorsichtig sein.«

»Du bist auf der Flucht.«

»Könnte man sagen.«

»Und du bist vermögend. Machst mir teure Geschenke …«

»Manchmal bin ich knapp bei Kasse, manchmal habe ich mehr Geld, als ich brauche. Wie könnte ich es besser ausgeben als für dich?«

Sein Blick schien um etwas zu bitten. Um Verzeihung? Um Verständnis? Aber wie konnte Maria das aufbringen, wenn sie nicht wusste, woran sie bei Jan war?

»Reiche Männer, die sich verstecken, sind für gewöhnlich Verbrecher«, sagte sie.

»Nein!« Jan hieb mit der Faust auf den Tisch. »Wie gerecht wäre die Welt, müssten alle Verbrecher den Arm des Gesetzes fürchten. Aber die größten Gauner stolzieren frei über den Dam.«

Maria zuckte zusammen. Sein Ausbruch war unerwartet gekommen.

Jan schob die Teller beiseite.

»Die Welt ist geteilt von Grenzen.« Mit dem Ende des Löffelstiels zog er imaginäre Linien über den Tisch. »Und diese Grenzen verschieben sich ständig. Hier machen sich die Spanier breit, da beanspruchen die Franzosen Gebiet, dort tauschen die Engländer einen Landstrich mit den Niederländern. Wie schnell gerät man zwischen die Fronten.«

»Gib einfach zurück, was dir nicht zusteht.«

»Denen, die mein Geld haben wollen, steht es noch weniger zu.«

»Aber irgendwo musst du doch Ruhe finden können.« Maria nahm seine Hand und entwand ihr den Löffel. »Nicht der ganze Erdball wird von Kaufleuten und Königen beherrscht. Die Europäer breiten sich aus, ja, aber mein Schwiegersohn sagt, in Westindien bleiben sie an den Küsten. Das Innere von Surinam etwa ist ihnen gänzlich unbekannt. Zu dicht wächst dort der Wald.«

Sanft strich Jan ihr über die Wange.

»Ich weiß. Schön ist es in diesem Land, aber leider auch gefährlich.«

»Trotzdem will ich hin. Denk doch, was ich für Schmetterlinge fangen könnte! In Amsterdam zu sitzen und zu wissen, was mir alles entgeht – das ist doch kein Leben! In Surinam könnte ich forschen und dich jeden Tag sehen. Lass uns gemeinsam dorthin reisen. Jetzt kann ich es tun. Meine Töchter sind erwachsen. Johanna hat einen eigenen Haushalt, und Dorothea würde uns begleiten. Lass uns in See stechen.«

»Tut mir leid, das geht nicht.«

»Aber du hast ein Schiff!«

»Keines, auf dem ich dich mitnehmen könnte. Die Dinge sind zuletzt nicht allzu günstig für mich verlaufen. Ich muss mich zurückziehen, bis sich die Wogen geglättet haben.«

Er wollte sie also wieder verlassen. Wie Maria geahnt hatte. Ihr war, als täte sich der Boden unter ihr auf. »Ich will nicht wochen- und monatelang auf dich warten, ohne Nachricht von dir, ohne Hinweis auf deinen Verbleib.«

Ihre Stimme zitterte vor Wut. Jan hatte ihren Zorn nicht verdient, das wusste sie, aber es gab sonst nichts, worauf sie ihn richten konnte. Die Umstände konnte man nicht packen und schütteln.

»Wenn ich dir die Wahrheit vorenthalte, dann nur, um dich zu schützen«, sagte Jan. »Aber glaub mir, ich vermisse dich in jeder Minute des Tages.«

»Ich dich auch, und das ertrage ich nicht mehr.«

Maria zog die Handschuhe an, raffte ihr Schultertuch von der Lehne des Stuhls und lief zum Vorhang. Jan folgte ihr. Er hielt sie nicht fest, aber Maria spürte seinen Atem in ihrem Nacken.

»Es heißt, das Meer sei tückisch«, sagte Jan. »Voller Untiefen, Strudel und Raubfische. Aber an den meisten Stellen ist es nur leer und eisig. Schiffbrüchige sterben eigentlich an Unterkühlung. Das Gefühl schwindet aus den Gliedern, du wirst gleichgültig und hörst auf zu schwimmen. Nur wenn man weiß, wofür man überleben will, kann man es schaffen.«

Er verschränkte seine Finger mit den ihren und zog die Handschuhe wieder ab. Maria ließ es geschehen und lehnte sich gegen seine Brust.

»Ich kann dir nichts bieten«, sagte Jan. »Darum kann ich auch nicht auf deine Geduld hoffen. Wenn du das Warten nicht mehr aushältst, lasse ich dich in Ruhe. Geh einfach durch diese Tür, und ich werde mich künftig von dir fernhalten.«

Er roch nach Holzfeuer und Wollstoff. Marias Blick streifte den Kochtopf. Sie dachte an die Fische, zubereitet in dem Wasser, in dem sie geschwommen waren. Wie nahe Leben und Verderben beieinanderlagen.

Geh einfach durch diese Tür …

Aber erstens gab es gar keine Tür. Und zweitens wollte Maria nicht gehen.

»Gleich bin ich bei Ihnen!« Aletta war aus dem Hinterzimmer gekommen und wischte sich die von Druckerfarbe schwarzen Hände an einem Tuch ab. »Sobald ich nicht mehr aussehe wie eine Kohlenverkäuferin!«

Sie verschwand noch einmal. Maria hörte Geplätscher und das Schrubben einer Bürste, dann kehrte Aletta mit Wasserflecken auf der Schürze zurück.

»Sie haben eine Freundin mitgebracht, Frau Merian. Kann ich behilflich sein?«

»Eigentlich habe ich ein Anliegen«, sagte Maria schnell.

Emma hatte ihre Ersparnisse während der Reise vermutlich aufgebraucht und konnte sich nicht einmal das dünnste Büchlein leisten, das es im *Haus unter dem Segel* zu kaufen gab.

»Ich höre«, sagte Aletta.

Maria erklärte ihr Vorhaben, einen Abdruck vom Abdruck zu fertigen. Wortreich und enthusiastisch berichtete sie von ihren Versuchen mit Tinte, musste dann aber einen heiklen Bogen schlagen. Um herauszufinden, ob die Technik auch mit einer Druckerpresse funktioniere, brauche sie Alettas Unterstützung. Bewähre sich das neue Verfahren, würde Maria viele Bilder verkaufen, aber momentan, mangels Vorbestellungen und damit verbundenen Anzahlungen …

»Verstehe schon«, sagte Aletta. »Sie möchten kostenlos an meine Presse.«

»Ganz kurz«, sagte Maria. »Und wenn Sie dann noch eine Kupferplatte hätten, mit der ich probieren dürfte?«

»Tja, Sie wissen, dass ich die Künste fördere, wo ich kann, jedoch …«

Aletta musste den Satz nicht beenden, Maria kannte den zweiten Teil. Im *Haus unter dem Segel* verschenkte man nichts, denn fing man damit erst einmal an, fand man kein Ende. Vor allem die Poeten, ach, mit ihren schönen Worten, probierten es immer wieder, doch Aletta blieb hart. An ihre kostbare Presse kam man nur gegen Silbermünzen oder eine Gegenleistung.

Maria seufzte. »Wäre mal wieder eine Reinigung fällig?«

Aletta nickte. »Dringend.«

»Ich tue es«, sagte Maria. »Mögen Sie mir dabei zur Hand gehen, Emma?«

»Gern«, sagte Emma. »Eine Presse wollte ich schon immer mal sehen.« Sie folgte Maria in den Hinterraum und blieb ehrfürchtig stehen. »Die ist ja ganz und gar aus Eisen! Ich wette, es braucht vier Männer, um sie anzuheben.«

»Mindestens«, sagte Maria. »Aber auch die Arbeit daran ist schwer. Der Hebel muss mit Kraft heruntergedrückt werden, um ein einwandfreies Druckbild zu gewinnen.«

»Schön ist sie! Die Löwenfüße und die Schneckenverzierungen …«

»… die ich sämtlich polieren muss. Bei der Arbeit mit Papier fällt Staub ab, und der setzt sich überall fest, sehen Sie?«

Maria wischte mit einem weichen Tuch über das Gelenk des Hebels und zeigte Emma die Ausbeute. Eigentlich mochte sie die Arbeit mit den Maschinen, selbst die mühselige Tätigkeit des Reinigens. Dabei konnte man alle Einzelteile bewundern und sich an ihrem ausgetüftelten Zusammenspiel erfreuen. Heute jedoch schien der Hebel doppelt so viel zu wiegen wie gewöhnlich. Das fehlende Frühstück machte sich bemerkbar. Marias Arme waren schwach. Statt mit anzupacken, beschränkte Emma sich aufs Zusehen und nahm das Gespräch über Jan wieder auf.

»Ihr Kavalier hat also keine Ehefrau«, sagte sie.

»Nein, das glaube ich wirklich nicht.«

»Und seine Leidenschaft ist auch nicht erloschen«, sagte Emma.

»Das nehme ich nicht an.«

Daran gedacht hatte sie natürlich, immer wieder. Aber ein Dom Juan hätte seine Geliebte doch nicht an einen schäbigen Ort wie das Seemannsheim bestellt und für sie Fischsuppe gekocht. Dem wäre daran gelegen, sich Frauen zu suchen, die sein Leben angenehmer machten, wohlhabende Witwen etwa, die ihn umsorgten und in deren Salons er sich von den Strapazen seiner Reisen erholen konnte.

Aus Emma spricht nur der Kummer über die fehlende Aufmerksamkeit des Zaren!

Maria kniete auf dem Boden und bearbeitete einen hartnäckigen Fleck auf der Kralle eines Löwenfußes. »Könnten Sie Aletta fragen, wo die Bürste versteckt ist?«

Emma überhörte das.

»Und am Leben ist er auch noch«, sagte sie.

Darauf antwortete Maria nicht. Sie stand auf, um sich dem oberen Teil der Presse zu widmen, dem Kopf über dem Druckmechanismus, der kaum verschmutzte. Als sie die Beine streckte, wurde ihr schummrig, und sie musste innehalten und das Gestänge der Presse umklammern. Den Kopf gesenkt, atmete sie tief, bis der Nebel vor ihren Augen wieder verschwand. Der Gestank des Schmieröls stieg ihr in die Nase.

Ich sollte bald etwas in den Magen bekommen.

»Welche andere Möglichkeit bleibt dann noch?«, fragte Emma.

Liebe Güte, die Frau ist beharrlich!

Allerdings hatte Maria selbst das Gespräch auf Jan gebracht. Weshalb noch gleich? Weil sie eine wundersame Lösung ersehnte oder wenigstens einen Hoffnungsschimmer. Aber offenbar gab es den nicht. Was blieb, war ein dunkles Bild, das Maria bislang nur von Weitem zu betrachten gewagt hatte. In diesem Moment, mit dem Geruch des Eisens in der Nase, drängte sich ihr die Szene mit Gewalt auf.

Maria schloss die Augen.

Hinter Gittern ist er. Sollte das zutreffen, kann uns niemand helfen. Selbst wenn Emma offizielle Zarengeliebte wird, setzt sich der Herrscher von Russland wohl kaum für einen unbedeutenden Schmuggler ein. Sofern Jan überhaupt noch lebt. Auf Straftäter verwendet man wenig Mühe, sie werden nach kurzer Anhörung gehenkt, oder man zögert ihren Prozess hinaus, bis sie den elenden Bedingungen im Gefängnis erliegen. Zwischen Ratten und dem eigenen Unrat hält niemand lange durch.

Maria versuchte, sich die Fälle der letzten Monate ins Gedächtnis zu rufen: Da hatte es einen Baumeister gegeben, der einen Auftraggeber im Streit erschlagen hatte, und ein Wirtspaar, das beschuldigt wurde, seinen Gästen Wein mit einer tödlichen Dosis Bleizucker serviert zu haben. Doch das waren nur die verlorenen Seelen, über die man gerade jetzt auf dem Markt tuschelte. Die Mühle der Justiz hatte in den letzten zwei Jahren sicher auch längst Vergessene erfasst, wie Diebe, säumige Schuldner und Falschmünzer. Ihre Klageschriften lagerten im Rathaus. Niemand interessierte sich mehr für sie. Außer Greitje vielleicht. Maria gestand es sich ungern ein, aber der Weg führte wieder einmal zu diesem Geierweibchen, das sich an dem weidete, was anderen zu verdorben war.

»Sie haben Ihren Rock ganz schwarz gemacht.« Emma deutete auf Marias Hüften. Auf dieser Höhe lagen die mit Tinte bestrichenen Druckplatten in der Presse. Maria sah nicht hin.

»Bei der Arbeit wird man eben schmutzig«, sagte sie. »Das ist keine Schande.«

Erinnerungen

Noch am selben Tag suchte Maria das Spinnhaus auf. Sie wollte Greitje bitten, sich beim Gefängniswärter nach Jan de Jong zu erkundigen. Doch in der Besserungsanstalt fand sie bloß die einsitzenden Frauen vor. In Abwesenheit ihrer Aufseherin hatten sie das Spinnen eingestellt und teilten sich einen Laib Brot und eine Flasche Genever, die eine mildtätige Seele gebracht haben mochte.

Greitje? Niemand wusste, wo die sich herumtrieb. Maria hinterließ ihr eine Nachricht, in der sie ihr Anliegen beschrieb.

Kaum hatte sie es niedergeschrieben, kam ihr die Befürchtung, Jan sei geschnappt worden, haltlos vor. Zwei Jahre lang hatte sie ihn sich auf See vorgestellt.

Er ist umsichtig und schlau. Natürlich kann jeden von uns Pech ereilen, aber sich davor zu ängstigen, beschert einem nur schlaflose Nächte und hilft kein Stück weiter. Sobald ich die Möglichkeit ausschließen kann, dass Jan verurteilt wurde, werde ich noch mehr Hoffnung haben.

Früh am nächsten Morgen versuchte Maria erneut ihr Glück. Greitje sei zwischendurch da gewesen, sagten die Frauen, aber bald wieder gegangen.

Maria entschied, nicht zu warten. Heute wollte sie ihren Abdruck vom Abdruck fertigen, und Dorothea, die ihr helfen sollte, war schon zum *Haus unter dem Segel* vorgelaufen. Beim Überqueren des Marktes schnappte Maria Gesprächsfetzen auf. Ganz Amsterdam schien im Zarenfieber zu sein. Kaufleute sprachen Peter Einladungen aus, und ihre Frauen verzweifelten, weil weder Schneider noch Lieferanten exquisiter Kost verfügbar waren. Jeder, der feine Dienste oder Waren anbot, wollte nur noch Aufträge des Zaren ergattern. Selbst wo noch keine Bestellung eingegangen waren, hielt man das Beste für Peter zurück. Wenn der Russe etwas wolle, dann sofort, und dafür bezahle er großzügig, raunte man sich zu.

Vermutlich versucht auch Greitje gerade, in den Windschatten des Zaren zu gelangen. Leicht wird es nicht, zu Peter durchzudringen. Immerhin hat Dorothea sich von der allgemeinen Aufregung anstecken lassen und ihre Heiratspläne auf Eis gelegt. Wouter musste vorerst allein weiterziehen. Damit habe ich eine Sorge weniger.

Im *Haus unter dem Segel* zeigte Aletta Maria eine Kupferplatte, in die drei Tulpen gestochen waren.

»Passt die für Ihre Zwecke? Ich habe sie geerbt und weiß nicht mehr, von wem die Zeichenvorlage stammt. Aber der Stil ähnelt Ihrem. Ich habe sie erst an die hundertmal verwendet, und sie ist noch nicht allzu stark abgenutzt.«

»Hervorragend«, sagte Maria. »Mit der werde ich drucken.«

Ein niederländisches Motiv, das wird dem Zaren gefallen.

Summend trug sie die Platte in den Hinterraum, wo Dorothea gerade zähflüssiges Schwarz anrührte.

Vor Tagen noch wollte ich meine Tochter Reiseandenken für die geizigen Carels fertigen lassen, und jetzt arbeite ich an einem Bild für den Herrscher von Russland!

Maria ließ sich die Farbe geben, bestrich die Kupferplatte damit, setzte diese in die Presse ein und stempelte den ersten Bogen Papier. Diesen entnahm sie und legte ihn mit dem Bild nach oben auf eine Holzplatte. Rasch bedeckte Dorothea ihn mit Aquarellpapier, und Maria beschwerte alles mit drei Atlanten. Nach einem Moment legte sie das Ergebnis frei. Auf dem Aquarellpapier schienen die Tulpen wie mit zarter Hand gezeichnet. Die Linien waren dünner als auf dem ersten Druck und grau statt schwarz.

»Vorzüglich«, sagte Maria zufrieden. »Jetzt lasse ich das trocknen, und dann aquarelliere ich.«

»Kann ich gehen?«, fragte Dorothea. »Herr Huydecoper braucht Hilfe im Botanischen Garten. Alles soll tadellos sein, falls der Zar ihm einen Besuch abstattet.«

»Freilich, vergnüg dich nur.«

Maria blieb allein zurück, ohne andere Aufgabe, als dabei zuzusehen, wie die Luft der Farbe auf dem Papier allmählich das Wasser entzog. Um ihre Finger zu beschäftigen, nahm sie einen herumliegenden Papierrest und presste ihn auf den ersten Druck. Ob man zwei Abdrücke nehmen konnte? Nein, das ging nicht, die Umrisse der Tulpe kamen zwar noch durch, aber die inneren Blätter waren nur ganz schwach erkennbar. Maria griff zum Silberstift, den sie immer bei sich trug, und strichelte die Linien nach.

Vorne im Laden ging die Türglocke. Aletta grüßte knapp, und Maria hörte, wie der Hinterraum erwähnt wurde. Es klapperte, und Emma stolperte herein, in einem einfachen Kleid und – Maria musste bei dem Anblick lachen – Holzschuhen. Die habe sie erstanden, weil sie so hübsch bemalt waren. Aber wie solle man darin laufen? Fluchend streifte Emma sie ab und sah Maria über die Schulter. »Eine schöne Zeichnung!«

»Ich vertreibe mir nur die Zeit.«

»Mir ist auch langweilig. Man hat Peter und seine Männer auf die Werft gelassen, und dort hämmern und sägen sie nun den ganzen Tag.«

Auf nackten Sohlen tappte Emma in den Verkaufsraum. Mit zwei Büchern in der Hand kehrte sie zurück.

»Welches würden Sie mir empfehlen: *Oroonoko oder der königliche Sklave* ...«

»Das gefällt Ihnen sicher. Es handelt von einem edlen Afrikaner, einem bildschönen Mann, mutig, leidenschaftlich und treu.«

»Zu viele gute Eigenschaften für einen einzigen Kerl. So was gibt es nur in Romanen.«

»Oder am anderen Ende der Welt. Die Autorin bereiste Surinam. Deshalb habe ich das Buch gelesen. Allerdings bietet es mehr Herzschmerz als praktische Hinweise. Tiere und Pflanzen kommen so gut wie gar nicht vor. Schade.«

Emma legte das Buch weg. »Mich zieht es nach Osten. Des Weiteren hätte ich hier noch: *Von Monstern und Wundern.*«

»Nehmen Sie den *Oroonoko.*«

»Aber das hier enthält schockierende Abbildungen.«

»Ich weiß. Ein Chirurg hat es geschrieben. Angeblich ist er weit gereist. Vor allem verfügte er über überbordende Einfallskraft.«

Emma blätterte. »Eine Frau mit Fischschwanz und Flügeln ... ein Lamm mit drei Köpfen ... ein Junge mit Hundeschwanz. Existiert derlei wirklich?«

»Eine mehrköpfige Ziege habe ich schon gesehen«, sagte Maria. »Tier-Mensch-Kreaturen aber nicht. Manche Autoren vermischen Beobachtetes, Gehörtes und Imaginiertes.«

»Vielleicht hegte der Autor keine Täuschungsabsicht, sondern hatte nur verzerrte Erinnerungen. Auf seinen Forschungsreisen könnte er am Wechselfieber erkrankt sein, und im Delirium sah er die Frau, die ihn pflegte, mit Flügeln. In der Schweiz habe ich einmal mit Wermut versetzten Wein getrunken und bekam davon die absonderlichsten Visionen.«

»Doch Sie wissen, dass es sich um Visionen handelte. Ärzte und Forscher sollten der Wirklichkeit verpflichtet sein.«

»Je öfter man sich an etwas erinnert, desto mehr verändert es sich. Schönes wird überhöht, Schlechtes vergessen …«

Maria dachte an Jan. Wie präzise ihr jeder Augenblick im Kopf war, den sie mit ihm in dem Zimmer im *Anker* verbracht hatte! Sie schmeckte noch die würzige Suppe, hörte das Prasseln des Holzes im Ofen, und vor allen Dingen spürte sie Jans Atem an ihrem Ohr.

»Meine Erinnerungen sind präzise wie Kupferstiche«, sagte Maria und drängte die Erinnerung zurück. »Weder verwischt noch willentlich radiert.«

»Sie überschätzen sich«, sagte Emma.

»Das glaube ich nicht.«

»Nein?« Emma legte den Kupferstich neben Marias Zeichnung. »Ich bin wahrlich keine Expertin für Blumen, aber bis sechs zählen kann ich wohl.« Sie wies nacheinander auf die Blütenblätter. »Auf dem Stich ist eines mehr.«

Maria stand auf, um die Zeichnung aus größerem Abstand zu betrachten. Tatsächlich, beim spielerischen Skizzieren war ihr vorhin ein Fehler unterlaufen. Sie hatte ein vorderes und ein hinteres Blatt als eines gezeichnet. Beim Kolorieren, wenn sie durch Schattierungen die Illusion von Räumlichkeit schuf, wäre es ihr aufgefallen, aber beim Zeichnen war sie dafür blind gewesen. Dabei hatte sie schon Hunderte Tulpen gezeichnet und bestimmt Tausende *in natura* bewundert.

Es war nicht Flüchtigkeit, die Maria irregeleitet hatte, sondern, im Gegenteil, die Konzentration auf Details, die den Blick auf das Ganze verhinderte.

Sollte Emma recht haben? Könnten meine Erinnerungen auch verzerrt sein?

Maria schloss die Augen. Sie brannten vor Anstrengung.

Als der Abdruck vom Abdruck getrocknet war, trug sie ihn nach Hause. Das Aquarellieren verschob sie auf den nächsten Tag. Bei dieser Technik übertrug sich schon die kleinste Unruhe der Künstlerin gnadenlos auf das Blatt. Hätte Maria jetzt den Pinsel zur Hand genommen, hätte sie ihr Bild ruiniert.

Am Abend ging sie erneut zum Spinnhaus.

»Ist Greitje zurück?«

Die Frauen lachten dreckig. »In der Küche.«

Maria fand Greitje auf einer Schlafstätte aus Säcken, gehüllt in eine Wolke aus Schnaps. Ihr Körper dünstete ihn aus allen Poren aus.

»Greitje? Wachen Sie auf!«

Die Hand der Kupplerin war schlaff und fühlte sich eiskalt an. Maria schüttelte sie, um Leben in die Gliedmaßen zurückzubringen.

»Geh weg«, murmelte Greitje.

»Bitte, es ist wichtig.«

Ein Stöhnen. »Wasser!«

Maria fand einen Bottich mit trüber Brühe, in der offenbar Wolle eingeweicht worden war, denn es schwammen noch Fasern darin. Einen Krug voll davon brachte sie der Patientin. Die stützte sich auf, kippte den Inhalt in einem Zug hinunter und rülpste.

»Was für ein Fest. Die trinken nicht gern allein. Aber lustig war es … Glaube ich.«

»Haben Sie meine Nachricht gelesen?«, fragte Maria.

Greitje sank zurück auf ihr Lager. »Sicher, werte Frau. Und mein Freund konnte helfen. Habe auf dem Heimweg noch schnell bei ihm vorbeigeschaut.«

Aus den Tiefen ihrer Rocktasche kramte sie etwas hervor – es war die Nachricht, andersherum gefaltet, mit Marias Schrift auf der Außenseite.

»Er hat die Namen aufgeschrieben«, sagte Greitje. »Waren nicht viele. In den letzten zwei Jahren haben sich nur vier Schmuggler schnappen lassen. Die wurden alle nach Volewijck gebeten.«

»Man hat sie gehenkt?«

»So isses.«

»Geben Sie her!« Zitternd streckte Maria die Hand nach dem Zettel aus.

Wo ist meine Zuversicht geblieben?

»Einen Gulden kostet das«, sagte Greitje.

»Für ein paar Namen? Das ist Wucher. Ich könnte selbst um Einsicht in die Gerichtsakten bitten.«

Greitje steckte das Brieflein wieder ein.

»Dann tun Sie's doch. Das trauen Sie sich aber nicht, wie? Mit 'nem Gulden kommen Sie billig weg. Und über mich können Sie ruhig die Nase rümpfen. Das gibt's gratis obendrauf.« Greitje richtete einen Finger auf Maria. »Sie denken, ich wär ein versoffenes Weib. Eines, das im Dreck wühlt. Sich für nichts zu schade ist. Aber ich halte nur meine Kunden bei Laune. Wär ich ein Mann und hätte meine Mutter einen Ring am Finger gehabt, würde ich in einem Kontor arbeiten.«

Maria horchte auf.

»Sie sind …«

»Ein Bastard«, sagte Greitje. »Mein Vater ist ein hohes Tier. Sitzt im Stadtrat. Pech für mich. Wäre er Metzger oder Bäcker, ginge es mir besser.«

»Warum?«

»Dann könnte er mich in seinem Laden brauchen. Die Frau, die er mit meiner Mutter betrogen hat, wäre vielleicht schon gestorben, und er wäre froh um jede helfende Hand. Unter kleinen Leuten ist man nicht so. Da geht es nicht um Ehre und Stand. Da denkt man praktisch.«

»Ich hatte ja keine Ahnung …«

Ein lauter Ruf vom Eingang her unterbrach Maria. Eine Männerstimme mit Akzent verlangte nach Greitje.

»Alexej«, murmelte Greitje. »Er braucht Nachschub. Weiter geht's.«

Auf allen vieren krabbelte sie zur Tür. Am Rahmen richtete sie sich schwankend auf.

»Warten Sie, ich bezahle!«, rief Maria.

Sie nestelte die Münze hervor und drückte sie Greitje in die linke Hand. Die schloss eine Faust darum und ließ den Zettel fallen.

Maria nahm ihn an sich, brachte es jedoch es nicht übers Herz, ihn zu entfalten.

Steht Jans Name darauf, ist alle Hoffnung dahin.

Ziellos lief sie durch die Straßen, vorbei an Menschen, die auf den Schwellen ihrer Häuser den langen Sommerabend genossen. Maria senkte den Blick auf die Pflastersteine. An ihnen konnte man erkennen, ob man sich in einer armen oder reichen Gegend befand. In den engen Gassen der einfachen Leute waren die Steine von unzähligen Füßen glatt getreten, in den breiteren Straßen der Bessergestellten hatten Kutschen Fahrspuren in das Pflaster gedrückt. Vor Maria lag das Westindische Haus. Hier verwaltete die Kompanie die Geschäfte mit Surinam und den umliegenden Ländern. Jacob ging täglich ein und aus, doch Maria hatte hier nichts zu schaffen und kannte es nur von außen. Abrupt blieb sie stehen. Das Haus brachte eine Erinnerung zurück.

Wie bei der Zeichnung der Tulpenblätter neigte man dazu, das zu bemerken, das sich in den Vordergrund drängte. Im

Seemannsheim hatte Maria Jan zuletzt gesehen, doch vorher hatte es eine andere Begegnung gegeben. Anfang Oktober war das gewesen. Maria hatte gerade Pigmente für Dorotheas Palmenbild zerstoßen, als ein Kutscher an die Tür geklopft hatte. Er wolle Maria zu ihrem Auftraggeber bringen. Maria verstand sofort, dass es sich bei dem Mann nur um Jan handeln konnte. Sie erwartete, zu seiner Bleibe gefahren zu werden, und war überrascht, ihren Liebhaber schon in der Kutsche zu treffen.

Sie fielen einander in die Arme. Maria war, als wäre seit den Sommerwochen auf dem Land keine Zeit vergangen. Seit sie Jan kannte, schien sie zwei Leben zu haben, eines, in dem er zugegen war, und eines, in dem sie sich ganz ihrer Arbeit widmete. Doch wenn das Tagwerk getan war, brachen einsame Abende an. Wie viel erträglicher wären sie, wenn Maria den Zeitpunkt des nächsten Wiedersehens kennen würde. Aber das war mit Jan unmöglich, und zwecklos wäre auch die Frage nach seinen Plänen und dem Grund seines plötzlichen Verschwindens.

Jans Zärtlichkeiten immerhin verrieten Maria, dass er sie ebenso vermisst hatte wie sie ihn. Lange tauschten sie keine Worte, nur Küsse.

Schließlich stellte Maria aber doch eine Frage: »Wohin fahren wir?«

»Aus der Stadt hinaus. Ich hatte hier zu tun, aber abgestiegen bin ich auf dem Land.«

Eines der Pferde scheute und unterbrach das gleichmäßige Rollen der Kutsche. Draußen erklang wütendes Geschrei. Ein Chor aufgebrachter Stimmen skandierte: »Diebe! Diebe! Her mit den Löhnen!«

Maria zog den Vorhang auf. Sie waren auf Höhe des Westindischen Hauses angelangt. Vor dem Eingang hatten sich

Frauen versammelt. Einige hielten Kinder an den Händen. Andere waren mit Körben voll faulen Obsts bewaffnet. Zwei Wachen versperrten den Weg in das Gebäude. In diesem Moment erhielten sie Verstärkung von zwei Männern, die Degen trugen.

Jan wollte den Vorhang wieder zuziehen.

»Lass mich sehen, warum sie protestieren«, sagte Maria.

Einer der hinzugekommenen Männer zog seine Waffe. Die Klinge des Degens funkelte in der Sonne. Die Frauen wichen in die Mitte der Straße zurück und hinderten damit die Kutsche an der Durchfahrt.

»Mit dem Präsidenten wollen wir sprechen«, rief eine der Frauen. »Wir besitzen Monatsbriefe. Damit steht uns Geld zu.«

»Unsere Männer habt ihr in den Tod geschickt«, rief eine andere. »Und jetzt behaltet ihr auch noch ihren Lohn.«

»Wovon sprechen sie?«, fragte Maria.

»Wer für die Kompanie zur See fährt, kann einen Teil seines Lohns direkt an Frau, Kinder oder Eltern zahlen lassen«, sagte Jan. »Die Männer heuern für lange Zeit an, und ihre Frauen müssen während ihrer Abwesenheit Essen kaufen. Sie können nicht warten, bis die Männer zurückkehren.«

»Wenn Sie überhaupt zurückkehren.«

»Tja.«

»Aber wenn ein Schiff sinkt, bleibt das Recht der Frauen auf den verdienten Lohn ihrer Männer doch wohl bestehen?«

»Das schon, aber ein Sinken lässt sich schwer nachweisen. In so einem Fall ist das Schiff einfach fort. Ebenso gut könnte die Mannschaft gemeutert haben. Hernach ändern die Männer den Namen des Schiffes, verkaufen die geladenen Waren auf eigene Rechnung und lassen sich mit dem Geld auf einer fernen Insel nieder.« Jan winkte ab. »Jedenfalls ist das ein

Szenario, mit dem die Kompanie ihren Verpflichtungen zu entkommen versucht.«

»Perfide!«

Jan nickte in Richtung des Kompaniegebäudes. »Die da drin sind allesamt Ratten.«

Draußen entstand ein Tumult. Eine der Frauen hieb mit einem Korb die Klinge des Degens beiseite, drang zu der nächststehenden Türwache vor und wollte dem Mann mit den Händen ins Gesicht fahren. Im letzten Moment wandte er sich ab. Sie erwischte ihn am Hals und verpasste ihm zwei blutige Striemen.

»Haltet sie auf«, schrie die Wache den Bewaffneten zu. »Wofür haben wir euch holen lassen?«

Der übertölpelte Degenträger zögerte. »Das ist nur ein Weibsbild. Ich kann doch nicht …«

»Aber ein tollwütiges!«, schrie der Verletzte.

Nun griff der zweite Wachmann ein. Er schob seine Waffe zurück in den Gürtel, drehte der Angreiferin den Arm auf den Rücken und rang sie nieder. Mit einem Knie in ihrem Nacken hielt er sie nieder und drückte ihre Unterarme auf den Boden. Die Frau strampelte, erreichte damit jedoch nichts. Über ihr spuckte der Mann, den sie angegriffen hatte, aus.

»Mit Weibsvolk könntet ihr auch allein fertigwerden«, sagte er zu den Türwachen. »Wenn euch das schon zu viel ist, lasst euch besser an den Schreibtisch versetzen.«

Der erste Wächter steckte ebenfalls den Degen weg.

»Oder wofür wurdet ihr ausgebildet?«, fragte er giftig.

Die Bewegungen der am Boden liegenden Frau wurden schwächer. Ihr Gesicht lief dunkelrot an.

»Sie drücken ihr die Luft ab«, rief Maria dem Mann zu. »Sie erstickt!«

Doch die Worte, die sie hinausrief, gingen in den Beleidigungen unter, mit denen die Bewaffneten und die Wachen sich nun wechselseitig überschütteten.

»Er merkt nicht, was er tut«, sagte Maria zu Jan. »Unternimm etwas.«

An den Fenstern des Kompaniegebäudes sammelten sich fein gekleidete Herren und gafften. Jan holte ein Taschentuch hervor. Eine Frau starb, und er rührte sich nicht?

Maria stand auf. »Dann mache ich es.«

Doch da packte Jan ihren Arm und zog sie zurück auf die Sitzbank. Er hatte sich das Tuch um Nase und Mund geknotet. In seiner Maskierung entstieg er der Kutsche an der Seite, die vom Gebäude aus nicht einsehbar war, stürmte zu dem Mann, der die Frau am Boden hielt, und streckte ihn mit einem Faustschlag nieder. Der Frau wollte er aufhelfen, aber der andere Degenträger packte ihn bei der Schulter und riss ihn herum. Dabei rutschte Jans Tuch herunter.

»Haltet ihn fest!«, rief einer der Herren am Fenster. »Bringt ihn zu uns. Den wollen wir …«

Doch Jan riss sich los. Er rammte seinem Gegner ein Knie in den Leib und verschwand in einer Seitengasse.

Die Frau wurde von ihren Mitstreiterinnen auf die Füße gezogen. Ihr Rücken und ihre Lunge mussten schmerzen, aber sie atmete. Auch der zu Boden gegangene Mann rappelte sich hoch. Die Frauen sammelten sich am Straßenrand und berieten, ob sie sich zurückziehen oder ihren Protest fortsetzen sollten. Für die Kutsche war der Weg wieder frei.

»Fahren oder warten?«, hatte der Kutscher nach hinten gerufen.

Maria hatte in die Richtung geblickt, in die Jan geflohen war.

»Bringen Sie mich zurück in die Kerkstraat«, hatte sie gesagt.

Warum habe ich nicht öfter an dieses Ereignis zurückgedacht? Wahrscheinlich, weil ich Jan danach wiedertraf. Wäre er nach seiner Flucht für längere Zeit verschwunden geblieben, hätte ich jede Beobachtung dieser Episode auf die Goldwaage gelegt, um Hinweise auf seinen Verbleib zu finden. Aber Jan ließ mich Tage später in das Seemannsheim kommen.

Dieser Unterschlupf erschien Maria im Nachhinein sogar noch elender. Zwar befand sich das Seemannsheim auf Amsterdamer Boden, aber seine Bewohner nahmen kaum am Leben auf dem Festland teil. Wie Maria von Jacob wusste, gab die Kompanie alten Seeleuten ein Dach über dem Kopf, wenn sie keine Verwandten hatten, die sich um sie kümmern konnten. Weiter scherte man sich aber nicht um sie. Freundschaften pflegten die Alten vermutlich nur untereinander, und Besucher waren selten. Das Heim war das sicherste Versteck, das Jan je gewählt hatte.

Er muss große Angst gehabt haben. Bevor er es mit den Degenträgern aufgenommen hatte, hatte er sich maskiert. Die wollten seinen Kopf.

Maria faltete Greitjes Zettel auseinander, strich ihn aber noch nicht glatt. Sie sah eine Tabelle mit zwei Spalten. In der linken standen vier Namen. Der von Jan war nicht darunter.

Doch Jan war vorsichtig. Er wollte sein Gesicht nicht zeigen und könnte sich bei seinen Geschäften anders genannt haben.

Maria durfte keine Möglichkeit, mehr über seinen Verbleib zu erfahren, außer Acht lassen.

In der rechten Spalte waren die Tage der Hinrichtungen vermerkt. Maria überflog die Jahreszahlen. Nur das erste Datum lag in dem Jahr, in dem sie Jan zuletzt gesehen hatte. Das war gut. Mit Schmugglern wurde kurzer Prozess gemacht. Man würde sie nicht monatelang gefangen halten. Jan war abreisebereit gewesen. Wenn er gefasst worden war, dann kurz nach dem letzten Treffen mit Maria. Lediglich beim ersten der Unglücklichen konnte es sich um ihn handeln.

Maria hielt die Luft an, als zöge sie sich einen Stachel aus dem Fleisch, und glättete die Falzstellen des Papiers. Jetzt konnte sie alles lesen.

Die erste Zeile der Tabelle lautete: *Roelof Scholten.* Die rechte Spalte erklärte: *Gehenkt wegen Schmuggelei am 29. Oktober 1695.*

Die Hinrichtung lag etwa zwei Wochen nach dem letzten Treffen mit Jan. Das war genug Zeit, jemanden aufzuspüren, schuldig zu sprechen, einen Galgen zu errichten und die Strafe zu vollstrecken. Maria zerknüllte das Papier und öffnete den Mund zu einem stummen Schrei.

Symmetrie

Maria ging zu Bett und blieb drei Nächte und zwei Tage liegen wie ein Stein. Selbst zum Umdrehen von einer Seite auf die andere fand sie kaum die Kraft. Ihren Töchtern sagte sie, der Magen plage sie. Bis auf den Tee, den die besorgte Dorothea ihr brachte, nahm sie nichts zu sich.

Das Verhältnis zwischen Zuversicht und Verzweiflung hatte sich umgekehrt. Betrachtete Maria die Gegebenheiten nüchtern bei Tage, kam sie zu dem Schluss, dass Jan nicht mehr lebte. Er war der unglückliche Roelof Scholten gewesen, und die Gendarmen hatten ihn aufgespürt, bevor er die Stadt hatte verlassen können. Das war die wahrscheinlichste Erklärung. Schließlich hatte Jan erwähnt, die Dinge seien nicht günstig für ihn gelaufen.

Nur in den stillen Nachtstunden, wenn alles schlief, malte Maria sich Szenarien aus, in denen er gesund und munter war, auf einer fernen Insel oder im Ausguck eines Schiffs mit Kurs auf Amsterdam, zurückgehalten nur durch Flaute. Manchmal schlief sie dann kurz ein, doch wenn sie wieder aufwachte, fiel die Überzeugung, Jan sei tot, in großen, kalten Flocken und bedeckte die grüne Wiese ihrer Hoffnung.

Am Morgen des dritten Tages zog sich die Traurigkeit als Klumpen in Marias Brust zurück. Ihre Arme und Beine fühlten sich wieder etwas leichter an. Aufstehen sollte sie, Dorothea zuliebe.

Maria schlug die Decke zurück, kleidete sich an, aß einen Kanten Brot, der nach nichts schmeckte, und setzte sich an den Tisch, um zu malen. Kunst war schon immer in ihrem Leben gewesen und würde sie auch aus diesem Tal herausführen.

Das Aquarell der Tulpen, gemalt auf dem Abdruck vom Abdruck, geriet zu ihrer vollsten Zufriedenheit. Unter den Farben waren keine Linien mehr erkennbar.

Als hätte ich frei gemalt. Der Zar wird beeindruckt sein.

Mit dem Bild in einer Mappe machte sie sich auf den Weg zu den Russen. Peter und seine Leute hatten inzwischen Quartier in der Stadt bezogen. Am Anfang der Straße stand eine Wache und verwehrte Maria den Durchgang.

»Ich möchte zu Emma«, bat sie.

Kein Zeichen des Verstehens bei ihrem Gegenüber.

»Emma«, wiederholte Maria lauter.

»Ah!«

Die Wache pfiff einen Burschen herbei und bellte einen Befehl. Der junge Mann verschwand in einem der Häuser, und bald darauf kam Emma heraus.

»Ich habe ein Geschenk für den Zaren«, sagte Maria. »Könnten Sie ihm das überreichen, mit den besten Empfehlungen? Meine Adresse liegt bei. Ich habe auch aufgeschrieben, welche Arten von präparierten Schmetterlingen und Käfern ich verkaufe, jeweils mit einer kleinen Zeichnung. Das sollte er verstehen, auch wenn er unsere Sprache nicht beherrscht.«

Emma nahm die Mappe entgegen und versprach, ihr Bestes zu versuchen.

Eine Woche verging. Maria versuchte, die Trauer um Jan mit Arbeit zu übertünchen. Ließen sich die Gedanken an ihn einmal doch nicht fortschieben, rief sie sich in Erinnerung, was er ihr über Surinam berichtet hatte, damals in Winsum, als sie ihn skizziert hatte.

Riesige Spinnen gibt es und Falter mit einer Flügelspannweite von einer Elle.

Jan war der Einzige gewesen, der ihr eine solche Reise zugetraut hatte. Sonst hielt jeder ihre Pläne für unrealistisch. Nicht einmal Dorothea glaubte, es würde Maria gelingen, das notwendige Geld aufzutreiben.

Doch ich schaffe das. Jetzt erst recht. Ich begeistere den Zaren für meine Pläne, und dann hält mich nichts mehr auf.

Maria überprüfte ihren Bestand an Pigmenten. Was sie in Surinam bräuchte, müsste sie mitnehmen. Als sie ihre Pinsel sortierte, klopfte es an der Tür.

Draußen stand Koos, der Wirt von nebenan. Begleitet wurde er von einem Hünen, durch seine Größe unverkennbar einer von den Männern des Zaren.

»Peter besucht die Vincents, und du darfst dich anschließen«, sagte Koos, der schon öfters als Dolmetscher für Russen in Amsterdam eingesprungen war.

»Jetzt gleich?«, fragte Maria.

Koos nickte. »Sofort.«

Levinus Vincent und seine Frau Joanna handelten mit Stoffen, deren Muster sie auch selbst entwarfen. Ihre Kuriositätensammlung bewahrten sie in einer Halle auf, die von einer Kuppel gekrönt wurde und genug Platz geboten hätte, um darin Andachten für eine ganze Dorfgemeinde abzuhalten. In acht Schränken mit kleinen Fächern standen Hunderte Phiolen mit konservierten Lebewesen. Die Tiere waren dabei nicht nach

Arten sortiert, sondern nach Kriterien der Symmetrie und Farbharmonie. Man sah eine in Spiritus eingelegte Schlange neben einem Papagei und fand keine Gemeinsamkeiten, doch trat man zurück, entdeckte man einen ähnlichen Grünton in Haut und Federn, und dieser wiederholte sich in einem Fach weiter auf einem anderen Reptil. Zudem wurde jede der höheren Phiolen von zwei niedrigeren eingerahmt, meist mit Schlangen oder Eidechsen als Inhalt, sodass es wirkte, als führten die größeren Tiere die kleinen an der Hand. Auf ästhetische Weise mochte diese Ordnung Sinn ergeben, aber Maria hatte das Sammelsurium bei ihrem ersten Besuch schwindelig gemacht. Heute konnte sie den Raum nicht in seiner Gesamtheit erfassen, weil er voller Menschen war. Der russische Soldat ließ sie stehen, kaum hatten sie die Halle betreten. Er hatte seinen Auftrag, die Malerin herzubringen, erfüllt.

»Ist das gesamte Gefolge hier?«, fragte Maria den Wirt.

»Bis auf den Affen«, sagte Koos ohne ein Zeichen von Belustigung. »Der durfte wegen der Gläser nicht mit rein. Bruchgefahr.«

»Natürlich.«

Und jetzt? Wo war Peter? Maria entdeckte ihn nirgendwo. All die anderen großen Männer versperrten ihr die Sicht. In den obersten Fächern funkelte das Glas der Phiolen im Sonnenlicht. Zweifellos war dem Besuch des Zaren eine gründliche Reinigung vorausgegangen. Auch das Holz der Schränke glänzte wie frisch geölt. Wie kam das Personal an die oberen Bretter heran? Irgendwo musste eine Leiter versteckt sein. Maria ging in die Hocke und fand sich in einem Dickicht von Hosen und einigen wenigen Röcken wieder. Hier unten war die Luft durchsetzt von den Ausdünstungen sommerlich erhitzter Körper. Ein Soldat lehnte an der Wand, die Stiefelspitze des

Spielbeins aufgestellt. An seiner Sohle klebte eine zertretene Schabe. Maria wurde angerempelt, ein Diener bahnte sich seinen Weg. Durch die Schneise, die er schlug, sah Maria eine Gruppe weiterer Soldaten und hinter ihnen einen Knienden. Der Mann war einfach und zweckmäßig gekleidet, doch Peter bedurfte auch schlicht keiner Krone. Seine Wichtigkeit ging aus der Haltung der Umstehenden hervor. Alle waren ihm zugewandt wie Blumen, die ihre Köpfe nach der Sonne drehten.

Der Zar begutachtete Fossilien, die auf einem Tisch unter Glas ausgestellt waren. Sein Diener war nun bei ihm angelangt, öffnete einen Holzkasten und entnahm ein Instrument aus Messing. Ein Vergrößerungsglas?

Maria stand auf und eilte durch die sich schließende Schneise, Menschen beiseite schiebend und »Verzeihung« murmelnd, als servierte sie ebenfalls ein Instrument. Auf halbem Weg griff sie nach Koos' Arm. »Komm mit. Du musst übersetzen.«

Neben dem Zaren machte Maria die Gestalt von Levinus Vincent aus. Obwohl er aufrecht neben dem knienden Zaren stand, überragte er diesen nur um eine Elle. Peter hielt das Vergrößerungsglas vor seine Augen und bewegte es über die versteinerten Tiere. Dazu lieferte Herr Vincent einen Redeschwall, der von einem gelangweilt wirkenden Adjutanten ins Russische übertragen wurde.

»Eigentlich verkaufen wir nichts«, sagte Herr Vincent. »Bei Ihnen würden wir aber eine Ausnahme machen. Es wäre uns eine Ehre, zu Ihrer Sammlung beizutragen.«

Er machte eine Pause und sah den Adjutanten erwartungsvoll an. Der murmelte etwas in seiner Sprache. Dabei kürzte er den Inhalt, der Wortmenge nach zu urteilen, um mindestens die Hälfte.

»Wir haben zwei linksgewundene Schneckenhäuser«, sagte

Herr Vincent. »Eine Seltenheit, die meisten drehen rechtsherum.«

Wieder eine Pause. Der Adjutant gähnte und schwieg. Er wirkte, als wäre er im Begriff, stehend einzuschlafen.

Herr Vincent schien einzusehen, dass er auf diese Weise seine Botschaft nicht übermitteln konnte, und sagte: »Ich bringe Ihnen eine Auflistung der Exponate.«

Kaum war er zwischen den Umstehenden verschwunden, stieß Maria den Wirt an.

»Zeit, mich vorzustellen.«

Koos trat neben den Zaren, verbeugte sich und sagte etwas auf Russisch, das Marias Namen enthielt. Daraufhin wandte Peter sich Maria zu, nickte knapp und widmete seine Aufmerksamkeit wieder den Fossilien.

»Weiß der Zar nicht, wer ich bin?«, fragte Maria. »Aber er hat mich doch holen lassen!«

»Nun, er umgibt sich mit vielen Leuten«, sagte der Wirt.

»Erinnere ihn daran, dass das Tulpenbild von mir ist«, bat Maria.

»Kartini«, murmelte der Wirt.

Bei dem Russen erzielte er damit keine Reaktion.

»Das hat er nicht gehört«, sagte Maria. »Übersetze ihm: Tulpen! In Aquarell! Die Vorlage war ein Abdruck vom Abdruck.«

Koos kratzte sich am Kopf.

»Kennst du die Wörter nicht?«, fragte Maria.

»In Russland gibt es keine Tulpen.«

»Ach!« Verärgert drängte Maria den Wirt beiseite. »Verzeihen Sie, Majestät …«

War das die angemessene Ansprache für den Monarchen? In den Niederlanden, wo Wilhelm III. nur durch Wahl zum Statthalter geworden war, vergaß man derlei.

»Ich bin die Malerin, die Ihnen ein Bild sandte«, sagte Maria.

Aber wahrscheinlich bekam Peter jeden Tag einen Haufen Geschenke.

»Eine Tulpe war darauf zu sehen.«

Maria schwang einen imaginären Pinsel, formte mit ihren Händen einen Blumenkelch und lächelte fragend.

»Ja«, sagte Peter. »Schön.«

»Sie sprechen Niederländisch!«

»Ein wenig. Man lernt.«

»Gefallen Ihnen die Fossilien?«, fragte Maria. »Ich habe eine Sammlung von farbenprächtigen Schmetterlingen in der Kerkstraat. Bald werde ich amerikanische Exemplare anbieten können, denn ich fahre nach Surinam. Wer sich an den Reisekosten beteiligt, dem schicke ich Präparate, wie sie hierzulande niemand besitzt.«

Wie viel davon der Zar verstand, wurde nicht deutlich. Peter behielt einen freundlich-distanzierten Ausdruck bei, den Maria von Kaufleuten zur Genüge kannte.

Als Herrscher von Russland lernte man wohl schon als Junge abzulehnen und hart zu bleiben, bildete doch jede Audienz eine Aneinanderreihung von Gesuchen und Angeboten.

Wie kann ich Peter gewinnen?

Der Adjutant raunte seinem Herrn etwas zu. Es klang drängelnd. Mussten sie schon weiter?

»Der Zar hat mich holen lassen«, sagte Maria zu ihm. »Warum?«

»Ihr Bild hat ihm gefallen. Aber er sucht immer das Beste, und hier gibt es echte Dinge, nicht nur gemalte.«

»Die Phiolen werden Tausende Meilen Kutschfahrt nicht überstehen.«

Der Adjutant schürzte die Lippen, als wollte er sagen, alles sei möglich, wenn der Zar es verlange.

»Wenn dem Zaren an Lebewesen gelegen ist, will er doch

kein Mosaik aus Flügeln«, beharrte Maria. »Wirkt das denn noch lebendig? Ich bilde die Futterpflanzen mit ab. Man muss wissen, wer wen frisst.«

»Wer wen frisst?« Der Adjutant schien sich zu amüsieren. Endlich sprach er zu Peter. Auch der schmunzelte. Zu Maria sagte er etwas, das anerkennend klang.

»Ich mache auch Bücher«, fuhr Maria fort. »Die könnten Sie gut mitnehmen.«

»In Russland kann kaum jemand lesen«, sagte der Adjutant. »Der Zar möchte Dinge, die betrachtet und bestaunt werden können.«

»Also Bilder?«, fragte Maria. »Von Schmetterlingen? Oder Käfern? Oder nützlichen Tierchen wie den Seidenraupen?«

»Etwas von allem«, sagte der Adjutant. »Schicken Sie einfach ein Dutzend.«

»Natürlich. Dürfte ich um eine Anzahlung bitten? Oder wenigstens ein Pfand? Sie werden verstehen, dass Leinwand und Pigmente teuer sind.«

»Bedauere. Wir müssen nun wirklich weiter.« Er versuchte, Maria zur Seite zu drängen.

»Auch ich will weiter.« Maria stellte sich auf die Zehenspitzen, um über die Schulter des Adjutanten mit Peter sprechen zu können. »Auf ein *Schiff*. Über das *Meer*. Da gibt es Schlangen, Raubtiere und die prächtigsten Insekten. Alle Pflanzen wachsen doppelt so schnell wie hier. Die Natur ist *reich*.«

»Schiff?«, fragte Peter

»Ja! Nach Surinam. Zum Forschen. Dorthin zu reisen kostet natürlich ein wenig Geld …« Sie deutete Münzen an, die sie in ihre Handfläche legte. »Aber man kann mit den Dingen, die man mitbringt, viel verdienen.«

Sie breitete die Arme in einer großzügigen Geste weit aus.

»Suri… ?«, fragte Peter.

»Surinam«, wiederholte Maria.

Zwischen Peter und dem Adjutanten entspann sich ein Gespräch, an dem Maria, zu ihrem Ärger, nicht teilhaben konnte. Es endete mit einem knappen Nicken des Adjutanten in ihre Richtung.

»Interessant«, sagte er. »Wir können darüber sprechen, wenn wir über die Bilder verhandeln.«

»Die ich so bald als möglich …« Der Rest von Marias Antwort ging unter, weil der Adjutant nun den Arm hob, winkte und damit eine Woge von Körpern in Bewegung setzte, die Richtung Ausgang drängte. Jemand trat auf Marias Zehen, und in einem Regal klirrten Phiolen aneinander. Trotz mangelndem Drill während der Reise beherrschte Peters Truppe den geordneten Rückzug in kürzester Zeit.

Zurück blieben, im Raum verteilt wie Kiesel am Strand bei ablaufendem Wasser, Maria, der Wirt und Levinus Vincent, seinen Katalog in den Händen. Dazu ein mit Straßendreck verschandelter Boden. Herr Vincent klemmte sich den Katalog unter den Arm und schritt die Reihen der Phiolen ab. Dank ihrer immer gleichen Anordnung ließ sich schnell feststellen, dass keine fehlte. Wenigstens dafür war die Symmetrie gut.

Maria schickte dem Zaren Bilder, wie er verlangt hatte, allerdings kein Dutzend, sondern nur fünf.

Er soll nicht denken, sie seien Massenware. Allein in diesen fünf stecken insgesamt über zwei Monate Arbeit. Aber meine Kunst wird Peter ja hoffentlich gefallen, und er wird fragen lassen, welchen Preis ich dafür möchte. Bei der Gelegenheit spreche ich mit ihm über meine Reisepläne.

Zunächst klopfte aber kein Bote des Zaren an die Tür der Merians, sondern Tess, Dorotheas Gefährtin aus Kinderzeiten. Sie war der Einladung der Merians nach Amsterdam gefolgt und hatte einen Mitbruder begleitet, der eine Tante besuchte und Ersatzteile für die Druckerpresse besorgen sollte. Marias jüngere Tochter schien glücklich wie schon lange nicht mehr. Selbst bei Tisch steckten die Mädchen pausenlos die Köpfe zusammen und schienen all die Gespräch nachholen zu wollen, die sie in den letzten Jahren nicht hatten führen können. In die wenigen Pausen, die entstanden, streute Maria Fragen ein.

»Was hört ihr von den Schwestern und Brüdern aus Surinam, Tess?«

»Hauptsächlich Klagen. Sie leiden unter dem Klima und hungern, weil Schädlinge ihre Gemüsebeete kahl fressen.«

»Was für Schädlinge? Schicken sie Raupen oder Schmetterlinge?«

»Schon lange nicht mehr. In ihren Briefen bitten sie darum, neue Leute zu entsenden. Die Indianer sind wohl keine große Hilfe bei der Arbeit. Die Kinder lassen sich zwar unterrichten, aber die Erwachsenen halten an ihrer Lebensweise fest und gehen lieber jagen und fischen als Unkraut jäten.«

»Wenn Tierchen die Ernte vernichten, müsste man doch nur herausfinden, welches deren natürliche Feinde sind«, überlegte Maria. »Etwa könnte man Wespen ansiedeln, die fressen Raupen. Ob ich dem Gouverneur mein Wissen anbieten soll?«

»Wer gerade Gouverneur von Surinam ist, weiß ich gar nicht«, sagte Tess. »Van Sommelsdijk ist ja vor zehn Jahren gestorben.« Schaudernd sagte sie: »Gemordet von den eigenen Männern. Seine Befehle schmeckten ihnen nicht. Sie haben ihn einfach massakriert.«

Dorothea legte ihren Löffel nieder. »O nein. Es hieß doch, er sei an einer Krankheit verstorben.«

»Ich weiß. Es dauerte Jahre, bis wir die grausige Wahrheit erfuhren. Seinen Verwalter haben sie auch erschlagen. Nur die indianische Geliebte haben sie verschont.«

Maria horchte auf. »Der Gouverneur lebte mit einer Indianerin zusammen?«, fragte sie. Tess nickte. »Einer Häuptlingstochter, heißt es. Damit wollte er Frieden zwischen den Plantagenbesitzern und den Indianern schaffen.«

»Und was meinte seine Ehefrau dazu?«, fragte Dorothea.

Tess zuckte mit den Schultern. »Vielleicht nichts, weil sie ahnungslos war. Sie ist in den Niederlanden geblieben. Gut für sie. So entging sie dem Massaker.«

»Surinam scheint niemandem Glück zu bringen«, sagte Dorothea. »Wollen wir wirklich dorthin, Mutter?«

Maria stand auf und räumte den Tisch ab.

»In der Regel erreichen einen nur die schlechten Nachrichten. Doch vom Alltag der Menschen wissen wir wenig. Die Labadisten klagen, dass ihre Ackerpflanzen nicht gedeihen? Darüber beschwerten sie sich schon, als wir noch auf Waltha lebten. Nun, dann eignet sich Surinam offenbar nicht für den Anbau von Korn. Könnte man nicht jagen und fischen wie die Indianer? Die scheinen nicht zu hungern.« Sie dachte an die Abbildungen, die sie in Büchern gesehen hatte. Stämmige, braunhäutige Gestalten wurden da gezeigt, mit schwarz glänzendem Haar, das Männern wie Frauen bis zu den nackten Hüften hing. Abweisend wirkten sie, aber vielleicht war das nur gesunde Vorsicht.

Wenn eine von ihnen mit van Sommelsdijk zusammengelebt hat, ist es offensichtlich möglich, sich mit den Ureinwohnern zu verständigen. Auch unter ihnen gibt es bestimmt wissbegierige Leute.

»In Surinam soll es so heiß sein, dass man es keine Viertelstunde in der Sonne aushält«, sagte Tess. »Findet man des Mittags keinen Schatten, fällt man tot um.«

»So geben wir eben acht«, sagte Maria. »Glücklicherweise braucht man für die Schmetterlingsbeobachtung nur Ruhe und Geduld. Wir werden unter Palmwedeln sitzen und warten, bis ein schöner Falter herbeiflattert.«

Tess wirkte skeptisch, zog es aber anscheinend aus Gründen der Höflichkeit vor, ihrer Gastgeberin nicht zu widersprechen.

»Zeigst du mir die Stadt?«, fragte sie stattdessen Dorothea. »Ich würde zu gern die Nieuwe Kerk sehen und am Grab von de Ruyter eine Kerze anzünden.«

Drei Wochen blieb Tess, und wenn es nach ihr und Dorothea gegangen wäre, hätte sie ihren Aufenthalt noch einmal um dieselbe Zeit verlängert. Jedoch mahnte ihr Glaubensbruder an, sie müssten zurückkehren, weil sie auf Schloss Waltha gebraucht würden.

Es wurde Herbst. Maria hatte noch immer nichts vom Zaren gehört. Wie gefielen ihm ihre Bilder? Hatte er sie wenigstens erwähnt? Emma verneinte diese Frage. Peter zimmere auf der Werft, besuche Vorlesungen über Mechanik und studiere Chirurgie. Mehreren seiner Leute habe er bereits erfolgreich Zähne gezogen und neulich sogar eine Fleischwunde vernäht. Zu seinem Stolz sei der Patient immer noch am Leben. Für die Beschäftigung mit Kunst und Schmetterlingen finde der Zar offenbar keine Muße.

Aber meine Expedition interessiert ihn sicher! Er ist schließlich selbst ein Bildungsreisender.

Maria hielt es für das Beste, den Zaren aufzusuchen und Nägel mit Köpfen zu machen. Einen Beteiligungskontrakt brauchte sie. Wenn Peter ihre Reise finanzierte, erhielte er im Gegenzug einen Teil der Präparate, die die Merians aus Surinam mitbringen würden. Maria wusste auch schon, wer ihr helfen konnte, einen solchen Kontrakt aufzusetzen. Beim alten Bram besorgte sie einen Bogen Briefpapier, ging damit zum Westindischen Haus und fragte nach Herrn de Boer, dem Reeder, der ihr einst das Schiff gezeigt hatte. Vom Empfangsmann wurde sie abgewiesen. Herr der Boer sei in einer wichtigen Besprechung. Maria verstand. Beim nächsten Mal kam sie nicht mit leeren Händen. Sie hatte ein paar Versuche mit Raupen angestellt und hatte für Herrn de Boers Bohrmuschelproblem eine Lösung im Sinn. Mit diesem Versprechen drang sie bis zu ihm vor. Sie nahm vor seinem Schreibtisch Platz und begann ihren Vortrag ohne Umschweife.

»Was Ihren Schiffsrümpfen zusetzt, sind keine Muscheln, denn die besitzen eine harte Schale. Ich glaube, es handelt sich um Würmer. Darum forschte ich mit Motten, die in Mehl wohnen. Solche legen ein Gespinst aus kaum sichtbaren Eiern, aber die Raupen, die daraus schlüpfen, nagen durch Holz.«

»So«, brummte Herr de Boer.

Seit ihrer letzten Begegnung am Hafen hatte er noch an Körperfülle zugelegt. Er thronte in einem Armstuhl und ächzte, als er sich vorbeugte, um zu begutachten, was Maria für ihn mitgebracht hatte.

Auf dem Tisch breitete Maria verschiedene Materialien aus.

»Papier nagten die Raupen durch«, sagte sie. »Stabile Pappe war auch kein Hindernis für sie. Leinen? Ein Loch im Säckchen, und die Raupe war fort. Aber Leder! Hier schlüpfte die Raupe durch die Naht, doch der Beutel selbst blieb intakt.«

Herr de Boer betrachtete das Behältnis und lachte schallend.

»Sie meinen, ich soll meine Schiffsrümpfe mit Schweinehaut verkleiden? Meiner Flotte hübsche Wämser spendieren?«

»Das würde helfen.«

»Wissen Sie, wie teuer Leder ist? Und wie billig Holz dazu im Vergleich?«

Maria schwieg. Die wirtschaftliche Seite der Lösung hatte sie nicht bedacht.

»Ausgeschlossen.« Herr de Boer warf ihr den Beutel zu und lüpfte sein Gesäß eine Handbreit vom Stuhl. Für ihn war das Gespräch vorbei.

Aber ich habe meine Frage noch nicht angebracht!

Maria stand auf, ordnete die Falten ihre Rocks umständlich und versuchte, Zeit zu gewinnen, um einen anderen Vorschlag zu machen.

Welcher andere Stoff eignete sich zum Schutz des Holzes? Ihr Blick fiel auf den Briefbeschwerer, einen feixenden Affen. Aber Metall war zu teuer.

Glas, wie die Fensterscheiben? Auch nicht.

In einer Ecke des Raums lehnte eine Galionsfigur aus dunklem Holz.

»Die ist aber schön.« Maria strich über den Kopf der Figur. »Eine Meerjungfrau?«

Die Konturen der Schnitzerei waren abgeschliffen. Zwar konnte man noch die grobe Form erkennen, aber die Rundungen waren glatt wie ein Kieselstein.

»Von meinem ersten Schiff«, sagte Herr de Boer. »Es sank bei einem Sturm kurz vor Paramaribo. Alles verloren, nur die Figur wurde Jahre später angespült.«

»Demnach befand sie sich längere Zeit im Meerwasser.«

»So ist es.«

Maria fuhr über die angedeutete Lockenmähne der Frauenfigur. Zwischen den Haarsträhnen war das Holz aufgequollen und gerissen, aber die Längsfasern schienen unbeschädigt. Löcher waren keine sichtbar.

»Warum haben die Würmer sich an ihr nicht gütlich getan?«

Herr de Boer stemmte sich hoch und kam näher. »Sie haben recht.«

»Woher stammt das Holz?«

»Aus Surinam. Für die Plantagen wird gerodet, und dann gibt es reichlich Bauholz.«

Seinen Augen blitzten auf. Maria zögerte, den nächsten Gedanken auszusprechen. Sie stellte sich herrliche Wälder vor, mit Affen, Papageien und unzähligen Schmetterlingen, die blühende Lianen umflatterten. Doch die Neue Welt könnte sich rasch in flaches, kahles Land verwandeln, alles Holz verschlungen von den Werften.

Aber es war zu spät, Herr de Boer hatte schon verstanden, und Maria sollte ihn daran erinnern, dass der Dank dafür ihr galt.

»Aus diesem Holz müssen Sie Ihre Schiffe fertigen lassen«, sagte sie. »Es ist hart wie Stein, und kein Schädling wird ihm etwas anhaben können.«

»Formidabel.« Herr de Boer stapfte zurück zu seinem Schreibtisch und machte sich Notizen.

»Durch das Holz werden Sie hohe Reparaturkosten sparen«, sagte Maria lauernd. »Dürfte ich um einen Gefallen bitten?«

Herr de Boer murmelte etwas Unverständliches und schrieb weiter.

»Dorothea und ich möchten nach Surinam«, sagte Maria.

»Bedauere!« Abwehrend hob Herr de Boer eine Hand. »Meine Schiffe sind für Fracht ausgelegt.«

»Nicht mit Ihnen will ich fahren. Ich erhoffte mir lediglich, Sie könnten dabei behilflich sein, einen Kontrakt für eine Beteiligung zu schreiben. Da Schiffe auf diese Weise finanziert werden, ist so etwas doch auch für Forschungsreisen denkbar. Statt Erlöse aus dem Verkauf transportierter Waren böte ich meinem Geldgeber Tiere und Pflanzen. Aber bei einem Kontrakt gibt es vermutlich allerlei Fallstricke, und ich möchte niemandem versehentlich mein Haus versprechen. Ich bin ja nur eine Malerin. Aber Sie kennen sich aus.«

Lächelnd schob Maria den Briefbogen über den Tisch.

»Nun denn.« Herr de Boer schob die Hemdsärmel hoch, als setzte er sich zum Essen.

Fehlt noch, dass er sich ein Tuch um den Hals knotet.

»Hiermit versichert Frau …«

»Maria Sibylla Merian.«

»… versichert Frau Maria Sibylla Merian, Herrn Soundso für eine Summe von soundso, einen Anteil von Soundso der Kuriositäten, die sie auf ihrer Reise …«

Er hielt inne.

»Nach Surinam«, sagte Maria.

Aber Herr de Boer hatte wieder diesen nach innen gerichteten Blick.

»Surinam!«, wiederholte Maria.

»Ja, ich weiß. Nur ist dieser Kontrakt absolut gewöhnlich. Kann Ihnen jeder Krämer aufsetzen. Lassen Sie mich Ihnen mit etwas Wichtigerem helfen.«

»Was könnte wichtiger sein?«

»Die Überfahrt birgt Gefahren.«

»Ist mir bekannt.«

»Sie müssen ankommen und wieder zurückkommen.«

Maria hob eine Augenbraue.

»Ich wünsche Ihnen ja Erfolg«, sagte Herr de Boer. »Aber dort draußen kann alles passieren.«

»Stürme, Piraten, feindlich gesinnte Indianer, wüste Soldaten, Fieber«, sagte Maria. »Wer sich an meiner Unternehmung beteiligt, geht ein Risiko ein. Das ist doch bei jeder Investition der Fall.«

»Ich denke an Ihre Tochter.«

»Dorothea ist jung und robuster als ich«, sagte Maria.

»Um Johanna sorge ich mich. Die, die Sie zurücklassen.«

»Weshalb?«

»Wenn Sie und Ihre Jüngste verschleppt werden, ertrinken oder wilden Tieren zum Opfer fallen, wird Johanna Schwierigkeiten haben, ihr Erbe anzutreten. Zuerst muss sie Ihren

Tod belegen, und das wird schwer. Wollen Sie ihr zusätzlich zur Trauer Scherereien zumuten?« Herr de Boer gab die Antwort selbst, indem er den Kopf schüttelte. »Ersparen Sie ihr das. Machen Sie Ihr Testament.«

Welch frecher Vorschlag! Herr de Boer hat eine kleinliche Kaufmannsseele. Wo kommt man hin, wenn man nicht nach vorne blickt? Wo wäre ich, wenn ich immer nur die Gefahren sehen würde?

»Ich denke darüber nach«, sagte Maria. »Fahren wir fort, bitte.«

»Wie Sie möchten.«

Offenbar kümmerte Herrn de Boer Marias Schicksal nicht genug, um weiter zu insistieren. Er beugte sich wieder über das Blatt und füllte es mit seiner steilen Schrift, Zeile um Zeile. Maria betrachtete seinen gesenkten Kopf und zählte die Puderklümpchen auf der Perücke.

Greitjes Worte kamen ihr wieder in den Sinn: *»Mein Vater ist ein hohes Tier. Sitzt im Stadtrat. Pech für mich. Wäre er Metzger oder Bäcker, ginge es mir besser.«*

Was das Alter betraf, könnte Herr de Boer Greitjes Vater sein. Aber ob die Geschichte überhaupt stimmte?

Es ist vielleicht bloß ein Märchen, mit dem Greitje sich tröstet.

Was blieb, war der Kern ihrer Worte. Es gab geheime Verbindungen zwischen Menschen, und diese konnten über ein Schicksal entscheiden.

Was hatte Jan gesagt?

»Denen, die mein Geld haben wollen, steht es noch weniger zu.«

Das klang nach einer Feindschaft, die möglicherweise auf Gegenseitigkeit beruhte. Die Gegenspielerinnen der Schmuggler waren die Handelskompanien.

Die Herren in diesem Haus müssen angesichts der Verurteilung eines Schmugglers triumphiert haben. Einige von ihnen waren möglicherweise sogar bei seiner Hinrichtung anwesend.

Herr de Boer könnte einer der Letzten gewesen sein, die Jan lebend gesehen hatten.

»Erinnern Sie sich an Roelof Scholten?«, fragte Maria.

»Zäher Bursche«, sagte Herr de Boer. »Hat lange getanzt.«

Maria musste schlucken. All ihre Fassung zusammenkratzend, fragte sie: »Bei seiner Hinrichtung waren Sie zugegen?«

Herr der Boer schüttelte abwesend den Kopf. In Gedanken schien er noch immer bei dem Kontrakt zu sein.

»Nein, mein Freund Ruysch berichtete mir davon. Er war es, der den Henker genötigt hat, sich endlich an die Beine zu hängen, damit der Tod eintrat. Auf die Leiche wartete er nämlich ungeduldig. Scholten hatte an jeder Hand sechs Finger. Ruysch wollte die Körperteile für seine Wunderkammer.«

»Tatsächlich?«

»Aber ja. Ruysch ist ein berühmter Sammler.«

»Ich meine, hatte der Mann wirklich sechs Finger?«

»So etwas denke ich mir nicht aus.«

Maria fühlte ihr Herz leicht werden. Beinahe hätte sie vor Befreiung laut losgelacht. Wer auch immer der bedauerliche Roelof Scholten gewesen war – um Jan hatte es sich nicht gehandelt.

Herr de Boer tauchte den Federkiel erneut in das Tintenfässchen. Er musste es kippen, weil der Inhalt zur Neige ging. Das unterbrach seinen Schreibfluss, und er sah auf.

»Worüber freuen Sie sich denn so?«, fragte er Maria.

»Ach, mir ist heute einfach vergnügt zumute. Das wird wohl das Reisefieber sein.«

Diebe

Ins russische Quartier wurde Maria nicht eingelassen. Immerhin holte die Wache einen Übersetzer, der ihr den Grund erklärte:

»Wir bedauern. Der Zar zimmert.«

»Wie kann ich eine Audienz bekommen?«, fragte Maria.

»Das ist unmöglich.«

»Aber wir sind schon ins Geschäft gekommen. Zar Peter hat bei mir Bilder bestellt und auch erhalten. Die Bezahlung steht allerdings noch aus.«

»Ich verstehe. Warten Sie.«

Der Übersetzer ging und kam mit einem Mann zurück, den er als Oleg vorstellte, seines Zeichens Haupteinkäufer der Truppe. Oleg war zwei Köpfe kleiner als der durchschnittliche Soldat und fragte Maria, ob sie neue Tauben liefern könnte. Die letzten hätten köstlich geschmeckt.

Als sie ihn darüber aufklärte, worum es sich bei ihrer Ware handelte, legte Oleg die Stirn in Falten und versprach nachzusehen, was er machen könne. Erneut musste Maria auf der Straße warten. Als Lohn für ihre Geduld legte Oleg ihr einige Zeit später ein paar Münzen in die Hand. Ungläubig zählte Maria acht Stüber.

»Wie kommen Sie auf diese lächerliche Summe?«, fragte sie.

Es stellte sich heraus, Oleg hatte die Bilder abgewogen.

»Kennen Sie sich mit Aquarellen aus?«, fragte Maria. »Wissen Sie um die Technik, das erforderliche Werkzeug und die Qualität der Pigmente?«

Nein, Oleg kaufte hauptsächlich Essen ein, und sein entschuldigendes Schulterzucken sagte, er habe sein Möglichstes getan.

»Mit dem Zaren möchte ich sprechen«, drängte Maria. »Bitte informieren Sie ihn über meinen Besuch. Nächste Woche komme ich wieder.«

An einem stürmischen Sonntag versuchte Maria erneut, den Zaren anzutreffen. Der Regen peitschte waagerecht. Auf den Werften wurde nicht gewerkelt, und auf Jagd konnte man bei diesem Wetter ebenfalls nicht gehen, weil das Schießpulver feucht würde. Maria bog in die Straße ein, in der das Quartier der Russen lag. Wachen hatten sich keine postiert, aber das schob sie auf die Witterung. Zuerst wollte sie bei Emma vorbeisehen. An ihrem Haus waren die Fensterläden entfernt worden. Maria spähte in die Stube. Der Raum war leer bis auf einen Ofen an der Wand und ein Bündel Lumpen auf dem Boden.

Aber diesen flaschengrünen Stoff kenne ich doch!

Der farbige Zipfel, der unter einem schmutzigen Schaffell und groben Decken hervorsah, gehörte zu Emmas Kleid.

»Hallo?« Maria trommelte mit ihren Fingernägeln gegen die Fensterscheibe. »Ich bin es, Maria!«

In den Stoffberg kam Regung. Maria rief Emmas Namen. Decken und Fell wurden beiseitegeschaufelt, die Deutsche richtete sich auf und lief zur Tür. Sie entriegelte und zog Maria ins Haus.

»Still!«, wisperte sie. »Sie sollen denken, ich sei fort!«

»Warum?« Maria wischte sich den Regen aus dem Gesicht und zog fröstelnd die Schultern hoch. Im Inneren des Gebäudes war es ebenso kalt wie draußen.

»Peter ist vor einigen Tagen nach England gereist, mit kleinem Gefolge«, sagte Emma. »Er will dort König Wilhelm treffen. Die restlichen Männer sind hiergeblieben und haben sich von dem Geld, das er ihnen ließ, sämtlich Schnaps gekauft. Ihr Gelage dauert schon drei Nächte an. Weil sie keine Kohle mehr bezahlen können, verheizen sie alles, was brennt.«

»Meine Bilder«, rief Maria. »Die Rahmen sind aus Holz. Ich muss sie mir zurückholen, bevor sie im Ofen landen.«

»Ich würde nicht zu denen gehen«, sagte Emma. »Bestenfalls lachen sie über Sie, schlimmstenfalls … Nun, lassen Sie es einfach bleiben.«

»Aber sie dürfen sich doch nicht benehmen, wie es ihnen beliebt.« Maria wurde warm vor Wut. »Schönheit tritt man nicht mit Füßen.«

Damit meinte sie sowohl ihre Bilder als auch die elend wirkende Emma. Wie elegant sie im Sommer gewesen war. Nun kündeten tiefe Schatten unter den Augen von schlechtem Schlaf. Schwäche und Nahrungsmangel hatten ihre Lippen blutleer gemacht.

»Hier holen Sie sich den Tod«, sagte Maria. »Kommen Sie mit mir.«

»Danke, aber ich reise heute ab«, sagte Emma. »Mit der Mittagskutsche nach Köln. Und von dort …«

Sie schlug die Augen nieder.

»Nach Hause?«, fragte Maria.

»Wenn es das noch ist«, sagte Emma. »Ich war lange fort und kehre allein zurück. Ich habe ja nicht auf eine Heirat gehofft, eine solche wäre schlicht unmöglich, aber die eine oder andere Aufmerksamkeit wäre nicht zu viel verlangt gewesen.

Ich habe auf den falschen Herrscher gesetzt. In einem Harem hätte man mich wenigstens mit Seide und goldenen Kämmen ausgestattet.« In einem Ausbruch heftigen Verdrusses hob sie das Fell auf und schleuderte es gegen die Wand, wo es in einer Staubwolke zu Boden ging. »Nicht mal einen Pelz hat Peter mir geschenkt!«

Betreten schwieg Maria. Emma hielt ihr den Spiegel vor. Auch ihre Hoffnungen waren enttäuscht worden.

Dabei hätte der Zar mir so leicht helfen können! Allein das Gerücht, er unterstütze meine Reise, hätte wahrscheinlich schon genügt, damit Kaufleute aufgesprungen wären. Was für ein Rückschlag. Und meine Bilder sind auch verloren.

Emma schrieb Maria die Adresse ihrer Schwester auf. Zu der wolle sie. Die Frauen versprachen, einander zu schreiben.

Zum Abschied umarmten sie sich. »Kommen Sie zu mir, wenn die Kutsche Sie nicht mitnimmt«, sagte Maria.

»Ich habe einen Notgroschen zurückgehalten.« Emma brachte ein schwaches Lächeln zustande. »Bin ja nicht dumm.«

Draußen regnete es noch immer. Maria knotete einen Schal um ihren Kopf, aber eine heftige Bö drohte ihn gleich wieder herunterzureißen. Aus dem Schlot des letzten Hauses in der Gasse wehte heller Rauch. Das war seltsam. Verfeuerten die Russen Möbel, mussten Öle und Farbschichten verbrennen, und die produzierten kräftigen, dunklen Qualm. Maria lief ein paar Schritte auf das beheizte Haus zu, dachte an Emmas Warnung und verlangsamte ihren Gang. Lautes Grölen und Gesang drang an ihre Ohren. Wie viele Männer waren mit Peter gereist? Vielleicht ein oder zwei Dutzend? Nicht alle der Dagebliebenen würden sich in dem Häuschen dort versammelt haben. Möglicherweise waren auch welche in der Stadt. Von dort konnten sie jederzeit zurückkommen, und dann würden sie Maria fragen, was sie hier machte, so ganz allein.

Maria kehrte lieber um und lief auf eine der Hofeinfahrten zu. Hier hatten sie Holz gestapelt, Bretter von einem Maß, das Maria von anderer Stelle bekannt war.

Damals, auf dem Schiff von Herrn de Boer, hatte sie jedes Detail aufgesogen, und darum erkannte sie nun: Die Bretter in der Hofeinfahrt hätten vermutlich Schiffsplanken werden sollen. Handelte es sich also um eine freundliche Spende der Werft für die frierenden Russen? Wohl kaum.

»Ihr Gauner«, murmelte Maria.

Im Eilschritt lief sie zum Haus von Johanna und Jacob und schilderte ihrem Schwiegersohn, was sie gesehen hatte. Der unterrichtete ohne Umschweife den Leiter der Werft, der in der Nachbarschaft wohnte.

Ja, tatsächlich sei vor einigen Tagen eine erhebliche Menge Planken verschwunden, man habe die eigenen Arbeiter verdächtigt. Zu Unrecht, wie sich nun herausstellte. Peter habe Zugang zum Lager gehabt, somit auch seine Leute. Ein paar seiner Diener hatten sich anscheinend bereichert. Damit strapazierten sie die niederländische Gastfreundschaft auf unverschämte Weise. Das würde nicht geduldet!

Noch vor Sonnenuntergang war ein Trupp Gendarmen zusammengerufen, und drei Kutschen standen bereit. Ein Dolmetscher hatte auf die Schnelle nicht aufgetrieben werden können. Maria fuhr mit, wusste sie doch, wo das Holz lagerte. Beschützt wurde sie vom obersten Gendarmen persönlich, einem General, der im Neunjährigen Krieg gedient hatte.

»Seien Sie vorsichtig«, bat Maria. »Die Männer trinken seit Tagen.«

»Keine Angst«, sagte der General. »Mit denen werden wir fertig. Aber natürlich sollten Sie sich nicht ins Getümmel stürzen, gute Frau.«

»Sie haben auch etwas von mir. Bilder, die mir nicht bezahlt wurden.«

»Holen wir wieder«, sagte der General grimmig.

Die Attacke verlief erfolgreich. Am Holzstapel überraschten die Gendarmen zwei Männer, die gerade dabei waren, eine Planke in Scheite zu sägen. Ihrer Statur nach waren sie keine Soldaten. Beim Anblick der bewaffneten Niederländer, die sie umringten, legten sie die Säge hin und hoben die Hände. So mussten sie verharren, bis ein Kundschafter vom Haus der Zechenden zurückkehrte und verkündete, die anderen Russen seien in einem Zustand, der es ihnen nicht mehr erlaube, zwei gerade Schritte zu tun.

Der General baute sich vor den Männern auf, die gesägt hatten.

»Wer hatte die Idee zu dem Diebstahl?«, blaffte er.

Jammernd setzten die beiden zu einer Erklärung an.

»Irgendjemand muss hier doch Niederländisch sprechen«, sagte der General. »Wo ist denn ihr Übersetzer?«

»Wahrscheinlich beim Zaren in England.«

Doch selbst wenn einer der Gendarmen des Russischen mächtig gewesen wäre, hätte er wahrscheinlich wenig verstanden, denn die Männer redeten gleichzeitig. Offenbar quälte sie Todesangst. In Russland, mit seinen grimmigen Wintern, mochte auf Holzdiebstahl der Tod durch den Strick stehen, überlegte Maria. Ihren Gesten nach zu urteilen, waren die Bedauernswerten zum Sägen gezwungen worden, während die anderen feierten. Einer der beiden schien auf Marias Gnade zu hoffen, er schüttete seinen Wortschwall über ihr aus und spielte mit den Fingern ein imaginäres Instrument.

»Ich glaube, sie sind Teil von Peters Vergnügungstruppe«, sagte Maria. »Trompeter.«

»Musiker?« Der General schüttelte den Kopf, als wäre das der Gipfel der Dekadenz.

»Wir werden den Rädelsführer nicht finden«, sagte der Kundschafter.

»Nehmen wir eben alle mit«, entschied der General.

»Aber laufen können sie nicht mehr, und wenn wir sie in die Kutschen laden, werden sie die besudeln. Will man das?«

Das wollte man nicht.

Nach eingehender Beratung befahl der General, das Holz einzuladen, dem Zaren eine Rechnung für das bereits verbrauchte Material zu schreiben und die Angelegenheit an den Bürgermeister weiterzuleiten, dessen diplomatische Fähigkeiten man schätzte.

»Aber meine Bilder?«, fragte Maria.

»Ja, richtig.« Der General wandte sich wieder an die beiden Trompeter. »Wo sind die Bilder dieser Dame?«

Maria zeichnete mit ihren Fingern Rahmen in die Luft und darein Tulpen.

Einer der Männer verstand. Er deutete an, Maria hinführen zu können und die Gendarmen ließen ihn durch.

»Smits, Vermeulen, ihr begleitet sie«, ordnete der General an.

Wenig später stand Maria im Obergeschoss eines der ungeheizten Häuser vor einem bunten Sammelsurium von persönlichen Besitzstücken Peters und seiner Reisememorabilia. Da waren Stiefel, geschnitzte Spielzeugpferdchen aus Deutschland, Keramik, Holzschuhe, Berge von Kleidung und Stapel von Büchern.

Marias Bilder lehnten an einem Samowar. Sie nahm sie an sich.

»Haben Sie, was Sie suchten?«, fragte einer der Gendarmen.

Maria bejahte. Doch beim Aufheben der Kunstwerke hatte ihre Hand etwas gestreift.

»Das da noch«, sagte sie.

Beim Sprechen kiekste ihre Stimme verräterisch. Maria fühlte sich wie ein Mädchen, das in die Vorratskammer schleicht, um vom Honig zu naschen. Dabei war es nur recht und billig, dass ihr der Ärger vergolten wurde.

Der Gendarm fragte nur: »Soll ich tragen helfen?«

Nein, das schaffte Maria allein.

Als sie wieder in der Kutsche saß, wärmte das Fell ihren Schoß. Es war dunkelbraun und wunderbar dicht. Von einem ausgewachsenen Bären musste es stammen.

Um die Mundwinkel des Generals spielte Belustigung.

»Wird ein kalter Winter«, sagte er. »Da muss ein jeder sehen, wie er warm bleibt.«

Zu Hause stellte Maria die Bilder ab und ging zu Bett. Das Fell legte sie an ihre Füße.

Der Zar war meine letzte Hoffnung, nach Surinam zu gelangen. Wenn nicht einmal ein reicher und verschwenderischer Mann wie er Geld gibt, wie soll ich dann jemals Gönner finden? Aber alle Entdecker und Forschungsreisende haben welche. Ohne die Unterstützung durch Isabella von Kastilien hätte selbst der große Kolumbus wenig mehr tun können, als Steine von Lissabons Kaimauer zu werfen.

Niedergeschlagen, wie sie war, fürchtete Maria, erneut tagelang keine Kraft zum Aufstehen zu finden.

Aber dann träumte sie von einer Flotte Dreimaster, deren Segel sich im warmen Wind blähten. Delfine begleiteten die Schiffe. Sie sprangen und drehten sich lustig, wie um Kunststücke zu zeigen, fielen dann aber zurück, weil das Schiff zu schnell für sie war. Ein kleiner Delfin holte noch einmal auf und streckte Maria den Kopf entgegen, damit sie ihn tätschelte. Die glatte Haut glich der eines properen Ferkels, und Maria lachte vor Freude. Wie konnte sie dem Tier überhaupt so nahe kommen? Jetzt erst bemerkte sie, dass sie nicht an Bord stand, sondern eines der Schiffe anführte. Am Bug. Sie war die Galionsfigur. Welch schlaue Idee von ihr! Auf dieses offene Versteck war bestimmt noch kein blinder Passagier vor ihr gekommen.

Lächelnd wachte sie auf, das weiche Fell an den warmen Füßen.

Selbst den Ton anzugeben und zu bestimmen, wie ein Handel laufen sollte, gefiel ihr.

Sie hatte versucht, sich an die Regeln der anderen zu halten. Aber tat sie das, verlor sie das Spiel. Niemand würde Maria zutrauen, eine Expedition in ein fernes Land zu leiten. Das würde bedeuten, Männer zu befehligen und riskante Entscheidungen zu treffen. Wer war sie denn? Eine Malerin! Nicht einmal studiert hatte sie. Nicht, weil ihr Können und Wissen dazu nicht ausgereicht hätten, sondern weil es Frauen verboten war.

Doch ich lasse mich nicht aufhalten! Nicht von einem Ehemann, nicht von den Regeln einer Glaubensgemeinschaft, nicht von der Rolle, die man mir in dieser Stadt zuteilen will. Amsterdam bietet nicht die Möglichkeiten, die ich mir erhofft hatte. Pflanzen des Botanischen Garten soll ich zeichnen, Malunterricht darf ich geben, aber meine kühnen Träume unterstützt niemand. Wieder einmal bin ich auf mich selbst gestellt. Aber das kenne ich ja schon, und ich weiß, was zu tun ist. Ich mache den nächsten Schritt und setze meinen Weg fort.

Noch bis zum Mittag blieb Maria liegen, bis ein Plan in ihr herangereift war.

Als Dorothea gegen drei Uhr vom Markt kam, saß Maria auf dem Boden der Wohnstube, umgeben vom Inhalt sämtlicher Schränke.

»Du kannst mir helfen«, sagte sie zu Dorothea. »Ich mache eine Bestandsaufnahme von den getrockneten Pflanzen und den Präparaten. Ich werde alles verkaufen.«

»Steht es so schlimm?«, fragte Dorothea.

»Überhaupt nicht. Wir reisen nach Surinam.«

»Konntest du den Zaren überzeugen?«

»Nein. Es war dumm, auf ihn zu setzen. Wir fahren auf eigene Faust.«

»Aber wir haben schon zigmal durchgerechnet, was das alles kosten würde. Das Haus hier müssen wir halten, auf der Reise brauchen wir Begleiter, dazu Träger für unser Gepäck, in Surinam einen ortskundigen Führer, eine oder zwei Mägde, denn dort hat jeder Personal ...«

»Es muss ohne diese Hilfen gehen. Auch brauchen wir unser Haus nicht mehr, wenn all unser Besitz zu Geld gemacht ist. Erzielen wir gute Preise und leben in Surinam bescheiden, können wir vier oder fünf Jahre dort bleiben.«

»Ich weiß nicht, Mutter. Wenn du jünger wärst und wir Männer wären ... Aber welche Damen hätten je etwas Vergleichbares unternommen?«

»Keine, die ich kenne. Wir können niemanden um Rat fragen. Darum machen wir es einfach.«

Dorothea fuhr sich mit den Händen in die Haare und schüttelte den Kopf.

»Nimm dir Bedenkzeit«, sagte Maria. »Wenn du nicht mitmöchtest, kannst du zu Johanna und Jacob ziehen.«

Sie beugte sich über einen Stapel Kupferplatten. »Für die hat bestimmt Aletta Verwendung.«

Das Fell packte sie in grobes Tuch. Emma würde es bekommen.

Den Pinsel, den Jan ihr einst geschenkt hatte, drehte Maria lange in den Händen. Es schmerzte sie, ihn zu verkaufen, aber sie brauchte das Geld und konnte auch mit einfacheren malen. Außerdem sähe sie Jan vielleicht wieder, und dieser Moment wäre kostbarer als jedes Souvenir.

Wenn ich nicht wiederkehre, warte nicht auf mich.

Und wiedergekehrt war Jan de Jong schließlich nicht mehr. Vielleicht hatte er gemeint, dass sie ihm folgen sollte. Maria lächelte wehmütig.

Noch am selben Abend schrieb sie ihr Testament.

ZWEITER TEIL

Mare Liberum

Juni 1699

In leuchtenden Farben hatte Maria sich den Tag ihres Ablegens ausgemalt und dabei, wie es ihre Art war, kein Detail vergessen.

Als der große Tag endlich kam, schob sich die Wirklichkeit über die Leinwand der Imagination. Zunächst unterschieden sich beide kaum. Der Kapitän begrüßte Dorothea und Maria persönlich auf der *Willem de Ruyter* und teilte ihnen mit, ihre Kisten mit Pergament, Pinseln und Pigmenten seien bereits sicher verstaut. An Deck trafen sie auf die anderen Mitreisenden, vier Frauen und elf Männer. Der Dreimaster war ein Kauffahrtsschiff und transportierte hauptsächlich Waren. Am Himmel kreisten Möwen, die Luft schmeckte salzig, und die Mannschaft rief sich Worte in Seemannslatein zu, deren Bedeutung Maria noch lernen würde. Am Kai winkte Johanna, verhalten zunächst, dann immer heftiger, als wollte sie für zusätzlichen Wind sorgen, um ihre Lieben möglichst schnell ans Ziel zu bringen. In einer Schleppe aus Gischt fuhr die *Willem de Ruyter* über die Zuiderzee dem offenen Meer zu. Ein Knall ließ Maria zusammenschrecken, dann ein zweiter. Es klang, als würde die Bordwand von Kugeln getroffen. Das war in Marias Vorstellung nicht passiert.

»Werden wir beschossen?«

»Bestimmt nur das Pferd, das austritt«, beruhigte sie Dorothea. »Schon beim Beladen konnten sie es kaum bändigen.«

»Hoffentlich trifft es nicht unsere Kisten. Vielleicht hätte ich den Spiritus zu Hause lassen sollen. Wenn die Gläser zerbrechen, ist das Pergament ruiniert. Aber Jacob meinte, wir sollten alles mitnehmen, was wir brauchen.«

»Es wird schon gut gehen, Mutter. Andernfalls lassen wir mit dem nächsten Schiff Nachschub kommen. Unser Vorrat reicht ohnehin nur für das erste Jahr.«

»Stimmt.« Maria drückte Dorotheas Hände. »Wir sind unterwegs! Kannst du es glauben? Wir fahren nach Surinam, Surinam, Surinam!«

Dorothea lachte über die Begeisterung ihrer Mutter. »Als ob ich jemals vergessen könnte, wie das Land heißt, Mutter. Mein halbes Leben sprichst du schon davon.«

»Wie wahr. Als wir nach Amsterdam kamen, trugst du noch Zöpfe, und heute bist du eine junge Dame.«

Maria gähnte.

Kurios. Warum fühle ich mich trotz meiner Aufregung müde?

Später sollte sie erfahren, dass Mattigkeit das erste Anzeichen ist. Aber in diesem Augenblick, da sie den Blick vom Horizont nahm (ein Fehler) und in sich hineinhorchte (ein weiterer Fehler), bemerkte sie ihren Irrtum. Bei ihren Gängen über den Bildermarkt hatte sie zahllose Ölgemälde studiert, auf denen Schaluppen, Brigantinen und Fleuten mit geblähten Segeln Wellen durchpflügten. Amsterdams Maler gehörten zu den besten der Welt und verstanden sich darauf, die Bewegungen des Wassers sichtbar zu machen. Manches Mal hatte Maria den Oberkörper geneigt, um die Neigung des abgebildeten Schiffs auszugleichen.

Nun stand sie aber auf einem wirklichen Deck und spürte das Auf und Ab. Doch nicht nur das! Auch nach links und rechts kippte das Schiff. Der Dreimaster schwankte wie der Kopf einer Sonnenblume, deren Stiel jemand schüttelt. Maria begann zu schwitzen.

»Ich ziehe mich zurück«, sagte sie. »Mir ist unwohl.«

Sie schaffte es noch in die Kabine, die sie mit zwei anderen Frauen teilten. In den Stockbetten war nicht genug Platz, um aufrecht zu sitzen, und so hockte Maria sich auf den Boden und umklammerte den Bottich, den Dorothea vor sie hingestellt hatte.

Für den Rest des Tages und auch in der Nacht fand Maria keine Ruhe. Ihre Kehle brannte von hochgewürgter Galle, und jeder einzelne Knochen tat ihr weh. Marias Inneres führte einen Kampf, und der hörte auch nicht auf, als sie für Momente das Bewusstsein verlor. Mit aller Macht wollte ihr Köper etwas loswerden. Es war wie die letzte Phase einer Geburt, nur ungleich sinnloser.

Der Schiffsarzt kam. Maria sah ihn nur verschwommen. Alles zerfloss wie in einem frischen Aquarellbild, auf das es regnete.

»Ich empfehle einen Aderlass.« Er öffnete etwas, das ein Koffer sein mochte. »Wir befreien Sie von schlechtem Blut, auf dass sich neues bilden kann. Mit frischen Säften kommt neue Kraft.«

»Geben Sie mir lieber etwas, mit dem ich schlafe, bis wir anlegen.«

Der Arzt lachte. »Danach fragen alle. Wissen Sie, was man sagt? Die Seekrankheit kennt zwei Phasen. Während der ersten fürchtet man zu sterben, und während der zweiten wünscht man es sich.«

»Kennen Sie kein sanfteres Mittel als eine Behandlung mit dem Skalpell?«, fragte Dorothea. »Mutter ist doch schon so schrecklich blass.«

»Junge Dame, ich habe studiert. Ein Kräuterweib bin ich nicht. Oder sehe ich etwa so aus?«

Dorothea kicherte. »Ganz und gar nicht.«

Trotz ihres Zustands nahm Maria wahr, dass Dorothea näher neben dem Arzt kniete, als es die Enge der Kabine erforderte.

»Ich bin schon auf der zweiten Stufe«, stöhnte Maria.

»Wie bitte?«, fragte der Arzt. »Ach so! Nun, dann entgiften wir Sie auf andere Weise. Ein Bezoar bewirkt manchmal Erstaunliches.«

Er griff an Dorothea vorbei in den Koffer und hielt etwas vor Marias Gesicht.

»Können Sie das schlucken?«, fragte er.

Maria kniff mühevoll die Augen zusammen. Das Ding sah aus wie ein Wachtelei. Mit Haaren.

»Was ist das?«, fragte sie.

»Der Volksmund nennt es Magenstein«, sagte der Arzt.

»Magen…« Maria schwante Schlimmes.

»Von Katzen«, erklärt der Mediziner gut gelaunt. »Die verschlingen ihre Beute mit Fell und Federn, und was nicht verdaut werden kann, klumpt zusammen und wird nach einiger Zeit oral ausgestoßen, zusammen mit Eigenhaar, welches sie beim Putzen aufgenommen haben. Greifvögel produzieren ebenfalls Bezoare, aber an die kommt man schwerer heran. Ich habe Glück. Meine Vermieterin ist eine Katzennärrin und sammelt diese Preziosen für mich.«

Er drehte das Ding zwischen seinen Fingern. Maria gab einen Laut der Abscheu von sich.

»Es ist ziemlich groß«, sagte Dorothea.

»Wir wollen schließlich Wirkung erzielen«, sagte der Arzt. »Der Bezoar nimmt das Gift auf, das sich im Magen gesammelt hat, und der Schwindel lässt nach. Wir können das Ding in etwas Schmalz tunken. Damit sollten Sie es gut hinunterbekommen, Frau Merian.«

Als Letztes sah sie das Gesicht des Arztes über sich. Er hatte blaue Augen, eine gerade Nase und noch gute Zähne. Ein schöner Mann mit grässlicher Medizin. Gnädig versank die Umgebung in Schwärze.

Als Maria wieder zu sich kam, fühlte sie sich wie in einer Wiege, in der sie sanft hin und her schaukelte. So ganz anders als das wüste Geschwanke, das ihr zuletzt zuteilgeworden war. Das Atmen gelang wieder ohne Anstrengung, und ihr Schweiß war getrocknet. Maria lugte über den Rand einer, tatsächlich, einer Hängematte.

»Bin ich im Himmel?«

Neben ihr hielt Dorothea Krankenwache.

»Beinahe, Mutter. Man hat dich in die Kammer des Kapitäns gebracht.«

Maria blickte sich um. Für Schiffverhältnisse war es ungewöhnlich hell. Die Kammer verfügte über drei Fenster, und das Licht war diffus. Ideal zum Malen. Platz gab es verschwenderisch viel. Der Kapitän besaß neben der Hängematte auch ein richtiges Bett mit geschnitztem Rahmen, einen Schrank, einen gepolsterten Stuhl und einen mächtigen Schreibtisch. Über dem Tisch hing eine Öllampe von einer Kette. Eine weitere Kette sicherte sie am Boden. Um die Tischplatte waren Seile geknotet, die ein aufgeschlagenes Buch am Platz hielten. In Fächern, die vermutlich durch Nägel mit der Platte verbunden waren, standen Papierrollen und eine Auswahl an Schreibfedern. Von einer Schnur an einem Haken baumelte ein Krug. Maria bekam auf einmal Durst auf einen Schluck Wein.

»Mir geht es schon viel besser«, sagte Maria. »Ich glaube,

ich habe mich an den Seegang gewöhnt. Noch ein paar Tage, und ich werde bei dem Geschaukel zeichnen können.«

»Aber nicht hier. Dieser Luxus wurde dir nur zuteil, weil wir uns furchtbar sorgten. Doktor Hendriks schlug vor, dich in die Hängematte zu legen, um die Bewegungen des Schiffs abzufangen.«

»Das hat er gewiss nicht auf der Universität gelernt. Am Ende besitzt er praktischen Verstand.«

»Ich finde, er ist ein überaus fähiger Medicus.«

»Man konnte ganz gut sehen, dass du das findest.«

»Wie meinst du das?«

»Ach, ich denke nur laut.« Maria verspürte keine Lust auf Geplänkel. Ihr Mund fühlte sich an wie mit Mehl gepudert. »Ich habe Durst.«

Dorothea reichte ihr einen Becher mit Wasser.

»Aber langsam!«

Während Maria trank, wurde sie von ihrer Tochter beobachtet, als schluckte sie Feuer. Maria verzog den Mund.

»Es schmeckt so, wie altes Blumenwasser riecht.«

»Wir sind schon ein paar Tage unterwegs. Ich fürchte, es wird noch schlimmer, bis wir Madeira erreichen und die Fässer frisch auffüllen. Bekommt dir das Wasser wenigstens?«

»Das werden wir sehen. Lenk mich ab. Was erzählen die anderen Frauen? Waren sie schon in Surinam?«

»Keine von ihnen. Roos, die jüngere, wird dem Waisenhaus vorstehen, und Katrien, die ältere, heiratet einen Plantagenbesitzer. Sie ist verwitwet. Als ihr Mann noch lebte, wollten sie zusammen nach Surinam auswandern. Wenn man sich auf einer Plantage zu zwei Jahren Arbeit verpflichtet, wird einem die Überfahrt bezahlt. Katriens Mann erkrankte jedoch, und weißt du, was es bedeutet hätte, wäre er auf der Überfahrt verstorben?«

»Nein.«

»Da seine Arbeitskraft verloren gegangen wäre, hätte seine unglückliche Frau doppelt so lange arbeiten müssen, um die Fahrtkosten zu tilgen. Die Plantagenbesitzer fordern stets ihre Auslagen zurück. Das Schicksal einer armen Witwe ist ihnen gleich. Darum heiratet die Gute nun lieber. Da wird sie Herrin über die Plantage und nicht Dienstmagd.«

»Aber versprochen hat sie sich für immer«, sagte Maria. »Ob das ein besseres Leben ist?«

»Bitte halte mir nicht schon wieder einen Vortrag darüber, wie wichtig es ist, seinen Mann weise zu wählen.«

»Darauf wollte ich gar nicht hinaus. Ich meine nur, man sollte nicht auf die vermeintliche Sicherheit einer Ehe setzen. Hat man ein eigenes Auskommen wie die Waisenhausvorsteherin, kann man schalten und walten, wie es einem beliebt.«

Dorothea sprang auf und rannte zu einem der Fenster. »Ein Schiff!«

»Beunruhigt dich das? Es kreuzen bestimmt dauernd welche unseren Kurs. In der Kabine mit der winzigen Luke haben wir sie bloß nicht gesehen.«

»Ich habe Schlimmes über Piraten gehört.«

Maria hob den Kopf. Mehr als ein dunkler Punkt am Horizont war das Schiff noch nicht. Trotzdem sagte sie mit aller Gewissheit, die sie aufbringen konnte: »Das ist ebenfalls ein Kauffahrtsegler.«

»Was nicht besser sein muss.« Abrupt drehte Dorothea sich um. »Hast du von der *Batavia* gehört?«

»Kann sein.«

»Du wüsstest es, so eine Geschichte vergisst man nicht. Die *Batavia* lief auf ein Riff auf. Nachdem sich die Besatzung und die Passagiere auf eine Insel gerettet hatten, brachen der

Kapitän und einige Männer mit einem Beiboot zum Festland auf. Das erreichten sie auch.«

»Welch Glück.«

Maria waren die weiteren Ereignisse bekannt. Sie hoffte jedoch, Dorothea würde ihnen die Schilderung ersparen. Ihre Tochter ergötzte sich an Grusel. Schon als kleines Mädchen hatte sie ihre ältere Schwester mit Schauermärchen geängstigt, und in der Regel wurden diese bei jedem Erzählen schrecklicher.

»Aber die Zurückgebliebenen fanden auf der Insel kein Wasser«, raunte Dorothea mit glänzenden Augen. »Ein Kaufmann scharte die Verbliebenen wie Untergebene um sich und bestimmte über die Reste der Schiffsverpflegung. Er war ein begnadeter Menschenverführer, krank im Geiste und absolut verdorben. Er hatte vor, auf der Insel sein Königreich zu errichten, und raffte das gesamte Gold und Silber, das die *Batavia* transportiert hatte, an sich. Wer sich ihm in den Weg stellte oder wen er unnütz fand, ließ er töten. Als eine Gruppe Soldaten versuchte, ihn aufzuhalten, führte er sie unter dem Vorwand, einen Fluss zu suchen, in die Wälder. An einem entlegenen Platz ließ er sie zum Sterben zurück. Im Lager wurde schnell klar, dass die Vorräte nicht mehr lange halten würden – und da machte er selbst vor dem Mord an Säuglingen nicht mehr halt. Doch die Soldaten hatten knapp überlebt und tatsächlich noch Wasser gefunden. Sie kehrten zurück, um gegen die Gruppe des Kaufmanns zu kämpfen, und endlich kehrte auch der Kapitän mit seinen Leuten vom Festland zurück. Was er vorfand, war entsetzlich. Mehr als hundert Männer, Frauen und Kinder hatten ihr Leben gelassen.« Begeistert lauschte Dorothea dem Nachhall ihrer eigenen Worte. Maria räusperte sich.

»Ohne Frage birgt eine Reise Gefahren. Auch in Surinam wird es Streitigkeiten geben …«

»… die einen den Kopf kosten können. Denk an den armen Gouverneur van Sommelsdijk.«

»Dorothea Maria! In deiner Sensationsgier übertriffst du die Marktweiber. Es ist doch ganz einfach: Wir halten uns aus allem heraus. Politik und Geldangelegenheiten sollen uns nicht scheren. Mag sein, dass einen mehr schlechte als gute Nachrichten aus den Kolonien erreichen. Nur wer verbreitet sie? Die Ängstlichen, die es vorziehen, in ihrem heimischen Unglück zu verweilen. Aber wir wagen etwas! Besser zu neuen und ungewissen Ufern aufbrechen als zu Hause verstauben.«

In Amsterdam hatte jeder, dem die Merians von ihrer geplanten Expedition erzählt hatten, sich bemüßigt gefühlt, die Gefahren aufzuzählen, denen sie sich allein schon auf der Überfahrt aussetzen würden. Maria entgegnete dann stets, der Tod lauere auch an Land. Sie erinnerte an einen Stapellauf in Emden, bei dem das Schiff umgekippt war und viele der am Hafen stehenden Schaulustigen getötet hatte. Dorothea hatte durch ein Ölbild auf dem Markt von diesem Vorfall erfahren.

»Das Schiff!«, rief Maria.

Dorothea fuhr herum und stützte sich auf den hölzernen Fenstersims. »Ich sehe es nicht mehr«, sagte sie.

»Genau.« Maria lächelte. »Es ist fort.«

Vor den Fenstern war wieder nur das endlose Blau zu sehen, eine gleichförmige Landschaft aus Wellen.

»Dieser Ausblick kommt mir schon ebenso vertraut vor wie die Häuser vor unserem Stubenfenster in Frankfurt.« Maria schob ein Bein aus der Hängematte und stieß sich mit dem Fuß am Boden ab, um zu schaukeln. »Weißt du, ich habe als Kind sehr viel aus dem Fenster gesehen.«

»Ich dachte, du hast tagein, tagaus gezeichnet.«

»Ja, Blumen, unter der Anleitung meines Stiefvaters. Aber ich sehnte mich nach anderen Motiven. Mein Vater hat Stadtansichten und Karten angefertigt. Er ist zum Zeitpunkt meiner Geburt viel gereist. Später, als er dafür schon zu krank war, erzählte er mir davon, wenn ich an seinem Bett saß. Ich lauschte ihm, auch wenn ich als kleines Kind wenig verstand. Als er starb, war ich drei Jahre alt, und ich kann mich nur noch erinnern, dass er von Pferden und Kutschen gesprochen hat. So gern hätte ich ihn später über die Welt ausgefragt. Ich wollte seine Arbeit fortführen, doch meine Mutter sagte mir, das sei unmöglich. Als Mädchen sei mein Platz im Haus. Ausflüge würde ich nur zum Markt unternehmen. Also sah ich aus dem Fenster. Viel konnte ich nicht beobachten. Eine Nachbarin lüftete Decken, eine Katze saß auf einem Sims. Eines Tages bemerkte ich eine Spinne in der Fensterecke. Zum ersten Mal sah ich mir solch ein Tier genauer an und beobachtete, wie es läuft. Von den acht Beinen bewegen sich jeweils vier synchron. Die linken vorderen und die rechten hinteren machen einen Schritt, dann folgen die rechten vorderen und die linken hinteren. Wer läuft noch so? Ein Gaul. Die Spinne trabt! Ich nenne sie das Pferd der Eingesperrten. Doch eigentlich ist sie viel raffinierter. Die acht Beine sind nicht gleich. Mit den vordersten tastet die Spinne, in den hintersten hat sie Kraft, mit den mittleren hält sie das Gleichgewicht. Und erst die Art, wie sie ihr Netz spinnt! Der erste Faden ist der schwerste. Sie befestigt den Anfang, aber damit das andere Ende kleben bleibt, wirft sie ihn in den Luftzug, der etwa durch die Fensterritzen strömt. Dann klettert sie in die Mitte des Fadens und spannt von dort ein Ypsilon. Aus dem werden Querfäden und Speichen gefertigt. Ist das nicht wunderbar? Aber ein Rätsel konnte ich bis heute nicht ergründen: Wenn sich die Spinne abseilt, dreht sie sich nicht am Faden. Aber das müsste sie doch. Hänge ich ein Gewicht an eine Schnur …«

»Vielleicht hat der Spinnenfaden eine besondere Eigenschaft«, sagte Dorothea.

Maria richtete sich auf. »Das sollten wir herausfinden. Such mir ein Tierchen! Oder besser noch mehrere. In meiner Wäschekiste sind Schachteln.«

»Aber in unserer Kabine dürfen wir keine Insektensammlung anlegen. Die anderen Frauen werden sich ekeln.«

»Warum? Gerade über Spinnen sollte man sich freuen. Man sagt, wenn sie an Bord sind, sinkt man nicht.«

»Mit Seemannsweisheiten kannst du Roos und Katrien nicht kommen.«

»Wie dumm.«

Kurz darauf bezog Maria wieder ihre alte Koje. Die Übelkeit kam nicht zurück. Dafür kehrte Langeweile ein. Zu tun gab es wenig, zeichnen konnte Maria ohne Tisch nur schlecht, und das Journal, das sie begann, gab sie bald wieder auf, weil hauptsächlich unerfreuliche Ereignisse zu vermerken waren:

Dienstag, 14. Juli: Der Eintopf war wieder einmal versalzen.

Donnerstag, 16. Juli: Ein Schiffsjunge hat Wein gestohlen und wurde öffentlich ausgepeitscht.

Freitag, 17. Juli: Ein Matrose ist aus der Takelage gestürzt und hat sich das Genick gebrochen.

Am Hafen von Funchal auf Madeira luden sie neuen Proviant und frisches Wasser. Der bestrafte Schiffsjunge ging verlustig. Ein zweites Mal machten sie halt auf Santiago, einer Kapverdischen Insel. Dort heuerten zwei neue Männer an. Dann lag nur noch der weite Atlantische Ozean zwischen ihnen und Surinam.

Maria, die jeden Tag ihres Lebens fleißig gewesen war, gezeichnet, unterrichtet, Insekten gesammelt und ihre Mädchen großgezogen hatte, durfte sich nun, zum Müßiggang gezwungen, nicht einmal mehr selbst verpflegen. Das erledigte der kahlköpfige Smutje, der, wie man munkelte, kaum noch über Augenlicht verfügte, was seine Fehlgriffe beim Würzen erklärte.

Die Mahlzeiten wurden im Hauptdeck eingenommen, und die Beschaffenheit der Speisen schwankte zwischen schlecht und unzumutbar. Zwei Wochen nach ihrem Ablegen von Santiago begann der fade Brei aus Kartoffeln und Zwiebeln faulig zu schmecken, in der Woche darauf wurde er wässrig, und schließlich gab es nur noch Graupen, Erbsen und harte, graue Stücke, die die Bezeichnung *Zwieback* Lügen straften.

»Habe ich dir nicht prophezeit, es wird der Tag kommen, an dem du Kartoffeln vermisst?«, fragte Maria ihre Tochter.

Ein paar Tage lang hatte es noch zähes Fleisch gegeben, das vermutlich von dem Pferd stammte, das unter Deck einer Kolik erlegen war. Dorothea nahm einen Schluck dünnes Bier und starrte missmutig auf ihren Teller. Menschen konnten den Zwieback in seiner trockenen Form nicht beißen, aber Würmer hatten damit keine Probleme. In den Rationen der Merians befanden sich mehrere Fresslöcher. Dorothea klopfte den Zwieback kräftig auf den Tisch. Nichts fiel heraus. Vielleicht waren die Tierchen, die sich an dem Essen gütlich getan hatten, schon weitergekrabbelt. Dorothea warf den Zwieback in den Rest ihres Bieres und wartete ab. Nach einer Weile kroch ein Wurm hervor und trieb schlängelnd an die Oberfläche des Getränks. Mit dem Krug in der Hand stand Dorothea auf.

»Nicht wegschütten«, sagte Maria. »Ich esse meine Würmer. Sie schmecken nach grünen Haselnüssen.«

»Ich will den Zwieback der Deutschen in der Nachbarskabine bringen«, sagte Dorothea. »Der Doktor gibt ihr keine drei Tage mehr. Sie haben sie schon von der Verpflegungsliste gestrichen.«

»Kommst du danach wieder, für eine Prise frische Luft?«

»Natürlich. Wer weiß, wann uns der nächste Sturm ereilt.«

Neben dem Essen war die zweite Möglichkeit des Zeitvertreibs das Flanieren auf dem Oberdeck. Aber das wurde den Damen nur bei gutem Wetter erlaubt, und gutes Wetter hieß wenig Wind und geringer Wellengang. Man blickte auf ruhiges Wasser und einen immer gleichen Horizont. Nach einer Weile, wenn die Augen von der Sonne brannten und wieder nichts Außergewöhnliches geschehen war, ging man zurück in seine Kabine und hoffte, müde genug geworden sein, um erst ein paar Stunden näher am Ziel wieder aufzuwachen.

Delfine würden auftauchen, versprach der Kapitän, näher an Amerika auch Fliegende Fische. In ihrer freien Zeit warfen die Seeleute Angeln aus, und hin und wieder fingen sie tatsächlich einen Tümmler, der den Speiseplan ergänzte. Manchmal hatten sie Haie am Haken. Die wurden an Deck gezogen und zu Marias Entsetzen zerstückelt und wieder dem Wasser übergeben, weil sie Feinde der Seefahrt seien.

Der Kapitän mahnte die Frauen, stets zu mehreren und nur bei Tage an Deck zu gehen. Für den Anstand seiner Leute könne er nicht garantieren. Viele fuhren zur See, weil sie an Land keine Arbeit fanden, und der eine oder andere kam geradewegs aus dem Zuchthaus. Darüber hinaus handelte es sich bei den mitreisenden Männern um Soldaten, die die Truppe in Surinam verstärken sollten. Finstere Kerle waren das, deren einziges Gepäck aus Schnaps bestand und die nur auf eine Gelegenheit zu warten schienen, ihren anzüglichen Bemerkungen Taten folgen zu lassen.

Gern hätte Maria überprüft, ob ihr Gepäck noch in gutem Zustand war, doch der Zutritt zum Frachtbereich war ihr ebenso untersagt wie der Abstieg in den Unterraum, in dem Steine das Schiff stabilisierten und von wo die Mannschaft regelmäßig das einsickernde Wasser abpumpte.

Also verbrachten die Frauen die meiste Zeit in ihren Kabinen im Halbdunkel zwischen Wäsche, die nicht trocknen wollte.

Dorothea immerhin fand ein Vergnügen für sich. Indem sie Krankheiten vortäuschte, kam sie in den Genuss der Aufmerksamkeit von Doktor Hendriks.

»Ihr Puls ist hoch«, sagte der Arzt mit besorgter Miene.

Mit zwei Fingern maß er an Dorotheas Unterarm und wiederholte die Untersuchung am Hals, was Maria überflüssig fand, hatte doch ein englischer Arzt schon vor Jahrzehnten nachgewiesen, dass Blut zirkulierte.

»Nicht wahr?« Dorothea sah zu dem Arzt hinauf. »Ist das gefährlich, Doktor?«

»Tja, es kann ein Symptom vieler Krankheiten sein.« Doktor Hendriks hob Dorotheas Kinn an, um ihre Augen zu überprüfen. »Aber Ihre Bulbi Oculi sind klar, ohne Gelbverfärbung, das ist erfreulich.«

»Wenn Sie das sagen«, hauchte Dorothea.

Keine Armeslänge von Maria entfernt schmachteten die beiden sich an. Zweifellos hatte sich nun auch der Puls des Arztes beschleunigt. Mit einem Räuspern erinnerte Maria die jungen Leute an ihre Gegenwart.

»Vielleicht liegt ein Messfehler zugrunde«, sagte Maria. »Will man ein bestimmtes Ergebnis erhalten, ruft man es oftmals durch sein Verhalten selbst hervor.«

Errötete der Doktor? Aus ihrer Position konnte Maria nur seinen Hinterkopf sehen. Zumindest stand der Mann auf.

»Ich sehe morgen wieder nach Ihnen, Fräulein Merian.«

»Vielen Dank«, sagte Dorothea.

»Es ist ja meine Pflicht.«

Diese Worte richtete Doktor Hendriks an Maria. Nach seinem Abgang brach sie in Gelächter aus. »Meine Pflicht! Und morgen muss ich Sie wieder untersuchen, Fräulein Merian. Ach, wie schrecklich! Lieber zöge ich dem Smutje seinen letzten Zahn.«

»Lass das Spotten, Mutter.«

»Euer Schäkern kann ich nur mit Humor ertragen. Vergiss nicht, ich bin auch hier und muss das alles mit ansehen. Wo sollte ich denn hin?«

»Bei der Deutschen gibt es Tee.«

»Ist sie genesen?«

»Ja, auf wundersame Weise.«

»Dann lass uns hingehen«, sagte Maria.

In den oberen Betten regten sich Roos und Katrien. »Wir kommen mit.«

Die Deutsche hieß Greta. In Ermangelung einer Kochmöglichkeit hatte sie eine sparsam bemessene Menge zerkrümelter Teeblätter über Nacht in kaltem Wasser ziehen lassen. Immerhin gab der Zusatz dem Getränk eine leicht bräunliche Farbe und eine bittere Note, die den Fäulnisgeschmack überlagerte.

Greta bewohnte die Kabine allein. Die Hälfte des Raums nahmen Ballen von Segeltuch ein, das nach Surinam transportiert wurde. Maria, Dorothea, Roos und Katrien nahmen darauf Platz. Katrien stellte ihren Becher auf die Handfläche wie auf eine Untertasse.

In der anderen Hälfte der Kabine stand ein Stockbett. Die obere Schlafstätte hatte zu Beginn der Reise einer Passagierin gehört, die schon nach wenigen Tagen den Kampf gegen die Wassersucht verloren hatte.

»Ihr Bauch war geschwollen, als erwartete sie ein Kind«, sagte Greta. »Schon in Amsterdam ging es ihr schlecht, aber das hat sie vor allen verborgen. Sonst hätte man sie gar nicht an Bord gelassen. Sie wollte nicht mit mir reden, hat auch nicht geklagt, und am vierten Morgen lag sie steif und kalt da.«

»Ihr Tod ist an uns vorbeigegangen«, sagte Maria.

»Man machte kein Aufhebens. Sie haben sie in einen Sack gesteckt und noch vor dem Frühstück dem Meer übergeben. Ich wollte für sie beten, aber der Kapitän blaffte mich an, kaum hatte ich die ersten Worte gesprochen.«

»Katholiken mögen sie nicht«, sagte Maria auf Deutsch. »Man muss sich vorsehen.«

»Ich heirate einen Plantagenaufseher«, antwortete Greta, ebenfalls in Marias Muttersprache. »Nach meiner Religion hat er mich nicht gefragt. Wahrscheinlich hält er mich für eine Calvinistin, weil er nur solche kennt.«

»Was sollte er auch anderes denken?«, fragte Maria. »Außerdem ist dein Niederländisch hervorragend.«

»Ich habe zwei Jahre in Amsterdam als Schankmädchen gearbeitet und Geld für die Überfahrt gespart. Mein Zukünftiger konnte nur die Hälfte dazugeben, aber bald bekommt er eine bessere Position und baut uns ein Haus in Paramaribo.«

»Wir verstehen nichts«, beschwerte sich Roos auf Niederländisch. »Was beredet ihr?«

»Zukunftspläne«, sagte Maria. »Greta erwartet ihre Hochzeit gespannt.«

»Vor allem freue ich mich, dem Tod von der Schippe gesprungen zu sein«, sagte Greta.

Die anderen nickten zustimmend. »Wer wartet auf euch im neuen Land?«, richtete Katrien das Wort an Maria und ihre Tochter.

»Oh, was uns angeht, wir suchen keine Männer«, sagte Maria.

»Sondern?«, fragte Katrien.

»Schmetterlinge.«

»Das habt ihr bereits erwähnt. Aber das ist doch nur eine Schrulle, etwas, womit man eine Abendgesellschaft unterhält, wenn man das Klavierspiel nicht beherrscht.«

»Wir leben davon.« Maria imitierte die gezierte Art, in der Katrien ihre Teetasse hielt, und sagte mit einem Näseln in der Stimme: »Auch wenn die Einführung in die surinamische Gesellschaft für meine Dorothea einen Abstieg bedeutet. In Amsterdam verkehrte sie ja nur in den besten Familien. Mit ihrer Freundin Amalie Carels sollte sie auf *Grand Tour* gehen. Das mussten wir verschieben, weil der Zar zu Besuch kam.«

Wie es wirklich war, weiß hier ja niemand.

»Der Zar von Russland?« Katrien machte große Augen. Sie stammte aus dem Süden der Niederlande. Aus Amsterdamer Sicht war das tiefste Provinz.

»Möchtet ihr von ihm hören?«, fragte Maria.

»Da gibt es wirklich nicht viel zu erzählen«, sagte Dorothea.

»Ach, sei nicht so bescheiden.« Maria stellte ihre Tasse ab und wollte eine beschönigte Version der Ereignisse zum Besten geben.

Polternde Schritte auf dem Gang holten sie in die Gegenwart zurück.

»Alle Mann an Deck!«, schrie jemand. »Ladet die Kanonen!«

Die Frauen sahen sich an. In den Gesichtern der anderen erblickte Maria Schrecken. Ihr Herz setzte für einen Schlag aus.

Roos sprang auf. Mit einem Ruck zog Katrien sie zurück auf das Segeltuch.

»Wir bleiben hier!«, sagte sie schroff.

»Aber das wurde nicht befohlen.«

»Weil niemand an uns denkt. Wir können nicht schießen, nur beten.«

Katrien senkte den Kopf und verschränkte ihre Finger so fest, dass die Knöchel weiß hervortraten.

»Ich frage mich, wer uns angreift«, sagte Roos. »Engländer? Franzosen? Wir haben doch Frieden.«

Ihre Stimme ging in Lärm unter. Menschen rannten, Türen wurden geschlagen, und die Holzböden und Wände gaben die Klänge weiter. Es knarzte und klapperte unter, über und neben ihnen wie in einem riesigen Würfelbecher, den jemand schüttelte. Maria presste die Beine aneinander und spürte das Messer, das sie um den Unterschenkel gebunden trug. Eine lächerlich kleine Waffe war das, verglichen mit den Kanonen. An denen ging sie jeden Tag vorbei. Sie hatte auch schon zugesehen, wie sie gesäubert wurden. Sechs Stück davon gab es an Bord, je drei zu beiden Seiten des Decks. Tonnenschwer waren sie, und dazu kam noch das Gewicht der Kugeln. Auf einem Segelschiff, auf dem jedes Fass Wasser die Geschwindigkeit verringerte, führte man solche Last nicht ohne Grund mit.

»Die Soldaten werden uns verteidigen«, sagte Roos mit zitternder Stimme.

»Auf die betrunkene Horde kannst du nicht zählen«, entgegnete Greta. »Würde mich wundern, wenn es denen gelingt, ihre Stiefel anzuziehen.«

Maria spürte Dorotheas Berührung am Unterarm.

»Glaubst du, es sind Piraten?«, fragte Dorothea.

Maria nahm ihre Hand. Sie war kalt trotz der Schwüle, die unter Deck herrschte.

»Atme ein, zähle bis drei und atme aus«, sagte Maria. »Langsam, sonst wirst du ohnmächtig.«

Aber wäre das nicht besser? Dann entginge ihr das Schlimmste. Wo wir sind, weiß niemand. Zuletzt wurden wir im Hafen von Santiago gesehen. Dieses Schiff wird eines derer sein, die niemals ankommen, verschwunden auf Nimmerwiedersehen, versenkt im tiefen Ozean. Wir werden hier sterben, und das ist meine Schuld. Alles habe ich dafür getan, an Bord gehen zu können und Dorothea mitzunehmen. Surinam wollte ich ihr zeigen, und nun wird sie es niemals sehen. Ein nasses Grab wird sie finden. Zu Hause bangt Johanna, und mit jedem Tag wird ihre Hoffnung schwinden, und schließlich wird sie Kreuze für uns aufstellen, weil sie weiß, das Warten ist vergebens.

Draußen wurde es ruhiger. Dann ließ ein Knall die Frauen zusammenfahren.

»Eine Kugel verbraucht«, sagte Greta. »Hoffentlich hat sie getroffen. Wie viele führen wir mit?«

»Das war noch keine Kanone«, sagte Maria. »Den Rückstoß hätten wir gespürt. Wahrscheinlich hat jemand einen Warnschuss aus einer Muskete abgegeben.«

»Mehr als zwei Dutzend Kanonenkugeln sind nicht an Bord«, sagte Katrien. »Bestimmt haben die Piraten mehr.«

»Die gehen anders vor«, sagte Greta. »Ihre Schiffe sind schnell, sie weichen aus, und dann kapern sie. Mit Säbeln metzeln sie die Männer nieder, und wenn sie uns finden –«

»Hör auf«, herrschte Maria sie an.

Roos war wieder aufgesprungen und lief in der Kabine hin und her. Dabei trat sie Dorothea auf die Füße, ohne es auch nur zu bemerken.

»Meine Mutter hat immer das Waschwasser in die Mäuselöcher geschüttet.« Ihre Stimme war schrill vor Angst. »So will ich nicht sterben. Ich will nicht ertrinken!«

»Wenn dich die Piraten in die Finger kriegen, wirst du dir wünschen, tot zu sein«, sagte Greta. »Wir sollten uns von Bord stürzen.«

Wie um diesen Rat zu befolgen, machte Roos zwei Schritte zur Tür, blieb vor ihr stehen und starrte sie an, als hätte sie vergessen, wie sie zu öffnen sei. Zu ihren Füßen bildete sich eine Pfütze. Roos hatte sich eingenässt.

Katrien fiel auf die Knie und begann laut zu beten. »Vater, ich habe gesündigt, ich war eitel und faul, aber wenn du nur noch einmal Vergebung zeigst …«

Neben ihr war Greta in Schreckstarre verfallen. Dorothea weinte still. Das Beben ihrer Schultern übertrug sich auf Maria.

Wenn das so weitergeht, verlieren wir alle den Verstand.

»Bewaffnet euch.« Maria zog ihr Messer. »Wehren wir uns wenigstens, wenn es so weit ist.«

Bei Greta schienen ihre Worte zu wirken. Die Deutsche suchte unter ihrem Bett und zog eine Stoffhülle hervor, die etwas Längliches enthielt. Die Frauen hielten gespannt inne. War das ein Knüppel? Nein, es handelte sich um einen Fächer.

»Du dummes Weib«, rief Katrien. »Das ist ja noch lachhafter als Marias Kartoffelmesser. Betet lieber mit mir. Helfen kann uns jetzt nur noch der Herr.«

Greta ließ die Hand mit dem Fächer sinken. Auch sie schien sich nun gewahr zu werden, wie wenig sie mit ihrem Schmuckobjekt würde ausrichten können. Gehorsam faltete sie die Hände.

»Gegrüßet seist du, Maria, voll der Gnade«, begann sie, »der Herr ist mit dir …«

»Ein Katholikenweib bist du«, rief Katrien. »Ich hätte es ahnen müssen. Deine Rosenkränze haben uns Verderben gebracht. Mit dir werden wir nicht errettet.«

»Da spricht die Richtige.« Greta zitterte vor Empörung. »Ihr Calvinisten jagt doch nur dem Geld hinterher, statt euch um eure Nächsten zu kümmern.«

»Ha! Ohne uns Calvinisten wärst du gar nicht hier. Katholiken bringen doch nichts zustande. Den Wein und das Feiern liebt ihr. Ja, ihr kümmert euch um eure Nächsten, und zwar um die Ehemänner eurer Nächsten! Verdorben seid ihr, und treibt ihr es zu toll, beichtet ihr, und das Spiel geht von vorne los.«

»Ruhe!«, schrie Maria.

Noch immer hielt sie das Messer in der Hand. Dieser Anblick sorgte bei den Anwesenden für Schweigen. In der aufgeheizten Stimmung konnte alles passieren, das spürte offenbar jede von ihnen.

»Ruhe«, wiederholte Maria in einem gänzlich anderen, beinahe erstaunten Ton. »Hört ihr das?«, fragte sie.

Alle lauschten. Nicht mal ein Atmen war vernehmbar.

»Nichts«, flüsterte Dorothea schließlich.

»Genau«, sagte Maria. »Dabei müssten die Piraten uns längst erreicht haben. Sie segeln doch ein schnelles Schiff.«

»Möglicherweise sind sie schon hier und haben alle Männer gemordet«, sagte Katrien.

»Das glaube ich nicht. Ich sehe nach.«

Bevor sie jemand aufhalten konnte, öffnete Maria die Tür. Vor der Stiege, die zum Oberdeck führte, lagen ein umgefallener Eimer und eine Bürste. Einer der Schiffsjungen musste das Putzzeug in der Eile fallen gelassen haben.

Maria stieg zum Oberdeck empor. Ihr Rocksaum schleifte über die Stufen, und ihre Sohlen rutschten auf einer nassen Stelle. Aus dem stickigen Mief, der unter Deck herrschte, gelangte sie an die frische Seeluft. Ihre Kopfhaut kribbelte. An Deck fand sie die gesamte Mannschaft vor. Die meisten der Männer hatten steuerbords hinter den Kanonen Aufstellung genommen. Einer stützte sich auf den Ladestock, zu den Füßen eines zweiten stand ein Fässchen Schießpulver. Viele hielten Flinten, auf die Bajonette gesteckt waren. Doktor Hendriks hatte wohl keine Feuerwaffe abbekommen, er umklammerte seine Amputationssäge und einen Knochenheber, der in einen spitzen Haken zulief. Die Männer bewegten sich nicht, sondern blickten auf das Meer hinaus, als folgten sie einem Schauspiel. Weit draußen, kurz vor dem Horizont, war ein Schiff als dunkler Schemen auszumachen. Auf die Entfernung konnte man keine Bewegung erkennen, aber am allmählichen Kleinerwerden des Punktes wurde deutlich: Das Schiff verschwand.

»Sie haben abgedreht«, sagte der Kapitän. »Entladet die Kanonen. Alle Mann zurück an die Arbeit.«

Mittlerweile hatten sich auch die anderen Frauen an die Luft gewagt.

»Aber warum?«, fragte Maria. »Weshalb greifen sie nicht an?«

»Wir haben sie eingeschüchtert«, sagte der Kapitän zufrieden. »Sie haben leichte Beute gesucht.«

Noch leichtere als uns?

Maria musterte die Männer, die sich nun wieder zerstreuten. Etliche hatte der Skorbut gezeichnet. Sie waren abgemagert, schleppten sich müde dahin, kratzen sich die schrundige, blutende Kopfhaut und besaßen kaum noch Zähne. Um ihr Leben hätten diese Menschen gewiss gekämpft, aber hätten sie noch genügend Kraft und Willen besessen, um das Schiff und die Ladung zu verteidigen, die ihnen nicht einmal gehörte?

Die anderen Frauen fielen sich in die Arme und jubelten. Vergessen war die religiöse Feindschaft. Auch Maria hätte tanzen mögen vor Erleichterung, jemanden fassen und herumwirbeln, aus purer Freude darüber, am Leben zu sein.

Wo steckte Dorothea? In der Gruppe der Frauen fehlte sie. Mit den Augen suchte Maria das Deck ab und machte einen

Zipfel von Dorotheas Rock hinter einem Mast aus. Zwei Matrosen, die ein Tau aufrollten, versperrten ihr den Blick. Sie sah bloß einen Arm, einen weißen Ärmel und braune Lederschuhe, die ihr bekannt vorkamen. Die Spitzen dieser Schuhe berührten Stiefel, die eindeutig die ihrer Tochter waren. Küsste Doktor Hendriks dort hinten etwa Dorothea?

Maria wollte nachsehen, aber jemand rief: »Achtung, explosiv!«, und der Seemann mit dem Pulverfässchen bahnte sich seinen Weg an ihr vorbei. Er würde das Schießpulver wieder in den untersten Laderaum bringen, der im Fall eines Feuers geflutet werden konnte, damit Mannschaft und Schiff nicht in die Luft flogen. Männer liefen durcheinander, der Smutje rief, er koche zur Feier des Tages Mehlklöße, und als Maria den Mast erreichte, war der Arzt fort. Jedoch ließ das träumerische Lächeln, das Dorotheas Mundwinkel umspielte, keinen Zweifel daran, was gerade geschehen war.

»Im Überschwang der Gefühle leisten wir uns manche Torheit«, sagte Maria.

»Und?«, entgegnete Dorothea.

»Wir mögen fern der Heimat sein, aber auch hier reden die Leute.«

»Ich weiß, man muss sich prüfen, bevor man sich bindet. Sonst trifft man eine schlechte Wahl und landet im Spinnhaus. Aber Roos sagt, in Surinam gibt es gar keine solche Anstalt. Dort ist man froh um jedes Weib.«

Maria zupfte an Dorotheas Bluse.

»Auf der Schulter löst sich eine Naht«, sagte sie.

»Kannst du das ausbessern, Mutter?«

»Das solltest du selbst tun. Willst du eines Tages deinen eigenen Haushalt führen, ist das ja wohl das Mindeste.«

Paramaribo, Surinam

Die Fliegenden Fische kamen im Schwarm. Einer nach dem anderen schossen sie aus den Wellen und segelten mit ausgebreiteten Flossen über das Wasser. In der Sonne glitzerten ihre Schuppen silbrig. Von Weitem glaubte man Sternschnuppen zu sehen, und von Nahem erinnerten die fabelhaften Wesen an geflügelte Heringe. Die meisten von ihnen flogen zu niedrig und in zu großer Entfernung zum Schiff, aber hin und wieder katapultierte sich einer nahe der Bordwand aus dem Wasser und landete an Deck, wo Maria ihn in einen Bottich verfrachtete. Am Abend brachte sie ihre Beute dem Smutje, der die Tiere ausnahm und samt Haut, Kopf und Gräten zu Suppe verkochte. Selten hatte Maria etwas besser geschmeckt. Sie spürte etwas Kraft in ihren Körper zurückkehren.

Tage später landete die erste Möwe und kündete von Land. Vor Aufregung konnte Maria kaum noch schlafen. Des Nachts stahl sie sich an Deck, versteckte sich zwischen den Kanonen und beobachtete die Sterne, die hier andere waren. Als sie zum ersten Mal das Kreuz des Südens entdeckte, ein Sternbild, das ihr bis dato nur von Alettas Himmelsgloben bekannt war, juchzte sie vor Freude. Der Seemann, der Nachtwache hatte, drehte sich um, beließ es aber dabei, tatenlos ins Dunkel zu starren. Niemand ging mehr einen Schritt zu viel oder machte einen überflüssigen Handgriff. Die Mannschaft war ausgelaugt.

Am Morgen des letzten Tages auf See regnete es, doch das war kein Niederschlag, wie Maria ihn aus den Niederlanden gewohnt war, kalt und windgepeitscht. Während der letzten Wochen war der Regen immer wärmer geworden und hatte sich der Temperatur von Badewasser angenähert, sodass man meinen konnte, es tropfe aus löchrigen Zubern. Heute waren die Zuber nicht nur leck. Ein Guss ging über der *Willem de Ruyter* nieder. Zu klein waren die Öffnungen in der Bordwand, durch die das Wasser abfließen sollte, und binnen Augenblicken war das Deck bis auf Knöchelhöhe geflutet.

»Zieh deine Stiefel aus«, sagte Maria zu Dorothea. »Wir wollen uns die Füße waschen.«

Sie tollten wie übermütige Mädchen herum und bespritzten sich gegenseitig, obwohl jede von ihnen schon bis auf die Haut durchnässt war.

Welch herrliches Gefühl, es ist beinahe wie Schwimmen.

Sie hörten erst auf, als die Seemänner sie fortschickten, weil sie die Arbeit behinderten. Lachend liefen sie zurück in ihre Kabine und mussten sich von der kopfschüttelnden Roos aus ihren Kleidern helfen lassen, weil sie es allein nicht fertigbrachten, die vollgesogenen Ärmel abzustreifen. Draußen trommelte der Regen aufs Meer. Maria und Dorothea wrangen ihre Haare aus, zogen ihre zweite Garderobe an und dazu die Stiefel. Als sie sich wieder passabel frisiert hatten, war es vor der Luke still geworden. Dafür klappten nun Türen, und von den Gängen waren Rufe zu vernehmen.

»Endlich …«

»… nur eine Stunde noch …«

»Jetzt kann nichts mehr passieren.«

»Komm«, sagte Maria zu Dorothea. »Verpassen wir nicht die Ankunft.«

Während des Regens hatten sie ein paar Inseln passiert und näherten sich nun der Küste von Surinam. Sie fuhren in die Mündung des gleichnamigen Flusses, vorbei an Wäldern von Mangroven, deren gewaltige Wurzeln wie Stelzen weit aus dem Boden ragten. Inzwischen hielt es keine der Frauen mehr unter Deck. Selbst Katrien, die Wochen damit verbracht hatte, die Leinentücher ihrer Aussteuer mit ihren neuen Initialen zu besticken, lehnte an der Reling.

»Seht mal, ein Affe!«, rief sie. »Und noch einer!«

Dorothea behauptete, den Kopf eines Krokodils im Wasser gesichtet zu haben. Das Land schien sumpfig zu sein. Ein Geruch von Moder wehte ihnen entgegen. In den Bäumen war ständig Bewegung. Hier neigte sich ein Zweig, dort raschelten Blätter, doch Maria konnte keine Tiere ausmachen. Strengte sie sich an, verschwamm ihr Blick. Nahrungs- und Schlafmangel setzten ihr zu. Ob die roten Flecken inmitten des Ufergrüns Papageien oder große Blüten waren, konnte sie nicht sagen. Sie legte die Hände über die Augen.

»Gleich sind wir im Hafen«, hörte sie Dorothea sagen. »Da ist schon die Burg.«

»Das Fort, meinen Sie wohl.« Das war die Stimme von Doktor Hendriks. Er musste sich zu ihnen gesellt haben. »Die Engländer haben es gebaut, als das alles noch ihnen gehörte. Wie Sie vielleicht wissen, bekamen wir dieses schöne Fleckchen Erde, weil wir den Angelsachsen Neu-Amsterdam überließen. Ein gutes Geschäft war das, wenn Sie mich fragen, ein ganzes Land im Austausch gegen ein paar Häuser und Straßen. Der Herzog von York soll große Pläne für die Stadt haben. Wie man hört, nennt er sie Neu-York.« Doktor Hendriks lachte. »Der eitle Kerl!«

Behutsam massierte Maria ihre Lider, um die Tränenflüssigkeit etwas zu verteilen.

Ich kann doch nicht halb blind in den Hafen einlaufen!

Jetzt ging es besser. Zur Rechten des Schiffes erkannte sie eine Bastion mit glatten Wänden und kleinen Fenstern.

Vor dem Anlanden wartete noch eine Geduldsprobe. Schon fast im Hafen, wurden sie von einer Barke aufgehalten, in der ein Herr gebieterisch winkte. Die Ruderer lenkten das Boot neben den Dreimaster, aber der Herr kam nicht an Bord. Doktor Hendriks eilte zu ihm, eine lederne Mappe in der Hand, und reichte Papiere hinunter.

»Seuchenkontrolle«, erklärte Dorothea. »Bestimmt geht das schnell. Doktor Hendriks war schon öfter in Paramaribo und ist mit den Leuten vertraut. Sie glauben ihm, wenn er sagt, dass wir nichts Böses einschleppen.«

Doch das Palaver zog sich in die Länge. Die Sonne brannte mit ungewohnter Kraft, das Wasser warf ihre Strahlen zurück, und Maria musste die Augen mit den Händen beschatten. Sie zählte die Häuser der ersten Reihe hinter dem Hafen: achtundzwanzig. Alle waren aus Holz gebaut. In einer Querstraße sah sie ein etwas größeres Gebäude, vielleicht ein Gotteshaus. Von denen waren wohl mehrere vorhanden. Laut Jacob gab es in Surinam auch eine jüdische und eine katholische Gemeinde. Kirchtürme sah Maria keine, aber am nördlichen Stadtrand stach ein steinernes Gebäude hervor. Das war bestimmt der Sitz der Kompanie. Es musste Dutzende Schiffe gebraucht haben, um das Material aus der Alten Welt herbeizuschaffen. Doch mehr als der zur Schau gestellte Reichtum interessierte Maria das Gewächs, das sie vor dem trutzigen Bau entdeckte.

Ist das ein Kokosnussbaum? Der ist ja beinahe zweimal so hoch wie die Wohnhäuser!

Agnes Block hatte Palmen in ihrer Orangerie, aber die überragten einen kaum. Maria trat von einem Fuß auf den anderen. Sie wollte endlich an Land!

»Mutter, bitte!«

Dorothea entwand sich lachend Marias Griff. Maria hatte wohl, ohne es recht zu bemerken, nach der Hand ihrer Tochter gegriffen und sie nervös geknetet.

»Entschuldige.«

Aber Dorothea strahlte nur und blitzte sie mit vergnügten Augen an. Sie war offensichtlich mindestens genauso aufgeregt wie Maria selbst. *Wer könnte es uns auch verdenken.*

Nach einer gefühlten Ewigkeit griff der Kontrolleur zu einem Stempel, drückte ihn mehrmals auf verschiedene Zettel und gab Doktor Hendriks die Papiere zurück. Der Dreimaster lief in den Hafen ein. Als nach der unerträglich langen Prozedur des Vertäuens schließlich der Landesteg hinabgeschoben wurde, wurden die Frauen endlich in die Freiheit entlassen. Am Hafen wartete bereits eine Gruppe von Menschen auf die Ankommenden und die Ladung. Ein Mann mit einem Handkarren schien Früchte verkaufen zu wollen und pries seine Ware fuchtelnd und schreiend an, doch Maria verstand ihn nicht, weil die Rufe der anderen Wartenden ihn übertönten. Ein stattlicher Herr mit hochrotem Kopf brüllte Katriens Namen. Offenbar war er in Sorge, ein anderer könne ihm seine Versprochene im letzten Moment wegschnappen. Doch die Witwe rempelte Dorothea beiseite und kämpfte sich unter Einsatz ihrer Ellbogen zu ihrem künftigen Gatten vor. Abseits des Pulks entdeckte Maria eine weitere Palme. Die musste sie unbedingt gleich näher besehen.

Aber zunächst galt es, all ihre Kisten in Empfang zu nehmen. Ohne das Zeichenmaterial würden sie ihre Arbeit nicht aufnehmen können. Kaum war alles vollständig, legte Maria Dorothea eine Hand auf den Arm.

»Bleib bei unseren Sachen, ja?« Hastig raffte sie ihre Röcke zusammen. »Ich bin gleich wieder da.«

Noch bevor die verdutzte Dorothea auch nur hatte antworten können, war Maria schon auf und davon gerannt. Wie schön es war, wieder Erde unter den Füßen zu spüren und eine Strecke zurücklegen zu können, die länger war als die vierzig Schritte zählende Länge des Decks. Marias Körper war keine Ertüchtigung mehr gewohnt, und als sie die Palme erreichte, drohten ihre Beine nachzugeben. Schwer atmend stützte sie sich an dem eigenartigen Baum ab.

Sein Stamm bestand aus harten Schuppen, borstiger als die des jungen Exemplars von Frau Block, und er war erstaunlich schlank. Maria konnte ihn mit beiden Armen umfassen. Weit über ihr fächerten sich die Wedel auf und beschatteten die Kokosnüsse. Es schien, als wäre der Baum eilig in die Höhe geschossen, um seine Früchte in Sicherheit zu bringen. *Und diese erstaunliche Pflanze gedeiht hier wild, bedarf keiner Heizung, keiner Pflege durch Gärtner, keines Glashauses!*

Maria hätte sich noch lange in stummem Staunen ergehen können, doch sie musste zurück zu Dorothea. Atemlos erreichte sie ihre Tochter und brachte unter Schnaufen hervor:

»Verzeih, aber die Palme musste ich einfach untersuchen. Welch Jammer, dass wir sie nicht in unserer gewohnten Weise zeichnen können. Die Wedel sind viel zu mächtig, dagegen würde eine Raupe verschwinden, oder wir bräuchten Papier von den Maßen einer Tafel. Was meinst du, sollen wir ausnahmsweise eine verkleinerte Gesamtsicht des Baums in einem Kasten …«

»Mutter!«, sagte Dorothea im Ton einer strengen Gouvernante. »Begrüße erst einmal Frau van Dijk.«

Neben ihr stand eine korpulente Person, die trotz der Hitze im Sonntagsstaat erschienen war. Über einem hellen Seidenkleid trug sie einen Vlieger, ein vorn geöffnetes Überkleid, das in der Alten Welt schon seit einiger Zeit aus der Mode geraten war.

»Ein jeder ist froh, endlich der Enge des Schiffes entkommen zu sein«, sagte Frau van Dijk. »Seien Sie willkommen in Surinam, Frau Merian!«

Maria ergriff die dargebotenen Hände, drückte sie und versuchte, die Freude über die Entdeckung der Palme in Herzlichkeit zu verwandeln.

Frau van Dijk und ihr Ehemann besaßen eine Plantage, waren mit Jacob bekannt und hatten sich angeboten, den Merians in ihren ersten Wochen in Surinam unter die Arme zu greifen. Ein Häuschen in Paramaribo war schon gefunden, dahin würden sie das Gepäck von Maria und Dorothea bringen lassen. Erst einmal sollten die beiden Frauen aber mit zu ihnen kommen. Dort warte »ein kleines Mahl zu Ihren Ehren«.

»Über richtiges Essen freuen sich Ihre Mägen vermutlich«, sagte Frau van Dijk.

»O ja«, sagte Dorothea. »Zwieback können wir nicht mehr sehen.«

Mit Frau van Dijk strebte sie der wartenden Kutsche zu.

Maria blickte zurück auf das Schiff. Seine Segel waren schon eingeholt. Von hier aus kam ihr die *Willem de Ruyter* nun lächerlich klein vor. In dieser Nussschale sollten sie einen Ozean überquert haben? Das schien ihr ein Ding der Unmöglichkeit zu sein. Aber war der Schmetterling erst einmal geschlüpft und hatte seine Flügel entfaltet, passte er wohl auch nicht mehr in seine Puppenhülle.

»Die dort ist Frau Merian«, hörte sie die Stimme des Kapitäns.

Maria drehte sich um. Einer der Hafenarbeiter hatte sie gesucht. In den Händen hielt er eine Kiste.

»Ihre«, sagte er nur.

»Nein«, widersprach Maria. »Unser Gepäck ist komplett, ich habe achtgegeben.«

Ihr Blick fiel auf die Oberseite der Kiste. Dort stand ihr Name, ausgeschrieben und vollständig mit ihrem zweiten Vornamen *Sibylla*. Auch das war seltsam. Gepäckstücke, die im Frachtraum mitreisten, wurden nur mit Kürzeln versehen.

»Kam die Kiste mit einem anderen Schiff?«, fragte Maria.

»Ja, die stand schon länger herum«, sagte der Mann. »War bei einer Weinlieferung mit dabei.«

»Und der Wein wurde wo geladen?«

»In Spanien oder Portugal, denk ich. Auf was zu trinken würde ich hierbei aber nicht hoffen.«

Der Mann stellte die Kiste hin und ging, nach Erhalt einer zufriedenstellenden Menge Trinkgelds, wieder seiner Wege. Prüfend hob Maria die Sendung an. Leicht war sie. Flaschen konnte sie wirklich keine enthalten. Durch eine Lücke zwischen den Brettern fühlte Maria Stoff. Darunter schien etwas Weiches zu sein. Vielleicht Stroh zur Polsterung?

»Wir warten auf dich!« Dorothea kam mit Frau van Dijk zurück, warf einen Blick auf die mysteriöse Lieferung und fragte: »Was ist da drin?«

»Pinsel, denke ich.« An Frau van Dijk gewandt sagte Maria: »Sie zerfransen rasch, und ich brauche makellose Spitzen. In Amsterdam habe ich viele großzügige Förderer. Die dortigen Kaufleute unterstützen Künstlerinnen, wo sie können. Anscheinend senden sie mir sogar in die Ferne Geschenke.«

Frau van Dijk beteuerte, man werde sich auch in Surinam nicht lumpen lassen. Hier lebten zivilisierte Bürger mit Bildung in schönen Häusern, davon könnte Maria sich gleich selbst ein Bild machen. Den Merians voran ging Frau van Dijk zur Kutsche. Die Federn, die ihren Haarknoten schmückten, wippten zart bei jedem Schritt.

»Förderer haben wir?«, flüsterte Dorothea. »Die kenne ich gar nicht.«

Maria legte einen Finger auf die Lippen und schüttelte den Kopf.

»Aber wer sandte dir dann die Kiste?«, fragte Dorothea.

»Irgendjemand.«

»Mach sie auf.«

»Später.«

Wenn ich allein bin.

Womöglich stammte die Kiste von Jan. Aber was sollte er schicken? Wenn er Maria treffen könnte, würde ein Brief ausreichen. War das also ein schlechtes Zeichen?

Die stand schon länger herum.

Es würde zu Jan passen, die Kiste im Süden Europas aufzugeben. Aus irgendeinem Grund hatte er die Niederlande gemieden. Oder war doch jemand anderes der Absender?

Am Ende ist Jan gestorben, und dies ist sein Nachlass. Er hat vielleicht einen Freund gebeten, mir seine persönlichen Dinge zu schicken, sollte er ums Leben kommen.

Doch von Freunden hatte Jan nie gesprochen. Er schien ein Einzelgänger zu sein.

Maria konnte ihren Gedanken nicht länger nachhängen. Während die üppige Landschaft in leuchtenden Farben an ihnen vorüberzog, feuerte Frau van Dijk eine erste Salve Fragen ab:

»Wie geht es den Carels? Ihre älteste Tochter muss inzwischen eine junge Dame sein, nicht wahr? Ist sie bereits verlobt?«

»Gut«, sagte Maria. »Ja, eine junge Dame. Und nein, nicht dass ich wüsste.«

Sie rollten auf einen Feldweg, der entlang des Surinamflusses verlief, ließen die Siedlung hinter sich und näherten sich der ersten Plantage. In Amsterdam hatte Maria vor der Abreise eine neue Karte von Surinam gesehen. Es gab noch einen zweiten großen Fluss, den Commewijne, und auch an dessen Ufern reihten sich Plantagen wie Perlen an einer Schnur. Ihre Zahl mochte an die hundert betragen. Die Parzellen am Wasser waren länglich und die Grenzen wie mit dem Lineal gezogen. Maria hatte geglaubt, der Kartenzeichner hätte krumme Grundstücke begradigt wiedergegeben, doch auch in der Wirklichkeit war alles gleichförmig und schien nach demselben Prinzip angelegt worden zu sein. Alleen führten zu den Häusern der Plantagenbesitzer, in einiger Entfernung standen die einfachen Hütten der Sklaven, und auf den Feldern wuchs etwas, das aus der Ferne an Rasen erinnerte. Von einer Zuckerrohrwüste hatte Jan gesprochen, und Maria verstand nun, was er meinte. Über die jungen Triebe sah sie zur ungezähmten Natur, dem Urwald, der wie eine grüne Mauer aufragte. Einen eindrucksvolleren Gegensatz zur von Menschen bepflanzten Erde konnte es nicht geben. Maria entdeckte kaum einen einzeln stehenden Baumstamm, alles schien umeinander, aufeinander und ineinander hinein zu wachsen. Ein Fernglas hätte ihr gute Dienste geleistet, doch sie trug nur das Gegenteil bei sich, ein Vergrößerungsglas.

»Was treibt denn Wilhelm III. von England?«, fragte Frau van Dijk. »Überschüttet er den Earl of Portland noch immer mit Geschenken? Wie man hört, teilen die beiden ja eine gewisse Neigung.«

»Wie? Nein! Skandalös!« Maria lehnte sich zurück, als müsste sie diese Enthüllung sacken lassen.

Königsliebschaften sind mir so was von gleich. Aber Frau van Dijk ist eine Klatschbase erster Güte.

Maria betrachtete lieber weiter den Urwald. In den Kronen der obersten Bäume tat sich etwas. Es war, als stünden sie plötzlich in milchiger Luft. Maria rieb sich die Augen. Spielte ihr Körper ihr wieder Streiche? Nein, da war wirklich etwas, ein Nebel löste sich und formte Gebilde. Der Wald stieß kleine, flockige Wolken aus, die aufstiegen, sich zu größeren zusammenfanden und weitertrieben in die Höhe und über den Fluss.

Frau van Dijk berührte Maria am Bein. Vermutlich wollte sie schon wieder etwas wissen oder suchte Bestätigung. Auf gut Glück antwortete Maria: »Die Adligen! Die können sich auch alles herausnehmen.«

Die Vorstellung, die die Wolken gaben, war wunderschön. Maria wollte nicht wegsehen, aus Angst, es könnte sich um eine Art Fata Morgana handeln, die verschwinden würde, wandte man den Blick ab. Nicht einmal Dorothea machte sie auf den Tanz der Luft aufmerksam. Ihre bedauernswerte Tochter war dazu übergegangen, die Neugier der Plantagenbesitzerin mit allerhand Geschichten zu befriedigen.

Als die Kutsche in die Allee der van Dijks einbog, waren die Wolken bis in höchste Sphären gestiegen und hatten den blauen Himmel in ein gesprenkeltes Aquarell verwandelt. Das Gefährt hielt, aber Maria mochte noch nicht aussteigen und das Freilufttheater gegen eine dunkle Stube tauschen.

Frau van Dijk stand auf, doch Maria wies nur nach oben und sagte: »Da.«

Ihre Gastgeberin schien nach etwas zu suchen, das in ihren Augen bemerkenswert wäre, wie einen Raubvogel oder eine Gewitterfront.

Erst als Dorothea ausrief: »Die Wolken! Eben waren sie noch nicht da«, verstand Frau van Dijk und sagte: »Ja, so geht es zu, wenn es viel geregnet hat. Der Dampf steigt auf und sammelt sich, und morgen kommt alles wieder runter.«

Damit war das Thema für sie offenbar erledigt. Vor ihnen wurden bereits die Pferde abgeschirrt. Maria nahm ihre Kiste und wollte sie mit ins Haus nehmen. Frau van Dijk gab einem der beiden Sklaven, die bereitstanden, einen Wink. Er solle Marias Gepäck tragen. Der Mann eilte herbei. Bis auf ein Tuch, das er um die Hüften geschlungen hatte, war er nackt. Als er nach der Kiste griff, ließ Maria nicht los.

»Nein, danke. Ich trage sie selbst.«

Der Mann schien nicht zu verstehen, was sie sagte. Vielleicht hätte Maria es verdeutlichen können, hätte sie die Kiste angesehen. Aber sie wollte den Blick nicht senken, derart nah an diesem spärlich bekleideten Fremden, und starrte nur hilflos in dessen Gesicht. Der Sklave hingegen vermied den Augenkontakt mit Maria und starrte auf die Kiste, während er weiter versuchte, sie an sich zu nehmen. Endlich bemerkte Frau van Dijk, was vorging, und gab dem Mann einen Befehl in einer Sprache, die wie eine Mischung aus Englisch und Portugiesisch klang.

»Entschuldigen Sie«, sagte Frau van Dijk. »Mit den Haussklavinnen werden Sie keine Verständigungsschwierigkeiten haben, die beherrschen etwas Niederländisch. Eigentlich dürfen sie das nicht lernen, aber mir ist es zuwider, dieses Kauderwelsch zu sprechen. Kommen Sie, ich habe auf der hinteren Terrasse decken lassen.«

Sie umrundeten das Haus, einen zweistöckigen Holzbau. Unter einem Vordach stand eine Tafel, bestückt mit Porzellan und Silberbesteck. Maria und Dorothea wurden von Herrn van Dijk begrüßt und den anderen Gästen vorgestellt. Da waren Herr und Frau van de Heijden, die schlichte schwarze Kleidung trugen, und Herr Sanders, eine leicht verlotterte Erscheinung in Kattunhemd und -hose, mit einem Kranz wirren, schulterlangen Haars. Herr Sanders war kürzlich verwitwet, und Frau van Dijk versäumte es nicht, das schon in den ersten Minuten zu erwähnen. Im Geiste rollte Maria mit den Augen. Die Gäste besaßen ebenfalls Plantagen, doch Frau van de Heijden ermahnte die Männer, heute nicht von Ertrag und Kosten zu sprechen. Man habe mit den Merians Künstlerinnen eingeladen und wolle sich doch bitte schöngeistigen Themen widmen. Dabei sah sie Herrn Sanders auffordernd an. Der schien das als seinen Einsatz zu verstehen.

»Mögen Sie die Literatur, Frau Merian?«, fragte er.

Seine Aussprache war verschliffen, er schien dem Wein schon kräftig zugesprochen zu haben.

»Hauptsächlich die wissenschaftliche«, sagte Maria.

»Keine Gedichte? Ich hörte, Sie kommen ursprünglich aus der Reichsstadt Frankfurt.«

Eine hochgewachsene Sklavin mit einer weißen Haube auf dem krausen Haar servierte die Suppe. Herr Sanders rückte seinen Teller zurück. Dabei senkte er den Kopf auffällig tief.

Versteckt er einen Notizzettel unter dem Tisch?

»Dort liest man ja Gryphius«, sagte Herr Sanders. Wieder blickte er nach unten, diesmal länger. Dann rezitierte er: »Ungläubigen die Wahrheit preisen, heißt Blinden schöne Dirnen weisen.«

Frau van Dijk rückte geräuschvoll ihren Stuhl zurecht. Maria lächelte.

»Damit hat Herr Gryphius wohl recht. Aber ich kenne leider nichts von ihm.«

Herr Sanders atmete auf. »Ich sonst auch nicht!«

Er zerknüllte den Zettel und ließ ihn auf den Boden fallen. Den Suppenlöffel nahm er nicht auf. Stattdessen winkte er der Sklavin und verlangte mehr Wein.

»Die Trauer quält ihn«, raunte Frau van Dijk Maria zu. »Seine Frau war ihm lieb, und er hatte der Geburt seines ersten Kindes mit großer Freude entgegengesehen. Aber die Wehen waren nicht stark genug. Drei Tage quälte die Unglückliche sich, bevor sie starb und das Ungeborene mit sich nahm.«

Am Tisch war es still geworden. Frau van Dijks Worte hatten nicht nur Marias Ohren erreicht.

»Die Wege des Herrn …«, murmelte Frau van de Heijden.

»Blödsinn!« Herr Sanders leerte sein Glas in drei Zügen und stellte es geräuschvoll ab. »Eine Hebamme hätte sie gebraucht, aber hier haben wir ja keine. Überhaupt sind vernünftige Weiber Mangelware.«

»Mein Guter«, sagte Herr van Dijk warnend.

»Ich bete für ihre Seele«, sagte Frau van de Heijden. »Der Herrgott wird sie bei sich benötigt haben.«

»Ach, und meinen Bruder auch, was? Nein, den nahm nicht der Herrgott!« Herr Sanders schlug auf den Tisch. Porzellan klirrte, Suppe schwappte über.

»Nicht schon wieder«, sagte Frau van Dijk.

Ihr Gatte stand auf und klopfte Herrn Sanders auf die Schulter. »Mein Freund, es ist spät für dich.«

»Ich gehe schon.«

Unbeholfen erhob der Gast sich und schwankte von dannen.

»Es tut uns leid«, sagte Frau van Dijk.

»Och, wir sind nicht empfindsam«, sagte Dorothea. »Auf dem Schiff gab es ständig Dramen. Kein Wunder, wenn man fremde Menschen monatelang zusammensperrt. Und die Seeleute saufen, als wollten sie den Morgen nicht mehr erleben. Auf halber Strecke ging ihr Vorrat zur Neige, und ab da wurde ihre Laune noch schlechter. Aber *einen* anständigen Herrn habe ich doch kennengelernt.«

Sie lächelte beglückt.

»Die Suppe schmeckt köstlich«, sagte Maria schnell. »Haben Sie die Bohnen selbst angebaut, Frau van Dijk?«

Bei ihrer Ankunft hatte sie keinen Gemüsegarten bemerkt. Jenseits der Terrasse gab es nur staubigen Boden.

»Gemüse beziehen wir hauptsächlich aus der Gegend um Cayenne«, sagte Frau van Dijk. »Die Franzosen bauen dort alles Mögliche an. Aber das Mehl für das Brot, der Wein und die eingelegten Zwiebeln sind aus der Heimat.«

»Hier würden keine Zwiebeln wachsen?« Verwundert sah sich Maria noch einmal um.

»Doch, bestimmt«, sagte Herr van Dijk. »Aber mit Zucker verdienen wir mehr. Da wäre es unwirtschaftlich ...«

»Mein Lieber«, ermahnte ihn seine Frau. »Schweigen wir heute über die Geschäfte. Auch über Politik will ich nichts hören.«

»Wie gelange ich in den Urwald?«, fragte Maria. »Gibt es Wege?«

»Nein«, sagte Herr van Dijk. »Gerodete Flächen überwachsen im Nu, wenn sie brachliegen. Dann heißt es wieder Feuer legen. Das ist gefährlich, so nah an den Häusern. Erst brennen die Bäume nicht recht, dann brennen sie zu gut, und am Ende verliert man beinahe das Dach über dem Kopf.«

Der Fleischgang wurde serviert, und Dorothea machte sich mit großem Appetit und überschwänglichem Lob für die Köchin über das Hühnchen in Honig her. Auch Maria aß zwei Portionen, aber sie kaute und schluckte mechanisch. Ein Gecko fesselte ihre Aufmerksamkeit. Er klebte an der Hauswand, drehte den Kopf und schien unschlüssig, wohin er laufen sollte. Als er sich weiterbewegte, schob er die Füße neben dem Körper voran. Was mochte er sehen, mit seinen Reptilienaugen? Maria widerstand der Versuchung, den Brotkorb auszuleeren und über das Tier zu stülpen, um es später genauer studieren zu können. Vielleicht wäre ihr das auch gar nicht geglückt. Als der Hausherr sich ein wenig näher an den Tisch positionieren wollte, schreckte der Gecko auf und war um die Hausecke verschwunden, bevor Herr van Dijk sein Stühlerücken beendet hatte.

Maria besann sich auf ihre Pflichten als Gast.

Benimm dich. Du bist eingeladen. Mach ein wenig Konversation!

»Haben Sie die Gegend bereist?«, fragte Maria. »Etwa auf dem Fluss? Wohin führt er?«

»Nun, ins Hinterland«, sagte Herr van Dijk. »Da ist nichts. Ich war aber mal auf Jamaika zu Besuch bei englischen Freunden.« Er grinste. »In Port Royal, das ist ein lustiges Städtchen. Herr van de Heijden begleitete mich.«

»Zum letzten Mal«, sagte dessen Frau. »Er stank noch nach Rum, als er wieder hier ankam.«

»Wir wurden mit vorgehaltenem Messer zum Trinken gezwungen«, sagte Herr van Dijk. »Eine Gruppe Piraten hatte sich einen Spaß mit uns erlaubt.«

»Das mag stimmen oder nicht«, sagte Frau van de Heijden. »Jedenfalls hat der Herrgott umgehend eine Warnung gesandt. Nur einen Monat später bebte die Erde auf Jamaika gewaltig.«

Das brachte alle am Tisch zum Schweigen. Anscheinend waren die englischen Freunde zu beklagen gewesen.

Frau van Dijk schien sich ihrer Gastgeberinnenpflicht zu erinnern und versuchte das Gespräch wieder auf ein leichtes Thema zu bringen.

»Trafen Sie eigentlich den russischen Zaren, Frau Merian? Er soll in Amsterdam geweilt haben.«

»Ja, das ist richtig.« Maria verspürte wenig Lust, über Peter zu reden. Gegenüber Katrien hatte sie ihn erwähnt, um den Hochmut ihrer Kabinennachbarin zu dämpfen, aber die Erinnerungen an ihn waren unerfreulich.

So viel Zeit verloren. Ich könnte jetzt schon lange hier sein.

»Eigentlich war ich nur mit seiner Mätresse bekannt«, sagt Maria.

»Eine Mätresse? Die Russen halten es wohl wie die Franzosen«, sagte Frau van Dijk. »Man hört, am Hof von Ludwig XIV. hüpfen Dutzende uneheliche Kinder herum.«

»Ludwig ist ein Mann von großer Leidenschaft«, sagte Herr van Dijk. »Solche gibt es. Ein Weib allein wird mit dem nicht fertig. Würde mich nicht wundern, wenn seine Frau den Mätressen dankbar wäre, dass sie nicht selbst jede Nacht …«

»Also!«, tadelte Frau van de Heijden. »Was sind das für Worte?«

»Meine Frau hat davon angefangen«, sagte Herr van Dijk. »Ich wollte nur dem König beispringen, auch wenn er Franzmann ist. Man sagt, er legitimiere alle seine Kinder, ganz gleich, welcher Schoß sie hervorbrachte.«

»Der König taugt kaum als Vorbild. Wo kämen wir hin, wenn es alle so machten?«, fragte Frau van de Heijden.

In diesem Moment trat eine junge Sklavin mit einem Tablett an den Tisch, darauf silberne Schälchen mit Früchten. Ihre Färbung erinnerte an Himbeeren, aber sie waren gerippt, von festerer Konsistenz und dufteten leicht zitronig. Maria wollte fragen, wie die Beeren hießen, aber als sie von ihrem Schälchen aufblickte, hatte sich die Stimmung am Tisch deutlich abgekühlt. Frau van Dijk wirkte wütend, Herr van Dijk hatte sich von ihr abgewandt, und Frau van de Heijden war nach ihrer Bemerkung errötet. Die Sklavin umrundete den Tisch. Gekleidet war sie wie eine niederländische Magd, mit Häubchen und einer Schürze über dem Rock, aber der Stoff konnte nicht verhüllen, dass das Mädchen in einem fortgeschrittenen Stadium schwanger war. Jeder schienen zu ahnen, wer dafür verantwortlich war. Der Herr des Hauses beugte sich schweigend über den Nachtisch. Maria sah zu Boden, zunächst aus Mitgefühl mit der gedemütigten Frau van Dijk, dann, weil dort auf dem Holz eine durchscheinende Hülle lag. Maria rutschte auf dem Stuhl etwas nach unten und nach links und platzierte ihre Füße zu beiden Seiten des Fundstücks, um zu verhindern, dass jemand es versehentlich zertrat. In dieser unbequemen Position verspeiste sie den Nachtisch.

Ohne Frau van Dijks Einwürfe und Fragen begann das Gespräch nun doch noch um Politik zu kreisen. Die Männer sorgten sich, weil der schwer kranke spanische König ohne männlichen Nachkommen war. Wer wohl regieren würde, wenn die Habsburger Linie endete?

Frau van Dijk legte Maria eine Hand auf den Arm.

»Wir haben Sie ermüdet.«

»Entschuldigen Sie«, sagte Maria. »Ich habe wohl geträumt.«

»Wie Ihre Tochter.«

Neben ihr war Dorothea eingeschlafen, den Kopf zur Seite geneigt, den Mund leicht geöffnet.

Frau van Dijk nahm die Serviette von den Beinen und stand auf. »Höchste Zeit, Sie in Ihr neues Zuhause zu bringen.«

Maria bejahte, ließ das Schultertuch fallen, das sie aufgrund der Hitze abgelegt hatte, und sammelte beim Bücken unauffällig die Hülle ein.

»Ich hab was!«, sagte sie zu Dorothea, als sie allein in der Kutsche saßen.

Gähnend betrachtete Dorothea die Hülle, die Maria ihr auf der flachen Hand entgegenstreckte. »Von einem Käfer?«

»Die häuten sich nicht. Nein, ich glaube, es ist von einer Schabe.«

»Aber die wäre ja lang wie ein Daumen.«

»Ja, sagenhaft. Wenn wir eine echte finden, können wir sie ohne Vergrößerungsglas zeichnen. Es wird ja alles besser zu erkennen sein, die Beine, die Fühler, die Flügelstruktur …«

»Und wahrscheinlich werden wir sie gar nicht suchen müssen. Wenn diese Art ihren europäischen Verwandten gleicht, kommen die Schaben von allein zu uns.«

Maria legte die Hülle in ihren Schoß. »Wie bequem.«

Sendung von unbekannt

Ihr Häuschen in Paramaribo hätte auch gut an eine Amsterdamer Gracht gepasst, so schmal, wie es war. Zwei Stockwerke hatte es und ein spitzes Dach, war aber anders als die niederländischen Gebäude ganz aus Holz gebaut. Am Ufer des Surinamflusses gab es Platz, man musste nicht eng zusammenrücken wie an der Amstel. Einige Häuser waren mit Abstand zueinander um einen zentralen Marktplatz gesetzt. Dort standen sie nun etwas verloren herum wie schüchterne junge Leute um eine Tanzfläche.

»Schau, Mutter, sogar einen eigenen Brunnen haben wir«, rief Dorothea.

»Geh nicht in den Garten, bevor jemand das Gras gemäht hat«, warnte Maria. »Schlangen könnten sich darin verstecken.«

Sie inspizierte die Küche und fand alles darin, was sie brauchte. Auf dem Tisch standen zwei Öllampen, dazu ein Feuerstein, ein Schlagriemen und ein Zunderschwamm. Maria zog das Metall des Schlagriemens über die Kante des Steins, fing die Funken mit dem Schwamm auf und entzündete nach ein paar Versuchen den Docht der Lampe. Draußen brach die Nacht an. Neben der Tür stapelte sich das Gepäck. Maria stellte die Kiste dazu. Die wollte sie erst öffnen, wenn sie allein wäre. Ein gewisses Gewicht hatte die Sendung, aber für Bücher war sie zu leicht, und Pinsel hätte Jan einfach in ein paar Lagen Tuch einschlagen können. Etwas Zerbrechliches musste in der Kiste sein, vielleicht Pigmente, zerstoßen und in Gläser gefüllt?

Dorothea entzündete die andere Lampe und beleuchtete die Decke.

»Wofür sie wohl all die Haken ins Holz gedreht haben?«, fragte sie und gab sich einen Moment später selbst die Antwort. »Sieh mal auf den Boden! Hier marschiert eine Truppe von Ameisen. Wir werden unsere Brötchen hochhängen müssen.«

Maria nahm ihre Tochter in den Arm. »Als Insektenforscherinnen wollen wir darüber nicht klagen.«

Sie stiegen die Treppe in das obere Geschoss hinauf. Dort befanden sich eine Schlafkammer und ein weiterer Raum. Dorothea setzte sich auf eines der Betten. Maria stellte ihre Lampe neben das andere, schnürte die Stiefel auf und zog ihr Notizbüchlein hervor.

»Ich will noch schnell den Gecko skizzieren, den ich beim Essen gesehen habe.«

»Bei funzligem Licht? Gute Nacht.« Dorothea legte sich nieder und zog die Leinendecke über die Schultern. »Was haben die bloß in die Matratze getan?«, murmelte sie. »Zuckerrohrblätter? Das pikst ja teuflisch.«

Für weitere Beschwerden war sie zu erschöpft. Schon bald hörte Maria ihren Atem tief und ruhig gehen. Im Schein der Lampe stieg sie barfüßig wieder nach unten. Tierchen verschwanden in Ecken und Ritzen. Zu sehen waren sie nicht, aber ihre Panzer schabten über das Holz. Maria stellte die Lampe auf den Tisch und holte die Kiste. Um die Nägel zu lösen, wäre eine Zange praktisch gewesen, aber in der Küche fand sich keine. Maria behalf sich mit dem Feuerhaken, setzte ihn zwischen die Bretter und hebelte vorsichtig. Frisch war das Holz nicht mehr, es hatte sich zusammengezogen. Maria öffnete die Oberseite der Kiste, schüttelte ihre schmerzenden Hände aus und wartete, bis das Gefühl in die Finger zurückgekehrt war. Dann hob sie das Päckchen heraus. Unter der Stoffhülle fand Maria tatsächlich Stroh. Sie stieß auf etwas Kaltes, fühlte Glas und darunter erneut Holz, aber dieses war glatt geschliffen und an den Kanten verfugt. Ein Rahmen.

Maria hob ihn heraus und hielt ihn vor die Lampe. Ein Schmetterling war darin, von einer Größe, wie sie noch keinen gesehen hatte. Seine Flügelspannweite maß mehr als ihre beiden Hände, wenn sie die Finger spreizte. Gelb und braun war er, mit hellen Flecken, und auf den oberen Flügelrändern verliefen ungewöhnliche Muster, die an Schlangenköpfe erinnerten. Leider war das Präparat beschädigt, die Flügel mehrfach eingerissen und der Körper verformt. Das musste vor dem Rahmen passiert sein. Vielleicht war der Schmetterling, bevor er den Präparator erreicht hatte, unfachmännisch verpackt worden. Der Gestank einer versengten Haarsträhne mahnte Maria, die Begutachtung auf den nächsten Tag bei Sonnenlicht zu verschieben. Weiteres fand sich nicht in der Kiste, kein Brief, kein Hinweis auf den Absender. Maria knüpfte einen doppelt verzwirbelten Bindfaden um den Rahmen und hängte das Präparat an einen der Deckenhaken. Dort würden die Ameisen diesen Schatz hoffentlich nicht aufspüren.

Der Schmetterling muss von Jan sein. Jeder andere hätte zu solch einem Geschenk doch ein paar Zeilen geschrieben. Es ist schließlich mit Bedacht ausgesucht, und bei aller Freude darüber würde ich gern wissen, woher das Tier stammt. Wollte Jan, dass ich es erhalte, weil er nicht glaubt, mich treffen zu können? Ist dieses Geschenk also ein schlechtes Zeichen? Teilt Jan mir dadurch mit, er könne nicht kommen und nicht einmal schreiben? Weshalb nicht? Oder handelt es sich bei dem Schmetterling um ein Rätsel, das ich lösen soll?

Maria ging zu Bett. Vor dem Fenster zirpten Grillen. Die Blüten der Gartensträucher rochen würzig und süß wie Parfüm. Einschlafen konnte Maria lange nicht. Sie wälzte sich auf dem Matratzensack und versuchte eine Lage zu finden, in der wenigstens ihr Körper Ruhe fand. Am Morgen wollte sie neue Kraft haben, um die Gegend zu erkunden.

Ihren ersten Spaziergang unternahmen die Merians auf einem Weg, der von Paramaribo aus in den Wald führte. Die Spuren von Hufen und Rädern verrieten, dass er gelegentlich von Kutschen benutzt wurde. Vielleicht führte er zu einer landeinwärts gelegenen Plantage. Zweimal versuchte Maria, den Weg zu verlassen, musste aber jedes Mal wieder aufgeben. Zu dicht war die Vegetation. Expeditionen querfeldein, wie zu Hause, waren in Surinam unmöglich. Aber auch der befestigte Weg war nicht unbedingt leicht zu begehen. Maria musste stets den Boden im Blick behalten, um nicht in Senken zu stolpern oder über Wurzeln zu fallen. Wie sollte sie auf diese Weise Schmetterlinge entdecken? Blieb sie stehen, fielen ihre lästigen Verwandten, die Moskitos, über sie her.

»Ich hab keine Kraft mehr, sie zu verscheuchen«, klagte Dorothea. »Außerdem geht unser Wasser zur Neige. Lass uns umkehren, Mutter.«

»Schon? Wir haben noch nicht viel.«

Erst zwei Gläser in Marias Beutel waren gefüllt. Das eine enthielt einen rot-schwarzen Käfer, das andere eine kleine Spinne, die Maria nur entdeckt hatte, weil sie deren Netz im Vorübergehen gestreift hatte. Reste der klebrigen Fäden hingen vermutlich noch immer in ihrem Haar. Die Spinne war tot und leider auch nicht mehr intakt, weil Maria, erschrocken vom Krabbeln in ihrem Nacken, nach dem Tierchen geschlagen hatte. Als Zeichenvorlage sollte es aber noch taugen.

Surinam war eine einzige große Wunderkammer, gewiss, aber eine, in der die Präparate alle noch lebten und nur auf frisches Futter zu warten schienen. Der kleinen Insekten konnte man sich erwehren, aber die feuchte Hitze kochte Kopf und Körper weich. Man musste befürchten, verwirrt und willenlos zu werden, nicht mehr nach Hause zu finden und leichte Beute für die großen Raubtiere zu werden. Die streiften des Nachts herum, hatte man Maria gesagt, und sie verstand nun auch, weshalb: Erst nach Sonnenuntergang war es für Mensch und Tier kühl genug für Anstrengungen.

»Wir schwitzen, aber das hilft dem Körper nur in trockener Luft«, überlegte Maria laut. »Die Tiere hierzulande müssen sich dem Klima anders anpassen.«

»Schlafen wäre eine Möglichkeit«, sagte Dorothea. »Mir ist jedenfalls schon wieder danach.«

Sie sahen einander an und kamen wortlos überein, den Rückzug anzutreten. Die Sonne stand im Zenit, und die Vegetation rechts und links des Weges bot keinen Schatten mehr. Maria musste mehrmals rasten, weil ihre Füße nicht mehr vorwärtswollten. Bei einer dieser Erschöpfungspausen machte sie eine wunderliche Entdeckung.

Sie musste das Lebewesen schon eine Weile angestarrt haben, ohne zu merken, was da vor ihr im Baum hing. Der Pelz hatte die Farbe von Rinde und war eine vortreffliche Tarnung. Erst als Dorothea den Beutel mit den Gläsern klirrend wieder aufnahm und das Tier sich regte, zuckte Maria zusammen. Nur zwei Armlängen entfernt drehte sich ihr ein koboldhaftes Gesichtchen zu. Schwarze Augen blinzelten. Das Tier hing kopfüber. Langsam trat Maria an den kleinen Gesellen heran. Das Kopfüberhängen schien seine bevorzugte Haltung zu sein, denn der Pelz scheitelte sich auf dem Bauch.

»Sieh mal, ein …« Maria suchte nach der richtigen Bezeichnung.

War es Edward Topsell, der die Spezies beschrieben hatte? Sein Bestiarium behandelte nicht nur Tiere, die wirklich beobachtet worden waren, sondern auch mythische Geschöpfe wie die Sphinx. Das drollige Geschöpf, vor dem Maria nun stand, hätte durchaus auch der Held einer Fabel sein können.

»*Bear Ape Arctopithecus*«, sagte Maria. »Ein Bärenaffe!«

Offenbar unbeeindruckt von seinen Beobachterinnen, hatte der die Augen wieder geschlossen und schien weiterzuschlummern. Er war von der Größe einer Katze.

»Den nehmen wir mit«, beschloss Dorothea.

Der Affenbär hatte an jeder Pfote drei Finger mit langen Krallen. Beim Versuch, ihn vom Ast zu lösen, keuchte Dorothea. »Wie festgenagelt ist der.«

Ein Zittern lief durch den Pelz am Rücken.

»Brich ihm nichts«, sagte Maria.

Doch dann sah sie, was das Zittern verursacht hatte. Eine Wolke kleiner Motten stob empor. Sie mussten sich zwischen den borstigen Haaren ihres Wirts versteckt haben. Als Maria das Tier inspizierte, fand sie noch mehr von ihnen. Auch schimmerte der Pelz grünlich. Er war bewachsen. Von Moos? Nein, Algen schienen das zu sein.

Erstaunlich!

»Die Motten werden die Pflanzen aus dem Pelz fressen, und der Affenbär frisst die Motten«, sagte Maria. »Aber wo sind die Eier der Motten? Ich finde keine Gelege.«

»Vielleicht wachsen sie in den Gedärmen ihres Wirts heran. Huch!«

Dorothea schüttelte etwas ab, das an ihrem Handrücken klebte.

»Das war nur ein Blatt«, sagte Maria.

Jedoch verstand sie, warum Dorothea mulmig zumute sein mochte. Hatte man gerade erst den Urwald betreten, erfreute er einen mit seiner Pracht, doch je länger man sich in ihm aufhielt, desto bedrohlicher wurde er. Seine Farben und Gerüche schienen einen zu locken, bis man kleben blieb wie ein Insekt an dem saftigen Grün einer fleischfressenden Pflanze. Als wäre man lebender, menschlicher Dünger, nährte den großen Organismus, ginge in ihm auf.

Maria fuhr sich mit der Hand über die Augen.

»Gehen wir weiter!«

Eine gründlichere Untersuchung des Bärenaffens in ihrem Haus hätte aufschlussreich sein können, doch Maria entschied, das Tier an seinem Schlafast hängen zu lassen. In der Mittagshitze war es schon schwer genug, den eigenen Körper zurückzuschleppen.

Eine Erkenntnis nahm sie von dem gemütlichen Gesellen jedoch mit: Faulheit war in Surinam ein Überlebensmechanismus.

Paramaribo, 29. August 1699

Liebe Johanna,
geht es Dir gut? Wie laufen Jacobs Geschäfte? Wir haben Surinam wohlbehalten erreicht. Du kannst Dir nicht vorstellen, wie heiß es hier ist! Ab elf Uhr drücken einen die Temperaturen nieder, und man will bis zum Nachmittag nur noch herumliegen und sich Luft zufächeln. Aber ich will mich nicht beschweren, durch die Nickerchen am Tag bin ich des Abends noch munter und habe schon viele schöne Motten gefangen. Sobald es dunkelt, setze ich mich mit einer Lampe hinter das Haus und warte auf sie. Gestern fing ich ein schwarz-weißes Tierchen, das einen außergewöhnlichen Doppelrüssel hat. Den kann es zu einem Röhrchen zusammenlegen und damit den Honig aus Blüten saugen.

Braucht es den Rüssel nicht, rollt es ihn zusammen und versteckt ihn im Haar unter dem Kopf. Ich habe das Tierchen präpariert, mit eingerolltem Rüssel, und mir mit Dorothea einen Spaß erlaubt.

»Sag mir, wie trinkt das Tier?«, fragte ich sie.

Sie fand den Rüssel nicht und behauptete, ich hätte ihn entfernt.

»Würde ich das tun?«, empörte ich mich. »Niemals, bei meiner Forscherehre!«

Sie holte dann unser Vergrößerungsglas – das trug ich übrigens während der gesamten Schiffsreise bei mir, um zu verhindern, dass es gestohlen wurde –, sah hindurch und entdeckte den Rüssel. Ansonsten hat Deine kleine Schwester dieser Tage den Kopf in den Wolken, denn stell Dir vor, sie ist verliebt, wieder einmal! Der Schiffsarzt hat ihr Herz gestohlen, ein Dr. Hendriks. Kennst Du ihn? Frag bitte Jacob, was man sich in der Kompanie über ihn erzählt. Er scheint mir fähig, aber man weiß ja nicht. Ich frage mich, warum er noch keine Praxis in Amsterdam hat. Auf einem Schiff ist sein Auskommen gesichert, da ist er der einzige Medicus, und die Leute können nicht anders, als auf ihn zu vertrauen. Derzeit weilt er noch in Paramaribo, eigentlich sollte er mit der Willem de Ruyter *zurückfahren, aber er behauptet, seine Dienste würden hier gebraucht. Er stattet uns alle Tage einmal einen Besuch ab, und ich habe ihm schon ein Skalpell abgeluchst, womit ich ein paar der imposanten Schaben sezieren will, die hier eine echte Plage sind.*

Kürzlich haben wir die Plantage der van de Heijdens besucht. Ich machte eine Bemerkung, nämlich sagte ich, es sei kurios, dass auf dem Schiff eine ganze Kiste eingelegter Honigfeigen transportiert wurde, wo man diese Früchte doch in Surinam ohne jede Mühe reichlich ernten könnte, pflanzte man nur einen Baum in der Nähe seines Hauses. Damit kränkte ich Frau van de Heijden, sie rief aus, ich solle sie nicht mit anderen Plantagenbesitzern in einen Topf werfen. Anscheinend frönen viele der Trunksucht und pflegen einen verschwenderischen Lebensstil, sie und ihr Mann aber mühten sich um ein gottgefälliges Leben und ließen nur das Wichtigste aus den Niederlanden kommen. Das sei hauptsächlich Papier für die Buchhaltung. Um es mir zu beweisen, führte sie mich ins Haus und schenkte mir Bögen, so viel ich tragen konnte.

Als Gegenleistung wollte sie eine Zeichnung von dem grünen Papagei, den sie in einem Holzkäfig hält. Ihr Gärtchen sollten Dorothea und ich dann auch noch besichtigen. Das tat ich natürlich gern, denn ich hoffte, Gewächse zu sehen, die ich noch nicht kannte, und auf diesen – du kennst mich – Schmetterlinge und Raupen zu finden. Aber stattdessen wurden wir Zeuginnen einer Grausamkeit.

Du weißt ja, dass es hier Sklaven gibt, sie verrichten die Arbeit auf den Zuckerrohrfeldern. Diese Felder liegen nah bei den Häusern, und darum kann man nicht anders, als die armen Menschen ob der Strapazen, die sie erdulden müssen, zu bedauern. Auf dem Markt in Amsterdam hast du sicher schon schwarze Frauen gesehen, die Einkäufe erledigen, aber das sind Mägde. Ihre Dienstherren müssen ihnen Kleidung stellen, Essen geben und sie unter ihrem Dach schlafen lassen. Sklaverei ist in unserem Land verboten, und man macht sich keine Vorstellung davon, wie es hier in den Kolonien aussieht. Die Sklaven, das sind nicht einfach unbezahlte Arbeiter. Man behandelt sie schlechter als Hunde. Sie tragen kaum einen Fetzen am Leib, hausen in Verschlägen und schuften ohne Unterlass, selbst in der Mittagshitze. Bricht einer zusammen, wird er vom Aufseher gepeitscht, und manchmal steht er nicht wieder auf.

Im Garten gab es einen Pampelmusenbaum, und daran hatte man eine Sklavin gebunden. Ihre Hände waren hinter dem Rücken zusammengeknüpft, und das Seil hatten sie über ihr an einem Ast befestigt. Um sich nicht die Schultern auszurenken, musste sie auf den Fußspitzen stehen. Das brachte sie kaum noch fertig. Ihre Lippen waren aufgeplatzt, und sie wimmerte.

Dorothea hat die Hände vor den Mund geschlagen und wollte wissen, was da vorgefallen sei.

»Sie hat gestohlen«, hat Frau van de Heijden gesagt. »Direkt aus der Küche, vom gebratenen Hühnchen. Der Aufseher fand ihr Kind, wie es einen Knochen abnagte.«

Damit schien die Sache für sie erledigt, sie wollte uns dann allen Ernstes zum Kräuterbeet führen. Ob ich wisse, welche Pflanze gegen den Ausschlag an ihrem Hals helfe. Gern hätte ich gesagt: »Mit Urin kuriert man so etwas, lassen Sie Ihren Mann daraufpissen. Oder soll ich das machen? Mir ist gerade danach.«

Ja, ich war kurz davor, mich zu vergessen, aber damit wäre niemandem geholfen gewesen, und so zählte ich bis zehn und antwortete: »Legen Sie Salbei darauf, Frau van de Heijden. Übrigens, wenn Sie diese Sklavin nicht mehr benötigen, könnte ich sie haben? Wir brauchen Hilfe im Haus.«

»Aber sie ist eine Diebin.«

»Mag sein«, sagte Dorothea. Sie hatte sich beruhigt und verstand, was ich vorhatte. »Aber wenn sie da noch länger steht, mit den verdrehten Schultern, wird sie ihre Arme nicht mehr benutzen können, und dann ist sie wertlos. So wie es aussieht, hat sie schon einigen Schaden genommen, wir müssten einen Arzt für sie kommen lassen. Das wird teuer. Überlassen Sie uns die Frau für ein weiteres Bild? Ich könnte ein putziges Äffchen malen.«

Damit war das Geschäft gemacht, wir bekamen die Sklavin und dazu ihren Sohn, einen Buben von fünf Jahren.

Sie wohnen jetzt in unserer Küche. Am ersten Tag misstrauten sie uns und wollten kein Essen annehmen, aber in der Nacht verspeisten sie, was wir ihnen hingestellt hatten, und am Morgen beobachtete der Junge mit Interesse, wie Dorothea und ich einen Schmetterling spannten. Ich gab dem Kleinen ein Netz und ermunterte ihn, Tierchen für mich zu fangen. Bald kam er mit einer Grille zurück. Er hatte ihr ein Bein gebrochen, aber für den ersten Versuch war das trotzdem nicht schlecht. Die Mutter und der Sohn, sie heißen Ama und Kufi, unterhalten sich untereinander in der Sprache ihrer Heimat, aber sie beherrschen auch Taki-Taki, eine Mischung aus Englisch und Portugiesisch. Darin kön-

nen wir uns einigermaßen verständigen: Es kommt mir nun zugute, dass ich so oft bei Aletta in fremdländischen Büchern geschmökert habe.

Ama und Kufi haben bald verstanden, was unser Bestreben hier ist, und nun können wir uns vor Raupen und Käfern gar nicht mehr retten. Der Junge sammelt sie eifrig. Wir wollen so viele unterschiedliche Exemplare wie möglich erforschen und herausfinden, welche Fliege oder welcher Falter aus welcher Raupe hervorgeht und wovon die Tiere fressen.

Das schönste Wesen bis jetzt ist eine Libelle. Ama meint, die Raupen dazu gebe es am Wasser.

»Am Fluss?«, fragte ich.

Aber sie deutete in Richtung des Landesinneren und machte eine Bewegung, als ob ihre Füße einsänken.

Du kannst nicht einfach durch den Urwald spazieren wie über niederländische Wiesen. Man muss Pfade kennen, um überhaupt voranzukommen und auch wieder heimzufinden. Wir brauchen die Hilfe von Indianern. Die Ureinwohner sind die Einzigen, die sich hier wirklich auskennen. Aber sie lassen sich im Ort nicht blicken. Ich will bei nächster Gelegenheit herumfragen, wo ich welche treffen kann.

Du glaubst nicht, was eben passiert ist, Johanna!

Während ich schreibe, stellt mir Kufi einen Teller hin, darauf eine tote Raupe mit zwei Paar Fliegenflügeln.

»Wo ist das her?«, fragte ich.

Er strahlte über das ganze Gesicht und wollte wissen, ob es mir gefalle.

»Hast du das aus mehreren Tieren zusammengesetzt?«, fragte ich. »Wolltest du mich foppen?«

Er sah wohl, dass ich die Stirn runzelte, und duckte sich, um Schlägen zu entgehen.

»Aber, Kufi«, tadelte ich auf Deutsch, weil ich meine Gedanken in der Sklavensprache nicht ausdrücken konnte. »Das ist ein netter Versuch, doch wollen wir die Schöpfung erforschen und nicht selbst zu Schöpfern werden.«

Das verstand er natürlich nicht, also deutete ich auf die Raupe, schlug wild mit den Armen und sagte. »Die würde gar nicht fliegen. Zu dick und zu schwer.«

Da lachte er wieder, und ich sagte ihm, ich wolle lieber ein verpupptes Exemplar der Raupe. Mal sehen, ob er so eines auftreibt.

Maria legte die Feder hin, weil Dorothea hereinkam.

»Ich schreibe deiner Schwester«, sagte Maria. »Soll ich ihr Grüße ausrichten?«

»Ja, und frag, ob ich ihren Brautschleier haben darf.«

»Lass uns nichts überstürzen.«

»Aber die Post ist drei Monate unterwegs und der Schleier dann noch einmal ebenso lange!«

»Ich verstehe deine Ungeduld, aber du kennst Doktor Hendriks noch kaum.« Maria deutete auf das rostige Buschmesser, das neben ihr an der Wand hing. »Lass deine Wut auf mich an dem Papayabaum im Garten aus.«

»Was soll ich?« Dorothea runzelte die Stirn.

»Im Wipfel sitzen viele weiße Raupen, und Kufi kommt nicht an sie heran. Der Stamm ist zu dünn und zu biegsam, um hinaufzuklettern. Darum müssen wir den Baum fällen.«

»Aber die Früchte sind schmackhaft.«

»Ja, nun. Solche Bäume wachsen überall wild. Und wir gelangen sonst nicht an die Raupen. Los, geh, solange dein Zorn noch raucht. Ama und ich haben schon eine Kerbe geschnitzt, aber dann ging uns die Kraft aus.«

Maria gab dem Messer mit dem Zeigefinger einen Stups. Dorothea griff es, raffte ihren Rock und stampfte hinaus.

»Ein Mann im Haus würde vieles vereinfachen«, rief sie über die Schulter.

Lächelnd schüttelte Maria den Kopf. »Das sagst du jetzt.«

Fressen und gefressen werden

»Müssen wir da schon wieder hin?«, stöhnte Dorothea. »Das letzte Essen bei den van Dijks war furchtbar.«

Missmutig öffnete sie den Schrank und inspizierte ihr gutes Kleid auf Motten- und Käferbefall.

»Wir wollen doch nach indianischen Helfern fragen«, sagte Maria. »Bestimmt wird es heute viel heiterer.«

Das wurde es nicht. Die van de Heijdens waren schon da und tranken Tee aus feinem Porzellan. Herr Sanders saß am anderen Ende des Tisches, ein Glas vor sich, das schon halb leer war. Bevor sie sich setzte, erkundigte Maria sich nach den direkten Nachbarn. Zwischen dem Grundstück der van Dijks und dem übernächsten, das, wie sie inzwischen wusste, Herrn Sanders gehörte, hatte sie kleinere, buschige Pflanzen entdeckt. Ob das Kaffee sei.

»Ja, und die Katwijks bauen auch Tabak an«, sagte Frau van Dijk. »Aber wir haben Streit mit ihnen, weil sie die Grundstücksgrenze zu ihren Gunsten verschoben haben. Das sind nicht mehr unsere Freunde.«

Sie wurden zur Vorspeise gebeten, es gab feurig gewürzte Grießsuppe. Frau van Dijk schickte ihren Teller mit einem Tadel an die Köchin zurück. (»Kein Salz drin, aber Pfeffer. Sie lernt es nie!«)

»Wie essen die Russen?«, fragte ihr Gatte. »Sicher haben Sie mal mit dem Zaren gespeist?«

»Des Öfteren«, sagte Maria. »Er liebt die einfache Küche. Serviert man ihm Eintopf, ist er ist glücklich. Verraten Sie mir: Wo finde ich Indianer?«

»Was wollen Sie von denen?«, fragte Frau van de Heijden.

»Sie sollen mich durch den Urwald führen«, sagte Maria.

»Wozu?«

»Damit ich Raupen und Schmetterlinge sammeln kann, vielleicht auch Spinnen oder kleine Schlangen, eben alles, was ich in Gläsern heimtragen kann.«

»Pfui«, sagte Frau van de Heijden angewidert. »Ich bin froh, möglichst wenig von solchen Tieren zu Hause zu haben.«

»Frau Merian ist Forscherin, wie du weißt«, sagte Frau van Dijk. An Maria gewandt fügte sie hinzu: »Aber Ihr Leben müssen Sie nicht riskieren, meine Gute. Sagen Sie einfach den Indianern, was Sie suchen, und dann bringen sie Ihnen das.«

»Also kommen welche her?«

»Manchmal. Letztens wollten sie uns Vanille verkaufen, aber ich habe ihnen keine abgenommen, weil die immer teurer wird. Unverschämt fand ich den Preis.«

»Sie gehören einem Stamm an, der Handel treibt«, sagte Herr Sanders. »Seien wir froh, dass wir es mit Arawak zu tun haben und nicht mit den Kariben. Die leben auf den Inseln und sind Menschenfresser.«

»Sie kennen sich wohl aus«, sagte Dorothea. »Waren Sie dort?«

»Keine zehn Pferde bringen mich da hin. Nein, das weiß ich von einem jungen Mann mit Federschmuck, der mir zwei Dutzend Vanilleschoten für den Preis einer Tonpfeife überließ. Ein gutes Geschäft, wie ich fand. Aber vielleicht bekam ich ein besseres Angebot als Sie, Frau van Dijk.«

»Sie können sich mit den Indianern verständigen?« Maria rückte auf ihrem Stuhl nach vorn. Dieser Herr Sanders war vielleicht doch mehr als ein dumpfer Trunkenbold. »Sprechen die Arawak Niederländisch?«

»Manche von ihnen«, sagte Herr Sanders. »Ihre Kinder werden bei den Labadisten unterrichtet, auf der Plantage von den van Sommelsdijks. Ein kläglicher Haufen, diese Labadisten! Indianer missionieren zu wollen – pah! Vorher bringe ich meinem Hund das Singen bei.«

Maria schwieg. Schon Monate vor ihrer Abreise hatte sie einen Brief an die surinamische Gemeinde geschickt und angekündigt, sie besuchen zu wollen. Die Plantage der van Sommelsdijks lag angeblich mitten im Urwald. Das wäre ein guter Ausgangspunkt für Expeditionen. Aber ob der Brief angekommen war, wusste Maria nicht.

»Auf jeden Fall verstehen die Eingeborenen viel, wenn sie ein Geschäft wittern«, sagte Herr Sanders. »Aber will man sie zur Arbeit heranziehen, sind sie schneller fort als ein Affe, dem man den Schwanz anzündet.«

»Wie war das mit dem Zaren?« Herr van Dijk beugte sich vor. »In welcher Sprache redeten Sie mit ihm, Frau Merian?«

»Er hatte einen Übersetzer«, sagte Maria. »Herr Sanders, würden Sie den Indianern vielleicht ausrichten –«

»Ach, reden wir doch nicht länger von diesen Wilden«, rief Frau van Dijk. »Wir brennen auf Geschichten von seiner russischen Exzellenz. Hier gibt es so wenig Glanz. Der Gouverneur sieht meist aus, als käme er geradewegs vom Fischen.«

»Was ja auch der Fall ist«, sagte Herr Sanders. »Van der Veen ist ein Mann der Tat. Wohl dem, der sein Essen selbst fangen kann.«

Er hob sein Glas. Maria wollte ihm zuprosten, aber ließ es bleiben, als sie sah, dass niemand anderes es tat.

»Wenn ich Heringe schuppen wollte, wäre ich in meinem Dorf geblieben«, sagte Frau van Dijk spitz. »Verzeihen Sie, Frau Merian, nun fallen wir Ihnen nicht mehr ins Wort. Erzählen Sie uns vom Zaren!«

Herr Sanders legte den Kopf in den Nacken und stöhnte gequält.

»Mehr Wein, bitte!«

Eine Sklavin huschte sogleich mit einer Karaffe herbei. Heute bediente eine ältere Frau, von dem schwangeren Mädchen war nichts zu sehen.

Maria überlegte, wie sie Herrn Sanders' Freundschaft gewinnen konnte. Offenbar gefiel er sich als ein Mann, der sowohl mit der gehobenen Gesellschaft speiste als auch mit Indianern verkehrte. Mit seiner Hilfe könnte sie Arawak finden, die sie und Dorothea in den Urwald begleiteten.

»Der Zar interessiert sich für Forschung«, sagte Maria. »So wie ich. Oft werde ich belächelt, doch der Menschheit wäre es von großem Nutzen, würde sie das Leben und Wesen der Insekten besser verstehen. Heuschreckenplagen, wie sie schon das Alte Testament schildert, treten auf, wenn kalten Frühlingswochen plötzlich warme Tage folgen. Dann schlüpfen ungewöhnlich viele Tierchen auf einmal aus ihren Eiern, und die natürlichen Feinde werden ihrer nicht mehr Herr. Auf der Suche nach Nahrung plündert der Schwarm ganze Felder.«

»Bloß wie wollen Sie das verhindern?«, fragte Herr van Dijk.

Darauf wusste Maria keine Antwort. Stattdessen leerte sie ihr Glas in drei Zügen, setzte es laut auf dem Tisch ab und zwinkerte Herrn Sanders zu. Der antwortete mit einem anerkennenden Nicken.

»Das findet Frau Merian noch heraus«, sagte Herr Sanders. »Die wird uns noch überraschen, die.« Er richtete einen

Finger auf Maria. Leider ging sein Blick dabei schon über Kreuz.

»Wir haben hier schon hübsche Präparate fertigen können«, sagte Maria. »Besuchen Sie uns doch bei Gelegenheit in Paramaribo.«

Für die Aussprache der Einladung an Herrn Sanders wurde Maria von Dorothea gescholten, als sie wieder zu Hause waren.

»Den wollen wir ja wohl nicht hier herumtorkeln haben, Mutter! Er trinkt uns die Konservierflüssigkeit weg, sobald wir ihm den Rücken zudrehen.«

Sie sprach leise, weil Ama und Kufi neben dem Herd schliefen.

»Wir brauchen ihn. Er kennt Indianer«, sagte Maria.

»Ist das der einzige Grund? Oder hoffst du, weil er Witwer ist und von einigem Wohlstand …«

»Dass ich ihm gefalle?«, fragte Maria.

»Dass *ich* ihm gefalle!«

»Mein Töchterchen … Er könnte dein Vater sein!«

»Gut.« Dorothea verschränkte die Arme. »Mein Herz hängt nämlich an Philip.«

»An wem?«

»An Doktor Hendriks.«

»Ach, wir sind schon beim Du?«

»Allerdings.«

Summend löste Dorothea ihr Haar und flocht es zu einem Zopf für die Nacht. In einem Tiegel hatte sie Jasminblätter zerstoßen und mit Öl vermengt. Davon tupfte sie sich etwas an den Hals und die Handgelenke.

»Lass eine Lampe hier unten«, sagte Maria. »Ich arbeite noch ein wenig.«

Sie holte den Rahmen mit dem großen Schmetterling von der Decke herunter.

Jan hätte etwas beilegen können, um sich als Absender erkennen zu geben. Bei einem Geschenk für mich würde schließlich selbst der entfernteste Bekannte zuerst an Falter denken, von denen spreche ich schließlich die ganze Zeit.

Dorothea war auch nicht sonderlich überrascht gewesen, als sie vom Inhalt der Kiste erfahren hatte.

»Tja, Mutter«, hatte sie gesagt. »Dein Ruf eilt dir voraus.«

Auf ein quer gelegtes Blatt zeichnete Maria das Tier in voller Größe.

Habe ich ein wichtiges Detail übersehen?

Möglich, das Muster der Flügel ließ sich durch die Risse nicht mehr vollständig erkennen. Der Körper war kräftig. Aufgrund seines Gewichts flog der Falter vermutlich nur kurze Strecken. Auf welchen Pflanzen machte er Rast? Welche Blüten bevorzugte er? Um das zu erfahren, benötigte Maria ein lebendes Exemplar. Sie schob den Rahmen mit dem Schmetterling beiseite und porträtierte Jan aus dem Gedächtnis. Zeichnen hatte ihr schon immer dabei geholfen, ihre Gedanken zu ordnen.

Hier sitze ich nun im Land meiner Träume. Jeden Tag entdecke ich neue Raupen, und wenn ich erst einmal tief in den Urwald vordringe, werde ich zeichnen können, was noch kaum ein Weißer je gesehen hat. Mit Jan an meiner Seite wäre mein Glück vollkommen. Wo steckt er? Haben unsere Wege aneinander vorbeigeführt? Hätte ich doch bleiben und auf ihn warten sollen? Ich wollte reisen und forschen, aber dies ist der Preis: Ich bin allein.

Als Herr Sanders seine Aufwartung machte, präparierte Maria gerade eine Spinne. Der Körper des Tieres hatte die Größe eines Daumennagels.

»Guten Morgen, Frau Merian. Komme ich ungelegen?«

Herr Sanders beäugte die Spinne misstrauisch und schien sich vergewissern zu wollen, dass sie wirklich tot war.

»Aber gar nicht. Wie schön, dass Sie uns besuchen.« Maria deutete mit der Hand, die das Skalpell hielt, auf einen Stuhl. »Nehmen Sie Platz. Ich will nur noch schnell die Organe entnehmen. Ama, koche uns bitte einen Tee, ja?«

Den Kopf tief über das tote Insekt gebeugt, hörte Maria das Klappern eines Topfes. Herr Sanders schien noch immer in der Tür zu stehen. Im Bauch der Spinne klaffte bereits ein winziger Einschnitt, und Maria versuchte, zwei weitere Schnitte anzusetzen. Gelänge ihr das, müsste sie die Haut in drei Lappen zurückklappen können. In ihrer Vorstellung war das einfach gewesen, aber die Wirklichkeit gestaltete sich kniffliger. Der Leib des Tierchens verfügte über Haare, die höllischen Juckreiz auslösten. Um sie nicht anfassen zu müssen, behalf Maria sich mit Stöckchen. Mit denen drückte sie je zwei Beinpaare auf den Tisch, um das Tier zu fixieren. Vier Hände hätte sie gebraucht, aber Dorothea war zum Markt gegangen.

Oder dem, was man in Paramaribo darunter versteht.

Zweimal in der Woche baute ein Franzose vor dem Krämerladen einen Stand auf und bot frisches Obst und Feldfrüchte an. Manchmal kam noch ein Honighändler dazu. Neben Bienenprodukten verkaufte er auch Ananaswein, den er allerdings erst mittags herausgeben durfte. Maria schmeckte das Getränk vorzüglich, aber den im Fort stationierten Soldaten schien es noch mehr zu munden, und sie hätten sonst schon morgens den Marktplatz in eine Freiluftschenke verwandelt. Überhaupt wurde in den zwei Wirtshäusern der Siedlung gesoffen, als gäbe es kein Morgen. Die Soldaten hatten die Überfahrt überstanden und schienen ihr Leben nun mit dem Krug in der Hand beenden zu wollen, bevor sie es womöglich bei der Verteidigung des Forts gegen Piraten lassen mussten.

Für Frauen wie Maria und Dorothea bedeuteten die Gelage eine Einschränkung. Zwei Stunden vor Sonnenuntergang konnten sie sich nur noch im Schutz einer Kutsche draußen bewegen. Meist gingen sie darum früh zu Bett und standen zeitig auf. Ohnehin arbeitete Maria am liebsten morgens. Doch heute zitterte sie ein wenig beim Präparieren. Beobachtet zu werden machte es nicht besser.

»Herr Sanders, würden Sie mir kurz zur Hand gehen?«

Maria sah auf. Der Besucher hatte sich immer noch nicht ins Haus getraut. Jetzt hob er einen Fuß, wie um zu treten.

»No!«, rief Kufi und stürzte herbei.

Auf dem Boden vor dem Eingang saß eine Echse und züngelte.

»Lobiwan«, sagte Kufi. Er hob das Tier auf und drückte es an sich.

»Wissen Sie, wie groß die werden?«, fragte Herr Sanders Maria. »Die frisst Ihnen bald im Schlaf die Nase ab.«

»Jetzt ist sie noch klein. Sie bekommt die Küchenabfälle und tut sich an Ameisen gütlich. Damit dient sie uns gut, finde ich.«

Die Echse entwand sich Kufis Griff, kletterte auf seine Schulter und von dort am Nacken hinauf, bis sie ihren Kopf auf seinen legen konnte.

Kufi kicherte. »Lobiwan«, wiederholte er.

Herr Sanders betrachtete das Tier misstrauisch.

»Ist das ihr Name?«, fragte er.

»Es heißt *Freundin*, glaube ich«, sagte Maria. »Kufi spielt den ganzen Tag mit ihr. Sie ist sehr gelehrig. Ihr Geschäft verrichtet sie nur im Garten. Andernfalls müsste sie allerdings auch ausziehen. Der Gestank ihrer Fäkalien raubt einem den Atem.«

Sie wandte sich wieder der Spinne zu und setzte den zweiten Schnitt an. Ihr Zittern wurde stärker. Der erste Schnitt riss ein. Wie ärgerlich!

»Sie fragten mich nach Indianern«, sagte Herr Sanders. »In den letzten Wochen ließen sich keine blicken. Vielleicht sind sie auf der Hut.«

»Wovor?«, fragt Maria.

Er winkte ab. »Sie sind einfach sehr vorsichtig.«

»Und friedliebend, sagten Sie.«

»So friedliebend, wie Wilde eben sein können.«

Maria legte das Skalpell aus der Hand. »Was Dorothea und mich angeht: Wir wollen nichts Böses. Zwei Frauen werden wohl auch niemandem einen Schrecken einjagen. Wenn die Indianer also nicht herkommen, gehen wir zu ihnen.«

»Das ist nicht Ihr Ernst! Sie werden ihre Dörfer nicht finden. Aber wenn Sie Pech haben, werden Sie gefunden, und zwar nicht von den Arawak. Da draußen ist einiges im Busch.«

»Das hörte ich bereits«, murmelte Maria. Der Leib der Spinne riss weiter auf, das Innere quoll heraus, und der Körper drohte einzufallen. »Schnell, schneiden Sie mir etwas von dem Bindfaden ab.«

Herr Sanders befolgte den Befehl. In einem Versuch, ihr Präparat zu retten, umwickelte Maria den schwarzen Spinnenleib mit weißem Faden. Damit verwandelte sie das Tier in ein unförmiges Päckchen.

Heute will mir aber auch nichts gelingen!

»Die kann ich nicht mehr stopfen.« Maria fegte die Überreste der Spinne mit einem Hölzchen auf den Boden und schnalzte mit der Zunge. Sofort war die Echse bei Fuß, schnappte sich den Kadaver und verschwand mit ihm im Garten.

»Warum haben Sie das Insekt nicht eingelegt?«, fragte Herr Sanders. Er war vor einem Gecko stehen geblieben, der sich in einem langen dünnen Glas voll Spiritus befand. Der Behälter war verkorkt und zum Schutz vor Ameisen mit Öl eingerieben. Maria dachte daran, wie Dorothea geargwöhnt hatte, Herr Sanders werde die Konservierflüssigkeit austrinken. Heute machte er einen nüchternen Eindruck. Vielleicht waren es nur die Tischkonversationen, die ihn zu übermäßigem Weinkonsum trieben. Maria konnte das verstehen. Auch sie fand es manchmal schwer, die Zeit zwischen den Gängen mit Palaver über Skandale und Profite herumzubringen. Viel lieber hätte sie über Raupen gefachsimpelt. Doch sie sollte nicht alle Plantagenbesitzer über einen Kamm scheren.

Hier stellt mir einer Fragen!

»Das Problem ist das Verschiffen«, sagte Maria. »Spinnen brauchen wegen ihrer langen Beine große Gläser. Ich würde nur wenige davon in eine Kiste bekommen. Darum möchte ich Exemplare präparieren und in Schachteln verpacken, die ich mit Stroh polstere. Mit Schmetterlingen ist es einfach, die kann ich trocknen, rahmen und stapeln. Außerdem verkaufen sie sich gut, weil sie hübsch anzuschauen sind. In meinen Augen haben Spinnen aber durchaus auch ihren Reiz. Ihre Gliedmaßen sind filigran, und wenn man die Netze betrachtet, die manche Arten weben, kann man sich vor ihrer Kunstfertigkeit nur verneigen.«

»Sie sind eine geschäftstüchtige Frau«, sagte Herr Sanders.

»Apropos, wir sprachen davon, wie ich Indianer treffen könnte«, hakte Maria ein. »Am Steg Ihrer Plantage habe ich Boote gesehen. Wenn Sie mir eines überließen, zusammen mit ein paar Ruderern, könnten Dorothea und ich flussaufwärts zur Plantage La Providentia fahren. Dort leben Labadisten. Ich habe ihnen bereits geschrieben. Bestimmt würden Sie uns für ein paar Wochen aufnehmen, und wir könnten Ausflüge in den Urwald unternehmen.«

»Ausflüge …«, Herr Sanders schüttelte den Kopf. »Nun, es ist Ihr Leben. Ein Boot und Männer können Sie bekommen.«

»Haben Sie Dank! Möchten Sie unsere Zeichnungen durchsehen? Vielleicht gefällt Ihnen eine. Ich würde sie in ein größeres Format kopieren und kolorieren, um mich erkenntlich zu zeigen.«

Maria zog eine Mappe heran. Auf den ersten Arbeiten prangten bereits Stockflecken. Nacheinander nahm Herr Sanders die Blätter in die Hand. Maria erklärte, was zu sehen war: »Eine Bananenfrucht … eine Rose mit einer weißen Raupe darauf … und das ist der gelbe Schmetterling, zu dem die Raupe geworden ist. Oh, dieses Gewächs finde ich kurios, es wird Marmeladendosenbaum genannt.«

»Schön, schön.« Herr Sanders blätterte, als müsste er die Aufgabe schnell zu Ende bringen.

Ama brachte den Tee. Die Kanne war randvoll und schwappte über. Maria zog die Zeichnungen beiseite, damit sie nicht nass wurden. Ein paar Tropfen landeten auf Marias Ärmel. Ama entschuldigte sich unterwürfig.

»Nichts geschehen«, sagte Maria.

Als sie wieder aufsah, stand Herr Sanders nicht mehr neben ihr. Stattdessen stöberte er in dem Stapel des Schmierpapiers, auf dem misslungene Anfänge landeten. Maria warf Papier erst weg, wenn sie es auf beiden Seiten benutzt hatte. Man brauchte immer Blätter, auf denen man probieren konnte. Allerdings enthielt der Stapel nicht nur verunglückte Zeichnungen. Jans Porträt steckte auch darin, und Herr Sanders hatte es entdeckt.

»Wusste ich doch, dass Sie nicht nur Getier abbilden«, sagte er. »Wer ist das, wenn ich fragen darf?«

»Bloß ein früherer Auftraggeber. Für Menschen habe ich kein Talent.«

Maria wollte ihm die Zeichnung aus der Hand nehmen, aber Herr Sanders drehte sich weg.

»Ich finde es trefflich gelungen«, sagte er. »Begegneten Sie dem Herrn in Amsterdam?«

»Ja, ich glaube.«

»Sie antworten so vage. Warum?«

»Weil es lange her ist.«

»Aber sein Gesicht haben Sie noch vor Augen, sogar die Kleinigkeiten.« Herr Sanders tippte auf die Narbe, die als Schatten auf Jans linker Wange angedeutet war. Maria krümmte die Zehen in den Stiefeln.

Ich verstricke mich in Widersprüchen.

»Ausschmücken und dazuerfinden ist der Trick«, sagte sie. »Als Blumenmalerin lernt man das. Keine Pflanze blüht so üppig wie auf meinen Bildern.«

»Aber welcher Künstler verunziert seine Kunden mit Narben?«, fragte Herr Sanders.

»Wie gesagt, ich habe wenig Talent für Gesichter.«

Mit hängenden Armen stand Maria neben Herrn Sanders. Selbst wenn sie ihm die Zeichnung mit Gewalt abgenommen, zerknüllt und ins Feuer des Ofens geworfen hätte, wäre es zu spät gewesen. Herr Sanders hatte das Porträt gesehen, und das fühlte sich ebenso falsch an wie damals, als Maria die Skizze von Jan in das Fenster des *Hauses unter dem Segel* gestellt hatte.

»Ich will ehrlich sein«, sagte Herr Sanders. »Ich kenne diesen Mann auch.«

»Woher?«

»Von Geschäften – glaube ich.« Er zwinkerte, aber es war keine Fröhlichkeit in seiner Miene. Sorgfältig rollte er Jans Skizze ein, darauf bedacht, sie nicht zu knicken. »Ich nehme diese Zeichnung.«

»Bedaure, sie ist unverkäuflich.«

»Weil sie gelungen ist, das verstehe ich. Aber sie wäre mir ein Boot und vier meiner kräftigsten Männer wert. Das ist ein gutes Geschäft für Sie. Ich weiß ja nicht, ob ich mein Eigentum wiedersehe.«

»Nehmen Sie drei Insektenbilder. Das Porträt möchte ich wirklich nicht hergeben.«

Herr Sanders reagierte nicht gleich.

»Schön«, sagte er schließlich und ließ die Skizze zurück auf den Tisch fallen. »Dann suche ich mir eben andere aus.«

Ohne sie auch nur eines Blickes zu würdigen, griff er sich die ersten drei Zeichnungen aus der Mappe.

»Tapfer übrigens, dass Sie sich so schnell wieder aufs Wasser wagen.« Er sah Maria eindringlich an. »Ich hörte vom Gouverneur, die *Willem de Ruyter* sei beinahe von Piraten gekapert worden.«

»Nachrichten aus zweiter Hand sind für gewöhnlich maßlos übertrieben«, sagte Maria. »Da war ein Schiff, und es hat abgedreht.«

»Wie erklären Sie sich das?«

Er tut ja gerade so, als steckte ich mit den Piraten unter einer Decke. Wahrscheinlich will er mich nur verunsichern. Er übt an mir Verhandlungstricks für seine nächste Begegnung mit den Arawak. Wenn ich jetzt die Nerven verliere, hat er seinen Triumph.

»Manchmal geht eben alles gut«, sagte Maria, und nahm Jans Skizze an sich.

»Aber seltsam ist das doch. Piraten wollen Beute machen.«

»Wir waren ihnen wohl keinen Kampf wert. Möglicherweise warteten sie auf die spanische Silberflotte.«

»Die nimmt einen anderen Kurs.«

Maria zuckte mit den Schultern.

»Nun, alles Spekulation«, sagte Herr Sanders. »Haben Sie

Dank für die dekorative Kunst, Frau Merian. Mein Boot steht ab morgen bereit.«

Er nickte ihr zu und ging.

Kaum war er weg, stürzte auch Maria hinaus ins Freie, aber die warme Luft brachte ihr nicht die erhoffte Erfrischung. Maria setzte sich auf den Hackklotz hinter dem Haus und atmete gegen die aufsteigende Übelkeit an. Den Tee, den Ama ihr hinterhertrug, lehnte sie ab.

Herr Sanders sprach von Piraten. Ich habe Jan für einen Schmuggler gehalten. Er verhielt sich stets anständig, kam mir ehrenwert vor und hat damals der protestierenden Witwe vor dem Haus der Westindien-Kompanie das Leben gerettet. Andererseits habe ich mich immer schon über seine Kleidung gewundert. Die passte nicht zu jemandem, der unauffällig sein sollte. Aletta hatte dieses Buch, Die Amerikanischen Seeräuber. *Die Männer, die darin gezeigt wurden, wirkten wie wilde Prinzen, trugen Schmuck und stellten ihren Wohlstand zur Schau. Damit wollten sie Seeleute anwerben, ihnen sagen: »Kommt zu uns, seht, wie gut es euch gehen wird.«*

Maria drehte Jans Skizze um und legte die Hände darauf. Von dem Tee nahm sie nun doch einen Schluck. Seine leicht bitteren Aromen halfen ihrem Magen, sich zu beruhigen.

Sollte Jan wirklich ein Pirat sein, ist es gefährlich, mit ihm zu verkehren. Aber wann hätte ich mich je von Gefahr abschrecken lassen?

Dilemma

»Wir müssen auf jeden Fall genug Gläser für Präparate mitnehmen«, sagte Maria. Seit Stunden packten sie und Dorothea nun schon für ihre Reise flussaufwärts.

Stirnrunzelnd betrachtete Dorothea die zwei hüfthohen Säcke, die bereits neben der Tür standen. »Wie sollen wir noch mehr unterbringen? Außerdem geht der Spiritus zur Neige, wir könnten die gesammelten Tierchen gar nicht alle konservieren.«

»Zur Not tut es auch Schnaps.«

»Aber die Labadisten trinken keinen.«

»Stimmt.«

»Herr Sanders hingegen schon. Begleitet er uns eigentlich?«

»Ich hoffe, er stellt nur das Boot und die Männer.« Maria wischte sich eine Haarsträhne aus der verschwitzten Stirn.

»Du magst ihn nicht?«

»Er ist mir nicht geheuer. Mal treffen wir ihn sturzbetrunken an, dann wiederum scheint er mir nüchtern und verschlagen. Ich weiß nicht, welchen Zustand ich mehr fürchte.«

»Einsame Männer werden eben schrullig.«

»Wenn es nur das wäre.« Maria setzte sich auf einen Schemel, um die Stiefel anzuziehen. Bevor sie ihre Füße hineinsteckte, kehrte sie das Schuhwerk um und schlug es gegen das

Holz. Eine Schabe fiel aus dem linken Stiefel und verschwand in einer Ritze zwischen den Dielen.

Dorothea streifte ein Armband aus Muscheln über, das ihr Philip Hendriks geschenkt hatte.

»Ich hoffe jedenfalls sehr, ein anderer einsamer Herr kehrt bald hierher zurück«, sagte sie.

Der Arzt war mit einem Schiff voll Zucker gen Amsterdam gesegelt, hatte aber beteuert, alles daranzusetzen, es noch vor dem Winter zurückzuschaffen.

Draußen näherte sich das Trappeln von Hufen.

»Die Kutsche kommt«, sagte Maria. »Fertig, Ama?«

Eigentlich war das eine überflüssige Frage. Sklaven hatten kein Gepäck. Ihr gesamter Besitz bestand aus den Tüchern, die sie um den Leib trugen. Doch Ama schüttelte den Kopf. Sie hatte einen Topf geputzt, und nun umklammerten ihre Hände die Henkel, als könnte sie sich mit dem Kochgeschirr in der Küche verankern.

»Bleiben«, sagte sie.

»Aber wir haben doch alles besprochen«, sagte Maria. »Wir kehren wieder nach Paramaribo zurück, das ist nur ein Forschungsausflug.«

Derweil begann Dorothea, ihre Siebensachen mithilfe des Kutschers zu verladen. Kufi drückte sich an die Wand, starrte die Pferde an und murmelte etwas, das wie eine Beschwörung klang. Vor großen Tieren fürchtete er sich.

»Sanders, nein«, sagte Ama auf Niederländisch. »Bleiben.«

»Ihr müsst die Plantage nicht betreten, wenn ihr nicht wollt«, sagte Maria. »Das Boot wird bereitstehen, und ihr könnt direkt einsteigen. Dann fahren wir zusammen zur Plantage La Providentia, und dort werdet ihr weiterhin nur uns helfen. Auf die Felder braucht ihr nicht, und wir verkaufen euch auch nicht weiter. Darauf hast du mein Wort.«

»Was ist los?«, fragte Dorothea.

»Ama will nicht mitkommen«, sagte Maria. »Ich kann ihr ja nachfühlen, sie hat Schlimmes erlebt. Aber was machen wir mit ihnen?«

»Sollen sie eben in unserer Abwesenheit auf das Haus aufpassen«, sagte Dorothea.

»Dafür müssten wir ihnen Geld dalassen, damit sie sich verpflegen können. Aber wäre ich in ihrer Lage …«

Sie sprach nicht weiter, weil sie befürchtete, Ama könnte sie verstehen.

Keinem Weißen würde ich mehr trauen. Wäre ich aus meinem Dorf verschleppt und misshandelt und mehrmals verkauft worden, würde ich die erste Gelegenheit zur Flucht nutzen. Auf ein Schiff werden sie eine Schwarze und ihren Sohn nicht lassen, aber über Land führen auch Wege. Surinam ist klein, und wenn Ama und Kufi über die südliche Grenze gelangen, haben sie es geschafft. In Französisch-Guyana soll es wenige Gesetze geben und niemanden, der sie durchsetzt. Was tun?

Mit einem unbehaglichen Gefühl setzte Maria sich an den Tisch und nahm die Feder zur Hand. Am Vortag hatte sie ein Schreiben an den Gouverneur verfasst, in dem sie darum bat, mögliche Sendungen, die aus Amsterdam kämen, in ihrer Abwesenheit anzunehmen. Johanna würde Spiritus und neue Gläser schicken, zudem hoffentlich ein wenig von dem Erlös aus den Bildern, die sie in Marias Namen fertigstellte. Nun ergänzte Maria, der Gouverneur solle bitte von dem Geld je zehn Stüber pro Woche der Frau bringen lassen, die das Haus hütete. Das Wort *Sklavin* vermied sie.

Aber das ändert nichts an den Umständen. Ich rühme mich zwar, sie gut zu behandeln, aber unfrei ist sie doch, und das weiß sie, und das weiß auch ich.

Das Schreiben brachte Maria zum Krämer, der in der kleinen Stadt die Funktion der Poststelle innehatte. Dort leistete sie eine Vorauszahlung, die Ama und Kufi erlauben würde, für einige Wochen Lebensmittel einzukaufen, sollte das Geld aus Amsterdam noch auf sich warten lassen.

Dieses Arrangement versuchte sie alsdann Ama in holprigem Taki-Taki zu vermitteln. Ob es ihr gelang, wusste sie nicht, aber die Sklavin schien zumindest zu verstehen, dass sie in Paramaribo bleiben durfte. Vor Erleichterung brach sie in Tränen aus. Bevor auch Maria die Fassung verlor, verabschiedete sie sich hastig und stieg zu Dorothea in die wartende Kutsche. Sie fuhren mit Schrittgeschwindigkeit, aber Paramaribo mit seinen wenigen Häusern lag trotzdem rasch hinter ihnen. Auf dem Weg, der dem Verlauf des Flusses folgte, wurde Maria allmählich wieder leichter zumute.

Dorothea versuchte, das Krächzen eines Papageis zu imitieren. Sie lachten über Affen, die die Zähne bleckten und Stöckchen nach den Pferden warfen, und Maria streckte die Hände aus, um von vorwitzigen Sträuchern, die ihre Zweige über den Wegesrand auf die Fahrbahn hinausstreckten, Blüten abzureißen. Manche dufteten betörend, andere stanken wie alter Käse.

Die Fahrt glich einer sonntäglichen Landpartie. Aber dann, kurz bevor sie in die Sanders-Plantage einbogen, sah Maria den Baum. An sein Laub konnte sie sich später nicht mehr erinnern, auch die Früchte nahm sie nicht wahr. Der Stamm fesselte ihre Aufmerksamkeit. Er war vom Umfang eines Fasses und gewunden. Auf einer Zeichnung hätte er sich hübsch gemacht und wäre ohne schmückende Insekten ausgekommen. Maria wollte Dorothea darauf hinweisen, aber ihre Tochter sah schon in die Richtung. Natürlich, auch Dorothea entdeckte überall Motive. Nein, das war es nicht. Dorothea blickte weiter nach oben. Ihre Augen weiteten sich, und ihr Gesicht wurde unter der Sonnenbräune blass.

Ein schwarzer Mann baumelte von einem Ast, am Hals aufgeknüpft. Sein Kopf und sein Körper waren bedeckt von Fliegen. Eine Krähe saß in seinem Haar, diese Vögel gab es hier auch, sie hatten die gleichen spitzen Schnäbel, mit denen sie ... Das Gefährt befand sich nun auf selber Höhe mit dem Baum. Der Kutscher gab gleichbleibendes Schneckentempo vor. Der Zustand des Weges war immer schlechter geworden, und ein zügig ausschreitender Wanderer hätte mühelos überholen können. Bei dieser Geschwindigkeit entging einem wenig. Der zweite Mann hing höher. Der dritte drehte sich an seinem Strick im Wind.

In Amsterdam wurden Verbrecher auf der Halbinsel Volewijck gerichtet. Auch dort ließ man sie hängen und stellte zur Warnung mit den Leichen zusammen Gegenstände aus, die die begangenen Verbrechen bezeugten, eine Axt, ein Messer oder die Flasche, die vergifteten Wein enthalten hatte. Aber die Männer hier hatten nichts, nicht einmal einen Fetzen Stoff am Leib.

Die Kutsche passierte ein Zuckerrohrfeld und bog in die Zufahrt zur Plantage ab. Wie bei den van Dijks säumten Palmen den Weg.

Palmen haben Wedel, die biegen sich, die können sie nicht nehmen.

Ein Junge rannte ihnen entgegen. Er mochte acht Jahre alt sein. Seine Haut hatte die Farbe von Kaffee mit Milch, und seinen dunklen Lockenkopf zierten helle Strähnen. Seine Füße waren bloß, aber seine Kleidung musste einst teuer gewesen sein, das erkannte man noch, auch wenn der Stoff mittlerweile verschlissen war und die Hemdärmel nur noch knapp über die Ellbogen reichten.

Dem Kind folgte ein Vogel mit langen Beinen und dunklem Gefieder. Das Tier reichte dem Kleinen bis zur Hälfte der Oberschenkel. Als die Kutsche hielt und der Junge für Maria und Dorothea die Tür öffnete, wartete es an seiner Seite wie ein Hündchen.

»Sind Sie die Merians?«, fragte der Junge in tadellosem Niederländisch. »Mein Vater kommt gleich, er spricht noch mit dem Verwalter.«

Er streckte die Hand aus. »Ich heiße Arjan.«

Maria und Dorothea stellten sich ebenfalls vor.

»Und das ist Mimi«, sagte Arjan und deutete auf den Vogel. »Mutter hat sie Indianern abgekauft, da war Mimi noch im Ei. Wir haben sie von einem der Hühner ausbrüten lassen. Sie bleibt immer bei mir und warnt mich vor Schlangen. Sie brummt dann.« Er ahmte das Geräusch nach.

Mimi brummte zurück.

»Na, so was.« Maria wusste nicht, was sie sagen sollte. Da waren sie eben an einer grausigen Hinrichtungsstätte vorbeigefahren und begegneten nun einem Kind, das davon nichts zu wissen schien. Ein Sklave war der Junge offenbar nicht. Aber um den Sohn von Herrn Sanders und seiner verstorbenen Frau konnte es sich bei ihm auch nicht handeln.

»Toll«, sagte Dorothea. Auch sie war offenbar noch unfähig zu leichter Konversation.

Dafür übernahm der Junge das Reden.

»Ihre Zeichnungen sind wunderschön. Ich habe versucht, sie nachzumalen, aber so feine Linien gelingen mir einfach nicht. Die Kohle verschmiert immer.«

»Wir benutzen Silberstifte«, sagte Maria.

Er staunte. »Die sind bestimmt kostbar?«

Eine Hand legte sich auf seine Schulter.

»Husch, zurück ins Haus mit dir«, sagte Herr Sanders.

Er bot Maria einen Arm, damit sie aussteigen konnte. »Der Kutscher wird Ihr Gepäck hineinbringen.«

»Kann es nicht gleich ins Boot geladen werden?«, fragte

Maria, die noch sitzen blieb, während Dorothea sich anschickte hinauszuklettern.

»Die Abfahrt verzögert sich. Wir hatten Schwierigkeiten, wie Sie vielleicht gesehen haben.«

»In der Tat haben wir das gesehen.« Dorothea sprach langsam und beherrscht.

»Was ist geschehen?«, fragte Maria.

»Ein Überfall von Maroons«, sagte Herr Sanders.

»Wer sind die?«

»Entflohene Sklaven. Manchmal kehren sie zurück und machen uns Ärger.«

»Haben die Maroons die Männer getötet?« Maria wies hinter sich. Umdrehen wollte sie sich nicht, obwohl sie den Baum von ihrer jetzigen Position nicht sehen konnte.

»Nein, die im Baum sind Maroons«, sagte Herr Sanders. »Einige haben wir erwischt. Zum Glück hielten Soldaten in der Nähe eine Übung ab und waren schnell zur Stelle. Aber die anderen Maroons konnten fliehen und haben ein paar Sklaven mitgenommen. Fünf Männer und zwei Frauen.«

»In den Wald?«

Herr Sanders nickte grimmig. »Was mich am meisten ärgert, einer der Maroons hatte mein Brandmal. Er kannte die Örtlichkeiten und wusste genau, wie sie sich unbemerkt nähern konnten. Wären die Soldaten nicht gewesen, hätten sie alles in Brand gesteckt.«

»Nun, dann kommen wir wohl ungelegen«, sagte Maria. »Das Beste wird sein, wir fahren wieder nach Paramaribo.«

»Nicht nötig, ich versprach zu helfen, und ich halte mein Wort. Ich werde den Nachbarn Sklaven abkaufen. So habe ich in ein paar Tagen wieder genug Arbeiter und kann Ihnen ein paar als Ruderer überlassen. Seien Sie doch so lange meine Gäste. Der Junge hat sich auf Sie gefreut. Er kann einem auf die Nerven gehen, aber meine Henrike hatte einen Narren an ihm gefressen.«

Ein weißer Mann trat heran. Zu Hemd und Hose trug er Weste und Hut und am Gürtel eine Peitsche.

»Gibt es Schwierigkeiten?«, fragte Herr Sanders ihn.

Der Mann nickte. »Die Weggelaufenen fehlen uns jetzt. Wir können die Ernte nicht rechtzeitig vor Abfahrt des Schiffes einbringen.«

»Entzünde Fackeln, wenn es dunkelt, und lass sie die Nacht durcharbeiten«, antwortete Herr Sanders. »Der Zucker muss morgen verladen werden, komme was wolle.«

An Maria gewandt sagte er: »Ich sehe Sie beim Abendessen.«

Er ging mit dem Mann fort.

Umständlich stieg Maria aus der Kutsche. Eine Wildbiene umschwirrte ihren Kopf. Die Tiere hatten sie beim Malen schon oft geplagt, und zu allem Übel ernährten sie sich von kleineren Raupen. Man musste aufpassen, dass sie einem nicht die gesammelten Tierchen wegfraßen.

»Unsere Widersacher sind das«, hatte Maria zu Dorothea gesagt.

Das kam ihr nun lächerlich vor.

Insekten schmieden weder Pläne, noch unterdrücken sie einander. Strafe und Rache kennen sie nicht.

Dorothea stellte sich neben ihre Mutter und verschränkte die Arme vor der Brust.

»Ich bleibe nicht hier«, sagte sie. »Wieder einmal hast du für uns beide entschieden, aber diesmal weigere ich mich mitzukommen.«

Entschlossen strebte sie dem Weg am Fluss zu. Maria lief ihr hinterher und hielt sie fest.

»Willst du etwa zu Fuß zurück?«

»Wenn es sein muss.« Dorothea entwand sich ihrem Griff. »Weißt du noch, wie du sagtest, wir wollten uns allem heraushalten? Das geht aber nicht.«

Ein Schweißtropfen hing an ihrem Kinn. Oder war es eine Träne? Maria würde Dorothea nicht aufhalten können. Allein wollte sie die Expedition aber auch nicht wagen. Sie bräuchten ein anderes Boot, aber woher bekämen sie das?

Maria wandte sich um.

»Der Junge kommt zurück«, stellte sie fest. »Mir ist sein Name entfallen.«

»Arjan«, sagte Dorothea.

»Er heißt wie ein kleiner Holländer. Kurios, oder? Und er nennt Herrn Sanders und seine verstorbene Frau seine Eltern. Aber das kann doch nicht sein.«

»Nun, Herr Sanders ist der Vater. Die leibliche Mutter war eine Haussklavin, die bei der Geburt starb. Frau Sanders hat den Jungen aufgenommen und sich um den Säugling gekümmert, als wäre er ihr Sohn gewesen. Sagt Frau van Dijk«, fügte Dorothea rasch hinzu.

»Ach, von der weißt du das.«

»Es lohnt sich, miteinander auch mal unter vier Augen zu sprechen. Da erfährt man die interessanten Geschichten.«

»Frau Sanders muss ein großes Herz gehabt haben.« Maria schüttelte den Kopf. »Immerhin ist der Junge der lebende Beweis für ihres Gatten Ehebruch.«

»Solcher ist hier an der Tagesordnung. Hellhäutigere Sklaven sieht man überall. Und Frau Sanders' Nebenbuhlerin ist ja tot.«

»Es kommt wohl darauf an, was für eine Art Ehe man führen möchte«, murmelte Maria.

»Frau van Dijk sagte, der Junge ist zu bedauern. Von Frau Sanders wurde er erzogen wie ein leiblicher Sohn. Nun wächst er heran und erwartet, eines Tages die Plantage zu leiten.

Doch das wird natürlich nicht geschehen. Jeder weiß, wer seine echte Mutter war. Könnte das Kind einer Slavin erben, würde die Ordnung auf den Kopf gestellt.«

Dorothea sprach nicht weiter, weil Arjan nun in Hörweite war. Er hielt den Vogel auf einem Arm und winkte mit dem anderen.

»Kommen Sie zu Tisch. Es gibt Kakao und Kuchen.«

»Für mich nicht.« Dorothea wandte sich wieder zum Gehen. »Ich muss heim.«

»Dann begleite ich Sie ein Stück.«

Arjan holte auf.

»Besser nicht«, sagte Maria bestimmt.

Der Weg führt an dem Baum vorbei.

»Zeigen Sie mir, wie man mit Silberstiften malt?«, fragte Arjan.

Er setzte den Vogel ab, fasste Maria und Dorothea bei den Händen und zog sie mit sich wie große Freundinnen.

Wahrscheinlich hat er keine Spielkameraden. In seinem Alter arbeiten die Sklavenkinder längst.

»Bitte!«, sagte Arjan und drehte sich zu Dorothea um.

Aus großen, dunklen Augen blickte er sie vertrauensvoll an. Maria verstand, warum Henrike Sanders das Kind nicht mehr hatte hergeben können.

»Also gut, ganz kurz«, sagte Dorothea.

Sie blieben dann doch über Nacht. Arjan stellte sich als künstlerisch begabt heraus. Unter Anleitung brachte er schnell recht hübsche Zeichnungen zustande. Am nächsten Morgen überraschte er Maria beim Frühstück mit der Skizze eines Bananenbaums.

»Ich bin früh wach geworden und habe die gemacht.«

»Erstaunlich.« Maria reichte Dorothea das Blatt weiter. »Sogar eine Spinne hast du auf eines der Blätter gesetzt, Arjan. Das ist ja unser Stil.«

»Ich weiß.« Er strahlte, sichtlich stolz über das Lob.

»Hast du schon etwas über Botanik gelesen?«, fragte Dorothea.

An einer Wand stand ein Regal mit etlichen Büchern.

»Nein, Mutter interessierte sich mehr für Geschichten. Sie mochte *Der spanische Brabanter.* Darin geht es um das Leben in Amsterdam. Sie hatte oft Heimweh.« Arjan trank seinen Tee aus und sprang auf. »Manchmal darf ich auch in die Bücher meines Vaters schauen. Die sind voller Zahlen. Wollen Sie mal sehen?«

»Nein!«, sagte Maria entschieden.

»Zu gern«, antwortete Dorothea.

Arjan sah zwischen beiden hin und her. Dorothea zwinkerte ihm zu und lächelte verschwörerisch. Daraufhin eilte der Junge hinaus und kehrte mit schwerer Last zurück.

»Hier ist das Journal.«

Auf der Tischplatte brauchte das Buch so viel Platz wie vier Teekannen. Es war eindeutig nicht für das gemütliche Lesen im Sessel gedacht. Solch ein Buch verlangte von seinem Besitzer, dass man sich prüfenden Blickes darüberbeugte. Auf der Seite, die Arjan aufschlug, erkannte Maria wellige Stellen im Papier, vielleicht verursacht durch Schweiß, der von einer Stirn getropft war.

»In diesen Spalten notiert Vater, was er einnimmt und was er ausgibt«, sagte Arjan zu Dorothea, die ihm neugierig über die Schulter blickte. »Wie Sie sehen, ist im letzten Jahr das meiste Geld für Sklaven draufgegangen.«

»Ihr bezahlt eure Sklaven?«, fragte Dorothea.

»Nein, Vater hat neue gekauft.«

»Weil er die Plantage vergrößern will?«

Arjan schien zu überlegen. »Ich glaube nicht. Das Land ist ja verteilt. Im Osten und Westen grenzen unsere Felder an die der Nachbarn.«

»Und wie viele Sklaven hat dein Vater bei der letzten Auktion gekauft?«

»Dorothea«, mahnte Maria. »Diese Zahlen gehen uns nichts an. Herrn Sanders wäre es gewiss nicht recht ...«

»Aber er ist ja nicht da«, flüsterte Dorothea. »Er bringt Zucker nach Paramaribo.«

»Warten Sie«, sagte Arjan. »Das kann ich Ihnen gleich verraten ... zweiundsechzig.«

»Und bei der vorletzten Auktion?«, fragte Dorothea.

»Nur einunddreißig. Hier ist eine Notiz, die besagt, er wurde häufig überboten.«

»Er hätte also noch mehr Sklaven gebraucht?«

»Ja, und die bekam er mit dem nächsten Schiff einige Monate später. Neunundfünfzig.«

Lautes Schimpfen erklang aus der Küche. Arjans Name wurde gerufen.

»O nein, bestimmt hat Mimi wieder etwas angestellt.« Arjan rannte aus dem Zimmer. Maria hörte ihn rufen. »Tu ihr nichts! Ich räume alles auf.«

Als die Frauen allein waren, wollte Maria das Buch zuklappen.

»Es gehört sich nicht, zu schnüffeln.«

Dorothea schob ihre Hand weg. »Sind wir nicht Forscherinnen? Sollen wir nicht stets nach Erkenntnis streben?«

»Herrn Sanders' Geschäftszahlen sind von keinem Belang für uns.«

»Du irrst. Wir schlafen unter seinem Dach, und wenn es heute Nacht wieder einen Überfall gibt, werden die Maroons uns nicht verschonen.« Dorothea deutete auf die Spalte der Ausgaben. »Hier stimmt etwas nicht. Er kauft mehr Arbeiter, als er auf seinem Grundstück jemals einsetzen könnte.«

»Das reife Rohr muss innerhalb weniger Tage geschlagen werden, sonst verliert es an Süße. Dann wird gepresst und gesotten. Auch das muss sehr schnell geschehen, damit der Saft nicht zu Wein vergärt. Da müssen viele Hände helfen.«

»Mag sein.« Dorothea blätterte. »Aber hier hat er die Gesamtzahl der Arbeiter während der letzten Jahre notiert. Diese Summen bewegen sich um fünfhundert herum und bleiben annähernd konstant. Wie kann das sein?«

»Alte sterben.«

»Aber werden nicht auch Kinder geboren?«

»Worauf willst du hinaus?«

Dorothea blätterte hin und her und schien etwas im Kopf zusammenzurechnen.

»Laut den Büchern verliert Herr Sanders jedes Jahr einen von acht Sklaven«, sagte sie. »So viele Alte sterben nicht.«

»Fieber grassiert. Männer geraten in die Presse und erliegen den Verletzungen.«

»Nein, Mutter. Die Arbeit ist zu hart, darum laufen Sklaven weg. Auf den anderen Plantagen wird das auch passieren. Die Sklaven fliehen in den Urwald und werden Maroons.« Dorothea klappte das Buch mit einem Knall zu, der Maria zusammenzucken ließ.

»Vermutlich wurde darum in den letzten Jahren das Militär verstärkt«, sagte Maria.

»Aber wie viele Soldaten gibt es auf Fort Zeelandia? Höchstens zweitausend. Die Entflohenen sind wahrscheinlich schon jetzt in der Überzahl, und es werden ständig mehr. Was schätzt du, wann sie den Soldaten zehnfach überlegen sein werden?«

»Warum sollte ich schätzen? Das ändert nichts.«

Maria blickte auf die endlosen Zuckerrohrreihen vor dem Fenster. Landwirtschaft hatte sie noch nie interessiert. Sie suchte Natur, die vielfältig und wild war. Trotzdem erkannte auch sie, dass die riesigen Felder hier nichts mit den Äckern gemein hatten, die eine Bauernfamilie in den Niederlanden bestellte.

»Nicht in Gulden wird am Ende abgerechnet, sondern in Blut«, sagte Dorothea.

Arjan kehrte zurück und blieb im Türrahmen stehen.

»Was ist los?«, fragte er alarmiert.

»Ach, du Sonnenschein«, sagte Dorothea. »Lass uns heute versuchen, Mimi zu malen. Wird uns dein Vogel brav Modell sitzen?«

»Na klar!«

Arjan läutete das Tischglöckchen. Daraufhin erschien eine Sklavin und räumte wortlos den Tisch ab. Dorothea holte die Silberstifte, und Arjan brachte das Journal wieder an seinen Platz. Maria wollte sich nicht zu den beiden gesellen und setzte sich auf der hinteren Terrasse des Hauses in den Schatten.

»Ich brauche frische Luft«, hätte sie in Amsterdam gesagt.

Aber in Surinam erfrischte das Draußensein nicht. Es war schon wieder viel zu heiß.

Regungslos verharrte Maria in einem Holzstuhl. Schweiß rann in ihr linkes Auge. Es brannte. Sie schloss das Lid. Ihr Blick war Maria immer das Wertvollste gewesen. Oft übersetzte sie schon beim Beobachten das Wesen, das sie sah, in eine Zeichnung. Heute verwünschte sie diese Gabe.

Die Krähe würde sie wohl für immer im Gedächtnis behalten. Die langen Krallen im kurzen Haar, die Kohleaugen, den blutigen Schnabel.

Maria öffnete das brennende Auge wieder und starrte geradeaus. Sechzig Fuß weiter begann das Zuckerrohrfeld, aber davor war nur kahle, staubige Erde, in der Spuren einer Harke verliefen.

In Amsterdam könnte man zwei Gärten aus dieser Fläche machen, aber hier liegt sie brach, darf nichts hervorbringen. Hauptsache, der Wald ist zurückgedrängt.

Doch als schickte die Natur einen Boten, flatterte ein Schmetterling herbei und setzte sich auf das Geländer der Veranda. Der Falter schien wie aus Silber gemacht, das man mit leuchtendem Blau überzogen hatte.

Eine Weile ließ sich das herrliche Tierchen bewundern, dann setzte es seinen torkelnden Flug fort.

Vielleicht liegt es am Schrecken, den ich gestern erlebt habe und der mir die Welt in grellerem Licht erscheinen lässt, aber ich glaube, das ist das schönste Geschöpf, das ich je gesehen habe.

Maria holte ihr Skizzenbuch. Doch kaum setzte sie den Silberstift an, wurde ihr deutlich, dass dieser Schmetterling nicht festzuhalten war.

In Schwarz und Weiß geht seine Pracht verloren. Ich bräuchte Pigmente und Öl, doch ich fürchte, auch damit könnte ich die Brillanz seiner Farben nicht wiedergeben. Auf Silber sollte ich malen, und das Metall müsste dünn genug sein, um die Sonne durchscheinen zu lassen. Eine solche Arbeit bringt kein Schmied fertig, das Material erlaubt es gar nicht.

Maria gab die Skizze auf und notierte: »Berückend schöner Tagfalter. Ultramarin mit Spuren von Grün und Purpur auf silbernem Untergrund. Kein Pinsel kann das wiedergeben.«

Welch beschämendes Eingeständnis für eine Künstlerin!

Gleich nahm sie sich vor, den Schmetterling dennoch zu skizzieren, wenn er ihr noch einmal über den Weg fliegen sollte. Sie kannte sich, die Mutlosigkeit, die sie heute verspürte, würde nicht ewig anhalten.

Zwei Tage und Nächte verbrachten die Merians unter Herrn Sanders' Dach, dann endlich stand das Boot bereit. Statt sechs konnte Herr Sanders nur vier Sklaven zum Rudern entbehren.

Dazu kam einer der Aufseher. Für die fünfundsechzig Meilen würden sie länger brauchen, und sie würden auf dem Boot schlafen müssen, aber das störte Maria nicht. Sie brannte darauf, endlich den Urwald zu sehen. Wenn nötig, griff sie eben selbst zu den Rudern.

Im Morgengrauen wurden sie von Herrn Sanders und Arjan zum Fluss gebracht. Der Junge wäre gern mitgekommen, doch diese Bitte mussten die Merians ihm abschlagen.

»Wir besuchen dich auf dem Rückweg«, versprach Dorothea. »Schau, und ich schenke dir einen Silberstift, damit du weiterüben kannst.«

Während sie den Stift aus ihrem Beutel hervornestelte, half Herr Sanders Maria ins Boot. »Ein Wort noch zu unserem gemeinsamen Bekannten.« Er senkte die Stimme. »Weiß er, dass Sie hier sind?«

Maria setzte sich auf der Bank zurecht und ließ sich dabei so viel Zeit, dass Herr Sanders ergänzte: »Ich meine den Herrn, den Sie zeichneten.«

»Wir haben uns schon lange nicht mehr gesehen«, sagte Maria.

»Meine Frage beantwortet das nicht. Schade, denn ich wollte Ihnen erneut Hilfe anbieten.«

»Wobei?«

»Dabei, Herrn de Jong zu finden. Ich nehme an, Sie haben keine Adresse, an die Sie ihm schreiben können.«

»Haben Sie denn eine?«

»Vielleicht.«

»Tatsächlich? Wo wohnt er?«

»Oh, das weiß ich nicht.« Herr Sanders drehte sich zu Arjan um, der Tränen verdrückte und von Dorothea getröstet wurde. »Mein Junge ist vorwitzig. Er liest mein Journal. Ich weiß auch, dass Sie darin gestöbert haben.«

Maria senkte den Blick auf die Bootsplanken und schwieg.

»Was hofften Sie aus meinen Zahlen zu erfahren?«, fragte Herr Sanders.

»Gar nichts. Wirklich, Ihre Geschäfte interessieren mich nicht, sie sind vollkommen anderer Natur als meine.«

»Wohl wahr. Wir Zuckerpflanzer verkaufen unsere Ware an die Westindische Kompanie. Aber wie Sie wahrscheinlich wissen, hat die das Handelsmonopol inne und kann die Preise diktieren.« Herr Sanders wölbte die Schultern nach vorn, als trüge er schwer. »Manchmal möchte man etwas mehr bekommen. Wir alle wissen, an wen man dann verkaufen muss.«

»An Schmuggler?«

»Pascher, Schleichhändler, Monopolbrecher, wie Sie diese Herren auch nennen mögen.«

»Leben die auf Jamaika?«

»Und auf allen möglichen anderen Inseln. Ich sehe, das Thema interessiert Sie. Natürlich sind *meine* Geschäfte korrekt. Was ich Ihnen sage, ist rein theoretisch.« Herr Sanders drehte an seinem Siegelring. »Man hinterlegt eine Notiz an einem bestimmten Ort und gibt an, was man verkaufen will. Sodann wird die Ware in aller Stille abgeholt und bezahlt. Über eine Notiz könnten Sie Herrn de Jong auch mitteilen, wo Sie sich aufhalten. Vielleicht wartet er schon lange auf Nachricht von Ihnen.«

»Und die Notiz würden Sie zu dem Ort bringen lassen?«

Warum sollte Herr Sanders so freundlich sein? Für dieses Boot und die Ruderer habe ich mit Zeichnungen bezahlt. Er will doch etwas. Aber weshalb nennt er seinen Preis nicht? Das ist eine Falle. Ich werde nicht hineintappen.

»Freundlich von Ihnen«, sagte Maria. »Aber der Aufwand ist unnötig. Dorothea, komm endlich!«

»Sollten Sie sich anders entscheiden, steht mein Angebot weiterhin«, sagte Herr Sanders. »Ein Wort an mich genügt.«

Er machte Dorothea Platz. Marias Tochter bestieg das Boot, die Ruderer stießen es ab, und Arjan winkte schluchzend vom Ufer aus. Auch Herr Sanders schwenkte ein Taschentuch.

»Beim Sonntagsgottesdienst in Paramaribo werden Sie unseren Freund jedenfalls nicht treffen«, rief er Maria hinterher.

»Welchen Freund meint er?«, fragte Dorothea.

»Weiß der Himmel«, sagte Maria. »Hat er überhaupt Freunde? Kaufleute sind doch alle Konkurrenten. Sieh mal, die Tiere dort! Wie Baisers auf Beinen sehen die aus.«

Das Boot glitt an einem Schwarm Vögel vorbei, die auf langen dünnen Beinen im flachen Wasser standen. Viele hatten ihre Köpfe im aufgeplusterten Gefieder verborgen, das von Weiß über zarte Mischtöne bis zu kräftigem Rosa reichte. Dorothea stieß einen Ruf des Entzückens aus und holte Skizzenpapier und ein Brettchen hervor. Auch Maria zeichnete eifrig. Sie entdeckte Wasserschlangen, Fische und die flachen Köpfe von Krokodilen, die in Ufernähe lauerten.

Ein leichter Wind, der über das Wasser wehte, verschaffte ihnen ein wenig Abkühlung, aber unter dem Sonnensegel, das an Stangen über dem Boot gespannt war, wurde es trotzdem unerträglich heiß.

Als die Temperaturen gegen Abend wieder sanken, fühlte Maria sich, als hätte sie ein Fieber überstanden. Sie würden die Nacht durchfahren, das hatte sie von Anfang an gewusst. An einen anständigen Schlaf war nicht zu denken. Im Sitzen nickte sie von Zeit zu Zeit ein, ein wenig erholsamer Halbschlaf, aus dem sie immer wieder hochschreckte. Mit dem Rudern wechselten sich die Sklaven ab, und Maria sah in ihren Gesichtern eine Erschöpfung, die sich über viele Wochen und Monate aufgebaut haben musste. Auch diese Sklaven mieden

den Blickkontakt mit ihr. Sie sahen nicht einmal einander an. In Ermangelung einer Rückzugsmöglichkeit schien sich jeder in sich selbst vergraben zu wollen. Im Urwald gab es von allem zu viel. Es wurde niemals still, immer schrie ein Tier, und ein anderes musste es übertönen. Ständig bewegte sich irgendwo etwas, und so war Maria pausenlos auf der Hut. Was trieb da im Wasser? Ein Stück Holz oder ein Krokodil? Lauerte dort unter den überhängenden Ästen jemand am Ufer? Vielleicht Indianer? Maria fühlte sich beobachtet, so sichtbar und schutzlos auf dem breiten Fluss, und gewiss war das nicht nur ein Gefühl. Die Anspannung führte zu Sinnestäuschungen. Fernab der Heimat suchte ihr Geist nach Bekanntem. Das Duett zweier Affen erinnerte sie an die Aufwärmübungen menschlicher Sänger, und das Schreien ihrer Jungen an die Laute eines menschlichen Säuglings.

Maria verstand nun besser, wie sich die Beschreibungen von Fabelwesen in wissenschaftliche Bücher schleichen konnten.

Plötzlich war die Nacht vorbei, und die Helligkeit kam schonungslos und schnell zurück. Wenigstens konnte Maria nun wieder zeichnen.

Während ihre Hände beschäftigt waren, kreisten ihre Gedanken um Jan.

Hätte ich auf Herrn Sanders' Angebot eingehen sollen? Jan sprach so oft von Surinam, er scheint die Gegend gut zu kennen und hält sich vielleicht in der Nähe auf. Bringe ich ihn in Gefahr, wenn ich ihn über Herrn Sanders suchen lasse? Herr Sanders könnte für die Kompanie spionieren und nur vorgeben, einen Teil seines Zuckers unter der Hand zu verkaufen. Aber Jan wird sich vorsehen. Er ist nicht dumm.

Am Abend war Marias Entschluss gefasst. Auf die Rückseite einer abgebrochenen Papageienzeichnung (das Tier war zu früh weggeflogen), schrieb sie:

»Für Jan de Jong: Bin mit Dorothea bei den Labadisten auf La Providentia am Commewijnefluss. M.S.M.«

Das könnte Herr Sanders ruhig lesen. Damit hatte sie nichts preisgegeben. Den Brief gab sie dem Aufseher. Er würde ihn mit zurück auf die Plantage nehmen.

Gegen Mittag des zweiten Reisetages erreichten sie La Providentia. Die Anlegestelle hatte schon bessere Tage gesehen. Als ein Mann das Boot vertäuen wollte, gab ein Brett des Stegs unter seinen Füßen nach. Nur mit einem beherzten Sprung konnte er sich ans Ufer retten. Maria und Dorothea balancierten über die Stützbalken an Land und erreichten die Plantage trockenen Fußes. Auf dem Boot von der Sonne versengt, sehnte Maria sich nach einem Krug Zitronenwasser. Auch die Gelegenheit, sich zu waschen, wäre ihr willkommen gewesen, von einem Imbiss ganz zu schweigen.

Doch trotz des Lärms, den die Männer beim Ausladen des Gepäcks machten, formierte sich kein Empfangskomitee.

»Guten Tag«, rief Maria. »Besuch aus der Heimat!«

Ihre Fröhlichkeit verging, als sie das heruntergekommene Hauptgebäude erblickte. Es wurde flankiert von einer windschiefen Kapelle und einem offenbar aufgegebenen Schuppen, aus dessen Tür ein Bäumchen wuchs. Bei den Labadisten auf Schloss Waltha war Fleiß gleich nach der Frömmigkeit gekommen. Im Kräutergarten wurde kein Unkraut geduldet, und die Wege kämmte man samstäglich mit dem Rechen. Doch hier wuchs Gras auf der Veranda, und im Dach klafften Löcher.

»Vielleicht sind sie beim Mittagsgebet«, sagte Dorothea.

Maria lief zum Eingang und klopfte. Nach kurzem Warten trat sie ein und fand sich in einem schmucklosen Flur wieder. An der Wand standen zwei Paar schlammverkrustete Stiefel.

»Ist da jemand?«, rief Maria.

Hinter ihr trat Dorothea ins Haus.

»In der Küche«, antwortete eine Frauenstimme. »Links.«

Maria folgte der angegebenen Richtung und gelangte in einen Raum, der noch dunkler war als der Flur. Vor das einzige Fenster hatte man ein Laken gehängt, vermutlich um sich vor der Wärme der Sonneneinstrahlung zu schützen. Das war nicht gelungen. In der Küche herrschte die gleiche Temperatur wie draußen. Zudem war die Luft stickig. An einem Tisch saß eine Frau und schnitt Rüben. Ihr Haar klebte feucht an den Schläfen. Sie war blass.

»Paul?«, fragte sie, ohne aufzusehen.

»Nein«, sagte Maria. »Mein Name ist Maria Merian, und das ist meine Tochter Dorothea. Ist unser Brief angekommen? Wir gehören zu der Gemeinde in Wieuwerd.«

»Line heiß ich.« Die Frau streifte sie mit einem kurzen Blick und spähte in den Flur. »Von einem Brief weiß ich nichts. Erwartet haben wir einen Paul. Er wollte Räucherhering mitbringen.«

»Wir hätten nicht mit leeren Händen kommen sollen«, flüsterte Dorothea.

»Sollen wir angeln?«, fragte Maria laut. »Der Fluss ist reich an Fischen.«

Line rollte mit den Augen. »Habt ihr denn Angeln?«

»Nein, aber ihr doch vielleicht.«

Line bewegte den Kopf von links nach rechts in einer sparsamen Geste der Verneinung. Jede Bewegung schien ihren hageren Körper zu überfordern.

»Das da draußen ist die Hölle«, sagte sie. »Zwei Stunden am Flussufer, und die Moskitos haben dich aufgefressen. Oder die Krokodile oder der Puma oder die Schlangen. Thees wollte Schildkröten fangen und meinte, er wisse eine gute Stelle dafür. Wir haben ihn nie wiedergesehen.«

Sie verteilte die klein geschnittenen Rüben auf acht hölzerne Näpfe. Eilfertig wollte Maria ihr zur Hand gehen, wurde aber zurückgewiesen:

»Ich zähle alles ab, sonst gibt es Streit!«

»Wir machen uns gern nützlich«, sagte Maria. »In Wieuwerd haben wir uns in den Alltag eingefügt. Auch wenn wir Schmetterlinge erforschen und für die bekanntesten Kaufmannsfamilien malen, werden wir hier selbstverständlich Dienste verrichten.«

»Still, bitte.« Lines Finger schwebten über den letzten fünf Rübenstückchen. »Ach! Das geht nicht auf.«

Sie halbierte vier Stückchen noch einmal mit dem Messer, fügte sie den Rationen hinzu und steckte sich das fünfte in den Mund.

»Lucia van Sommelsdijk hat diese Plantage gegründet, nicht wahr?«, fragte Maria. »Kanntest du sie auch?«

»Nee«, sagte Line kauend. »Was man hört, ist die ja nicht lange geblieben. Wundert mich nicht. Alle, die herkommen, wollen sofort wieder gehen. Aber dann werden sie krank und sterben. Manchmal genesen sie auch noch mal und werden ein paar Wochen später wieder krank. Das geht dann so, bis die Schwäche sie endgültig dahinrafft.«

Line wickelte Brot aus einem Tuch, schnitt acht Scheiben ab und verteilte es mit den Näpfen auf dem Tisch. Beim letzten Napf zögerte sie. »Nun habe ich Wibeke mitgezählt. Die ist ja auch nicht mehr da. Hier, die Portion könnt ihr euch teilen.«

»Ich rufe zum Essen«, bot Dorothea eilfertig an.

»Tu das, Mädchen.«

Dorothea lief hinaus, offenbar froh, der bedrückenden Stimmung zu entkommen.

»He«, hörte Maria sie kurz darauf schreien. »Was fällt euch ein?!«

Sie eilte ihrer Tochter nach und fand auf der Terrasse ein Bild der Verwüstung vor. Die Sklaven waren schon fort. Sie hatten die Säcke mit den Habseligkeiten der Merians vor dem Haus abgeladen. Dort wurde das Gepäck von den Labadisten auseinandergenommen. Papier, Pinsel und Schmetterlingsnetze lagen verstreut auf dem Boden. Ein bärtiger Mann schnüffelte an einer Spiritusflasche. Ein anderer hielt anklagend die Behältnisse für die Tierchen hoch.

»Leere Gläser!«, sagte er. »Wollen die uns verhöhnen?«

»Verzeihung.« Maria baute sich vor ihm auf. »Wir kamen in der Annahme, freundlich empfangen zu werden, oder wenigstens höflich. Bis jetzt war das überall in Surinam der Fall.«

»Wo ist Paul?«, fragte eine Frau mit verfilzten Locken. »Er hat versprochen, Proviant mitzubringen.«

»Ist dies etwa keine Plantage?«, fragte Maria. »Die Gummibaumfelder und die etlichen Reihen Kaffee gehören doch zu La Providentia, oder nicht? Warum stellt ihr keine Sklaven für den Gemüsegarten ab?«

»Weder Früchtebrot noch eingelegte Zwiebeln hat sie mitgebracht, aber schlaue Ratschläge will sie uns erteilen«, murmelte die Frau. »Das fängt ja gut an.«

Beim Essen kühlten sich die Gemüter, und man wandte sich wichtigen Themen zu, wie der Frage, ob das Huhn, das keine Eier legte, zu schlachten sei, oder ob man einen letzten Versuch unternehmen solle, es aufzupäppeln. Einer der Männer behauptete, ein wildes Schwein gesehen zu haben. Als er versucht habe, es zu fangen, sei es in südlicher Richtung im Wald verschwunden.

»Vielleicht ist es Indianern entlaufen«, sagte Maria. »Leben hier eigentlich welche in der Nähe?«

»Und ob. Alles voller Tapire«, sagte der Bärtige.

»Nenn sie nicht so«, sagte Line.

»Ach, du mit deinem Bibelunterricht. Die schicken ihre Kinder doch nur zum Schnüffeln her.«

»Der Junge!« Line schlug sich an die Stirn. »Er muss immer noch über der Bibel sitzen. Ich habe ihn ganz vergessen.«

»Mit Absicht, möchte ich meinen.« Der Bärtige deutete auf Lines leer gegessenen Napf. »Und jetzt fällt er dir wieder ein.«

»Dorothea und ich können heute den Unterricht übernehmen.« Maria legte Line eine Hand auf den Arm. »Damit verschaffen wir dir ein paar freie Stunden. Täte dir ein wenig Rast nicht gut?«

Line nickte wortlos. Ihre Unterlippe zitterte.

»Der Junge ist im Salon«, sagte sie. »Beim Eingang rechts. Wir waren beim Brief des Paulus an die Galater stehen geblieben.«

»Wunderbar.«

Maria stand auf und bedeutete Dorothea, ihr zu folgen.

»Die sind alle vollkommen erschöpft«, sagte Dorothea. »Hoffentlich halten wir uns besser.«

»Was könnte schlimmer sein als die Seereise? Und die haben wir überstanden.«

»Aber die doch auch.«

Darauf wusste Maria nichts zu erwidern. Schwungvoll öffnete sie die Tür des Salons.

»Gott zum Gruße!«

Ein Junge sprang auf. Er mochte ein oder zwei Jahre jünger sein als Arjan, vielleicht war er aber auch nur kleiner gewachsen. Um die Lenden trug er einen Schurz, und seinen Hals schmückte eine Kette aus Muscheln. Maria hätte sie gern näher betrachtet. Ihr Schüler schien jedoch eingeschüchtert zu sein, und so setzte sie sich auf den Boden, wie es die Indianer tun mochten.

»Wir sind die neuen Bibellehrerinnen. Maria und Dorothea. Wie heißt du?«

»Titubo«, antwortete er.

»Also, Titubo, einen Paulusbrief wollen wir lesen«, sagte Maria.

Doch wo war die Bibel? Der Junge schien darauf bedacht, den beiden Frauen die Sicht auf etwas Bestimmtes zu verwehren. Maria beugte sich zur Seite und sah die Heilige Schrift aufgeschlagen auf einem Tischchen liegen. Etliche Seiten waren gebogen und mit dem äußeren Rand in die Mitte gesteckt worden. Dazwischen standen Seiten gerade in die Luft. Das Buch erinnerte an einen Tulpenstrauß, bei dem die Blüten fehlten.

»Hübsch«, sagte Maria. »Auch wenn man mit dem Wort Gottes nicht basteln soll.«

Dorothea schüttelte tadelnd den Kopf und machte sich daran, die Seiten wieder zu glätten.

»Verstehst du uns überhaupt richtig?«, fragte Maria.

Titubo nickte und setzte sich Maria gegenüber auf den Boden.

»Paulus war ein Apostel und hat vierzehn Briefe geschrieben«, begann Maria.

Dorothea reichte ihr die wiederhergestellte Bibel. Sofort senkte das Kind die Lider.

Er tut fromm, aber er hört mir nicht zu. Stattdessen träumt er davon, wie er mit seinem Affen spielt oder wilden Bienen Honig klaut oder was Buben seines Stamms sonst so machen. Bei der Sache ist er jedenfalls nicht.

Titubos Hände bewegten sich. Am rechten Gelenk trug er ein Band, an dem eine einzelne Muschel hing. In die versuchte er etwas hineinzustecken.

»Was hast du da?«, fragte Maria.

Bereitwillig zeigte er ihr eine gelb-schwarz gestreifte Raupe.

»Oh, schau doch, Dorothea!«, rief Maria. »So eine haben wir hier noch gar nicht gefunden!«

Auch Dorothea beugte sich über das Insekt.

»Wo hast du die her?«, fragte sie.

»Von den Ballia«, sagte Titubo. »Am Fluss wachsen viele.«

Maria legte die Bibel auf den Tisch zurück. »Die Paulusbriefe können warten. Zeig uns diese Ballia!«

La Providentia

Liebe Johanna,
Ich hoffe, Du konntest einige der Präparate verkaufen, die ich Dir geschickt habe. Solltest Du Geld gesandt haben, so wird das für mich in Paramaribo verwahrt. Wie ich Dir im letzten Brief schrieb, leben Dorothea und ich derzeit auf der Plantage La Providentia, die den van Sommelsdijks gehört, fernab von allem. Falls Du schon längst geantwortet hast, wundere Dich also nicht, Post erreicht uns hier mit Verzögerung.

Maria legte die Schreibfeder nieder und stützte den Kopf in die Hände. Zwar waren die heißesten Stunden vorbei, aber die Mattigkeit, die die Hitze gebracht hatte, hielt an. Nicht nur Arme und Beine wurden schwer, auch die Gedanken. Um den Luftzug zu genießen, hatte Maria den Tisch ans Fenster geschoben. Von dort blickte sie auf den Fluss. Die Labadisten hatten am weitesten landeinwärts gesiedelt, hinter ihnen lagen nur noch Indianerdörfer. Hier draußen fühlte man sich vergessen von der Welt. Jan könnte das gefallen. Doch würde er den Weg nach La Providentia wagen? Dazu müsste er von Paramaribo aus an Dutzenden Plantagen vorbei. Jeder, der ihn sah, würde versuchen, ihn anzuhalten. Ein Neuankömmling konnte sich in Surinam nicht unbehelligt bewegen, man betrachtete ihn entweder als ausländischen Eindringling oder als Landsmann, den man über die Konflikte mit den Franzosen oder die Zuckerpreise auf den heimatlichen Märkten ausfragen konnte.

Maria tunkte die Feder in die Tinte. Ihre Tochter im fernen Amsterdam, die um ihr Wohlergehen bangte, sollte etwas Erbauliches zu lesen bekommen – nur was? Paul, der neue Glaubensbruder, war doch noch angekommen, aber statt Räucherfisch hatte er Kräuteressig im Gepäck gehabt. Angeblich heilte der viele Krankheiten, aber der Schwester mit dem eiternden Bein hatte er nicht geholfen. Nun ruhte sie auf dem Friedhof am östlichen Rand der Plantage. Die ersten Holzkreuze darauf waren schon verwittert und überwachsen. Was man dem Urwald nahm, holte der sich zurück, sobald man die Harke niederlegte. Die gerodete Fläche schrumpfte von Monat zu Monat, weil sie von immer weniger Sklaven bestellt wurde. Die Labadisten klagten, die schwarzen Männer und Frauen seien faul. Man habe sie mit Güte behandeln wollen, doch hätten sie dann nicht gearbeitet. Jetzt peitschte der Aufseher. Wenn bei der morgendlichen Kontrolle einer fehlte, hieß es, der sei ins Wasser gegangen und habe sich von den Fischen mit den scharfen Zähnen auffressen lassen.

Die Schwarzen fürchten das Jenseits nicht, Johanna, im Gegenteil, sie hoffen, der Tod bringe sie nach Hause, zurück zu verlorenen Familienmitgliedern. Das sagte mir eine Sklavin, mit der ich im Gemüsegarten arbeitete. Letzten Monat wurde die gesamte Kaffeeernte von schwarzen Raupen vernichtet. Das nahm ich zum Anlass, die Gemeinschaft zu überzeugen, mehr Nahrung für unseren eigenen Bedarf anzubauen. Wir sollten nicht darauf setzen, von den Erlösen der Plantage in Paramaribo einkaufen zu können. Viel könnten wir von den Indianern lernen, die lassen ihr Essen wild wachsen und unterhalten allenfalls Beete für Cassava. Überhaupt, die Arawak! Ich schrieb Dir doch von dem

Jungen, den ich unterrichte. Er wird täglich von seiner Großmutter abgeholt. Sie betritt die Plantage nicht, sondern wartet stets bei den ersten Bäumen auf ihn. Mit den Weißen will sie nichts zu tun haben, sagt der Junge. Vor mir nahm sie auch Reißaus, darum schickte ich am nächsten Tag den Jungen vor, ihr die Zeichnung einer Raupe als Geschenk zu überreichen. Am nächsten Tag brachte er mir ein Palmblatt voll dicker Raupen. Sie waren geröstet und mit einer roten Paste bestrichen. Ich musste lachen über das Missverständnis. Doch um meinen Respekt zu erweisen und weil es um die Raupen ohnehin geschehen war, aß ich das Gegengeschenk auf. Es schmeckte gar delikat, wenn auch die Paste im Mund wie Feuer brannte. Um es kurz zu machen, ich gewann das Vertrauen der Großmutter.

Aderi ist ihr Name. Mit ihr und Dorothea habe ich schon kurze Ausflüge in die Umgebung unternommen. Aderi kennt alle Tiere und Pflanzen und weiß, ob sie als Medizin, Nahrung oder Gift dienen können. Noch weiter draußen soll es eine Hochebene geben, wo andere Spezies leben, aber um dorthin zu gelangen, müsste ich eine mehrtägige Expedition unternehmen. Ich bräuchte Sklaven, die den Weg mit Macheten frei schlagen, wenn die Vegetation zu dicht wird. Die Labadisten zögern, mir welche zu überlassen, sie benötigen jede einzelne Kraft. Sollte ich ihnen etwas von Goldvorkommen zuraunen, die im Urwald zu finden seien? Dann wäre es wahrscheinlich sofort möglich, Männer abzustellen. Aber für Schmetterlinge …

Maria leckte sich über die trockenen Lippen. Wenn man nicht alle Stunde daran dachte, zu trinken, schrumpelte man zusammen wie eine geschnittene Blume. Maria stand auf, um in die Küche zu gehen. Die Ananas, die sie von einem Ausflug mit Aderi mitgebracht hatte, war leider längst verspeist. Im Flur traf Maria auf Line. Sie stand in der geöffneten Haustür.

»Schau«, sagte sie. »Wo kommen die denn her?«

Den Fluss hinab trieb ein Boot mit sechs Männern. Der Regen der letzten Tage hatte für Strömung gesorgt, sodass die Reisegesellschaft ohne Anstrengung unterwegs war. Alle Ruderpaare bis auf eines waren eingeholt. Damit lenkte der hinten sitzende Mann das Boot zum mittlerweile reparierten Steg der Labadisten. Geladen hatten sie reichlich, das Boot lag tief im Wasser.

Der Mann vorn hielt ein Seil in der Hand. Mit der anderen lüpfte er den Hut zum Gruße. Ein Blitz durchfuhr Maria. Das war Jan! Sie lief hinaus und zügelte sich. Wie würde es auf Line wirken, wenn sie ihn überschwänglich begrüßte? Von der Veranda aus beobachtete Maria, wie Jan an Land sprang und das Boot vertäute. Obwohl sie stand, klopfte ihr Herz, als würde sie rennen.

»Frau Merian!«

Jan war edel gewandet, mit einer Weste aus gebürstetem Leder, passender Hose und bestickter Weste.

»Hast du diese Männer etwa erwartet?«, fragte Line.

Maria öffnete den Mund, aber wusste nichts zu sagen.

Derweil ging Jan ihr entgegen, fasste ihre Hände und küsste neben ihrer Wange in die Luft.

»Blendend sehen Sie aus, Frau Merian!«

Das stimmte vermutlich nicht, aber er klang überzeugend, und Maria fühlte sich augenblicklich wie nach einem Bad mit Rosenöl. Dummerweise musste nun Line stören. Sie trat zu ihnen und stemmte die Hände in die Hüften.

»Leiten Sie dieses Haus, werte Frau?«, fragte Jan sie.

»Kann man so sagen.« Line blickte an ihm vorbei zu seinen Leuten. Sie hievten ein Fässchen an Land. Zwei der Herren waren dunkelhäutig, aber um Sklaven handelte es sich eindeutig nicht. Einer trug einen voluminösen Spitzenkragen, der andere üppigen Armschmuck und einen goldenen Ring im Ohr. Solch prunkvoller Aufzug forderte eine Erklärung, und Jan schien das zu ahnen und Lines Misstrauen lindern zu wollen.

»Wir sind fahrende Händler und versorgen abgelegene Plantagen mit allem Nötigen.« Er verbeugte sich leicht. »Jan de Jong ist mein Name.«

Das schien Line als Antwort nicht zu genügen. »Woher kommen Sie? Flussaufwärts ist doch nichts.«

»*Au contraire*, dort verläuft der Landweg nach Französisch-Guyana. Wir hielten uns gerade in der Gegend auf, als ich hörte, Frau Merian sei hier. Wir beide kennen uns aus Amsterdam, ich lieferte ihr Farben.« Er machte eine Pause, deren Bedeutung nur Maria verstand. Sie fühlte, wie ihr Gesicht bis zum Haaransatz errötete. Glücklicherweise bemerkte Line es nicht. Deren Aufmerksamkeit war von Weinkisten gefesselt, die einer der Männer an Land brachte.

»Ich wollte mich erkundigen, ob Frau Merian etwas braucht. Eine Künstlerin lebt nicht von der Inspiration allein, nicht wahr? Deshalb bringen wir Trockenfleisch, eingelegtes Gemüse, Hartwurst und Wein.« Jan senkte die Stimme zu einem Raunen. »Die Franzosen mögen ihre Plantagen nachlässig führen, aber Speisen haben sie immer reichlich. Statt Werkzeug lassen sie sich lieber eingelegte Wachteleier aus dem Mutterland kommen. Ihre Kammern sind randvoll gefüllt mit Köstlichkeiten.«

Zur Demonstration zog einer der Männer eine Räucherwurst aus einem Stoffbeutel und schnitt Scheiben ab. Mit dem Messer, das er benutzte, hätte er auch ein abgehangenes Schwein zerteilen können, so lang war die Klinge.

»Probieren Sie«, sagte Jan.

Darum ließ sich Line nicht zweimal bitten. Sie kaute, und ihre Augen wurden glasig.

»Köstlich.« Sie nahm nach. Zwischen der zweiten und der dritten Wurstscheibe sagte sie: »Allerdings leben wir bescheiden. Viel können wir Ihnen nicht abkaufen.«

»Oh, sorgen Sie sich nicht um die Bezahlung. Frau Merian gilt mir die Ware wie üblich in Bildern ab.« Jan lächelte. »Und den Wein schenke ich Ihnen. Ein gutes Gericht braucht flüssige Begleitung.«

»Wir trinken keinen Wein.«

»Dann aber Cognac.« Er lächelte gewinnend. »Das ist Medizin.«

Marias Magen knurrte.

Am Abend gab es ein Festmahl, und entgegen den Regeln der Gemeinschaft wurde dazu Burgunder ausgeschenkt. Listig hatte Line eingewandt, man dürfe die Gäste nicht beleidigen, indem man ihre Großzügigkeit so brüsk zurückwies. Nach der Suppe erhob sie ihr Glas, das zu diesem Zeitpunkt schon dreimal vollgeschenkt worden war, und dankte Jan und seinen Männern mit schwerer Zunge.

»Zunächst hat Frau Merian uns ja enttäuscht«, sagte sie. »Als sie bei uns ankam, sah sie aus wie eine Magd ohne Empfehlungsschreiben, ihr wisst schon, wie eine von diesen verlorenen Seelen, die in die Fremde aufgebrochen sind, um einem Leben in der Gosse zu entkommen.«

»Lass es gut sein, Line«, flüsterte Bruder Paul.

Doch die Labadistin fuhr unbeirrt fort. »Sie zerreißt ihre Röcke, weil sie durchs Unterholz kriecht und nach kleinen Kreaturen sucht. Aber dann malt sie das scheußlichste Getier so, dass man meint, es durch die Augen seines Schöpfers zu sehen. Diese Frau ist immer für eine Überraschung gut. Wie wir nun wissen, hat sie auch gütige Freunde.«

»Apropos«, sagte Maria. »Diese Freunde wollen mich und

Dorothea auf eine Expedition landeinwärts mitnehmen. Sie handeln mit den Arawak der Hochebene. Wir könnten endlich die dortige Fauna erforschen.«

»Geht mit Gott«, sagte Line. »Lasst uns nun den Fleischgang kosten. Wie nanntet Ihr dieses köstlich duftende Schmorgericht noch gleich, Herr de Jong?«

»*Porc au vin*«, sagte Jan. »Kann man gut mit Trockenfleisch zubereiten. Ich hoffe, es mundet.«

Das tat es. Die Gemeinschaft schmauste, und Maria konnte heimliche Blicke mit Jan tauschen.

Er ist doch ein tollkühner Kerl! Was wir hier essen, stammt nie und nimmer aus einem französischen Laden, das hat er entweder selbst von einem Schiff erbeutet oder es jemandem abgekauft, der es gestohlen hat. Aber Hunger kommt vor der Moral. Endlich speisen wir einmal wieder fein. Und meine Expedition kann ich antreten! Ich werde Tiere finden, die nur ganz wenige Weiße bisher beschrieben haben, und nachts, wenn wir unsere Zelte um ein Feuer errichten und Jan Wache schiebt, werde ich aufstehen und –

Sie nahm einen Schluck Wein und tupfte sich die Lippen ab. Als sie sich unbeobachtet glaubte, hauchte sie Jan einen Kuss zu. Der Wein hatte auch sie beseelt. Jegliche Mühsal war vergessen. Gemeinsam mit Jan war sie unaufhaltbar. Welches Hindernis sich ihnen auf der Expedition auch in den Weg stellen mochte, sie überwänden es gemeinsam. Sie hatte Jan schon tot geglaubt, aber er lebte – und wie! Auf der anderen Seite der Erde hatten sie einander wiedergefunden. Alles war nun möglich!

Nach dem Essen sangen die Gemeinschaft und ihre Gäste Volksweisen, und Maria schlich mit Jan hinaus und tauschte hinter dem Haus heimliche Zärtlichkeiten.

»Dass du wirklich gekommen bist!«, flüsterte sie an seinem Hals.

»So war es doch abgemacht.« Er hob ihr Haar an, das sie in einem lockeren Knoten trug. Abendluft kühlte ihren Nacken. »Du wolltest in Surinam forschen und mich jeden Tag sehen. Wir sollten keine Zeit mehr verschwenden.«

Dorothea blieb Marias Hochgefühl nicht verborgen. Mit dem Instinkt einer jüngeren Tochter, die stets nach den Geheimnissen der älteren Familienmitglieder trachtet, erahnte Dorothea die heimliche Liebe ihrer Mutter. Als sich die Merian-Frauen auf ihrem Zimmer für die Nacht umkleideten, brachte Dorothea ihren Verdacht zur Sprache.

»An diesen Jan de Jong hast du dein Herz verloren«, sagte sie. »Und er seins an dich. Warum würde er sonst weite Wege auf sich nehmen, um dich zu treffen? Unsere Lieferanten in Amsterdam kenne ich alle. Er ist keiner von ihnen.«

»Nein? Dann hat er wohl geflunkert. Nun denn. Die Liebe deckt viele Sünden zu.«

Dorothea richtete einen Finger auf Maria. »Flüchte dich nicht in Bibeltexte!«

»Sprich nicht unverschämt mit deiner Mutter.«

»Ihr kennt euch schon lange, oder? Er war in Wieuwerd, kurz bevor wir es verlassen haben.«

»Unmöglich, dass du dich daran erinnerst.«

»Ich habe ihn mir damals genau angesehen. Auch auf mich hat er Eindruck gemacht. Diese Weste! Ich dachte, solcherlei Aufzug sähe man nur an Königshöfen.«

Sie nahm ihren Kleiderbügel vom Nagel an der Wand. Aus einem Stück Ast hatten Maria und sie die Stücke geschnitzt und mit Draht als Aufhänger versehen. Auch für die anderen Labadisten hatten sie welche gefertigt und ihnen erklärt, darauf könnten sie ihre Kleidung nachts auslüften und verhindern, dass die Schaben Eier hineinlegten. Line hatte die Bügel zunächst als überflüssig abgetan (»Was kommt als Nächstes? Döschen für Gesichtspuder?«), aber soweit Maria wusste, benutzte sie ihren inzwischen doch.

Manchmal erzürnte Maria die Haltung der Labadisten. Mühsal und Übel nahmen sie als gottgegeben hin, wollten ertragen, erleiden und auf Erlösung nach dem Tod hoffen.

Dorothea hängte ihr Kleid auf und zupfte eine Klette ab, die sich am Rocksaum verfangen hatte.

»Ich sage nur noch eines, Mutter: Mir steht die gleiche Freiheit zu.«

»Daher weht also der Wind.« Maria zwinkerte verschwörerisch. »Gefällt dir etwa der große Schwarze mit dem Goldohrring?«

»Philip Hendriks will ich wiedersehen! Er hat versprochen, sich nach der nächsten Fahrt mit einer Praxis in Paramaribo niederzulassen. Vielleicht ist er schon dort. Ich will nicht mit auf die Expedition. Lieber bringe ich mit Bruder Paul zusammen die Gummiernte in die Stadt.«

Wenn es ihr mit diesem Hendriks ernst ist, sollte ich zustimmen. Es gibt schlechtere Männer. Außerdem wäre ich froh, unbeobachtet zu sein.

»Einverstanden, gehen wir jeder unserer Wege«, sagte Maria. »Bestelle Doktor Hendriks einen schönen Gruß von mir. Falls er Spiritus erübrigen kann, schicke welchen her.«

»Ich werde ihn darum bitten.« Dorothea löste die Haarnadeln und legte sie auf den Tisch. Eine steckte sie wie ein Lesezeichen an das Papier, das sie für Briefe verwendeten. »Außerdem soll mir Johanna nun endlich ihren Schleier schicken!«

Expedition in den Urwald

Viel packen konnte Maria nicht. Gläser und Spiritus bräuchte sie und Zeichenutensilien natürlich, denn die meisten Tiere würde sie nur auf Papier bannen können. Alles, was sie auf die Expedition mitnehmen wollte, musste sie auf dem Rücken tragen. Dabei sollte ihr Tornister gute Dienste leisten. Sie hatte die Schulterriemen des holzverstärkten Segeltuchranzens notdürftig mit weichem Tuch gepolstert, damit die Last weniger scheuerte. Am Waldrand setzte sie den Tornister ab, während sie auf Aderi und Titubo warteten.

»Zu schwer?«, fragte Jan besorgt.

Er und die zwei Männer, die ihn begleiteten, schleppten Zelte und Proviant. Die anderen würden mit dem Boot fahren und flussaufwärts wieder zu ihnen stoßen.

»Geht schon«, sagte Maria. »Da kommt meine Indianerin.«

Inzwischen sprach Maria recht gut Taki-Taki und konnte Aderi, die es ebenfalls beherrschte, von der geplanten Erkundungstour in den Urwald berichten. Aderi war wenig überrascht von Marias Vorhaben. Auch die Anwesenheit der Männer schien die sonst so scheue Indianerin nicht zu beunruhigen.

Kennt Aderi sie etwa?

Das hätte Maria gern gefragt, doch Aderi wollte über etwas anderes sprechen.

»Heute gehen wir nur bis zum Mittag«, sagte sie. »Böses Wetter kommt.«

»Aber es ist doch schön.«

An diesem Morgen war der Himmel wolkenlos und tiefblau.

»Die Vögel«, sagte Aderi. »Sie fliehen.«

»Unser Hauspapagei ist noch da«, widersprach Maria.

»Das ist ein dummer Vogel.«

»Was soll geschehen?«, fragte Jan. »Zieht ein Sturm auf, suchen wir einen geschützten Platz am Boden. Dort bist du sicherer als hier, Maria. Das Plantagenhaus steht frei, und das Holzdach ist schneller abgedeckt, als du eine Kerze löschen kannst.«

Seine Männer nickten zustimmend. »Noch 'ne Nacht bleib ich nicht bei den Kirchenleuten«, sagte der mit dem Goldohrring. »Die stehen bei Tagesanbruch auf und verbreiten Hektik, das ist ja wie im Zuchthaus.«

»Nicht, dass wir wüssten, wie es da zugeht«, sagte der andere.

Sie lachten.

»Ihr entscheidet für euch«, sagte Aderi. »Aber Titubo und ich gehen zurück in unser Dorf. Treffen wir uns morgen am Fluss.«

Sie brachen auf. Der Pfad, auf dem sie gingen, war schmal. Die Gruppe musste hintereinander laufen und sich immer wieder unter Ästen hindurchducken. Marias Ranzen verfing sich in Ranken, ihre Füße blieben an Wurzeln hängen, und je weiter sie gingen, desto feindlicher schien der Urwald zu werden. Er zerrte an ihr, stellte ihr ein Bein und schien sie mit einer Armee aus stechenden Plagegeistern davon abhalten zu wollen, seine Geheimnisse zu erkunden. Mehrmals endete der Pfad abrupt, und Aderi und Titubo zwängten sich durch Büsche oder benutzten die ausladenden tiefen Äste eines Baumes wie eine Treppe. Maria und die Männer mit dem Gepäck kamen nicht so leicht voran. Erst mussten sie mit Macheten einen Weg um das Hindernis herum schlagen. Das kostete viel

Zeit. Als die Sonne sich ihrem höchsten Punkt näherte, hielt Aderi an. Ihr Dorf, wo sie und Titubo das Unwetter abwarten wollten, war nah. Die Weißen könnten nicht mitkommen, erklärte sie ihnen, sie sollten sich rechts halten und am Fluss nächtigen. Am nächsten Tag könne man dann den Weg gemeinsam fortsetzen. Maria stimmte zu und setzte sich auf einen Stein. Kaum hatte sie die schmerzenden Beine ausgestreckt, glaubte sie, nie wieder aufstehen zu können. Die Hitze setzte nicht nur dem Körper zu, sondern auch dem Willen. Was hätte sie dafür gegeben, endlich einmal wieder zu frieren! Oft hatte sie über den niederländischen Regen geschimpft, aber wenigstens konnte man sich gegen ihn mit Kleidung schützen. Und wie behaglich es war, sich abends in eine Decke gehüllt mit einer Tasse Tee aufzuwärmen!

Aderi löste das Fangnetz aus dem Ranzen, gab es Titubo und hob ihn hoch. In doppelter Manneshöhe saß ein blauer Schmetterling an einem Baumstamm. Es war einer wie der, den Maria bei Herrn Sanders gesehen hatte. Geschickt fing Titubo ihn und brachte ihn.

»Bezaubernd!«

Maria fasste den Körper des Tieres und holte es aus dem Netz. Eine Überraschung erwartet sie, als der Schmetterling die Flügel hochschlug. Die Unterseiten waren braun mit rötlichen Augen und helleren Wellenlinien. Durch diese Tarnung war das Tier aus der Ferne nicht von einem welken Blatt zu unterscheiden. Maria betäubte den Falter durch sanften Druck, legte ihn in ein breites Glas und goss Schnaps hinein, von dem sie dank Jan nun wieder genügend hatte. Später würde sie das Tier zeichnen.

Aderi und Titubo verabschiedeten sich. Auch Jan mahnte zum Aufbruch.

»Noch ganz kurz«, bat Maria.

Sie nahm einen Schluck Wasser aus ihrem Lederbeutel. Ungern gestand sie sich ein, die Härte einer Expedition unterschätzt zu haben. Ob sie es überhaupt bis zur Hochebene schaffen würde? Dessen war sie sich nicht mehr sicher.

Sie kämpften sich in Richtung Fluss. Wie weit sie gingen, konnte Maria nicht einschätzen. In der üppigen Vegetation des Urwalds fehlten einem jegliche Anhaltspunkte für die zurückgelegte Strecke. Auch war Maria so mit der Anstrengung des Vorankommens beschäftigt, dass sie sich kaum dem widmen konnte, was es rechts und links zu entdecken gab. Viele Tiere waren durch ihre Tarnung erst auszumachen, wenn sie sich bewegten. Hier hüpfte etwas davon, dort verkroch sich etwas in seinem grünen Versteck.

So viel entgeht mir. Könnte ich diesen Wald doch nur in ein riesiges Glas füllen, heimtragen und in Ruhe Stück für Stück untersuchen!

Der Untergrund wurde sumpfig. Das roch Maria, noch bevor sie es unter den Füßen spürte. Fauliges Gas stieg vom Boden auf. Es stank wie an einem Sommertag im Gerberviertel, und in den Kloakengeruch mischten sich süßliche Verwesungsdünste. Aasfressendes Kleingetier wie Ameisen mochte diesem Teil des Waldes fernbleiben, und so verfielen Kadaver und verpesteten die Luft zusätzlich. Was es leider im Überfluss gab, waren Moskitos. Maria konnte sich ihrer kaum erwehren. Da schoss eine Zunge vor und fing dicht an ihrem Gesicht einen der Plagegeister.

Wo ist die hergekommen?

»Wartet!«, rief Maria. »Da oben …«

Doch wieder einmal war sie zu langsam. Sie sah noch einen Schuppenkamm und einen eingerollten Schwanz, dann war das Tier den Baum hinauf verschwunden.

Wind kam auf. Er rauschte in den Blättern und trocknete Marias schweißnasses Gesicht.

»Ach, wie angenehm.«

»Nein, das ist nicht gut.« Jan knöpfte seine Weste zu. Über ihnen wogten die Baumkronen der Waldriesen wie aufgewühlte See. Nur dank des dichten Wuchses kam wenig Wind am Boden an. »Die Indianerin hatte recht. Es gibt Sturm.«

»Beeilen wir uns, einen geschützten Rastplatz am Fluss zu finden.«

Doch nun setzte schon Regen ein. Er trommelte auf die Baumkronen, sammelte sich auf großen Blättern und stürzte von dort kaskadenartig hinunter. Es schüttete wie aus tausend Gießgefäßen.

»Zum Fluss schaffen wir es nicht mehr«, rief Jan. »Schnell, die Planen.«

Die Männer rollten das Segeltuch aus und versuchten, es mit Seilen zu einem provisorischen Dach zu spannen. Doch bevor sie den ersten Knoten machen konnten, hatte sich ein kleiner See in der Mitte des Tuchs gebildet, und das Gewicht des Wassers riss den Männern den Stoff aus den Händen.

Marias Ranzen lief voll, und ihre Kleidung war im Nu durchnässt.

»Zum Dorf«, entschied Jan.

»Aber die Indianerin sagte, dorthin dürften wir nicht gehen«, wandte der größere der beiden Männer ein.

»Ich meine ein anderes Dorf«, sagte Jan.

»Und was ist mit ihr?« Der Mann deutete auf Maria.

»Sie kommt natürlich mit.«

»Das können wir nicht machen. Was, wenn sie den Plantagenbesitzern davon verrät?«

»Maria schweigt«, sagte Jan. »Habe ich recht?«

Maria nieste. »Worum geht es überhaupt?«

»Maroons«, sagte Jan. »Sie leben in der Nähe.«

»… und werden uns auf der Stelle töten, wenn sie Verrat wittern«, sagte der Mann.

»Wir sind ihre Verbündeten.« Jan musste schreien, um das Prasseln des Regens zu übertönen. »Ich gehe vor und spreche mit dem Häuptling. Was bleibt uns anderes übrig? Wir können kein Feuer machen, um uns zu trocknen. Haben wir Pech, zieht das Unwetter geradewegs über uns hinweg. Möglicherweise waren das erst die Vorboten eines großen Sturms. Ein alter Mann hat mir einmal von Winden erzählt, die Bäume entwurzeln und in die Luft heben, als wären sie aus Stroh.«

Die Männer blickten sich schweigend an. Schließlich nickten Jans Begleiter und rollten das Segeltuch wieder ein. Der Größere stapfte voraus, Maria ging an zweiter Stelle, und Jan lief hinter ihr und bot eine Hand, wenn eine besonders schlammige Stelle das Vorankommen erschwerte. Maria dachte an die gehenkten Männer auf der Plantage von Herrn Sanders. Ob sie zu der Gruppe von Maroons gehört hatten, zu deren Dorf sie nun unterwegs waren? Selbst wenn nicht, würde eine unbekannte Weiße dort wohl kaum willkommen geheißen werden.

Was meint Jan damit, sie seien ihre Verbündeten? Welche Geschäfte machen Piraten mit entflohenen Plantagenarbeitern?

Der Pfad verbreiterte sich. Aber die Männer blieben stehen und luden ihre Lasten ab. Einer bog Zweige beiseite.

Jan deutete ins Dickicht. »Siehst du den großen Baum? Auf der Rückseite hängt eine Strickleiter. Schaffst du es da hoch?«

»Wie?« Maria verstand nicht. »Aber jetzt ist der Weg doch endlich gut.«

»Das täuscht. Weiter vorn gibt es Wolfsfallen, getarnte Gruben mit angespitzten Hölzern auf dem Grund.«

»Oh. Dann werde ich wohl klettern.«

Maria knotete ihren Rock hoch und folgte den Männern zu dem Baum. Jan hielt die Strickleiter am unteren Ende straff, und Maria erklomm sie Sprosse für Sprosse. Das Holz war rutschig, und sie umklammerte die Seile mit aller Kraft. Als sie endlich auf eine kleine Plattform gelangte, konnte sie die Finger nur unter Schmerzen ausstrecken.

»Sieh nicht hinunter«, sagte Jan.

Über Hängebrücken ging es weiter. Sie führten von Baum zu Baum und waren meist nur wenige Ellen lang, schwangen aber beim Gehen. In der Mitte der ersten blieb Maria stehen. Der Regen hatte alles zwei Schattierungen dunkler gemacht. Wasser rann aus Marias Haar über ihr Gesicht. Schwer klebte ihr Rock an den Beinen.

»Einfach weiter«, rief Jan von hinten. »Sie hält uns aus, also auch dich.«

Doch es war nicht die Angst, die Maria hatte stehen bleiben lassen. Zu ihrer Linken, in einem Baum mit breiten Ästen, saßen nur wenige Armlängen entfernt zwei zottelige Affen in einem Nest aus Blättern. Anscheinend handelte es sich um ein Muttertier und ihr Junges. Die Mutter hielt eine Frucht in der einen Faust und ihr Kind im anderen Arm. Beide Wesen blickten Maria aus braunen Augen unverwandt an. Sie schienen zu wissen, dass die Menschen sie nicht erreichen konnten.

Welch klug gewähltes Versteck. Vom Boden aus konnte ich das nicht sehen. Wo ist der Rest ihrer Gruppe? Soweit ich weiß, leben sie in großen Verbänden.

Weitere Affen entdeckte Maria nicht, dafür zwei grüne Papageien, die auf einem Ast mit aufgeplustertem Gefieder dem Wetter trotzten. Hinter ihnen klaffte ein Loch im Rest eines abgebrochenen Baums.

Was darin wohl lebt? Vielleicht Fledermäuse.

Und Fledermäuse fraßen Insekten. Könnte Maria beobachten, wo die Tiere jagten, würden sie sie vielleicht zu Raupen führen.

»Geh doch bitte«, rief Jan. »Ich will die Brücke erst betreten, wenn du auf der anderen Seite bist.«

»Schon gut«, antwortete Maria über die Schulter. »Aber versprich mir, dass wir wiederkommen.«

Was sie hier oben beobachten konnte, war eine ganz andere Welt. Ein Baumhaus brauchte sie, oder besser mehrere, auf verschiedenen Ebenen dieses vielfältigen Waldes.

Jans Männer waren schon wieder unten. Der Regen ließ etwas nach. Als Maria die letzte Hängebrücke überwunden hatte und eine Strickleiter hinabkletterte, pfiff einer der Männer gellend, viermal kurz, einmal lang. Bald wurde ihm in der gleichen Weise geantwortet. Angeführt von Jan kämpften sie sich aus dem Unterholz hinaus zurück auf den Weg. Ein Stück entfernt wartete schon ein schwarzer Mann. Um die Hüften trug er einen Streifen kunstvoll besticktes Tuch, das einmal eine Tischdecke gewesen sein mochte. In der Hand hielt er einen Speer.

Jan ging vor und sprach mit dem Mann. Was er sagte, hörte Maria nicht. Der Schwarze blickte immer wieder zu Maria herüber, während Jan bestrebt schien, seine Aufmerksamkeit auf etwas zu lenken, das er seinem Ranzen entnommen hatte. Maria sah nur herabhängenden Stoff. Die beiden Männer schienen zu verhandeln. Seinen Gesten nach zu urteilen, war der Maroon empört über das schlechte Angebot. Beschwichtigend hob Jan die Hände, entnahm dem Ranzen ein weiteres stoffgeschütztes Paket und wickelte ein Haumesser aus. Mit einer leichten Bewegung aus dem Handgelenk trennte er einen dünnen Ast ab. Der Fremde begutachtete die Schnittstelle, befand sie anscheinend für gut und streckte die Hand aus. Die Waffe wechselte den Besitzer, und Jan winkte dem Rest der Gruppe.

»Die Maroons beherbergen uns.«

Der gefürchtete Orkan blieb aus, aber der Regen hielt bis zum nächsten Morgen an. Durch die Eingangsöffnung einer Hütte sah Maria, wie sich die letzten Tropfen an den Enden des Palmstrohs sammelten, mit dem das Dach gedeckt war, kurz der Schwerkraft trotzten und dann zu Boden fielen. Marias Kleider hingen an einem Ast, der aus der Lehmwand ragte. Ihre Stiefel standen ordentlich darunter. Dagegen waren Jans Schuhwerk, seine Hose und sein Hemd im Raum verteilt, als sollten die Gegenstände für ihren Besitzer ein Revier abstecken. Die nasse Kleidung war so wohl kaum getrocknet. Jan würde nachher nichts anzuziehen haben, mit dem er vor die Tür treten konnte. Vielleicht wollte er das aber auch gar nicht. Maria drehte sich zu ihm um.

Er schien noch zu schlafen. Sollte sie ihn wecken? Sie stützte sich auf und beugte sich über ihn. Hatten seine Lider gezittert? Aber sein Atem ging langsam. Möglicherweise träumte er. Ob Maria in seinen nächtlichen Fantasien vorkam? Falls nicht, wollte sie dafür sorgen. Sie schüttelte die Decke von den Beinen, kniete sich über Jan und stützte sich rechts und links von ihm auf. Ihr Mund näherte sich seinem. Jan schien immer noch nichts zu bemerken. Aber sein Atem ging schneller. Wollte er sie täuschen? Hatte er gelernt, sich nach dem Aufwachen so lange schlafend zu stellen, bis er die Orientierung wiedergewonnen hatte? Vielleicht wartete er ab, was Maria tun würde. Er sollte sich ruhig noch ein wenig nach ihr sehnen.

Ich bin gespannt, wie lange er es aushält.

Immerhin hatte auch Maria jahrelang auf einen Moment wie diesen gewartet. Sie spürte die Wärme, die von Jan ausging, und ihre Selbstbeherrschung schmolz. Nur einen zarten Kuss wollte sie ihm rauben. Ihr Unterlippe streifte seine. Ihre Zunge wagte sich vor. Jans Hand schoss unter der Decke hervor und landete auf ihrem Rücken.

»Du gefährliches Weib. Was hast du vor?«

Seine Fingerspitzen glitten ihre Wirbelsäule hinab. Draußen lachten Kinder. Weiter entfernt gackerten Hühner. Es roch nach Feuer und Teigfladen, die in Fett gebraten wurden. Eine Frau sang. Doch all das schien in einer anderen Welt zu geschehen.

»Mal sehen«, flüsterte Maria. »Vielleicht tun wir etwas Ähnliches wie gestern Abend?«

Später am Morgen brachte eine junge Frau zwei Schalen mit Essen. Darin war ein Brei aus Cassava, garniert mit Stücken süßer Früchte. Maria und Jan, der ein Tuch um die Hüften geschlungen hatte, aßen vor der Hütte, beschattet vom überhängenden Dach. Mit ihrem Holzlöffel kratzte Maria ihre Schale restlos leer.

»Das war köstlich!« Sie stand auf. »Ich gehe zum Fluss, das Geschirr spülen.«

»Wofür nimmst du deinen Ranzen mit?«, fragte Jan.

»Falls ich etwas Interessantes finde. Man weiß ja nie …«

Er lachte. »Du kommst wohl nie zur Ruhe. Ein Verdauungsschläfchen wäre doch jetzt schön. Unser Weg ist noch weit.«

Einer von Jans Männern war gegangen, um Aderi und die Kameraden zu holen, die das Boot genommen hatten. Am nächsten Tag wollten sie gemeinsam weiter zur Hochebene wandern.

»Eben weil es noch weit ist, will ich mir ansehen, welche Tierchen es hier gibt. Auf der Hochebene werden andere leben.«

»Lass dich nicht von Krokodilen fressen.«

»Ich werde mir Mühe geben.«

Maria schlenderte durch das Dorf der Maroons. An die fünfzig Hütten mochte es zählen, und anscheinend sollten weitere gebaut werden, denn auf einem frisch gerodeten Stück zerteilten zwei junge Kerle einen Baumstamm in mannshohe Pfähle. Die beiden beachteten Maria nicht, doch eine junge Frau, die zwischen zwei Hütten in einer Hängematte lag und ihr Baby stillte, schenkte ihr einen neugierigen Blick. Maria lächelte freundlich. Auf den Plantagen hatte sie nur wenige Säuglinge gesehen und nur einmal eine Sklavin mit rundem Bauch, das Hausmädchen der van Dijks. Ob die harte Arbeit Schwangerschaften verhinderte? Oder kannten die Frauen Wirkstoffe, die eine Empfängnis verhüteten?

Ich muss Ama fragen, wenn ich wieder in Paramaribo bin.

Kinderlachen wies Maria den Weg zum Fluss. In einem seichten Überlauf sammelte sich Wasser. Vermutlich nutzten die Maroons diese Stelle zum Baden. Hier konnten keine Krokodile lauern. Kleineres Getier gab es aber. Zwei Mädchen und ein Junge hatten Kröten aufgestöbert und in einen hohen Korb gelegt. Eines der Tiere versuchte, über den Rand zurück in die Freiheit zu hüpfen, und die Kinder machten sich einen Spaß daraus, es an ihren Händen abprallen zu lassen.

Maria sah ihnen über die Schultern. Eines der Mädchen sagte etwas zu ihr, das sie nicht verstand.

Vielleicht das Taki-Taki-Wort für Kröte*?*

Maria bat um Wiederholung, aber stattdessen zog das Mädchen sie am Arm zum Wasser. Aus dem Überlauf ragte der Kopf einer weiteren Kröte.

Breites Maul, bräunliche Farbe, nichts Besonderes, solche gibt es zu Hause auch zuhauf.

»Schön«, sagte Maria. »Spielt nur weiter.«

Aber das Mädchen deutete auf das Tier und leckte sich die Lippen.

Oh, sie essen die? Nun, auch Franzosen verspeisen Frösche, aber mir ist doch Cassavabrei lieber.

Maria wollte danken, weitergehen und nach Raupen stöbern, aber da begann die Kröte zu schwimmen. Ihr Rücken hob sich. Die Haut hinter dem Kopf war ungleichmäßig, wie von Warzen übersäht.

Nein, das sind Blasen. Gefüllte Blasen!

Langsam, jede ruckartige Bewegung vermeidend, bückte Maria sich, setzte den Ranzen ab, nahm eines der Gläser heraus und füllte es mit Schnaps. Mit dem kurzstieligen Netz holte sie aus, verfehlte die Kröte aber um Haaresbreite.

Wie ärgerlich!

Der nasse Netzstoff klebte zusammen, und Maria musste ihn ausdrücken und schütteln. Derweil kletterte die Kröte an Land. Ihr Ziel schien der tiefere Fluss zu sein. Wenn sie dort untertauchte, würde Maria sie nicht mehr erwischen. Das Tier machte einen Hopser und setzte schon wieder zum Sprung an. Maria hechtete hinterher. Dabei knickte ihr linker Fuß weg, und sie kam hart mit dem Ellbogen auf. Aber die Kröte zappelte im Netz. Den Stoff zuhaltend, rutschte Maria auf den Knien zum Glas und versenkte das Tier im Alkohol. Es ruderte mit den Beinen, stieß gegen die Glaswand und erschlaffte. Maria bedauerte, das Tier, dessen Sprungkraft sie gerade noch bewundert hatte, zu töten. Doch wenn sie dieses Wesen nach Amsterdam schickte, würde es dort gewiss für Aufsehen sorgen. Zu Unrecht wurde diesen Tiere mit Geringschätzung und Ekel begegnet. Jeder, der sie näher betrachtete, musste einfach erkennen, welch vollkommene Kreaturen sie waren.

Erst jetzt spürte Maria den Schmerz in ihrem Knöchel. Mit dem Ranzen und der Kröte im Glas humpelte sie zur Hütte zurück.

»Was ist passiert?«, fragte Jan.

»Nur ein Missgeschick. Dafür habe ich eine außergewöhnliche Entdeckung gemacht.«

Sie reichte Jan das Glas.

»Unser Mittagsmahl?«, fragte er.

»Raupen habe ich schon gegessen, aber Kröten … nein. Sieh genauer hin, das ist ein Weibchen! Sie trägt ihre Gebärmutter auf dem Rücken. Einige Eier sind schon zur Reife gekommen, und dort wollte gerade ein Junges schlüpfen.«

Sie zeigte auf die Stelle, an der eine Eihaut gerissen war und eine kleine Kröte mit Kopf und Vorderbeinen hervorsah.

»Bemerkenswert«, musste Jan zugeben. »Ich hätte gedacht, die schlüpfen irgendwo im Uferschlamm.«

»Nein, nein, sie entwickeln sich auf der Mutter.« In ihrer Begeisterung vergaß Maria ihre Verletzung und verlagerte ihr Gewicht. »Au.«

»Bitte schon dich.« Jan ging in die Hocke und legte eine Hand an Marias Knöchel. »Leg das Bein hoch. Das Fußgelenk schwillt bereits an.«

»In ein paar Stunden ist alles wieder gut.«

Doch Maria hatte sich getäuscht. Am Abend war ihr Knöchel dick und fühlte sich heiß an. Maria saß vor der Hütte, und kühlte ihn mit nassem Sand. Inzwischen hatten die anderen Männer das Dorf erreicht. Auch Aderi war bei ihnen. Sie begutachtete Marias Knöchel.

»Ruhen«, sagte sie entschieden. »Nicht weitergehen.«

Jan riet ebenfalls davon ab. Das Terrain würde noch unwegsamer werden.

»Außerdem gibt es für dich auch hier viel zu sehen«, tröstete er Maria. »Bleiben wir ein paar Tage, und wenn du wieder besser laufen kannst, bringen wir dich zurück.«

»Aber wir holen die Expedition nach?«

»Versprochen. Sobald der Knöchel geheilt ist.« Er winkte einen Jungen zu sich, der in einigem Abstand stehen geblieben war. Während die Kinder vor Maria keine Scheu zu haben schienen, behandelten sie Jan und seine Männer mit ehrfürchtigem Respekt. »Was bringst du uns, Kleiner?«

Der Junge kam näher und stellte eine Schale vor Maria ab. In zwei Finger tief Wasser schwamm eine Ansammlung schwarzen Glibbers.

»Froschlaich«, rief Maria. »Danke dir vielmals, darüber freue ich mich sehr.«

Bei den Maroons

Früher hatte Maria davon geträumt, mit Jan in einer Hütte mitten im Urwald zu leben, und nun tat sie es wirklich, umgeben von Menschen, von denen die meisten in einem anderen, ebenfalls weit entfernten Teil der Erde geboren worden waren. Die Maroons hatten sich der fremden Wildnis gut angepasst. Sie fischten von Kanus aus, jagten und zogen auf kleinen Äckern Süßkartoffeln, Kürbisse und Cassava. Die älteren Kinder pflückten im Wald Früchte. Regelmäßig kamen Arawak ins Dorf und boten Töpferwaren, Schnitzereien oder heilkräftige Wurzeln und Kräuter zum Tausch an. Manchmal entzündeten die Indianer eine Pfeife und rauchten mit den Ältesten. Mehr noch als dem Geschäft schienen ihre Besuche der Pflege nachbarschaftlicher Beziehungen zu dienen. Auch Jans Männer verweilten gern im Dorf. Sie schäkerten mit den jungen Frauen und palaverten abends am Feuer.

Die Nächte verbrachte Maria in Jans Armen. Nach Jahren der Ungewissheit und des Bangens, in denen sie Jan tot geglaubt hatte, genoss sie das Glück, bei ihm zu sein. Nur die Zeit am Tage wurde ihr lang. Stillzusitzen und den Knöchel zu schonen, fiel Maria schwer. Wenigstens versüßte die Entwicklung der Frösche ihr den Müßiggang. Entzückt verfolgte Maria, wie aus den schwarzen Flecken des Laichs erst Schwänze, dann Augen, Tage später Hinterfüße und schließlich auch Vorderfüße wuchsen. Als alle Gliedmaßen entwickelt waren, fielen die Schwänze wieder ab, und die Tiere hüpften aus ihrem Gefängnis. Das langsamste von ihnen fing Maria ein, um ihn zu zeichnen. Danach schenkte sie auch ihm die Freiheit.

Ihrem Köchel ging es besser. Sie konnte wieder mit Gläsern und Netz bewaffnet herumstreifen.

Auf einem Guavenbaum fand sie zwei grüne Raupen mit weißen Streifen. Sie nahm beide mit, aber weil eine noch am selben Tag starb, kehrte sie zu dem Baum zurück in der Hoffnung, mehr zu finden. Stattdessen stieß sie auf Exemplare einer anderen, hell behaarten Art, die sich gerade an den Blättern der Guajave gütlich taten. Ihre kahlen Köpfe waren mit heller, menschlich wirkender Haut überzogen. Maria griff nach einer der Raupen und stieß einen Schrei aus. Es gelang ihr gerade noch, das Tier in ein Glas fallen zu lassen. Ihre Finger brannten, als hätte sie Feuer berührt. Sie fluchte und spuckte auf die verätzten Stellen. Mit der linken Hand allein konnte sie keine weiteren Raupen einsammeln, darum holte sie Jan. Mit seiner Hilfe setzte sie die Raupen in Kästchen und gab reichlich von den Blättern dazu.

»Ich hoffe doch, dies werden außergewöhnliche Schmetterlinge«, sagte sie durch zusammengebissene Zähne hindurch. »Der Schmerz soll sich gelohnt haben.«

Auch diese Verletzung wurde heiß, ließ sich aber nicht mit grobkörnigem Sand kühlen. Eine ältere Maroonfrau, die Jan zu Hilfe rief, nickte wissend, als sie die Raupen in den Kästchen sah, und bereitete eine Pflanzenpaste, die Maria Linderung verschaffte. Ihre beiden erwachsenen Töchter beobachteten die Behandlung neugierig und kehrten mit bunten Federn und duftenden Blüten zurück.

Marias Frage, ob das Zutaten für einen Heiltrunk seien, verneinten sie vergnügt. Frisieren wollten sie Maria, ihr Haar sei doch so schön, sie solle mehr damit machen, als es nur im Nacken festzustecken. Als Jan am Abend vom Fischen zurückkam, staunte er nicht schlecht. Marias Haar war zu vielen kleinen Zöpfen geflochten und in einem voluminösen Knoten hochgesteckt worden. Federn und Blüten garnierten die Konstruktion.

»Sieht aus, als nisteten Vögel auf deinem Kopf«, sagte Jan.

»Gefällt es dir nicht?«

»Doch, es ist eindrucksvoll. Königlich, würde ich sagen.«

Er musste laut sprechen, weil Trommeln zum Tanz riefen. Allabendlich versammelten sich die Maroons auf einem zentralen Platz zwischen den Hütten.

»Ja, und nur eine Königin hätte Zeit für solch aufwendige Toilette«, sagte Maria. »Aber der Nachmittag war nicht verloren. Während die Frauen mein Haar bearbeiteten, habe ich sie für meine Zwecke ausgefragt.« In Marias Schoß lag das Büchlein, in dem sie Notizen machte. »Leider ist es mühsam, mit der linken Hand zu schreiben. Ich fürchte, ich kann das später selbst nicht mehr entziffern.«

Jan warf einen Blick darauf.

»An einer acht Fuß hohen Pflanze wächst die Mu…?«

»Muscusblüte. Könntest du das bitte noch einmal ordentlich dazuschreiben?«

Jan tat ihr den Gefallen.

»Mit den Blättern werden Hühner gefüttert …«, las er weiter. »Und die Samen … duften stark. Die Fr… Verzeih, das ist unleserlich.«

»Die Frauen fädeln die Blüten auf und tragen sie an den Armen.«

Jan wackelte tadelnd mit dem Stift. »So kannst du das aber nicht ins Buch aufnehmen. Man wird wissen, dass du keine

Niederländerinnen meinst. Und Sklavinnen auch nicht. Die schmücken sich nicht.«

»Fragt jemand, behaupte ich, es gehe um Indianerinnen.«

»Das könnte ich doch gleich dazuschreiben.«

»Nein.« Maria zog eine piksende Feder aus ihrer Frisur und betrachtete sie nachdenklich. »Das wäre schlicht falsch. Erstens will ich nur lügen, wenn es nötig ist. Zweitens vermeide ich Bezeichnungen. Andere Autoren mögen Pflanzen und Tiere lateinisch benennen. Auch Aderis Volk hat Namen für alles im Wald. Die übernehme ich. Doch selbst würde ich mir nie welche ausdenken. Wozu? Damit erkläre ich gar nichts. Entdecke ich Neues, beschreibe ich lieber genau, was ich sehe und rieche.«

»Trotzdem sind diese Menschen hier Maroons. Diesen Namen verwenden sie selbst.«

»Die Alte, die mir die Pflanzenpaste gebracht hat, ist vom Stamm der Fante in Afrika. Als Kind kam sie mit einer Gruppe Aschanti nach Surinam. In Afrika bekriegten sich die beiden Stämme und verkauften ihre Gefangenen an Sklavenhändler. Jetzt leben ihre Nachkommen hier friedlich zusammen. Verstehst du, was ich sagen will?«

»Menschen haben zuweil komplizierte Lebensgeschichten«, sagte Jan.

Maria lächelte. »Also: Frauen fädeln Muscusblüten auf. Das habe ich heute beobachtet, und mehr muss niemand wissen. Schreib nun weiter ins Reine, ja?«

»Der Rocubaum bringt rote Samen hervor. Werden diese eingeweicht, tritt die Farbe aus …« Jan setzte den Stift ab. »Was steht da?«

»Und diese ergibt getrocknet ein Pigment. Zu einer Paste verrührt, lässt sich damit Haut bemalen …« Maria kitzelte Jan mit der Feder an der Wange. »Schreib weiter.«

»Haut bemalen – das klingt so harmlos.«

»Was ist gefährlich an ein paar Ornamenten?«

»Sie haben Bedeutungen. Genau weiß ich es auch nicht, aber bevor sie in den Krieg ziehen, bemalen sich die Maroons sorgfältig. Das haben sie von den Arawak übernommen.«

»Aderi trägt ihre Muster jeden Tag. Sie findet sie wohl schön.«

Jan legte den Stift hin. »Du willst es einfach nicht wahrhaben.«

»Was?« Maria verspürte Ärger.

Als ob ich dumm wäre! Mein Metier sind Insekten, nicht der Krieg. Jan soll mir schreiben helfen, statt den Inhalt der Texte zu ändern!

»Komm, sehen wir uns den Tanz an«, sagte Jan.

»Na gut.«

Sie gingen zum Platz. Die Maroons hatten einen Kreis gebildet, in deren Mitte sich die Tänzer bewegten. Es waren immer nur zwei, und sie wechselten. Lauernd umkreisten die Frauen und Männer einander, deuteten Angriffe an, wichen mit Drehungen aus und vollführten Schläge und Tritte, die erst kurz vor den Körpern der anderen endeten. Die Umstehenden klatschten. Ein paar sangen eine einfache, sich wiederholende Melodie. Anders als Jan glauben mochte, hatte Maria das Spektakel schon einmal beobachtet.

Der Tanz ist kein harmloses Vergnügen. Sie bereiten sich auf einen Kampf vor und haben das in dieser Weise wahrscheinlich schon getan, als sie noch auf den Plantagen lebten. Die Trommeln, das Klatschen und das Singen sollten dort den Zweck ihrer Zusammenkunft verschleiern.

»Wie lange wird es noch gut gehen?«, murmelte Maria.

»Hier draußen müssen sie die Soldaten nicht fürchten«, sagte Jan. »Zwar versucht der Gouverneur immer mal wieder einen Vorstoß, aber seine Truppe besteht aus Tunichtguten, die man hergeschifft hat, um die niederländischen Gefängnisse zu erleichtern. Diese Leute haben keine große Lust, den Plantagenbesitzern ihre Arbeiter zurückzuholen.«

»Aber dann geht es für die Plantagenbesitzer nicht mehr lange gut.«

»Mag sein.«

Jan applaudierte einem Kämpfer, der eine Bodenrolle vollführte.

»Was auch deine Schuld sein wird«, sagte Maria. »Du lieferst den Maroons Waffen.«

»Mit meinen Macheten wird Unterholz geschlagen.«

»Womit bezahlt man dich?« Der Rhythmus der Trommeln machte Maria angriffslustig, und Jans Ausweichen reizte sie zusätzlich. »Ich nehme an, du unternimmst den beschwerlichen Weg zum Dorf nicht für eine warme Mahlzeit und Cassavabier. Eine der Frauen trägt einen Siegelring um den Hals. Wenn die Maroons Plantagen überfallen, plündern sie und verkaufen dir einen Teil der Beute.«

Jan legte einen Arm um Marias Schultern und zog sie an sich.

»Du bist erbost«, sagte er.

»Ich spreche nur aus, was ist.«

»Du brüllst.«

»Wegen der Trommeln.«

Jan küsste sie auf die Schläfe. »Lass uns zum Fluss gehen.«

Am Überlauf setzten sie sich in den Sand, zogen ihr Schuhwerk aus und ließen die Füße ins warme Wasser gleiten.

»Ich habe selbst gesehen, wie Sklaven behandelt werden«, sagte Maria. »Das ist furchtbar. Die Plantagenbesitzer müssen damit aufhören.«

»Versuche doch, sie zu überzeugen. Viel Erfolg.«

»Du musst mich nicht verspotten. Ich denke bloß, nach Überfällen beklagen immer beide Seiten Opfer.«

»So ist das leider.«

»Und ich habe Angst. Um diese Menschen, um dich …«

»Mir passiert nichts. Ich komme immer davon.« Er beugte sich langsam vor, ließ seine Hand über der glitzernden Wasseroberfläche schweben und stieß dann hinab. Zwischen seinen Fingern zappelte ein schwarzer Molch. »Anders als dieser kleine Freund. Für dich. Ein besonders hübsches Exemplar.«

Maria musste lachen.

»Ansehnlich sind die wirklich nicht. Aber ihre Entwicklung ist erstaunlich. Von schwimmenden Larven werden sie zu Wesen, die das Land bewandern können. Sie leben in zwei Elementen. Hätten sie auch noch Flügel …«

»Würden sie einem beim Rudern ins Gesicht klatschen.« Jan schüttelte sich.

»Du hast recht, sie sind gut, wie sie sind. Schenk ihm die Freiheit. Ich habe seinen Bruder oder seine Schwester gestern gezeichnet.«

»Wie du willst.« Jan warf das Tier zurück. Schlängelnd tauchte es unter.

Maria spielte mit den Zehen im Wasser.

»Ich ahne nun, warum du unbedingt von mir gemalt werden wolltest«, sagte sie.

»Weil deine Bilder wunderschön sind.«

»Aber später hast du auch meine Bücher gelesen. Ich beschreibe, ohne einzuordnen.«

»Es ist ein besonderer Blick auf die Welt. Du hast einen freien Geist.«

»Mag sein, aber blind bin ich deshalb nicht. Sorge und Furcht kenne ich auch. Ich weiß, dass du nicht über deine Geschäfte sprechen willst, aber ich frage dich trotzdem: Warst du auf dem Piratenschiff, das uns angreifen wollte?«

Jan ließ sich auf den Rücken fallen und verschränkte die Arme hinter dem Kopf.

»Wir haben euch doch verschont.«

»Ihr hättet uns gar nicht erst bedrohen sollen!«

Jan schwieg.

Darauf weiß er wohl nichts einzuwenden.

Maria schüttelte den Kopf. »Bis eben glaubte ich an einen Zufall. Woher wusstest du, dass ich auf dem Schiff war?«

»Ich wusste es nicht. Doch ich war mir sicher, du würdest kommen. So entschlossen, wie du schienst …«

»Heißt das etwa, du überfällst seit drei Jahren keine niederländischen Schiffe?«

»Die ankommenden lohnen sowieso nicht. Entweder führen sie neue Sklaven aus Afrika mit sich oder Baumaterial aus Europa. Erwischt man mal eine Ladung Wein, ist es untrinkbare Plörre. Nein, da hält man sich besser an Franzosen und Spanier. Von denen nehmen wir auch gern das ausgehende Gut an uns. Zucker, Kaffee und Tabak lassen sich gut weiterverkaufen.« Er zwinkerte. »Jetzt reicht's aber. Das musst du alles gar nicht wissen. Oder willst du anheuern?«

»Danke, nein.« Maria pflückte ein Blatt ab, das Fraßspuren aufwies. »Mein Magen liebt den Seegang gar nicht.«

Sie untersuchte das Blatt, warf es fort, als sie keine Raupe entdeckte, und inspizierte den restlichen Busch auf Tierchen. Jan schloss die Augen und schien zu dösen.

»Du wirst nie einen Bauern aus mir machen«, sagte er unvermittelt. »Ich will zur See fahren. Es ist gefahrvoll und entbehrungsreich, aber vergleichbare Freiheit findet man nirgendwo sonst.« Er setzte sich auf und deutete auf einen kleinen Papagei, der Beeren von den unteren Zweigen eines Strauches pickte. Erschreckt durch ein Rascheln, floh das Tier auf einen Baum. »Wer fliegen kann, der tut es.«

»Aber könntest du nicht auf friedvolle Weise …«

»Ach, Maria! Auch die Maroons wünschen sich Frieden. Aber dem stehen andere entgegen. Sie drängen einen in die Ecke, und dort kann man sich nur ergeben oder kämpfen.«

Er sprang auf und lief hin und her. Maria hörte ihn einen morschen Ast zerbrechen. Stück für Stück schleuderte Jan das Holz ins Wasser, wo es den Fluss hinabtrieb.

Nach einer Weile schien er sich beruhigt zu haben und setzte sich wieder neben Maria.

Und ich glaubte, wir müssten uns nur wiederfinden, und alles würde gut werden. Da habe ich mich wohl getäuscht.

»Ich habe mal jemanden getroffen, der eine Geschichte über einen Schiffbrüchigen schreiben wollte«, sagte Maria. »Auf einer verlassenen Insel sollte dieser Mann ein neues Leben beginnen. Ich lese ja wenig Erfundenes, aber inzwischen glaube ich, solch eine Erzählung könnte mir gefallen. Sie klingt hoffnungsvoll, anders als manch echter Bericht. Hast du von Herrn Rumpf gehört?«

»Wem?

»Georg Eberhard Rumpf, er ist Botaniker. Über fünfzig Jahre lang tat er Dienst für die Ostindische Kompanie auf der Insel Ambon. Nebenbei studierte er die Flora und Fauna. Sein gesammeltes Wissen wollte er in zwölf Bänden weitergeben. Eintausendsechshunderteinundsechzig Seiten sammelte Herr Rumpf an, sechshundertfünfundneunzig Platten will er drucken lassen. Trotz allem.«

»Warum trotz allem?«

»Der Arme ist vom Pech verfolgt. Mit zweiundvierzig Jahren, auf der Höhe seines Schaffens, verlor er sein Augenlicht. Dank seines hervorragenden Gedächtnisses konnte er alle gesehenen Pflanzen und Tiere so genau beschreiben, dass andere sie für ihn zu zeichnen vermochten. Trotz seiner Blindheit verlebte er glückliche Jahre mit seiner eingeborenen Frau und den Kindern. Aber dann erschütterte ein Erdbeben die Insel, und eine Flutwelle tötete seine Gemahlin und eine Tochter.«

»Ihm geschah nichts?«

»Nein, er rappelte sich auf und machte weiter. Er wollte sein gesammeltes Werk nach Amsterdam schicken. Aber das Schiff …«

»Ich ahne Schlimmes.«

»… wurde von den Franzosen versenkt. Immerhin gab es noch die Zeichnungen, die er vor der Erblindung gefertigt hatte. Sie lagerten in der niederländischen Siedlung auf Ambon. Bis …«

»O nein.«

»… dort ein Feuer wütete.«

Jan schüttelte den Kopf. »So etwas kann man sich nicht ausdenken.«

»Damit hast du wohl recht. Zu unwahrscheinlich klingt es.«

»Aber wie kam Aletta an die über tausend Seiten?«

»Bevor das Manuskript ins Verderben fuhr, wurde es in der Zwischenstation in Batavia kopiert. Diese Blätter erreichten Jahre später Amsterdam. Über Umwege gelangte Aletta auch an getrocknete Pflanzen. Sie hat mich gebeten, Zeichnungen für die Kupferdrucke herzustellen, aber es war kein Geld für Vorschüsse da. Ob sie jemals genug auftreiben kann, ist fraglich. Aber wenn ich ein Buch über surinamische Insekten herausbringe, möchte ich von einem Teil der Erlöse Herrn Rumpf unterstützen.«

»Das ist edel«, sagte Jan.

Im Dorf steigerte sich der Rhythmus der Trommeln zu einem wahnwitzig schnellen Finale und brach mit zwei lauten Schlägen des führenden Trommlers ab. In den Bäumen schienen die Papageien und Affen jetzt lauter zu schreien als zuvor. Vielleicht hatte die Musik auch sie angestachelt.

»Doch Rumpf wird sich noch gedulden müssen.« Mit einem Stöckchen grub Maria im Sand. Sie hatte beobachtet, wie Echsen Eier hineinlegten, um sie von der Sonne ausbrüten zu lassen. Heute fand Maria aber keine. »Um das Buch fertigzustellen, muss ich zurück nach Amsterdam. Hier, in der Ferne, kann ich nur schwerlich daran arbeiten. Ich müsste ja die Zeichnungen für die Stiche nach Amsterdam schicken. Sind die Kupferstecher fertig, will ich ihr Werk begutachten. Man müsste mir also die Stiche senden, und dann müsste ich sie mit Änderungswünschen zurücksenden. Daraufhin gingen sie mir noch einmal zu und dann wieder zurück. Wie lange das dauern würde!«

»Du hast eine Tochter in der Heimat, die die Kupferstecher beaufsichtigen kann.«

»Ich nehme aber gern alles selbst in die Hand.«

»Nun denn. Ich habe ein schnelles Schiff, Frau Merian.« Jan salutierte. »In den Niederlanden war ich schon länger nicht mehr, aber bis Madeira könnte ich Post transportieren.«

»Ach, du …« Maria legte den Kopf an seine Schulter. »Wenn du davon redest, scheint es mir möglich.«

»Denn das ist es. Zudem habe ich eine Geschäftsidee, die mich schon bald zu einem ehrenwerten Mann machen könnte. Dann werde ich sogar wieder Amsterdam besuchen können.«

»Aber was sind das für Besuche? Wann immer du dort bist, musst du dich verstecken.«

»Das könnte sich ändern.«

»Wie?«

»Durch eine Allianz. Erinnerst du dich an die Seekriege zwischen den Niederlanden und England? Drei gab es allein in den letzten fünfzig Jahren. Aber dann wurde der Frieden von Westminster geschlossen, und kurz darauf heiratete Wilhelm III. Prinzessin Maria von England. Seitdem ist Ruhe auf der Nordsee.«

Maria rückte von Jan ab. »Du planst, eine einflussreiche Dame zu ehelichen?«

»So wörtlich musst du das nicht nehmen.« Jan küsste Marias Haar. »Vertrau mir, meine Strategie ist gut durchdacht. Alles wird sich fügen. Und jetzt sind wir erst einmal zusammen hier.«

Wie gern ich diesen Moment genießen würde. Doch je besser ich das Land kennenlerne, desto mehr Gefahren sehe ich. Der Konflikt zwischen Maroons und Plantagenbesitzern wird sich zuspitzen. Wenn die Maroons angreifen, werden noch mehr Soldaten ins Land kommen. Wie soll ich mich da heraushalten? Dazu kommt die Bedrohung durch Piraten. Es gibt noch viel mehr als Jan und seine Leute. Alle wollen ihren Teil vom Zuckergeld, und wenn sie ihn auf See nicht bekommen, überfallen sie Häfen und Plantagen. Dem Himmel sei Dank, dass wir auf der Überfahrt nur Jans Schiff begegnet sind!

Mir scheint, als löffelte jeder Mensch aus einer Schale Glück. Georg Rumpf wurde bloß eine kleine Ration zugeteilt. Ich hoffe, meine ist größer.

Noch zwei Wochen lang blieben Maria und Jan im Dorf der Maroons. Marias Ranzen füllte sich mit Tierchen und Skizzen. Sie zeichnete lilafarbene Krokusse, entdeckte eine rot gestreifte Raupe mit einem rosa Horn und kostete von der Mispelfrucht, deren Blätter wie Herzen geformt waren.

Doch dann wurde es Zeit, nach La Providentia zurückzugehen. Dorothea war vermutlich längst aus Paramaribo wiedergekehrt. Sie sollte sich nicht sorgen. Zudem waren Marias Gläser sämtlich mit interessanten Spezies belegt. Nun ginge es ans Zeichnen und Präparieren.

Im Morgengrauen brachen sie auf, angeführt von Aderi. Schläfrig trottete Maria hinter ihr und den Männern her. In diesem halb wachen Zustand, in dem ihr Verstand noch nicht gänzlich die Kontrolle übernommen hatte, beschlich sie die

Ahnung, verfolgt zu werden. Mehrmals drehte sie sich um, doch entdeckte niemanden hinter sich.

»Was hast du?«, fragte Jan.

»Ich glaube, jemand geht uns nach.«

Sie lauschte, aber an ihre Ohren drang nur das Brüllen einer Horde Affen. Witterten die Lebewesen des Urwalds einen Jaguar? Zu ihrer Rechten kreischte ein Papagei. War das ein Warnruf? Hatte der Vogel von seiner hohen Warte aus die Raubkatze bemerkt?

»Die großen Tiere jagen nachts«, sagte Jan, Marias Gedanken erratend. »Gehen wir weiter.«

Maria tat es mit einem flauen Gefühl im Magen. Gegen Mittag rasteten sie. Kaum hatte Jan den Wasserbeutel ausgepackt, wurden sie von zwei Maroons eingeholt. Junge Männer waren es, Brüder, der Ähnlichkeit nach zu urteilen. Sie baten um etwas zu trinken. Jan gewährte ihnen Schlucke von seiner Ration.

Warum sie ihnen nachgegangen seien, wollte er wissen.

»Unsere Mutter ist noch auf der Plantage der Labadisten«, antwortete der Kleinere der beiden. »Wir haben sie seit Jahren nicht gesehen.«

»Ihr bringt euch in Gefahr«, sagte Maria. »Wenn der Aufseher euch erwischt, wird er keine Gnade kennen.«

Doch die Warnung fruchtete nicht. Ein Streit entspann sich. Die Brüder waren uneinsichtig. Zwar sprach nur der Kleinere, aber der Größere stand mit verschränkten Armen hinter ihm und wich nicht.

Sein Blick schien zu sagen: *Welche Handhabe habt ihr gegen uns?*

»Haltet wenigstens Abstand«, sagte Jan. »Fragt man uns, behaupten wir, unterwegs niemanden gesehen zu haben.«

»Aber sie werden versuchen, ihre Mutter zu befreien, und wenn das gelingt, wird es auf Aderi zurückfallen«, sagte

Maria. »Die Labadisten trauen ihr nicht, sie wird ihnen als Sündenbock dienen. Wenn sie ihr verbieten, sich der Plantage zu nähern, verliere ich meine Helferin.«

»Dann trifft du sie eben in der Wildnis«, sagte Jan. »Im Urwald bewegst du dich doch inzwischen wie eine Eingeborene.«

Maria atmete scharf aus.

Du hast immer auf alles eine Antwort!

Er schien ihre Gedanken zu lesen und hob die Hände. »Was soll ich tun?«

Seine Männer zogen die Hemden aus und trockneten sich den Schweiß ab. Wie bei Jan waren ihre Körper von Narben gezeichnet. Diplomatie war eindeutig nicht ihr Metier.

Bei ihnen löst man Konflikte mit Messern und Säbeln. Das kann ich nicht tun. Ich sitze mal wieder zwischen den Stühlen.

Soldaten

»Ab hier gehen wir allein«, rief Jan den Maroons zu. »Zur Plantage ist es nicht mehr weit, ihr müsst später nur dem Pfad folgen. Wartet aber, bis die Nacht anbricht. Oder seid schlau, und kehrt in euer Dorf zurück. Ich warne euch noch einmal: Fallt ihr dem Aufseher in die Hände, haben wir nichts mit euch zu tun.«

Die Brüder nickten und blieben stehen. Die Gruppe um Maria und Jan setzte ihren Weg fort. Maria überzeugte sich mehrfach, dass die Maroons ihnen wirklich nicht folgten. Als sie zum vierten Mal zurückblickte, hörte sie aus Richtung der Plantage lautes Johlen.

»Du stellst dich an wie ein Kleinkind«, rief eine Männerstimme. »Hast wohl zum Frühstück zu viel Bier gehabt.«

Aderi, die vorne lief, pirschte zu einer Stelle, an der die Vegetation lichter wurde. Sie spähte durch das Laub und kehrte um.

»Soldaten«, sagte sie. »Nicht gut. Ich gehe nach Hause.«

Fort war sie. Jans Männer wollten ebenfalls den Rückzug antreten.

»Gemach. Sehen wir uns die erst einmal an«, sagte Jan.

Mit Maria blieb er zwischen den letzten Bäumen stehen. Auf dem Steg knieten drei Männer. Uniformen trugen sie keine, nur leichte Hosen und verschlissene Hemden. Über

Degen verfügten sie aber alle, und mit denen versuchten sie sich am Fischfang, bislang offenbar ohne Erfolg. Nur nass gemacht hatten sie sich.

»Das Biest ist mir entwischt«, rief einer der Männer. »Die Degenspitzen taugen nicht, wir brauchen Widerhaken. Machen wir ein Feuer und schmieden die Degen um.«

»Hütet euch, das Eigentum des niederländischen Heeres zu beschädigen, ihr Tölpel«, rief jemand aus Richtung des Hauses.

Auf der Veranda hatte sich ein Herr ausgestreckt. Er trug bessere, saubere Kleidung und fächerte sich mit einem Hut Luft zu.

»Was macht der denn hier?«, flüsterte Maria.

»Du kennst ihn?«, fragte Jan.

»Sanders heißt er. Ihm gehört eine Plantage flussabwärts. Er half mir herzukommen.«

»Aha.«

Jan schien nachzudenken.

Maria fasste seine Hand. »Was ist?«

»Mir schrieb er unter einem anderen Namen.«

Warum sollte Herr Sanders seine Identität verschleiern?

Doch bevor Maria ihre Verwunderung äußern konnte, wurde sie von Jan umarmt.

»Ich komme wieder, wenn du Zeit für mich hast. Du musst jetzt Insekten trocknen und zeichnen. Hier, vergiss deine Blume nicht.« Er reichte ihr einen Beutel mit einer rot blühenden Bromelie. Maria hatte sie mitsamt des Wurzelwerks ausgegraben, damit die Blüte frisch blieb. Mit etwas Glück würde die Pflanze wieder anwachsen und ließe sich vermehren.

»Warte, verrate mir noch eins.« Maria ärgerte sich, die Frage nicht vorher gestellt zu haben. »Dieser große Schmetterling, den hast doch du mir geschickt. Woher stammt er?«

»Er wurde mir auf Madeira angeboten. Der Verkäufer sagte, er sei verwünscht und werde für bösen Zauber verwendet. Darüber lachte ich erst, aber dann wurde mir doch mulmig. Darum schickte ich ihn nicht nach Amsterdam, sondern nach Paramaribo. Ich dachte, wenn du ihn dort auspacken würdest, hättest du es sicher über das Meer geschafft, und dann könnte nichts mehr passieren.« Jan küsste Maria kurz und bestimmt. Mehr als eine Zärtlichkeit war es eine Aufforderung zu gehen. »Pass trotzdem weiter auf!«

Und damit verschwand auch er. Allein trat Maria aus dem Urwald.

»Mutter!« Dorothea rannte ihr entgegen. Wahrscheinlich hatte sie im Inneren des Hauses vor einem der Fenster gezeichnet. »Lass mich dein Gepäck nehmen. Erzähl, was hast du alles gefunden? Warum begleitet dich niemand?«

»Du weißt ja, Aderi ist scheu. Ach, ich bin so erschöpft.«

»Natürlich, du musst dich stärken. Wir machen gleich etwas zu essen. Humpelst du?«

»Ich bin umgeknickt.«

»Nimm meinen Arm.«

Auf Dorothea gestützt, ging Maria zum Haus und begrüßte Herrn Sanders. Gern hätte sie es bei einem knappen Hallo belassen, aber der Plantagenbesitzer nannte gleich den Grund für seinen Besuch. Er und die Soldaten seien gekommen, um nach dem Rechten zu sehen. Man erwarte neue Überfälle der Maroons, und die Plantagen weiter drinnen seien besonders gefährdet.

Maria hütete sich, das Thema zu vertiefen. Beim Essen sprach sie mit Herrn Sanders über die neu aufgekommene Mode des Kaffeetrinkens. Das bittere Getränk wollte gesüßt sein. Ob das wohl den Absatz von Zucker ankurbeln würde? Aufseiten der Labadisten herrschte frostiges Schweigen. Zwei

Dutzend Soldaten logierten seit Tagen auf der Plantage. Die mussten bekocht werden. Als wäre das nicht schlimm genug, missachteten die Gäste die Regeln der Labadisten und betranken sich hemmungslos. Zwar hatten sie Lebensmittel in ihren Booten mitgebracht, doch der größte Teil der Verpflegung schien aus Flüssigkeit zu bestehen. Aus Fässern zapften sie Bier, das süßlich roch. Vermutlich hatten sie es aus Früchten hergestellt.

Wenigstens nutzen sie die wild wachsenden Kostbarkeiten dieses Landes.

Einer der Soldaten leerte die Hälfte seines Kruges am Mund vorbei auf sein Hemd.

»Solche Leute sollen uns beschützen«, zischte Line halblaut.

Zank lag in der Luft. Maria, die im Urwald auf jeden ihrer Schritte geachtet hatte, um nicht zu stürzen oder auf eine Schlange zu treten, fürchtete auch hier die Folgen unbedachten Handelns und zog es vor, sich mit einem unverfänglichen »Ich bin hundemüde« frühzeitig zu entschuldigen.

Sie schlief traumlos und wachte erst auf, als der nächste Vormittag schon halb vorüber war. Erholt fühlte sie sich trotzdem nicht. Mit Kopfschmerzen und zerschlagenen Gliedern tappte sie in die Küche, um etwas zu trinken. Herr Sanders saß auf einem Schemel und schmierte seine Stiefel mit Lederfett ein.

»Guten Morgen«, sagte er. »Wieder erfrischt?«

»Leider kaum.«

In der Küche war es stickig. Maria öffnete ein Fenster. Zu dieser Uhrzeit brachte die Luft von draußen noch Erfrischung. Aber als der erste feine Lufthauch auf Marias Haut traf, fröstelte es sie. Am Ende des Gemüsegartens gruben Soldaten mit

Spaten den Boden um. In Marias Abwesenheit waren die Beete von einer rosa blühenden Windenart überwuchert worden.

»Die Männer machen sich nützlich«, stellte Maria fest. »Wie löblich.«

Herr Sanders klemmte einen Stiefel zwischen die Knie und polierte die Spitze mit einem Tuch.

»Das wird eine Grube.«

»Wofür?«

»Für den Halunken.«

Maria erstarrte.

»Hier draußen kann man sie nicht in Bäumen aufknüpfen.« Herrn Sanders' Stimme klang ungerührt. »Könnte einen Puma anlocken. Oder würden Sie gern mal einen sehen?«

»W… Wie bitte?«

»Van Dijk hat mal einen geschossen, aber der wurde nicht fachmännisch präpariert.«

»Nein … der Halunke.« Marias Brustkorb schnürte sich zusammen. Sie bekam kaum mehr Luft. »Wann …?«

»Sie müssen aber sehr tief geschlafen haben. Heute Nacht gab es einen Überfall. Können aber nur wenige gewesen sein. Eine Sklavin wurde uns geraubt. Dafür haben die Soldaten einen der Maroons erledigt. Wo wollen Sie hin?«

Maria antwortete nicht. Ihr Atem reichte gerade noch aus, um zurück in ihre Kammer zu gelangen und sich auf das gemachte Bett zu legen.

Welchen der Brüder haben sie erwischt? Den kleineren bestimmt, er war schwächer und wahrscheinlich unvorsichtiger. Der Wunsch, seine Mutter wiederzusehen, war mächtiger als seine Angst. Der Große ist mitgekommen, um ihn zu beschützen. Vielleicht haben ihn Schuldgefühle gequält, weil sie einst befreit wurden und die Mutter nicht. Er dachte wohl, er ist nun ein Mann und muss kämpfen und sie da rausholen. Das hat er geschafft, die Frau ist nun frei. Aber ihren Jüngsten hat sie verloren.

Tränen liefen Marias Wangen hinab. Das Weinen löste die Fesseln in ihrer Brust, spülte die Anspannung fort und hinterließ bleierne Erschöpfung von der Art, bei der weder Suppe noch süßer Tee halfen. Ihr ganzer Körper schmerzte. Auf dem Dach pfiff der Papagei ein schräges Lied. Kein europäischer Vogel war derart laut. In Surinam war alles maximal: die Farben, die Hitze, die Vegetation. Das Unglück.

Zum ersten Mal wünschte Maria sich in die übersichtliche Landschaft der Niederlande zurück, wo man weit über Felder blicken konnte und doch nichts entdeckte. Eine Episode ihrer Kindheit kam ihr in der Sinn.

Marias Vater Matthäus war gestorben, als sie erst drei Jahre gezählt hatte. Um die Erinnerung an ihn aufrechtzuerhalten, las die Mutter ein bebildertes Fabelbuch vor, das er seiner Tochter einst geschenkt hatte. Besonders liebte Maria die Geschichte vom Fuchs und der Katze. Das Bild dazu erwachte vor ihren Augen zum Leben. Der Fuchs blinzelte listig, die Katze sprang geschmeidig auf einen Baum. Gar nicht genug konnte Maria davon bekommen, und sie holte das wertvolle Buch, in dem sie nicht allein blättern durfte, oft heimlich hervor. Eines Tages sprach die Mutter davon, wieder zu heiraten. Jacob Marell werde Marias neuer Vater. Das verstand Maria nicht. Sie hatte doch einen Vater. Nein, sagte die Mutter, der sei schon ein Jahr lang unter der Erde. Zeit für eine Witwe, sich einen anderen Mann zu nehmen. Bestürzt verzog sich Maria mit dem Buch auf den Speicher. Sie schlug die Seiten auf, in denen ihr Vater für sie weiterlebte, und da sah sie die traurige Wahrheit. Nur Bilder waren das, bestehend aus dunklen Linien und bunten Flächen. Die Bewegungen der Tiere hatte sie sich bloß eingebildet. Nun, da sie das verstanden hatte, gelang es ihr nicht mehr. Der Fuchs glotzte stumpf, die Katze blieb sitzen. Maria hatte das Buch fortgelegt und nie wieder angefasst.

Mit Surinam erging es ihr jetzt ähnlich. Der Zauber war fort. Maria fühlte sich leer und getäuscht, betrogen von ihrer eigenen Begeisterung. Im Gemüsegarten, dem sie in der Hitze Zwiebeln und süße Erbsen abgetrotzt hatten, lag ein toter Halbwüchsiger.

Wie kann ich je wieder aufstehen und Schmetterlinge zeichnen?

Irgendwann schlief sie ein. Mehrmals richtete sie sich wie im Nebel auf und trank aus einem Becher, der ihr an die Lippen gehalten wurde. Als sie wieder richtig erwachte, saß Dorothea neben ihrem Bett. Sie legte Maria eine Hand auf die Stirn.

»Du hast Fieber, Mutter. Ich würde ja nach Philip schicken lassen, aber bis er uns erreicht, kann eine Woche vergehen. Darum habe ich Titubo zu Aderi geschickt, damit er ihr deine Symptome beschreibt. Sie will nicht herkommen, solange die Soldaten hier sind, aber sie hat ihm das Pulver einer Rinde mitgegeben. Das ist in diesem Trunk.«

Erneut reichte sie Maria den Becher. Die Medizin schmeckte bitter.

»Etwas so Scheußliches wird mich sicher schnell heilen«, sagte Maria.

Zuversicht hatte sie hergeführt, und Zuversicht musste aufrechterhalten bleiben, auch wenn sie nur gespielt war, Dorothea zuliebe.

»Bring mir noch eine Decke«, bat Maria.

»Aber du schwitzt.«

»Mir ist kalt.« Maria brachte die Worte kaum heraus, weil ihre Zähne aufeinanderschlugen.

Das Zittern ermüdete sie, und schließlich schlief sie erneut. Es dunkelte und wurde wieder hell. Man brachte Maria Essen und Tee, aber sie übergab sich davon. Am zweiten Tag zitterte sie nicht mehr, schwitzte dafür jedoch noch mehr. Sie trat die

Decke fort, und Dorothea half ihr, sich umzukleiden. Bald schon war auch das frische Hemd durchnässt. Kopfschmerzen und unbändiger Durst quälten Maria. Literweise trank sie Wasser. Am dritten Tag fühlte sie sich etwas besser. Dorothea ging, um Getreidebrei zu kochen. Appetit verspürte Maria noch immer nicht, doch sie zwang das Essen Löffel für Löffel hinunter.

Es wird mich stärken, und Dorothea beruhigt es, wenn ich etwas zu mir nehme. Sie sieht mich an, als wäre ich von den Toten wiedergekehrt.

Als Dorothea die leere Schale wegbrachte, kam Herr Sanders herein.

»Soll ich Ihnen etwas vorlesen?«

Er hielt eine Bibel in der Hand.

Zwar verspürte Maria keine Lust, den Plantagenbesitzer bei sich zu haben, doch Ablenkung von den eigenen Gedanken war ihr willkommen.

»Wenn Sie möchten«, sagte sie.

»Gut, dann brauchen wir nur eine erbauliche Stelle. Noahs Geschichte mögen Sie bestimmt. Wegen der Tiere.« Er blätterte viel zu weit hinten. »Wo ist die noch gleich?«

»Dass man ausgerechnet Sie zum Vorlesen geschickt hat, wundert mich«, sagte Maria.

»Ich kam aus freien Stücken.« Er rückte näher. »Um Sie zu warnen. Die Stimmung richtet sich gegen uns.«

Herr Sanders und ich sind ein Wir?

»Seit dem Überfall wollen die Labadisten wieder unter sich sein«, sagte Herr Sanders. »Undankbar finde ich das. Schließlich haben die Soldaten Schlimmeres verhindert. Die Maroons hätten doch sonst glatt alle Arbeiter mitgenommen.«

»Leider benehmen sich die Soldaten schlecht«, sagte Maria. »Dies ist eine religiöse Gemeinschaft. Wer bei ihr lebt, sollte ihre Gebote befolgen.«

»Oh, Sie meinen wohl, Sie sind ein vorbildlicher Gast? Im Gegenteil. Man munkelt mittlerweile, Sie seien nur hier, um freie Kost und Logis zu genießen. An der Festigkeit Ihres Glaubens wird gezweifelt, und Sie wissen ja, wie das ist, dem schwarzen Schaf schreibt man die Schuld für alle Unglücksfälle zu.«

»Für den Überfall, meinen Sie?«

»Man glaubt, Sie hätten die Maroons hergelockt. Die tauchen hier auf, kurz nachdem Sie von der Expedition zurückkehren. Da liegt der Verdacht nahe …«

Weiter sprach er nicht. In Marias Schläfen begann es wieder zu klopfen. Dieser Mann wurde nicht von Nächstenliebe getrieben.

Unter Druck will er mich setzen. Will mir zeigen, wie allein ich bin, damit er mir wieder Hilfe anbieten kann, zu seinen Bedingungen. Zu seiner Andeutung sollte ich nichts sagen. Oder besser noch, ich sollte einen Gegenangriff starten.

»Welche Namen verwenden Sie eigentlich noch?«, fragte Maria und richtete sich mühsam in ihren dünnen Kissen und Decken auf.

Herr Sanders lächelte dünn, ohne Freundlichkeit, jedoch mit einer Spur von Anerkennung. Ihm imponierte wohl, wie kratzbürstig Maria trotz ihrer Krankheit war.

»Auch Herr de Jong nennt sich gelegentlich anders«, sagte er.

»Mag sein.« Maria legte die Hände in den Schoß.

Von Jans Ankunft hier weiß Herr Sanders also. Die Labadisten werden ihm auch gesagt haben, dass er mich auf die Expedition begleitet hat. Darüber hinaus muss ich ihm nichts verraten. Soll er reden!

»Man weiß doch gern, mit wem man es zu tun hat«, sagte Herr Sanders. »Geht Ihnen das nicht so?«

»Aber ja.«

»Wenn Herr de Jong mit den Franzosen Geschäfte macht, nennt er sich Thierry.«

»Das können die wohl besser aussprechen.«

»Und als Pirat kennt man ihn wohl noch unter einem dritten Namen.«

Er machte eine lauernde Pause.

Maria versuchte, keine Regung zu zeigen. »Darüber spekulieren Sie nur. Ich kenne ihn als Händler.«

Herr Sanders klappte die Bibel zu.

»Ach ja? Sie hätten den Vorfall mit dem abdrehenden Piratenschiff nicht herunterspielen sollen«, sagte er. »Das hat mich misstrauisch gemacht. Wird man auf seiner ersten großen Seereise beinahe gekapert, brennt einem diese Schilderung doch auf der Zunge.«

»Sensationsgier liegt mir nicht.«

»Ist das so? Meine Informanten verrieten mir, Herr de Jong sei der Kapitän dieser Piraten gewesen. Wissen Sie, wie es bei denen zugeht? Die wählen sich ihren Anführer. Die teilen auch das Geraubte untereinander auf. Ihr Problem war nur, dass sie schon zu lange in den hiesigen Gewässern gekreuzt waren, ohne Beute gemacht zu haben. Herr de Jong weigerte sich, niederländische Schiffe zu überfallen, weil er seine Liebste schützen wollte. Eine Weile lang konnte er die Mannschaft hinhalten, aber als er die *Willem de Ruyter* verschonte, obwohl den Männern der Magen knurrte, verlor er ihre Unterstützung, und sie setzten ihn auf der Insel La Tortuga ab.«

»Wo liegt die?«

»Nördlich von Caracas.«

»Aha.«

Maria bemühte sich um eine teilnahmslose Miene, während sie die Entfernung überschlug. Einige Hunderte Seemeilen mochte die Entfernung betragen, und da Jan aus dem südlichen Französisch-Guyana hergekommen war, musste er noch weiter zu einem dortigen Hafen gesegelt sein. Das bedeutete, er war in nur wenigen Monaten zu einem neuen Schiff gelangt, hatte wieder eine Gruppe Männer um sich geschart, eine weite Strecke zurückgelegt und unterwegs Waren geraubt und umgeschlagen. Ja, er war ein Gesetzloser, aber auch ein unternehmerischer Geist, ein Mann der Tat, der andere begeistern konnte. Vor allem war er nicht grausam. Die Maroonbrüder hätte er töten können, damit sie ihnen nicht folgten und den Labadisten Ärger bereiteten. Aber er hatte Mitleid gehabt. Die beiden waren unbewaffnet gewesen und hatten ihr gefährliches Vorhaben wahrscheinlich ohne Wissen ihrer Anführer beschlossen. Diese Jungen hätten warten können, bis ein gesammelter Angriff stattfand. Sie waren nur ihren Herzen gefolgt. Die Soldaten hatten als Arm des Gesetzes ein Kind erschlagen wie ein wildes Tier. Wenn das die republikanische Ordnung der Vereinigten Niederlande war, zog Maria den freien Geist der Piraten vor.

»Was ist mit Ihnen?«, fragte sie. »Ihre Geschäfte sind doch auch nicht alle sauber.«

»Das kann wohl kein Mann von sich behaupten«, sagte Herr Sanders. »Jedes zweite Schiff, das da draußen segelt, gehört Schmugglern und Piraten. Ja, sogar auf den Schiffen der Kompanien werden Güter verschoben. Es gibt eine Ladeliste, und damit ist das Schiff offiziell voll. Aber unter der Hand versteckt jeder, vom Kapitän bis zum einfachen Matrosen, Waren an Bord, um sie im Zielhafen gewinnbringend zu verkaufen. Es liegt in der menschlichen Natur, Schleichwege zu nehmen. Aber man selbst will nicht hintergangen werden. Wenn ich Schmugglern Zucker verkaufe, billige ich, dass sie unterwegs andere Beute machen, bei den Spaniern oder Franzosen meinetwegen. Aber sie dürfen bitte kein Schiff überfallen, das mir Silberbesteck und Wein aus der Heimat bringt. Herr de Jong kooperiert aber leider nicht. Als

Geschäftsmann braucht man Partner, auf die man sich verlassen kann.«

Maria rieb ihren Nacken, der vom Schüttelfrost schmerzhaft verspannt war. Auch ihr Kopf begann wieder wehzutun. In diesem Zustand wollte sie nicht grübeln. Jedoch erschien ihr etwas an Herrn Sanders' Ausführung eines Nachhakens wert.

»Herr de Jong hat keine Schiffe überfallen, die aus unserer Heimat kamen«, sagte sie.

»Wegen Ihnen.«

Maria konnte nicht umhin, innerlich zu frohlocken.

»Ja, wegen mir«, sagte sie. »Aber für Sie war das doch auch gut. Und einen Großteil Ihrer Erträge verkaufen Sie unter der Hand, wenn ich Sie richtig verstanden habe. Dann dürften Sie durch Piraten keine Schäden erleiden.«

»Trotzdem. Auf Herrn de Jongs Wort kann man nichts geben.« Herr Sanders stand auf. »Ich werde das nicht weiter mit Ihnen erörtern. Warnen wollte ich Sie vor diesem falschen Franzosen, aber offenbar sind Sie ihm verfallen. Genesen Sie wohl.«

Er ging. Die Bibel ließ er zurück.

Maria drehte sich auf dem klumpig gefüllten, modrig riechenden Kissen zur Wand. Etwas an Herrn Sanders' Ausführung war unstimmig. Wollte er Piraten und Schmuggler bestechen, damit sie nur die Ladung von Plantagenbesitzern in Französisch-Guyana raubten und somit seiner Konkurrenz schadeten? Aber er konnte doch schwerlich all die Schmuggler- und Piratenschiffe schmieren, die dort draußen die Routen auf und ab fuhren.

Er hat mir nicht alles gesagt.

Das, immerhin, war gewiss.

Fieber

Paramaribo, 18. Juli 1701

Liebe Johanna,

Deine Schwester dankt für Deinen Brautschleier. Er hat uns unbeschadet erreicht, nur ein paar Stockflecken mussten wir entfernen, aber sonst sieht er aus wie neu und wird bald zum Einsatz kommen, denn – Du ahnst es – Dorothea hat sich verlobt.

Wir kehrten in die Stadt zurück, weil ich auf der Plantage der Labadisten am Fieber erkrankt bin und das dortige Klima noch stickiger und einer Genesung unzuträglich ist. Außerdem war die Stimmung aus verschiedenen Gründen nicht mehr die beste, aber davon will ich schweigen. Dorotheas angehender Ehemann, der liebe Philip, wohnt nun bei uns, wenn er im Lande ist, und geht mir zur Hand. Wir sezieren gemeinsam Kröten, von denen es hier interessante Exemplare gibt. Sie tragen ihre Gebärmutter auf dem Rücken. Die Eier reifen auf dem Muttertier, und die Jungen schlüpfen nacheinander. Um solch kleine, glitschige Tiere aufzuschneiden, braucht man die besten Messer. Die kann Philip sich leisten, die Kompanie versorgt ihre Ärzte gut damit. Da die Ernährung an Bord mangelhaft ist, treten oft Erkrankungen des Zahnfleisches auf, und Eiterbeulen müssen geöffnet werden, damit sie sich nicht nach innen entleeren. Ich ahne, wie Du dein Gesicht verziehst, Du bist die Empfindsamste von uns. Es war wohl weise von Dir, einen Mann zu wählen, der mit Papier und Tinte arbeitet.

Von etwas Hübschem will ich dir darum berichten. Auf einem Granatbaum fand ich Käfer mit langen Rüsseln. Aus den Blüten saugten sie Honig, und von all dem Fressen waren sie träge, ich konnte sie einfach einsammeln. Nach Tagen wurden sie in ihrer Kiste still, ich glaubte sie schon tot, da öffneten sich ihre Rücken, und grüne Fliegen kamen heraus. Die waren sehr schnell, und ich rannte ihnen vergeblich hinterher, sie entwischten mir alle. Einen sonderbaren Gesang gaben sie von sich, es klang, als spielten sie Leier. Vom Bett aus konnte ich sie hören, die kleinen Wanderkapellen. Nun habe ich es angedeutet, ich hatte einen Rückfall. Die Anstrengung bekam mir nicht, und das Fieber kehrte zurück. Aber der Schub ist schon fast überstanden, drei Tage dauerte das Schlimmste, und heute kann ich wieder ein wenig vom Bett aus arbeiten. Darum will ich auch gar nicht klagen, sondern Dir weiter von diesen wunderlichen Kreaturen schreiben. Als ich meiner Indianerin Aderi, die mir nach Paramaribo folgte, von den leiernden Fliegen erzählte, wusste sie sogleich Bescheid. Aus diesen Tierchen würden Laternenträger. Tags darauf brachte sie ähnliche Fliegen, nur hatte jede dieser eine durchsichtige Blase am Kopf wie eine Mütze. Ich tat die Tiere in einen Kasten, um sie später zu untersuchen. Des Nachts erwachte ich von Lärm. Er kam aus der Kiste. Die Fliegen wollten hinaus, und als ich den Deckel öffnete, stieg mir eine glänzende Wolke entgegen. Die Blasen dieser Laternenträger leuchten so stark, dass man bei dem Licht zeichnen könnte.

Ich musste das Schreiben kurz unterbrechen, Philip war da. Er sorgt sich. Ach, Johanna, ich muss ehrlich mit Dir sein, er drängt mich, nach Europa zurückzukehren. Dieses Fieber kehre immer wieder und könne einen umbringen. Aderi stimmt ihm zu, ihren Leuten ist die Krankheit bekannt, aber sie bekommen sie schwächer, und natürlich werden sie in diesem Klima geboren, der Hitze trotzen sie besser.

Dorothea wenigstens ist versorgt, sollte ich mich nicht mehr um sie kümmern können. Leider sind die anderen Weißen keine Hilfe.

Zwar besucht mich immer mal wieder eine Dame von den Plantagen, aber diese Leute rümpfen die Nasen über meine Insekten, und ich wiederum habe wohl zu viele spitze Bemerkung über ihr Leben gemacht. Etwa lassen sie sich Wein aus Spanien kommen, und so manches Fass wird auf der Überfahrt zu Essig. Stattdessen könnte man aus den hiesigen Trauben zweimal im Jahr den köstlichsten Rebsaft keltern. Oder die Vanille! Das ist die Königin der Gewürze, und sie wächst hier wild. Kultivierte man sie, könnte man von den Erträgen gut leben, sie ist auch anspruchsloser als der Zucker. Man bräuchte nur wenige Arbeiter, und die könnte man anständig behandeln. Überhaupt verstehen die Weißen wenig. Aderi berichtete mir von der Pfauenblume. Der Verzehr ihrer Samen beendet Schwangerschaften. Auch den Sklavinnen ist das bekannt, nur die Plantagenbesitzer sind ahnungslos. Sie klagen, ihre Sklaven vermehrten sich nicht, und sie müssten darum laufend neue ersteigern. Weißt du, was Aderi mir noch sagte? Der Saft der ausgepressten Cassavawurzel sei tödlich. Wer ihn koste, sterbe unter schlimmen Leibschmerzen. Ich erinnerte mich, wie Philip anderntags zu einem Niederländer mit einer Kolik gerufen wurde. Ob die Sklaven auch dieses Gewächs kannten, fragte ich Aderi bei unserem nächsten Ausflug. Sie sah zu Boden und sagte, ja, vom Saft befreit und geröstet schmecke die Wurzel wie unser Brot, und die Schwarzen äßen davon genauso gerne wie die Arawak.

Wenn ich ein Buch über die surinamischen Tiere mache, werde ich kritische Sätze über die Plantagenbesitzer einflechten, davon wird mich niemand abhalten können.

Nur einen einzigen Mann habe ich hier getroffen, mit dem ich frei reden konnte, aber der musste wieder seiner Wege gehen. Untätig das Bett hüten zu müssen macht mich auch im Kopf ganz krank. Meine Gedanken kreisen, und ich fürchte, mein Unternehmen hierzulande könnte ähnlich verlaufen wie die Verhandlungen mit dem Zaren. Aber diesmal wird mir mehr Glück beschert sein, nicht wahr? Du schriebst mir, die Präparate die ich schickte, hätten Abnehmer gefunden. Ich hoffe sehr, diese Reise bringt uns Anerkennung.

Ach, es wird schon alles gut werden. Es muss.

Dich aus der Ferne herzend
Deine Mutter

Erschöpft vom Schreiben legte Maria die Feder zurück auf das Tischchen, das neben ihrem Bett stand. Sie wartete ab, bis die Tinte getrocknet war, und faltete den Brief. Versiegeln würde sie ihn später. Mit dem nächsten Schiff sollte er nach Amsterdam segeln.

Als sie in die Küche hinabstieg, schmerzten ihre Knochen. Sie fühlte sich wie geprügelt. Schlaf würde etwas helfen, das wusste Maria mittlerweile, aber sie fürchtete die Träume, die das Fieber mit sich brachte. Immer wieder suchte sie darin Jans Schmetterling heim. Das Tier saß reglos auf einer Blume. Seine Flügel hingen herunter und ummantelten die Blütenblätter. Den Kopf hielt es gesenkt, aber Honig trank es keinen. Es schien nicht zu wissen, was es tun sollte, flog aber auch nicht fort. Der Schmetterling war größer als jedes Exemplar, das Maria je gesehen hatte. Seine Imposanz schien etwas Tragisches zu haben. Maria selbst war in dem Traum zum Beobachten verdammt. Weder besaß sie ein Netz zum Fangen noch andere Utensilien. Tatenlos stand sie vor dem Tier, gelähmt von einem Entsetzen, dessen Ursprung sie nicht verstand, weder im Traum noch später nach dem Erwachen. Warum ängstigte sie Jans Geschenk? Noch nie hatte der Anblick eines Insekts schlechte Gefühle bei ihr ausgelöst. Allenfalls die Mücken wurden ihr manchmal lästig.

In der Küche saßen Aderi und Ama und zerteilten Melonen.

»Iss davon«, sagte Aderi. »Das bringt das Wasser zurück in deinen Körper.«

»Später«, sagte Maria. »Ich will erst ein wenig ruhen.«

Sie nahm den Rahmen mit Jans Schmetterling und trug ihn nach oben in ihr Schlafgemach. Dort stellte sie ihn auf einen Schemel ans Fußende ihres Betts und deckte sich wieder zu. Was einem Angst machte, dem musste man sich stellen. Wenn man Dinge erforschte, gewann man Wissen und Sicherheit. Dieser Schmetterling war doch vollkommen, ein Meisterwerk der Schöpfung, seine Flügelspannweite war größer, als ein menschlicher Kopf breit werden konnte. Möglicherweise war die Raupe giftig, aber damit schützte sie sich nur vor Fressfeinden. Es war ihre einzige Möglichkeit der Verteidigung, und als Schmetterling hatte das Tier gar keine Waffen – keine Klauen, keine Zähne, keinen Stachel. Der Sinn seiner Existenz bestand darin, prächtig auszusehen und einen Partner anzulocken.

Zweifellos lag der Ursprung von Marias Albträumen in der Tatsache begründet, dass sie Jan vermisste. Auch hegte sie wenig Hoffnung, ihn in Paramaribo wiederzusehen. Er und seine Männer wären dumm, den Soldaten in die Arme zu laufen, die hier überall herumlungerten.

Maria wollte eine neue Expedition planen, aber in ihrem Zustand war daran nicht zu denken. Genesen musste sie, ganz schnell, und das erforderte Ruhe und schöne Träume. Sie drehte sich auf die Seite, rollte sich unter der Decke zusammen und stellte sich vor, Jan liege hinter ihr und zeichne mit dem Finger Navigationslinien auf ihren Rücken. Mit einem Lächeln auf den Lippen nickte sie ein.

Sie erwachte von dem Klang von Stiefelabsätzen auf der Treppe. Weder Ama noch Aderi trugen Schuhe.

»Sie dürfen nicht …«, rief Ama.

Doch da betrat Herr Sanders schon die Kammer. Hinter ihm, sicheren Abstand wahrend, folgte Ama.

»Als ob ich mir von einer Sklavin etwas verbieten ließe«, unterbrach sie Herr Sanders. »Ich störe ja nicht. Will nur nach dem Rechten sehen.«

»Schon gut, jetzt bin ich wach«, sagte Maria.

Ama huschte davon.

»Wie geht es?«, fragte Herr Sanders.

Er schritt das Zimmer ab wie ein Offizier die Reihen seiner Truppe beim Appell.

»Viel besser«, log Maria.

Vor dem Schmetterling blieb Herr Sanders stehen.

»'ne Motte«, sagte er. »So.«

Maria schwieg.

Den Schmetterling habe ich bis jetzt in der Natur nicht gefunden. Vielleicht ist er weder hier noch in Europa heimisch. Auf Madeira machen auch die Ostindienfahrer halt. Ob Herr Sanders vermutet, jemand habe mir den Schmetterling geschickt? Eine weit gereiste Person, ein Schmuggler, Jan?

»Erhalten Sie viel Besuch?«, fragte Herr Sanders.

»Mäßig. Frau van Dijk war da.«

»Und Herr de Jong?«

»Nein.«

»Wissen Sie, wo er ist?«

»Auch das nicht«, sagte Maria wahrheitsgemäß.

»Die Labadisten haben mir verraten, dass er ihnen reichlich Delikatessen aus dem Franzosengebiet mitgebracht hatte. Ich gehe stark davon aus, dass nichts davon ordnungsgemäß eingeführt und verzollt wurde. Was meinen Sie dazu?«

»Ich meine, es ist bigott, fürstlich zu schlemmen und hinterher den großzügigen Spender anzuschwärzen. Und darf ich daran erinnern: Auch Sie verkaufen nicht nur über die offiziellen Wege.«

»Vielleicht habe ich das nur behauptet, um einen Gauner dingfest zu machen.«

»Ach, spionieren Sie im Auftrag der Kompanie? Für wen arbeiten Sie?«

»Für mich.« Herr Sanders ballte die Fäuste, offenbar aufgebracht durch Marias freche Widerrede. »Und zwar nur für mich.«

Wieder endete sein Marschieren bei Jans Schmetterling. Er starrte ihn an, schien mit den Gedanken aber anderswo zu sein.

Er hat gehofft, Jan hier anzutreffen, und nun ist er wütend, den Weg nach Paramaribo umsonst gemacht zu haben. Wie gut, dass ich nie Einzelheiten über Jans Geschäfte erfragt habe. Was ich nicht weiß, kann ich auch nicht verraten.

Herr Sanders trat auf etwas und drehte den Absatz energisch in den Boden. »Sie können mit meiner Unterstützung nicht mehr rechnen!«

Er wandte sich ab und verließ Maria grußlos. Sie hörte ihn die Treppe hinunterpoltern und rufen: »Geht mir aus dem Weg, Weiber!«

Maria reckte den Hals. Hoffentlich hatte Herr Sanders keine ihrer Raupen erwischt. Manchmal nagten die ihre Schachteln durch und entkamen. Was auch immer es gewesen war, Herr Sanders hatte das Tierchen zu einem schwarzen Fleck auf dem Holz zermalmt.

Die Hintertür schlug zu. Anscheinend hatte Aderi sich in Sicherheit gebracht. Herr Sanders rumorte und fluchte. Vielleicht suchte er seinen Hut, den ihm eine der Frauen beim Eintreten abgenommen hatte. Endlich ging der ungebetene Besuch, und Maria war wieder allein. Sie starrte an die Decke und fühlte, wie sich ihr Herzschlag langsam beruhigte. Ihre Lider wurden schwer, und sie schlief wieder ein.

Am Abend machte sie eine böse Entdeckung. Als sie in der Küche von der Melone essen wollte, bemerkte sie den verrutschten Skizzenstapel auf dem Zeichentisch. Sie blätterte, sortierte, und ihre Befürchtung verwandelte sich in Gewissheit: Die Skizze von Jan war verschwunden.

Herr Sanders wollte sie schon damals haben. Jetzt ist sie in seinem Besitz, und er zeigt sie womöglich dem Gouverneur, damit der jeden davor warnt, mit Jan Geschäfte zu machen!

Maria biss auf einen Melonenkern. Er schmeckte bitter, und sie öffnete ein Fenster, um ihn auszuspucken. Kaum hatte sie den Kopf nach draußen gesteckt, summte ein Moskito herbei. Sie klatschte die Hände zusammen und erledigte ihn in der Luft. Mittlerweile erwischte sie die Tierchen meistens bevor sie stechen konnten.

Wäre ich doch nur bei Menschen so wachsam!

Maria schloss das Fenster wieder und wollte zurück ins Bett gehen. Mit größter Mühe hob sie einen Fuß auf die unterste Stufe der Treppe, die sich endlos vor ihr in die Höhe zu schieben schien. Langsam verlagerte sie ihr Gewicht auf das Bein. Es gab sofort nach. Wieder schwappte die Schwäche in ihr wie eine Welle höher, machte den Magen flau, brachte das Herz zum Flattern und verengte die Brust. Maria sackte am Fuß der Treppe zusammen, legte den Kopf zwischen die Arme und wandte die drohende Ohnmacht gerade noch ab. So verharrte sie lange, unfähig sich zu regen.

Jaguare habe ich gefürchtet, Giftschlangen, Stromschnellen und Stürme, aber es sind Mücken, die mich zur Strecke bringen.

Als Dorothea mit Ama und Aderi vom Fluss zurückkam, wo sie Samen von Ölbäumen gesammelt hatten, erschrak sie über Marias Zustand.

»Hättest du gesagt, wie es um dich steht, hätten wir dich nicht allein gelassen!«

»Ich wusste es selbst nicht.« Maria ließ sich von den Frauen zu einem Stuhl schleppen. Sie trank das Wasser, das Ama ihr brachte, und aß eine Handvoll Trauben. Die Süße half.

»Hör zu, Dorothea, ich glaube …« Doch ein Blick genügte. Ihre Tochter verstand ohne Worte. Für Aderi und Ama sprach Maria es dennoch laut aus: »Mit dem nächsten Schiff fahren wir heim.«

Abschiedsbesuche sparte Maria sich. Stattdessen sandte sie kurze Briefe an die Labadisten, die van Dijks und die van de Heijdens, in denen sie für die Unterstützung dankte. Erkenntnisreich und lohnend sei ihr Aufenthalt in Surinam gewesen, doch nun verlange ihre Gesundheit leider nach erträglicherem Klima. Maria verließ das Bett nur noch, um zu zeichnen und zu schreiben. Nicht alle präparierten Tierchen würde sie mitnehmen können, und von denen, die sie einpackte, überstünde ein Teil den Transport nicht. Was dagegen auf Papier gebannt war, würde Maria bleiben.

Sie verfasste den Text zu einer Zeichnung, die sie am Vortag fertiggestellt hatte.

Von einem wild wachsenden Baum ist dieser Zweig …

Doch wie genau hatte der Baum ausgesehen? War seine Krone ausladend oder hochgewachsen geformt gewesen? Das war Maria entfallen, und Aderi konnte nicht mehr helfen. Die Indianerin weilte wieder bei ihrem Stamm. Zuvor hatte Maria ihr angeboten, mit in die Niederlande zu kommen. Die Indianerin war ein Wissensschatz, so wertvoll wie eine Truhe voll Bücher, und Maria würde bei der Arbeit an ihrem Werk über surinamische Insekten und Pflanzen noch viele Fragen haben. Aderi hatte gedankt und wollte das Angebot erwägen, aber zuerst musste sie noch einmal bei ihren Leuten nach dem Rechten sehen. Nun war sie schon zwei Wochen fort, und Maria rechnete nicht mehr mit ihrer Rückkehr. Aderis Wegbleiben bedeutete wohl, dass sie die Mitreise ablehnte.

Aus den Blüten des Baumes hängen weiße Fäden. Die Samengehäuse enthalten süße Bohnen, und die Blätter ernähren gelbe Raupen mit schwarzen Füßen und schwarzen Stacheln. Von denen besaß ich an die hundert, die leider sämtlich starben, weil die Blätter, die ich ihnen als Nahrung mit in die Schachteln legte, zu schnell verdorrten.

Maria setzte ab. So etwas konnte sie doch nicht in ihr Buch aufnehmen! Eine Zeichnung von einem Zweig mit einer Raupe darauf, von der man nicht erfuhr, in was sie sich verwandelt hatte, wäre unbefriedigend für die Leser. Die toten Raupen hatte Maria unter einen Strauch in den Garten gekippt. Vermutlich hatten die Ameisen bereits alle aufgefressen.

Ama trat neben den Tisch. Was sollte mit ihr und Kufi geschehen? Um sie mitzunehmen, fehlte Maria das Geld. In Amsterdam wäre das Wohnen wieder teurer, und Ama müsste den Lohn einer Magd bekommen. Den konnte Maria nicht zahlen. Aber die Sklavin und ihren Sohn weiterverkaufen, auf eine Plantage, in der sie wieder täglich gepeitscht und für die kleinsten Vergehen grausam bestraft würden? Nein, das brachte Maria auch nicht fertig.

»Frau Merian?«, fragte Ama.

Maria hob die Hand. »Gleich. Ich will nur noch das hier fertig machen.«

Der Baum ist in keinem mir bekannten Buch beschrieben worden.

Damit wertete sie den Text nun wirklich nicht auf. Maria strich den letzten Satz durch. Ihre Schreibfeder stieß an ein längliches Blatt, das die Sklavin an den Rand des Papierbogens geschoben hatte.

»Ama, ich sagte doch, ich möchte noch …«

Marias Unmut verging, als sie die grüne Hülse sah.

»Das ist ja eine Puppe.«

»Von dem Bohnenbaum.« Ama deutete auf die Zeichnung. »Viele Raupen sind gestorben, aber eine nicht.«

»Sie hat sich eingesponnen, und du hast sie gefunden! Jetzt bekomme ich doch noch meinen Schmetterling.«

Ama nickte und wickelte ihre Holzkette um einen Finger. Sie schien etwas fragen zu wollen.

»In drei Tagen geht unser Schiff«, sagte Maria. »Du und Kufi könnt nicht mitkommen. In Amsterdam gibt es keine Sklaven. Dort bezahlt man für Arbeit. Das ist recht und billig, bloß kann ich das nicht.«

Was rede ich? Als ob Ama interessierte, wie es in einem Land zugeht, das sie nie sehen wird. Sie hat meinen Haushalt geführt, ihr Sohn hat mir Insekten gebracht, und was ist der Dank?

»Ich weiß einfach nicht, was ich mit euch machen soll«, gab Maria zu.

»Wir machen selbst«, sagte Ama. »Wir brauchen zwei Gulden.«

»Und dann?«

»Können wir Boot fahren.«

»Mit zwei Gulden kommt ihr nicht über den Ozean. Die Passage ist viel teurer.«

»Nicht Schiff«, sagte Ama. Sie dehnte die Taki-Taki-Worte lang, sodass jede Silbe deutlich hörbar war. Mit Kufi sprach Ama schneller, dann verstand Maria nichts mehr. »Boot. Auf dem Fluss.«

Sie will zu den Maroons. Natürlich.

»Aber weißt du denn, wohin?«, fragte Maria. »Hilft euch jemand? Kennst du Leute?«

»Ja.« Ama drehte den Finger aus der Kette heraus und

strich den Schmuck wieder glatt. Mehr würde sie nicht verraten, so viel war offensichtlich.

»Zwei Gulden könnt ihr bekommen«, sagte Maria.

Abwartend legte Ama den Kopf schief.

»Noch heute?«, fragte Maria. »Also gut. Mach mir bitte noch einen Tee, ja?«

Das war ein Vorwand, damit Ama in den Garten ging, um Kräuter zu holen. Nur Dorothea wusste, wo Maria ihr Erspartes verbarg. Als die Sklavin zurückkehrte, gab Maria ihr die Münzen. Ama schloss die Hand darum und verschwand wieder hinaus.

Ama hat auch irgendwo ein Versteck. Ich habe sie unterschätzt. Sie ist vorsichtig und klug. Sie und Kufi werden es hoffentlich zu den Maroons schaffen. Vielleicht treffen sie dort sogar Jan.

Was tat er wohl gerade? Wie lange würde es dauern, bis er erführe, dass die Merians den Kontinent verlassen hatten und keine Ausflüge in den Urwald mehr unternehmen würden? Maria tauchte die Feder in die Tinte. Sie würde ihm schreiben und Ama den Brief mitgeben. Als sie nach einem frischen Blatt Papier suchte, kam jemand zur vorderen Tür hinein. Maria hörte leise Schritte. Nackte Füße rollten auf den Dielen ab, und etwas streifte die Wand. In die Stube trat Aderi, mit einem Baumwollsäckchen über der Schulter, geöltem Haar und einem bemalten Reif am Oberarm. Die Indianerin war reisefertig.

Rückzug. Dieses Wort dachte Maria, als sie an der Reling stand und das Schiff ablegte. Es war das Jahr 1701, und statt fünf Jahren hatte sie nur zwei in Surinam verbracht. Beim Beladen des Schiffs war sie zugegen gewesen, hatte unter der Mannschaft Bestechungsgelder verteilt und darum gebeten, ihre Kisten sorgsam zu behandeln. Mit kleinen Zuwendungen würde sie sich Küchenabfälle für die Eidechsen sichern, die sie mitführte, und regelmäßig wollte sie auch in den Laderaum hinabsteigen, um die Vollständigkeit ihrer kostbaren Fracht zu überprüfen. Es sollte nur jemand versuchen, sie daran zu hindern!

»Ich lege mich hin«, sagte Maria zu Dorothea.

»Aber wir sind doch noch gar nicht auf dem offenen Meer, Mutter.«

Dorothea betrachtete die vorbeiziehenden Mangrovenwälder.

»In den letzten Tagen habe ich gezeichnet, bis meine Finger den Dienst verweigerten«, sagte Maria. »Nun will ich ruhen und prüfen, ob Aderis Zaubertrunk wirkt.«

Kurz vor der Abfahrt hatte sie einen Extrakt aus Kräutern eingenommen, der die Magensäfte beruhigen sollte. In ihrer Kabine legte sie sich mitsamt den Schuhen in die Koje. Wie sie von der ersten Reise wusste, waren auf Schiffen selbst die Decksplanken sauberer als die Matratzen. Maria starrte an die Unterseite der Koje über ihr. Wohlweislich schlief sie dort, wo sie schnell aufstehen konnte. Leichter Wellengang setzte ein, doch noch protestierte ihr Magen nicht. In Wirklichkeit zog Maria sich auch nicht zurück, weil sie Übelkeit fürchtete. Allein wollte sie sein. Ständig die Maske der Zuversicht wahren zu müssen war anstrengend.

Doch schon kam Dorothea herein.

»Deine Wangen sind noch rosig, Mutter. Du wirst die Fahrt schon gut überstehen.«

»Natürlich, Liebes, ich bin unverwüstlich.«

»Vermisst du Herrn de Jong?«

»Wir werden uns wiedersehen, da bin ich sicher.«

Jan hatte von einer neuen Geschäftsidee gesprochen. Zwar konnte Maria sich nicht vorstellen, dass er sesshaft werden würde, aber selbst wenn er nur alle paar Monate einmal Amsterdam besuchte, würde sie das schon glücklich machen. Schöner wäre ein Leben an seiner Seite, aber wie sollte das für sie aussehen? Sie müsste es wohl als alternde Piratenbraut auf La Tortuga fristen. Ein Buch über surinamische Insekten würde es aus ihrer Feder dann niemals geben.

»Warum also der Trübsinn?«, fragte Dorothea. »Die See ist ruhig, und der Kapitän sagt, er erwarte auf dieser Überfahrt noch keine Herbststürme. Uns wird nichts zustoßen.«

»Vor der Ankunft habe ich Angst.«

»Das verstehe ich nicht«, sagte Dorothea.

»Davor, dass wir weitermachen wie vor der Reise und uns mit Malstunden über Wasser halten müssen und derweil unsere hübschen Käfer und Falter verstauben.«

Dorothea setzte sich auf die Bettkante und drückte Marias Schulter.

»So sprichst du sonst nie.«

»Ist man bettlägerig, denkt man mehr nach, als gut für einen ist. Der Zar spukt mir wieder im Kopf herum. Damals vertraute ich diesem Mann mit den kühnen Ideen, weil auch ich groß dachte. Erinnerst du dich, wie ich ihm mehrere Bilder brachte und dann monatelang um die Bezahlung kämpfen musste? Ein Bärenfell habe ich am Ende dafür bekommen, und er weiß noch nicht einmal, dass er es mir gegeben hat. So viel Einsatz und so wenig Gewinn. Was, wenn es mir nun mit der Reise nach Surinam genauso geht?«

»Wir haben so viele Insekten gesammelt. Allein, was wir alles gesehen haben!«

»Richtig, aber die Welt soll es auch sehen – durch meine Augen! Werde ich jemals das Geld zusammenbekommen, um ein neues Buch zu machen?«

Maria legte die Füße auf den Rand der Koje, die zu kurz

war, um sich darin auszustrecken. Die kleine Lageveränderung hatte Folgen. In ihren Gedärmen begann es zu wüten.

»Liebes!«, flüsterte sie. »Ich brauche einen Bottich!«

Während der nächsten Tage plagte die Übelkeit Maria ebenso heftig wie auf der Hinfahrt. Aderis Tränke verhinderten das Erbrechen nicht, machten den Kopf aber angenehm leicht. Zuweilen fühlte Maria sich schwerelos wie ein Falter. Neben ihre Koje hatte sie den großen Schmetterling von Jan gehängt. Aderi behauptete, noch keinen solchen im Urwald gesehen zu haben. Vermutlich würde Maria diese Falter nie in ihrer natürlichen Umgebung beobachten. Für eine zweite Forschungsreise, eine nach Ostindien, fühlte sie sich zu alt. Andere Frauen mit erwachsenen Kindern saßen in Lehnstühlen und strickten. Maria lag in einer stinkenden Schiffskabine darnieder.

Keine Frage, sie brachte Opfer für die Forschung. Das Surinambuch musste einfach gelingen.

DRITTER TEIL

Kratzer

Amsterdam, März 1702

Nach der Zurückgezogenheit im Dschungel und den Wochen auf dem Schiff mussten Maria und Dorothea sich erst wieder an die vielen Menschen und das bunte Treiben in Amsterdam gewöhnen. Doch dann genossen sie es. Zusammen mit Aderi, Johanna und Jacob wohnten sie über dem *Goldenen Adler* unter einem Dach. Lebhaft war es hier, aber man konnte die Adresse immer noch als anständig bezeichnen, befand sie sich doch in guter Lage zwischen der Keizers- und der Prinsengracht. Über einer Wirtsstube zu leben bedeutete, in den Abendstunden das Singen, Lachen und Streiten der Gäste zu hören. Manchmal wurde es auch mittags schon laut, meist dann, wenn ein fahrender Barbier Station machte und seiner jammernden Kundschaft die Zähne zog. Maria nahm den Lärm gern für den Vorteil in Kauf, nicht selbst kochen zu müssen. Auch sechs Monate später steckten ihr die Strapazen der Reise noch in den Knochen, und sie brauchte ihre Kraft, um zu zeichnen. Die Vorlage für die Kupferstiche zu ihrem Surinambuch wurden langsamer fertig, als sie sich wünschte, obwohl ihre Töchter sie unterstützten, indem sie die detailreichen Ausschmückungen wie Blattadern, Raupenhärchen und die Muster der Schmetterlingsflügel übernahmen. Im Dezember hatte Dorothea Philip Hendriks geheiratet, war aber bei Maria wohnen geblieben, weil der Arzt weiterhin für die Kompanie zur See fuhr. Ein eigener Haushalt lohnte da nicht. Auch Aderi lebte bei ihnen und beriet Maria bei den Begleittexten zu den Bildern.

Aderi könnte ihrerseits ein Buch über dieses für sie fremde Land schreiben. Was würde wohl darin stehen?

»Man sperrt das Feuer in Eisengefängnisse, hüllt den Körper in viele Lagen Stoff und kauft sein Essen auf dem Markt von Jägern und Fischern, die es brüllend anpreisen.«

Beim Anblick von gerupften Wachteln hatte Aderi gefragt, ob die Niederländer diese Vögel anstelle von Kolibris verspeisten.

»Aber wer isst denn Kolibris?«, wunderte sich Maria. »An denen ist doch kaum Fleisch.«

»Unsere Priester tun es«, sagte Aderi. »Nichts anderes nehmen sie zu sich.«

Maria wollte das nicht glauben, doch Aderi beteuerte, es stimme.

»Sie brauchen nicht viel. Ihre Kraft bekommen sie von Göttern und Geistern.«

»Nun, wenn du das sagst«, hatte Maria geantwortet.

Sie war noch unentschlossen, ob sie diese Anekdote in ihr Buch aufnehmen sollte.

Vielleicht sollte sie ihre Vorbesteller fragen. Ein weiterer Vorteil der Wirtsstube lag darin, dass ein Teil der Gäste auch Maria einen Besuch abstattete. Zusammen mit Dorothea hatte Maria den Wohnraum in eine westindische Wunderkammer verwandelt. Kolorierte Zeichnungen schmückten die Wände, Exponate in Spiritus waren in einem Regal ausgestellt, und die schönsten Schmetterlinge lagerten hinter Glas auf einem Tisch in der Nähe des Fensters, wo ihre bunten Flügel im Sonnenlicht schimmerten. Die Amsterdamer kamen gern vorbei, nachdem sie gegessen und getrunken hatten, und ließen sich von den Schaustücken in ein fernes Land versetzen. Auch lauschten sie gespannt Marias Schilderungen, doch sobald die Rede auf das geplante Buch kam, hoben die meisten kapitulierend die Hände.

»Fünfzehn Gulden?!«, riefen sie aus. »Dafür bekomme ich ein Schwein, und zwar ein fettes.«

»Gedruckt wird auf feinstem Papier«, sagte Maria. »Zwei Fuß wird das Buch in der Höhe messen, sechzig Tafeln wird es enthalten, auf Wunsch koloriert. Bedenkt, an so einem Buch werden sich noch eure Enkel erfreuen.«

Zwei Vorbestellungen hatte sie schon, und sie hoffte, wenn die Besucher nur eifrig über ihr Vorhaben sprachen, würde dies in begüterteren Kreisen weiteres Interesse wecken.

Sie arbeitete an einer Reihe von Musterseiten zum Vorzeigen, Tafeln, die sie in auffälligen Farben kolorieren wollte, wie das Bild einer goldgelben Ananas oder die Abbildung einer Pimentpflanze mit flammend roten Früchten.

Lange hatte Maria sich zu schwach gefühlt, um das Haus für mehr als einen kurzen Spaziergang zu verlassen. Ihr Körper schien das Schwanken des Schiffes und das lange Liegen verinnerlicht zu haben. Erhob sie sich schnell oder stand lange, rauschten Wellen in ihren Ohren, und sie musste Halt suchen. Doch als die kältesten Monate vorbei waren und Märzenbecher in den Gärten der Grachten sprossen, schnürte Maria ihre Stiefel, um dem Kupferstecher Joseph Mulder einen Besuch abzustatten. Er war einer der Besten seines Fachs, und wer Druckvorlagen von ihm angefertigt haben wollte, musste ihn rechtzeitig beauftragen. Zwar hatte Maria das nötige Geld noch immer nicht beisammen, aber das Vorfühlen in einem ersten Gespräch kostete ja nichts.

Um das Haus zu verlassen, musste sie am Eingang des *Goldenen Adlers* vorbei. Die Tür zum Gastraum stand offen.

Der Geruch von in Schmalz geschmorten Zwiebeln drang in den Flur.

»Grüße Sie, Frau Merian«, sagte eine Stimme.

Neben der Tür saß ein Mann mit einem Humpen vor sich. Sein Platz war einer der ungemütlichsten. Wie Maria aus Erfahrung wusste, zog es dort kalt von draußen herein, wann immer jemand die Haustür öffnete. Es war noch nicht elf Uhr am Vormittag, und erst eine Handvoll Gäste hatte sich eingefunden. Warum wählte jemand freiwillig den schlechtesten Tisch aus?

»Machen Sie Besorgungen?«, fragte der Mann.

»So ist es«, sagte Maria. »Zum Markt will ich.«

Warum sie log, wusste sie selbst nicht, aber etwas an der forschen Ansprache des Herrn behagte ihr nicht.

»Kennen wir uns?«, fragte sie.

»Ich habe Ihre Schmetterlinge bewundert«, sagte ihr Gegenüber. »Aber wahrscheinlich erinnern Sie sich nicht an mich, es geht bei Ihnen ja zu wie im Taubenschlag.«

»In der Tat. Entschuldigen Sie bitte.«

Für gewöhnlich erkannte Maria ein einmal gesehenes Gesicht wieder. Wenn ihr schon der Name eines Menschen entfiel, so blieb zumindest ein Gefühl der Bekanntheit. Das fehlte bei diesem Mann aber völlig. Sie betrachtete ihn etwas aufmerksamer. Seine Augenbrauen waren zusammengewachsen, so etwas hätte sie sich gemerkt. Da sie in Porträts nicht ausgebildet war, hatte sie ihre eigene Technik entwickelt, und die begann mit einer vertikalen Aufteilung des Gesichts durch Markierungspunkte für Mundwinkel, Nasenspitze sowie die inneren Enden der Augenbrauen. Wenn es aber keine inneren Enden gab, weil die Brauen ineinander übergingen, drohte man die Nasenwurzel falsch zu platzieren und infolgedessen auch die Augenwinkel, was die Skizze ruinierte. Aber malen wollte Maria den Mann gar nicht, und zum Plaudern hatte sie eigentlich auch keine Zeit.

»Kommen Sie doch heute Nachmittag hoch«, sagte sie. »Wir haben gerade eine Serie hübscher Aquarelle in verschiedenen Größen fertiggestellt. Da ist für jede Geldbörse etwas dabei.«

»Haben Sie eigentlich nur die Indianerin mitgebracht?«, fragte der Herr.

Maria legte den Kopf schief, als hätte sie die Frage nicht verstanden.

»Auf Ihren Expeditionen hatten Sie doch noch weitere Begleiter«, sagte der Herr.

Er sprach mit einer Gewissheit, als wäre er zugegen gewesen.

»Sklaven«, log Maria. »Die sind aber in Surinam geblieben.«

»Und Herr de Jong?«

Sie erschrak und hoffte, dass ihr das nicht anzumerken war.

»Der auch. Nun muss ich aber eilen. Einen schönen Tag noch!«

Sie verließ das Haus und hastete die Kerkstraat in Richtung Magere Brug entlang. Dort angekommen, musste sie stehen bleiben, um ihren Atem zu beruhigen. In den Schrecken mischte sich eine Empörung, die nur umso stärker wurde, als die bloße Erwähnung von Jans Namen all ihre mühsam verdrängten Gefühle wieder aufwallen ließ. Weit hinter sich gelassen hatte sie die glücklichen Tage mit ihrem Geliebten. Wann sie Jan wiedersehen würde, stand in den Sternen, und diese Ungewissheit konnte sie nur ertragen, indem sie die Sehnsucht einer anderen Maria zuschrieb, einer, die in Surinam geblieben war, leichte Kleider ohne Strümpfe trug und noch immer Bromelien in ihrer heimischen Erde zeichnete. Was erdreistete sich ein Kerl, ein Trinker, der schon morgens dem Bier frönte, an ihren Erinnerungen zu rühren! Die waren privat und wurden nicht einmal mit Dorothea und Johanna geteilt.

Aber vielleicht war der Mann gar kein harmloser Säufer, sondern ein Häscher, der im Auftrag der Kompanie Piraten jagte? Nun, hier würde er Jan nicht finden, das war sicher. Wenigstens darum musste Maria sich nicht sorgen.

Als sie Joseph Mulders Werkstatt erreichte, schwitzte sie. Ein Geselle empfing sie.

»Der Meister sticht gerade«, sagte er.

Joseph saß an einem Tisch vor dem Gartenfenster. Maria wartete auf der Türschwelle, bis der Künstler eine Pause machte und seine Hand ausschüttelte. Der Boden der Werkstatt bestand aus Dielen, und Joseph behauptete, die Schwingung von Schritten übertrage sich vom Holz über den Stuhl auf seine Hand. An einem einzigen Bild arbeitete er manchmal wochenlang, und rutschte er in einer späten Phase mit dem Stichel ab, brüllte er vor Wut. Wohl dem Gesellen, der sich dann rechtzeitig in Sicherheit brachte. Eine Kupferplatte hatte scharfe Kanten und segelte durch die Luft wie ein geworfenes Messer.

Heute schien Joseph guter Dinge zu sein. Maria durfte sich zu ihm setzen und ihm die Pläne zu ihrem neuen Buch darlegen. Joseph hörte interessiert zu und sagte, es sei ihm eine Ehre, die Stiche für die Tafeln anfertigen zu dürfen. Während Maria ihm aufzählte, welche Spezies sie abbilden wollte, nahm er die Arbeit wieder auf. Mit vierundvierzig Jahren war Joseph auf dem Höhepunkt seiner Kunstfertigkeit angelangt, hatte drei Jahrzehnte Übung in den Händen, wurde aber noch nicht von Kraftlosigkeit und Zittern geplagt, die ihm die Ausübung seines Handwerk im Alter erschweren würden. Maria konnte selbst Stiche anfertigen und hatte größten Respekt vor dem aufwendigen Prozess. Zunächst musste man die Zeichnung auf transparentes Papier übertragen. Dieses drehte man um und pauste das Bild spiegelverkehrt auf die Kupferplatte. Dort fixierte man die Linien, indem man sie mit einer Nadel ritzte. Erst danach ging es an das Stechen. Mit einem Stichel prägte man die Vertiefungen in das Kupfer. Anders als beim Zeichnen zog man das Werkzeug nicht, sondern schob es von sich weg. Am Ende hatte man damit jedes Element des Bildes viermal nachgefahren.

»Wenn die Druckvorlagen fertig sind, wirst du die Bilder besser kennen als ich«, sagte Maria.

»Und trotzdem wirst du erbarmungslos sein, sollte ich an einer Stelle nicht exakt gearbeitet haben«, sagte Joseph. »Wie steht es eigentlich um deine Gesundheit? Ich hörte, Westindien hat dich gebeutelt?«

»Halb tot war ich. Aber das bleibt unter uns. Ich ziehe es vor zu erzählen, ich sei zurückgekehrt, weil ich es nicht erwarten konnte, meine Entdeckungen mit der Welt zu teilen.«

»Recht so. Wenn ich abrutsche – was selbstredend nur alle paar Jahre passiert –, versuche ich den Kratzer in das Bild einzubauen. Kannst du einen Fehler nicht ausmerzen, musst du ihn vertiefen. Dann glaubt man, er sei geplant gewesen.«

»Du Fuchs.«

Sie lachten.

Maria verließ die Werkstatt beschwingt. Jemanden bei der Ausübung seiner Fertigkeit zu sehen war wie Medizin. Manchmal kam ihr die eigene Arbeit mühsam und langwierig vor. Wie tröstlich, sich zu versichern, dass auch andere ihr Werk nur mit Ausdauer und unter Einsatz vieler Stunden vollbrachten.

Im *Goldenen Adler* war der Mittagsansturm schon vorüber, und die Wirtin nutzte die Ruhe, um durchzuwischen. Seifenwasser war über die Schwelle geschwappt. Über den feuchten Flur führte eine Laufspur zur Treppe der Merians. Ein Paar Schuhe in Männergröße hatte den Straßendreck hineingebracht. Besucher der Ausstellung kamen aber meist in Gruppen und auch erst später am Tag. Der Herr aus dem *Goldenen Adler* hatte kein Interesse an Marias Aquarellen bekundet. Wer mochte also in der Wohnung sein? Maria überprüfte den Sitz ihres Haarknotens und zupfte an den losen Strähnen, die ihr über die Ohren hingen. Ihre Finger flatterten vor Aufregung.

Wie schön es wäre, Jan durch Gedanken herbeirufen zu können. Aber ich sollte mir keine falschen Hoffnungen machen.

Beim Eintreten musste sie trotzdem freudig gewirkt haben, denn Dorothea rief: »Du weißt es schon!«

»Was?«

Marias Seiten stachen, weil sie immer zwei Stufen auf einmal die Treppe hinaufgeeilt war.

»Nun lassen Sie Ihre Mutter doch erst einmal zu Atem kommen.«

Mitten im Raum stand ein Herr mit schmalem Oberlippenbärtchen. Er hielt eine ausgestopfte Schlange in der Hand. Statt kurz hinter dem Kopf hatte er das Tier am Schwanz gepackt, was ihm bei einem lebenden Exemplar einen Giftbiss beschert hätte. Heute musste Marias Besucher in offiziellem Auftrag unterwegs sein, denn er trug Perücke, wenn auch die weniger formelle, bei der die weißen Locken nur bis knapp über die Schultern fielen.

»Bürgermeister Witsen«, sagte Maria. »Welche Ehre.«

»Er will unsere Sammlung im Rathaus zeigen!«, platzte es aus Dorothea heraus. »Ist das nicht wunderbar?«

Maria sah von ihr zum Bürgermeister. Der nickte bestätigend.

»Sobald Sie wollen«, sagte er.

Maria klatschte in die Hände.

Das könnte mein Durchbruch sein! Dorthin werden alle kommen, man wird über mich sprechen und ein Stück Surinam mit nach Hause nehmen wollen. Es gibt keine bessere Gelegenheit, mein geplantes Buch anzupreisen!

»Wir werden gleich überlegen, welche Exponate wir für die Ausstellung wählen, die schönsten und eindrucksvollsten Tiere natürlich, aber auch Bilder und Pflanzen. Ich habe zwei Ableger, die noch nicht blühen, aber wenn ich sie näher an den Ofen stelle, könnte die Wärme …«

Maria hielt inne, um ihre Gedanken zu sortieren.

»Sie machen das schon«, sagte Herr Witsen. »Platz ist jedenfalls genügend vorhanden. Ich dachte an die südliche Galerie, wie finden Sie das?«

Die Galerie hatte Maria nicht vor Augen, sie kannte nur den mehrere Stockwerke hohen Bürgersaal mit den Gemälden der Rembrandt-Schüler und den biblischen Statuen. In dieser einschüchternden Kulisse hätten sich ihre Schmetterlinge verloren. Sie brauchte einen schlichteren Raum mit genügend Licht.

»Begleiten Sie mich doch einfach«, sagte Herr Witsen. »Ich habe um drei Uhr eine Sitzung. Vorher können wir einen Rundgang machen.«

»Mit Freuden.«

In ihrem Überschwang dachte Maria nicht daran, noch etwas zu sich zu nehmen. Das Mittagessen hatte sie bereits für den Besuch bei ihrem Kupferstecher ausfallen lassen, und als sie in der Kutsche saßen – ein Bürgermeister ging nach Möglichkeit nirgendwohin zu Fuß –, meldete sich der Hunger. Der Verkehr auf dem Rokin wurde aufgehalten, weil ein vor ihnen fahrendes Gefährt ein Rad verlor. Als sie das Rathaus endlich erreichten, blieb Herrn Witsen nur noch kurz Zeit, Maria in die Galerie zu führen.

»Ist sie geeignet für Ihre Zwecke?«, fragte er.

»Hervorragend. Ich werde reichlich Platz haben.«

Maria legte den Kopf in den Nacken. Der Raum war hoch genug, um Bäume darin wachsen zu lassen.

Schade eigentlich, dass man diese Möglichkeit nicht nutzt.

»Dann bringe ich Sie zu Pieter«, sagte Herr Witsen und dirigierte Maria zu einem Mann, der auf einer Bank saß, einen Stock neben sich. »Er sieht kaum noch, aber das Rathaus kennt er wie seine Westentasche. Sollten Sie Mobiliar brauchen, kann er Ihnen zeigen, wo wir es lagern.«

Maria stellte sich dem grauhaarigen Herrn vor und bat, neben ihm Platz nehmen zu dürfen. Sie erzählte ihm von der geplanten Ausstellung. Pieter war Gerichtsschreiber gewesen und suchte noch immer jeden Tag seinen alten Arbeitsplatz auf. Oft kämen Mitglieder des Rates zu ihm und befragten ihn zu Ereignissen, die lange zurücklagen. Was seine Feder notiert habe, sei ihm im Gedächtnis geblieben, und er könne schneller Auskunft geben, als es dauerte, die richtige Akte zu finden.

Pieter lächelte feinsinnig. »Meist wollen sie aber wissen, was ich *nicht* aufgeschrieben habe.«

»Auch das können Sie noch wiedergeben?«

»Und ob! Außerdem darf ich in aller Bescheidenheit behaupten, an die tausend Bücher gelesen zu haben. Diese Liebhaberei musste ich an den Nagel hängen, aber das war weniger schlimm, als ich anfangs befürchtet hatte. Hier bin ich umgeben von einflussreichen Menschen, und was die hinter vorgehaltener Hand berichten, ist noch interessanter.«

»Sie haben aus der Not eine Tugend gemacht.«

»Wie das ein jeder versucht, nicht wahr?«

»Ja, das ist wohl so.«

Maria hing einem Gedanken nach. War in ihrem Gespräch mit Joseph nicht eine ähnliche Bemerkung gefallen?

Kannst du einen Fehler nicht ausmerzen, musst du ihn vertiefen.

»Aber ich raube Ihre kostbare Zeit, Frau Merian«, sagte Pieter. »Sie brauchen Tische und Regale für Ihre Exponate.«

Er stand auf. Einen Arm, der ihn führte, benötigte er nicht. Zielstrebig und sicher schritt er die Flure entlang und durchquerte eine weitere kleine Halle. Zügig gehend hielt er seinen Stock zwar nah am Boden, tastete jedoch nicht damit. Die Wege durch das Rathaus kannte Pieter offenbar auswendig. Mehrmals wichen entgegenkommende Menschen zurück, um ihm Platz zu machen, und grüßten freundlich. Pieter schritt an ihnen vorbei wie ein Monarch, für den das Volk Spalier steht. Schließlich öffnete er die Tür zu einem fensterlosen Raum.

»Hier sollten Sie alles finden. Das ist das Lager.«

»Danke, aber …«

»Noch etwas?«

»Ich sehe hier auch nichts. Es ist dunkel.«

Pieter lachte. »Natürlich. Wir rufen Diener mit Kerzen. Die können dann auch gleich hochtragen, was Sie aussuchen.«

Er wollte schon wieder davoneilen.

»Einen Moment noch, Pieter«, sagte Maria. »Ich würde Ihnen gern eine Frage stellen.«

»Ja?«

»Sie sprachen davon, aus der Not eine Tugend gemacht zu haben. Wenn es sich aber anders verhält, wenn man nicht tugendhafter wird, sondern etwa lasterhafter …«

Wie soll ich es formulieren? Am besten direkt.

»Angenommen jemand ist Pirat und Schmuggler. Welcher ehrlichen Beschäftigung könnte diese Person früher nachgegangen sein?«

»So ziemlich jeder, möchte ich meinen. Manch ein braver Mann wird durch Schulden niedergedrückt und sieht keine andere Möglichkeit, die Gläubiger zu bedienen, als sich düsteren Gesellen anzuschließen. Aber Sie wären überrascht, wie viele Bürger aus gutem Hause Delikte begehen. Da wird genauso gestohlen, betrogen und getäuscht wie beim einfachen Volk. Sie machen es in größerem Stil, aber das ist auch schon der einzige Unterschied.«

Hier sprach anscheinend der Gerichtsschreiber aus Pieter. Was die Verderbtheit der Menschheit betraf, glaubte Maria ihm gern, aber darauf wollte sie nicht hinaus.

»Welche Fähigkeiten, die in einem ehrlichen Beruf erworben wurden, könnten einem Piraten nützlich sein?«

»Die Seefahrt natürlich, Navigation, Wissen um Strömungsverhältnisse und Kenntnis der sichersten Routen.«

»An Bord geht es hart zu.« Maria dachte an den ausgepeitschten Schiffsjungen, der den Halt auf Madeira genutzt hatte, um zu fliehen.

»Wohl dem, der oben in der Hierarchie steht«, sagte Pieter. »Doch auch der lebt gefährlich. Wissen Sie, wie man am schnellsten Kapitän wird?«

»Durch Beziehungen, wie überall?«

Pieter schüttelte den Kopf. »Durch den Tod des alten Kapitäns. Stirbt der auf See, muss sofort ein neuer her. Mir kam schon so manches dubiose Dahinscheiden unter. Aber welchen Beweis soll eine misstrauische Witwe vorbringen …«

Er begann einen Prozess zu schildern, den er protokolliert hatte.

Derweil gingen Marias Gedanken eigene Wege. Manchmal sah sie Verbindungen, wo keine waren. Raupen durchliefen eine Metamorphose, aber die meisten anderen Lebewesen taten das nicht. Ein Pferd wurde als Pferd geboren und blieb ein Pferd. Maria konnte sich Jan nicht als Schiffsjungen vorstellen, der sich emporarbeitete. Pieter sprach inzwischen über die Westindische Kompanie, und Maria nickte nur höflich. Doch dann sagte er etwas, das sie aufhorchen ließ:

»… ist ja auch kein Wunder, wenn der Fisch vom Kopf her stinkt.«

»Moment.« Maria fasste seinen Arm. »Was deuten Sie an?«

Pieter schien zu erschrecken.

Durch die Berührung oder durch die Nachfrage?

»So sollte ich nicht reden«, sagte er. »Verraten Sie das nicht den hohen Herren.«

»Niemals«, beteuerte Maria. »Ich bin nur wissbegierig und möchte erfahren, was *nicht* aufgeschrieben wurde.«

Pieter schien zu zögern.

»Das wurde sogar aufgeschrieben«, sagte er. »In der Gründungsurkunde der Kompanie.«

»Was denn?«

»In ihrem Anfang wollte die Westindische Kompanie ausdrücklich keinen Frieden mit Spanien.«

»Keinen Frieden?« Maria glaubte sich verhört zu haben. »Aber der Handel profitiert doch von sicheren Seewegen.«

»Ist Ihnen die spanische Silberflotte ein Begriff?«

»Ich habe von ihr gehört.«

»Zweimal im Jahr beliefern die Spanier ihre Kolonien in Westindien mit allem, was dort gebraucht wird. Zurück fahren sie mit Zucker und Kakao, aber vor allem mit Silber. Das wird dort in Minen gewonnen. Teures Gut quert den Atlantik. Das weckt Begierden. Befindet man sich im Krieg, kann man die Schiffe eines anderen Landes überfallen. Die Engländer machten davon in der Vergangenheit reichlich Gebrauch. Und wir wollten auch etwas abhaben.«

»Das wusste ich nicht.«

»In welchem abgelegenen Dorf sind Sie denn aufgewachsen?«

»Aus Nürnberg stamme ich. In Deutschland.«

»Ach, darum.«

»Pieter!«, rief jemand. »Wo sind Sie? Der Bürgermeister sagt, Sie bräuchten Hilfe.«

»Im Lager«, rief Pieter zurück. Zu Maria sagte er: »Jedes Kind kennt hierzulande den Namen Piet Pieterszoon Heyn. Nach dem heißt so mancher Junge. Auch meine Eltern haben mich nach dem großen Helden benannt.«

»War der ein Pirat?«

»Im Gegenteil! Ein Admiral. Freibeuter wurden erst später mit dem Geschäft des Überfallens betraut.«

Zwei Männer bogen um die Ecke.

»Wir brauchen erst Lampen«, rief Maria ihnen zu.

Daraufhin drehte einer um. Der andere blieb stehen und prüfte den Inhalt seines Tabakbeutels.

»Die Freibeuter raubten in staatlichem Auftrag?«, fragte Maria.

»Genau. Sie hatten Kaperbriefe und waren damit in ihrem Land vor Strafe sicher. Einen Teil der Beute mussten sie dafür abgeben.«

»Die Regierung billigte das Tun nicht nur, sie verdiente daran.«

»Und so ging es in England, Spanien und Frankreich auch zu. Das wurde schließlich zum Problem. Wenn kein Schiff mehr sicher ist …«

Der erste Diener kehrte mit einer Öllampe zurück und leuchtete in den Raum. »Was sollen wir hochschleppen?«

»Das große Regal dort.«

Maria deutete auf ein schweres Stück aus dunklem Holz, offenbar geschreinert für die Aufbewahrung ledergebundener Journale. Ächzend schulterten die Männer die Last. Als sie außer Hörweite waren, fragte Maria: »Ich nehme an, jetzt gibt es keine Freibeuter mehr. Mein Schwiegersohn Jacob hätte mir von dieser Praxis erzählt.«

»Zumindest werden keine Kaperbriefe mehr ausgestellt«, sagte Pieter. »Aber Männer mit schnellen Schiffen und Säbeln gibt es immer noch. Schafzüchter sind die keine geworden.«

»Mir wird einiges klar«, murmelte Maria.

»Freut mich«, sagte Pieter. »Man muss nur die richtigen Fragen stellen, nicht wahr?«

Im Glashaus

»Sollen wir ihn für die Ausstellung ausgraben, oder wird ihn das ruinieren?«

Maria kniete vor weiß blühendem indianischem Pfeffer. Als eine der wenigen Pflanzen aus Westindien hatte er die Fahrt überstanden. Dafür war Dorothea zu danken. Sie hatte den Wurzelballen stets mäßig feucht gehalten und den Topf mit dem Gewächs an Sonnentagen mit an Deck genommen wie ein Hündchen, das man ausführt. Nun hatte der Pfeffer einen Platz im Gewächshaus von Agnes Block auf dem Vijzerhof und gedieh gut. Seine Blätter waren saftig grün, und sein Stiel war kräftiger geworden.

»Lieber zeichnen«, sagte Aderi. »Draußen wird er sterben.«

Sie schlang die Arme um den Leib, fröstelnd, obwohl im Glashaus dank des Torfofens surinamische Temperaturen herrschten. Der immer noch anhaltende niederländische Winter setzte Aderi zu. Seit Monaten fror sie, ganz gleich, wie warm sie sich kleidete.

»Aber ich will den Besuchern etwas Lebendes zeigen«, sagte Maria. »Die hübschen Eidechsen sind auf See gestorben, und sonst haben wir nur Zeichnungen und Präparate.«

Unschlüssig drehte sie die Schaufel in den Händen. Vor der Fensterwand fiel Nieselregen. Kahle Bäume ragten in den grauen Himmel. Dachte man sich den Niederschlag weg, wirkte die Landschaft wie in Spiritus eingelegt.

Früher habe ich die Winter besser überstanden. In Surinam plagte mich die Hitze, aber hier fühle ich mich zuweilen wie lebendig begraben. Verlässt man das Haus, schlägt einem der Nebel so feucht und dicht entgegen, als würde man mit nasser Erde beworfen.

Auch bemerkte Maria, wie still es auf dem Vijzerhof geworden war. Seine Besitzerin plagten Gebrechen, und sie verließ ihr Stadthaus nicht mehr oft. Damit blieben auch die Besucher aus. Lediglich ein Gärtner kümmerte sich noch um die erfolgreich vermehrten Ananasstauden und die anderen exotischen Arten.

»Riskieren wir es und graben den Pfeffer aus«, sagte Maria. »Wer weiß, am Ende ist das Pflänzchen robuster, als wir denken. Lass uns auf dem Rückweg im *Haus unter dem Segel* vorbeisehen und fragen, ob bei Frau Lescaille Vorbestellungen eingegangen sind.«

Aderi seufzte und murmelte etwas in ihrer Sprache.

»Falls ja, feiern wir es mit einer Tasse Kakao«, sagte Maria.

Dieses Versprechen hatte sie schon oft gemacht und noch nicht einlösen können. Beinahe täglich erkundigte sie sich bei Aletta, ob es Interessenten für das Surinambuch gebe. Die Buchhandlung lag günstig, beim Gang zum Markt kam man ohnehin vorbei, und Ungewissheit quälte Maria mehr als Enttäuschung. Zwar wollte Aletta sofort einen Boten schicken, wenn jemand vorbestellte, doch wie unzuverlässig die Jungen waren, wusste man ja. Einige Wochen lang waren die Grachten zugefroren gewesen, und die Amsterdamer hatten sich dem Vergnügen des Eislaufens hingegeben. An jeder Ecke konnte man Kufen leihen. Die schnallte man unter die Stiefel und flog förmlich unter den Brücken hindurch. Welches Kind konnte da widerstehen, seinen Weg zu unterbrechen?

Die Kutsche brachte Maria und Aderi zurück in die Stadt. In der Buchhandlung entstaubte Aletta gerade die Globen mit einem weichen Tuch.

»Wie ein Uhrwerk, na also!«, rief sie.

»Verzeihung?«, fragte Maria.

»Ich habe dem werten Herrn gesagt, Sie kämen täglich vorbei, spätestens am frühen Nachmittag. Statt in die Kerkstraat zu fahren, könne er ebenso gut hier warten.«

»Und worum geht es?«

»Na, ich nehme an, um eine …« Aletta hob die Augenbrauen und ließ das Wort Silbe für Silbe von der Zunge fallen. »Vor-be-stel-lung.«

Aus dem Gang zwischen den Regalen mit Atlanten und Seekarten trat ein Mann in wollenem Umhang. Das Haar trug er kurz, den Bart voll, aber ordentlich gestutzt. Ein wenig grauer war er geworden, aber das stand ihm.

»Jan!«

Maria fasste ihn bei den Händen, wollte ihn an sich ziehen, wurde sich dann aber ihrer Beobachterinnen gewahr und ließ los. Stattdessen wischte sie einen Wollfussel von seiner Wange. An seinen Schläfen, wo die Kapuze ihn nicht vor dem Regen geschützt hatte, war sein Haar nass. Das betupfte sie mit dem Zipfel ihres Ärmels. Sie konnte die Finger nicht von ihm lassen. Belustigt ließ Jan es geschehen, dann zog er sie mit dem linken Arm an sich.

»Du hast mir gefehlt.«

Sie drückte ihn und vergrub ihr Gesicht für einen kurzen Augenblick an seiner Schulter, gerade so lange, dass es noch als eine Begrüßung unter alten Freunden durchgehen konnte. Papier raschelte an seinem Rücken. Hatte er heimlich eine Karte eingesteckt? Nein, es schien nicht, als hätte er so etwas nötig. Seine Kleidung war neu, und die Stiefel waren gepflegt.

Jan wirkte ausgeruht und in guter Verfassung. Sollte er die Niederlande per Schiff erreicht haben, musste er sich danach einige Tage in einer Herberge bei anständiger Verpflegung erholt haben. Sein Hemd war parfümiert.

»Sie sind wegen mir hier?« Maria trat einen Schritt zurück und bemühte sich, ihre unbändige Freude nicht sehen zu lassen.

»Eher wegen des Buches«, sagte Jan.

Ein verschmitztes Lächeln umspielte seine Mundwinkel. Er löste seinen Blick von Marias Augen und sah sich in der Buchhandlung um, als wollte er bei dieser Gelegenheit noch andere Lektüre erwerben. Zuletzt hatte Maria ihm im Urwald gegenübergestanden, in einem anderen Teil der Erde, wo er mit entflohenen Sklaven Handel getrieben hatte. Nun tauchte er in einer ehrwürdigen Amsterdamer Buchhandlung auf. Kurioserweise schien ihr seine Anwesenheit da wie dort ganz selbstverständlich. Jedenfalls wirkte er auf Maria kein bisschen fehlplatziert. Aber vielleicht lag das daran, dass sie ihn sich immer und überall herbeiwünschte.

»*Metamorphosis Insectorum Surinamensium*«, sagte Maria. »So wird mein nächstes Werk heißen.«

»Leider bin ich des Lateinischen nicht mächtig.«

»Ich biete eine Übersetzung ins Niederländische an. Fünfzehn Gulden für den schwarz-weißen Druck, fünfundvierzig für den mit bunten Tafeln. Übrigens koloriere ich selbst.«

Sie machte eine bedeutungsvolle Pause und biss sich zart auf die Unterlippe.

»O ja«, sagte Jan. »Ich weiß.«

Bloß raus hier. Aletta poliert ihre Globen, aber ich bin mir sicher, sie lauscht. Die Spannung zwischen uns muss sie bemerken. Überhaupt wundert mich, wie frei Jan sich in der Stadt bewegt.

»Gehen wir«, sagte Maria. »Über das Buch können wir bei einem späten Mittagessen sprechen.«

»Haben Sie sich entschieden, mein Herr?« Aletta trat nun zu ihnen. »Falls Ihnen unsere Mappen nicht zusagen, könnte ich eine nach Ihren Wünschen anfertigen lassen.«

Hinter Jan, auf einem der obersten Regalbretter, lagen schmale Taschen in verschiedenen Größen. Jan holte eine der kleineren herunter. »Ich brauche sie sofort. Darum nehme ich diese.«

»Eine vorzügliche Wahl, das Material ist italienisches Ziegenleder.«

»Aber wird sie dem Regen standhalten? Warum näht man keine aus Wachstuch?«

Aletta schüttelte den Kopf. »Das sähe schäbig aus.«

Mit ihrem Kunden ging sie in den hinteren Teil des Ladens, um zu kassieren. Als Jan zurückkehrte, wirkte er noch immer nicht vollständig überzeugt von der Richtigkeit seiner Kaufentscheidung.

»Worin transportierst du deine Zeichnungen?«, fragte er Maria. »Ich hatte vergessen, wie unwirtlich das niederländische Wetter ist. Wochen und Monate der Schufterei kann dieser vermaledeite Niederschlag zunichtemachen.«

»Bevor ich eine Arbeit ausliefere, warte ich trockenes Wetter ab.« Maria zuckte mit den Schultern. »Außerdem verpacke ich in dicker Pappe. Komm, ich habe wirklich Hunger. Unsere Kutsche wartet draußen.«

Aderi, die still dabeigestanden hatte, sagte, sie komme nicht mit, sondern besuche lieber den Markt. Offenbar hatte sie Jan trotz des Bartes erkannt und wollte sich diskret zurückziehen. Ihren Schal um den Kopf schlingend, rief sie einen Abschiedsgruß und verschwand. Maria hielt die schwere Tür auf, bevor sie hinter ihr zuschlagen konnte. Wo blieb Jan? Er war neben einem der ersten Regale stehen geblieben, löste Schnüre unter seinem Hemd, griff hinter seinen Rücken und zog ein flaches

Päckchen aus Tuch hervor. Daraus wickelte er einen Stapel Papier. Maria reckte den Hals.

Was ist so wichtig, dass er es am Körper trägt?

Sie erkannte gefaltete Bögen, der Größe nach zu urteilen, Briefe.

Jan steckte sie in die Ledermappe. Die klemmte er unter den Arm. Aber dann zögerte er und knüpfte sich die Mappe mit dem Tuch um den Leib. Sorgfältig ordnete er sein Hemd darüber.

»Nur um sicher zu sein«, sagte er zu Maria. »Die Stadt ist voller Diebe und Gauner.«

»Meinem Kutscher kannst du vertrauen«, sagte Maria.

»Letzte Worte.«

Er zwinkerte, konnte seine Anspannung aber nicht überspielen. Als sie den Laden verließen, stieg er direkt in die wartende Kutsche.

»Ich soll dir von einer Frau namens Ama Grüße bestellen«, sagte Jan. »Sie und ihr Sohn haben es zu den Maroons geschafft und sind wohlauf.«

Maria lächelte erleichtert.

»Das freut mich. Gern hätte ich mehr für sie getan. Aber ich konnte nicht länger bleiben. Das Fieber ...« Sie schüttelte den Kopf. Sich in Bedauern zu ergehen war zwecklos. »Wohin sollen wir fahren? Das mit dem späten Mittagessen war nicht nur so dahingesagt. Zwar wohne ich über einer Wirtsstube, aber die wirst du kaum aufsuchen wollen, oder?«

Wahrscheinlich hat er wieder ein Versteck auf dem Land.

»Speisen wir im *Roseneck*«, sagte Jan.

»Aber das befindet sich mitten in der Stadt! Man trifft dort auf Kaufleute, Ratsmitglieder und Richter.«

»Ich war gestern dort und fand es annehmbar«, sagte Jan.

»Wo ist deine Vorsicht geblieben?«

»Oh, die habe ich noch. Gesindel fürchte ich.« Er tastete nach der Mappe unter dem Hemd. »Darum möchte ich nur an guten Orten verkehren. Das *Roseneck* haben mir Freunde empfohlen.«

Soll ich ihm von dem Trinker im Goldenen Adler *erzählen, der nach ihm gefragt hat?*

Doch Jan gab dem Kutscher schon Anweisungen, wohin er zu fahren habe. Sie rollten los.

Jan scheint zu wissen, was er tut. In Surinam hat er Paramaribo gemieden, aber bei den Labadisten ist er aufgekreuzt wie ein durchreisender Fürst. Erst als die Soldaten bei unserer Rückkehr aus dem Urwald dort waren, hat er Reißaus genommen. Er agiert stets wie ein Seemann. An Land zu bleiben wäre sicher, ist aber keine Möglichkeit für ihn. Also umschifft er Klippen und Untiefen.

Während der kurzen Fahrt behielt Jan das Geschehen auf der Straße im Blick. Trotz seines selbstsicheren Auftretens bei Aletta und der Erwähnung von *Freunden* blieben seine Schultern angespannt, und seine Stirn durchzog eine steile Falte. Erst als sie das *Roseneck* betraten, schien er sich zu entspannen. Vom Wirt wurden sie freundlich begrüßt.

»Herr de Jong, wie schön, dass Sie uns wieder beehren.« Er verbeugte sich. »Die gnädige Frau möchte sich bestimmt am Kamin wärmen.«

Sie bekamen den behaglichsten Platz in der Gaststube zugewiesen und bestellten Schinken und Bier. Wegen der fortgeschrittenen Zeit waren die einzigen anderen Gäste eine Runde älterer Herren, die sich eine Flasche Genever hatten kommen lassen und bestrebt schienen, den Heimweg nicht anzutreten, bevor der Schnaps ausgetrunken war. Beachtung schenkten sie Maria und Jan keine. Recht wohl fühlte Maria sich trotzdem nicht.

Ich wollte nie in Jans Geschäfte hineingezogen werden, doch nun wird er mir immer rätselhafter. Nach dem, was Pieter mir über Freibeuter erzählt hat, glaubte ich, verstanden zu haben. Da habe ich mich wohl getäuscht.

Das Essen kam.

»Ich werde im Rathaus ausstellen«, sagte Maria. »Das ist eine große Ehre für mich, bin ich doch keine Tochter der Stadt. Du weißt, ich bin in Frankfurt geboren und später nach Nürnberg gezogen. Dort geht es in vielerlei Hinsicht anders zu. Zwar kreuzen sich auch in diesen Städten Handelswege, aber mit der Seefahrt hat man nichts zu tun. Berühmte Admiräle kenne ich persönlich keine, berüchtigte Freibeuter ebenso wenige.« Sie wartete ab, ob Jan etwas antworten würde, aber er widmete sich mit gesundem Appetit dem Schinken.

»Zumindest dachte ich das bis jetzt«, sagte Maria.

Noch immer keine Reaktion von Jan. Maria stippte einen Brocken Weißbrot in die Zwiebelsoße.

»Gut so«, sagte Jan. »Halte dich lieber an Künstler und deine Kunden.«

Maria ließ das Brot los und beobachtete, wie es sich voll Soße saugte. Mit einem Finger half sie nach und drückte das weiche Backwerk in die braune Flüssigkeit, ihren Ärger an der Beilage auslassend.

Am liebsten würde ich das mit Jan machen. Wieder einmal ist er nicht zu fassen, dabei sitze ich ihm gegenüber.

»So geht es nicht weiter«, sagte Maria. »Du verschwindest, tauchst unter und schickst keine Nachricht, daran habe ich mich inzwischen gewöhnt. Aber wenn du da bist, weiß ich auch nicht, wie ich mich verhalten soll. Wir mussten uns in Verstecken treffen, und du hast dich nicht in mein Zuhause gewagt. Alettas Scheibe hast du zerstört, um dein Porträt aus dem Fenster zu entfernen, und heute wartest du seelenruhig in ihrem Laden und kaufst ihr eine Mappe ab. Anschließend willst du hier speisen, im Auge des Sturms? Seit wann mischen sich Piraten unter Kaufleute?«

»Aletta hat mich nicht wiedererkannt. Wie auch? Das Porträt hast du vor elf Jahren gezeichnet, sie sieht jeden Tag viele Menschen, und ich habe mich verändert. Was die Piraterie betrifft: Ich segle nicht mehr unter schwarzer Flagge.«

»Aber ein Schmuggler bist du.«

Jan strich über seinen Bart. »Kann man mich heute noch so nennen? Nein, ich glaube, das trifft es nicht mehr.« Er schien nachzusinnen. »Meinen neuen Freunden würde solch eine Bezeichnung ganz sicher nicht gefallen. In ihren Kreisen achtet man auf guten Umgang. Man kleidet sich dezent und wohnt an einer noblen Adresse. Apropos – ich will ein Stadthaus kaufen. Wohin würdest du lieber ziehen, an die Prinsen- oder an die Keizersgracht?«

»Ist das dein Ernst?«

»Du glaubst mir nicht?«

»Es fällt mir schwer.«

»Dabei habe ich dich nie belogen.«

»Aber viel von dir preisgegeben hast du auch nicht.«

Maria schob ihren Teller von sich. Auch Jan beendete das Essen.

»Du bist klug, Maria«, sagte er. »Wohl hast du auch recht mit allem, was du sagst. Was auch immer war – nun muss ich mich nicht mehr verstecken. Frag mich, was du wissen willst. Ich lege die Karten auf den Tisch.«

Bei diesem Satz rieb er sich über die Brust. Maria erinnerte sich an die sorgsam verpackten Briefe unter seinem Hemd. Vermutlich scheuerte die Mappe an der Haut. Wozu dieses Versteck? Aber vorher brannte ihr noch eine andere Frage auf der Zunge.

»Warst du Freibeuter?«

»Vor vielen Jahren. Wir waren geachtet, aber auf einmal brauchte man uns nicht mehr. Ich wollte weiter zur See fahren und Kaffee und Zucker über das Meer bringen. An Land hätte ich kein Auskommen gehabt. Was hätte ich denn hier tun sollen? Als jemandes Knecht herumbuckeln, nachdem ich auf weiter See ganze Schiffe befehligt habe? Mit Handel kenne ich mich aus. Doch Kaufmann konnte ich auch nicht werden. Die Kompanie hält das Monopol über den Handel und hätte mich niemals aufgenommen.«

»Aber Piet Pieterszoon Heyn …«

»Hat Jahrzehnte vor mir gelebt. Zudem entstammte er dem Militär. Ich nicht. Für die feinen Herren waren meine Leute und ich Handlanger, die den schmutzigen Teil des Geschäfts verrichteten. Kaum hatten sie sich mit den Engländern und den Spaniern geeinigt, die Schiffe der anderen zu verschonen, taten sie, als wären wir immer schon Verbrecher gewesen. Unsere Kaperbriefe konnten wir verfeuern. Als ich die Van-Sommelsdijk-Schwestern in Wieuwerd aufgesucht habe, hatte ich gehofft, sie würden bei ihrem Bruder, dem surinamischen Gouverneur, ein gutes Wort für mich einlegen. Damit bin ich kläglich gescheitert.«

Der Wirt räumte die Teller ab und deutete fragend auf die Bierkrüge. Maria verneinte dankend, und auch Jan schüttelte den Kopf.

»Sprechen wir nicht von Vergangenem«, sagte Jan zu Maria. »Wie du weißt, bin ich wieder auf die Beine gekommen. Und inzwischen habe ich ein Geschäft gefunden, das ehrbar ist. Ich handele mit Blauholz. Das wächst in Brasilien. Man verwendet es als …«

»Pigment!«

»Genau.« Jan lachte vergnügt. »Auf die Idee hast du mich gebracht. Die Franzosen färben mit Blauholz Stoff, sie reißen es mir förmlich aus der Hand. Nach nur einer Tour hatte ich schon einen Sack voll Geld.«

Maria dachte an die Karten, die sie bei Aletta studiert hatte.

»Brasilien gehört den Portugiesen. Haben die auch eine Handelsgesellschaft? Gehörst du der an?«

»Nicht nötig. Brasilien ist hundertmal größer als Surinam. So viel Land kann ein kleines Volk nicht kontrollieren. Du musst nur in einer ruhigen Bucht ankern, mit deinen Männern so viele Bäume schlagen, wie du laden kannst, und auf geht es.«

Er klatschte in die Hände, verzog schmerzhaft das Gesicht und rieb sich den rechten Ellbogen.

»Hast du dir etwas getan?«, fragte Maria.

»Ein dummer Unfall. Ein Ast hat mich getroffen. Das wird schon wieder heilen. Kämpfen muss ich ja nicht mehr.«

»Und was sind das für Briefe, die du mitführst?«

»Sie sind mein gesamtes Vermögen. Wie gesagt, nachdem ich das Holz in Frankreich verkauft hatte, besaß ich einen Sack voll Geld. Den wollte ich nicht mit mir herumschleppen. Darum habe ich ihn zur Wechselbank gebracht.«

Maria, die gerade den letzten Schluck ihres Bieres genommen hatte, verschluckte sich.

»Das hast du nicht getan!«, brachte sie unter Husten hervor. »Die befindet sich ja unten im Rathaus.«

»Wem erzählst du das, ich war da.« Er beugte sich vor. »Bislang habe ich Waren gegen Silber oder Gold getauscht, da weiß man, was man hat. Aber da ich nun ein ehrenwerter Händler bin, muss ich auch andere Zahlungsmittel annehmen. Wusstest du, dass jede Gemeinde und jede Stadt eigene Münzen schlagen kann? Die haben die verschiedensten Anteile an Edelmetall. Es ist ein haarsträubendes Durcheinander. Niemand weiß mit Sicherheit, was die Münzen wert sind – niemand außer der

Wechselbank. Eine Gebühr muss man zahlen, aber dafür bekommt man ein Papier, und das kann man später gegen Silbermünzen einwandfreier Qualität zurücktauschen. Zudem liegt mein Geld jetzt sicher bewacht. Aber ich muss zugeben, es ist komisch, wenn die Existenz an Zetteln hängt.«

»Darum die Ledermappe.«

»Lach nicht über mich, es fällt mir schwer, mich an solche Sitten zu gewöhnen. Doch die Kaufleute machen es alle so, nicht wahr? Die verstecken keine Schatztruhen im Keller.«

Jan zahlt Münzen in der Wechselbank ein!

Das war ein Bild, das Marias Vorstellung nicht zu malen vermochte.

»Woher weißt du, wie die Kaufleute ihre Finanzen ordnen?«, fragte sie.

»Von meinen Freunden«, sagte Jan. »Oder nennen wir sie Geschäftspartner. Man kennt sich in diesen Kreisen. Der französische Tuchmacher, dem ich das Holz verkauft habe, gab mir etwa ein Empfehlungsschreiben für seinen niederländischen Abnehmer. Wenn wir Händler geschäftlich reisen, steigen wir nicht in gemeinen Herbergen ab, sondern nächtigen in den Häusern unserer geschätzten Handelspartner. Ich wundere mich selbst ein wenig, wie leicht es war, in ihre Kreise aufgenommen zu werden. Ist dir Jan Trip van Berckenrode ein Begriff?«

»Man munkelt, das wird der nächste Bürgermeister.«

»Gut möglich. Seine Familie ist einflussreich und groß. Ich bin bei einem Cousin von ihm untergekommen.«

»Willst du wirklich sagen, du wohnst im Haus eines Kaufmanns?«

»Ich bin ja nun einer von ihnen.«

Maria vergrub das Gesicht in den Händen. »Das ist zu viel für mich.«

»Ängstige dich nicht. Uns wird es gut gehen. Schau mich an.«

Sanft wurden ihre Hände von den Augen geschoben. Jans Fingerkuppen waren rau, zweifellos eine Folge des Holzfällens.

»Wie können sie dich aufnehmen, wenn du vor Kurzem noch ihr Feind warst?«, fragte Maria. »Wagst du nicht zu viel?«

»Zwar führen die über alles und jeden Buch«, sagte Jan. »Aber auch die schweren Lederkladden reichen höchstens für zehn Jahre. Dann fängt man eine neue an. Die alte wird kaum noch hervorgeholt. Weißt du, wie viel geschehen ist, seit ich zuletzt in Amsterdam war?« Er wischte mit der Hand durch die Luft. »Im Moment sorgen sich alle nur darum, wer den spanischen König beerben wird. Den Franzosen Philipp will man hierzulande nicht, weil das Land damit auch die Kolonien bekäme und noch mächtiger würde. Die Niederländer sähen lieber diesen Bayern auf dem Thron, dessen Name mir entfallen ist. Jedenfalls gibt es zahllose wichtigere Männer als mich, um die die Kaufmannschaft sich gerade kümmern muss.«

Er küsste Marias Hände, erst die eine, dann die andere.

Ich kann das alles noch immer nicht glauben. Jan ist ein Kaufmann!

Andererseits, warum nicht? Ja, die Kaufleute führen über alles Buch, aber sie schreiben Zahlen nieder, nichts sonst. Um Kosten und Gewinne geht es ihnen. Schickt ein französischer Tuchmacher einen Bekannten zu ihnen, helfen sie gern, weil sie erwarten, dann günstiger an Tuch zu kommen oder Rabatt für einen Freund zu erhalten, der dann wiederum ihnen Nachlass gewährt. So entstehen lange Ketten von Gefälligkeiten. War ich eingeladen, hat es mich stets gelangweilt, dieses Knüpfen von Seilschaften und die gegenseitige Protektion. Aber offenbar führt es zu Erfolg. Geld in der Wechselbank einzuzahlen mag neu für Jan sein, aber das kaufmännische Gebaren an sich hat ihm schon seit jeher gelegen.

»Jetzt willst du also ein Haus an einer Gracht kaufen«, sagte Maria.

»Genau. Nur noch eine weitere Fahrt muss ich dafür machen. Im April breche ich wieder nach Brasilien auf. Zwei Männer haben mir eine Beteiligung an ihrem Schiff angeboten. Von Madeira aus wollen sie segeln. Ich werde also Ende des Monats dahin reisen, meine Silbermünzen der Wechselbank im Gepäck, und im Herbst bin ich wieder bei dir.«

Zum ersten Mal verspricht er mir ein Wiedersehen.

»Das wäre wunderbar«, sagte Maria leise.

»Das *ist* wunderbar, meine Liebste. Aber genug von mir. Deine Ausstellung will ich sehen, die ist dein Triumph. Hast du für die feierliche Eröffnung schon ein neues Kleid?«

»Eigentlich wollte ich …«

»Maria! In meinen Kreisen putzt man sich heraus.«

»Ach, du.« Sie lachte.

»Im Ernst. Lass mich dich zum besten Schneider der Stadt bringen. Du bist zu schön für Wolle und Flachs. Seide und Samt sollst du tragen.«

»Bei diesem Wetter?«

Maria versuchte, nach draußen zu sehen. Aber die Scheiben der Gaststube waren getönt, sie sperrten das Wetter aus. Hier drinnen tauchten Kerzen den Raum in anheimelndes Licht, und das Feuer wärmte. Das Essen und das Bier hatten Maria schläfrig gemacht. Jan war bei ihr. Endlich wurde alles gut.

Als sie das *Roseneck* verließen, wurden sie von einem Bettler angesprochen. Der Mann zitterte vor Kälte. In seinen Holzschuhen steckten nackte Füße.

Jan gab ihm eine Münze. »Brauchst du einen Unterschlupf?«, fragte er. »Geh zum Seemannsheim am Hafen. Unter dem Namen Jan de Jong ist dort ein Zimmer für eine Woche bezahlt. Du kannst es haben, ich brauche es nicht.«

Der Mann bedankte sich überschwänglich. Jan half Maria in die Kutsche.

»Bei meiner Ankunft wusste ich noch nicht, ob ich wirklich bei den van Berckenrodes unterkommen würde«, erklärte er. »Darum habe ich mir die alte Bleibe genommen. Aber bei den Kaufleuten wohnt es sich schöner. Zudem ist die ganze Sippe heute Morgen zu einer Hochzeit nach Delft aufgebrochen.« Er nahm Marias Gesicht in seine Hände und gab ihr einen Kuss. »Drei Tage wollen sie dort bleiben. Nur die Dienstboten sind im Haus. Möglicherweise reden die, aber das soll uns gleich sein, oder?«

»Worüber sollten sie reden?«, fragte Maria unschuldig.

»Über meinen Damenbesuch«, sagte Jan.

»Du bist wohl sicher, dass ich mitkomme?«

»Ich hoffe es.«

»Nun, zu Hause wartet eine Pfefferpflanze darauf, von meinen kundigen Händen eingetopft zu werden.«

Maria tat, als kämpfte sie mit einem Gewissenskonflikt, aber das war nur ein Necken. Der Pfeffer sollte warten.

Surinamensium

In den Tagen vor der Eröffnung der Ausstellung arbeiteten Maria und ihre Töchter fast ununterbrochen. Präparate mussten beschriftet und Zeichnungen fertiggestellt werden. Einen Schreckmoment erlebten sie, als es beim alten Bram, der die neuen Bilder rahmen sollte, brannte. Doch wurde das Feuer rechtzeitig gelöscht, und weder Bram noch eines der Kunstwerke kamen zu Schaden. Dafür zog sich das Aufhängen und Arrangieren der Stücke im Rathaus hin. Alle sollten gut zu sehen sein, aber Maria wollte auch nicht zu viel Platz zwischen ihnen lassen, um die Üppigkeit der surinamischen Natur zum Vorschein kommen zu lassen. Als sich Maria am Tag vor der Ausstellungseröffnung in die Mitte der Galerie stellte und sich langsam um die eigene Achse drehte, kroch und – ja flog – es um sie herum. Wie damals, als in ihrem Kinderbuch der Fuchs und die Katze zum Leben erwacht waren, so nagte, flatterte, schrie und summte es mit einem Mal im Herzen Amsterdams wie im tiefsten Urwald.

Erst in den frühen Morgenstunden ging Maria zu Bett. Sie träumte von einer Menschenschlange, die sich vor den Türen des Rathauses gebildet hatte. Ganz Amsterdam wollte Marias Schmetterlinge betrachten. Schon vorher mochten die Amsterdamer sich gegenseitig an Sommertagen auf vorbeiflatternde

Exemplare aufmerksam gemacht haben, doch erst jetzt schienen sie die wahre Schönheit der Tiere zu erkennen. Für diese fragilen Wesen hatte Maria eine entbehrungsreiche Schiffspassage auf sich genommen, sich von Moskitos zerstechen lassen und den dichten Urwald durchdrungen. Ihr Lohn war nun der heimatliche Ruhm, und sie genoss ihn huldvoll, gekleidet in ein edles Gewand. Endlich fühlte sie sich versöhnt mit den Enttäuschungen und Härten ihres Lebens. All das hatte sein müssen, damit sie nun hier stand.

Beendet wurde der schöne Traum durch lautes Klopfen an der Haustür. Ungehalten drehte Maria sich zur Wand.

»Selbst wenn es der Bürgermeister ist, Dorothea«, rief sie, »vor Mittag bin ich keinesfalls zu sprechen.«

Dorothea öffnete. Maria hörte ihre Stimme und die einer Frau. Einen üblen Husten hatte die unangemeldete Besucherin, und Dorothea musste sich mehrfach wiederholen, weil die Anfälle ihre Worte übertönten. Höflich bat sie darum, die Dame möge zu einem späteren Zeitpunkt wiederkommen. Doch auf das Geräusch der schließenden Tür wartete Maria vergeblich.

Dorothea kam in ihre Kammer. »Sie meint, ihre Sache dulde keinen Aufschub. Vielleicht kannst du sie abwimmeln.« Sie gähnte. »Ich gehe zurück ins Bett.«

Verwünschungen murmelnd, stand Maria auf. Ohnehin hatte sie der Ärger über die Störung so wach gemacht, dass sie nicht wieder in ihre Träume zurückfinden würde. In der Küche traf sie auf eine Altbekannte. Sie wirkte kleiner als noch vor einigen Jahren. Der Ansatz eines Buckels zeigte sich. Ihr Gesicht war eingefallen, die Nase stach nun mehr hervor und verlieh dem Antlitz etwas Raubvogelhaftes.

»Guten Morgen, Greitje«, sagte Maria. »Was ist denn so wichtig?«

»Jan de Jong«, sagte Greitje. »Den suchten Sie doch, nicht wahr?«

»Schon längst nicht mehr«, sagte Maria.

»Also haben Sie ihn gefunden?«

Darauf wollte Maria nicht antworten. Alles, was man Greitje gegenüber zugab, konnte von der Frau verwendet werden. Entweder würde sie die Informationen einem anderen verkaufen, oder sie sammelte ihr Wissen, um einen bei Gelegenheit damit zu erpressen.

»Schauen Sie nicht so griesgrämig«, sagte Greitje. »Wenn Sie den Herrn aufgespürt haben, können Sie froh sein. Andere würden dafür dreißig Gulden bezahlen.«

Sie zog einen Zettel hervor. Darauf prangte Jans Konterfei, abgezeichnet von dem Porträt, das Maria in Surinam abhandengekommen war. Kunstfertig konnte man die Kopie nicht nennen, die Proportionen waren missraten, und die Schatten der Wangenknochen, die Maria durch zarte Schraffierung angedeutet hatte, bestanden aus plumpen Strichen, die an Kriegsbemalung erinnerten. Trotzdem herrschte Ähnlichkeit mit dem echten Jan. Zwar stellte das Porträt eine jüngere, bartlose Version von ihm dar, aber seine prägnanten Züge waren erkennbar. Auch die Narbe war vorhanden. Greitje hielt den Zettel gerade so lange hoch, dass Maria den Text lesen konnte:

Wer kennt diesen Mann? Hinweise, die zu seiner Ergreifung führen, werden vom Hafenmeister mit 30 Gulden belohnt.

»Was machen wir denn nun, Frau Merian?«, fragte Greitje.

Maria sah zu Boden. Ihr war, als hätte Greitje ihr ein Messer in den Rücken gestochen.

Niemals hätte ich mich ihr anvertrauen sollen. Diese Frau vergisst nicht. Aber ich habe ja für ihre Hilfe bezahlt. Und jetzt kommt sie und will noch mehr, damit sie den Hafenmeister nicht zu mir schickt. Aber würde sie dafür etwas von ihm bekommen? Jan wohnt nicht hier, und mit den Kaufleuten verkehrt er vermutlich unter anderem Namen. Sie wissen nicht, dass er der ist, den sie immer noch suchen. Ich muss ihn warnen.

»Vier Gulden«, sagte Maria. »Dafür geben Sie mir das Bildchen und lassen uns in Ruhe.«

»Uns? Aha.«

»Höher als die vier Gulden gehe ich nicht.«

Bleib hart. Zeig keine Angst!

»Von den Bildchen hängen noch mehr in der Stadt«, sagte Greitje.

»Sammeln Sie alle ein.«

»Das ist aber viel Arbeit. Sechs Gulden.«

»Sechs? Aber dann unternehmen Sie wenigstens eine Woche lang gar nichts.«

Bis dahin sollte Jan über alle Berge sein.

Maria griff nach dem Zettel, doch Greitje ließ ihn nicht los. Stattdessen streckte sie fordernd die andere Hand aus.

»Woher weiß ich, dass Sie nicht einfach mein Geld nehmen und trotzdem zum Hafenmeister gehen?«, fragte Maria.

»Hab ich Sie schon mal enttäuscht, Frau Merian? Ich bin käuflich. Wer mir am meisten zahlt, dem diene ich.«

Zweifellos. Aber ihre Gier kennt keine Grenzen. Sie wird versuchen, die Belohnung zu ergattern. Warum kommt sie überhaupt zu mir? Sie müsste mich nur beobachten und meine Gänge durch die Stadt verfolgen. Ich hätte sie zu Jan geführt. Vielleicht hat sie das versucht. Allerdings habe ich ihn wegen der Vorbereitungen für die Ausstellung seit vier Tagen nicht mehr getroffen. So beschäftigt war ich, nicht einmal für einen Gang zum Schneider hatte ich Zeit. Wahrscheinlich hängt das Gesuch erst seit Kurzem aus. Greitje hat es gesehen, Jan erkannt und ist mir nachgeschlichen. Doch ich steckte nur immerzu im Rathaus. Stundenlang fror sie in der Kälte. Dann gab sie enttäuscht auf und versucht nun, von mir wenigstens einen Teil des Geldes zu bekommen.

Maria dachte an den einsamen Gast des *Goldenen Adlers*, den Herrn, der nach Jan gefragt hatte. Seit dem kurzen Gespräch damals hatte sie ihn nicht mehr gesehen. War das der Hafenmeister gewesen? Oder einer seiner Gehilfen? Möglicherweise hatte er zuerst auf eigene Faust nach Jan gesucht.

Ich hätte Jan davon berichten müssen. Stattdessen habe ich mich von seinem großspurigen Gerede überzeugen lassen. Jan ist in Gefahr. Ich muss ihn warnen. Mit Greitje sollte ich mich nicht länger aufhalten.

»Beenden wir das Feilschen«, sagte Maria. »Dafür hat keine von uns Zeit.«

Sie holte sechs Gulden aus ihrer Kammer. Dort war ihr Geld in einem Säckchen unter der Matratze verwahrt. Bevor der erste Kupferstich für das neue Buch in Auftrag gegeben werden konnte, würden nun noch mehr Wochen vergehen, aber daran wollte sie jetzt nicht denken. Sie zählte Greitje die Münzen in die Hand und bekam dafür die Skizze.

»Recht so, Frau Merian.« Greitje gab sich keine Mühe, ihren Triumph zu verhehlen. »Wir haben beide noch anderes zu tun.«

Winkend verließ sie die Wohnung. Sobald sie fort war, eilte Maria mit dem Zettel zum Tisch und holte ihr Schreibzeug hervor. Doch als sie das Tintenfässchen öffnen wollte, besann sie sich anders. Sie hatte keine Zeit, ihre Notiz trocknen zu lassen. Mit einem Silberstift schrieb sie auf die Rückseite des Porträts: *Das hängt in der Stadt aus. M.*

Den Zettel faltete sie zweimal, umhüllte ihn mit einem weiteren Blatt und verklebte das Ganze mit einem Klecks Wachs. Sodann schlüpfte sie in ihre Stiefel und eilte in die Gaststätte hinunter, wo der achtjährige Sohn des Wirts Krüge abtrocknete.

Maria drückte dem Jungen zwei Stüber in die Hand und gab ihm den Brief. »Gehe damit zum Haus von Thijs van

Berckenrode und gib es seinem Gast. Aber nur dem Gast, hörst du? Triffst du den nicht an, komme wieder damit zurück.«

Der Junge nickte, offenbar froh über den Verdienst, und versprach, gleich loszulaufen.

»Eile dich!«, sagte Maria.

Ihr selbst blieb nichts mehr zu tun. Sie konnte nur hoffen, dass ihre Warnung Jan rechtzeitig erreichte. Die dringend benötigte Ruhe fand sie nicht mehr. Sie brühte einen Tee auf, setzte sich an den Küchentisch und starrte an die gekalkte Wand, zu keiner sinnvollen Beschäftigung fähig. Was wäre unter diesen Umständen auch sinnvoll?

Wieder einmal reist einer von uns ohne Abschied ab. Es wäre ja auch zu schön gewesen, um wahr zu sein. Ein Haus an einer Gracht wollte Jan kaufen! Hätte er mir das geschrieben, hätte ich es für einen Scherz gehalten. Aber aus seinem Mund von den Plänen zu hören hat mich überzeugt. Seine Zuversicht war so ansteckend.

Als die Glocken zwei Uhr schlugen, betrat Dorothea die Küche.

»Habe ich verschlafen? Ach, Mutter, du bist auch noch nicht fertig.« Sie schenkte sich Tee aus der Kanne ein. »Der ist ja kalt.«

Maria schüttelte sich, als wollte sie einen schlechten Traum loswerden. »Ich muss im Sitzen wieder eingenickt sein. Nun denn, machen wir uns fertig.«

Die nächsten Stunden erlebte sie, als stünde sie hinter einer Gardine und beobachtete nur, was eine Frau tat, die ihren Namen trug. Manchmal war ihr alles klar und deutlich, dann wieder fehlten ganze Momente. Haare wurden aufgesteckt und Miederhaken geschlossen. Mit Dorothea betrat Maria das Rathaus, doch was war auf dem Weg dorthin passiert? Der Bürgermeister hielt eine Rede. Wein wurde gereicht.

Maria trank ihn aus, durstig, weil sie den Tee hatte stehen lassen. Leute scharten sich um sie und drängten einander fort. Sie hatten so viele Fragen.

»Was ist das für eine Spinne?«

»Was macht man mit dieser Pflanze?«

Um sie herum roch es nach Parfüm und dem Lavendelduft von Kleidern, die die meiste Zeit des Jahres über im Schrank lagen. Hin und wieder erreichte Maria eine Atemwolke, die nach Zahnfäule stank. Man kam ihr nahe, wollte den Lärm der anderen übertönen.

»Kann man die Frucht auf dem Bild dort verspeisen?«

»Ja, kann man«, sagte Maria. Wenigstens die Erinnerungen an Surinam konnte sie zuverlässig abrufen. »Das ist eine Batate. Man dünstet sie und isst sie zu Fleisch. Ihr Geschmack ähnelt dem von Kastanien.«

Zu einem späteren Zeitpunkt würde sie sich über das Interesse freuen und die Aufmerksamkeit im Nachhinein genießen.

Eine Ausstellung im Amsterdamer Rathaus! Wer hätte mir das noch vor ein paar Jahren zugetraut?

Maria bat um Wasser. Als ein Diener kam und mit seinem Tablett die Belagerung durchbrach, erhaschte Maria freie Sicht auf einen Herrn mit kurzem Haar. Er stand am anderen Ende der Galerie. Marias Augen sahen schon lange in die Ferne nicht mehr scharf, und seit der Rückkehr aus Surinam hatten sie sich noch einmal verschlechtert. Trotz dieser Einschränkung stach der Herr für sie aus der Masse der anwesenden Männer heraus, weil er keine Perücke trug. Bis auf die Diener hatte jeder eine auf. Man wollte zeigen, wie bedeutend man war, und hatte sein Personal für diesen Anlass frische Locken auf die mit gefärbtem Echthaar bestückten Kappen nähen lassen. Wer sich der Perückenmode widersetzte, wollte entweder herausstechen, sich als Mann vom Land präsentieren, oder er war noch nicht dazu gekommen, sich eine standesgemäße zweite Haarpracht fertigen zu lassen. Der Herr drehte Maria den Rücken zu und betrachtete eine ausgestopfte Schlange. In der linken Hand hielt er einen wollenen Umhang und den rechten Arm ließ er dicht am Körper, als wollte er ihn schützen. Zweifellos war das Jan.

Marias Herz klopfte wild.

Hat er meine Nachricht nicht erhalten?

Sie begann zu zittern und schnappte nach Luft. Maria musste hinaus und Jan mit sich ziehen, schnell, sofort. Doch schon wieder wollte eine Dame etwas wissen. Sie sprach Maria von der Seite an und schob sich vor sie, versperrte ihr den Weg.

»Verzeihung«, brachte Maria heraus. »Ich muss …« Sie deutete zur Tür.

Durch diese trat gerade ein älterer Mann mit strengem Blick. Er trug Hose, Hemd und schwarze Weste. Auch auf seinem Kopf fehlte die Perücke, aber bei ihm mochte das praktische Gründe haben. Jederzeit konnte er zu einem Patienten gerufen werden, da wären schwere, falsche Haare hinderlich.

»Ah, Herr Ruysch!«, rief die Dame.

Sie ging, um ihn zu begrüßen, und ihre Freundin folgte. Die anderen blieben stehen, wandten sich aber sämtlich zu dem berühmten Arzt um. Maria nutzte das, um zu entkommen. Mit schnellen Schritten erreichte sie Jan.

»Hast du nicht gelesen, was ich dir geschrieben habe?«, flüsterte sie.

»Doch.« Mit einem Finger fuhr er über die Haut der Schlange. »Wer hat dir die gefangen?«

»Aderi.«

»Sie ist gar nicht hier.«

»Eine Erkältung beutelt sie. Das Winterwetter setzt ihr zu. Aber nun geh!«

Aus dem Augenwinkel sah Maria, wie eine neue Gruppe Besucher hereinkam. Gleich würde wieder jemand etwas von ihr wollen. Sie bückte sich zu der Pfefferpflanze, die neben der Schlange auf einem Schemel stand, und gab vor, die Erde um das Stämmchen festzudrücken.

»Mein Bild war stümperhaft gezeichnet, findest du nicht?«, fragte Jan.

»Das spielt doch keine Rolle. Um dich darauf zu erkennen, genügt es. Der Bart, den du jetzt trägst, ist nicht genug Maskerade.«

»Aber ich will mich gar nicht verstecken. Sonst hätte ich auch meinen Namen gewechselt.«

»Du verkehrst weiterhin unter Jan de Jong?«

»So heißt hier jeder Fünfte. Jan Trip van Berckenrode hat einen Sohn, einen aufgeweckten Burschen, und natürlich bekam der den Namen des Vaters. Aber um sie zu unterscheiden, nennt man ihn de Jong.«

»Den Jüngeren«, murmelte Maria auf Deutsch.

Sie richtete sich auf, weil ihr Rücken schmerzte.

»Blass bist du heute«, sagte Jan besorgt.

»Weil deine Tollkühnheit mich ängstigt. Bitte verschwinde doch einfach!«

»Du sorgst dich grundlos. Dreißig Gulden!« Er lachte. »Für die Leute, mit denen ich jetzt Geschäfte mache, lohnt sich das doch gar nicht. Auch nicht für die Besucher hier. Und weißt du, was ich in der Bank eingezahlt habe? Das Hundertfache.«

»Aber der Hafenmeister sucht dich.«

»Wegen irgendeiner alten Sache, vielleicht sind noch Zollabgaben offen, was weiß ich. Jede Forderung könnte ich spielend begleichen.« Er rückte näher an Maria, sodass ihre

Schultern sich berührten. »Ich wäre doch gar nicht hier, wenn ich ängstlich handelte. Man muss das Risiko gegen den Gewinn abwägen, das habe ich von den Kaufleuten gelernt.« Er deutete auf die Schlange. »So ein schönes Tier. Die solltest du weiter in die Mitte platzieren.«

»Warum siehst du sie dir nicht morgen an?« Tränen der Verzweiflung stiegen Maria in die Augen.

»Wenn du nicht mit mir gesehen werden willst …« Jan rückte von ihr ab. »Ich wollte nur deinen Erfolg mit dir feiern. Einige der Schmetterlinge haben wir zusammen gefangen.«

Wie könnte ich das vergessen?

»Morgen, ja?«, fragte Maria. »Morgen werde ich dich bei den van Berckenrodes besuchen.«

Sie legte eine Hand auf Jans Rücken und versuchte, ihn Richtung Ausgang zu dirigieren. Doch ihr fehlte die Kraft. Eine Dame blickte zu Maria herüber und tuschelte mit einer anderen. Redeten sie über Jan?

»Warte!«, sagte Maria. »Es soll nicht aussehen, als ob ich dich wegschickte. Spaziere noch ein wenig herum, bevor du den Raum verlässt.«

Sie hatte auf einmal das Gefühl, sich mit jedem Wort und jeder unbedachten Geste verraten zu können.

Jan mag über die Nerven verfügen, sich unter seine ehemaligen Widersacher zu mischen, aber für mich ist das zu viel. Ich kann es nicht mit ansehen.

Wenigstens tat Jan, worum sie gebeten hatte. Die Hände hinter dem Rücken verschränkt, spazierte er herum, machte anderen höflich Platz und bewegte sich allmählich auf den Ausgang zu. Als er endlich durch die Tür war, klebte Marias Bluse schweißnass an ihrem Körper.

Die Dame, die getuschelt hatte, kam nun auf Maria zu, ihre Freundin im Schlepptau.

»Verraten Sie mir …«, begann sie.

Ihre Züge waren seltsam verschwommen.

»Oh«, sagte die andere. Ihre Stimme klang dumpf, als spräche sie in ein Fass hinein. »Schnell, einen Stuhl!«

Etwas wurde hinter Maria geschoben. Hände fassten ihre Schultern, keinen Augenblick zu früh. Marias Beine gaben nach, und vor ihren Augen wurde es schwarz.

Ein neuerlicher Fieberschub zwang Maria ins Bett. Den weiteren Erfolg ihrer Ausstellung musste sie auf Kissen gestützt feiern. Ein Trost waren dabei die Briefe und kurzen Nachrichten, die Dorothea ihr allabendlich vorlas.

»Ein Herr aus London schreibt dir«, sagte sie. »Sogar dort hat man von deiner Reise vernommen. Er fragt, ob du Präparate verkaufst. Wir sollen ihm eine Aufstellung schicken und unsere Preise nennen. Außerdem ist eine weitere Vorbestellung für das Surinambuch hereingekommen. Somit haben wir schon fünf.«

»Vielleicht kommen noch welche aus Deutschland hinzu. Dann machen wir eine Ausgabe in unserer Muttersprache, wie wäre das?«

»Das wären zusätzliche Kosten.« Dorothea schüttelte den Kopf. »Wer die niederländischen Texte nicht versteht, kann doch die lateinische Ausgabe kaufen. Unsere Kunden sind alle gebildet.«

»Ja, aber sie sollen das Buch herumzeigen, wenn sie Besuch haben. Kinder werden die Tafeln lieben. Stell dir vor, ein kleines Mädchen bestaunt die Schmetterlinge, und dann geht es hinaus in den Garten, um selbst Raupen zu suchen …«

»Wie du früher, Mutter.« Dorothea blätterte durch die Korrespondenz. »Hier haben wir Genesungswünsche vom Bürgermeister.«

»Lade ihn bitte ein.«

»Du bist noch nicht in der Lage, Besuch zu empfangen.«

»Aber ich muss mit ihm sprechen.«

»Sobald du gesund bist.« Dorothea machte ein strenges Gesicht. »Trink nun deinen Kamillentee.«

Sie hat ja recht. Wenn ich wieder zusammenbreche, ist Jan damit nicht geholfen. Außerdem segelt er bestimmt schon längst wieder gen Madeira. Mit seinem Erscheinen im Rathaus wollte er mich beeindrucken, aber später wird er sich meine Worte zu Herzen genommen haben. Er wird sich zurückgezogen haben, bis Gras über die Sache gewachsen ist – was auch immer für eine Sache das ist. Für den Fall, dass er zu früh wiederkommt, muss ich Vorkehrungen treffen. Jan glaubt, er habe einflussreiche Freunde, aber damit überschätzt er sich. Kaufleute beherbergen einander, das ist gang und gäbe. Die feinen Herrn müssten sonst in denselben Gasthäusern schlafen wie ihre Kutscher. Doch bloß weil man jemanden aufgrund eines Empfehlungsschreibens aufnimmt, ist er noch kein Freund. Geschäftsbeziehungen kühlen schneller ab als ein Pudding im Schnee. Wenn jemand zu Jans Gunsten Einfluss nehmen kann, dann ich.

Eine Woche später, noch immer blass um die Nase, saß Maria vor dem Bürgermeister.

»Danke für den Termin«, sagte sie. »Auch bin ich weiterhin sehr froh darüber, unter Ihrem Dach ausstellen zu dürfen.«

»Ihre Fundstücke schmücken unsere Räume, Frau Merian.«

Eine Reihe weiterer Höflichkeiten wurde ausgetauscht, dann ordnete Herr Witsen die Papiere auf seinem Schreibtisch. Es war das Zeichen, dass man nun zur Sache kommen konnte.

»Weshalb ich hier bin«, sagte Maria. »Wie Sie sicherlich wissen, unternahm ich die Surinamreise auf eigene Kosten und musste mich selbst in der Fremde zurechtfinden. Hätte ich dabei keine Hilfe gehabt, wäre ich kläglich gescheitert. Mein größter Unterstützer befindet sich nun in einer misslichen Lage.

Er ist weit gereist, hat in unterschiedlichen Ländern gelebt. Man kann wohl sagen, er ist ein Kosmopolit. Grenzgänger wie er geraten bisweilen zwischen die Fronten.« Sie zögerte, aber der Bürgermeister machte keine Anstalten, ihr zuzustimmen.

»Sollte mein Freund Schuld auf sich geladen haben, findet sich bestimmt eine Möglichkeit der Wiedergutmachung«, fuhr Maria fort. »Hat er doch dazu beigetragen, eine Ausstellung zu ermöglichen, von der sogar schon im Ausland gesprochen wird. Sie sind Direktor der Ostindischen Kompanie, Herr Witsen, und zur Westindischen haben Sie auch gute Verbindungen, darum bitte ich Sie, legen Sie ein gutes Wort für meinen Freund ein.«

Der Bürgermeister unterdrückte ein Gähnen. »Um wen geht es überhaupt?«

»Um Jan de Jong.«

»Den Sohn der van Berckenrodes?«

»Natürlich nicht. Der ist doch noch ein Kind.«

»Den Böttcher am Dam? Den Kapitän? Den …« Der Bürgermeister rieb die Schreibfeder zwischen den Fingern und schien zu überlegen, welche Jan de Jongs er noch kannte.

»Um den, den Sie suchen«, sagte Maria ungeduldig. »Gegen eine Belohnung von dreißig Gulden.«

»Da müssen Sie sich täuschen.«

»Ich habe das Plakat gesehen.«

»Aber wir suchen keine Person dieses Namens.«

»Nein? Früher war er Schmuggler.«

So, nun ist es raus.

Der Bürgermeister seufzte. »Wer schmuggelt nicht? Ich sage Ihnen ganz ehrlich: Unterbinden könnte das nur der Herrgott allein. Kleine Leute agieren heimlich, große öffentlich. Die Gewinne, die uns dadurch entgehen, preisen wir ein. Das Genick bricht uns das nicht. Da gibt es andere Gefahren.

Sollte Philipp den spanischen Thron an sich reißen, wird unsere Nation zerquetscht wie eine Fliege.«

Dies war der Auftakt zu einem längeren Monolog über Politik. Maria rutschte in ihrem Stuhl zurück.

Die Kompanie ist also nicht hinter Jan her? Wer sucht ihn dann? Mir fällt nur einer ein. Dieser Feind könnte noch gefährlicher sein. Hoffentlich ist Jan schon weit weg.

Samt und Seide

Maria saß über dem Text zu der Tafel, die eine Vanillepflanze darstellte.

Von der Vanillepflanze gibt es zwei Arten in Surinam. Die hier abgebildete klettert wie Efeu an den höchsten Bäumen empor. Man verwendet das Mark der Vanilleschote für Schokoladentrank. Wie schade es ist, dass sich in Surinam niemand um die Kultivierung dieser Pflanze kümmert. Überhaupt machte sich außer mir keiner die Mühe, die Schätze dieses fruchtbaren Landes zu finden. Alles Interesse gilt nur dem Zucker.

War das zu provokant? Ach was, das konnte sie sich herausnehmen. Maria stippte die Feder in die Tinte, als es an der Tür klopfte. Seit die Ausstellung im Rathaus zu sehen war, hatten Maria und Dorothea die Wunderkammer in ihrem Wohnzimmer aufgelöst, und in ihre Wohnung war wieder deutlich mehr Ruhe eingekehrt. Wer nun Maria daheim aufsuchte, wollte womöglich eine Vorbestellung machen oder hatte einen Auftrag für sie. Mit ihrem gewinnendsten Lächeln öffnete sie.

Die Dame, die vor ihr stand, wirkte, als verfügte sie über Geld. Sinn für Schönheit musste sie auch haben, denn ihre

Garderobe war sorgfältig zusammengestellt. Perlen schmückten Hals und Ohren. Ihr Haar wurde von einer Haube bedeckt, die mit Rüschen umrandet war, und die gleiche Spitze fand sich an ihren Ärmeln wieder. Derart beeindruckt war Maria vom Aufzug der Dame, dass sie das Gesicht nicht gleich erkannte.

Die Besucherin brach das Schweigen. »Maria? Erinnern Sie sich an mich? Bei unserer letzten Begegnung war ich weniger fein gekleidet.« Sie machte eine Bewegung, als hüllte sie sich in eine Decke.

»Emma!«, rief Maria.

Die alte Freundin nickte.

»Ach, wie schön!« Maria herzte sie. »Gut sehen Sie aus. Noch besser als früher, meine ich.«

»Das sollte ich auch, so fürstlich wie ich meine Zofe bezahle. Gutes Personal zu finden ist auch in Russland nicht einfach.«

»Also haben Sie es doch noch ins Zarenreich geschafft?«

»Ja, wie ich berichtete. Erreichte Sie mein Brief denn nicht?«

»Johanna sagte, Sie schrieben aus Deutschland und bedankten sich für den Pelz.«

»Ja, aber danach?«

»Nein, nach diesem kam kein Brief mehr an.«

Emma seufzte. »Das Postsystem muss Peter auch noch verbessern.«

»Sagen Sie bloß, Sie sind nun seine Mätresse?«, fragte Maria.

»Ganz so weit habe ich es nicht gebracht. Mit einem seiner Ärzte bin ich verbandelt, einem anständigen Mann, der keinen Tropfen Schnaps anrührt. Hätte ich den Guten doch schon früher getroffen!«

Maria lächelte. »Wenn ich mich recht erinnere, setzten Sie alles auf Peter.«

»Jugendliche Dummheit war das von mir. Mit einem Arzt an seiner Seite lebt es sich viel angenehmer. Die Gefahr, von Intriganten vergiftet zu werden, ist geringer, und Reisen kann man ohne lästigen Tross. Wir haben jetzt nur ein Dutzend Männer dabei. Mehr können wir unseren Gastgebern auch nicht zumuten. In diesen Grachtenhäusern ist es eng. Die Soldaten wollten Zelte in den Gärten aufschlagen und Feuer entzünden. Das wurde ihnen untersagt. Stattdessen teilten wir die Männer auf drei verschiedene Häuser auf. Bei den van Berckenrodes mussten die Bediensteten ausziehen. Aber das taten sie gern. Es ist alles eine Frage der angemessenen Entschädigung.«

»Bei den van Berckenrodes wohnen Sie?«

»Ich selbst wohne bei ihren Nachbarn.«

»Aber dann trafen Sie vielleicht trotzdem noch einen Herrn …«

»… de Jong?«

»Ja, aber nicht van Berckenrodes Sohn …«

»Freilich, Sie meinen den Herrn, der mich galanterweise gleich selbst hierhergeführt hat. Von ihm habe ich erfahren, welch waghalsige Abenteuer Sie unternehmen. Surinam, ist das zu glauben? Sie haben es auf eigene Faust erreicht, wobei Peter Sie nicht unterstützte.« Emma legte Maria vertraulich eine Hand auf den Arm. »Zaren werden überschätzt, oder? Obschon Peter mit den Jahren weniger knauserig geworden ist. Sonst hätte er meinen Gatten und mich schließlich nicht auf Einkaufstour geschickt. Kunst sollen wir für ihn kaufen, und wenn wir können, Handwerker und Baumeister abwerben. Sagen Sie, kennen Sie welche, die gewillt wären, ihre Heimat zu verlassen?« Emma machte eine Pause, um Marias Antwort abzuwarten.

Doch Maria stand nur wie vom Donner gerührt da.

»Maria«, sagte Emma. »Sie haben mir wohl nicht zugehört.«

»Jan ist immer noch hier?!«

»Ja, unten. Ich möchte heute Vormittag einen Tuchhändler und Schneider aufsuchen. Mein Gatte hat andere Termine, und da bot Jan an, mich zu begleiten. Er sagt, Sie bräuchten ebenfalls neue Garderobe. Aber warum kommt er nicht herauf? Ich rufe ihn.«

Sie trat zurück ins Treppenhaus.

»Nein, warten Sie«, sagte Maria. »Er soll bleiben, wo er ist. Gehen wir zu ihm. Ich muss mich nur rasch ankleiden.«

Sie suchte Schultertuch und Handschuhe zusammen und vergeudete einige Zeit bei der Suche nach dem Geldbeutel. Wo hatte sie den gestern hingelegt? Wütend wegen Jans Leichtsinnigkeit konnte sie kaum klare Gedanken fassen.

Was macht der Kerl immer noch in der Stadt? Da werde ich krank vor Angst, gehe zum Bürgermeister, um für ihn zu sprechen, bange um sein Leben, und er vergnügt sich einfach weiter.

Endlich fand sie den Geldbeutel in ihren Schnürstiefeln und konnte der Freundin auf die Straße folgen. Emma war mit zwei Kutschen gekommen. Das zusätzliche Gefährt brauchte sie für ihre Entourage, drei Soldaten, die für ihre Sicherheit sorgen und die Einkäufe bewachen sollten.

»Denn ich werde mich nicht mit einem Spitzentüchlein begnügen«, sagte Emma. »Wenn ich schon einmal wieder hier bin, muss es sich lohnen.«

In der ersten Kutsche saß Jan. Maria nahm neben ihm Platz und nickte ihm kühl zu. Er wollte ihre Hand küssen, aber sie entzog sie ihm.

»Genieren Sie sich nicht«, sagte Emma, die das falsch deutete. »Vor mir brauchen Sie Ihre Liebe nicht zu verbergen. Dass an Ihren Fingern keine Eheringe stecken, soll mich nicht kümmern.« Sie drehte an ihrem, den ein Rubin zierte. »Meine Hochzeit mit Michail war eine nüchterne Angelegenheit. Peter hält nichts von Religion und Kirche. Aber wenn ich es mir aussuchen könnte, würde ich gern noch einmal katholisch heiraten. Wissen Sie, dass es hier versteckte Kirchen gibt? Die befinden sich in Hinterzimmern und auf Dachböden. Klein sind die Zusammenkünfte, die dort stattfinden, aber es gibt alles: einen richtigen Altar, Bildnisse der Jungfrau Maria und oft sogar einen Beichtstuhl.«

Maria sagte, davon habe sie gehört, Johanna habe einmal eine dieser Kirchen im Jordaan besucht. Für weiteren Plausch war sie jedoch zu aufgebracht. Während der Fahrt ließ sie Emma reden. Maria kochte innerlich. Ihre Wut war unvermindert, als sie am Haus des Schneiders ankamen.

An ihren Handschuhen nestelnd, ließ Maria Emma den Vortritt. Sie hörte, wie die Deutsche von jemandem begrüßt wurde und die Soldaten der zweiten Kutsche anwies, keinesfalls das Gefährt zu verlassen. Sie wolle nicht wieder alle Schenken nach ihnen absuchen müssen. Maria blieb sitzen.

»Ich komme gleich nach!«

»Du zürnst mir«, sagte Jan. »Weshalb? Du wolltest mich bei den van Berckenrodes besuchen und bist nicht erschienen.«

»Ich lag mit Fieber im Bett. Außerdem hoffte ich, du besäßest Sinn und Verstand und würdest die Stadt verlassen. Ach, was sage ich, das Land, den Kontinent.«

»Wegen des Gesuchs? So eins kann jeder auf einen Zettel schmieren, um dir Angst zu machen. Hast du der Person, die es dir brachte, Geld gegeben?«

Maria nickte.

»Dann ist ihr Plan aufgegangen«, sagte Jan. »Aber gräm dich nicht. Wir alle tun mal etwas Dummes. Lass uns nun ein schönes Kleid für dich in Auftrag geben.«

Er legte ihr eine Hand auf den Rücken, langsam, als wäre sie ein Pferd, das scheuen könnte. Seine Finger spielten eine Melodie. Als Junge hatte er Orgelunterricht gehabt. Maria erkannte »Die winter is verganghen«, eine niederländische Weise, die sie mit den Labadisten in Surinam gesungen hatte. Nun wiederholte er den Rhythmus auf ihr, sanft die Stelle zwischen den Schulterblättern lockernd, die sich beim Zeichnen stets verspannte.

»Die Kompanie sucht dich nicht, das weiß ich inzwischen«, sagte Maria. »Aber im *Goldenen Adler* hat ein Herr auf dich gelauert. Was könnte der gewollt haben?«

Jan winkte ab. »Eine persönliche Sache wahrscheinlich.«

»Zwischen Herrn Sanders und dir?«

Jan wirkte verblüfft.

»Ja«, sagte er schließlich. »Als du Sanders gebeten hast, deine Nachricht an mich weiterzuleiten, witterte er seine Chance, mich persönlich zu erwischen.«

»Da glaubte ich noch, er verfolge dich im Auftrag der Kompanie. Dein Porträt wollte er von mir haben. Gegeben habe ich es ihm nicht, doch bei seinem letzten Besuch in Paramaribo hat er es mir gestohlen.«

»Maria!«, rief Emma. »Wo bleiben Sie? Wir haben den Schneider nur bis zwölf Uhr. Er ist ein gefragter Mann.«

»Wir kommen«, rief Maria zurück.

Zu Jan sagte sie: »Ich muss wissen, worum es bei dieser persönlichen Sache geht. Sonst bringe ich dich wieder unwillentlich in Gefahr. Hättest du mich vor Herrn Sanders gewarnt, hätte ich niemals zugegeben, dich zu kennen.«

»Er hat uns wieder zusammengebracht. Ohne diese Nachricht wäre ich erst viel später nach Surinam gefahren. Womöglich hätten wir uns verpasst.«

»Ich habe die ganze Zeit gehofft, du würdest ihm entwischen.«

»Und das bin ich ja auch.«

»Ihr liefert euch ein Katz-und-Maus-Spiel.«

»Ein Nagetier schimpfst du mich?« Jan presste einen Daumen in Marias Schulter, genau auf einen knotigen Muskel.

Sie schrie auf. »Au! Die Katze bist du jedenfalls nicht.«

»Wir sind eher wie Adler und Schlange«, erwiderte Jan.

»Natürlich. Treffen die aufeinander, muss einer von ihnen sterben – nur wer, ist unklar bis zuletzt. Ich will nicht, dass du derjenige bist. Es wäre meine Schuld. Du hättest ja einfach auf La Tortuga bleiben können.«

»Für dich begebe ich mich gern in Gefahr. Nun lass uns den Schneider beehren.«

»Dafür bin ich wirklich nicht in der Stimmung. Lieber würde ich …«

Doch in diesem Moment wurde die Kutschentür von einem Diener geöffnet. Der Mann verbeugte sich tief. Seine Jacke berührte beinahe den Boden, auf dem ein Teppich ausgerollt worden war, ein Läufer mit orientalischem Muster, edel schimmernd. Hatte man etwa Seide in den Straßendreck gelegt, damit Maria darübergehen konnte?

Jan stieg aus und bot ihr den Arm. An seiner Seite schritt sie über den Teppich. Der Diener überholte eilig, um ihnen die Tür zum Geschäft des Schneiders aufzuhalten. Emma folgte.

Drinnen wurden sie von einem kleinen, dicken Mann mit extravaganter Perücke empfangen. Nicht nur falsches Haar krönte den Schneider, auch bunte Bänder und in Gold gefasste Edelsteine waren darin verarbeitet. Die Pracht duftete aufdringlich nach Jasmin.

»Seien Sie willkommen, mein Name ist Vlaam Verhoeven.« Er deutete das Kopfnicken nur an, wohl aus Sorge um den Sitz der Preziosen auf seinem Kopf.

»Das ist meine Freundin, Frau Merian«, sagte Emma.

Herr Verhoeven maß Maria mit den Augen aus und klatschte in die Hände.

»Natürlich«, flötete er. »Für Sie habe ich den samtenen *Manteau* gemacht. Als ich ihn schneiderte, kannte ich Sie zwar noch nicht, aber nun hat Sie der Himmel hergeschickt.«

Er führte Maria zu einem dunkelgrünen Kleid mit gerafftem Rock und hellerem Unterrock, das mit Blüten und Ranken bestickt war.

»Alle Verzierungen sind in Seide gearbeitet«, sagte Herr Verhoeven. »Auch das Futter haben wir daraus gefertigt. Fühlen Sie bitte.«

Er hob den Unterrock an. Mit einem Finger strich Maria über den Stoff. Es war, als streichelte sie den Wind.

»Wunderschön«, sagte sie. »Aber viel zu edel für meine Zwecke.«

Damit handelte sie sich wortreichen Widerspruch ein.

Das Kleid sei ursprünglich für eine italienische Herzogin gefertigt worden, doch die Dame kam bei einem Kutschenunfall ums Leben, und nach ihrem tragischen Tod habe Herr Verhoeven die Familie nicht mehr mit der Rechnung belästigen wollen. Aber nun sei ja Maria gekommen. Sie habe eine ähnliche Statur, und das Grün würde ihre Augen zum Strahlen bringen. Ob sie das Kleid einmal anziehen wolle?

»Eigentlich dachte ich wirklich an etwas Schlichteres«, sagte Maria.

»Haben Sie Mut zum Luxus. Ich weiß, das Stück ist außergewöhnlich, derlei sieht man in Amsterdam nur bei mir.«

»Geben Sie ihr einen Moment«, sagte Emma. »In der Zeit könnten Sie mir zeigen, welche Damaststoffe Sie führen. Ich dachte an etwas für einen hübschen *Manteau de lit*, für Abende am Kamin.«

»Damast bewahren wir nebenan auf«, sagte Herr Verhoeven.

»Wir haben letztes Jahr das Nachbarhaus gekauft, weil das Lager aus allen Nähten platzte.« Er wartete, ob Emma das Wortspiel bemerken würde, und lachte dann selbst darüber. »Handschuhe brauchen Sie sicher auch. Und wie steht es mit einer Pelzstola? Aber was bin ich unhöflich! Zuerst wollen wir uns erfrischen.«

Bei diesem Stichwort verschwand der Diener und kehrte mit einer Flasche zurück, deren Korken mit Kordeln am Hals gesichert war.

»Die neueste Köstlichkeit«, sagte Herr Verhoeven. »Ein französischer Mönch stellt diesen *Vin de Champagne* her. Eigentlich könnten wir gar nicht davon kosten, denn der Transport ist untersagt. Allzu oft explodieren die Flaschen. Aber diese hat es trotzdem zu uns geschafft.«

Der Diener hantierte mit dem Verschluss und wandte sich ab. Mit einem Knall schoss der Korken aus der Flasche an die Decke. Geschickt ließ der Diener die überschäumende Flüssigkeit in Kristallkelche laufen, die auf einem Tischchen bereitstanden. Herr Verhoeven verteilte sie an die Anwesenden und hob seinen.

»Santé!«

Maria kostete das Getränk. Es perlte fein an den Lippen, prickelte im Mund und hinterließ dort ein Gefühl, als hätte man herzlich gelacht.

»Hüllen wir Sie in unseren Damast.« Herr Verhoeven führte Emma Richtung Tür. »Goldgelb würde Ihnen stehen, *jaune*, wie die Franzosen sagen, das kann nur tragen, wer einen solch wunderbaren Hautton hat wie Sie …«

Der Diener eilte ihnen hinterher. Die zufallende Tür schnitt Herrn Verhoevens Worte ab.

»Der redet, bis man ihm aus purer Erschöpfung etwas abkauft.« Maria stellte ihr Glas wieder auf das Tischchen.

»Probiere das Kleid«, bat Jan. »Nur für mich.«

»Du bist mir noch eine Antwort schuldig. Was ist das Persönliche zwischen dir und Herrn Sanders?«

»Gerrit Sanders macht mich für den Tod seines Bruders Dirk verantwortlich.« Jan umrundete das Kleid. »Sieh mal, wie raffiniert es hier über der Brust mit Häkchen geschlossen ist. Mit denen helfe ich dir.«

Maria ging nicht auf die Ablenkung ein. »Du musst schon genauer werden«, sagte sie. »Ich will jetzt alles wissen.«

Jan seufzte lautlos. »Es ist eine hässliche Geschichte. Wir schmuggelten zusammen, Dirk und ich. In den ersten Jahren war auch Gerrit mit von der Partie, aber dann kaufte er sich mit Geld aus dem Erbe seiner Eltern in Surinam ein. Dirk suchte sein Glück weiterhin auf See. Das Schmuggeln war lohnend, wenn man mit seinem Schiff durchkam. Doch wurde man vom Militär abgefangen, verlor man alles.«

»Ist euch das passiert?«

Jan nickte. »In dem Sommer, als ich auf dem verlassenen Hof war, besaß ich nichts mehr. Kurz vor der niederländischen Küste hatten uns zwei Fregatten angegriffen. Da wir weit in der Unterzahl waren, kämpften wir nicht, sondern retteten uns allesamt mit dem Beiboot nach Texel. Unsere Gruppe löste sich auf. Einige schlossen sich Piraten an, aber Dirk und ich waren früher Freibeuter gewesen, angesehene Männer mit gutem Auskommen. Dahin wollten wir zurück, Dirk, weil er Kapital brauchte, um seinem Bruder nach Surinam zu folgen, ich wegen dir, um dir etwas bieten zu können und mich nicht mehr verstecken zu müssen. Also boten wir der Kompanie an, ihre Schiffe auf der Atlantiküberquerung zu schützen. Schließlich kannten wir die Routen und wussten besser als alle anderen, wo Gefahr lauerte.«

Maria schüttelte den Kopf. »Eine kühne Idee.«

»Wir gingen umsichtig vor. Zuerst schrieben wir der Kompanie. Als wir Antwort erhielten, trafen wir uns mit einem Mittelsmann. Ihn baten wir um einen Vorschuss, um ein neues Schiff kaufen zu können.«

»Bekamt ihr den?«

»Das frage ich mich bis heute. Von einem Tag auf den anderen war Dirk verschwunden. Er muss sich allein mit dem Mittelsmann getroffen haben. Wollte er mich prellen und den Vorschuss für sich behalten? Oder war ich mit dir zusammen, als er mich suchte, und er wollte nicht abwarten? Jedenfalls lief er in eine Falle. Das erfuhr ich aber erst später von Seeleuten, die es wiederum von Wärtern wussten. Dirk wurde gefangen genommen und gefoltert. Die Kompanie hatte anscheinend nie vorgehabt, uns zu bezahlen. Stattdessen wollten die Kaufleute aus Dirk Hinweise zu Piratenverstecken herauspressen. Sie glaubten, die Gesetzlosen seien ähnlich gut organisiert wie sie. Ein Irrtum. Jedes Schiff fährt für sich, es gibt keine Absprachen geschweige denn so etwas wie eine Piratenkompanie. Dirk konnte ihnen nichts sagen. Er starb unter der Befragung.«

»Als du damals bei dem Protest der Witwen vor der Kompanie geflohen bist …«

»… da suchten sie nach mir. Ich hatte mich noch von dir verabschieden wollen. Das wäre mir beinahe zum Verhängnis geworden.«

»Wenn das so ist, verstehe ich noch weniger, wie du nun ruhigen Blutes in der Stadt herumspazieren kannst!«

»Ich sage dir doch, das ist Jahre her. Die Kompanie hat längst gemerkt, dass über den Kapitänen der Piraten keiner mehr steht. Dumm eigentlich. Täten die Piraten sich zusammen, könnten sie längst die Macht über ganz Westindien haben. Aber dem ist nicht so. Sie planen immer nur bis zum nächsten Beutezug. Nein, die Kompanie ist nicht mehr an dem Jan von früher interessiert.«

Maria trank vom *Vin de Champagne*. Dringend brauchte sie etwas, das ihre galoppierenden Gedanken bremste.

»Man sucht dich also nicht wegen deiner Kaperfahrten?«

»Nein, denn ich habe nie niederländische Schiffe überfallen. Früher hätte der Hafenmeister mich wegen Schmuggelei drankriegen können, doch dabei wurde ich nie erwischt.«

»Aber warum ist Gerrit Sanders dann hinter dir her?«

»Dirk muss ihm vor seinem Tod geschrieben haben, dass wir bald Geld für ein neues Schiff hätten. Kurz darauf stirbt Dirk, und Jahre später segle ich durch die Karibik mit einem Trupp von Leuten um mich. Gerrit hat sich wohl seine eigene Version der Geschehnisse zusammengereimt und meint, ich sei ein Verräter. Richtig grün waren wir uns noch nie, er ist ein argwöhnischer Mann. Man sagte mir, seit seine Frau im Kindbett starb, benehme er sich noch schlimmer.«

Maria dachte an das Essen bei den van Dijks. Hatte Herr Sanders dabei nicht seinen Bruder erwähnt?

Den nahm nicht der Herrgott!

»Dass er sich schlimm aufführt, kann ich bestätigen«, sagte Maria. »Ein Paradies ist Surinam nicht mehr für ihn. Er lebt dort als einsamer Mann.« Sie dachte an die Sklaven in den Bäumen. »Und als grausamer.«

»Was mich betrifft, so liegt er falsch, und das kann ich ihm beweisen«, sagte Jan.

»Die Kompanie weiß, wie es war. Wenn er dort nachfragt …«

»Die würden niemals zugeben, jemanden für nichts zu Tode gequält zu haben. So etwas wird unter den Tisch gekehrt. Ich möchte wetten, sie haben nicht einmal Aufzeichnungen darüber.«

»Ach, Jan, das ist alles so verfahren! Seit Greitje bei mir war, lebe ich in Angst um dich. Herrn Sanders' Verhalten hat mich schon in Surinam beunruhigt. Doch nun setzt er auch noch Leute auf dich an.«

»Aber er will sie schlecht bezahlen. Dreißig Gulden, das sind ein paar Kisten von dem Trunk hier, mehr nicht.« Jan nahm einen großen Schluck. »Ich rette mich in höhere Kreise. Unter den Reichen bin ich sicher. Ins *Roseneck* werde ich nicht mehr gehen, aber die Stadt zu verlassen, fände ich übertrieben. Genießen wir einfach den Tag. Dort draußen wachen russische Soldaten. Soll sich mal einer mit denen anlegen.«

Um seine Worte zu unterstreichen, machte er eine Pause. Gelächter erklang von draußen, ein Aufschrei und wieder Gelächter. Anscheinend vertrieben sich die Soldaten die Zeit mit Würfelspiel. Der Gewinner würde später die erste Runde ausgeben. Gar nicht lange war es her, da hatte Maria vor Peters Riesen Angst gehabt. Jetzt wurden sie von ihnen beschützt. Wie schnell sich die Dinge änderten, wenn man die Gunst der richtigen Leute genoss.

Allianzen braucht es, da hat Jan wohl recht.

»Du liebtest mich nicht, wenn ich eine Krämerseele hätte«, sagte Jan. »Leute wie ich riskieren etwas und machen sich Feinde. Sterben kann man auf viele Weisen, denken wir nicht daran. Heute leben wir. Lass uns das feiern wie die Russen.«

Er nahm die Flasche vom Tischchen. Als er den Rest in Marias Glas leerte, wirkte seine Bewegung ungelenk. Er benutzte die linke Hand.

»Du hast Schmerzen, oder?«, fragte Maria. »Kämpfen kannst du nicht mehr.«

»Mein Arm wird heilen. Außerdem reicht meine Kraft, um Knöpfe und Schleifen zu lösen.« Er öffnete den Knoten von Marias Schultertuch. »Ist dir nicht warm?«

Doch, das musste sie zugeben. Herr Verhoeven ließ kräftig einheizen, damit seine Kundinnen bei der Anprobe nicht froren.

Jan hängte das Schultertuch über einen Stuhl, legte den Kopf schief und imitierte Herrn Verhoeven: »Gnädigste, das ist aber ein kratziger Stoff, solch einen kann nur jemand tragen, der so seidenweiche Haut hat wie Sie.«

»Hör doch auf.«

»Jetzt die Bluse.«

Jan küsste Maria und strich ihren Rücken entlang. Sie schloss die Augen und gab sich ihm hin, für einen Moment nur. Lautes Fluchen von draußen erinnerte sie wieder daran, wo sie sich befand.

»Wir können nicht … Gleich kommt jemand rein.«

»Es wird nur einer der Soldaten seinen letzten Stüber verloren haben«, sagte Jan. »Und deine Freundin braucht bestimmt ewig, um den richtigen Stoff zu finden. Außerdem tun wir ja nichts Verbotenes. Ich helfe dir nur bei der Anprobe.« Er deutete auf einen Vorhang, der einen Nebenraum abteilte. »Wie wäre es, wenn wir da hineingingen?«

»Wenn ich hineinginge, meinst du wohl.« Maria löste sich von ihm und schob ihn auf Armeslänge weg. Jan tat, als könnte er ohne sie nicht mehr stehen, und sank auf die Knie. »Du quälst mich.«

»Bleib, wo du bist«, sagte Maria streng. »Dann darfst du schauen.«

Sie huschte hinter den Vorhang und ließ einen Spalt zwischen den Samtbahnen, gerade breit genug, dass Jan sie sehen konnte. Langsam zog sie die Schnüre ihrer Bluse auf, wandte sich ab, lockerte den Ausschnitt und ließ ihn über eine Schulter fallen. Dabei gab sie vor, Jan nicht zu beachten. Aus den Augenwinkeln sah sie ihn immer noch knien. Er war gebannt. Das gefiel ihr.

»Hm, ich weiß nicht, ob ich ein neues Kleid möchte, und dann auch noch aus schwerem Stoff. Ob der wohl angenehm ist?« Sie zog Schuhe und Strümpfe aus, lüpfte ihren Rock und glitt mit dem Unterschenkel außen am Vorhang entlang. Ein übermütiges Lachen stieg in ihr auf, aber sie blieb in ihrer Rolle. Der Samt war weich wie Moos. Sie wollte mehr davon spüren, ihren ganzen Körper hineinschmiegen.

»Auf mich wirkt das Kleid sehr angenehm.« Jan musste sich räuspern, weil seine Stimme belegt war. »Da hilft nur anprobieren. Ich bringe es dir.«

Er sprang auf und nestelte an den Häkchen, mit denen das Kleid über dem hölzernen Leib der Puppe zusammenhielt. Aber die Aufregung machte ihn ungeschickt. Er verlor die Geduld und packte die Puppe an der Hüfte, um sie im Ganzen zu bringen.

»Keinen Schritt näher«, sagte Maria.

Jan gehorchte. Das gefiel ihr noch mehr. Aber dann bemerkte sie das schelmische Funkeln in seinen Augen.

»Wenn du mich verschmähst, vergnüge ich mich mit diesem Fräulein.« Er machte einen Schritt hinter die Puppe. Aufreizend langsam glitten seine Hände an ihr empor. »Obwohl ich glaube, sie hat kein Herz.« Er erreichte die Brüste. »Oder doch?«

Maria hielt den Atem an. Sie glaubte, seine Berührung zu spüren.

Im Nachbarhaus klappte die Tür. »Neunzig für die zwei Ballen, und die Handschuhe nehme ich auch. Ach, und das rote Kleid für meine Schwägerin. Mein Mann bezahlt gleich morgen«, rief Emma. »Wenn ich das nächste Mal länger in der Stadt bin, lasse ich auch bei Ihnen schneidern.«

Rasch zog Maria den Vorhang zu, gerade noch rechtzeitig. Die Tür des Ladens wurde geöffnet.

»Hartnäckiger feilschte man mit mir nur in Konstantinopel«, keuchte Herr Verhoeven. Er ließ etwas Schweres, Weiches fallen. »Darf ich das rote Kleid schon einpacken?«

Etwas raschelte, eine Schere klapperte, dann schien Herr Verhoeven innezuhalten und sich seiner zweiten Kundin zu erinnern.

»Benötigen Sie Hilfe, Frau Merian?«, fragte er.

Was sollte sie entgegnen, nun, da sie sich ja schon hinter dem Vorhang befand? Wohl oder übel musste sie anprobieren.

»Wenn Sie mir das Kleid reichen könnten«, rief sie. Spöttisch fügte sie hinzu: »Mein Begleiter scheiterte an den Haken.«

»Das mache ich schon«, sagte Emma. Wenig später schlüpfte sie zu Maria in das Halbdunkel, die Arme voll Stoff. »Hier, der Unterrock. Aber warum sind Sie barfuß?«

Maria murmelte etwas und zog ihre Schnürstiefel eilig wieder an.

Schon der Unterrock allein wog schwer. Im ersten Moment kühlte das Seidenfutter die Haut, aber dann nahm es ihre Temperatur an.

Maria sah an sich herunter.

»Seide fühlt sich herrlich an, nicht wahr?«, fragte Emma. »Von ihr berührt zu werden ist, wie einen schüchternen Liebhaber zu genießen.«

Augenblicklich wurden Marias Wangen warm, aber Emma schien ihr Erröten nicht zu bemerken. Sie hielt schon den *Manteau* bereit.

Die Ärmel ließen die Unterarme frei, aber für die gerafften Seitenteile und den Rücken hatte Herr Verhoeven viel Samtstoff verbraucht. Dieses Kleid war nicht für ausgelassene Tänzerinnen gemacht, sondern für königliche Schönheiten, die den Mittelpunkt einer Abendgesellschaft bildeten. Emma schloss die Häkchen, ordnete die Schleppe, hielt Maria den

Vorhang auf und leitete sie zu einem bodentiefen Spiegel. Zu Hause betrachtete sich Maria allenfalls im zerkratzten Glas eines Handspiegels, und auch das tat sie nur, wenn Dorothea das Ding herumliegen ließ.

Aber nun sah sie sich, wie andere sie sehen würden. Zwar war der Spiegel aus mehreren Glasstücken zusammengesetzt, aber das war so kunstfertig geschehen, dass die Reflexion darin nicht brach. Der Schnitt des Kleides schmeichelte Maria und schuf eine anmutig schmale Taille. Das Grün des Samts tilgte den gelblichen Ton, den ihre Haut seit dem ersten Fieberausbruch aufwies.

Jan hat recht, heute leben wir. Wie wunderbar das sein kann! Ich habe eine Ausstellung im Rathaus, trage ein luxuriöses Kleid, und mein Liebhaber bestaunt mich, als wäre ich die schönste Frau der Welt.

»Wie für Sie gemacht«, flötete Herr Verhoeven. Bedeutend leiser nannte er Jan einen Preis, dessen Höhe den Kosten für drei Kupferstiche entsprach.

»Wir nehmen es«, sagte Jan ohne zu zögern.

»Aber wann soll ich das anziehen?«, protestierte Maria. Unwillkürlich antwortete sie selbst darauf: »Vielleicht zu der Einladung bei den Carels. Sie wollen ein Essen für mich geben.«

Da hatte wohl der Wunsch aus ihr gesprochen. Das machte das Kleid. Es war wie eine Katze, die lockend um die Beine strich.

»Sie können es gleich mitnehmen.« Herr Verhoeven wieselte herbei. »Daran muss ich gar nichts ändern, sogar die Länge stimmt.«

»So denn!« Emma geleitete Maria zurück in die Umkleide. »Gut gemacht.«

»Gemacht habe ich doch gar nichts«, sagte Maria.

»Oh, solch ein Kleid trägt sich nicht von selbst.«

Die Freundin half ihr aus Samt und Seide. Als Maria wieder in ihre alte Kleidung wechselte, kam ihr diese plötzlich kratzig vor. Sie zwickte hier und schlackerte dort. Zwar trug sie sich wesentlich leichter, und keine Schleppe behinderte schnelle Drehungen, aber Maria verstand nun, warum manche Damen närrisch nach Mode waren. Man konnte sich damit in eine andere Person verwandeln.

Im Verkaufsraum klimperten Münzen. Marias schlechtes Gewissen meldete sich.

Jan schenkt mir Edles, aber ist er wirklich so vermögend, wie er vorgibt? Das Kleid muss mir helfen, noch mehr Vorbestellungen für das Buch zu ergattern. Dann kann ich bald drucken lassen, und Jan erhält das erste Exemplar zum Dank.

Als sie den Vorhang beiseitezog, waren die Geschäfte bereits abgewickelt, und der Diener schleppte die Einkäufe in die Kutsche. Herr Verhoeven dankte überschwänglich dafür, von den Herrschaften beehrt worden zu sein, und hielt ihnen eigenhändig die Tür auf. Draußen nieselte es. Maria blickte zu den Fassaden der Häuser hoch. Im trüben Licht wirkte die Szenerie wie ausgewaschen. Nach dem Aufenthalt im bunten, parfümierten Laden des Schneiders schien die Außenwelt wie von einem schwermütigen Künstler gemalt.

»Haben Sie etwas Schönes gefunden?«, fragte jemand.

Greitje trat aus einem Hauseingang. Hinter sich her zog sie einen Handkarren, in dem Glas klirrte. Zum Schutz vor dem Regen hatte sie zwei Tücher um den Kopf geknotet, doch die waren schon durchnässt. Tropfen rannen ihr Gesicht hinab.

»Dass wir uns aber auch immer zufällig über den Weg laufen müssen«, sagte Maria missgestimmt.

»Ich habe auf Sie gewartet.«

»Woher wussten Sie, wo ich bin?«

Das beantwortete Greitje nicht. Stattdessen rückte sie näher und sagte mit einem Blick auf Jan, der schon neben der Kutsche stand: »Endlich sehe ich Ihren Liebsten mal. Er ist ja ein Mildtäter.« Mit dem Ärmel wischte sie sich die triefende Nase. Ihre Kleidung roch nach nassem Hund. »Ein armer alter Mann sagte mir, er habe Jans Zimmer nehmen dürfen. Im Seemannsheim. Dafür war er dankbar. Aber dann bekam er nachts ungebetenen Besuch. Jemand wollte ihn niederknüppeln. Nur weil drei Freunde bei ihm waren, von denen einer einen leichten Schlaf hatte, entging er dem Mörder.«

Maria glaubte zu spüren, wie der *Vin de Champagne* in ihrem Magen zu Essig wurde. »Das Hafengebiet ist gefährlich«, sagte sie. »Dort kann man sogar bei Tage überfallen werden.«

»Sie vielleicht. Aber was stiehlt man einem Bettler? Nein, der Fremde wollte töten, und zwar Jan de Jong.«

»Nun, er lebt. Sorgen Sie sich nicht.«

»Aber das tue ich. Warum steh ich mir wohl im Regen die Beine in den Bauch? Um einer Freundin zu helfen, mach ich das. Ich finde, Sie sind undankbar.«

»Sie können nicht immer wieder zu mir kommen, Geschichten erzählen und Geld dafür einfordern. Ich weiß ja gar nicht, ob sie stimmen.«

»Doch, das wissen Sie. Sie sind nämlich blass wie ein Kloß.« Greitje kniff Maria in die Wange.

Nun schritt Jan ein. »Verschwinde«, rief er Greitje zu.

Einer der Russen steckte den Kopf aus der zweiten Kutsche und fragte in gebrochenem Niederländisch, was passiert sei.

»Nur Gesindel«, sagte Jan. »Komm, Maria.«

Er zog sie in die erste Kutsche. Nun aber stieg der Soldat aus. Er schlenderte zu Greitjes Handkarren und besah sich die Flaschen genauer. Ihrer Besitzerin schenkte er auch einen Blick.

»Ha!« Er rief den anderen etwas auf Russisch zu und deutet dabei auf Greitje. Offenbar hatte er sie wiedererkannt, und er klang nicht, als hätte er sie in guter Erinnerung. Greitje schien unbehaglich zu werden. Sie nahm den Griff ihres Karrens und zuckelte eilig fort. Der Soldat setzte ihr nach, zischte eine Beschimpfung und nahm zwei Flaschen an sich. Greitje zog den Kopf zwischen die Schultern und ließ ihn gewähren.

Als sie den Bock der ersten Kutsche passierte, sagte sie etwas in Richtung des Kutschers, das im Knarren ihrer Räder unterging. Die Reaktion des Kutschers konnte Maria nicht erkennen, aber die Szene beschäftigte sie, bis sie beim Haus der van Berckenrodes ankamen.

»Hat dich dieser Kutscher auch zur Wechselbank gefahren?«, fragte sie Jan.

»Er bringt mich, wohin ich will, sicher und trockenen Fußes.« Zufrieden klatschte Jan auf die Sitzbank.

»Greitje kennt den Kutscher«, sagte Maria. »Sie hat ihn bestimmt schon über dich ausgefragt oder wird es spätestens jetzt tun. Sie wird wissen, wo dein Geld lagert.«

»Aus der Wechselbank kann sie es schwerlich stehlen.« Jan lehnte sich zurück. »Dort ist man auf der Hut. Alle Türen sind extra schmal und niedrig, falls es einen Ansturm des Volkes geben sollte. Eine wie Greitje lassen Sie dort nicht mal in die Vorhalle.«

»Pass auf, sie wird nicht von dir ablassen.«

»Ich habe eine Idee.« Jan zog einen losen Faden aus seinem Webschal und tat, als wollte er damit Marias Maße nehmen. »Warum investiere ich nicht einfach alles in Putz für dich.«

Er zwinkerte, aber Maria war nicht nach Scherzen zumute.

Schwarzpulver

Bis zum Abendessen bei den Carels vergingen noch vier Tage. Maria stellte das Bild einer Pampelmuse fertig, das sie mitbringen wollte, um für das Buch zu werben. Wegen ihrer angeschlagenen Gesundheit und der vielen Zeichenarbeit, die trotzdem verrichtet werden musste, war Maria nur selten auf ihrer Ausstellung im Rathaus anwesend. Ihre Zusage zu dem Essen hatte sich aber herumgesprochen, und die Carels, die ursprünglich mit zwanzig Gästen geplant hatten, wurden von etlichen Bekannten und Geschäftsfreunden gebeten, ebenfalls dabei sein zu dürfen. Je rarer Maria sich machte, desto interessanter wurde sie offenbar in den Augen der Amsterdamer. Am Morgen des Ereignisses gaben die Carels bekannt, man werde in der Halle dinieren, in der sich die Sammlung der Vincents befand. Freundlicherweise habe die Familie diese Örtlichkeit zur Verfügung gestellt. Nur dort bekäme man die große Gesellschaft unter.

Jan, den Maria täglich bei den van Berckenrodes getroffen hatte, kommentierte das triumphierend: »Wegen dir kommen die alle!«

Er freute sich auf seinen ersten öffentlichen Auftritt mit Maria und schien den Erfolg der Surinamausstellung mindestens ebenso zu genießen wie sie selbst. Was sollte Maria dazu sagen? Äußerte sie Bedenken um Jans Sicherheit, tat er dies mit Witzchen ab. Ohnehin schien Maria, als hätte die Nachricht vom Mordanschlag auf den Bettler Jan beflügelt, statt ihn zu ängstigen. Wieder einmal war er nicht erwischt worden!

Bevor Maria Jan kennengelernt hatte, war sie wie selbstverständlich davon ausgegangen, ein jeder wolle in Frieden leben. Vielleicht war das aber eine falsche Annahme. Männer wie Jan suchten das Risiko und steuerten absichtlich in Stürme hinein. Wind in den Segeln und schnelle Fahrt waren ihnen lieber als ruhige See und Flaute.

Vielleicht wäre Jan beleidigt, wenn ihn niemand mehr suchte.

Aber nein. Nun übertrieb sie.

In Surinam nennt man diese Frucht Pampelmuse, schrieb Maria auf ein Kärtchen zu dem Bild. *Die Pflanzen haben die Höhe von Apfelbäumen, und die Zweige hängen oft so voll, dass sie unter dem Gewicht der Früchte brechen.*

Am frühen Nachmittag begann Maria, sich für das Abendessen fertig zu machen. Johanna brachte zwei Stunden damit zu, das Haar ihrer Mutter aufzudrehen, hochzustecken, mit Puder zu bestäuben und mit Schmuckspangen zu verzieren.

»Vollkommen übertriebener Aufwand«, schimpfte Maria. »Ich will doch nicht von meinem Bild ablenken.«

»Oh, das wirst du schon nicht. Das machen andere.«

»Wie meinst du das?«

Johanna hob vielsagend die Augenbrauen. Dank ihres Mannes nahm sie öfter an festlichen Anlässen teil.

»Einige Damen haben sicher schon im Morgengrauen mit der Toilette begonnen«, sagte sie.

Als Maria an Jans Arm die Halle der Vincents betrat, verstand sie Johannas Kommentar. Die Stühle an der langen Tafel standen mit weitem Abstand, um Platz für die drapierten

Röcke der weiblichen Gäste zu bieten. Manch eine Kaufmannsgattin konnte kaum sitzen, so sehr bauschte sich ihr *Manteau* im Rücken. Viele der Damen trugen eine Fontange, eine drahtverstärkte Spitzenhaube, vor der die Haare bis zur doppelten Kopfhöhe aufgetürmt waren.

Marias Bild der Pampelmuse wurde auf einer Staffelei platziert. Sogleich bildete sich eine Traube von Gästen darum und bestaunte es.

Ob die Pampelmuse auch ihren Weg in das Surinambuch finden werde?

Maria versicherte, das sei geplant. Sie empfehle jedem, die kolorierte Ausgabe zu nehmen, man sähe ja, welchen Unterschied die Farben machten, nicht wahr? Wie nebenbei sammelte sie drei weitere Vorbestellungen ein.

Über der Pampelmuse schwebten zwei gelb-blaue Schmetterlinge. Die zugehörige Raupe, ein leuchtend grünes Tier, besaß Härchen, von denen einige so lang waren wie der gesamte Leib. Womöglich wollte sie mit ihnen Fressfeinde abschrecken.

Die Härchen könnten aber auch lediglich der Zierde dienen. Wenn ich mir ansehe, welch wunderliche Blüten das Streben nach Schönheit bei den Menschen treibt …

Es wurde zu Tisch gebeten. Serviermädchen brachten Terrinen mit weißer Suppe, die aus Sahne, Eigelb und Hühnchen bestand. Dazu wurden Pastetchen gereicht.

»Ich würde gern viel mehr essen, als es mein Mieder zulässt«, sagte Maria zu Jan.

»Steck doch etwas ein«, raunte er. »Zwischen deinen Rockfalten kannst du Proviant für die ganze nächste Woche transportieren.«

Marias Tischnachbarin beugte sich herüber.

»Hat Ihnen Peters Leibarzt eigentlich etwas abgekauft?«, fragte sie.

»Noch nicht«, sagte Maria. »Aber er wird dem Zaren von meinem geplanten Buch berichten, und ich bin zuversichtlich, eine schöne handkolorierte Ausgabe an den Hof schicken zu dürfen.«

»Wie ich hörte, sucht der Arzt andere Mediziner und Mathematiker, die mit ihm nach Russland kommen wollen. Angeblich will der Zar eine Akademie für Wissenschaft und Kunst gründen.«

»Handwerker nimmt der Arzt aber auch mit«, mischte sich die gegenübersitzende Dame ein. »Unser Vorzimmer sollte neu verputzt werden, und der Meister hat einfach mittendrin abgebrochen. Der Zar würde besser zahlen. Jetzt müssen wir durch Schutt stapfen, wenn wir nach Hause kommen. Nein, die meisten hier sind nicht mehr gut auf die Russen zu sprechen. Fragen Sie mal van Heuvel. Der wollte ein Schiff mit Korn und Ziegeln nach Surinam schicken. Im letzten Moment ist ihm der Kapitän an den Zaren verloren gegangen.«

»Ist Peters Arzt denn schon wieder weg?«, fragte die Tischnachbarin.

»Gestern abgereist. Sie wollen aber nächstes Jahr zurückkehren«, sagte Maria. »Ich bin mit seiner Frau befreundet.« Laut überlegte sie. »Vielleicht könnten sie meine Dorothea an ihrer Akademie brauchen.«

»In dieses finstere Land würden Sie Ihre Tochter ziehen lassen?«

»Natürlich erst, wenn das Buch fertiggestellt ist.«

»Aber in Russland soll es barbarisch zugehen!«

»Dorothea war ja in Surinam«, warf Jan ein. »Die kommt mit fremden Sitten besser zurecht als alle Amsterdamer Handwerker und Ärzte zusammen.«

Zwei Plätze neben ihr flüsterte der Hausdiener dem Bürgermeister etwas zu. Sein weiß behandschuhter Finger deutete zur Tür. Herr Witsen seufzte und rückte seinen Stuhl zurück. Damit löste er eine Kettenreaktion aus. Auch die anderen Gäste wollten nun aufstehen und sich die Füße vertreten. An der Tür sprach der Bürgermeister mit zwei Männern. Seine Schulter verdeckte das Gesicht des kleineren, aber den größeren konnte Maria deutlich erkennen.

»Rasch fort!« Sie packte Jans Arm. »Sieh nicht zur Tür. Tun wir, als wollten wir die Exponate betrachten.«

Sie zog ihn zu einem Regal. Dahinter befand sich der Durchgang zum Wohnbereich der Vincents. Im Flur verschnaufte Maria. Ihr Herz schlug bis zum Hals, und ihre Hände waren schweißnass. In letzter Zeit brachte sie die kleinste Anstrengung außer Atem. Schritte näherten sich aus der anderen Richtung. Zwei Mädchen sprachen miteinander. Als Fluchtmöglichkeit blieb nur eine Treppe.

»Dort hoch!«, flüsterte Maria. Mit schnellen Schritten war sie bei der ersten Stufe. Sie besann sich. Wenn sie die knarzende Treppe emporrannten, machten sie die Mädchen damit misstrauisch. Langsam mussten sie gehen, wie die Vincents es tun würden, wollten sie eine Pfeife oder ein Taschentuch holen.

»Warum lädt die dumme Kuh unsere Tabletts so voll«, schimpfte eines der Mädchen. »Sie will ja nur, dass wir stolpern. Dann zerspringen die Gläser, und niemand bemerkt den Sprung, der in der Karaffe ist. Den hat sie nämlich reingemacht, beim Spülen.«

Die Stimme erklang nun auf Höhe des Treppenaufgangs. Glücklicherweise waren die Amsterdamer Häuser schmal gebaut, und Treppen hatten für gewöhnlich zwei Biegungen, so auch diese. Von unten konnten Maria und Jan schon nicht mehr gesehen werden. Im ersten Stock rettete Maria sich in das nächstbeste Zimmer, einen Raum, der mit Bücherschränken und Sessel möbliert war. Am Fenster stand ein Schachtisch, kunstvoll gearbeitet mit Intarsien aus hellem und dunklem Holz.

»Einer der Männer an der Tür war der, der im *Goldenen Adler* nach dir gefragt hatte«, sagte Maria zu Jan. »Ich habe dir von ihm berichtet.«

»Nun, da gibt es ja auch gutes Bier«, sagte Jan. »Beinahe so wohlschmeckend wie der Wein heute Abend, aber den bekommt er nicht. Er ist nicht eingeladen, und das wird einer wie er auch niemals.«

»Kennst du ihn etwa?«

»Es ist der Hafenmeister.«

»Aber der hat doch die Belohnung ausgesetzt, für Hinweise, wo du zu finden seist.«

»Das muss er jetzt ja nicht mehr. Ich bin hier, mit dir, und das weiß die ganze Stadt.«

Wie kann er so ruhig bleiben? Hat er seinen Verstand verloren? Oder ist er des Lebens müde?

»Außerdem wird der Hafenmeister bald offiziell mit mir zu tun haben.« Jan grinste. »Habe ich erst ein Haus an der Prinsengracht, werde ich mich in die Kompanie einkaufen. Dann fahre ich nicht mehr selbst, sondern beauftrage Kapitäne. Der Hafenmeister wird meinen Schiffen gute Liegeplätze zuteilen, dafür sorgen, dass sich keine Lausbuben an Bord schleichen …« Jan stützte sich auf den Schachtisch und betrachtete die aufgestellte Partie. »Schwarz ist in zwei Zügen matt.«

»Kannst du bei der Sache bleiben?« Maria wollte ihn schütteln vor Wut. »Ich werde nicht mit ansehen, wie du aus purer Überheblichkeit in dein Unglück läufst. Früher warst du vorsichtiger. Nicht einmal in meine Wohnung hast du dich getraut.«

»Herr Sanders kann mir zürnen und Belohnungen versprechen, wie er will. Hierzulande ist er ein Niemand. Verbindungen hat er keine, im Gegensatz zu mir. Sonst würde er ja den

Bürgermeister um Hilfe bitten, oder? Aber das tut er nicht. Stattdessen speise ich heute mit dem ersten Amsterdamer an einer Tafel.«

»Aber der Hafenmeister redet doch gerade mit Herrn Witsen.« Maria ballte die Fäuste. An den Rändern ihres Blickfelds zuckten Blitze.

»Bestimmt nicht wegen mir.« Jan tätschelte ihren Rücken. »Ruhig Blut, sonst sinkst du mir gleich nieder. In solchen Kleidern passiert das schnell.«

Vermutlich hatte er recht. Maria spürte eine verdächtige Leichtigkeit im Kopf. Rasch öffnete sie das Fenster und atmete die kühle Abendluft ein. Sie befanden sich auf der Straßenseite, schräg über der Hallentür. Die wurde gerade geschlossen. Jemand klatschte in die Hände. Dem gedämpften Klang nach zu urteilen, trug er Lederhandschuhe.

»Zwei Fliegen mit einer Klappe geschlagen«, sagte eine Stimme. »Besser hätten wir es uns nicht ausdenken können. Der Zufall macht doch die besten Pläne.«

Maria drehte sich zu Jan um.

»Hast du das gehört?«

Sein Gesichtsausdruck verriet ihr, er hatte.

»Bist du jetzt besorgt?«, fragte Maria.

»Das nicht.« Seine Miene strafte ihn Lügen. »Aber wissen würde ich schon gern, worüber sie vorher gesprochen haben.«

Maria nickte. »Finden wir es heraus.«

Sie schlichen die Treppe hinunter, fanden den Flur leer vor und kehrten zurück in die Halle. Dort saßen bereits wieder alle bei Tisch. Stille herrschte. Maria wollte ihren Platz einnehmen, aber der Bürgermeister stand auf und bat sie zu sich.

»Erheben wir unsere Gläser auf eine besondere Frau«, sagte er.

Eine Rede, natürlich, das ist schließlich ein Essen zu meinen Ehren, und Herr Witsen folgt keiner Einladung, ohne für einen Moment selbst im Mittelpunkt zu stehen.

»Frau Maria Sibylla Merian hat sich wie keine andere um die Verbindung von Kunst und Wissenschaft verdient gemacht«, sagte der Bürgermeister. »Ihre Arbeiten haben unseren Blick auf die Natur verändert. Um etwas Schönes zu betrachten, hängte ich mir einst Blumenbilder an die Wand. Wollte ich dagegen wissen, wie ein Käfer aus der Nähe aussieht, begab ich mich in meine Wunderkammer oder in die eines anderen Sammlers. Sie wissen, Frau Merian, ich habe auch einige interessante Objekte zu Hause. Kurios fand ich sie, aber schön nicht gerade. Sie jedoch malen selbst das niederste Getier in einer Weise, dass wir darin die liebevolle Absicht seines Schöpfers erkennen. Dank Ihnen betrachte ich meine Küchenschaben nun mit dem Blick eines Eingeweihten.«

Gelächter und Applaus wurden ihm zuteil.

Herr Witsen prostete den Anwesenden zu und winkte den bereitstehenden Dienstmädchen. Der nächste Gang durfte aufgetragen werden.

»Verraten Sie mir, Frau Merian«, sagte Herr Witsen zu Maria. »Werden Sie wieder nach Surinam fahren? Ich hätte zu gern einen Kolibri, lebend, wenn möglich. Über einen ausgestopften würde ich mich aber auch freuen.«

»In meinen Adern fließt nicht gerade Seefahrerblut.« Maria dachte an die Tage, in denen sie halb tot in der Kabine auf Erlösung gehofft hatte. »Aber meine Tochter Johanna möchte ihren Gatten nach Paramaribo begleiten.«

»Unser Jacob«, sagte Herr Witsen. »Ein guter Mann.«

»Wie ist denn die Lage?«, fragte Maria. »Gibt es Probleme mit den Spaniern? Ich habe bemerkt, wie Sie eben an die Tür gerufen wurden.«

»Schwarzpulver ist gestohlen worden«, sagte Herr Witsen. »Eine große Menge, aus einem Zwischenlager am Hafen.«

»Oh.«

Herr Witsen nickte grimmig. »Schwerer als der Verlust wiegt unsere Sorge, dass ein Unglück geschehen könnte. Sollten die Diebe versuchen, ihre Beute in Kutschen aus Amsterdam fortzuschaffen, transportieren sie nur kleine Mengen, wenn sie klug sind. Doch auf diese Weise würden sie Wochen, wenn nicht gar Monate benötigen. Zu befürchten ist daher, dass sie den Weg über das Wasser wählen. Aber der Umgang mit Schwarzpulver erfordert Erfahrung. Wir wissen nicht, mit wem wir es zu tun haben. Nicht auszudenken, wenn diese Gauner einfach alles in den Laderaum eines Schiffes stopften und es noch im Hafen zu einer Explosion käme.«

»Wie beim Delfter Donnerschlag«, sagte Maria.

Von diesem Unglück hatte sie gehört, obwohl sie damals noch ein Kind in Frankfurt gewesen war. Im Herzen von Delft explodierte ein unterirdisches Pulverlager, nachdem der Verwalter mit einer brennenden Laterne nach dem Rechten hatte sehen wollen. Hunderte Häuser wurden zerstört und Tausende Menschen getötet. Auch der Maler Carel Fabritius zählte zu den Opfern. Fabritius hatte bei Rembrandt gelernt und seinen eigenen, freundlicheren Stil entwickelt. Mit seinem Atelier und vielen vollendeten und unvollendeten Bildern flog er in die Luft. Angeblich war der Donnerschlag noch auf den Inseln vor der Küste zu hören gewesen. Besonders schauerlich fand Maria die Tatsache, dass kaum ein Delfter von dem Lager gewusst hatte. Unbesorgt waren die Menschen ihren Verrichtungen nachgegangen.

»Von einer Schwarzpulvermenge wie in Delft reden wir nicht«, sagte der Bürgermeister. »Aber das Gestohlene reicht aus, um den Hafen schwer zu beschädigen. Kommt es dazu, wird es nicht nur die Opfer einer Explosion selbst zu beklagen geben. Die Schiffe aus Übersee würden ab da nur noch Rotterdam ansteuern. Hier wird dann nichts mehr umgeschlagen. Viele Leute werden ihre Arbeit verlieren, die Steuereinnahmen werden sinken, und das dürfte dann den Niedergang der Stadt einläuten.«

»Was werden Sie dagegen unternehmen?«, fragte Maria.

»Wir kontrollieren alle Schiffe, die nicht für die Kompanien fahren. Kein Passagierschiff nach England und keinen Fischkutter lassen wir ungesehen ablegen. Dafür habe ich dem Hafenmeister zusätzliche Männer bewilligt. Wir werden die Diebe fassen.«

Herr Witsen rieb sich die Hände, einen grimmigen Ausdruck auf dem Gesicht. Für einen Moment schien er in Gedanken versunken. Ein Dienstmädchen, das ihn streifte und sich untertänig entschuldigte, riss ihn wieder in die Wirklichkeit zurück.

»Doch nun zu Tisch«, sagte der Bürgermeister. »Bevor die feinen Speisen kalt werden.«

Maria setzte sich neben Jan und ließ sich auftun. Es gab Gemüse und Ragout in reich gewürzter Soße. Doch essen konnte sie nichts.

»Eben habe ich Alarmierendes erfahren«, flüsterte sie Jan zu. »Lass uns gehen.«

»Aber es ist dein Abend, genieße ihn.«

»Ich muss es dir sofort sagen! Betrachten wir die Exponate.«

»Wenn wir aufstehen, starren wieder alle. Warte noch ein wenig.«

Also blieb Maria sitzen, schob Rindfleisch mit der Gabel auf dem Teller herum und beantwortete Fragen ihrer Tischnachbarin, deren Banalität sie beinahe aus der Haut fahren ließ.

Ob es das Buch über die surinamischen Insekten auch in Leder gebunden geben werde?

Es kommt ja wohl auf den Inhalt an.

Sei es auch möglich, nur ausgewählte Tafeln kolorieren zu lassen?

Sie wollen doch nur den Preis drücken!

Ob ein Jaguar abgebildet sein werde?

Aber natürlich, Werteste, ich habe mir eigens derer zwei aus Afrika per Schiff kommen lassen und sie in meinem Garten untergebracht. Gleich neben dem Kräuterbeet. Endlich erhob sich die Gastgeberin, um mit einer weiter entfernt sitzenden Dame zu konversieren. Das war das Zeichen, dass auch die anderen aufstehen durften. Ohne ein Wort der Entschuldigung brach Maria das Gespräch ab, ließ ihre Tischnachbarin sitzen und ging zu dem Tisch mit den Fossilien unter Glas, den die Vincents ans Ende der Halle hatten schieben lassen, um Platz für die Tafel zu schaffen.

Jan folgte ihr langsam.

Maria tat, als wollte sie eine Schnecke begutachten, und wartete, bis auch Jan sich hinuntergebeugt hatte. In knappen Worten berichtete sie ihm vom Pulverdiebstahl und der Überwachung des Hafens.

»Bei deiner Abreise wird der Hafenmeister dich abfangen. Vermutlich weiß er von Greitje, dass du mit viel Geld im Gepäck fährst. Er wird dir Schwarzpulver unterschieben und dich töten.« Sie stockte, weil ihr ein weiterer Gedanke gekommen war. »Vielleicht macht er sich nicht einmal die Mühe, dir etwas unterzuschieben. In dieser angespannten Lage genügt es, wenn er behauptet, du hättest dich der Kontrolle widersetzt. Bist du tot, hat er den Auftrag von Herrn Sanders erfüllt und zusätzlich dein Geld, und das ist um einiges mehr als die Belohnung. Zwei Fliegen mit einer Klappe, verstehst du?« Maria war den Tränen nahe. Wut und Hilflosigkeit drohten sie zu überwältigen. Aber sie konnte sich nicht erlauben, die Kontrolle zu verlieren. Es musste doch eine Lösung geben! Sie wandte den Blick von den Schnecken ab. Die Spiralen ihrer Häuser glichen zu sehr dem Strudel, der Jan und sie in den Abgrund zu reißen drohte.

Ganz gleich, wie Jan sich müht, er kann seiner Vergangenheit nicht entkommen. Die Kompanie mag vergessen haben, aber Herr Sanders tut das nicht. Ich kenne ihn, ich weiß, wozu er fähig ist, selbst aus der Ferne. Jan mit seinem Leichtsinn, seiner Großspurigkeit und der frechen Art, mit der er sich unter die hiesige Gesellschaft mischt, wird ihn zusätzlich reizen, wenn er davon erfährt.

»Du musst mit einem Schiff der Kompanie fahren, das vor dem Ablegen nicht kontrolliert wird«, sagte Maria. »Die meisten von ihnen machen einen Zwischenhalt auf Madeira.«

Jan schüttelte den Kopf. »Das würde ich ja, aber in nächster Zeit fahren keine, die Passagiere mitnehmen.«

»Dann warte hier, bis die Lage sich beruhigt. Auf der Bank ist dein Geld sicher, und in den Häusern der Kaufleute droht dir keine Gefahr. Der Hafenmeister mag einen Häscher in die Seemannsunterkunft geschickt haben, weil er dachte, dich zu erledigen sei ein schmutziger kleiner Auftrag. Aber jetzt will er dein Geld und wird geschickter vorgehen. Er glaubt, einen ausgeklügelten Plan ersonnen zu haben.«

»Ich kann nicht warten. Wenn ich nicht bis Ende des Monats auf Madeira bin, brechen meine Partner ohne mich auf. Nein, ich fahre nächste Woche mit einem kleinen portugiesischen Segler. Ich wäre schon früher abgereist, aber ich wollte dich noch zu diesem Essen begleiten. Endlich bekommst du die Aufmerksamkeit der Leute, Maria! Die werden alle dein Buch haben wollen.«

Maria wollte entgegen, das sei gerade das Letzte, an das sie denke, aber nun steuerte Levinus Vincent auf sie zu.

»Es ist uns eine Freude, Sie heute hierzuhaben, Frau Merian«, sagte er. »Und ich möchte Ihnen anbieten, jederzeit herzukommen. Unsere Sammlung ist ja recht umfangreich, und vielleicht möchten Sie Ihre surinamischen Insekten mit unseren vergleichen. Wir haben viele schöne Stücke aus Ostindien und anderen Orten. Eines muss ich Ihnen unbedingt zeigen!«

Er öffnete ein Schubfach, das in einem Regal eingelassen war, und zog einen Rahmen heraus, in dem zwischen zwei Glasplatten ein großer Falter lag. Damit er nicht verrutschen konnte, hatte der Präparator Fäden um seinen Leib geknotet und am Rahmen befestigt. Maria war, als hätte man ihr einen Schlag in den Magen verpasst. Das Tier sah aus wie der Schmetterling, den Jan ihr geschickt hatte!

»Warum zeigen Sie mir gerade den?«, fragte sie.

Mit dieser Reaktion hatte ihr Gastgeber offenbar nicht gerechnet.

»Er ist unser imposantestes Stück und ganz neu.« Ein wenig beleidigt fügte er hinzu: »Es gibt natürlich Tiere, die schöner leuchten. Aber unter den Nachtfaltern ist das trotzdem einer der herrlichsten. Sehen Sie sich doch mal die Flügelzeichnungen an. Erinnern die Sie nicht an Schlangenköpfe?«

Ja, das tun sie – immer noch.

»Aus China haben wir den bekommen«, fuhr Herr Vincent fort. »Man nennt ihn Großen Atlasspinner. Angeblich ist es der größte Schmetterling der Welt. So etwas behaupten Händler natürlich gern, aber ich habe wirklich noch kein Insekt gesehen, das auch nur annähernd solche Ausmaße hatte. Sie etwa?«

»Ich denke nicht.«

Inzwischen hatte Maria zweimal tief ein- und ausgeatmet.

Ich sehe schon überall Verfolger und Spione. Aber Herrn Vincents Absicht war vermutlich unschuldig. Er weiß gar nicht, dass Jan mir einen solchen geschenkt hat. Auch Jan muss das Tier jemandem abgekauft haben, der aus China kam. Wer Ozeane überquert, nimmt keine Fliegen oder unbedeutenden Käfer mit, der transportiert nur, was wertvoll und teuer ist. Wenn man zwischen Gewürzen und Seide schon einen Schmetterling mitnimmt, dann wählt man natürlich den größten.

»Äußerst interessant«, sagte Maria. »Ich besitze diese Art auch, aber mein Exemplar wurde leider beim Transport beschädigt. Darf ich dieses mal von der Unterseite betrachten?«

Herr Vincent drehte den Holzrahmen um. »Bitte schön.«

»Wie schade«, sagte Maria. »Der scheint mir auch nicht intakt.«

»Er ist makellos.«

»Aber die Mundwerkzeuge …« Sie beugte sich hinunter und sah genau hin. Der Rüssel machte zwar einen verkümmerten Eindruck, war jedoch ohne äußere Verletzungen. In diesem Moment wurde Maria etwas klar. Sie richtete sich wieder auf und trat einen Schritt zurück. »Wie traurig.«

Sie stieß gegen Jan, der hinter ihr stand.

»Sie verfügen über eine stolze Sammlung, Herr Vincent«, sagte Jan. »Ihre Frau hat mir eine alte Karte gezeigt. Darauf fehlt Westindien gänzlich.«

»Das ist eine Nachbildung der *Tabula Rogeriana*«, sagte Herr Vincent. »Al-Idrisi, ein arabischer Gelehrter, fertigte sie an. Kolumbus soll nach ihr gesegelt sein. Entschuldigen Sie mich kurz, ich sehe, der Wein geht zur Neige.«

Er hielt eines der Dienstmädchen auf, das gerade Teller abtrug.

»Komm mit.« Jan führte Maria zu einer Ecke der Halle, in der gerahmte Karten und ein Globus standen. »Sieh mal, wie nah Madeira ist.« Er deutete auf ein helles Fleckchen, das auf Höhe von Nordafrika im weiten Blau des Atlantiks lag. Nur einen Katzensprung entfernt war es nicht gerade.

»Ich weiß. Ich war auch schon dort«, sagte Maria.

»Und du kannst wieder hinfahren.« Jan legte einen Arm um ihre Taille. »Vielleicht ist es noch zu früh für mich, ein Grachtenhaus zu kaufen. Aber du musst in Amsterdam sein, um dein Buch zu machen und zu verkaufen. Aber wie wäre es, wenn du die Winter auf Madeira verbringst? Du könntest dem Regen und dem Nebel entgehen, und wir wären zusammen.«

»Wenn du nicht gerade in Brasilien weilst.«

Der süße Gang wurde aufgetragen. Zu zweit schleppten die Dienstmädchen ein Tablett, auf dem eine Pyramide aus Rosinenküchlein aufgebaut worden war.

Wer hat denn jetzt noch Hunger? Aber man muss immer noch einen draufsetzen, es kann nie genug sein.

Dieser Gedanke brachte Maria auf eine Idee.

»Bestich den Hafenmeister«, sagte sie zu Jan. »Wenn es ihm nur um das Geld geht, kannst du ihn kaufen.«

»Er würde wohl nehmen, was auch immer ich ihm anbiete«, sagte Jan. »Aber sicher wäre ich deshalb trotzdem nicht. Er würde nach dem Rest trachten. Dirk ist in eine Falle gelaufen. Mir passiert das nicht. Setzen wir uns wieder.«

»Ich bekomme keinen Bissen herunter.«

»Lass dir nicht den Abend verderben. Ich war unzählige Male in Gefahr und lebe immer noch. Du ahnst gar nicht, wie oft ich dem Tod schon von der Schippe gesprungen bin.«

Damit mochte er zwar recht haben, aber es beruhigte Maria nicht.

Als sie sich wieder zu ihrem Platz begab, Jans Arm noch immer um sich, war ihr, als berührte ihr Liebhaber eine andere Frau, als wäre es nicht sie, die in einem teuren Kleid eine mit feinem Porzellan gedeckte Tafel ansteuerte.

Durch dichten Urwald hatten Jan und sie in Surinam ihren Weg gemeinsam gefunden, aber hier, in den Niederlanden schienen sie sich verlaufen zu haben. Warum saßen sie beide überhaupt hier? Gegen Anlässe dieser Art hatte Maria seit jeher eine Abneigung gehabt. Erschienen war sie nur, weil das dem Erfolg ihrer Kunst zuträglich sein konnte. Jan dagegen tat, als bewegte er sich schon immer in diesen Kreisen, und würde alle Kaufleute seine Freunde nennen. Dazugehören wollte er. Was kaufte man sich, wenn man genug zum Leben hatte? Anerkennung und einen Platz in der feinen Gesellschaft.

Von ihrem Platz aus konnte Maria das Bild der Pampelmuse sehen. Von der Raupe mit den langen Haaren hatte sie ein lebendes Exemplar besessen. Beim Zeichnen war es ihr über die linke Hand gekrochen und hatte sie mit seinen Beinchen gekitzelt. Hätte sie doch solch ein Tierchen mitbringen können! Dieses filigrane Geschöpf wäre ihr lieber als ein Kleid aus Samt.

Wie hatte Herr Witsen gesagt?

Dank Ihnen betrachte ich meine Küchenschaben nun mit dem Blick eines Eingeweihten.

Aber tat er das wirklich? Auf ihren Bildern mochten ihm die Schaben schön vorkommen, aber das lag an Marias Art, sie abzubilden. Spinnen waren bei ihr grazil, Schnecken weich und Fliegen zart. War deshalb ihr Blick verklärt? Nein, sie sah eben die reine Schönheit. Schon als Blumenmalerin hatte sie sich das angewöhnt. Vertrocknete Blätter und welke Blüten hatten auf ihrer Leinwand nichts zu suchen. Aber weltfremd war sie deshalb nicht, und Menschen betrachtete sie nüchterner. Für die alteingesessenen Kaufleute hier war Jan lediglich Marias Begleiter, ein Neuer mit Empfehlungsschreiben, aber würden die helfen, wenn man ihn des Diebstahls und Schmuggels von Schwarzpulver bezichtigte? Sobald er das Hafengebiet beträte, wäre er auf sich gestellt. Die Bedrohung durch eine Explosion verlieh dem Hafenmeister weitreichende Befugnisse. Jeder verstand, dass bei Gefahr schnell und entschlossen gehandelt werden musste. Wer sich einer Schiffsdurchsuchung widersetzte, konnte keine Gnade erwarten. Wäre Jan tot, wüssten nur der Hafenmeister und seine Männer, was sich wirklich zugetragen hatte. Ihre Version der Geschehnisse würde bis auf Maria niemand anzweifeln.

Ich habe Jan in diese Lage gebracht. In Surinam ließ ich mich auf Herr Sanders ein, um Jan wiederzusehen. Das war ein Fehler. Jan entkam, aber immer wird ihm das nicht gelingen. Er ist leichtsinnig und stolz, eine verhängnisvolle Mischung. Wegen mir begibt er sich in Situationen, die ihn das Leben kosten können. Dabei darf ich nicht länger zusehen. Ich muss etwas unternehmen!

Aber was? Maria ließ ihren Blick über die Tafel schweifen. Allein der Wert des Bestecks würde ausreichen, um damit ein Jahr lang sorglos auf einer Insel zu leben. Doch das Buch über surinamische Insekten duldete keinen Aufschub. Es musste jetzt gemacht werden, da den Merians die Beachtung der feinen Gesellschaft sicher war. Zudem lauerte das Fieber wie ein Raubtier in ihr. Auf einer Schiffsreise, wenn Übelkeit Marias Körper schwächte, würde es wieder angreifen. Madeira war keine Möglichkeit für Maria, doch das würde sie Jan nicht sagen. Es ging jetzt nur noch darum, ihn in Sicherheit zu bringen.

Marias Tischnachbarin tupfte sich die Lippen ab und macht eine spöttische Bemerkung über einen älteren Herrn, der am Tisch eingeschlafen war.

Pflichtschuldig lächelte Maria und lud sich ein Rosinenküchlein auf den Teller, um nicht reden zu müssen.

Gingen ihre Pigmente zur Neige, legte sie alle Farbreste nebeneinander. Meist bekam sie dann noch mehr zusammen, als sie geglaubt hatte. Auch jetzt könnte eine Bestandsaufnahme helfen.

Was haben wir?

Ein Empfehlungsschreiben.

Maria teilte ein Stück vom Küchlein ab und schob es an den oberen Rand des Tellers.

Jans Geld auf der Bank.

Sie platzierte ein größeres Stück neben dem ersten.

Viele Bekannte.

Aber die waren nur Brösel wert, gut für Einladungen, doch ungeeignet, um wahre Gefallen von ihnen zu erbitten.

Meine einzige richtige Freundin ist Emma.

Maria pickte für sie eine Rosine aus dem Küchlein und legte sie in einigem Abstand zu den Bröseln.

Aber ihr Mann und sie haben sich unbeliebt gemacht, weil sie mit ihrem Geld geprotzt und Handwerker und Seeleute abgeworben haben.

»Schmeckt es dir nicht?«, unterbrach Jan ihre Gedanken. »Die Rosinen sind in Rum eingelegt. Köstlich.«

Er stibitzte die Trockenfrucht, die Emma repräsentierte, und steckte sie sich in den Mund.

»Sieh mich nicht so entsetzt an«, sagte er zu Maria. »Wolltest du die für schlechte Zeiten aufbewahren? Ich gebe dir eine neue.«

Er streckte die Hand nach der Platte mit den Küchlein aus, aber Maria hielt ihn auf.

»Ich habe eine Lösung. Wir müssen alles zusammenbringen, wie in einem Kuchen.«

»Als Bäcker tauge ich nicht.«

»Man muss nur strikt nach Rezept vorgehen.« Sie drückte seine Hand. »Vertrau mir. Du hast dich so oft für mich auf den Weg gemacht und mich heil durch den Urwald gebracht. Jetzt folge meinem Kommando.«

»Ob mir das gefällt?«

»Das wird es. Wenn mein Plan aufgeht, bekommst du, womit du nie gerechnet hättest.«

Sie konnte kaum abwarten, bis auch der dritte Gang beendet wurde und die Gäste sich wieder erhoben, um in Grüppchen herumzustehen und an Cognac zu nippen.

Vor dem Globus passte Maria Herrn van Heuvel ab. Mit Höflichkeiten hielt sie sich nur kurz auf. Sie habe gehört, sein Schiff könne mangels Kapitän den Hafen nicht verlassen. Wie ärgerlich!

In der Tat, Herr van Heuvel erging sich in einer Tirade über den anmaßenden Leibarzt Peters. Wegen dem verliere er nun jeden Tag Geld. Ein Schiff, das nicht fahre, sei totes Kapital, und zu allem Unglück müsse er der untätigen Mannschaft schon Heuer zahlen, denn sonst verschwinde die auch noch. Angesichts des eklatanten Mangels an Seeleuten habe man angefangen, sich gegenseitig die Männer abzuwerben. Wenn das so weitergehe, werde er seine Suche nach einem Kapitän bis Deutschland ausweiten müssen.

»Das brauchen Sie nicht«, sagte Maria. »Herr de Jong bietet seine Dienste an.«

»Tatsächlich?« Herr van Heuvel schob zwei Finger unter die Knopfleiste seiner Weste und kratzte sich.

Jan verstand, dass nun sein Einsatz gekommen war. Er stellte sich als Händler von Blauholz und erfahrenen Kapitän vor. Beiläufig ließ er den Namen van Berckenrode fallen und sprach von seinem niederländischen Geschäftspartner. Lobend erwähnte er die Wechselbank und die Fortschrittlichkeit Amsterdams in allen Bereichen. Es gebe hier ja inzwischen Schneider, die es mit den Pariser Couturiers aufnehmen könnten. Gern hätte er auch das vielfältige Kunstangebot noch länger genossen, forderten nicht Geschäfte auf Madeira seine Anwesenheit. Dorthin müsse er leider schnellstens zurück. Eigentlich habe er schon eine Kabine auf einem Schiff gebucht, aber wenn er einem anderen Kaufmann in einer misslichen

Lage helfen könne, würde er sich als Kapitän verdingen. Die Passage nach Madeira müsse er ja ohnehin machen.

»Zwei Fliegen mit einer Klappe.« Jan bedachte Maria mit einem Blick und reichte Herrn van Heuvel sein Empfehlungsschreiben. Der las es und schien hochzufrieden.

»Wie bald können Sie fahren? Morgen früh schon? Wie gesagt, es ist alles bereit.«

»Das wäre zwar möglich, aber ich hätte vorher noch etwas Geld von der Bank zu holen.« Er drückte sich aus, als ob er den größten Teil seines Vermögens dort liegen lassen würde. Auf Herrn van Heuvel hatte diese Lässigkeit den gewünschten Effekt.

»Davon sollten wir uns nicht aufhalten lassen«, sagte der Kaufmann. »Mit dem obersten Beamten bin ich gut bekannt. Er ist heute auch hier. Wenn ich darum bitte, wird er sicher dafür sorgen, dass Sie Ihre Angelegenheit morgen vor den öffentlichen Zeiten erledigen können. Was brauchen Sie noch? Eine Kutsche? Wo soll ich Sie abholen lassen?«

»Bei mir«, sagte Maria. »In der Kerkstraat, über dem *Goldenen Adler*.«

Der Atlasspinner

Auf der Rückfahrt ließ Jan seinem Übermut freien Lauf.

»Ich fahre für die Westindische Kompanie! Wer mir das vor ein paar Jahren prophezeit hätte, den hätte ich für irrsinnig erklärt. Maria, du bist die gewiefteste Strategin, die ich kenne.«

Aber Marias Stimmung wurde durch den bevorstehenden Abschied getrübt. Immerhin würden Jan und sie die letzte gemeinsame Nacht in der Wohnung der Merians verbringen. Jahrelang hatten sie sich in Verstecken und wechselnden Unterkünften getroffen. Endlich traute Jan sich zu Maria nach Hause. In der Kerkstraat jedoch meldete er Bedenken an.

»Was sagst du dem Kneipenwirt, wenn er mich morgen früh sieht? Hast du keine Angst um deinen Ruf?«

Die Kutsche hielt. Maria raffte ihre Röcke, um auszusteigen.

»Ich bin Witwe, was soll schon geschehen? In die ersten Familien der Stadt wollte ich sowieso nicht mehr einheiraten.«

»Wie beruhigend.« Jan half ihr den Tritt hinunter. »Dann muss ich nicht um deine Treue fürchten, bis du nächsten Winter zu mir kommst.«

Er machte Pläne, war das gewöhnt, konnte wohl gar nicht anders. Widersprechen würde Maria nicht. Mehr als alles andere zählte, dass Jan morgen die Stadt verließ.

Im Hausflur löschte Maria die Lampe und führte Jan im Dunkeln die Treppe nach oben. Dorothea und Aderi schliefen schon.

In Marias Kammer, die vom Mondlicht beschienen wurde, lachte Jan leise auf. »Du hast ja sogar hier Kästchen mit Raupen.«

»Wenn ich zu dieser Jahreszeit draußen welche finde, nehme ich sie mit. Sie sind dann in Kältestarre, aber im Warmen werden sie wieder rührig. Manche fressen sich dann noch dick, andere verpuppen sich sofort. Ich bin schon aufgewacht und fand einen Falter auf meinem Kissen.«

Jan zog sie an sich. »Morgen findest du mich auf deinem Kissen.«

Er küsste ihren Hals, vom linken Ohr abwärts, über den Kehlkopf zum rechten.

»Du trägst keinen Schmuck«, sagte er. »Warum habe ich nicht daran gedacht, dir welchen zu schenken? Ein Kleid allein genügt nicht. Aber wenn du nach Madeira kommst …«

»Nicht nötig«, sagte Maria schnell. »Ich trage weder Ketten noch Armreife. Damit bleibt man im Wald nur hängen.«

»Du praktische Frau.« Jan hielt inne und sagte ernst: »Versprich mir eines.«

»Was?«

»Spanne niemals einen Schmetterling, wenn ein anderer Mann zugegen ist.«

»Weshalb?«

»Ich habe mir damals nichts anmerken lassen …« Nun schien Jan ein wenig verlegen. »Aber als wir uns zum ersten Mal trafen und ich zusah, was du mit diesem Tierchen tatest …«

Er wartete, aber Maria sah ihn nur herausfordernd an.

»Bei den Labadisten«, sagte Jan.

»Ja, ich erinnere mich. Als du mich bei der Arbeit gestört hast, bis ich dir schließlich eine Beschäftigung gab.«

»Mit einem Faden sollte ich ein Buch umblättern.«

»Wobei du dich etwas tölpelhaft anstelltest.«

»Weil ich dich weiter heimlich beobachtete. Du warst so geschickt und schienst genau zu wissen, was du tatest. Ich stellte mir vor, ich sei der Schmetterling.«

»Bunt warst du jedenfalls gekleidet. Die brokatverzierte Weste …«

»Du weißt noch, was ich damals getragen habe?«

Maria neigte den Kopf. »Auch du hast einen gewissen Eindruck auf mich gemacht.«

»Ich hoffe, das tue ich noch heute.« Jan löste die Schnüre, die Marias Mieder zusammenhielten. Von dem steifen Kleidungsstück befreit, atmete sie tief ein. »Endlich bekomme ich wieder Luft.«

Als Jan ihr auch aus den Röcken helfen wollte, wies sie ihn zurück. »Das kann ich selbst. Zieh du dich aus.«

Sie ging zur Kommode und öffnete die oberste Schublade. Hinter sich hörte sie das Abstreifen von Kleidung.

Mit einer Garnrolle in der Hand drehte sie sich wieder um.

»Schildere mir genau, wie du dir das vorgestellt hast.«

Er schien zu verstehen, aber sagen konnte er offenbar nichts mehr.

»Vielleicht auf meinem Bett?«, fragte Maria.

Sie setzte einen Finger auf seine Brust und dirigierte ihn dorthin.

Das Bett war als Rahmen zu klein, Jans Füße stießen an das untere Brett. Halb sitzend, auf die Kissen gestützt, wartete er, bis Maria bei ihm war. Sie rollte etwas Garn ab und kitzelte mit dem Ende des Fadens seinen Hals. Jan erschauerte. Maria ließ den Faden seinen rechten Arm hinuntergleiten und machte einen Knoten um sein Handgelenk. Dann führte sie das Garn um das Kopfteil des Betts herum und wickelte es um das andere Handgelenk. Den Faden zog sie gerade so fest, dass Jan ihn spüren musste. Die Frauen des Amsterdamer Spinnhauses kamen ihr in den Sinn. Ob sie das Garn hergestellt hatten? Spannen sie einen Fluch hinein, auf dass jede, die es berührte, ebenfalls verlassen und vergessen würde? Es wäre Maria recht gewesen, auch wenn die Vorstellung schmerzte. Jan sollte fahren und nicht zurückkommen. Maria wollte nicht der Köder sein, der ihn in die Fänge von Herrn Sanders' Häschern lockte. Jan hatte sie im Urwald beschützt, nun würde sie ihn heil aus dem Dickicht dieser Stadt bringen.

»Das sollte halten«, sagte Maria.

Die Rolle entglitt ihr und fiel Jan in den Schoß. Er war erregt, aber Maria kümmerte sich nicht darum. Stattdessen entledigte sie sich ihrer Röcke, zog das Messer aus dem Gurt an ihrem Bein und schnitt den Faden durch.

»Du hast das Messer sogar beim Essen getragen«, stellte Jan verwundert fest.

Maria zuckte mit den Schultern. »Gewohnheit.«

Sie schlang Fäden um Jans Fußknöchel und um die Beine des Betts.

»So, habe ich das richtig gemacht?«, fragte sie.

»Sehr gut. Und nun komm her.«

»Ach, vielleicht möchte ich erst noch die Raupen versorgen.«

»Das wirst du nicht.«

Mit einem Ruck sprengte Jan seine dünnen Fesseln, packte Maria und zog sie zu sich hinunter. Sie liebten sich stürmisch und später noch einmal langsam. In der Stunde vor dem Morgengrauen, als sich dunkle Blautöne in das Schwarz des Nachthimmels mischten, schlief Jan ein. Maria zog eine Decke über sich und ihn, um die Narben nicht sehen zu müssen. Die weichen, hellen Stellen auf Jans Brust erinnerten sie stets daran, was passiert war und was passieren konnte.

Sie vermochte sich nicht vorzustellen, wie das Leben ohne Jan sein würde. Seine Abwesenheiten hatte sie ertragen, weil es immer Hoffnung gegeben hatte. Nun würde nur noch Jan welche haben, und es wäre eine falsche.

Als die Glocke der Zuiderkerk sechs schlug, stand er auf, zog sich an, bat Maria um das kleine scharfe Messer, mit dem sie sezierte, schäumte Seife auf Wangen und Kinn und rasierte sich.

»Ich bin ja jetzt Kapitän für die Kompanie«, sagte er gut gelaunt, »da muss ich aussehen wie ein Kaufmann.«

Ein Bote brachte Jans Sachen, die noch bei den van Berckenrodes gewesen waren. Die Kutsche fuhr vor.

Der Amsterdamer Hafen lag im Nebel. Aus dem Dunst über dem Wasser ragten Schiffsmasten, kahl wie Bäume im Winter. Nur ein Schiff war schon aufgetakelt, die *Commewijne*.

»Verabschieden wir uns in der Kutsche«, sagte Maria.

Auch Jan schien das Lebewohl schnell hinter sich bringen zu wollen. Er küsste Maria und umarmte sie fest.

»Gute Reise«, sagte Maria. An seinem Ohr – sie traute sich nicht, Jan dabei anzusehen – flüsterte sie: »Wenn ich nicht komme, so warte nicht auf mich.«

Er lächelte, schien das für einen Scherz zu halten, für seine Worte, die sie ihm nun zurückgab.

Seinen Hut lüpfend und Maria zuwinkernd, verließ er die Kutsche.

So behielt Maria ihn in Erinnerung, zuversichtlich, jeder Gefahr spottend. Als er die Leiter zum Schiff hochgeklettert war und mit der Wache sprach, die daraufhin salutierte, hielt Maria es nicht mehr aus. Sie bat den Kutscher zu fahren, doch noch vor den ersten Häusern ließ sie wieder anhalten.

»Von hier aus laufe ich.«

Der Mann wollte ihr das ausreden, das Hafengebiet sei kein Ort für Damen, aber Maria hörte nicht auf ihn.

Wer sollte ihr etwas tun? Hitze und Fieber hatte sie getrotzt! An der Seite von Schmugglern war sie durch den Urwald gestreift! Vorbei an Lagerschuppen lief Maria der Stadt entgegen, blind vor Tränen. Ihr Geist flüchtete sich zurück zu Schlingpflanzen und Sumpflöchern. Der steinerne Löwe eines Portals sprang herab, Schlangen wanden sich um Säulen, und das schrille Kreischen musste von Papageien stammen. Nur eines war seltsam: Sie fror.

Zu Hause holte Maria ihren Atlasspinner hervor. Vorsichtig löste sie die Nägel des Rahmens und entfernte das Glas. Das Tier war ohnehin beschädigt, sie wollte wenigstens versuchen, den verformten Körper gerade zu biegen. Doch das Gewebe war zu trocken. Übte sie Druck aus, würde das Tier zerbrechen. Maria betrachtete den kurzen dicken Leib, der geringelt war wie der einer Biene. Zu gern hätte sie das Tier als Raupe gesehen. Ob es nur von einer bestimmten Pflanze fraß? Vermutlich nicht, bei dieser Größe durften die Tiere nicht wählerisch sein, eine Handvoll von ihnen könnte einen ganzen Busch vertilgen. Ob es sich bei ihrem Exemplar um ein Weibchen oder ein Männchen handelte? Mit einem Fingernagel berührte Maria die gefiederten Fühler.

Wie einfallsreich die Natur doch sein konnte. Wie grausam aber auch.

Dorothea betrat die Küche und machte sich gähnend am Ofen zu schaffen.

»Präparierst du?«, fragte sie. »Dafür brauchst du warme Hände.«

»Nein, hier ist nichts mehr zu machen.« Maria rieb sich den Nacken. »Vielleicht könnte man den Falter in Öl aufweichen und zurück in Form biegen, aber ich gehe lieber kein Risiko ein. Die Vincents haben ein intaktes Exemplar. Von ihnen weiß ich, wie man diese Art nennt: Großer Atlasspinner.«

»Atlas? Wer war das noch gleich?«

»Der Titan, der den Himmel stützt.« Maria drehte den Falter um, indem sie ihn unten und oben am Körper mit je zwei Fingern fasste. »Aber dieser Atlas hätte sein Firmament bald aufgegeben. Hätte man ihn nicht gefangen und zu ewigem Leben unter Glas verholfen, wäre er bald verhungert.« Sie deutete auf den verkümmerten Rüssel. »Damit kann er nichts fressen.«

Dorothea beugte sich über das Tierchen.

»Tatsächlich«, sagte sie. »Diese Tiere müssen als Falter von den Reserven zehren, die sie als Raupen angelegt haben. Wie lange mögen sie so durchhalten?«

»Zwei Wochen höchstens.«

»Welch trauriges Schicksal.«

»Wie man es nimmt.«

Maria sah Jan vor sich, wie er seine Männer befehligte.

»Solchen Wesen sind nur wenige Tage beschert«, sagte sie. »Doch während ihres kurzen Lebens sind sie die eindrucksvollsten Falter der Welt.«

Nachwort

Was sind Fakten, und was ist Erfindung?

Maria und die Männer

Fakt ist, Maria verließ ihren Ehemann Johann 1685, um mit ihren Töchtern bei der niederländischen Sekte der Labadisten zu leben, der ihr Stiefbruder und ihre Mutter angehörten. Scheidungen waren damals schwierig, und warum Maria ging, ist nicht bekannt. Spekulationen über den Grund gibt es viele: Johann habe Maria betrogen, durch einen Skandal gedemütigt, ihre Kunst nicht ausreichend unterstützt oder sei in ihren Augen nicht ehrgeizig genug gewesen.

Johann konnte später die Scheidung durchsetzen. Als Maria vor ihrer Surinamreise ihr Testament machte, nannte sie sich darin eine Witwe. Heiraten sollte sie nicht mehr, was aber nicht bedeuten muss, dass sie allein geblieben ist.

Ihre Liebesgeschichte mit Jan de Jong ist erfunden, inspiriert von der Frage: Was für ein Mann hätte Marias Herz gewinnen können? Wer hätte ihren Mut und ihre Abenteuerlust bewundert?

Jan, der Freibeuter, Pirat und Schmuggler

Jan ist eine fiktive Figur, aber eine Laufbahn wie seine war im 17. Jahrhundert möglich. Zunächst überfielen Freibeuter in staatlichem Auftrag Schiffe fremder Nationen. Als die europäischen Staaten mehr Kooperation beschlossen (denn schließlich profitierten alle von sicheren Handelswegen), wurden die Freibeuter arbeitslos. Viele machten dann auf eigene Faust weiter und überfielen nun beliebige Schiffe. Die geraubte Ware verkauften sie weiter – natürlich nicht auf offiziellem Weg. Zwar beanspruchte die Westindische Handelskompanie das Monopol für den Schiffsverkehr mit westlichen Kolonien, aber das durchzusetzen war schwer. Um 1700 gab es ebenso viele Schmuggelschiffe wie Kompanieschiffe, und selbst auf Letzteren wurde geschmuggelt. Seeleute verdienten nicht gut, arbeiteten hart und riskierten ihr Leben auf See. Da war es reizvoll, sich unter der Hand etwas dazuzuverdienen.

Marias wissenschaftlicher Ansatz

Maria beschrieb die Entwicklung von Schmetterlingen über Ei, Raupe und Puppe und zeichnete die Tiere auf ihren Futterpflanzen. Wenn es der Harmonie eines Bildes diente, fügte sie aber auch schon einmal eine Eidechse hinzu. Ihre Beschreibungen sind genau, aber sie gab den Tieren keine Namen. Nur die Pflanzen führte sie mit lateinischen Bezeichnungen auf.

Ihre Sprache klingt blumig. Tag- und Nachtfalter nennt sie *Sommervögelein* und *Mottenvögelein*, und Kokons heißen bei ihr *Dattelkerne*. Ich habe in der Geschichte die heutigen Begriffe verwendet, bin bei Marias Beobachtungen aber nah an ihren Texten geblieben. Die meisten Insekten, die Maria in den Surinamkapiteln findet, wurden so auch von ihr beschrieben.

Aus heutiger Sicht ist manches wissenschaftlich nicht korrekt, zum Beispiel bezeichnet Maria die Nymphe des Ohrwurms als *Wurm* (doch Würmer haben keine Beine). Auch einigen Irrtümern unterlag Maria.

Sie etablierte das Missverständnis, Vogelspinnen fräßen Vögel. Einiges wird sie nicht selbst beobachtet, sondern Berichten entnommen haben. An einer Stelle schreibt sie, surinamische Priester ernährten sich von Kolibris, fügt aber skeptisch hinzu: *wie man mir sagte.*

Der Abdruck vom Abdruck

Auf schwarz-weißen Bildern ist es von Vorteil, wenn die Linien des Kupferstichs deutlich zu sehen sind. Motive, die koloriert werden sollen, wirken dagegen besser, wenn die Linien hinter den Farben verschwinden. Dafür müssen sie sehr zart sein. Auf einen frischen Druck presste Maria ein zweites Blatt und malte erst auf diesem. Das gibt dem Bild Aquarellcharakter, und die Schmetterlinge scheinen zu schweben.

Vermutlich wandte Maria als eine der Ersten diese Technik an. Umdruckverfahren, bei denen Motive auf Papier oder Gewebe gedruckt und von dort auf andere Materialien übertragen werden, kamen erst Mitte des 18. Jahrhunderts in Emaille- und Porzellanmanufakturen auf.

Zar Peter

Fakt ist: An Marias Todestag ließ der Zar einen großen Teil ihrer Sammlung kaufen. Vieles davon befindet sich noch heute in Sankt Petersburg. Es ist nicht bekannt, dass der Zar vorher schon etwas von Maria erwarb – obwohl er vor ihrer Surinamreise in Amsterdam war und dort andere Kunst erstand. Die Episode um die Bilder, die Maria sich zurückholt, habe ich erfunden, basierend auf folgender Spekulation:

Maria und Peter haben sich schon 1697 getroffen, als der Zar durch Europa zog, um von Wissenschaftlern zu lernen und sein Land zu modernisieren. Maria muss um Unterstützung für ihre Reise geworben haben, denn in dieser Hinsicht war sie sehr rührig. (Wer, wenn nicht ein Zar könnte so etwas sponsern?) Aber sie hatte keinen Erfolg. Ich vermute, der Zar hat sie übersehen und ihre Arbeiten erst später geschätzt. Vielleicht wollte er trotzdem nicht allzu viel zahlen. War das so, wurde der Zar sich wohl erst nach Marias Tod mit den Töchtern über einen Preis einig. Demnach wäre Zar Peter der prominenteste unter den Zeitgenossen, die zunächst nicht an Maria geglaubt hatten.

Assistentinnen und die Meisterin

Zu Marias Zeit hatten Künstler üblicherweise nicht nur Schüler, sondern auch Assistenten, die den Stil ihrer Meister beherrschten und an den Bildern mitwirkten, indem sie Hintergründe und Ausschmückungen übernahmen. Bei den Merians übernahmen die Töchter Johanna und Dorothea diesen Part. Als Maria 1715 nach einem Schlaganfall nicht mehr zeichnen konnte, setzten sie Marias Arbeit fort. Nach dem Tod ihrer Mutter vollendete und veröffentlichte Dorothea in Marias Namen ein Buch über europäische Insekten.

Kollegen, Förderer und Netzwerke

In Amsterdam hatte Maria Zugang zu den Kuriositätenkabinetten *(Wunderkammern)* der Wohlhabenden. Dort sah sie Exponate aus aller Welt. Namentlich erwähnte sie in einem Brief die Sammlungen von Nicolaas Witsen (Bürgermeister), Levinus Vincent (Stoffhändler) und Frederik Ruysch. Ruyschs

Tochter Rachel nahm bei Maria Unterricht und wurde später selbst eine berühmte Malerin. Übrigens ist Rachels Umsicht bei der Wahl eines Ehemanns keine Erfindung. Erst im für damals hohen Heiratsalter von neunundzwanzig Jahren vermählte sie sich mit dem Porträtmaler Juriaen Pool und bekam mit ihm zehn Kinder.

Im Botanischen Garten gingen die Merians ein und aus. Johanna zeichnete dort im Auftrag Pflanzen. Auch Agnes Block, die stolze Züchterin der Ananaspflanze, hat zu dieser Zeit in Amsterdam gelebt und Maria Zugang zu ihren Gewächshäusern gewährt.

Weitere historische Figuren sind Georg Eberhard Rumpf, für dessen Werk *Amboinische Raritätenkammer* Maria zeichnete, Aletta Lescaille, deren Buchhandlung ein Künstlertreff war, und Daniel Foe, der seinen Nachnamen zu Defoe aristokratisierte und *Robinson Crusoe* schrieb.

Maria war bekannt und wurde eingeladen. Doch finanzielle Unterstützung blieb aus. Ihre Surinamreise finanzierte sie allein.

Greitje und das Spinnhaus

Greitje ist erfunden, das Spinnhaus gab es aber. Auch für Männer existierte eine Zuchtanstalt, das *Rasphuis*. Dort wurde brasilianisches Rotholz verarbeitet *(geraspelt)*. Wer in diesen Anstalten einsaß, hatte leichte Verbrechen begangen und sollte durch harte Arbeit umerzogen werden. Im 17. Jahrhundert war das ein recht neuer Gedanke. Zuvor hatte man selbst Jugendliche für Diebstahl mit dem Tod bestraft.

Füllten sich die Häuser zu sehr, schickte man Insassinnen und Insassen als Arbeitskräfte in die Kolonien.

Aderi

Maria brachte wirklich eine surinamische *Indianin* mit zurück nach Amsterdam. Diese Frau half ihr bei den Texten zu ihrem Surinambuch, und Maria übernahm die Bezeichnung von Pflanzen aus ihrer Sprache *(Cassava, Manihot, Maccai).* Der Name der Indigenen ist leider nicht überliefert, und ihre Spur verliert sich.

Plantagenbesitzer

Maria äußerst sich an mehreren Stellen in ihrem Surinambuch enttäuscht darüber, dass die Plantagenbesitzer nur an Profit interessiert seien und sich nicht die Mühe machten, andere Pflanzen als Zucker zu kultivieren (etwa Vanille, Trauben oder Kirschen). Auch beklagt sie, für ihr Interesse an Insekten verspottet worden zu sein.

Sklaven und Maroons

Was Maria über die Sklaverei dachte, wird in ihren Texten deutlich. Sie erwähnt die harte Behandlung der Sklaven und berichtet von Freitoden aus Verzweiflung.

Könnte sie Kontakt zu Maroons gehabt haben? Darüber würde sie vermutlich nicht berichtet haben. Fest steht, sie gewann das Vertrauen von Indigenen, die im Landesinneren Seite an Seite mit Maroons lebten.

Auch besuchte sie im April 1700 die abgelegene Labadistenplantage La Providentia und unternahm Expeditionen in den Urwald. In der Beschreibung einer Kröte ist zu lesen, diese Tiere würden von *den Schwarzen* gern gegessen. Maria verwendet hier nicht den Ausdruck *Sklaven.* Vielleicht, weil es keine waren?

Quellen

Primäre Quellen

Exquemelin, Alexandre Olivier: Die americanischen Seeräuber, 1697. Digitalisiert von der Library of Congress.

Marggraf, Georg / Piso, Willem: Historia Naturalis Brasiliae, 1848. Digitalisiert vom Missouri Botanical Garden.

Mercator, Gerhard: Atlas minor, das ist: Ein kurtze jedoch gründtliche Beschreibung der gantzen Welt, 1609. Digitalisiert von der Universitäts- und Landesbibliothek Düsseldorf.

Merian, Maria Sibylla: Der Raupen wunderbare Verwandelung, und sonderbare Blumen-nahrung, 1679. Entspricht Band 1. Digitalisiert von der Universität Erlangen-Nürnberg.

Merian, Maria Sibylla: Der Raupen wunderbare Verwandelung, und sonderbare Blumen-nahrung. Anderer Theil, 1683. Entspricht Band 2. Digitalisiert von der Universität Heidelberg.

Merian, Maria Sibylla: Metamorphosis Insectorum Surinamensium, 1705. Digitalisiert von der Universität Göttingen.

Merian, Maria Sibylla: De Europische Insecten, 1730. Digitalisiert von der Universität Göttingen.

Topsell, Edward: The history of four-footed beasts and serpents, 1658. Digitalisiert von den Duke University Libraries.

Wit, Frederik de: Nova totivs Americæ descriptio, 1660. Digitalisiert von der Library of Congress.

[Assistent von J. van Veen, Vermeers Notar], recherchiert, digitalisiert und übersetzt von Drs. Kees Kaldenbach: Inventory of movable household goods, 1676.

Sekundäre Quellen

De VOC Site [Datenbank für VOC-Schiffe].

Fox, Lane Robin: How Suriname became a vision of hell in the hands of the English. Financial Times, Online-Ausgabe. 27. November 2015.

Hornsby, Stephen J.: British Atlantic, American Frontier. Spaces of Power in Early Modern British America. Lebanon, NH: University Press of New England 2004.

Koch-Grünberg, Theodor: Geister am Roroíma. Indianer-Mythen, -Sagen und -Märchen aus Guyana. Kassel: Erich Röth 1956.

Merian, Maria Sibylla: Das Insektenbuch. Frankfurt a.M. und Leipzig: Insel 2002.

Parker, Matthew: The sugar barons. Family, corruption, empire and war. London: Windmill Books 2012.

Sreenivasan, Jyotsna: Utopias in American History. Santa Barbara, CA: ABC-CLIO 2008.

Zemon Davis, Natalie: Metamorphosen. Das Leben der Maria Sibylla Merian. Berlin: Wagenbach 2003.

Biografien über Maria Sibylla Merian

Neben der Biografie von Natalie Zemon Davis sind auch zwei weitere, neuere erwähnenswert:

Beuys, Barbara: Maria Sibylla Merian: Künstlerin – Forscherin – Geschäftsfrau. Berlin: Insel 2016.

Friedewald, Boris: Maria Sibylla Merians Reise zu den Schmetterlingen. München: Prestel 2015.

Danke

Dieses Buch zu schreiben hat viel Spaß gemacht, und das lag auch an den Menschen, die daran mitgearbeitet haben.

Ich möchte mich darum bei meiner Agentin Elisabeth Botros von der Literarischen Agentur Michael Gaeb bedanken, bei Britta Claus von Random House und bei Sarvin Zakikhani, die lektoriert und noch mal ganz genau hingeschaut hat.

Meine Testleser haben wertvolle Hinweise gegeben und mich ermutigt. Danke an Jens-Uwe Peters, Thomas Niederbühl und das Kollektiv Junge Literatur Mannheim.

Sehr hilfreich waren außerdem die digitalisierten Ausgaben von Merians Büchern und denen anderer Forscher*innen, die Bibliotheken online zur Verfügung stellen. Dieses Material hat meine Recherche einfacher gemacht.

MIX
Papier aus verantwortungsvollen Quellen
FSC® C014496
www.fsc.org

Klimaneutral*
Druckprodukt
ClimatePartner.com/14044-1912-1001

Penguin Random House Verlagsgruppe FSC® N001967

1. Auflage 2022

Neumarkter Straße 28, 81673 München
Dieses Werk wurde vermittelt durch die Literarische Agentur Gaeb
Redaktion: Sarvin Zakikhani
Umschlaggestaltung: FAVORITBUERO, München
Umschlagabbildungen: © Christie's Images Ltd/Artothek;
© Christie's Images/Bridgeman Images
Satz: Leingärtner, Nabburg
Druck und Bindung: GGP Media GmbH, Pößneck
Printed in Germany
ISBN 978-3-328-10677-7

www.penguin-verlag.de